【劉再復文集】⑭〔現當代文學批評部〕

高行健論

劉再復 著

題贈知己摯友再渡兄

古今中外，洞察人文。
睿智明澈，神思飛揚。

——高行健，著名作家，諾貝爾文學獎獲得者。

煌煌大著，燦若星辰。
光耀海南，特此祝賀。

——李澤厚，著名哲學家、思想家。

一枝巨筆，兩度人生。
三十大卷，四海長存。

——劉劍梅，劉再復長女，香港科技大學人文學部教授。

出版說明

劉再復

香港天地圖書有限公司即將出版我的文集，二零二二年出齊三十卷，這是何等見識、何等作為、何等氣魄呵！天地出「文集」，此乃是香港文化史上的盛舉，當然也是我個人的幸事、大事，我為此感到衷心的喜悅。

我要特別感謝天地圖書有限公司。「天地」對我一貫友善，我對天地圖書也一貫信賴，我曾為天地圖書的傳統題詞：「天地遼闊，所向單純，向真，向善，向美。圖書紛繁，索求簡明，求質，求精，求好。」天地圖書的前董事長陳松齡先生和執行董事劉文良先生都是我的好友。和我情同手足的文良好兄弟雖然英年早逝，但他的夫人林青茹女士承繼先生遺願，繼續大力支持我的事業。此文集啟動之初，她就聲明：由她主持的印刷廠將全力支持文集的出版。三四十年來，「天地」歷經多次風雲變幻，對我始終不離不棄，不僅出版我的《漂流手記》十卷和《潔白的燈芯草》、《尋找的悲歌》等，還印發了《放逐諸神》和八版的《告別革命》，影響深遠。現在又着手出版我的文集，實在是情深意篤。此次文集的策劃和啟動乃是北京三聯前總編李昕（現為商務顧問）和天地圖書的董事長曾協泰二兄，他們怎麼動起出版文集的念頭我不知道，但我知道他們都是性情中人，都是出版界老將，眼光如炬，深知文集的價值。協泰兄和李昕兄商定之後，請我到天地圖書和他們聚會，決定了此事。讓我特別高興的是協泰兄拍板之後，天地圖書的全部脊樑人物，全都支持此事。天地圖書總經理陳儉雯小姐（陳松齡的女兒）直接代表天地掌管此事，編輯主任陳幹持小姐擔任責任編輯。其他參與「文集」編製工作的「天地」同仁經驗豐富，有責任感且好學深思，具體負責收集書籍、資料和編輯、打字、印刷、出版等事宜，讓我特別放心。天地圖書全部精英投入此事，保證了「文集」成功問世，在此我要鄭重地對他們説一聲謝謝。

閱讀天地圖書初編的文集三十卷的目錄之後，我的摯友、榮獲諾貝爾文學獎的著名作家高行健特寫了「題贈知己摯友再復兄：古今中外，洞察人文。睿智明澈，神思飛揚。」十六字評價，一言九鼎，讓我高興得好久。爾後，著名哲學家李澤厚先生又致賀，他在「微信」上寫道：「煌煌大著，燦若星辰。光耀海南，特此祝賀。」我的長女劉劍梅（香港科技大學人文學部教授）也發來賀詞：「一枝巨筆，兩度人生。三十大卷，四海長存。」我則想到四五十年來，數十卷書籍，至今之所以不會過時，多年不衰，值得天地圖書出版，乃是因為三十卷文集都是純粹的學術探索與文學創作，而非政治與時務。政治以權力角逐和利益平衡為基本性質，即使民主政治也改變不了政治的這一基本性質。我的所有著述，所有作品都不涉足政治，也不涉足時務，所以站得住腳，贏得相對的長久性。

我個人雖然在三十年前選擇了漂流之路，但我一再説，我不是反抗性的政治流亡，而是自然性的美學流亡。所謂美學流亡，就是贏得時間，創造美的價值。今天我對自己感到滿意的就是這一選擇沒有錯。追求真理，追求價值理性，追求真善美，乃是我永遠的嚮往。我對此無愧無悔。我的文集分兩大部份，一部份是學術著述，一部份是散文創作。無論是人文學術還是文學創作，我都追求同一個目標，持守價值中立，崇尚中道智慧，既不媚左，也不媚右；既不媚上，也不媚下；既不媚俗，也不媚雅；既不媚東，也不媚西；既不媚古，也不媚今。所謂中道，其實是正道，是直道，是大道。

最後，我還想說明三點：一是本「文集」，原稱為「劉再復全集」，後來覺得此名不符合實際，因為收錄的文章不全。尤其是非專著類的文章與訪談錄。出國之前，特別是上世紀七十年代末與八十年代初的文字，因為查閱困難，幾乎沒有收錄集子之中。所以還是稱為「文集」較好，可留有餘地。待日後有條件時再作「全集」。二是因為「文集」篇幅浩瀚，所以成立了一個編委會，我們不請學術權威加入，只重實際貢獻。這編委會包括李昕、林崗、潘耀明、陳松齡、曾協泰、陳儉雯、梅子、陳幹持、林青茹、林榮城、劉賢賢、孫立川、李以建、葉鴻基、劉劍梅、劉蓮。「文集」啟動前後，編委們從各自的角度對「文集」提出許多很好的意見，所有的意見都非常珍貴。謝謝編委們！第三，本集子所有的封面書名，全由屠新時先生一人書寫完成。屠先生是《美中郵報》總編。他是很有才華的追求美感的書法家。他的作品曾獲國內書法比賽中的金獎。

「文集」出版之際，僅此說明。

於美國科羅拉多州波德
二零一九年十二月三日

目錄

出版說明　劉再復……5

《高行健論》……11

《再論高行健》……291

劉再復著作出版書表　整理：葉鴻基……509

劉再復簡介……517

「劉再復文集」書目……518

《高行健論》

《高行健論》目錄

序　馬悅然……15

第一輯　概論（寫於二零零零——二零零四年）

高行健和他的精神之路……18

《八月雪》：高行健的人格碑石……29

黑色鬧劇和普世性寫作——《叩問死亡》（中文版）跋……38

論高行健狀態——在香港大學、科技大學、浸會大學、理工大學的講演……47

論高行健的文化意義……71

第二輯　舊作（寫於一九八七——一九九九年）

高行健與實驗戲劇……80

《山海經傳》序……83

高行健與文學的複調時代 90
《車站》與存在意義的叩問 94
《一個人的聖經》（中文版）跋 96
中國文學曙光何處？ 101

第三輯　評說（寫於二零零零—二零零三年）

內心煉獄的舞台呈現——《生死界》與高行健的內心戲劇 106
心靈戲與狀態劇——談《八月雪》和《週末四重奏》 115
閱讀《靈山》與《一個人的聖經》
——在香港城市大學中文、翻譯及語言文學系主辦的文學講座的講稿 118
高行健小說新文體的創造 142
高行健與作家的禪性 150
高行健與靈魂的自救 155
《文學的理由》（中文版）序 183

第四輯　散篇（寫於二零零零—二零零三年）

新世紀瑞典文學院的第一篇傑作……188

獨立不移的文學中人
——在香港城市大學歡迎高行健演講會上的致辭……192

最具活力的靈魂——《靈山》（香港版）序……196

法蘭西的啟迪……199

面向歷史的訴説……202

高行健的第二次逃亡……205

經典的命運……207

第五輯　相關文章、資料（寫於一九九八—二零零四年）

為方塊字鞠躬盡瘁的文學大師
——在香港城市大學歡迎馬悦然教授演講會上的致辭……212

百年諾貝爾文學獎和中國作家的缺席……215

答《文學世紀》編輯顏純鈎、舒非問……275

後記……288

序

馬悅然（瑞典諾貝爾學院終身院士）

我所欽佩的中文作家朋友中，再復和行健是必然要提到的。為一個欽佩的友人所寫的闡釋另一個欽佩友人之著作的書，撰寫一篇序文，不亦樂乎？

我跟行健的友誼已有二十年的歷史了。一九八五年，我和妻子寧祖飛往台灣。寧祖在途中讀了一篇中文短篇小說之後對我說：「這篇寫得很好，你非看不可，一定會欣賞！」她建議我讀的是行健的《鞋匠和他的女兒》。我讀了以後，馬上開始把它翻譯成瑞典文。從那時起到行健獲得諾貝爾文學獎的二零零零年，我把他幾乎所有的著作都翻成了瑞典文，其中包括長篇小說代表作《靈山》、《一個人的聖經》，以及全部短篇小說和十八部戲劇中的十四部。

頭一次跟行健見面是一九八七年冬，在瑞典首都機場，我們一見如故。從那時起，我們有不少機會在斯德哥爾摩、台北、香港和巴黎見面。

我和再復第一次見面也是一九八七年，中國作家協會於北京舉辦的一個招待會上。那次的談話中，我很快發現再復跟我對行健著作的看法完全一致。次年，瑞典學院邀請再復到瑞典參加十二月十日舉行的諾貝爾獎的頒獎典禮。這是瑞典學院第一次邀請一位中國學者兼中文作家參加這個儀式。一九九二年再復接受斯德哥爾摩大學東亞系的邀請，擔任一年的客席教授。那一年，由於他的光臨，我自己和整個東亞系的師生收穫非常大。大學邀請再復的目的，是讓一個流亡學者有機會在一個安靜的氣氛中繼續他的研究和寫作。但是厚道的再復每星期都為系裏的學者和學生開一堂關於中文文學的講座。讓寧祖和我特別高興的是，我們那年有機會認識再復的夫人菲亞。

有名的捷克漢學家普契克Jaroslav Průšek 教授曾對我說，你沒有資格討論你自己沒有翻譯過的任何一部著作。好，我大量翻譯過行健的著作，就應該有資格自稱為高行健著作的專家吧。其實不然！再復這部著作讓我感覺到，我像禪宗五祖弘忍的徒弟神秀一樣，「只到門前，尚未得入！」再復以一個真正的知音的心，從各個方面細細解讀行健的全部著作，包括短篇與長篇小說、戲劇與文學理論的著作。

再復的這部大作像一個藝術博物館的出色導遊的解說。他打開一個大門，引導讀者進入高行健文學和戲劇創作的藝術宮殿，以充分地體會和欣賞其中的精神丰采與藝術特色。

二零零四年十月二十九日

第一輯　概論

（寫於二零零零——二零零四年）

高行健和他的精神之路

一

和行健兄交往二十多年，最遺憾的是，除了《車站》、《生死界》之外，他的其他劇作，我都只能閱讀作品，未能觀賞舞台演出，也不了解他常說的「導演是極大快樂」是怎樣的快樂。高行健的名字意味着一個很豐富的精神整體，真正要把握這個整體並非易事。導演也是一種審美再創造，我卻是門外漢。還有他的水墨畫，我除了在香港見到董建平女士的藝倡畫廊《高行健新水墨作品展》之外，也未見過其他地方的大型展出。二零零三年馬賽「高行健年」活動中，他新作的兩幅大畫，長度達六十米，名曰《逍遙鳥》，我真想看看。高行健畫的不是實相，而是心相。他把難以捕捉的、肉眼看不見的內心世界展示於畫面，正如在戲劇中他把看不見的人性狀態展示於舞台，是非常獨特的精神價值創造。高行健的水墨畫幫助我更自覺地用心靈看自然、看世界、看人生，可惜我自己始終沒有學會把心靈狀態結晶於戲劇、小說和繪畫等審美形式中，只能讓它凝結於散文中。

一九八九年九月三十日，行健從巴黎給我來信。那是流亡之初，我正處於徬徨中，但他的精神卻極好，並激勵我說：「你能立即投入到研究中是非常好的事……我以為一個作家應以自己的聲音說話，這種獨立性是中國知識分子所缺乏的，我們應該倡導這種獨立不移的精神。」他說他忙得不亦樂乎，完全進入緊張的寫作狀態中，「有這種自由不充分利用也是損失。這正是出理論出作品的時候。」讀了他的信，受其感染，我也逐步從政治陰影中走出來。正如信中所言，他真的抓住在國外可以自由表達的大好時機，拚命寫作，一發而不可收。十年之中（一九八九—一九九九年），他除了定稿出版《靈山》之外，還寫出《逃亡》、《山海經傳》、《生死界》、《對話與反詰》、《夜遊神》、《週末四重奏》、《八月雪》等戲劇代表作，而且還寫出另一部長篇小說《一個人的聖經》及文學藝術理論著作《沒有主義》、《另一種美學》。每一部作品都別開生面，都是一種新的實驗。我常對朋友說，高行健是實驗性最強的作家，惟有實驗不斷，才有原創。因此，也可以說，高行健是當代中文寫作中原創性最強的作家。

二

高行健的狀態極好，首先與他對「逃亡」（即作家的流亡）的理解有關。他以最積極的態度看待「逃亡」，確認這種逃亡對於作家來說，是一種大解脱，是大好事。文學的歷史一再說明，多數大作家大詩人在本質上都是廣義的流浪漢與漂泊者，不是身的漂泊就是心的漂泊。而在現實層面上，高行健認為，惟有逃亡，才有精神獨立與自由表達的可能。行健的哲學觀，有一根本出發點，即確認人是脆弱的。這一哲學使他謙卑，也使他清醒地認定個體沒有力量改造強大的世界，也無法抗拒各種政治經濟大潮流。在外部強大的異己力量面前，獨立思想者要保持自身的尊嚴與價值，只有兩條路，一條是「自殺」，一條是「逃亡」。一條是王國維的路，一條是伯夷、叔齊的路。高行健選擇了後一條路，但他逃離中國，只是第一步。到了西方，面臨的又是無所不在的籠罩一切的全球化潮流，又必須再次逃亡，這是逃離市場、逃離被商品化。這一性質的流亡，不僅是退居異國他鄉，而且是退居社會邊緣，從社會潮流中剝離出來，保持住精神獨立和生命個性。高行健意識到，我們面臨的時代，不是作家的時代，而是大眾的時代，是生產大眾所需求的文化產品與文化消費品的時代。這個時代需要的是實用性的各種技術人員、管理人員、廣告人員，社會科學需要的也只是人工智能的電腦工程人員、統計人員、社會調查人員和制衡人員，而不是獨立的思想者。在人文領域，學院的機制統治一切，媒體取代思想，連作家也被記者所取代，追求的是最通俗的、最容易產生新聞效應的語言。至於電影，龐大的技術性的大製作佔領市場，帶有文學性的小電影則面臨末日。整個世界變得非常浮躁、非常淺薄、非常蒼白。但高行健非常清醒，他及時逃避這一切，回歸到被革命者們所恥笑的精神貴族的古典之路。高行健認為，這種選擇，這種逃亡，便是自救。因此，逃亡不是消極，而是積極地對權力、市場和大潮流等異質力量進行抗爭。逃亡也不是逃避責任，而是在叩問和挑戰中實現廣義的人間責任，這就是高行健對自身和世界的意識。把這些意識加以審美提升，便是他的創作之路。在當代作家中，包括中國作家和西方作家，很少有人如此鮮明地高舉自救的火炬。他從《彼岸》開始（寫於一九八六年），就確認只有個體自身才能救自己，所謂群眾和領袖都是靠不住的。作家也不要幻想去當社會良心、人民代言人和大眾領袖。大眾要求的是思想平均數，當領袖勢必定要遷就多數，勢必要以犧牲自由和精神獨立為代價。高行健用各種語言（從小說戲劇到理論）一再表述：救世主、社會良心，都是騙人的，不可上當；任何扮演救世主、社會良心的個人本身也是脆弱渺小的。他不相信救世的種種謊言，只確認自己選擇的作家的最高倫理，也可以說是逃亡者的真理。這一真理的內涵包括下列兩點：

1、確認作家擁有最高的精神自由，而且確認精神自由具有無限性特徵。具體地說，個人的社會行為其自由度是有限的，關於自由和限定的矛盾，只是在社會行為的範圍內才有討論的必要，而精神自由則是打破一切限定，而首先是打破權力的限定。文學藝術的時空乃是無限自由時空，確認這點，才有作家和思想者的尊嚴；「逃亡」的目的，便是爭取精神的無限自由。

2、確認文學的真實性。無限的精神自由並非心靈原則的消解，而是心靈的充分展開。高行健所奉行的真實原則，不是拘泥於現實的表象，而是個人感受現實的內心真實和充分的表述。具體地說，寫作的花樣再多，但不可胡說八道，不可離開世界（外在）的真實與人性（內在）的真實。忠實於世界與人性的本來面目，忠實於自己對身內與身外的意識。這對於作家來說，不僅是美學態度，而且是寫作者的最高道德。

這兩項倫理，使高行健既獲得大自在又獲得大嚴肅，也使他成為變化無窮而又非常嚴謹的作家。

三

雖然我為不能多多欣賞高行健的舞台形象和水墨畫而遺憾，但有一點可能是其他觀眾讀者甚至其他朋友沒有的幸運，這就是我從高行健的各種文本中和直接的交流中，感受到他的思想的精彩和深刻，也許因為我本人也是個思想者，因此又從中得到共悟共鳴的大快樂。行健與我是同齡人，又在同一塊土地生長出來並共同穿越過一個時代的大苦難；同在太上老君的煉丹爐裏歷經了漫長的內心煉獄，再閱讀煉獄夥伴用文字呈現的內心世界，感到特別親切又特別能夠理解，那些在別人眼裏的晦澀處，對於我卻是明亮的。所有包裹着硬殼的堅果，於我都不是苦果。

可以說，行健首先是我們這一代中國作家的思想先鋒，然後才是世界文壇上的思想前驅者。自從一九八零年他發表《現代小說技巧初探》一書觸動大陸文壇神經之後，中國作家中的有識之士就看出高行健超群的思想鋒芒，連巴金、曹禺、夏衍、吳祖光、葉君健、嚴文井等老作家也為之讚嘆，並竭力保護他。八十年代中期，我在文學理論領域，也算是一個對常規教條左衝右突的「孫行者」，但頭上的緊箍咒還時時在起作用，而行健則是一個毫無保留的徹底思想者。自上世紀的七、八十年代之交至今的二十多年中，他走出了三個中國當代作家常常難以走出的寫作框架：即「持不同政見」的思想框架、「中國背景與中國情結」的題材框架和單語寫作框架。跳出這些框架，才進入普世性寫作。關於這一點，我在《黑色鬧劇和普世性寫作》一文已談過，此處不再贅述。在本文中，我想從思想的角度，進一步說明一下他在上世紀八、九十年代所擺脫的三個大束縛，也可以說是從煉丹爐裏走出來後又經歷的三重精神越獄。中國大陸作家，在六、七十年代，幾乎全是精神囚徒。所以八十年代的部份解脫，可稱之為「精神越獄」。

第一層精神越獄是對政治意識形態的超越。一九九四年，我為香港天地圖書公司主編《文學中國》叢書，高行健交給我的集子，命名為《沒有主義》。這一書名是他的核心思想命題，又是他的告別意識形態的宣言。整部集子的文章，是他出國後多年思索的結晶，但又都是他走出意識形態陰影的明證。集子的根本思想是：審美大於意識形態。告別意識形態便是回歸審美，回歸活人狀態。《逃亡》劇本的「中年人」說：「我甚麼主義也不是……我只是一個活人。」之後，在《對話與反詰》中的「女子」又說：「我甚麼主義都不是，只想做個女人，充充分分活個夠。」這是直接表述，而間接表述和融化於作品中的這一思想則時時可見。對主義的擺脫是根本性的擺脫，這一擺脫真的使他成為「活人」和活思想家，使他充滿靈魂的活力，也使他自此免於意識形態的糾纏，而大踏步挺進到人的內心深處，即「人靈魂中的幽冥之處」（高行健語）。他愈走愈深，最終成為人的靈魂狀態的舞台呈現者與文字展示者，為世界戲劇史和文學史寫下嶄新且充滿生命活氣的一頁。

第二層精神越獄是對人權、自由等空話的超越。如果說第一層超越主要是從馬克思主義意識形態中走出來，那麼，這第二層的超越則是從西方自由主義空洞的言辭中走出來。人道、人權、自由的價值是永恆的，無可懷疑的。但當代西方政客和媒體卻打着人權和自由的旗號，把一切都納入市場。全球經濟一體化連民族性都加以消解，更何況個性。不能充分確認個體生命的價值，人道、人權和自由，便成了空話。二十世紀之初，卡夫卡就已經揭示了個體生命異化成甲蟲，而在當今，個體生命的價值進一步甲殼化（機器化）和進一步被大規模的商業潮流所消解、所異化，生命乃至人類文化正在變成產品與商品，人權與自由的空談，已沒有意義。高行健不遺餘力地鼓吹「個人的聲音」，把一個人的聲音提高到「一個人的聖經」的高度，具有極強的歷史針對性與歷史的具體性。

對人權等空話的超越，使他拒絕充當「社會良心」和人民大眾的代言人。他意識到，良知是個人對責任的體認，寫作是個人的行為，文學藝術是充分個人化的事業。可能是「不朽之盛事」，但未必是「經國之大業」。與其說是經國之業，不如說是個人的自我完成。而要獲得真的不朽，也必須捕捉當下，在當下的生命瞬間把個體的感受充分釋放，不能受集體意志約束，不能迎合大眾口味。因此，深邃的思想者與作家不應當是大眾意志的代表者，相反，倒是應當遠遠地「脫離群眾」，既不做芸芸眾生的對立面，也不做芸芸眾生的同盟者，更不去充當大眾的領袖。政治要求平均數（選票就是一個平均數），大眾要求平均數，領袖服從平均數，而文學藝術最怕的恰恰是這種導致平庸的平均數。思想者與寫作者一旦降低到平均數的水平，就只能變成一個煽動家而喪失個性。作家具有的情懷，不是對大眾口味的俯就，也不是居高臨下的同情，而是個人對自身和世界的清醒意識，這種意識，既是審美，又是人對生命價值的最高肯定。

第三層精神超越，是對尼采「超人」理念和相關的新救世主理念的超越。關於這點，高行健從各種角度並用多種形式一再表述。尼采宣佈「上帝死了」帶給藝術家一個可怕的後果：人失去了謙卑而無限制地自我誇張和自我膨脹，以至把人誇大成神。從政治到藝術，二十世紀都在不斷革命、不斷造神、不斷製造虛假的救世神話和烏托邦。然而，所有的革命者一旦建立政權都變成暴君，從伊斯蘭革命到共產主義革命無不如此。這種時代潮流造成人的狂妄症，直接影響了文學藝術。高行健稱自己的文學是冷文學。「冷」，首先是給這種誇張、膨脹潑一大盆冷水，然後才是一雙冷眼，冷靜地進行審視自身與審視世界，這便是高行健的「超越視角」。如果說，上述第一、第二層超越是回到活人和回到充分把握個體的人，那麼，這第三層超越則是回到脆弱的人。高行健的《生死界》、《對話與反詰》、《夜遊神》、《週末四重奏》劇作中的人都是非常脆弱的人，免除不了空虛、孤獨、寂寞和恐懼。《一個人的聖經》裏的恐懼感寫得那麼好，主人公的脆弱寫得那麼生動。文學史上，有的是「英雄」形象，也有「多餘人」形象，而高行健卻寫出當代「脆弱人」的內心真實。這些人在現代社會徬徨無地，內裏都有一番掙扎和煉獄，但還信守心中的一絲幽光。他們不能救人，但不會騙人；不講救世，但尋求自救。這種人共同呈現了當代社會人類的巨大精神困境。

了解上述這些思想背景，對高行健的著作就容易進入。《靈山》既是一部尋找的書，也是一部逃亡的書。主人公的靈魂之旅正是一個精神囚徒進行精神越獄而尋找生命本真本然的過程。書中對歷史的叩問、對群體意志的叩問、對革命的叩問乃至對死亡的叩問，都不僅是中國問題，而且是普世問題。這些叩問在寫作過程中，不斷地發揮和深化。他的叩問使寫作愈來愈有力度。

五四新文化運動之後，中國作家接受西方的文化觀念和寫作方式，思索與表述的都是中國問題，困於中國情結之中。換句話說，五四之後的中國現代作家，其閱讀視野是世界的，而其寫作視野則還是中國的。高行健努力打破這一局限，真正在視野上、精神內涵上和表述方式上（包括語言）擺脫中國情結的框架，進行普世性寫作。與其說高行健是中國作家，不如說他是用中文寫作的普世作家。雖然他也用法文寫作，但主要作品畢竟是用中文寫的，瑞典學院授予他諾貝爾文學獎時，第一句讚詞便是他的作品的「普世價值」，應當說，這十分中肯。高行健作為一個普世性寫作的作家，他在思索問題的時候，不是盲目追趕世界潮流，而是站在潮流之外，以中性的冷眼對潮流進行審視和叩問，發出個人的聲音。

四

跟蹤高行健的思想是很大的快樂。一九八零年王蒙讀了高行健的《現代小說技巧初探》，拍案叫絕說：「太妙了」，並在《上海文學》上寫了推薦文章，我讀後興奮之餘，還多了一層感受小說藝術意識的快樂。一九八三年，北京人民藝術劇院首演《車站》，我和妻子、小女兒被行健邀請去觀賞，劇中的幽默讓我笑了一個晚上，連回來夢裏都在笑，真叫開心。一九八八年我到瑞典，馬悅然教授把《靈山》的手稿交給我，我帶回北京打印，邊校邊閱讀，開始讀得有點費力，愈讀愈有意思，尤其是一九八九年自己也經歷了「精神越獄」之後，在海外讀到正式出版的書（聯經版），沉浸在奧德賽式的神遊裏，傾聽許多夢幻女子聲音的多重變奏。正是這部小說，把我推入禪文化、隱逸文化和自然文化的情境之中，這些邊緣文化的本質乃是不受權力限制的自由文化。這種氛圍中，真感到「無立足境」的漂流，其樂無窮。漂流中如獨行俠，而心中的你、我、他三者的共語對話，更是韻味無窮。

上世紀八十年代我發表了《論人物性格二重組合原理》，講的是「二」，二元對立與二元互動；後來發表《論文學主體性》，也還有主、客的二元對立與互動。而高行健則發現「三」，發現主體（人）具有三個坐標，而不是兩個坐標，主體內部是三重關係，而不是兩重關係，從二維擴大到三維。他發現世界上的一切語言都是三個人稱，主體都具三重性。老子說：「一生二，二生三，三生萬物。」這個「三」便派生出萬物萬相。在高行健的小說和戲劇中的三個人稱，就派生出千百種心靈訴說與對話。

高行健的三人稱、三坐標，是個巨大的藝術發現。他的冷文學，都與此相關，都來自「你」、「我」中抽離出來的旁觀者「他」。我們不妨重溫一下他自己的解說，高行健在《另一種美學》裏這樣說：

藝術家對自我的控制其實還有另一種立場，對自我加以審視，讓「你」觀看「我」，也如同「我」觀看萬千世界一樣，並非聽任自我直接宣洩。中國傳統的寫意畫便蘊藏了這種觀點，而西方現代主義的作家和藝術家，從卡夫卡到賈克梅第則可以說是這種觀點的一種現代表述⋯⋯「你」一旦從自我中抽身出來，主觀與客觀都成了觀審的對象，藝術家的自戀導致的難以節制的宣洩與表現不得不讓位於凝神觀察、尋視、捕捉或追蹤。「你」同「我」面面相覷，那幽暗而混沌的自我，便開始由「他」那第三隻眼睛的目光照亮。

> 「你」與「我」的詰問與對話，這種內省，又總是在「他」的目光內視下。自我的一分為三，既非形而上，也不僅是一種心理分析，而是藝術家在創作中可以切實捕捉到的心理狀態。[1]

老子雖也談「三」，但這是純粹形而上的「三」，並非主體內的三坐標。弗洛伊德也發現三，自我被分解為「本我」、「自我」、「超我」，但是，弗洛伊德的三，只是靜態分析，即頭腦對心理的分析。這種分析如何通過審美形式進行文學與藝術的表達，那是一件極難的事。而高行健的天才，便是把以往哲學家頭腦中的三，變成生命的三和藝術的三，闖出一套新文體。這裏的關鍵是高行健在發現主體的三坐標之後，又抓住「人生」這個中介，把抽象的我變成具體的血肉之我，把邏輯分析中的主體變成活生生的個體。一旦抓住「人生」，就找到本我、自我、超我的人性落腳點，就找到展示生命狀態的另一片天地。也就是說，哲學的分析與頭腦的分析就變成生命實在的感受和文學的感性對象了。對主體（人）的認識，其前提是「一分為二」還是「一分為三」，很不一樣。以「三」為起點，對人進行三維呈現，這不僅是以人稱取代人物的寫作手法問題，而且是對人世界的一種根本認識。在文學藝術中，對「三」的發現，是個大發現，其重大意義還有待進一步闡釋與研究。

二十年前《車站》演出之後，有人刻意貶抑此劇摹仿貝克特的《等待果陀》，對此，我認真想過，總覺得這種判斷不對，因為《等待果陀》讓我感受到的正是哲學的思辨，而不是人生；而《車站》則是現實人生的感受，它所以能讓我笑得開心，是它說出我感受到的但未能表達出來的現實的荒誕。正像弗

1 高行健：《另一種美學》第二七頁，台北聯經出版公司，二零零一年。

洛伊德的心理分析是在頭腦中進行一樣，貝克特的戲似乎更多的是在頭腦中展開，而高行健的戲則更多是在心靈中展開，在生命的具體感受中展開。貝克特的思辨是「二」，高行健的呈現是「三」。

行健兄是我的摯友，對他無須刻意研究。無論是獲獎前為他作品所寫的序、跋和評論，還是獲獎後所作的講演和所寫的文章，都只是跟蹤他寫作和思想足跡而已，都是人生的一種快樂。在本文開始時提到的那一封信裏他就說：「好在精神相通，今後多寫信聯繫」，這是大實話，只是精神相通而已。這部集子的文章也許可視為高行健的精神相通者的敍述。

寫於二零零四年一月十五日

《八月雪》：高行健的人格碑石

一

高行健的劇本，有的讓我讀後開懷大笑，有的讓我進入哲學沉思，有的讓我像解謎似的琢磨個沒完沒了，唯獨《八月雪》，讓我讀後徹夜不眠。那個閱讀與閱讀後的夜晚，我充滿着「聞道」、「得道」的激動與喜悅。整個是獲得大自由的真理和走出黑暗洞穴的感覺。

未讀之前，我就知道這是一部關於禪宗六祖慧能的戲，原以為是一部宗教戲，讀後才明白這部戲和宗教一點也沒有關係。劇中的主角慧能，思想太犀利了。他看透了一切迷障，看透了權力和一切權力運作的把戲，甚至也看透了宗教。他是一個不認識字、不讀經書典籍的一代禪宗大師，卻又是一個真正把握了人生真理的天才。他用生命感悟的方式「明心見性」，走進了真理最深的內核。高行健的十八部劇本，雖然每部都融入自己的理念，但沒有一部是完全寫自己的。而這一部，寫的則是他自己，劇中的慧能便是高行健，慧能就是高行健的思想坐標與人格化身。人該怎麼活着？該怎麼「詩意地棲居於大地之上」（荷爾德林語）？該怎麼贏得最高的人性尊嚴與價值？該如何得到大解脫、大自在？所有的這些問題，《八月雪》中都作了回答，不是概念的答卷，而是形象的、飽含着詩意情感的答卷。二零零零年高行健獲得諾貝爾文學獎後，香港明報出版社出了一部《解讀高行健》的評論集，其實，解讀高行健，只要把《八月雪》讀深讀透就行了。《八月雪》裏藏着一個真實的、內在的、得道的高行健。

二

讀了《八月雪》後，我的第一感覺是走出被囚洞穴的大解脱。那個夜晚，我想起柏拉圖著名的洞穴比喻。那個比喻説，缺乏真思想的人就像洞穴裏的囚犯，他們只能朝着一個方向看，因為他們是被鎖困着的：他們背後燃燒着一堆火，面前則是一堵牆。他們所看到的只是由火光投射到牆上的背後東西的影子，並且把這些影子看成實在，而對於造成這些影子的真事物卻毫無所知。最後有一個人逃出了洞穴來到陽光之下，他第一次看到了實在的事物，並察覺到這之前他一直被牆上的影像所欺騙。想起這個比喻，便想到：慧能就是第一個走出洞穴的人。在《八月雪》之前，高行健《車站》裏那個不再等待的「沉默的人」，還有《彼岸》裏那個拒絕充當大眾領袖的「男人」，以及《逃亡》裏的「中年人」，都是第一個走出洞穴的人。高行健筆下不斷出現這種形象，是因為他本身就是一個自覺走出精神囚徒洞穴的人。

人如何獲得大解脱、大自在？這是高行健作品的總叩問即總主題。人生活在洞穴裏作為精神囚徒而不自知，人被眼前牆上的影子所欺騙也不自知。這些影子是甚麼？這些遮蔽個體生命的障礙是甚麼？高行健的作品，一部一部都在揭示，一部比一部深入，到了《八月雪》，便是一種徹底的揭示。

《車站》揭示的牆上影子，是那種盲目等待的集體妄念，「沉默的人」走出的是集體蒙昧的洞穴。《彼岸》中的影子則是集體意志，劇中的男人走出的是暴眾與暴君的洞穴。而《逃亡》中的牆上之影則是革命與民主，劇中「中年人」要逃離的是自我的地獄，那是深藏在自己身上的洞穴。自己做自己的囚徒，不得解放，還想解放他人，這是當代病。我把《靈山》也解讀為「逃亡」。從政治牢房逃向邊陲自然與邊緣文化之中，與其說是尋找靈山，不如說是精神逃亡。說到底，《靈山》是一部精神逃亡書。上述這些作品的主題，在《八月雪》中全得到深化與徹底化。它告別一切妄念，拒絕各種權力，拒絕當救世主和一切救世的謊言，拒絕樹碑立廟而充當他人的偶像，甚至拒絕傳宗接代的神聖衣缽，他不在乎這一切，認定只有遠離這一切影子，才能走出囚徒的洞穴而擁有自由。

歷史上的慧能本就非常了不起，在「唯識宗」繁瑣教條統治的語境下，他以「不立文字，以心傳心」、「不二法門」、「頓悟」等方法論放逐了令人窒息的概念體系，啟迪人們捕捉真思想、真見解，這是中國思想史上最了不起的飛躍，也是世界宗教史上一次了不起的革命。無論是基督教、伊斯蘭教還是佛教，其創始人均被視為救世主，其教義也是以救苦救難的「救世」思想為中心的精神系統，而慧能則告別這種宗教大思路，獨闢蹊徑，草創了「自救」的精神與方法，在人類精神史上獨樹一幟。這是產生於中國土地上的一種精神奇觀。可惜這一奇觀始終沒有被世界充分認識，甚至也沒有被中國的知識界充分認識。在當代，雖然有許多「禪宗史」著作，但都知識性與複製性太強，不能把禪宗的思想精華特別是慧能的精神充分闡釋出來。而高行健對慧能的認識卻是切入心靈的認識。他以整個生命領悟到慧能的智慧之謎及其巨大的精神價值，把慧能看得和基督一樣偉大。這位禪宗第六代傳人，用一種非文字的生命語言寫出一部看不見的「東方聖經」，宣示了一種只有用感悟的方式才能讀懂的真理。高行健這種感受倘若要用理論語言與邏輯語言來表述，恐怕永遠說不清，即使表述得很清楚，人們也未必信。尤其是西方的學者與作家，恐怕很難進入慧能的精神內核。高行健創作《八月雪》，正是捕捉人類精神界這一弱點甚至是空白點，選擇一種與慧能相似的方式，即直覺、感悟、意象的方式，把慧能透徹的思想展示出來，讓人讀後驚心動魄。

三

說慧能透徹，首先是慧能把世界看得透亮。在慧能看來，「世界本就如此這般」（劇中語），過去如此，今天如此，明天還是如此。人性大約也是這樣，過去這樣，今天這樣，明天還是這樣。《八月雪》的結尾表述了這一思想：

今夜與明朝，
同樣，同樣，同樣，
今夜與明朝，
同樣美妙，
還同樣美妙。

今夜與明朝，千年前的今夜與明朝，萬年後的今夜與明朝，人們到處都在生活，都在謀取各自的營生，「買房的買房」、「賣笑的賣笑」、「打樁的日日作打樁」、「老橋朽了蓋新橋」（劇中語），世界既然本就如此這般，那麼，說世界可以改造、革命可以改變一切、烏托邦天堂可以建構，這是真理還是謊言？丟開謊言，才有生活，才有生命的實在。實在就是當下要充分而有尊嚴地活着，要順其自然、尊重生命自然地活着：

歌伎：（唱）捉筆的弄墨，
屠宰的握刀，
無事品茶，
有病才吃藥。
作家：（唱）做餅的揉麵，
掏糞的趕早。
歌伎：（唱）小兒哭，
作家：（唱）生下來了，
歌伎：（唱）老頭兒無聲無息，
作家：（唱）走了。

生活是自然的，生死也是自然的，平平常常，普普通通，沒有甚麼輕如鴻毛的生命，也沒有甚麼重如泰山的死亡，世界就是這樣走過來的。慧能正是用這種平常之心和普通人的眼睛去看世界，所以就看得客觀，就看到真實，就看透了各種誇大膨脹的世相和支持這些幻相的各種權力把戲。把「世界本就如此這般」看透了，英雄崇拜、個人崇拜、救主崇拜就沒有立足之地，各種謊言、妄言也就斷了根源，面對那種超人大話和救世的許諾，也只一笑了之，不必聽信，也不必自尋煩惱：

作家：這世界本如此這般，
歌伎：哪怕是泰山將傾，
　玉山不倒，
煩惱端是人自找。

有了平常之道，有了對世界平常而透徹的看法，才有大灑脫，這是《八月雪》揭示的第一真理。

四

二十世紀的存在主義哲學曾風靡一時，然而，如果說，海德格還是在尋求存在的意義、尋找「道」，那麼，老子、慧能則是存在本身與道本身。海德格的「道」（存在意義）是用概念範疇體系表述的，而慧能則是用他的生命存在形態加以展示。《八月雪》所表現的慧能的生命形態最平常又最奇特，可謂舉世無雙。

他本是宗教領袖，但他拒絕領袖的姿態，也拒絕任何偶像，既不崇拜任何外部偶像，也不讓他人把自己當作偶像。當他聲名遠播，武則天皇太后和唐中宗皇帝要請他進宮當大師，為他修廟宇、設道場，讓他到京城裏當佛王時，他拒絕了，皇帝派使者薛簡按劍相逼也沒用，即使斷了腦袋也不去。他決心遠離權力中心，決心不扮演神秀那種「兩京法主、聖上門師」的角色。他知道，一旦當了這種「王師法主」的領袖角色，一旦進入宮殿讓人供奉起來，那就得故作領袖姿態和神明的姿態，妄念就從這裏開始，迷信就從這裏發端，他就甚麼也想不透，即便想透了也說不透，在巨大權力的陰影下，還有說透的自由嗎?古往今來，誰想當「王」當「主」當「聖」，誰就失去自由，永遠都是如此。

慧能既拒絕充當領袖，也拒絕充當救世主。一個活的教宗，天經地義本就是「救世主」，可是他拒絕這一角色，並告訴人間不要去求救主。他反覆說明的是「萬法盡是自性」。這是佛法之心，拯救的真理全在其中。開悟自性，仰仗自性，這就是自己救自己，就是開掘生命的內在可能，他讓宮廷使者轉告皇帝的也是你不必到外邊尋覓菩薩，一切都取決於自己的心性，佛就在自己的心中。他說：「……慧能別無他法可說皇帝。自性迷，菩薩即是眾生；自性悟，眾生即是菩薩，慈悲即是觀音，平直即是彌勒。一切善惡都莫思量，自然得入心體，湛然常寂。」而他最後叮囑弟子的話，也是自救的真理：

> 後人自是後人的事，看好你們自己當下吧！我要說的也都說了，沒有更多的話，再留下一句，你們好生聽着：自不求真外覓佛，去尋總是大癡人。各自珍重吧！

他鄭重告訴弟子，不要給後人製造救世的幻相，你們也不要有可當救主的幻覺，還是在當下活得真實，自我拯救。至於菩薩，那也是在內不在外，可不要到山林寺廟等外部地方去尋覓，倘若不知菩薩就在你自己心中，那你就是大傻瓜。講得如此透徹，古今中外，恐怕再也找不到第二家了。

《八月雪》裏寫得最為精彩的中心情節，是慧能扔掉傳宗接代的「衣缽」。禪宗自達摩創立後，衣缽一代一代相傳。衣缽是領袖、權力的象徵，又是教門之內「正宗」的象徵。歷來的宗教門派和江湖門派爭的都是這個衣缽所指涉的正宗統治地位，從中國到世界均如此。伊斯蘭教中的原教旨主義與非原教旨主義之爭，上帝光輝下的天主教、猶太教、基督教、東正教之爭，佛教中的大乘、小乘之爭，所爭的都是正宗地位。因此，衣缽可說是教門法寶、接班符號。可是，慧能把「衣缽」也看透了。他看到「衣缽」也是空，本來無一物，你爭我奪的衣缽也是「無」。這才是空到底，無到底，才是大徹大悟。當弘忍傳衣缽給慧能時，慧能就問師父：「法即心傳心，這袈裟又有何用？」弘忍雖然指出弟子「代代相傳、心燈不滅」的道理，但心裏也明白這種衣缽接班的方式可能會導致正、邪的權力之爭甚至會導致接班人的生命危險，所以他讓慧能接缽之後立即逃離此地。他說：「此地法泉已盡，別看這偌大的寺廟，香火鼎盛，雖說都來求佛，一個個功名心切，急不可待，也不知求的甚麼？中原更是是非之地，今後佛法難起，邪法競興，攀權附勢，依賴朝廷。汝係嶺南來，當南去隱遁，而後再行化迷人，普渡眾生。」慧能聽了師父這番話之後便向南逃亡，果然，以惠明為首的教徒們追殺而來，慧能在緊急之際，當機立斷，故意撒手，讓缽墜地粉碎。當惠明大怒時，慧能以「佛法無相」給予點撥，才開悟了惠明。除了缽，還有達摩東來所授的法衣，也一代傳一代，慧能臨終前，弟子法海問「大師去後法衣當付何人？」他回答說：

> 持衣而不得法又有何用？本來無一物，那領袈裟也是身外的東西，惹是生非，執着衣缽，反斷我宗門。我去後，邪法撩亂，也自會有人，不顧詆毀，不惜性命，豎我宗旨，光大我法。

不僅弘忍傳下的「缽」不要，達摩傳下的「法衣」也不要，說到底，衣缽也是身外之物。就這樣，慧能讓禪宗的衣缽接班遊戲在自己手中了結了。這是一個偉大的終結，其啟迪意義遠在宗教之外。無論是宗教還是江湖，無論是政治還是學術，都可從中得到大啟發。既然有衣缽所象徵的正宗，就有持缽者所界定的異端，門派之爭就不可避免，人性之惡也就從中泛起。慧能看透了這種神聖之物恰恰是「惹是生非」的禍害，看透了可怕的是打着衣缽的正宗旗號排斥異端、殺害異端的權力之手和沽名釣譽之徒。在自己手中了結衣缽，就是了結權力之爭，唯真理是崇。禪宗到了慧能這裏是個飛躍，其實，整個中國思想史到慧能這裏也是一個飛躍。在中國思想史上，典籍汗牛充棟，有哪一個思想家對身外的權力、虛名、地位看得如此透徹?!許多哲學家看到的其實也是衣缽投在牆上的影子，看不到衣缽的實在。

柏拉圖關於洞穴的著名比喻，最後還是希望走出洞穴的人再回到他從前的囚犯同伴那裏，把真理教給他們，指示他們出來的道路。但慧能不這麼做，他選擇了逃亡之路，他明白精神囚徒的洞穴不只一種，權力的洞穴、衣缽的洞穴之外還有概念的洞穴、主義的洞穴、自我的洞穴。逃出一個洞穴，就是一種飛躍，他將不斷地逃亡下去，在逃亡中，他才獲得人生的大自在。這就是《八月雪》所揭示的自由真理。高行健的全部人格都與這一真理息息相連。

寫於二零零四年二月

黑色鬧劇和普世性寫作

——《叩問死亡》（中文版）跋

一

二零零一年還在香港時，行健兄就告訴我，法國博馬舍戲劇協會已在巴黎法蘭西喜劇院小劇場，排演朗誦過他獲得諾貝爾文學獎之前已脱稿的法文劇本《叩問死亡》。從那時候起，我就一直渴望讀到中文劇本。後來他忙於導演《八月雪》、《週末四重奏》和馬賽「高行健年」的一系列活動，加上身體不適，一直未能如願。沒想到，二零零四年伊始，行健兄突然送來一件寶貴的新年禮物：《叩問死亡》的中文劇本打印稿，真讓我喜出望外。篇幅不到三萬字，大約只有法文劇本的一半長度。他告訴我，費了不少心思，因為這不僅是法文版文本作一次翻譯，而且是根據中文的行文方式進行重寫。儘管原意沒有變動，但表述的語言不同，不能不另下一番功夫。讀完劇本，我的第一感覺是：「太透徹了！」是的，我必須用直覺的「透徹」二字來説明高行健這部新作，四年前他所完成的第十八部戲劇。所謂透徹，指的是思想的徹底和表達得透徹。行健以往的劇本也不迴避問題和人的困境，但沒有一個劇本像《叩問死亡》如此尖鋭、如此透徹揭示當代社會人所面臨的巨大危機。不僅是當代藝術的世界性危機，而且是現時代人們面臨的普遍精神危機。自從尼采宣告「上帝死了」，一場又一場的政治革命和藝術革命貫串整個二十世紀。革命者紛紛宣佈以往的藝術已經死亡，自己便成了從零開始的新造物主，於是，他們橫掃一切，否定歷史的積累與文化的傳承，打破一切藝術規範和審美的原則，直到把當代藝術的創作推向絕境。

《叩問死亡》寫作的時間正是二十世紀和二十一世紀之交，劇中的唯一角色就處在這個時間點上，絕對的當代。他是一個也許是因為施工而被誤關在現代藝術館裏（現實空間）而找不到出路的觀眾。這個老人在當代時髦的藝術革命家眼中該又是「狂人」了吧，他所提出的大叩問，該又是另一部《狂人日記》了吧。然而，恰恰是他最清醒，最嚴肅；他徹底揭開當代藝術的面紗，指出當代藝術已經死亡，現代藝術館已變成一個巨大的垃圾堆，一個墳場，其中陳列的其實是藝術的屍骨。更為可笑也更為深刻的是，他突然意識到，他本身可能也面臨着一種危險：說不定已經被藝術館主宰了，要活活被憋死在這裏，熬成乾癟的樣品，他的一副骨頭架子也要成為最時髦的藝術。既然有那麼多破爛和垃圾都進入展覽館，出了一本又一本精裝的目錄，並贏得最時新的評論，那麼一個被誤關又無人理睬的藝術觀察者，為甚麼沒有入展的可能？說不定還要被捧為人類首例展品而被列入未來的藝術史冊哩。這是黑色妄想曲，但又是當代藝術世界的現實。當代藝術已經進入空前的大荒誕：觀念取代了審美，顛覆取代了創造，藝術手筆變成了對前人大打出手：「要出名就踩、就踏、就碾碎、就斬草除根，就朝大師開火。」（劇中語）總之，就革命，就革革命，就革革革命。正像魯迅的《狂人日記》最後撥開四千年中國文化庫存中密密麻麻的文字而看出「吃人」二字一樣，高行健此次撥開了密密麻麻的體系、觀念、主義和層層疊疊的所謂當代藝術，喊出「垃圾」二字。不迴避問題，不拐彎抹角，直面時代最根本的病症，直面謊言與騙局。高行健的《叩問死亡》此次作了一次時代性的吶喊，一次宣言性的告別；告別藝術革命，告別當代藝術給世界造成的幻覺，告別二十世紀以來的藝術顛覆的理念。

現代藝術的深重危機，來自藝術主體——現代人自身。藝術的瀕臨死亡只是現代人精神沉淪、精神死亡的一種徵象。藝術已經失去它的本然意義，人也失去它的本然意義。活着的意義成問題，死還有甚麼可怕？所以，《叩問死亡》說人老了比死還可怕。其實，並非真的人老了可怕，而是老了軀殼尚未消滅之前精神已率先自我消滅，是老了找不到精神出路：往後看，覺得自己「一輩子報廢了」；往前看，「不可能再活一回」，此刻只能和沒有生命且走了氣的模特兒跳舞，生活在幻覺之中。那麼，出路在哪裏？戲劇主角一開始就在關閉的藝術館裏左衝右撞，找不到門，沒有出路，最後只能自殺自我了結，上吊的繩索便是出路。高行健給自己的主人公開了一個大玩笑，一個黑色的大玩笑。《叩問死亡》就是這樣一齣鬧劇，一齣找不到出路的黑色鬧劇。

二

《叩問死亡》在法國演出後，有評論說：這是貝克特的《等待果陀》似的戲劇。這只說對了一半。《叩問死亡》和《等待果陀》一樣，沒有大場面，沒有情節，沒有人物性格，只有對世界的質疑。然而，《等待果陀》還是個悲劇，還有「等待」，還有悲憫，似乎還「看不透」；而《叩問死亡》卻完全沒有等待，完全看透了等待的虛構和世界的各種騙人把戲，並且將「把戲」撕得粉碎。完全是一個看透了的鬧劇，雖是鬧，卻非常深刻、非常嚴肅，也許可稱為高行健的黑色荒誕。

在這之前，高行健所寫的十七個戲劇本中，也有介乎喜劇與悲劇之間的《冥城》，地獄裏的眾生相雖然也鬧得很熱鬧，但其中含有對婦女的濃烈悲憫，因此悲劇性很強。《叩問死亡》的結局雖然是自我了結的死亡，卻沒有悲憫，只是一個黑色的大玩笑，這是高行健對二十世紀虛假觀念的徹底告別。高行健在《沒有主義》、《另一種美學》中對尼采和受尼采所影響而十分誇張的悲劇情懷作過許多批評，而各種名目的革命所強調的犧牲情懷，他更是提出質疑。《叩問死亡》刻意擺脫古典悲劇的內涵和審美形式，徹底拋棄英雄救世的謊言和對救世主的幻想。這個大鬧劇，嘲弄了荒誕的世紀與荒謬的藝術，也嘲弄了人自己。一百年來，社會、政治、文化的騙局比比皆是，看不透的以為是悲劇，看透了便知道是大鬧劇。《叩問死亡》是看透了的《好了歌》，只有「了」（了結），才能好，只有徹底的「了」（死亡），才有重生的可能。劇本最後這一了，貌似輕，實則重，貌似消極，實則積極。

我把《叩問死亡》的審美形式界定為黑色鬧劇，就是說，它既不同於悲劇，也不同於通常的喜劇，甚至也不同於已有的荒誕劇。說它不是悲劇，是說沒有悲憫，它把當代藝術和當代的一些觀念遊戲視為「無價值」，也同時嘲弄了現時代喪失了價值的人自己；說它不是喜劇也不是荒誕劇，是因為此乃大滑稽、大怪異與大玩笑，它把撕毀對象推向滑稽的極端，「鬧」到最後自我消滅，不再給讀者製造任何幻相。這種黑色鬧劇是荒誕劇的發展，它比荒誕劇對現實的揭示具有更強的力度，是一種極高的審美形式。高行健的藝術原創性很強，這種把荒誕推向大滑稽卻反而十分嚴肅（大主題）的戲劇形式，即大鬧即靜的形式，不能不說是一種新的藝術經驗。

三

《叩問死亡》的叩問對象是整個當代的人類世界。瑞典學院獻給高行健的諾貝爾文學獎讚辭說，他的作品具有「普世價值」。《叩問死亡》再次證明這一評價十分中肯。其實，早在一九八六年高行健在中國國內創作的《彼岸》，其視野就超越了中國問題，進入普世性寫作。《彼岸》發表時我也剛剛發表《論文學主體性》，主張文學必須從黨性、集體性裏走出來，把藝術主體的個性內在力量解放出來，去重新獲得自身的個體經驗語言。我讀到《彼岸》特別興奮，印象也特別深刻。這部戲劇已沒有中國背景，也沒有中國情結，它把中國人人都有過的經驗提升為個人與集體、個人與群眾、個人與權力的普世問題。在「玩繩」的集體遊戲中，繩子突然變成河流，玩繩者爭先恐後爭渡到彼岸，卻全部癱倒在失語的此岸，完全丟失了個人語言。只有一個女人站在群體之外，從最基本的音節開始，重新教人們學語，可是暴眾扼死了她。一個「人」站出來指責暴眾，眾人卻又要推他為領袖，他拒絕了，寧可獨處。嚴格地說，高行健的精神逃亡從《彼岸》就開始了。後來他一再強調的「個人的聲音」，一再聲明不做大眾的代言人，也是從那時候開始。他已充分意識到：所謂群眾、大眾、人民，這既是龐大的群體，又是個空洞的抽象，不過是掌權者用來剝奪個人權利的一種幌子。群體與大眾所要求的只是最低的平均數，而藝術家卻應當是充分個人化的，藝術創作也完全是個人的行為，他追求的不是平均數，而是突破平均數的深度、高度與力度。如果思想者與藝術家迎合群眾的口味，當甚麼群眾的領袖和代言人，就注定要落入平均與平庸的末路。

高行健逃亡到國外之後，這種告別群體的自覺化作內在創造力，使他更是遠離中國情結，獨立地面對西方、面對人類普遍困境（從生存困境一直到精神困境、乃至人性的困境）。一九九一年在法國發表《生死界》，一九九二年發表《對話與反詰》，一九九三年發表《夜遊神》，一九九六年發表《週末四重奏》，全是探索普世問題，即所有人（不僅是中國人）的問題。《叩問死亡》也是這種普世性寫作的繼續，而且是一個總結，一個發展。其發展點除了審美形式上進行新的實驗，作品的普世內涵也更為宏觀，更為深廣。這部作品是　個對這後現代消費社會人的普遍困境的大哉問。如果說《彼岸》中，個人面對的是權力和暴眾，那麼，《叩問死亡》面對的則是全球化潮流。在此大潮流中，一切都市場化，商品化，連文化也是如此。市場無孔不入，文化消費代替了藝術創造。佔主導地位的西方文化變成超級大文化，它正在吞食一切異質文化與亞文化，在此潮流中，連民族性都難以存在，個性更是沒有立足之地。由此，世界變得空前乏味，精神普遍蒼白，個人聲音聽不見，人類面臨着一個真正「失語」的歷史性危機。那麼，人類該怎樣擺脫這一困境？二十世紀一個革命接着一個革命，不僅沒有解決人類的基本問題，反而帶來各種後遺症。革命的藥方不行，全球化潮流又難以阻擋，該怎麼辦？在這種歷史場景中，泛泛談人權、人性、人道、自由都顯得空洞。《叩問死亡》正是在此語境下，對西方時興的文化觀念提出挑戰，我相信，這是對西方文化的一次巨大的觸動。

高行健獲獎之後，有些論者誤認為他逃避一切，其實，他只逃避市場，逃避集團意志，逃避政治控制，並不逃避問題，並非象牙塔中人。他對人類的普遍問題，不僅介入，而且介入得很積極、很深。只是他不從政治層面上介入，也不從意識形態層面介入，而是從他自己選擇的層面即人的生命價值層面介入，也可說是從存在意識的層面介入。正是從這個層面介入，所以他的思索便明顯擺脫了中國作家往往難以擺脫的三個框架：（1）中華民族的國家框架和民族框架；（2）「持不同政見」的政治框架；（3）本族語言框架。從《彼岸》開始，高行健就跳出第一、第二種框架。出國後高行健完全超越極權、社會制度等問題，不僅揚棄國家背景，而且跳出政見的糾纏。更進一步的是不僅用中文寫作，而且兼用法文寫作，在語言上也走出一國一族的範圍。在中國現代文學發展史上，高行健是第一個如此進入普世性寫作而獲得成功的作家，並且是用雙語寫作（中文和法文）豐富了世界文學。

四

對高行健戲劇的價值早已發現，並深有研究的胡耀恆教授曾説，高行健的最大貢獻，是把「哲學戲劇化」，確乎如此。二十世紀的荒誕派其實也可以説是哲學的戲劇化。因為有這前者的存在，所以我要補充説，高行健的哲學不是思辨，不是邏輯推衍的理念，而是具有深切生命感受的思想，帶着濃厚的血肉蒸氣的思想，他的戲劇甚至可稱為思想家戲劇。他的叩問，是思想家通過戲劇形式對時代的叩問。

高行健在《沒有主義》和其他一些論述文章中，一再表明他的文藝觀，認為文學藝術創作，就是要捕捉當下的感受，尤其是內心那些難以捕捉的感受，然後把這些感受凝結於審美形式之中。我在談論《週末四重奏》時，把此劇界定為「狀態戲」，正是説，高行健對世界戲劇有一貢獻，就是把人的內心狀態變成了鮮明的舞台形象。所謂狀態，就是那種看不見的、難以捕捉的、但又確實存在的精神景觀和精神現實，這是情節無法包容、無法表現的。高行健把這種看不見的、但可以感受到的狀態訴諸戲劇，確實是一種大本領。本是文字難以言傳，高行健卻偏偏賦予充分的文字表述，這充分便是創造，便是意義。高行健不僅在表述中發現文字藝術的意義，從而也賦予人生的意義。

李澤厚在新著《歷史本體論》中多次以高行健的劇本為例，論述歷史本體與生命本體時，引述《夜遊神》劇本中的一段對話，作出這樣的評釋：

> 詞説着人，人就是詞，是詞的各種組合支配下的一部份、一分子。這不是「真」的你，然而又正是你。人生就是如此。怎麼辦？沒奈何！這人也就是「我活着」——人生的無奈。高的

> 作品那麼多性愛描寫，我以為真正突出的就是人活着的無目的性：人生無目的，世界無意義。也許作者本人並不認同甚或反對這一解釋，但這正是我要提出的問題。

澤厚兄提出了一個很重要的問題，可視為行健叩問的叩問，這也是我的一個問題。我覺得，說行健持有「無目的」觀，似乎並不冤枉，但說行健完全撕掉意義又似乎說不過去。《叩問死亡》中有一段緊要的話：

> 這傢伙好邪惡，跟這世界一樣齷齪，唯一的區別只在於：這世界原本無知，而他卻充分自覺。

在高行健看來，世界是無知的，因此也談不上甚麼目的。世界會走向何處？歷史會走向何處？地球原先是恐龍的世界，現在的主人則是人類，而人類有文字記載的文明史才幾千年。幾千年的世界變化如此之大，將來如何？誰也無法知道。

種種烏托邦與其說是預言，不如說是謊話，世界並沒有甚麼終極目的和終極意義，高行健在粉碎終極目標和救世主的神話的同時，只肯定了一點，這就是：人有「自覺」，也即有意識，而意義就在於人對自身和世界的意識之中。高行健的每一部小說和戲劇，都充分意識到人的尊嚴與價值，都在為人的基本價值而呼喚。他的創作，正是對人自身和對世界的意識的審美提升，這提升，又是無目的的合目的性，是最高目的。二十世紀的各種革命、主義、體系和社會價值觀，對人的價值與尊嚴一再掃蕩，而在後現代全球化不可阻擋的潮流下，藝術和藝術家都被商品消費的機制解構了，藝術中的人性和人性尊嚴變成無意義。高行健對無意義的揭示正是重新肯定人的意義，尤其是個體生命、個體聲音的意義。《叩問死亡》恰恰是通過個體生命被抹煞後的無價值呈現進行反抹煞，換言之，是通過「無」呼喚「有」，即通過對虛偽價值觀的撕毀而尋找生命的原點和生命價值的最初依據。所以，讀了高行健的作品，包括《叩問死亡》，不僅不會悲觀或頹廢，反而會獲得一種告別虛假價值觀的力量，不再沉湎於種種主義製造的幻覺之中，而會抓住生命的當下，努力實現本真本然的意義。

閱讀高行健的作品並領悟其中的奧妙，令人意識到作為活生生的人不必為外在的權力而活，不必為政治理念和烏有之鄉而活，更不必為那些虛假的價值觀與倫理觀而活，倒是應當為自己的生命當下而活，而發出瞬間的光明。當然，這種活法必要的前提是自由。自由，不僅是人身自由，而且是充分表述的自由。人的行為自由總是受限定的，而人的精神自由卻無邊際，也沒有限制。然而，不管何種自由都須有這樣一點意識：自由是自給的，不是他給的。自己不去爭取，即使擁有自由的條件與環境，也不可能擁有自由。讀了《叩問死亡》，令人意識到告別他人製造的體系和主義，拒絕捲入時代潮流，回到生命，活在當下，才可能有所創造。這就是高行健的價值觀，意識即意義的哲學觀。這種哲學不是思辨，也不是體系，自然也沒有體系空洞的言說，而是屬於高行健個人切實的認識。這是他一個人的聖經，這一聖經使他在當下把握住無限自由進行精神價值的創造，又使他勇於面對權力、市場等無所不在的大潮流，挑戰社會和獨戰多數，保持其精神獨立，並不斷發出叩問和生命個性的光輝。

寫於二零零四年二月八日

論高行健狀態

——在香港大學、科技大學、浸會大學、理工大學的講演

一

高行健獲得諾貝爾文學獎，確實是件劃時代的大事。余英時先生得到消息後，引用蘇東坡的兩句詩並改動三個字，祝賀高行健：「滄海何曾斷地脈，白袍今已破天荒。」[1]可謂非常貼切，高行健的確破了百年天荒。

高行健今年六十歲，屬龍。所以，二零零零年（龍年）算是他的本命年。他比我大一歲，但在我心目中，他一直是一條比我聰穎的文學之龍，只是相貌有點烏黑，完全沒有龍的強悍之狀。高行健獲獎後，我又一次覺得中國「葉公好龍」者太多。拿不到諾貝爾獎時，怪人家有政治偏見；拿到諾貝爾獎後，又怪人家有政治目的。同行中不少人反應模式也幾乎是一樣的：意外，高興，說「未必最好」。倒是法國、瑞典和其他一些「異國」的反應非常率真，法國總統、總理、文化部長給高行健的賀電說：「你以中國文學豐富了法國文學」，一語道破了真諦。能夠用漢語寫作的中國文學豐富了拉伯雷、蒙田、盧梭、雨果、巴爾扎克、福樓拜、左拉、斯湯達、波德萊爾、普魯斯特、卡繆這些天才們創造的文學傳統，這

1 此二行詩出自宋代朱彧《萍洲可談》卷：「東坡責儋耳，與琼人姜唐佐遊，喜其好學，與一聯詩云：『滄海何嘗斷地脈，白袍端合破天荒』」。余先生在第一行改了一個字，「嘗」改為「曾」；第二行改了兩個字，「端合」改為「今已」。

是何等的光榮，我真為高行健高興。瑞典文學院更是直言不諱地說：《靈山》是一部「罕見的、無與倫比的文學傑作」，高行健以「作品的普世價值，刻骨銘心的洞察力和聰明機智的語言為中文小說藝術和戲劇開闢了新的道路。」馬悅然甚至說：《靈山》是「二十世紀最偉大的小說之一」。這種審美判斷斬釘截鐵，不留任何餘地。不像我們考慮那麼多，生怕說出「偉大」二字會傷害文學老前輩和得罪自負的同輩、下一輩。相比之下，才覺得「性情在別處」、「天真在天涯」。

高行健早在一九八七年就到法國，一九九七年才正式加入法國國籍。屬於法籍華裔作家，正像楊振寧、李政道等屬於美籍的中國華人科學家。尤其重要的是，高行健一直是用漢語寫作，他的代表作長篇小說《靈山》和《一個人的聖經》是用漢語寫作的，然後才翻譯成瑞典文、法文、英文。他的十八個劇本，也只有四個是用法文寫的，其他都是用漢語寫的，至於他的文學理論著作，更是漢語寫成的。因此，他的得獎，是漢語寫作的勝利。也就是說，瑞典文學院這個獎雖然是授予高行健，實際上首先是發給漢語，發給我們母親的語言，這是我們母親語言的勝利。五四運動中，激烈的改革者如錢玄同等，曾經主張廢除漢字，以後又有人主張我們的文字應當拉丁化，對漢字漢語沒有信心。也有的作家覺得我們的語言文字所傳達的情思很難與世界相通，認定「美文不可譯」，但是，高行健的寫作成功，說明漢語寫作的美文可以打動西方人的心，可以和世界上任何一種語言寫作媲美，漢語擁有無限光明的遠大前景，它可以創造具有「普世價值」的最精彩的文學作品。因此，高行健獲得諾貝爾文學獎時，我們為之慶賀，這乃是一種原始的民族文化感情，女媧、倉頡子孫的原始感情，這種情感近乎本能。一九九八年，葡萄牙的左翼作家、共產主義者薩拉馬戈獲得諾貝爾獎，葡萄牙政府立即聲明我們要放下分歧，共同慶祝「葡萄牙語的勝利」。在歐洲，葡萄牙語屬於小語種，能出現一位用葡語寫作的大作家，誰都高興。這是一種原始性的喜悦，一種帶有民族本真本然的喜悦。可惜，我們的一些同胞連這種喜悦都沒有，他們離自由太遠，離文學也太遠，連母語的光榮都無法靠近。

二

我認為瑞典文學院在二十一世紀頭一年把該獎項授予高行健，這種選擇本身，也是一大傑作。這次授獎的歷史場合和二戰之後的冷戰時期不同。在冷戰時代裏，確實存在着意識形態的對立，因此，瑞典文學院把諾貝爾文學獎授予前蘇聯的索忍尼辛與巴斯特納克，引起蘇聯政府與作協的強烈攻擊，然而，到了一九七零年代，瑞典文學院又把該獎授予蘇共中央委員蕭洛霍夫，這已説明，他們把文學水平放到第一位來考慮，至於作家站在何種政治立場，那是作家的自由，他們不想干預。瑞典文學院沒有政治目的，但有價值取向。諾貝爾在遺囑中要求文學獎授予「富有理想主義的最傑出的作品」，這個「理想主義」，就是價值取向。儘管甚麼才算理想主義常有爭論，但是，體現人類理想應當是和平的即非暴力的，是真誠的而非虛偽的，是良善的而非邪惡的，這種經過人類數千年歷史積澱而形成的價值取向即基本價值立場還是可以把握的。像日本的三島由紀夫，在日本可説是真正的大作家，但是他崇尚暴力，諾貝爾文學獎就難以授予這種價值取向的作家。

高行健獲獎的歷史背景，不是十年前、二十年前的冷戰背景，而是全球精神沉淪的背景，即史賓格勒在《西方的沒落》一書中所預言的第三維度（人文維度）全面萎縮的背景。在這種背景下，高行健所表現出來的狀態，反叛一切物質壓力與物質誘惑而以全生命投入精神價值創造的狀態，顯得特別寶貴。

這是一種反潮流的狀態，中流砥柱似的狀態。

高行健是個最具文學狀態的人。甚麼是文學狀態，這一點中國作家往往不明確，而在瑞典、法國等具有高度精神水準的國家中，則是非常明確的。在他們看來，文學狀態一定是一種非「政治工具」狀態，非「集團戰車」狀態，非「市場商品」狀態，一定是超越各種利害關係的狀態。這一點高行健也很明確，他的所謂「自救」，就是把自己從各種利害關係的網絡中抽離出來。而所謂逃亡，也正是要逃離變成工具、商品、戰車的命運，使自己處於真正的文學狀態之中。

有些作家以為自己在寫作，就必然處於文學狀態之中，其實未必。看到許多作家非常聰明也非常世故，無論是地位、名號，還是金錢、玩樂，甚麼都要，把功夫用於詩外，在官場上商場上都混得很好；還有些作家，口頭上談佛、談禪，但名利心很重，甚麼都要，甚麼都放不下，如《紅樓夢》中的《好了歌》所云：「世人都曉神仙好，惟有功名忘不了」，「世人都曉神仙好，只有金銀忘不了」。這「忘不了」與「放不下」的狀態，當然不是文學狀態。高行健喜歡禪宗，是真的喜歡。他不僅喜歡，而且身體力行，把世俗所追求的一切都放下，對世俗的花花世界毫無感覺。他在巴黎十幾年，沒有固定的工資收入，幾乎是靠賣畫為生，過的是粗茶淡飯捲紙煙的日子，但他對貧窮也沒有感覺，惟有對藝術十分敏感。高行健把禪宗的價值觀與生命狀態融為一體，所以贏得大自由。

在中國二十世紀的傑出作家群中，真正具有徹底的文學立場的作家很少。像茅盾這樣有才華的左翼作家，也不得不把自己的作品變成政治意識形態的形象轉達形式（如《子夜》）。一九四九年之後，連老舍、巴金也不能不放棄文學立場，把文學變成為政治服務的工具。即使魯迅這樣偉大的作家，也不能不聲明自己願意「聽將令」，把自己的部份作品變成「遵命文學」。一九九二年高行健在倫敦大學的講演中就為魯迅與郭沫若惋惜。他說：「魯迅有《吶喊》、《徬徨》與《野草》，都是大手筆，至今仍可再讀。可惜他們後來都捲進了革命大熔爐，難以為繼，一個打筆仗耗盡了精力，一個弄成大官，作為擺飾，供養起來，便失去了靈性。」[1]當官的御用狀態與打筆仗的鬥士狀態都不是真正的文學狀態。左翼作家之外，像張愛玲這位本是反潮流的作家，最後也守不住文學立場，寫了《赤地之戀》這種政治號筒式的小說，演成天才夭折的悲劇。二十世紀下半葉，在老作家中，能把文學立場貫徹到底的，似乎只有沈從文，可是他的後半生幾乎沒有作品。八、九十年代，大陸新崛起的作家，倒有幾個堅持文學立場的中青年作家，但最徹底的是高行健。因為文學立場的徹底，所以他只做「文學中人」，而不做「文壇中人」，遠離「作協」，遠離文壇，甘為文壇的局外人。在中國，各級作協的會員兩三萬人，而高行健只有一個。他既不聽「將令」，也不聽大眾的命令。一個具有徹底文學立場的人，一定拒絕交出自由。所謂大眾，正是要求作家交出自由而服務於消費的群體，高行健以堅定的態度對大眾說「不」，包括不做大眾的代言人。

三

高行健的徹底的文學立場，使他選擇了流亡（逃亡）之路與退回自身（退回到自己的角色）之路。

逃亡，從表面看，是一種消極的被動的行為，事實上，這是一種非常積極的主動的行為。

1 高行健：《沒有主義》第一一二頁，台北聯經出版公司，二零零 年。

從高行健身上可以看出，逃亡，不是逃跑、逃脫與逃避，而是一種堅持與守衛。也就是說，逃亡正是堅持與維護最積極的文學狀態乃至整個生命的自由狀態，也正是堅持與護衛一種未被歪曲的文學精神與文學信念。高行健多次為中國文學中的隱逸精神辯護，而《靈山》本身又進入文學藝術的巔峰境界——逸境，顯然是他看到隱逸正是對文學藝術精粹的保持與守衛，置身局外完全是為了保護局內。中國最早的隱逸者與逃亡者伯夷與叔齊，他們的逃亡固然是對使用暴力方式更換政權的拒絕，更為重要的是為了延續一種非暴力的文化精神。王國維的自殺，也不能視為消極的行為，不能視為被歷史所拋棄而躲進死亡的深淵。王國維的自殺，實際上是一種自救的特殊形式與極端形式，是為了守衛和延續他自己的文學信念與美學信念：如果他不自殺，他就可能像一九四九年之後的一些學者反過來踐踏自身的學說與尊嚴。因此，與其說是被歷史所拋棄，還不如說是王國維把歷史從自己身上拋擲出去。優秀的作家，總是擁有一種一般作家所沒有的天馬行空的力量，這種力量可以把時髦的潮流從自己的身上拋擲出去，也可以把實體結構意義上的國家從自己身上拋擲出去，而帶着精神結構意義上的國家（即文化）浪跡四方。在高行健心目中，逃亡，正是精神結構的漂移，是文化的延續。他遠在法國，但是，禪宗文化的精粹卻在他身上保持得最好也發揮得最精彩。一九九三年夏天，在斯德哥爾摩大學召開的學術討論會上，我發表了《文學對國家的放逐》，其中心的意思是說，一個擁有人格力量的作家，不能總是徘徊在「被國家所放逐」的創作模式上（即「離騷模式」），而應當創造「自我放逐」與「放逐國家」的模式。放逐國家，不是不愛故國，而是在文學創作上把文學立場放在國家立場之上，然後穿越國家的限制而發出個人的聲音。五四時期的文學改革者呼籲要打破「國家偶像」，也是這個意思。

高行健在「逃亡」之後所找到的精神立足點是自身，也就是「退回到他自己的角色中」。這種退回，不是後退，而是一種前進，一種向內心的大前進，一種向人性深層與意識深層的積極挺進。文化是一種向內尋求的事業，文化與文明乃是兩個不同的概念，文明主要是指外部的物質工藝系統，文明的進步是向外尋求的結果；而文化則主要是指內部的精神建構，它是向內尋求的結果，即精神價值創造的結果。文化可解釋為以人為起點（從動物界分化出來的人）向天國（最高精神境界）上升過程中留下的痕跡。以文化的眼睛看宇宙人生，才會看到天堂、地獄都在自己身上。高行健借助禪宗，正是為了「直指人心」，直逼人性深處與思想深處。《靈山》描寫正是他經歷了瀕臨死亡的體驗之後的內心旅程，這是一部小說，又是一部精神漫遊史。初看時，是《老殘遊記》似的江湖外部歷程，細看後才知道是精神的內在歷程。主人公尋找的是一個永遠難以企及的未被中原官方文化所污染的精神本體——「靈岩」。這是一個南方楚文化的圖騰，又是脱離宗教色彩的禪文化的圖騰，而且是主人公所憧憬的審美理想的圖騰。這個圖騰是高行健的精神彼岸，他的八十一節小說（影射八十一難），每一節都是一隻小船，一船又一船，一程又一程，他想靠近的就是距離現實的噩夢非常遙遠的彼岸。《靈山》籠罩着原始的、神秘的氛圍，精神漫遊者在此氛圍中遇到各種各樣的靈異人物，從引誘男人的朱花婆到喜歡巴哈《安魂曲》的女研究員，到身體新鮮而敏感的文化館姑娘，以至雕刻天羅女神的老人，全都是通向靈岩的中介，這些中介負載的不是正統儒家教化文化的陳腐面孔，而是自然文化、民間文化、邊緣文化的清新的神韻。主人公的軀殼朝着故國的邊陲愈走愈遠，朝着內心目標的前行也愈走愈深，深到最後竟然分不清此岸與彼岸，分不清現實世界與超驗世界。（《靈山》第五十一節描寫那個偶然遇到的姑娘又突然不見後，寫道：「還哪裏去找尋那座靈山？有的只是山裏女子求子的一塊頑石。她是個朱花婆？還是夜間甘心被男孩子引誘去游泳的那個少女？總之她也不是少女，你更不是少男，你只追憶同她的關係；頓時竟發覺你根本說不清她的面貌，也分辨不清她的聲音，似乎是你曾經有過的經驗，又似乎更多的是妄想，而記憶與妄想的界限究竟在哪裏？怎麼才能加以判斷？何者更為真切，又如何能夠判定？」）然而，正是在精神深處的漫遊中，他才能與那些又美麗又奇特的女子相逢，而人生最高的愉悦就在這種奥德賽似的精神漫遊與精神相逢中。

《靈山》所描寫的是對生命本體的追求與體驗，追求中有一種對人類本真本然的精神的回歸。人到中年，才剛剛進入人生，馬上又面臨着死亡，生命之謎哲學無法解釋，人的劣根性良知無法醫治，神秘的經驗書本無法傳授，只好自己去經歷去發現。《靈山》正是作者對人生之謎的叩問，這種尋求與叩問，恰恰能打動處於生存困境的西方讀者。處於物質重壓下的讀者們，大約可從《靈山》中呼吸一股清新的空氣，這是邏輯文化與程序文化籠罩下的西方世界所沒有的空靈文化與感悟文化的清新氣息，這種氣息也許可以呼喚沉淪中的人類的天真。正是這樣，《靈山》打通了東、西方讀者的心靈，贏得了「普世價值」。高行健的精神十字架，縱向的是中國文化的「南」與「北」，橫向的是人類文化的「東」與「西」，他把東西南北的文化氣脈打通了。西方讀者不僅被他戲劇之中的荒誕感所打動，而且又被他小說之中的冷觀眼睛和文化精神所打動。

四

高行健「退回到自己的角色之中」，其積極的意義還在於他退回到完全個體的美學立場。他的巨著《一個人的聖經》，重要的是「一個人」，是個體生命。這不是一群人的聖經，也不是一代人的聖經，更不是一國人的聖經。這部聖經是個人的聲音，不是上帝的聲音，也不是使徒的聲音；它沒有神的神聖價值，但有個體生命的神聖價值。他不代表任何人，也不代表人民大眾。因此，他不是代表受壓迫的一代人去譴責，去控訴，而是「一個人」的驚心動魄的生命體驗與生命故事。

這「一個人」具有充分的個性，他的政治心理、造反心理、性心理都是充分個人化的。高行健只管個性，不管共性和典型性，不把個人形象變成群體的「共名」（何其芳的概念）。典型性是別林斯基和馬克思主義的主要文學概念，但高行健拒絕接受。典型性觀念往往會誤導作家刻意去表現一群人、一代人、一階級人的所謂本質，即刻意去追求所謂的歷史本質，結果是扼殺個人的生命活氣，也就是說，按照共性與典型性的假設去設計人物和編造故事，會把文學中的人物形象變成死物和死人物。只有把人還原為「個體」，這個人和這種文學才會活起來。楊煉在評論高行健時說了一句很精彩的話，他說：「落到『個人』處，中文文化仍然活着。」

在二十世紀的中國，無論是在政治思想領域，還是文學領域，都有一個重大的但是完全錯誤的觀念，這就是不把人看作「個體」，不看作「一個人」，而是把人看作群體當然的一員、一角、一部份，即所謂群體大廈的一塊磚石。與此相應，也就不是「一個人」獨立地去面對世界和面對歷史，而是合群地面對世界和歷史。這種觀念發展到最後，就是以群體和國家的名義要求所有的知識分子都要充當救國救民的救世主，要麼充當人民英雄，要麼充當受難者。高行健對此一再提出質疑。他說，整個中國近代的歷史，中國知識分子在確認自身的價值時，總是不得不把救國救民的重擔壓在自己的肩上，這種狀態是不是一種歷史的必然？中國知識分子能否有更好一點的命運？高行健認為，可以選擇更好的命運。這種選擇，就是「自救」，就是要從群體的觀念模式中解脫出來。

在流行的社會意識中，人們不把人看作「一個人」，而看作群體中的一個分子，那麼，他們就要求這個分子為一群人說話，為一群人犧牲，為一群人服務，也就是「你必須」。高行健的自救，是「我不承認我是群體的一分子」，我不受群體的擺佈和驅使，我只做我願意做的事。「我」作為一個人，只對自己的良心負責；作為一個作家，只對語言負責，也就是說，我的觀念不是「你必須」，而是「我願意」。所謂作家的主體性，全在於「我願意」之中。我願意的寫作狀態，才是活的狀態，自覺的狀態。

高行健正是這樣通過充分的個體化而堅持了文學立場。文學看起來最軟弱，然而文學一旦真正成為文學，它又是最強大的。

在上一世紀國家神話的政治壓力下和充當社會良心的道德壓力下，作家要回到充分的個體化立場（把人視為個體）是非常困難的。個體立場因為超越了兩極對立的集團之爭，便被當作「第三種人」的立場和被當作「民主個人主義者」的立場，從魯迅到毛澤東，都批判這種立場。與此相關，在現代文學歷史上，也完全沒有隱逸的權利，連魯迅也對隱逸進行很激烈的嘲諷與鞭撻。直到今天，學界的一些朋友，仍然不能尊重逍遙的權利，也不能理解逍遙的存在方式對文學藝術的意義。有人甚至認為這是對人民苦難的漠視，從而對這種方式進行道德審判，這種審判其實正是歷史對文學藝術的道德扼殺。扼殺者只知道同一層面上的對抗，不知道另一層面——另一精神維度上的拒絕是怎麼回事，也不知道，選擇隱逸方式，乃是一種自由選擇的權利。每個人都可以自由選擇，你可以選擇去犧牲，去與強權肉搏，但不能要求別人跟着你去犧牲、去肉搏。

二十世紀的世界文學巨人，從卡夫卡到卡繆到《齊瓦哥醫生》的作者巴斯特納克，都是站在高維度上對黑暗現實的拒絕。這種拒絕與沙特式的公開對抗不同，但它對黑暗的否定卻是致命性和毀滅性的。

生活在政治狀態而遠離文學狀態的人，永遠無法理解卡夫卡方式、卡繆方式。他們以為索忍尼辛的方式才是對人民苦難的關懷，而不知道卡夫卡方式是更深的關懷。在荒誕式的寓言背後（笑的背後）是作家最深邃的眼淚。高行健的方式是卡夫卡和卡繆的方式、巴斯特納克的方式，而不是索忍尼辛的方式。

高行健比同時代的中國作家更清楚地看到群體（包括大眾）對文學的危害，更清楚地知道剝奪寫作自由的力量不僅來自官方，也來自大眾和來自同行。大眾與同行作為一個群體時，他們往往扮演個體自由的剝奪者。《一個人的聖經》所暗示的正是：任何群體運動和群體方式，其最後的結果都是要你交出自由。因此，你要贏得自由，不能指望官方，也不能指望大眾與同行的恩賜，而要靠自己去爭取。只有從群體的觀念與方式中逃脫，贏得力量獨立面對世界與歷史時，你才獲得自由。一個深刻的精神價值創造者，不能期待許多人去理解他。在最深的精神領域，最後只有孤獨者對孤獨者的對話。高行健在獲獎前的孤島狀態，是一種正常的文學狀態。

五四新文學運動之後，中國文學的主流陷入「救亡」的模式與「啟蒙」的模式。無論是救亡還是啟蒙，着眼的都是一國人、一代人或一個階級、一個階層的人，因此，在文學中所尋找的典型人物，其所謂共性，也正是一代人的特性、一國人的特性、一個階級的特性。這種思路開始時也出現過傑出的作品，如魯迅的《阿Q正傳》，它可算是揭示了一國人的劣根性。但是，這種思路後來因為走火入魔而走向絕路，上世紀六、七十年代所出現的「英雄人物」或反面人物便一律是一個階級的代表。《一個人的聖經》提供給我們的藝術經驗很多，但首先是這部小說完全是「一個人」的生命體驗與「一個人」的藝術實踐，是他人不可重複的體驗與實踐。這個人不論是參與群體活動（文化大革命）的方式，還是性愛的方式，都是屬於他自己的。這個人在歷史上某一瞬間的行為、語言與情感，都是獨一無二的，任何其他文本難以複製的。同代人（例如我）可以因為他再現我們經歷過的時代而易於理解或受感動，但不會覺得「這個人」就是我的代表、我的代言人。他在公共生活與私人生活中的方式與我完全不同。在《一個人的聖經》中，群體完全是一個陌生者，一個讓個人難以生存的人類異化體。這「一個人」在群體的生活方式下惶惶不可終日，無處棲身，格格不入。這「一個人」在群體生活模式中，尤其是在群體革命模式中，完全不相宜。《一個人的聖經》反映出高行健本人對生存狀態的一種要求，這種狀態應當是個人擺脱群體名義與群體束縛的自由狀態。

五

退回自身，很容易被誤解為退回到「表現自我」的創作立場。高行健卻完全不是這樣，他從未落入自我的陷阱。恰恰相反，他在退回自己的角色之後，卻對自我保持了最清醒的認識並對「自我的上帝」進行最深刻的反省，這種反省又集中在他對尼采式個人主義的批評上。他説：

尼采上個世紀宣告上帝死了，崇尚的是自我。今天的中國文學大可不必用那個自我再來代替上帝。更何況，那個自我在卡夫卡之後，他已經死了，這是一個舊價值觀念迅速死亡的時代。我以為，我們的文學與其要西方那個迷醉的酒神，倒不如求得對自我和文學清醒的認識。這也包括不要把文學的價值估計過高，它只是人類文化的一個表象。文學家不是討伐者也不是頭戴統一編號環的聖徒。我們一旦從文學中清除了那種創世英雄和悲劇主角的不恰當的自我意識，便會有一個不故作姿態而實實在在的文學。[1]

高行健對尼采的認識，可以說是當今世界（包括中國與西方）的作家與學者對「自我上帝」最清醒的認識。倘若說，尼采宣佈「上帝死了」，那麼，高行健宣佈的是「自我的上帝死了」。死的不是上帝，而是企圖取代上帝地位的各種妄念。高行健的文學理論與藝術理論是建設性，而在思想建構中讓人最為震撼的是他對三項歷史性神話的質疑：

1、對自我神話的質疑。

2、對現代知識分子救國神話的質疑。

3、對二十世紀藝術革命神話的質疑。

這三種質疑，也可歸結為一種，這就是對尼采式個人主義膨脹的質疑。

高行健認為，上帝一死，人人都以為他有可能成為上帝。尼采也是如此。他的超人，就是新的「自我的上帝」。尼采以為他可以取代上帝而成為新的救世主。這種幻覺，使他走向瘋狂。高行健認為，只有打破這種自我的超人的神話，把尼采還原為脆弱的人，才有「清醒」。

這種自我神話，又派生出一種集體的更加膨脹的大我的神話，這就是中國現代知識分子的救國神話。他說：五四時期那個剛剛覺醒的自我，「一旦呈現在民族與國家或階級集合利益面前，便不難融為一體，膨脹為大我，變為民族、祖國、階級的代言人，個體精神的獨立自主很容易被民族與階級集體意

1　高行健：《沒有主義》第一一三頁，台北聯經出版公司，二零零一年。

識吞沒。無怪魯迅式的革命激進主義、胡適式的自由主義、郭沫若式的對共產主義的投入，抑或周作人式的對帝國主義的投降，都可以籠罩在救國救民的大旗下，哪怕有時只為拯救自己。」[1]高行健認為，上世紀八十年代末，救世的浪漫情懷重新成為一股強勁的思潮，中國知識分子又重複扮演從民族國家英雄到受難者的歷史角色。然而，在救世的神話之下，知識分子卻失去個人的生存空間與精神活動空間。除了中國，二十世紀在世界範疇內發生的尼采式的自我膨脹，表現在繪畫領域是畢卡索之後的不斷的藝術革命。這些藝術革命者不是真正的藝術創造者，而是幻覺中的造物主。過去是零，傳統是零，藝術是零，藝術從他開始，這種造反派，以思辨代替藝術，以哲學觀念代替審美，又進入另一番瘋狂。他在一九九九年完成的藝術論著《另一種美學》，正是對二十世紀不斷顛覆前人、不斷藝術革命的總反省。

高行健對自我的清醒認識，使他的「逃亡」不僅是逃避集體的意志，而且也逃避自我的虛妄的意志。他的使政府與政府反對派均不愉快的劇作《逃亡》，表現的正是這種主題。《逃亡》的時間是六四之夜，地點是廢倉庫的地下室，人物則只有三個：一個青年學生，一個學生救助下的姑娘，一個厭惡政治但又參加簽名抗議的中年知識分子。三個人在逃亡中發生思想衝突和情愛糾葛，其中最重要的一段對話是：

> 青年人：（轉為冷靜，含有敵意）原來你也在逃避我們？逃避民主運動？
> 中年人：我逃避一切所謂集體的意志。
> 青年人：都像你這樣，這個國家沒有希望了……

1　高行健：《沒有主義》第九九頁，台北聯經出版公司，二零零一年。

中年人：我只拯救我自己，如果有一天這個民族要滅亡，就活該滅亡！你就要我這樣表白嗎？還有甚麼要問的？審問結束了嗎？

青年人：（茫然）你是一個……

中年人：個人主義者還是虛無主義者？我也可告訴你，我甚麼都不是，我也不必去信奉甚麼主義。

高行健在劇中暗示，這個青年人能夠逃脫強權政治，但很難逃脫集體意志和「國家神話」這種觀念。他說：「中國知識分子不曾把國家觀念與個人意識分明區別開。對個人精神活動的自由伸張總十分膽怯，中國知識分子近一個世紀來不乏為國為民乃至為黨請命而不惜犧牲生命的英雄，但是公然宣稱為個人自由思想和著述的權利而冒天下之大不韙的可說無幾。」[1] 劇中的青年人仍然被圍困在悲壯的觀念中，仍然把敢於逃避集體意志伸張自由思想權利視為「沒有希望」，這其實正是最難逃開的自我設置的地獄。所以他說：「我以為人生總在逃亡，不逃避政治壓迫，便逃避他人，又還得逃避自我……而最終總也逃脫不了的恰恰是這自我，這便是現時代人的悲劇。」[2]

《逃亡》最後的結局，是「中年人」發覺到唯一的出路：「我只是躲開……我自己」。高行健在《逃亡》的劇作以及之後的闡釋中，給人類文化提供一個最清醒的認識——「自我」乃是最後而最難衝破的地獄。沙特貢獻的「他人是自我的地獄」的哲學命題，而高行健貢獻的是「自我是自我的地獄」的文學命題。

1 香港《文藝報》第一期，第四六頁，一九九五年。

2 「關於逃亡」，見《沒有主義》，第二零七頁。

毫無疑問，後一個命題比前一個命題更深刻、更透徹。在當今世界利己主義橫行的時代，後一個命題更為重要。而對於那些一心救國救民的知識分子來説，這個命題也作了這樣的提醒：救國救民是好的，但必須首先救治自己。要知道，人間所有的專制權力，都是建立在人性的弱點之上，建立在每一個「自我」的弱點之上。如果每一個自我都能對自己的聰明保持警惕，都能撲滅自己的弱點，都能打破種種精神鎖鏈，都能理直氣壯地維護自己精神創造的權利，都能逃出各種主義、集團、市場的天羅地網，那麼，專制權力能奈我何？它的立足基礎又在哪裏呢？

六

對自我的清醒認識，幫助高行健創造了一種冷文學與「高行健小説文體」。

高行健在《我主張一種冷的文學》[1]一文中説：「文學作為人類活動尚免除不了的一種行為，讀與寫雙方都自覺自願。因此，文學對於大眾或者説對於社會，不負甚麼義務，倫理或道義上的是非的裁決其實都是好事的批評家們另外加上去的，同作者並無關係……這種恢復了本性的文學不妨可以稱之為冷的文學，以區別於那種文以載道、抨擊時政、干預社會乃至抒情言志的文學。這種冷的文學自然不會有甚麼新聞價值，引不起公眾的注意。它所以存在僅僅是人類在追求物慾滿足之外的一種純粹的精神活動。」

1 高行健：《沒有主義》第一六頁，台北聯經出版公司，二零零一年。

除了高行健自己闡釋的外在意慾之外，「冷文學」還可以解讀為內在的冷靜文學。也就是說，所謂「冷」，並不是對人對社會的冷漠，而是一種冷靜的寫作狀態。無論是戲劇創作還是小說創作，他都表現得極為冷靜。這種冷靜，正是來自對自我最清醒的認識和來自對自我浪漫情懷的抑制。為實現自我抑制，則用兩種最重要的手段：

1、進行嚴格的自我解構。

2、設置自我審視（冷觀）的藝術結構。

前者使其作品產生表現現實的力度，後者則導致以人稱代替人物的高行健小說文體的產生。

最徹底地撕下自我的各種面具，把個人還原為一個脆弱的人，這是高行健自我解構的第一步。在《靈山》中，他把自我放在死神面前，結果發現這個自我充滿恐懼，甚麼力量也沒有，甚麼也不是。他被誤斷為肺癌，在複查拍片的瞬間，人性全部脆弱都暴露了，他揭示此時此刻的自我：

秋天的陽光真好。室內又特別蔭涼，坐在室內望着窗外陽光照射的草地更覺無限美好。我以前沒這麼看過陽光。我拍完側位的片子坐等暗房裏顯影的時候，就這麼望着窗外陽光。可這窗外的陽光離我畢竟太遠，我應該想想眼前即刻要發生的事情。可這難道還需多想？我這景況如同殺人犯證據確鑿坐等法官宣判死刑，只能期望出現奇蹟，我那兩張在不同醫院先後拍的該死的全胸片不就是我死罪的證據？

我不知甚麼時候，未曾察覺，也許就在我注視窗外陽光的那會兒，我聽見我心裏正默唸南無阿彌陀佛，而且已經好一會了。從我穿上衣服，從那裝着讓病人平躺着可以升降的設備像殺人工廠樣的機房裏出來的時候，似乎就已經在禱告了。

這之前，如果想到有一天我也禱告，肯定會認為是非常滑稽的事。我見到寺廟裏燒香跪拜喃喃吶吶口唸南無阿彌陀佛的老頭老太婆，總有一種憐憫。這種憐憫和同情兩者應該説相去甚遠。如果用語言來表達我這種直感，大抵是，啊！可憐的人，他們可憐，他們衰老，他們那點微不足道的願望也難以實現的時候，他們就禱告，好求得這意願在心裏實現，如此而已。我不能接受一個正當壯年的男人或是一個年輕漂亮的女人也禱告。偶爾從這樣年輕的香客嘴裏聽到南無阿彌陀佛我就想笑，並且帶有明顯的惡意。我不能理解一個人正當盛年，也作這種蠢事，但我竟然祈禱了，還十分虔誠，純然發自內心。命運就這樣堅硬，人卻這般軟弱，在厄運面前人甚麼都不是。

我在等待死刑的判決時就處在這樣一種甚麼都不是的境地，望着窗外秋天的陽光，心裏默唸南無阿彌陀佛。

這個脆弱的自我，在《一個人的聖經》中得到更徹底的還原。不僅通過故事進行還原，而且在故事敍述的同時，還作了最坦率的自白：

你總算能對他作這番回顧，這個注定敗落的家族的不肖子弟，不算赤貧也並非富有，介乎無產者與資產者之間，生在舊世界而長在新社會，對革命因而還有點迷信，從半信半疑到造反。而造反之無出路又令他厭倦，發現不過是政治炒作的玩物，便不肯再當走卒或是祭品。可又逃脱不了，只好戴上個面具，混同其中，苟且偷生。

他就這樣弄成了一個兩面派，不得不套上個面具，出門便戴上，像雨天打傘一樣。回到屋裏，關上房門，無人看見，方才摘下，好透透氣。要不這面具戴久了，黏在臉上，同原先的皮肉和顏面神經長在一起，那時再摘，可就揭不下來了。順便說一下，這種病例還比比皆是。他的真實面貌只是在他日後終於能摘除面具之時，但要摘下這面具也是很不容易的，那久久貼住面具的臉皮和顏面神經已變得僵硬，得費很大氣力才能嘻笑或做個鬼臉。

在文化大革命中，這個自我——「他」充當過造反派，混跡「革命」之中，為了混過去，他戴着假面具，變成自己的異化物。但是，即使變成異化物，還是混不下去。這個荒誕的世界無處可以逃遁，無處可以安生。革命的風暴，不僅毀滅了他的幻想，而且也毀滅了他的面具，於是，他乾脆把面具放下，給自己一個更徹底的還原。還原後的自我，不僅是個脆弱的人，而且是甚麼都沒有的「無產者」。他不僅沒有宗旨，沒有主義，沒有理想，沒有空想，沒有幻想；沒有同志，沒有同謀，沒有目標，沒有權力，沒有組織，沒有鬥志，沒有敵人，沒有民眾，沒有上級，沒有下屬，沒有領導，沒有老闆，甚至也沒有祖國，他只是特別愛好祖國的烹調。他是一個絕對的「一個人」。他對自己所作的正是這樣一張「無」的自我鑒定：

> 他從此沒了理想，也不指望人家費腦筋替他去想，既酬謝不了，又怕再上當。他也不再空想，也就不用花言巧語騙人騙己。現今，對人對事都已不再存任何幻想。

他不要同志，無須和誰同謀，去達到一個既定的目標，也就不必謀取權力，那都過於辛苦，那種無止盡的爭鬥太勞神又太費心，要能躲開這樣的大家庭和組合的集團，真是萬幸。

他不砸爛舊世界，可也不是個反動派，哪個要革命的儘管革去，只是別革得他無法活命。總之，他當不了鬥士，寧可在革命與反動之外謀個立錐之地，遠遠旁觀。

他其實沒有敵人，是黨硬要把他弄成個敵人，他也沒轍。黨不允許他選擇，偏要把他納入規範，不就範可不就成了黨的敵人，而黨又領導人民，需要拿他這樣的作為靶子來發揚志氣，振奮精神，鼓動民眾，以示憤慨，他便弄成了人民公敵。可他並不同人民有甚麼過不去，要的只是過自己的小日子，不靠對別人打靶謀生。

他就是這樣一個單幹户，而且一直就想這麼幹，如今他總算沒有同事，沒有上級，也沒有下屬，沒有領導，沒有老闆，他領導並僱用他自己，做甚麼便也都心甘情願。

……

這就是你給他寫的鑒定，以代替在中國沒準還保存而他永遠也看不到的那份人事檔案。

《一個人的聖經》所表現出來的現實的力度與描寫性的深度，在中國現代白話文文學史上是空前的。而這種力度與深度，又與高行健徹底撕下自我面具緊密相關。

因為他撕下面具，因此，他絕不為歷史上那個「他」辯護。「他」為了活命，也學會了生存的技巧與革命的技巧，學會各種鬥爭策略。「他」充滿恐懼，內心軟弱到極點，但卻首先貼出大字報，充當造反派的精神首領。一騎上虎背，便難以下來，於是，他又只好革命到底，從瘋狂走向更大的瘋狂。

也因為撕下自我的面具，因此，在書寫上便沒有任何心理障礙，包括性描寫也沒有障礙。他撕下性愛的全部假面具，表現得異常大膽，但又異常冷靜、準確。他不是為寫性而寫性，不是把性描寫當作媚俗的手段，而是通過性描寫揭示在那個荒唐的時代裏，無所不在的政治恐懼和無處可逃的心理恐懼。這種恐懼籠罩一切，覆蓋一切，它像魔鬼緊跟着這一個人，緊咬着每一種時間與空間，連本屬於私人空間的床笫也佈滿魔鬼的陰影。那個時代的名字可以叫做噩夢，那個時代的中國的名字也可以叫做噩夢，那個時代中的本是歡樂之源的性愛也是噩夢。他和後來成為他妻子的「倩」，偶然的性遭遇是噩夢，結婚是噩夢，而最後妻子突然確認他是「階級敵人」而告發他，更是噩夢。他的第一個情人、有夫之婦「林」，把他變成一個男人之後，也突然在他們之間降臨了一支可怕的「手槍」——莫須有的父輩私藏槍枝的罪名把情愛完全毀滅。高行健表面上撕破的是性的偽裝，實際上撕破的是荒唐時代那一切革命的面具，性愛中包含着極為深刻的時代內涵。高行健的性愛描寫不是勞倫斯《查泰萊夫人的情人》那種田園牧歌式的性愛，也不是我國當代小說中流行的性享受與性遊戲，而是在性愛中深藏的歷史荒誕與人性變態。

《一個人的聖經》描寫了主人翁與七個女子的性愛關係，其中有兩個外國女子，一個是德國的猶太女子馬格麗特，一個是法國籍的白種人女子茜爾薇。這兩個女子的設置是敍述結構的需要，而構成小說的主要情感內容的則是與中國五個女子的關係：丈夫是個軍人的有夫之婦——林；總是穿着棉軍裝的十七歲小護士；乳房下有一塊小傷疤的蕭蕭；有「意淫」關係的鄉村姑娘毛妹；後來成為他的妻子的「倩」。最讓人感到驚心動魄的是主人翁和倩的故事。他和倩的故事開始在槍彈橫飛的紅色恐怖中的一個夜晚，雙方都在逃難，偶爾相逢後一起找個小旅館避難。為了能住下來，在住宿登記本上竟填下「夫妻」關係，儘管當時（直到分開）還不知道這個女子的真實名字，但在恐怖中由於互相慰藉的需要，竟在當晚進入性的瘋狂，不僅多次做愛，而且因為知道來了月經不會有懷孕的危險而狂亂得兩人滿身血污。此次邂逅之後，主人翁不忘一夜之情，到處尋找這個「許志英」（登記時用的假名），最後發現她的名字叫做「倩」，並和倩結婚。但是，倩的一家因為被毀滅而極端憎恨造反派，因此，當她知道主人翁——她的丈夫也曾是造反派時，便歇斯底里地瘋狂起來，直指丈夫是階級敵人，並拿起刀子要殺死他。在恐懼與無可奈何之中，他們只好離婚。

近十幾年來的中國大陸小說，性描寫的禁區已經突破，但是，能像高行健寫得如此深邃、冷靜、準確的卻不多。在紛繁的性描寫中，多數讓人感到「為性而性」，彷彿沒有「性佐料」，小說就沒有人看。應當說，短篇小說和中篇小說沒有性描寫還可以過得去，如果數百頁的長篇小說，完全迴避性描寫，恐怕就難免乏味。然而，寫性不難，難得是寫出性的深度。所謂深度，就是性描寫中所蘊含的心理內涵、文化內涵與時代內涵。高行健描寫的政治恐懼下的性行為與性心理，「他」和每個女子的性故事，都有那個時代的烙印，主人翁的良心、性格，以及其他人性的弱點也全在其中。這些性描寫之所以會讓人感到震撼，是作者把內心最隱秘的卑微、羞辱、恐懼、脆弱、變態全部揭示出來，從而讓人最真實地感到：那場革命風暴，不僅毀滅了文化、毀滅了情感，而且毀滅了人性的最基本的元素，包括本能與潛意識。能寫到這種深度已經很難，而更難的是要把這種描寫變成「藝術」，讓它帶有詩意，高行健的本事就在這裏充分表現出來。

高行健的冷文學的創造以及與此相關的以人稱代替人物的小說新文體的創造，都是來源於他對自我清醒的認識與充分的小說「藝術意識」。

《靈山》與《一個人的聖經》，都是以人稱代替人物的小說文體，這是前所未有的小說新文體，我們不妨稱之為「高行健小說文體」。這種文體把敍述者「一分為三」和「一分為二」。《靈山》中的「我」、「你」、「他」到了《一個人的聖經》剩下「你」和「他」。《靈山》中的「他」，不是外部關係中的「他」者，而是主體內部的他者。這個內他者，是「我」的冷觀者，有這種冷觀，就有對「我」的抑制。《一個人的聖經》乾脆去掉第一人稱之我，把「你」變成此時此刻的敍述者和冷觀者，這又對文本中的行為主體——「他」進行評論與抑制。這種結構就不可能使主人翁陷入浪漫主義的自我誇張，也不可能陷入批判現實主義的控訴模式。

十五年前我撰寫《論文學主體性》，是在自我被壓抑的歷史語境下發出的。當時文學理論的哲學基點是反映論，我以主體論的哲學基點取而代之，從而推動作家實現個性與原創性，也推動作家自我意識進一步覺醒。在當時的語境下，我側重於實現主體性，還未來得及論述主體間性。主體間性是指主體之間的關係特性，即自我與他者之間的關係特性。這種關係包括外部關係特性與內部關係特性。主體性重在自我張揚，而主體間性則重在自我抑制。這項理論我尚未定成，高行健卻以他的小說創作實踐把內部主體間性非常精彩地展示出來。若要從理論上講清楚主體間性，只要把《靈山》的三種人稱關係的變奏描述出來就一目了然了。高行健的天才既在於他找到一種限定自我的形式，又在限定中把生命的故事精彩地敍述出來。理論是灰色的，惟有生命之樹常青。高行健並沒有談論過主體間性，但《靈山》和《一個人的聖經》卻包括着主體間性理論所要解決的全部課題。

綜上所述，我們可以確知，高行健狀態乃是真正的文學狀態。這種狀態是超越一般現實狀態、一般寫作狀態的另一種高精神維度的寫作狀態。這種狀態當然包含着反叛，但它不是造反狀態與革命狀態，也就是說，它的反叛不是與強權、與黑暗處於同一層面的對抗，而是與強權、黑暗拉開距離的另一層面

（另一種高精神維度）上的拒絕。在《一個人的聖經》中，作者設置主人翁與帶着集體記憶的猶太女子的對話，就如同天堂裏的對話，他們正是處於另一精神維度上去回顧歷史和再現自己的人生。

正是處在另一高精神維度上，因此，所謂自由狀態，就不是一種現實的瘋狂狀態，而是一種可駕馭瘋狂的冷靜狀態，也是一種可熟練地把握文學法度的狀態。有人指責高行健太個人化，是一種「漠視人民的苦難」的極端個人主義。其實不是，高行健不是漠視人民的苦難，而是從更高的精神維度上去審視苦難和探索苦難的原因。在這種精神探索中，高行健發現「自我的上帝」恰恰也是造成苦難的根本原因。自以為是救苦救難的知識分子，如果他們與強權政治同一思維方式，如果他們不承認自己在現實上不過是一個脆弱的人，那麼，他們就可能像尼采那樣，以為自己可以充當新的上帝（救世主）而落入瘋狂，這樣，不僅不能化解人間的苦難，而且可能增添苦難。高行健對尼采式的極端個人主義一再提出質疑，正是他對人間苦難的一種深刻的哲學式的大關懷。倘若沒有關懷，他怎麼會把文化大革命時代知識分子的苦難，表現得如此震撼人心呢？

把自己的精神狀態昇華到一個超越現存生活模式的高維度上，乃是一種從自己所理解的絕對方式與絕對精神出發去觀照現實與觀照自身。這種絕對方式使高行健既不做勢利社會的奴隸，也不做自我情結的奴隸，也不做任何觀念、概念的奴隸，甚麼也阻隔不了他的自由表達和藝術探求，因此，他進入了最高的自由狀態。

寫於二零零零年十月下旬
香港城市大學校園

論高行健的文化意義

高行健是一個全方位取得重大成就的作家與藝術家。他不僅創作了長篇小說《靈山》和《一個人的聖經》及《給我老爺買魚竿》等中、短篇，還創造了《車站》、《彼岸》、《冥城》、《逃亡》、《對話與反詰》、《生死界》、《山海經傳》、《夜遊神》、《週末四重奏》、《八月雪》等十八個劇本，並親自導演了多部戲劇。此外，還出版了《沒有主義》、《另一種美學》等理論、評論著作；在繪畫上，他的禪境水墨畫又獲得國際聲譽。高行健成就的總和，是中國當代作家中最為突出的。評論一個作家，不能只是看其幾篇作品或幾本作品集，而應看其全部創作所表現出來的精神整體和價值總量。高行健的整體，是一個具有高度文學藝術成就和高度文化價值的奇觀。今天，我想着重從三個方面說明高行健的文化價值，即高行健獨創的思想及其文化意義：

1、與西方基督教側重於「救世」的文化精神不同，高行健在中國禪宗文化的啟迪下，高揚「自救」的思想與哲學。

高行健非常喜歡中國的禪宗，禪宗是中國化的佛教精神與佛學方式。如果借用佛學的概念對作家詩人進行宏觀的劃分，便可分為兩大類：一類是小乘式作家；一類是大乘式作家。小乘式作家的特點是獨善其身，注重修煉，張揚個性，追求自由。大乘式作家的特點則側重於關懷民瘼，救治社會，張揚慈悲精神。雖然有的偏重於前者，有的偏重於後者，但也有兩者兼而有之。在中國現代作家中，沈從文、張愛玲、錢鍾書明顯屬於小乘式作家，而某些左翼作家則屬於大乘式作家，可惜他們後來過於絕對，強調「解放全人類」時卻完全排斥個體生命的地位。高行健則是一個立足於小乘但兼有大乘寬容精神的作家。

我曾說過，《逃亡》不是政治戲，而是哲學戲，一個反映高行健基本文化精神取向的哲學戲。這個戲的主題在說明：人們可以從政治專制的陰影下逃亡，但很難從自我的地獄中逃亡。這個地獄，無論你走到哪個天涯海角，它都會跟隨着你，因為地獄就在你自己身上。因此，對於那些想要拯救他人的革命者來說，最重要的首先必須自救。言外之意是：反抗專制是合理的，但反抗者首先應當反抗專制制度與專制思想注入自己身上的病毒。逃亡者以為自己是革命救世者，天生乾淨，其實未必，自己也可能是個帶菌者。這個戲包含着高行健一個重要的思想：自由的爭取，專制枷鎖的打破，應從自身開始。趙毅衡先生對高行健的戲劇研究之後，把高行健的戲劇命名為「中國實驗戲劇」，而戲劇的精神之核是「禪」，因此也可稱為禪劇，這是非常準確的。中國作家中，高行健是一個最徹底地抓住禪宗精神的人，他所有作品都貫徹這種精神。甚至他在諾貝爾文學獎授獎儀式中的演講，主旨也是這種精神。

把「自救」精神推向極致的是他的第十七個劇本《八月雪》。這部戲與其說是個宗教戲，不如說是個高行健自我寫照的精神文本，戲的主角慧能便是高行健的人格化身。慧能是個宗教領袖，卻沒有任何偶像崇拜，他不要任何「大師」權威的封號，最後甚至燒掉接班的衣缽，把身外之物看透得如此徹底。正是這種徹底性，使慧能得大自由、得大自在。這個戲告訴人們：大自在不是皇帝賜予的，也不是宗教門派的祖師賜予的，而是自己爭取來的。戲中那個皇帝的使者，手按權力之劍進行威逼也剝奪不了。這是一種徹底的自救精神。中國現代作家，找不到第二個對自救精神具有如此高度的自覺。

高行健的小說，從《靈山》到《一個人的聖經》，都是一個尋找的過程，也是一個擺脫精神牢房的過程。尋找與擺脫，兩種意識在《靈山》中同時存在，相比之下，擺脱意識更為強烈，它時時左右着作者的行文。小說力圖穿越幾十年的人生重壓，連同意識形態的壓迫，也力圖穿越幾千年的陰影，擺脫所有的枷鎖與各種鐐銬（《靈山》第七十一節），把歷史稱為謊言、廢話、酸果、麵團、裹屍布、發汗藥、鬼打牆，都是在放逐歷史枷鎖，而最深刻的是他還力圖超越自己身上的各種精神重擔，從對死亡的恐懼（被醫生誤斷為癌症的恐懼）到被社會規定的各種角色以及人性的弱點。《靈山》可讀作一個精神囚徒越獄的故事，而這種越獄又包含着雙重內涵：穿越社會牢獄與個體自身的牢獄。作者比許多當代中國作家更深刻意識到，處於階級鬥爭煙火中的九百六十萬平方公里，畫地為牢，他必須悄悄地走出牢房，萬一被發現了，就說去尋找靈山。主人公最後找到靈山了嗎？作者沒有回答，他只告訴你：最後發現上帝就在青蛙眼裏，即靈山就在每個生命的徹悟之中。到了《一個人的聖經》就更加明確地點明：靈山就是自己身上那一點永不熄滅的幽光。《聖經》展示這樣的真理：自己是自己的上帝與使徒，決定自己命運的不是外在的偶像，而是自己內心的力量。這種自救精神具有巨大的文化價值。尤其在中國，高行健獲獎後，某些文章攻擊他太個人主義，沒有看到他的「個人化」強調的是自救，也沒有看到，任何專制都是建立在「非個人」的基礎上。在專制的語境下，強調個人的聲音、強調自救自立，具有根本性的反專制意義。

2、與種種烏托邦的謊言幻想劃清界線，創造永恆的當下哲學。

高行健無論在小說、戲劇還是理論中都一再告訴人們：人要抓住生命的瞬間，盡興地活在當下，別落進他造與自造的各種幻相、幻覺與空想中，逃離這一切，便是自由。這一哲學在《一個人的聖經》第五十七節最後三段中表現得最為明確：

全能的主創造了這個世界，卻並沒有設計好未來。你不設計甚麼，別枉費心機，只活在當下……

你也不必再去塑造那個自我了，更不必無中生有去找尋所謂對自我的認同，不如回到生命的，這活潑的當下。永恆的只有這當下，你感受你才存在，否則便渾然無知，就活在這當下，感受這深秋柔和的陽光吧！

這是高行健的生命哲學，理解這一哲學首先應把它放在中國的歷史語境中。二十世紀下半葉的中國，經歷過一個烏托邦的時代，這個時代製造一個烏托邦的神話。在這種神話之下，一切生命都被未來的一個未知的天堂所控制，十幾億人全都活在未來的謊言與幻覺之中。為了實現這個未知的永恆的天堂，一切人為的殘酷鬥爭包括對生命的踐踏都被解釋成合理的。高行健的哲學首先撕破這一謊言，說明生命只存在於當下。永恆只有具體地落實到個人，落實到當下，才是真實的存在；也就是說，只有在當下，生命才回到它的本源、本真與本質。

高行健和西方許多作家一樣，極其強調個體生命價值，但是，如何實現個體生命價值卻是一個難題。從尼采到現代的左派，都犯下同一個錯誤，就是只有高調而沒有可行的途徑。高行健在一九九三年就指出：

上一個世紀末，尼采作為一個人喊出了對社會絕望的聲音。現今這個物化的時代在重複所謂生命的意志，無非是一句空話，以哲學的虛妄來肯定人的價值也同樣虛妄。

高行健的當下生命哲學，與虛妄的哲學不同，它是低調的，卻是切實的。它提供了一種實現人的尊嚴與人的價值的有效途徑。這正是二十世紀西方左派思想家所忽略的。一切虛妄的哲學都給人們一個天堂的許諾與永恆的幻覺。高行健作為一個作家，他天然地追求比生命更加久遠的靈山，然而，他在尋找永恆的靈山過程中，發現空洞的、抽象的「永恆」沒有意義，永恆只有在「此時此刻」的當下的努力中才能獲得它的實在性。愈是當下，愈是永恆。高行健通過他的作品一再暗示，永恆就存在於瞬間之中。一切精神價值創造和意義的創造，就在於打開自己的生命，捕捉瞬間又深入瞬間，只有深入瞬間，才能贏得在瞬間中達到巔峰的生命體驗，才能通向千秋萬代。這裏高行健對永恆與瞬間的關係有一個大的禪悟，這就是悟到生命只能由色入空。所謂色，不是情，而是瞬間；所謂空，不是虛無，而是永恆。生命必須通過瞬間的創造達到對永恆的領悟與把握。也就是在深入瞬間中打破一瞬間與千萬年的界限，掃除時間的障礙，達到生命的大自由大自在境界。這種瞬間的捕獲，不是靈感，而是深刻的生命大體驗。永恆的理念是空泛的，然而，它一旦找到當下，就具體了。高行健的當下哲學與世俗的「及時行樂」等頹廢哲學完全不同，世俗哲學完全沒有瞬間感，更沒有深入瞬間的深厚生命意義與大自在感。而且，頹廢哲學只能引導生命走向幻滅，而當下哲學則引導人們不依附任何外部勢力而獨撐孤獨的生命，並在瞬間中釋放自己的生命能量，這是一種貌似消極卻是最積極的生命哲學。

3、針對不斷革命的時代病症，開拓「回歸真實感受」和「回歸繪畫」的大思路。

二十世紀下半葉，西方語言學派把語言強調到精神本體的極端位置上，相應的，許多作家玩語言、玩形式玩得走火入魔。由於對形式的刻意追求，文學便逐步走向蒼白。而在藝術界，自畢卡索之後，更是產生一種潮流性的時代病。這就是在「創新」、「革命」、「現代性」等各種名義下，不斷顛覆前代藝術，以造反代替創造，以理念代替審美，以思辨代替藝術。這股潮流從西方蔓延到東方。到了中國，人們也以為文學藝術的主流理所當然是從現代主義流向後現代主義。高行健是中國作家中最重視形式創造的作家，但是，他卻又是最早發現純粹玩形式的荒謬和危險，十年前他就指出：

近二十年來，西方文學的危機恰恰在於迷失在語言形式裏。對形式的一味更新便喪失同真實世界的聯繫，文學便失去生命。我看重形式更看重真實。這真實不只限於外在的現實，更在於生活在現實中的人的活生生的感受。[1]

與此同時，他又對當代藝術的「現代性」提出質疑。一九九四年二月他發表了《評法國關於當代藝術的論戰》一文，就對現代主義的不斷革命與藝術的物化及對物的摹仿提出了尖銳的批評。這之後不久，他在《談我的畫》中（一九九五）針對時髦的藝術流向，第一次提出「回歸」的觀念。他說：「當代繪畫追求種種新材料、新觀念、新結合，我寧可沿賈特梅蒂的方向，回到造型藝術的源起，也就是回歸到形象。」[2]

這一思路，到了二零零一年，高行健終於通過《另一種美學》這一專著作了系統的表達。《另一種美學》篇幅雖然只有六萬字，但它卻是一部反潮流的經典著作。我在《文學的理由》[3]中文版序言中曾

1 高行健：《沒有主義》第九頁，台北聯經出版公司，二零零一年。
2 同上，第三二七頁。
3 高行健：《文學的理由》，香港明報出版社，二零零一年。

經這樣評價：

他這部美學論著宣告了藝術革命的終結，批評了二十世紀觀念代替審美、思辨代替藝術的病態格局，擊中了當代世界藝術根本性的弊端，呼籲藝術回到經驗、回到起點、回到傳統繪畫的二度平面、回到審美趣味上來，自藝術的極限內和設定的界線中去發掘新的可能。他還特別呼籲藝術家要揚棄抽象思辨與革命，返歸人性、返歸內心的創作衝動，丟掉種種主義和主導時代的意識形態，而把握住生命內在的脈搏，把混沌的感受和衝動訴諸可見的形象。[1]

《另一種美學》的意義不僅在於宣告二十世紀現代性美學的終結，而且對尼采以來自我膨脹即企圖以自我取得上帝的世紀瘋狂病作了一個總結性的批判。十年來高行健的「回歸」性思路，與李澤厚及筆者在《告別革命》對話錄中所表述的大思路不謀而合。我們在《告別革命》之後找到的同樣是「返回古典」的思路，這與西方文藝復興回歸希臘的策略是相似的，只是文藝復興是要從宗教統治中解放出來，而我們的「返回古典」則是要從技術統治、語言統治中走出來。儘管不約而同地呼喚「回歸」，但高行健與我們相比，卻表現出二個優點：

1、他通過《另一種美學》作了系統表述。

2、他通過水墨畫創作藝術實踐和《八月雪》等戲劇創作實踐，更有力地表達了他的主張。

1　高行健：《文學的理由》第四頁，香港明報出版社，二零零一年。

我們從高行健的理論與實踐中可以清楚地感悟到，高行健的「回歸」的呼喚，乃是當代文學藝術領域中一次人性呼喚，其要點是呼喚文學藝術與人本身與生命本身的重新連接，回歸點正是人的生命深處。中國古代哲學家老子在《道德經》中表述了他的核心思路：「反者，道之動」，這個「反」字，不是相反的反，而是返回的返。高行健的思路與老子相通，他揭示的，正是當今人類文學藝術「道之動」的大路向。這就是向生命、向真實、向古典的大回歸。高行健不僅是一個文學藝術家，而且是個卓越的思想者。他的文學藝術成就已被許多人所認識，但他的思想文化價值還未被世界所認識。通過此次學術討論會，他的特殊的富有原創性的思想一定會被更多人所注意，也一定會有力地推動當代人類的宏觀思索。

第二輯　舊作

（寫於一九八七—一九九九年）

高行健與實驗戲劇[1]

詩歌是我國新時期文學的審美先驅，它敏銳地感受着大地上新的氣息，並迅速地把它表現出來。所謂「朦朧詩」，舒婷、北島、楊煉等，都是在自己的詩中表現一種現代人特殊感受到的苦痛、哀傷和憂鬱。這一詩群的詩，無法接受世俗價值觀念，表現出一種詩情的懷疑，在小說基本上還在寫社會問題的時候，詩歌界就已經感受到主體性失落的痛苦，並把這種痛苦和豐富的精神世界表露出來，從而自覺或不自覺地展現了現代人的追求。所以有的朋友稱它為文藝界飛出的第一隻春燕……

在戲劇創作中，也表現出現代主義的某些審美方向，但和西方現代戲劇相比，還是具有自身的特色。以高行健來說，他的試驗戲劇發端於中國的傳統戲曲和更為原始的民間戲劇。他將唱念做打和民間說唱的敍述手段引入到話劇中去，又吸收了西方當代唱劇的一些觀念與方法，創造出一種現代的東方戲劇。他的戲劇時間與空間的處理極為自由，常常將回憶、想像、意念同人物在現實生活中的活動都變成鮮明的舞台形象，並且力圖把語言變成舞台上的直觀，使之具有一種強烈的劇場性。國內外的一些評論稱他為「荒誕派」並不貼切，他其實是對戲劇的源起的回歸，並非是反戲劇。他的這些戲劇試驗國內外都相當注意，預示了中國的當代話劇可以走一條不同於西方戲劇的新路。

1　摘自《近十年來的中國文學精神與文學道路》，見《論中國文學》，作家出版社，一九八八年版。

西方現代主義的種種文學思潮，十九世紀末就開始發生，到了二十世紀三十年代就已結果。我國現代文學的發生和發展也是這個時期，但是，我國這時期的文學主要是接受西方（包括西歐、北美、俄國）十八、十九世紀的浪漫主義和批判現實主義的影響，儘管取得成就，但浪漫主義無限膨脹的感情也帶給東方詩歌某種口號化的傾向。與此同時，魯迅卻注意吸收十九世紀「世紀末的苦汁」，即現代象徵派的長處而寫作了《野草》。到了三十年代後期，現代傑出詩人艾青所以會脱穎而出，也就在於他既吸收了浪漫主義的激情，也吸收了現代主義象徵派、意象派的一些藝術手段，如通感、變形、意象外化等，因此，他為中國新詩藝術的發展作出了獨特貢獻。歷史證明，吸收現代藝術的營養是必須的。但是，總的來説，我國現代文學對現代主義文學的了解和借鑒是很少的。我國新時期的文學，隨着國家大門的開放，才全面地接觸現代主義文學。

由於現實主義創作傾向一直被我們視為創作方法上的「正宗」，因此，現代主義文學觀念則被視為「邪宗」。新時期的一些敏感的作家，不安於固守一種創作方法，他們認識到本世紀西方現代文學不斷變幻着的風潮和不斷更新着的寫作方式，確實有益於擴展自己的心靈空間，有益於變換我國幾十年一貫制的小説、戲劇、詩歌文體，他們在吸收的過程中也加以創造，並逐步地滲透到自己的創作實踐中。最先借用現代主義文學的某種手段，而在小説中巧妙地變換創作文體的是王蒙，他的《夜的眼》、《蝴蝶》、《春之聲》、《雜色》等一系列帶有實驗性的小説，是一個重要開端，他的嘗試馬上引起了爭議和批評。當時的批評是很籠統的，批評者把這些小説與朦朧詩以及高行健的戲劇「一鍋煮」，籠而統之地稱為「現代派」思潮，並認為這是對現實主義的嚴重挑戰。但是，王蒙、高行健也得到劉心武、李陀等作家的積極支持。當然，無須作結論，這種爭議只能使人們更加關注小説文體的更新。於是，爭論之後便有更多的作家借用現代主義的技巧來作改革小說創作和戲劇創作的嘗試，以致出現《你別無選擇》、《無主題變奏》這樣一些小說。可惜這些初露鋒芒的年輕作家的創作實績不多。這兩個本來無名的作者發表了兩篇小說，為甚麼會引起人們如此注意呢？我想，這是因為她（他）們確實在更徹底的程度上拋棄了鏡子般的「反映」模式。劉索拉寫的是音樂一樣流動着的主體情緒，何況這種情緒又是那麼古怪。它讓人們感到，不僅上帝是荒謬的，而且自我也是荒謬的。找不到生活的意義，還得生活；找不到自我的位置，還得尋找，你別無選擇。這種本來是十九世紀末的情感苦汁，卻被二十世紀後期的某些年輕作家咀嚼着、玩味着，這種現象自然不能不引起思索。

寫於一九八七年

《山海經傳》序[1]

一

《山海經傳》是高行健在一九八九年寫成初稿而最近才完成的一部精彩劇作。

一九八二年，他的第一部劇作《絕對信號》在北京人民藝術劇院上演後，引起了轟動。由於他打破了傳統的戲劇格局，開創了中國的實驗戲劇，因此立即受到批評。但是從那時起，他的創作卻一發而不可收。在十年內，他不斷前行，繼續創作了《車站》、《模仿者》、《躲雨》、《行路難》、《喀巴拉山口》、《獨白》、《野人》、《冥城》、《彼岸》、《逃亡》、《生死界》、《對話與反詰》等，從國內影響到國外。至今，在中國大陸之外，已有南斯拉夫、瑞典、德國、英國、奧地利、法國、美國、澳大利亞以及台灣、香港等國家和地區上演他的劇作。

一個中國戲劇家，在世界上引起如此熱烈地關注，在本世紀還是一個特殊現象。一九九三年初，他的《生死界》在巴黎圓點劇院首演後，該院舉辦了有兩百多人參加的座談會，會上有一位戲劇評論家說：「高行健來自問題叢生的中國大陸，但他同樣希望在自己的文化背景和特殊經驗的基礎上，以平等的身

1 《山海經傳》是高行健一九八九年二月完成初稿、一九九三年一月定稿的劇作，一九九三年由香港天地圖書公司出版。

份，參與構築今日文化的全球性工作。」（見《歐洲日報》，一九九三年一月十三日）高行健確實參與了全球性的文化工作。但是，有意思的是，高行健用的既是世界性語言，又是道地的中國藝術語言，《山海經傳》就是明證，而其他劇作也是明證。關於這一點，我在一九八七年所寫的《近十年中國的文學精神與文學道路》中就曾指出過。

二

《山海經傳》是專以中國遠古神話為本的藝術建構，從創世紀寫到傳說中的第一個帝王，七十多個天神，近似一部東方的聖經。也許高行健在寫作時也隱藏着這種「野心」，所以在考據上非常嚴謹，而在藝術格局上又雍容博大。

中國的遠古神話，記載得最多的是《山海經》，其次在《楚辭》、《史記》等古籍中也可找到一些線索，可惜都比較零散，不成系統。康有為在《孔子改制考》裏就不滿這種散漫零落，所以才指出上古「茫昧無稽」，而這種概嘆卻啟發了現代的古史研究學者，如顧頡剛先生就說：「我的推翻古史的動機固是受了《孔子改制考》的明白指出上古茫昧無稽的啟發，到這時更傾心於長素先生的卓識，但對於今文家的態度總不能佩服。」（《古史辨》第一冊自序）因為「不佩服」，因為不滿「茫昧無稽」，因而就進行了認真的辨析，寫出七大卷的《古史辨》。和顧先生同時代，魯迅、聞一多也對《山海經》這部古籍作了許多研究。特別應當提到的是袁珂先生《山海經校註》，對上古神話傳說更是作了認真的考據和整理，可說是中國古代神話研究的集大成者。高行健顯然吸收了現代學人已有的成果，但是，他卻完成了一項學者們沒有完成的工作，這就是把散漫的神話傳說轉化成宏篇巨製，建構一個藝術的、然而又是材料確鑿的中國古代神話系統，展示出上古時代中華民族起源的基本圖景，完成一部「史詩」性的劇作。每個民族都要叩問自己是從哪裏來的，這種叩問就形成描述民族起源的史詩。中國遠古的神話傳統非常豐富，可惜散失太多，而且還被後世的屬於正統的儒家經學刪改得面目全非，因此，始終沒有形成《舊約》、《伊里亞德》、《奧德賽》那樣的鉅製。《山海經傳》的作者大約也為此感到惋惜，所以他在這一劇作中努力把許許多多的遠古神話傳說的碎片撿拾起來，彌合成篇，揚棄被後來的經學學者強加給它的政治或倫理的意識形態，還其民族童年時代的率真，恢復中國原始神話體系的本來面貌，以補救沒有史詩的缺陷。

由於《山海經傳》選擇尊重遠古神話本來面目之路，即立「傳」的路，因此，創作就更為艱辛。倘若不遵循這一路子，而是抓住其中某些碎片加以演義和鋪設，倒是比較簡單，但這就會放棄「史詩」的藝術追求。採取作「傳」的路子，必須借助於文化學、人類學、民族史學和考古學的功夫，高行健不惜下一番功夫，博覽群書，並到長江的源頭上考察和搜集資料，然後對中國的文化起源作出富有見解的判斷。從《山海經傳》中，我們可以看出，中國文化不僅起源於黃河流域的中原文化，而且也起源於長江流域的楚文化，還起源於東海邊的商文化。高行健似乎有「文化起源」的考證「癖」，多年來他一直叩問考究不停，他的長篇小說《靈山》也作了這種叩問。

但《山海經傳》並非學術，而是藝術，因此，把系統的原始神話，上升為戲劇藝術，又是一大難點。一個大民族開天闢地的完整故事，這麼多線索，這麼多形象，卻表現得這麼有序，這麼活潑，而且要賦予比學術所理解的內涵豐富得多的各種內涵，包括美學內涵、心理內涵、哲學內涵等，實在是很不容易的。但高行健卻能舉重若輕，站在比諸神更高的地方，輕鬆而冷靜地寫出他們的原始神態，這就證明作者具有駕馭大戲劇的特殊才能。

劇中七十多個人物，女媧、伏羲、帝俊、羿、嫦娥、炎帝、女娃、蚩尤、黃帝、應龍等，個個都有一種神秘個性，半神半人的個性。尤其是那個神射手羿，上古時代的偉大英雄，更是令人難忘。這麼一個英雄，既被神所拒絕，又被人所拒絕，最後又被妻子嫦娥所拒絕，只有在庸眾們需要利用他的時候才把他捧為救主。他立下解除人間酷熱的豐功偉績，然而他卻被認為犯了彌天大罪，天上人間都不能和他相通，這是何等的寂寞。在劇作中，羿的命運和許多天神的命運，都有「形而上」的意味。在今天形而上面臨沉淪的時代，把《山海經傳》作為文學作品來讀，領悟其中的哲學意蘊，是很有趣味的。那些天神悲壯的生與死，那些生死之交中的天真而勇猛的獻身與鏖戰，那些類似人間的荒謬與殘忍，細讀起來，可歌可泣，又可悲可嘆，然而，他們終於共同創造了一個漫長的拓荒的偉大時代。

高行健是八十年代中國文學復興以來極為突出的一位作家，不論是打破中共官方僵死的文藝路線，就中國文學的革新而言，還是就重新發揚中國文化的精髓來看，都成就卓著。

一九八一年，他的《現代小說技巧初探》一書的出版在中國文學界引起了一場「現代主義還是現實主義」的論戰，受到批判，從此便一直被視為異端。

一九八二年，他的劇作《絕對信號》在北京人民藝術劇院上演，引起轟動，開創了中國的實驗戲劇，法國《世界報》評論稱「先鋒派戲劇在北京出現」，他因此又招致官方批評。

一九八三年，他的荒誕劇作《車站》在北京人藝剛內部演出便被禁演，他本人也成為「清除精神污染運動」的靶子，禁止發表作品一年多。

一九八五年，他的《野人》一劇在北京上演，美國《基督教箴言報》評論稱該劇「令人震驚」，在中國文藝界再度引起爭論。

一九八六年，他的《彼岸》一劇排演被中止，從此中國大陸便不再上演他的戲。

一九八七年底，他應邀去德國和法國繼續從事創作。

一九八九年天安門事件，他抗議屠殺，宣佈退出中共，以政治流亡者身份定居巴黎。

一九八九年因《逃亡》一劇，被中國官方再度點名批判，開除公職，查封他在北京的住房，他的所有作品一概查禁。

一九九二年，法國政府授予他「藝術與文學騎士」勳章。

他流亡國外五年，創作力仍然不衰。他的許多作品已譯成瑞典文、法文、英文、德文、意大利文、匈牙利文、日文和弗拉芒文出版。他的劇作在歐洲、亞洲等地頻頻上演。西方報刊對他的報道與評論近二百篇，歐洲許多大學中文系也在講授他的作品，他在當代海內外的中國作家中可說成就十分突出。

他在中國大陸早已着手、在巴黎脱稿的代表作品長篇小說《靈山》，揭示了中國文化鮮為人知的另一面，即他所說的中國長江文化或南方文化，換句話說，也就是被歷代政權提倡的中原正統教化所壓抑的文人的隱逸精神和民間文化。

高行健作品中的言說純淨流暢，又很精緻，他不啻為中國現代漢語的一位革新家，不僅講究聲韻，節奏變化多端，而且文體不斷演變，自由灑脱，他在語言上的這些追求豐富了現代漢語的表現力。從早期的中、短篇小說到《靈山》，他一直在追求各種不同的敘述方式。《靈山》是他這些實驗的集大成者。

他的戲劇作品，題材非常豐富，表現形式無一重複，他無疑是中國當代最有首創精神的劇作家。他在中國首先引介了西方荒誕派戲劇，並異軍突起，在中國最大的劇院開創了實驗戲劇，在北京他每一個戲的演出都釀成事件。他以現實的社會問題為題材的《絕對信號》，將現實環境、回憶與想像交織在一起，在一個有限的貨車車廂裏把劇中的五個人物的心理活動展示得極有張力。另一齣《車站》卻從現實走向荒誕，把貝克特的徒然等待那個思辨的主題變成日常生活的喜劇：一群人在一個汽車站牌下等車，懷着各自微小而不能實現的願望，年復一年，風吹雨打，到頭來才發現這車站沒準早已作廢，可又相互牽扯，誰也走不了，笑聲中隱藏尖銳的政治諷刺令人心照不宣，同時又讓觀眾不免也嘲弄自己。

扎根民間傳唱的大型現代史詩《野人》，所包含的隱喻更層出不窮，正如他的許多劇作，對官僚主義，對人的普遍生存狀況，對現代文明的弊病，不同的觀眾可以有不同的領悟。

《冥城》原本脱胎於一個道德説教的戲曲老劇目，他卻將被儒教歪曲了的莊子還其哲人的面貌，並把無法解脱的人生之痛注入其中。從戲劇觀念和形式方面來説，實現了他對中國傳統戲曲的改造，使之成為一種説唱做打全能的現代東方戲劇。

《彼岸》則從做遊戲開始，導入人生的各種經驗，愛慾生死，個人與眾人的相互關係，都得到抽象而又充滿詩意的舞台體現。該劇也可以説是一部超越民族與歷史的現代詩劇，個人在社會群體的壓迫下無法解脱的孤獨感，表現得令人震動。

《逃亡》以天安門廣場這一歷史悲劇為背景，在作者筆下，不只限於譴責暴力，還賦予更深一層的哲學含義。人哪怕逃避了迫害，逃避了他人，卻注定逃避不了自我，把沙特的命題再翻一層。

他的新戲《對話與反詰》則回歸禪宗公案，用一種冷峻的幽默來觀照人與人之無法溝通的病痛。該劇由作者本人導演，在維也納首演後，奧地利的報刊評論：「禪進入荒謬劇場」、「劇中的對話創造了一種精緻的舞台語言」。

由法國文化部定購的他的《生死界》一劇，則通過一個女人的內省，精微表達了現代人的無着落感、惶惑感與困頓感。法國戲劇界和漢學界也認為高行健「雖然人在巴黎，足及世界，卻不會是一個斷了根的全球性的藝術家，依然頭頂草帽，從他的天國和相互矛盾的紛繁花卉中吸取靈感，不斷豐富他自己的創作。」

中國現代許多劇作家，一直在努力追隨西方過時的潮流，高行健卻重臨中國戲曲的傳統，從中找尋到一種現代的東方戲劇的種子，並且同西方當代戲劇得以溝通。他每年一個新戲，很難預料他下一齣戲又走向何處。總之，他着意從戲劇的源起去找尋現代戲劇的生命力，一再聲稱他的實驗並非反戲劇，相反強調戲劇性和劇場性。他提出關於表演的三重性，即自我與演員的中性身份和角色的相互關係，是他的劇作的一個契機。他的劇作總為演員的表演提供充分的餘地，這恐怕也是他這些雖然充滿東方玄機和哲理的劇作，能在西方劇院不斷上演的一個原因。他應該説也是迄今被西方大劇院接受的唯一中國劇作家，並且開始預訂他的新作。他的戲劇理論，也已引起西方戲劇界的注意，影響正在日益擴大。

寫於一九九三年夏天

高行健與文學的複調時代[1]

由於獨白式的文學與政治的緊密聯繫，因此在一九七六年文化大革命結束之後，文學界也經歷了一個「解凍」時期，即從政治霸權與文化霸權高度統一的文字獄解脱出來。這個時期的文學通稱為「新時期文學」。這個時期的文學以八十年代中期為時間點，大致劃分為兩個大段落。

前一階段大體上可稱為新獨白式文學時期。也就是説，這時期的多數作品還是維持着作者先驗的意識形態的獨白原則，作品中的人物還是意識形態的載體，而且都有一個明確性的結論。但是，這時期的文學與前三十年的獨白文學有着質的巨大差別。這就是文學的靈魂發生了根本的變化，作者獨白的內容已不是「革命神聖」和「階級鬥爭神聖」這類原則，也不再是謳歌領袖的現代神話。他們獨白的原則是「人」的原則，是對人的尊嚴和人的價值的重新發現，是對革命神聖名義下的精神奴役的譴責與抗議。這個時期的文學實質上乃是一種受難文學，它展示的是一個時代的大悲劇和一個歷史時代在中國人民心靈中留下的巨大創傷，因此通常被稱為「傷痕文學」。這時期的文學雖然依據的還是獨白式的美學原則，但它是作家良知的獨白——感受一個時代的大苦難和大苦悶之後的獨白。在這種新的獨白中，文學呈現出靈魂的巨大變遷。除了靈魂的更新外，這時期的文學在創作方式上又打破流行一時的社會主義現實主

1 摘自《從獨白的時代到複調的時代》，一九九四年在《聯合報》「四十年來的中國文學」學術討論會上的發言。《放逐諸神》第一三一一四頁，第二二一二三頁，香港天地圖書公司。

義的話語霸權，恢復了批判現實主義的文學方式。在人文環境非常嚴酷的條件下，這個時期的文學能重新舉起自己的負載人類苦痛的心靈和高舉人的尊嚴的旗幟，重新呼籲救救孩子、重新讓文學發出人道與人性的光輝，這是大義大勇的智慧展現，其功勞是不可磨滅的。

這個文學時期大體上是文學獨白的時代，但它又是醞釀着複調的時代，即作家已開始尋找自我獨白之外的「他者」之音，包括意識形態的「他者」與創作方法的「他者」。在這種轉變中，王蒙扮演着小說結構和語言變革的急先鋒角色。一九八一年，王蒙推崇高行健的《現代小說技巧初探》一書，並由此引起一場有王蒙、劉心武、李陀、高行健等作家參與的現代主義與現實主義的爭論，這場爭論標誌着獨白式的文學時代開始發生裂變。論爭之後，王蒙積極進行改革小說文體的創作實驗，把「意識流」等手法帶入自己的敍述，創作了《夜的眼》、《海的夢》、《蝴蝶》、《雜色》等富有現代色彩的小說，這些小說主題朦朧、結構奇突、語言俏皮，富有幽默感，語言意識和文體意識很強，確實打破現實主義的敍述模式。在王蒙進行小說實驗的同時，高行健努力進行話劇實驗，他的劇作《絕對信號》、《車站》在北京人民藝術劇院內外演出，宣告了先鋒戲劇在中國的誕生。高行健通曉西方現代文學與戲劇，把荒誕意識引入自己這兩部作品和之後創作的《野人》、《彼岸》、《生死界》、《對話與反詰》、《山海經傳》等十幾部劇本，又從中國戲曲傳統中找到自己獨特的戲劇觀念與形式，突破了大陸話劇創作數十年一貫的僵化模式。如果把王蒙、高行健等看作從獨白時代向複調時代的過渡，那麼到了八十年代的中後期，則可以說複調時代已初見徵象。

從八十年代中期到九十年代初，儘管大陸人文環境時而寬鬆時而惡劣，但文學的複調已基本形成。這種形成的標誌有兩個：一是這個時代的文學包含着多種互相對立的眾多聲音，也可說是包含着各有其平等權利和來自各自獨特世界的眾多聲音，而不是過去那種統一的貌似百家其實只有一家的聲音。複調的關鍵點在於獨立的聲音，在於各種聲音都是異質性風格和異質性話語的單元。這一美學風貌，在五十年代到七十年代的大陸文學中是沒有的。但在最近的十年裏，不管其作家採取甚麼樣的敍述方法，他們都具有獨立的語言意識、獨立的敍述意識並發出獨立的異質性的聲音，其作品都成為一種異質性的單元，這些異質性的單元共存共生，就構成一個多語言、多風格、多聲部的文學現象。原先大陸那種眾多作家統一於某種「主義」與「思想」的整個時代文學的同質性現象已經消失，而異質的世界觀念和文學觀念，以及異質的敍述方式並置和對話的時代已經開始，現實主義敍述方式和現代主義、後現代主義敍述方式並不相互排斥。重意義的語言和輕意義的語言，重人道的語言和輕人道的語言，重歷史的語言和輕歷史的語言，重性格的語言和重意象的語言，都呈現為一種個體經驗語言。這種狀況如果用中國文學界常用的批評語言，就是為人生而藝術之聲、為藝術而藝術之聲、為大眾而藝術之聲、為自我而藝術之聲都得以共存，並形成一個時代文學的多聲部。而如果用西方流行的批評語言表述，則是現實主義藝術個體經驗語言、現代主義、後現代主義的個體經驗語言、馬克思主義先鋒派的個體經驗語言並存並置的複調交響時期。

異質性寫作方法，由不同作家負載而構成一個多聲部，這是大陸文學進入複調時代的一個標誌。此外，異質性風格單元又常常在一個作家的小說中呈現；不少作家着意在自己的一部作品並置各種獨立的聲音和並置各種不同的文體，讓它們展開對話，這也是過去所沒有的，作品中各種聲音已不反映作者的統一意識。

在上述的八十年代的作家作品中，無論是王蒙的《活動變人形》、張煒的《古船》、高行健的《靈山》、莫言的《酒國》等長篇，還是文化小說、實驗小說中的眾多作品，都具有複調形式和對話結構。在《活動變人形》中，西方文化意識和中國文化意識展開激烈衝突，而拷問西方文化的聲音和拷問中國文化的聲音都符合充分理由律；在《古船》中，由兩兄弟從完全對立的地位發出報復的聲音和取消報復的聲音也都符合充分理由律；在《酒國》中，莫言的聲音和莫言的學生批評老師的聲音，以及酒國中殘酷的開發的聲音和調侃殘酷開發的聲音，也都符合充分理由律。而在高行健的《靈山》中，則是第一人稱的「我」、第二人稱的「你」、第三人稱的「他」，和分別在第一第二人稱中出現的「她」三者的對話和變奏。這種種異質性的雙音或多音世界又廣泛存在於實驗小說之中，在這些小說中，我們聽到革命和宿命（《紅粉》）有趣的對話，聽到革命與頹廢有趣的對話（《罌粟之家》），聽到歷史主義與倫理主義有趣的對話（《一九三四年的逃亡》），甚至是最崇高最經典的語言和最鄙俗最平民化的語言的對話（王朔諸小說）。上述這些小說，都不是封閉性的已完成的話語系統，而是未完成的敞開的運動與交流和難解的命運之謎與語言之謎。

寫於一九九三年十一月溫哥華卑詩大學

《車站》與存在意義的叩問[1]

中國大陸二十世紀後半葉的文學，政治傾向壓倒了一切，文學成了政治意識形態的直接轉達，完全壓倒了叩問存在意義這一文學維度。因此，從五十年代到八十年代初期，叩問人類存在意義的作品幾乎絕跡。整個文壇是「社會主義現實主義」的單維天下。奇怪的是在這種單維貧乏的地上，仍然有異質的個例出現，其中最典型的要算郭小川的《望星空》和杜鵬程的《在和平的日子裏》。

杜鵬程是《保衛延安》的作者，無疑是革命作家。《保衛延安》寫的是革命時代的革命英雄，那是創造生命意義的時代，英雄就是意義的象徵。但是，革命成功之後，即在「後革命」時代裏，革命者的意義何在？難道就是繼續革命繼續爭鬥嗎？可以有個人的嚮往、個人的追求、個人的情感生活嗎？如果喪失個人情感這一本體實在，那麼人的存在是否還有意義？《在和平的日子裏》就寫一個革命者在後革命時代的徬徨，迂迴地對存在意義提出叩問。它一出版，就像《望星空》一樣遭到批判。在二十世紀下半葉的中國文壇中，叩問存在意義這一維度的文學，連合法抒寫權利都沒有，更不用說甚麼發展和成就了。

這種狀況直到八十年代才有所變化。首先是在戲劇上出現高行健的《車站》（一九八三），之後又在

1 摘自《中國現代文學的整體維度及其局限》，嶺南大學《現代中文文學學刊》創刊號，一九九七年七月。

小說上出現劉索拉的《你別無選擇》和徐星的《無主題變奏》。高行健的《車站》表現這樣一個非常簡單的故事：週末，某個城市郊區的車站，各種各樣的人都在等車進城。他們因為等得太久而騷動不安，為排隊的次序而不斷發生糾紛，可是，車子幾次過站都不停下。等着等着，已等了一年多，秋夏過去，冬天白雪紛飛，他們才明白車站早已取消；然而，他們明知車站已經作廢，卻捨不得離去，還繼續等下去，只有一個沉默的人，下決心走出這個荒謬的車站。這顯然是一個荒誕戲，有西方荒誕戲的影子。然而，可貴的是他改變了中國話劇延續了數十年的現實主義思路，第一個作了現代戲劇的實驗——強化了西方荒誕戲劇常常忽視的戲劇動作——對人的荒謬存在方式發出一聲有力的叩問。

《車站》發表和演出後因遭到強烈批判，使得這種實驗無法繼續下去，然而，過了兩三年之後，劉索拉和徐星的中篇卻突然出現。兩部小說的主題都是音樂，叩問的是音樂的意義，也是存在的意義。選擇，決定着人的存在本質和意義，然而，在荒謬的環境中，一切都已被規定被確定，你別無選擇，你不知道生命的主題，面對人生，只有徬徨、迷失、無可奈何。

《一個人的聖經》（中文版）跋[1]

我沒有讀過高行健的詩，他的詩也極少發表。但讀了《一個人的聖經》之後我立即想到：行健是個詩人。這不僅因為這部新的作品許多篇章就是大徹大悟的哲理散文詩，而且整部作品洋溢着一個大時代的悲劇性詩意。這部小說是詩的悲劇，是悲劇的詩。也許因為我與行健是同一代人而且經歷過他筆下所展示的那個噩夢般的時代，所以閱讀時一再長嘆，幾次落淚而難以自禁。此時，我完全確信：二十世紀最後一年，中國一部里程碑似的作品誕生了。

《一個人的聖經》可說是《靈山》的姐妹篇，與《靈山》同樣龐博。然而，主人翁卻從對文化淵源、精神自我的探求回到嚴峻的現實。小說故事從香港回歸之際出發，主人翁和一個德國的猶太女子邂逅，從而勾引起對大陸生活的回憶。綿綿的回憶從一九四九年之前的童年開始，然後伸向不斷的政治變動，乃至文化大革命的前前後後和出逃，之後又浪跡西方世界。《靈山》中那一分為三的主人翁「我」、「你」、「他」的三重結構變為「你」與「他」的對應。那「我」竟然被嚴酷的現實扼殺了，只剩下此時此刻的「你」與彼時彼地的「他」，亦即現實與記憶，生存與歷史，意識與書寫。

高行健的作品構思總是很特別，而且現代意識很強。一九八一年他的文論《現代小說技巧初探》曾

1　此文係為台北聯經出版公司一九九九年四月出版的《一個人的聖經》所作的跋。

引發大陸文壇一場「現代主義與現實主義」問題的論爭，從而帶動了中國作家對現代主義文學及其表達方式的關注。在文論引起爭議的同時，他的劇作《絕對信號》、《車站》則遭到批判乃至禁演。這些劇作至今已問世十八部，又是二十世紀中國現代主義的開山之作和最寶貴的實績。由於高行健在中國當代文學運動中所起的先鋒作用及其作品的現代主義色彩，因此，他在人們心目中（包括在我心目中）一直是現代主義作家。《一個人的聖經》卻完全出乎我的意料之外，這部新的長篇竟十分「現實」，我完全想不到高行健會寫出這樣一部如此貼近現實，如此貼近我們這一代人大約四十年所經歷的極其痛苦的現實。這一現實是尖銳的，現實中的政治又尤其尖銳，而高行健一點也不迴避。他不僅直接觸及政治，而且把政治壓迫之下的人性脆弱與內心恐懼表露無遺，寫得淋漓盡致。作品深刻揭示了政治災難何以能像瘟疫一樣橫行，而人又如何被這種瘟疫毒害，改造得完全失去本性。儘管我也親身經歷和體驗過這些政治災難，但是，讀這書的時候我的身心仍然受到強烈震撼。

描寫大陸二十世紀下半葉現實的作品已經不少，這些作品觸及到歷次政治變動和文化大革命中的紅衛兵運動及上山下鄉等等，然而，沒有一部作品能像《一個人的聖經》令我這樣震動，我雖一時無法說得清楚原因，但有一個直感：面對那個龐大的荒謬的現實，用舊現實主義的方法，即一般的反映論的方法是難以成功的。這種現實主義方法的局限在於它總是滑動於現實的表層而無法進入現實的深層，總是難以擺脱控訴、譴責、暴露以及發小牢騷等寫作模式。八十年代前期的大陸小説，這種寫作方式相當流行。八十年代後期和九十年代大陸作家已不滿這種方式，不少新鋭作家重新定義歷史，重寫歷史。這些作家擺脱「反映現實」的平庸，頗有實驗者和先鋒者的才華，然而他們筆下的「歷史」畢竟給人有一種「編造」之感。而這種「編造」，又造成作品的虛空，這是因為他們迴避了一個現實時代，對一時代缺乏深刻的認識與批判，與此相應，也缺少對人性充分認識與展示。高行健似乎看清上述這種思路的弱點，因此他獨自走出自己的一條路，這條路，我姑且稱它為「極端現實主義」之路。所謂「極端」，乃是拒絕任何編造，極其真實準確地展現歷史，真實到真切，準確到精確，嚴峻到近乎殘酷。高行健非常聰明，他知道他所經歷的現實時代佈滿令人深省的故事，準確的展示便足以動人心魄。「極端」的另一意思即拒絕停留於表層，而全力向人性深層發掘。《一個人的聖經》不僅把中國當代史上最大的災難寫得極為真實，而且也把人的脆弱寫得極其真切。

在給「極端現實主義」命名的時候，我想到兩個問題：（1）這種寫作方式是怎樣被逼上文學舞台的？（2）這種寫作方式獲得成功需要甚麼條件？

關於第一個問題，我讀近年的小說時已感到文學的困境，甚至可稱為絕境。所謂困境就是：不僅老現實主義方法走到頂，而且前衛藝術的方式也走到頂了。老現實主義方法不靈，可是我們又不能迴避生存的真實和生存的困境，不能迴避活生生的嚴酷的現實，這該怎麼辦？當今一些聰明的文學藝術家找到一條出路叫做「玩」，玩前衛、玩先鋒、玩純形式、玩語言、玩智力遊戲，把文學變成一種觀念，一種程序。然而，到了世紀末，人們已逐漸看清這些遊戲蒼白的面孔。語言畢竟不是最後的家園，工具畢竟不是存在本身，文學藝術畢竟不是形式的傀儡，包裝畢竟不是精神本體，後現代主義畢竟只有「主義」的空殼並無創造的實績。總之，藝術革命走到盡頭了，前衛遊戲也玩到盡頭了。高行健看清了形式革命的山窮水盡，因此他告別了「主義」，也告別了革命和藝術革命。他的「極端現實主義」，就是在上述這種思路「轟毀」之後選擇的新路。他選對了，他勇敢、果斷地走進現實，走進生命本體，走進意識深處，並以高度的才華把自己擁抱的現實與生命本體轉化為富有詩意的藝術形式。

關於第二個問題，我在掩卷之後思考了好久，思考中又再閱讀，我終於發現在這部作品背後作者對主人翁對現實冷靜觀察的眼光。高行健無論是戲劇創作還是小說創作，都有一種冷眼靜觀的態度，而在《一個人的聖經》中表現得格外明顯。這部小說所觸及的現實不是一般的現實，而是非常齷齪、非常無聊甚至非常無恥的現實，所觸及的人也不是十分正常的人，而是一些被政治災難嚇破了膽和被政治運動洗空了頭腦的「革命人」、肉人、空心人等，也可以說是一些白癡。如果用和現實相等的眼光來看這種現實和人，那是很危險的：作品可能會變得非常平庸、乏味、俗氣或情緒化，但是高行健沒有落入這一陷阱。他進入現實又超越現實，他用一個對宇宙人生已經徹悟、對往昔意識形態的陰影已經完全掃除的當代知識分子的眼光來觀照一切，特別是觀照小說主人翁。於是，這個主人翁是完全逼真的，是一個非常敏感、內心極為脆弱又極為豐富的人，但在那個恐怖的年代裏，他卻被迫也要當個白癡，當個把自己的心靈洗空、淘空而換取苟活的人，可是，他又不情願如此，尤其不情願停止思想。於是，他一面掩飾自己的面目，一面則通過自言自語來維持內心的平衡。小說抓住這種緊張的內心矛盾，把人物的心理活動刻劃得細緻入微，把人性的屈辱、掙扎、黑暗、悲哀表現得極為精彩，這樣，《一個人的聖經》不僅成為扎扎實實的歷史見證，而且成為展示一個大歷史時代中人的普遍命運的大悲劇，悲愴的詩意就含蓄在對人性悲劇的叩問與大悲憫之中。高行健不簡單，他走進了骯髒的現實，卻自由地走了出來，並帶出了一股新鮮感受，引發出一番新思想，創造出一種新境界，這才真的是「化腐朽為神奇」。

一九九六年，在我為香港天地圖書公司主編的《文學中國》學術叢書中，高行健貢獻了一部題為《沒有主義》的近三百頁的文論集子。從這部文論中可以看到，高行健是一個渾身顫動着自由脈搏、堅定地發着個人聲音的作家，是一個完全走出各種陰影尤其是各種意識形態陰影（主義陰影）的大自由人，是一個把個人精神價值創造置於生命塔頂的文學藝術全才。沒有主義並非沒有思想和哲學態度，高行健恰恰是一個很有思想很有哲學頭腦的人，並且，他的哲學帶有一種徹底性。因為這種哲學不是來自書齋學院，而是來自他對一個苦難時代刻骨銘心的體驗與感悟，因此，這種哲學完全屬於他自己。在《一個人的聖經》中，我們看到，他對各種面具都給予徹底摧毀，對各種假象和偶像（包括烏托邦和革命）都一概告別，而且不去製造新的幻想與偶像。這部小說是一部逃亡書，是世紀末一個沒有祖國沒有主義沒有任何偽裝的世界遊民痛苦而痛快的自白。它告訴人們一些故事，還告訴人們一種哲學：人要抓住生命的瞬間，盡興活在當下，別落進他造與自造的各種陰影、幻象、觀念與噩夢中，逃離這一切，便是自由。

一九九九年一月二十日於科羅拉多大學校園

中國文學曙光何處？

《打開》雙週刊的朱瓊愛小姐，約請我為「展望二十一世紀文化」撰稿。在約請函中她說：「許多人都說文學已死……我們當然不希望如此，但也會想想這是否代表文學走到另一發展階段。」

「文學已死」的說法未免過於武斷。上個世紀初尼采宣佈「上帝已死」，但上帝並沒有死；現在宣佈「文學已死」，文學自然也不會死。不過，死亡本身就是一個巨大的「不可知」，許多宗教家與哲學家都在解說死亡之謎。如果我採用黑格爾《邏輯學》中的死亡界定，那麼，死亡不過是一種已經和存在一起被思想到了的虛無。它既不是一種東西的消失，也不是一個人的消失，而只是一種陰影。如果對死亡做這種形而上的假設，那麼，說世紀末的中國文學籠罩着陰影，則一點也不過份。對二十一世紀的展望，其實正是一個如何走出陰影的問題。

中國的二十世紀文學，特別是大陸下半葉的文學，一直被政治陰影和意識形態陰影覆蓋着，這是一個事實。而現在，它又與西方文學一樣被強大的市場潮流的陰影覆蓋着，這也是一個事實。毫無疑問，只有敢於走出雙重陰影、敢於退出市場的作家，才能贏得二十一世紀。關於這點，我以前已經說過，今天，我卻要揭示另一種陰影，這是文學本身基本寫作方式的陰影。它和二十世紀一樣，已經走到時間的盡頭，彷佛有點「山窮水盡」。

所謂基本寫作方式，一種是傳統現實主義方式，一種是前衛藝術方式。前者流行於本世紀的大部份時間，直至八十年代中期才開始式微；後者則流行於八十年代後期和九十年代。傳統現實主義（社會主義現實主義也屬於這一範疇），均以反映論作為哲學基點和寫作視角，作家的眼光與現實事態的水平是同一的。六、七十年代，大陸的文學「掌門人」過份強調作家的世界觀，結果使現實主義變質成偽現實主義；八十年代的作家擺脱世界觀的牽制，注重現實事態，但眼光往往未能超越對象水平，因此也未能從根本上擺脱譴責、控制、暴露和情緒宣洩等模式。新近出現一批新鋭作家，他們重新定義歷史、重新寫作歷史，然而，他們實際上是通過編造故事而逃避禁區和迴避現實的根本，因此也常常顯得無足輕重。

前衛藝術方式的產生，乃是對現實主義的不滿與反動。中國的前衛藝術（也可稱先鋒藝術）一直不發達，這顯然是中國缺少它生長的土壤。中國的現實太痛苦、太嚴峻，它和西方那種物質過剩而感到無聊的社會環境極不相同，因此，完全迴避現實與完全退入內心世界不太可行。即使可行，也面臨着與西方前衛藝術相似的絕境。西方在畢卡索之後，一直進行着藝術革命，這場革命發展到後來便是以「後現代主義」為理論旗幟的智力遊戲。它完全拋開人的主體性而走火入魔地玩形式、玩語言、玩策略，他們以工具代替存在，以形式代替精神本體，把語言當成最後的實在即最後的精神的家園，把藝術當作一種程序、一種觀念、一種碎片。結果，我們看到的是只有後現代主義的理論空殼，而無創造實績：誰能舉出一部後現代主義的經典作品呢？到了世紀末，人們終於逐步看到，所謂前衛藝術，只是一種幻覺，只是虛幻的白茫茫。中國把前衛藝術方式引到文學中來，終究沒有太大出息。

傳統現實主義寫作方式與前衛藝術寫作路子已經走到盡頭，陰影橫在路口與頭頂，怎麼辦？出路總會有，但必須自己去尋找。就在困惑之際，我讀了高行健《一個人的聖經》，讀後為之感到十分振奮。

完全出於我的意料，這位在大陸激發現代主義文學思潮、先鋒色彩很濃的朋友，竟會寫出一部如此貼近現實、如此直接觸及政治的書。他的「貼近」與「觸及」，不是「反映」式地在現實表面滑動，而是踏入歷史深層，觸及現實的根本，把我們這一代人經歷過中國當代史上最大的災難準確無誤地展示出來。我從小說中感受到的真實，不是一般的真實，而是近乎殘酷的多重真實。這是注重營造故事情節、典型和注重靜態心理分析的老現實主義方法無法達到的。

高行健顯然摒棄傳統的現實主義方法，而把現實描寫推向極致和另一境界。這裏的關鍵是作者進入現實而又從現實中走出來，然後對現實進行冷眼靜觀，靜觀時不是用現實人的眼光，而是用當代知識分子的眼光，一種完全走出歷史噩夢和意識形態陰影的眼光，這種眼光正是可以超越現實的哲學態度與現代意識。有這種眼光與態度，高行健就在對現實的觀照中便引出一番對世界的新鮮感受和對普通人性的真切認識，並由此激發出無窮的人生思考，從而把現實描寫提高到詩意的境界。這樣，小說就不僅是現實的歷史見證，而且是特定時代人的普遍性命運的悲劇展示。

《一個人的聖經》給了我的啟迪：一個摒棄舊現實主義方式的作家並不意味着他必須迴避現實，相反，他可以更加逼近現實，可以挺進到現實的更深處；而在形式遊戲走向絕境的時候，作家在拒絕形式遊戲的時候也並不意味着放棄形式的探求，他可以找到蘊含着巨大歷史內涵的現代詩意形式。高行健找到的寫作方式也許可以命名為「極端現實主義」方式，但他是一個沒有主義並反對任何主義對他進行規定的自由作家，未必贊成我的命名。

贊成與不贊成，這不重要，重要的是高行健這一例子給我們帶來信心：環境與年代（時空）無法決定文學的生死，要緊的是作家保持無窮的原創力，敢於走出二十世紀投下的各種陰影和幻相，踏出自己的新路。二十一世紀中國文學的曙光是對陰影與幻相的超越，新一輪的文學太陽是不會重複二十世紀運行的軌道的。

原載香港《南華早報》的《打開》雙週刊
一九九九年十一月七日

第三輯　評說（寫於二零零零——二零零三年）

內心煉獄的舞台呈現

——《生死界》與高行健的內心戲劇

（在香港中文大學出版社和商務印書館聯合舉辦的高行健戲劇座談會上的發言）

今天在座的許多朋友對高行健的戲劇很有研究，方梓勳教授在高行健獲獎之前就翻譯了《彼岸》、《生死界》、《對話與反詰》、《夜遊神》和《週末四重奏》，在中文大學出版社出版了英文戲劇集 The Other Shore，令人敬佩。在座的還有鄭樹榮先生，是「無人地帶」劇社的藝術總監，現在正在導演《生死界》，曾到法國深造戲劇學，是戲劇的內行。在你們面前談戲，實在是班門弄斧。但是朋友的盛情難卻，我只好談談，談的是一個文學欣賞者的劇本閱讀心得。因為《生死界》馬上就要在香港上演，大家都關心此事，我就談談閱讀這個劇本的一些感受。

一九九一年我在《今天》上讀了《生死界》的劇本，至今已經十年。這個劇在法國、意大利、澳大利亞、瑞典、波蘭、美國等地演出過，可惜我都看不到。此次在香港演出用的是粵語，我又不能進入。但是，一讀劇作的文本，就可知道，高行健的戲劇被歐洲、亞洲、美洲、澳洲廣泛接受，並不奇怪。因為他的戲劇內涵是普世問題，是所有人的問題。在中國現代戲劇史上，高行健是第一個廣泛「佔領」西方戲劇舞台的劇作家，曹禺、田漢等都沒有這種幸運。戲劇在中國歷史上，從一開始發生，地位就很低，被稱為「優伶」的演員不過是宮廷和士大夫的玩偶。在民間，則是讓人瞧不起的「戲子」；在文學史上，又被視為詩文之外的「邪宗」。進入現代社會後，地位雖有所提高，但在中國集體無意識中，演員仍是個戲子。因此，數千年來優伶所創造的形象，從未成為民族的靈魂也未曾深刻揭示個人的靈魂。儘管也出現過一些好的劇作，但總的來說，還是比較小氣。即使觀念較為開放的浪漫戲劇，如《西廂記》，也只是小浪漫。而在西方，戲劇的地位卻很高，從古希臘開始，戲劇本身就有大靈魂。其大宇宙感影響了整個人類的精神歷史。西方大城市中的劇院，不僅很多，而且文化地位很高。古希臘的戲劇、莎士比亞的戲劇，其戲劇文本就是世界文學巔峰。契訶夫、易卜生、史特林堡的戲劇儘管他們的思想傾向不同，但都震撼社會。二十世紀的貝克特、尤奈斯庫、奧尼爾的戲劇，可說是現代人類焦慮的總象徵。要在西方的戲劇舞台上獨樹一幟是件很難的事。但是，高行健卻以自己獨特的戲劇形式和戲劇內涵，給西方戲劇界送上一股新風，為世界戲劇史寫下別開生面的一頁。面對這種卓著的成就，應當為他高興，為他驕傲，應當對此懷有敬意。

就高行健個人的寫作史來説，《生死界》乃是他的兩個標誌：（1）由中國轉向世界的標誌。高行健出國後所作的《逃亡》、《山海經傳》還有中國文化背景，從《生死界》開始，他便揚棄了這一背景，思索和表現普世問題，即所有人的共同問題。《生死界》、《對話與反詰》、《夜遊神》等，表現的都是一些超階級、超種族、超國界的問題。在空間上，沒有中國，沒有邊界，即沒有空間背景；在時間上，只有當下，沒有年代，即沒有時代背景。還在國內時，《彼岸》就已開始這種戲劇探索，表現哲學問題。但後來又寫了由中國天安門事件觸發的《逃亡》，到了《生死界》便有了普世寫作的高度自覺。（2）標誌着進一步由外向內的轉變。《逃亡》、《山海經傳》還是情節戲，有外部時間；《生死界》則完全是內心狀態的戲，表現的是人類普遍的內在困境、人性困境，只有內心時間。

十年前我第一次閱讀《生死界》文本，覺得這是很奇怪的戲。一是奇怪竟有這樣的沒有現實圖景、只有內心圖景的戲；二是奇怪三個演員演的只是一個人的內心獨白（另一個女性舞者只是她的心象，還有一個小丑是她意念中的男影像），全部由一個第三人稱「她」貫穿始終，只有內心衝突，沒有社會衝突。這種戲和我的早已習慣的欣賞心理很不相同。後來又讀了他的《對話與反詰》、《夜遊神》和《週末四重奏》，才慢慢進入他的新戲劇世界。進入之後回頭再閱讀《生死界》，便讀出此劇的人性深度與寫作難度了。

我的朋友陳邁平在《高行健劇作選》的序言中闡明了高行健在世界戲劇史上的地位和多方面貢獻，其中有一點是精神內涵上的貢獻。他說，高行健的劇作，基本上是繼承現代戲劇傳統。奧尼爾曾經把現代戲劇傳統歸結為人與上帝、人與自然、人與社會以及人與他人等四種主題關係。而高行健不僅擅長描寫人與他人的關係，而且推出第五種關係，即「人和自我」的關係，這是非常準確又非常重要的概說。所謂人與自我的關係，也可以說是自我的內部關係。《靈山》中的自我，分解為你、我、他三種人稱，其對話就是自我的內部關係。人的思想、性情、良知等，全在對話中實現。倘若用哲學語言表述，人與他者的關係屬於外部主體間性（或稱主體際性），而自我內部的關係，則屬於內部主體間性。現代哲學家胡塞爾、哈本瑪斯等談的都是外部主體間性，沒有探討內部主體間性的問題。哈本瑪斯的交往理論十分有名，但未觸及內部主體間性。中國文學理論也是如此，談主體性與主體間性時，未觸及內部主體間性。而高行健的小說和戲劇則是內部主體間性的呈現，而且呈現得非常充分，非常精彩。在世界文學藝術史上，很難找到第二個作家，像高行健這樣自覺且充分地從內容到形式把內部主體間性呈現得如此鮮明，尤其是呈現於戲劇，這不能不說是一種精神首創。

使用哲學的語言過於抽象，倘若用文學語言表述，便是現代人內心狀態的舞台呈現。《生死界》就寫一個女人在深夜獨處時的內心煉獄。這個女人一出場就處於內心的緊張中，就指斥與她關係最密切的男伴，說彼此難以溝通。連最親密的人都難以溝通，更何況與別的人，僅此一點，她就注定生活在孤獨之中。在孤獨的記憶與幻想中，她訴說他的各種難以承受的「嘴臉」：虛偽、怯懦、乏味、勉強的笑聲。她撕破他的面具。「她原先看到的那雙笑瞇瞇的眼睛裏那犀利機智熱情的眼神，全靠他戴的那副眼鏡，現今把眼鏡一旦摘除，就甚麼光澤也沒有了，只剩下倦怠、冰冷和殘忍，正像他那顆自私的心，有的只是利己和無情。他對她不過是佔有、攫取、享受，要得到的他都已經得到了，使用玩弄過了，只剩下厭倦和煩躁……」如此不堪，如此不能忍受。然而過去不僅忍受，還同床共眠，而此時，極其厭惡，卻又發現自己不能沒有他。待到他真的一走了之以後，她又希望他回頭，轉身再看她一眼，希望重新得到他的愛撫，重過剛剛詛咒過的生活。既承受不了在一起的重，又承受不了不在一起的輕。情感起伏無常，混亂無序，她也不知道為甚麼？也許只有劇作者清醒知道：這是因為人太脆弱了。作為一個女人，她有特殊的本性，所有焦慮都與身體有關。她比男性對身體有更多的敏感，這種敏感又把她推入更深的寂寞深淵。她發現自己的面容憔悴、皮膚粗糙、乳房鬆弛、感覺遲鈍，即發現連支撐孤獨和擺脫孤獨（重新擁有男性）的資本都沒有了，於是，她的孤獨便化作歇斯底里的恐懼……全劇就是主角敘說她的情感故事，也可說全劇就是她的情感流露。這些都是肉眼看不見的，用文字敘述尚且困難，更不用說訴諸舞台。但《生死界》卻找到一個敘說主體，通過演員在觀眾面前呈現角色（她），在舞台上把敘述化為呈現。這便是把不可視的情感狀態化作可視的舞台形象，也可說是化心相為實相。這種把看不見的內心圖景轉化成可見的舞台圖景，難度很高。我把這種人性狀態的舞台呈現，稱作「狀態戲」。這種戲的特點，不是情節，也不是思辨，而是呈現。戲中有很深的哲學意蘊，但不直接談哲學，也不作任何倫理判斷與政治解説，對「自我」不作肯定也不作否定，只是呈現真實的人性狀態，把難以捕捉的狀態加以捕捉並作審美的提升。劇作家在劇中充分看到人性的弱點，但又清醒地淩駕於弱點之上，這才是真的超越。

我對高行健的戲劇，首先是文學閱讀，然後才是戲劇思索。在文學閱讀中，第一個感覺是像在閱讀心理小説，其中許多語言就是小説語言。演員以旁觀者的身份，敍述角色「她」，把小説敍述引入戲劇。但是，戲的本質又是動作性的，因此，小説似的語言敍述弄得不好，就會丟掉戲劇張力和劇場性。但是《生死界》通過演員呈現即通過「我」（演員）向「你」（觀眾）呈現那個「她」（角色），而在呈現中，一個冷靜的「我」又很有分寸、很節制地表演那個分裂的、混亂的、狂躁的、陷入困境的她，也就是在呈現中冷觀、嘲弄那個不冷靜的她，這便形成落差與戲劇場景，與純粹的小説文本完全不同。第二個感覺是對「自我」的觀照。由於在中國的文化中，「自我」的地位常常喪失，五四新文化運動才強調自我、突出自我。可是，「自我」在五四後幾十年中又被消滅，因此，八十年代後中國又強調自我的地位，甚至拔高自我的位置。在西方，自我的地位則常常被誇大。而《生死界》則是一個「我觀我」、「我思我」的冷幽默，全劇是我對我的冷觀、凝視、分解、質疑。不是心理分析，也不是價值判斷，而是觀照。敍説的不是身處的環境有問題，而是自身的內部世界有問題。因此，可以説這個戲是內心煉獄的戲，不同於但丁似的外部煉獄，而是內心煉獄。貝克特、尤奈斯庫的荒誕戲，有頭腦的思辨，但也沒有內心的煉獄。

《生死界》中有一細節很有象徵意義，這就是角色（女人）想逃出自己的房間但找不到鑰匙和出路。

我們不妨重讀一下：

女人：不！（逃開）太可怕了，她不能這樣支解下去，自己扼殺自己！她得趕緊逃脫，逃出這房間！（作開門狀）奇怪的是打不開房門，她怎麼這樣糊塗？自己把自己鎖在房裏？（圍繞男人的衣物，女人的首飾盒子和脫落的手腳滿地爬行）她找不到房門的鑰匙！這怎麼可能？明明是她自己開的房門，那鑰匙明明在她手裏拿着？卻記不起放到何處？（停住，望着脫落的手腳發愣）她不明白，不明白這怎麼回事？她自己的家，她這個安適溫暖的小窩，怎麼一夜之間，竟然變成了可怕的地獄？……她得出去！（叫）她要出去——去——沒有人聽見，沒有人理會，她在自己房裏，自己把自己（跪在地上，四方張望，不知所措）鎖住，只進得來而出不去……

這一細節象徵着她把自己鎖在個人世界中，鎖在無法與外界溝通的自我地獄中。一個溫暖的窩，「怎麼一夜之間，竟然變成了可怕的地獄？」她無法回答自己的問題，她不了解，不是房間成了她的地獄，而是她的自身成了地獄。真正的牢房不是房間，而是自己變態的心靈，是心獄。這個深夜獨處的女人，在自己的心獄裏煎熬、打滾、呼叫，所以是一種內心的煉獄。但丁的《神曲》，一層又一層的地獄都是外部的酷刑和煎熬，是可以看得見的滾燙烈火，是外界；而這個女人的煉獄，則是內心發生的「生死界」。對內心煉獄的敘述與呈現，雖不同於《神曲》，卻也是神來之曲和神來之筆。

二十世紀由尼采帶頭，以個體神化代替上帝，對「自我」往往過份誇張與膨脹；而高行健則反對把個人誇大為神，也反對把人視為魔鬼，揚棄這兩極的誇張，高行健便對個體自我這個老問題賦予新看法、新態度，其文學、戲劇的智慧就從這種新態度中產生出來。

高行健無論在小說跟戲劇中，都把主體自我一分為三。發現主體不是二元對立，而是三維世界，這是一個巨大的發現。抓住這個三，才能抓住高行健。我所說的冷解脫，其關鍵就是高行健在「自我」中分解出一個中性且冷靜的反觀自身的我，有這一中性的超越之我，才有整體自我的確切認知和解放。人生中得大自由與得大自在，不必祈求環境與菩薩，全靠自身中的冷觀之我來拯救，這便是自救。這種認識，這「三」的發現運用於戲劇，也就從戲劇內部建立新的角色形象和演員三重性的表演。如果說斯坦尼斯拉夫斯基的戲劇，是演員與角色等同的「合二為一」，如果說布萊希特是演員與角色不相等的「一分為二」，那麼，高行健的戲劇，則是「一分為三」和「合三為一」。所謂「演員」在「觀眾」面前呈現「角色」，便是演員、角色、觀眾三者的共謀結構。在此結構中，演員是中性的，演員不代表角色，也不體驗角色，只是在觀眾面前敍述角色、呈現角色。高行健通過這種方式，從戲劇內部尋找新的可能性，也從戲劇內部建立新的角色形象。我作為文學研究者，又可對這一新的角色形象作許多文學分析。我覺得高行健這種探索非常新穎，在座的有許多是戲劇的內行，更了解高行健具有怎樣程度的原創性。

我雖然沒有太多機會觀賞高行健戲劇的舞台演出，但是，僅僅戲劇文本就給我很多啟迪。高行健不同於荒誕派戲劇，但可能從荒誕派那裏得到劇作家內心空間精神的高度自由；高行健的戲劇也不同於中國戲劇，但又從東方寫意戲劇形式中得到表演空間的自由。東、西兩者的融合使他獲得成功，而給高行健最大幫助的則是中國的禪宗精神。禪的無名狀態與自然狀態，禪避開概念直達心靈深處的方式，一定幫了高行健很大的忙。當心靈、心性、心相被異化成概念時，禪的確是打破概念之隔而進入生命本真本然的最好方法。二十世紀許多哲學家都是概念的生物，中國的現、當代作家不幸也很多變成了概念的生物。而高行健則大力放逐概念，他的自由不僅不受權力的限定，也不受概念的限定。禪正是從這裏幫了高行健，使他的言外之相、言外之意發揮得更充分。高行健從一九八零年發表第一個劇本《絕對信號》開始，寫意的戲劇才能就表現出來了。這之後二十多年，他的寫意特點，更是發揮到淋漓盡致。到世紀末所作的《八月雪》已是禪意盎然。表面上是宗教戲，實際上與宗教一點關係也沒有。在禪的智慧眼睛下，各種權力的色相和各種迷信全看透了。那些被世人所追逐的一切，甚麼也不是，甚麼也沒有，真正的「有」，乃是當下。慧能的大智慧就是當下對自身和世界的清醒意識，這種意識一說出來，既簡單又極其透徹。這種感知世界與人生的方式是西方哲學家所沒有的，也是西方作家難以學到的。高行健正是在西方傳統思辨的空白處和邏輯空白處獨樹一種感知的方式，這便是東方禪的方式，高度寫意的方式，如此實在又如此透徹的方式。

高行健出國後的劇作真是一部比一部精彩。《八月雪》之前的《夜遊神》，可說已達到非常完美的程度，其中的幾個角色，從「夢遊者」、「流浪漢」、「那主」到「痞子」、「妓女」，都沒有姓名與性格，只是泛稱。與其說他們是人物，不如說他們是意象。《夜遊神》正是意象戲，也可說是寫意戲。雖是寫意，但細節是真實的，內心更為真實。整部戲是物理空間與心理空間打成一片，是心靈困擾和社會困擾的融合為一，僅僅讀了劇本就感到意象的「神似」。

我在《論中國現代文學的整體維度及其局限》一文中曾說，中國現代文學從審美內涵的角度看，只有「國家、社會、歷史」一維，缺乏叩問存在意義的維度和超驗維度及自然維度。像魯迅的《野草》這種超越啟蒙、進入形而上存在之維的作品只是個例，而高行健的戲劇則有一大部份是叩問存在意義的形上戲。中國現代戲劇作為中國現代文學藝術的一部份，絕大多數的劇作也都是屬於「生存」層面的戲劇，有現實感，沒有哲學感。在審美形式上又都是現實主義方式，少有寫意的探索。高行健在精神內涵上進入「存在」層面，在審美方式上又在寫意上作出不懈的實驗，終於闖出了自己的一條路。瑞典學院稱讚高行健為中國戲劇開闢了新的道路，並非虛言。

整理於二零零零年十一月

心靈戲與狀態劇

——談《八月雪》和《週末四重奏》

返回美國之後，面對科羅拉多高原純正明麗的陽光，心情格外好。心中唯一牽掛着的，乃是住入醫院的高行健，不知他病情如何。今天早晨，突然接到他的電話，說他已經出院療養，讓我放心。他說，此次可謂大難不死，但願以後還能繼續有所作為。從死神的陰影下走出來之後，他對生命有了新的認識，但對未來的事業那種執着卻依然如故。

因為老是掛念着他，所以老是想起把他累倒的那二個劇本：《八月雪》和《週末四重奏》。去年初，他到香港中文大學接受榮譽博士學位的時候，血壓已高達一百八十，醫生一再叮囑他放下工作，但他還是東西方來回奔波穿梭，硬撐着瘦骨嶙峋的身體親自執導了這二部戲。

赴台之前，我曾勸他不要親自當導演，但他說，導戲是極大的快樂，而且他想把《八月雪》做成一個新型的現代歌劇，既不同於京劇那樣的民族歌劇，又區別於西方的現代歌劇。其實還有一個我知道的但他沒有說出的原因，這就是《八月雪》中的那個主角慧能，就是他的人格化身。也可以說，這個戲表面上是寫禪宗六祖的宗教戲，實際上是借六祖表現自身精神境界的心靈戲。高行健獲得諾貝爾文學獎後曾說：「是禪宗拯救了我。」出國後十三年，每次和他談話，總是不離禪宗。他對慧能極為崇敬，認為慧能在人間創立了一個與基督的「救世」精神相對應的「自救」精神豐碑，人的內在力量正是從這種自救精神中產生的。行健一再對我說，不必到山林寺廟裏去尋找菩薩，活生生的佛就在自己的心中。與此道理相通，自由不在身外而在身內，一切都取決於自己的心靈狀態。

我未有機會觀賞這部戲在台灣的演出，真是十分遺憾。但是第一次閱讀這部劇本時，曾經徹夜不眠。我讀後得到了一次精神的大解脱。可以想見，行健在導演這部戲時，會是怎樣的投入，難怪他會精疲力竭地病倒在導戲的過程中。

在排演《八月雪》之後，他又在巴黎排演《週末四重奏》。該劇由法蘭西喜劇院演出。此乃法國的國家劇院，由路易十四創立於一六八零年。劇院擁有大、中、小三個劇場，《週末四重奏》於三月十二日在該院中型劇場「老鴿籠」劇場作邊界性首演。法蘭西喜劇院向來只演已故劇作家的經典作品，高行健知其份量，為不辜負信賴，又是全身心投入。

《週末四重奏》的中文本，首先在香港出版，城市大學也曾經演出過，我所熟悉的朋友佘詠宇博士和張欣小姐還曾在劇中扮演過角色。此劇在巴黎演出一個月，左中右不同傾向的法國報刊都給予極高的評價。法國觀眾，特別是法國中產階級觀眾能夠理解和歡迎這部戲，是我預料之中的，因為這部戲表現的正是現代社會充分發展之後，人的疲憊心理和精神困境。這是每一個生活在這種社會中的人，都能感受到卻難以表達出來的一種生存狀態。高行健曾說，文學最要緊的，就是要捕捉「那種不可捉摸的、不可定義的卻可以感受到的，我們稱之為真實的東西」。而這部戲恰恰捕捉了這種內心真實和心理狀態。

我第一次閱讀這部劇本時，也讀出一個「煩」字。人生過程中常常會出現一種非常蒼白的瞬間，在這個瞬間裏，生命失去了方向，生活失落了意義，這也許就是米蘭．昆德拉所説的「難以承受之輕」吧。在此無可奈何之際，劇中的人物在週末尋友聚會，然而大家彼此彼此，人人都處在同樣的蒼白和無奈之中。於是，四顆疲憊的心，合成一個聽上去在互相交流實際上卻極不和諧的人生四重奏。由於如此準確地揭示這樣的心理真實，演出後得到了法國文化藝術界熱烈而又中肯的評論。法國最大的新聞週刊《影視週刊》，四月二日的劇評說：

> 身兼小説家、畫家、劇作家的諾貝爾文學獎得主高行健，又呈現出一齣奇特的舞台劇，把哲學與抒情詩變為動作。四個人物、四種精神狀態面對生存、藝術、慾念與這個暗淡無情的時代，喚起了種種不安。在舞台柔和的陰影中，四個聲音構成四重悲歌，相互呼喚和交錯，然後重疊在一起，令人好不憂傷。作者把尤奈斯庫和貝克特結合得如此和諧，實在是極為出色的一番創造……這齣由法蘭西喜劇院上演的戲，令人感動，又讓人不知所措。高行健所展示的對生之反胃、愛之無趣、創作之乏味，令我們險些落入苦惱與毫無着落的邊緣，如同失重。除了世界、時代與人群之外，或許生命存在之神秘正由此而得以思索，得以建構。

此外，法國最大的右派報紙《費加羅報》和法國最大的左派報紙《世界報》也都異口同聲地稱讚這部戲具有獨特的戲劇性，其演出效果十分有趣，令人着迷。

我為高行健的這二部戲在台灣和在巴黎成功上演並且獲得如此高度的評價，感到高興；而我更為高興的是，他終於戰勝病魔，渡過生命的險關，以更新的人生姿態迎接明天。

原載《明報月刊》二零零三年六月號
二零零三年三月寫於洛磯山下

閱讀《靈山》與《一個人的聖經》

——在香港城市大學中文、翻譯及語言文學系主辦的文學講座的講稿

一、小說背後的文化哲學

今天想和大家探討一下高行健的兩部長篇小說：《靈山》和《一個人的聖經》。這兩部小說都是高行健的代表作。它的精神價值和藝術價值已被瑞典、法國的一些評論家充分認識，但還沒有被高行健故國的評論家充分認識。因此，我也找不到可以參考的評論文章，無法引經據典，只能講講自己的閱讀感受。

《靈山》的中文本出版於一九九一年（台灣聯經）。當時一年還賣不到一百本，許多讀者都進入不了「靈山」世界。高行健獲獎之後，才成為暢銷書，但還是有些朋友讀了之後，覺得走入「靈山」有困難。我曾問過一位年輕朋友，你帶着甚麼樣的閱讀期待去閱讀《靈山》呢？他沒有回答。而我說，不要有先驗的閱讀期待。因為高行健的寫法和傳統的寫法很不相同，他的小說觀念非常特別。

如果按照傳統的小說閱讀心理，總是要求小說近乎傳奇，有所謂扣人心弦的故事情節，或者鮮明的人物性格；而如果按照時髦的所謂「現代性」要求進行閱讀，又期待小說能玩玩語言，能有許多破碎的句子或者潛意識活動。可是高行健的小說，尤其是《靈山》，偏偏沒有甚麼連貫的故事情節，也沒有人

物性格歷史，它以人稱替代人物，以心理節奏替代情節，以情緒變化來調節文體，完全是另一種寫法。無論是《靈山》還是《一個人的聖經》，句子都相當完整，一點也不破碎，而且語言很有音樂感，不僅有意美，還有音美。高行健在兩部小說中也沒有刻意挖掘潛意識，反之，他有相當清醒的意識，甚至還在人稱的三維結構中特意設置一維「他」即中性的眼睛，有意識地觀照、評論「你」和「我」。因此，他的小說不是喬伊斯與沃爾芙那種意識流，而是一種獨創的「語言流」。這種語言方式捨棄靜態描寫、解說與分析，追蹤心理活動過程又不失漢語韻味。如果期待高行健來些意識流或者先鋒派的文本顛覆，就會感到失望。如果有激進革命論者期待高行健能提供一些「反動言論」以滿足政治刺激，那更要失望。高行健的小說不僅擺脫「政治刺激」、「文本顛覆」等老路子，而且完全擺脫流行的小說觀念。寫作《靈山》時，他的小說觀念是反「情節加人物」的傳統模式。在城市大學的講演中，他說他寫《靈山》時，心目中的小說，是不論天文地理、三教九流、異文雜記，只要不是官方觀念的演繹，都可進入小說。在《靈山》的第七十二回乾脆表述一下小說觀念。他認為小說不一定要有個完整的故事，也不一定要遵循「先有鋪墊，再有發展，有高潮，有結局」的邏輯，甚至也不一定要去塑造甚麼「人物性格」。《靈山》中有一節表述了他的小說觀念：

> 對，小說不是繪畫，是語言的藝術。可你以為你這些人稱之間耍耍貧嘴就能代替人物性格的塑造？
>
> 他說他也不想去塑造甚麼人物性格，他還不知道他自己有沒有性格。
>
> 「你還寫甚麼小說？你連甚麼是小說都還沒懂。」

他便請問閣下是否可以給小說下個定義？

批評家終於露出一副鄙夷的神情，從牙縫裏擠出一句：「還甚麼現代派，學西方也沒學像。」

他說那就算東方的。

「東方沒有你這樣搞的！把遊記，道聽途説，感想，筆記，小説，不成其為理論的議論，寓言也不像寓言，再抄錄點民歌民謠，加上些胡亂編造的不像神話的鬼話，七拼八湊，居然也算是小説！」

他說戰國的方志，兩漢魏晉南北朝的志人志怪，唐代的傳奇，宋元的話本，明清的章回和筆記，自古以來，地理博物，街頭巷語，道聽途説，異文雜錄，皆小説也，誰也未曾定下規範。

《靈山》就是這樣一種小說，各種文體，甚至散文詩都融進去了，從而匯聚成一種很和諧的有機的藝術整體。但我們開始會不太習慣，我開始進入的時候也不習慣。那麼我為甚麼喜歡高行健的小說？可能是自己比較喜歡寫散文，我把《靈山》當作散文來讀，《靈山》裏的每一節都是非常優美的散文。其小說的寫法很像《老殘遊記》。《老殘遊記》在我們近代小說裏算是優秀的小說，但我覺得《老殘遊記》整個格局不夠大。相比之下，高行健《靈山》的眼界更寬闊。總之，讀高行健的小說首先得放下獵奇的傳統閱讀心理。此外，要了解《靈山》，先要了解其文化背景和觀念。高行健的文化觀念不是儒家文化觀念，而是非儒家的觀念，用現代的話來說，就是非官方的文化觀念。

高行健喜歡中國四種文化形態：一是士大夫知識分子的隱逸文化；二是道家的自然觀，這一自然觀使他更尊重生命的自然，即內自然；三是非宗教形態的禪宗文化，這是最普通但又最自由的一種文化。

禪宗文化對高行健的影響很大，《靈山》整部小說都浸透禪性。小說結尾，「我」最後在青蛙的眼睛裏，見到上帝。這是一種大徹大悟。靈山實際上就是瞬間的徹悟，靈山就在自己心中。世上沒有靈山，卻又處處都是靈山；其情形一如世上沒有上帝，但又處處是上帝一樣。最後第四種，便是民間文化。有關民間文化，高行健告訴我，他最激動的事情就是發現我國西南地區民間的《黑暗傳》，寫得非常好。他說我們中原文化沒有史詩，而我國的少數民族卻有，《黑暗傳》就是史詩。《靈山》裏寫到《黑暗傳》是怎麼來的，我讀後感到很親切。它是多麼美好的民間文化呀！《黑暗傳》給了高行健很大的啟發，他的《一個人的聖經》可以說就是當代的《黑暗傳》，是文化大革命這一特定時期中國人心靈裏的黑暗史。

除了注意高行健小說的文化支撐點之外，還應當注意他小說的哲學支撐點。高行健是一個很有哲學意識的作家，而他的哲學觀又表現為他對人、對人性的一些很特別的基本觀念。他一再說，人是脆弱的。與過去的人文主義者相同的是，他也呼喚人的尊嚴與人的權利；但不同的是，高行健是謙卑的，他不唱人的高調，也不像文藝復興時代那樣頌揚人的長處和優點（如莎士比亞的《哈姆雷特》），更反對尼采對人的誇張和自我膨脹（創造另一種自我上帝）。他強調的是人的弱點，人的局限、人性中脆弱的一面。他不僅清醒地看到人的弱點，而且承認人的弱點的合理性。在《靈山》中，主人公首先揭示自己的脆弱。他是一個無神論者，但是當他被誤斷得了癌症之後，便充滿恐懼，在複查時，不知不覺地唸起佛來。人是多麼無助與渺小，當死神走近身邊的時候，從內到外都感到顫慄，並不是甚麼英雄。文化大革命中他冒充了幾天英雄，也很快就露了馬腳。因為脆弱，他甚至丟失了生命的自然和追求愛情的勇氣。當帶有原始野性的少數民族女子給予他愛的暗示時，他手足無措地退卻了。人性深處那絕對無法掩蓋的脆弱與矛盾於此暴露無遺。《靈山》第三十九節描寫苗族的龍船節，黃昏到來時，捏着手帕打着小傘的苗家少男少女，唱着情歌，呼喚情郎。在這個未被革命與政治全部捲走純樸民風的邊陲地帶，年輕生命的情愛是自然、勇敢、簡單的：

> 男子肆無忌憚，湊到女子臉面前，像挑選瓜果一樣選擇最中意的人。女孩子們這時候都挪開手上的手帕與扇子，越被端詳，越唱得盡情。只要雙方對上話，那姑娘便與小伙子雙雙走了。

面對這一情景，「我頓時被包圍在一片春情之中，心想人類求愛原來正是這樣，後世之所謂文明把性的衝動和愛情竟然分割」。在夜色越來越濃的時候，他突然聽見一聲用漢語叫哥，四、五個姑娘朝着他唱，他知道這就是求愛。但是他在愛的面前退卻了。他意識到自己丢失了原始的自然與野性，也丢失了原始的天真與勇敢。他意識到，「我的心已經老了，不會再全身心不顧一切去愛一個少女，我同女人的關係早已喪失了這種自然而然的情愛，剩下的只有慾望。哪怕追求一時的快樂，也怕承擔責任」。而這種脆弱，恰恰是擺脱不了一張人皮，人皮越是精緻就越是脆弱。各種虛偽的倫理觀念，各種僵死的文化觀念，都在加厚這張人皮，或使人皮更加精緻。到了文化大革命，人對理念和意識形態的膜拜到了極點，自然生命也被窒息到了極點。八十年代中期，中國當代文學的兩極，無論是高行健的冷文學，還是莫言的熱文學，都發現了中華民族原始自然生命的喪失，因此共同進行了一場野性的呼喚。

《一個人的聖經》中的幾個女子，每一個人的生命都是極其脆弱的。他的性啟蒙老師「林」，本來好像是大膽無畏的，可是一聽到他的家庭檔案裏記載着主人公父親有過槍枝，便嚇得從情愛中逃走。最後，她選擇了一個副部長做丈夫，以為只有在權位下取暖，才覺得安全。而妻子「倩」，在瘋狂狀態的背後，也是極脆弱的。她的父母親一被審查，她就變形變態了。出於恐懼，她曾和主人公赤身裸體地互相擁抱互相安慰，以至結為夫妻。她本應當是主人翁的夏娃，可是，這個夏娃在革命風暴的壓力之下，變成拿起刀子對着丈夫大咆哮的瘋子。「亞當」（主人公）變成披着狼皮的羊，夏娃變成懦弱卻吐出牙齒的蛇；所謂亞當與夏娃，已經完全不能夠溝通。這裏，高行健對人性是悲觀的。在他看來，哪怕是最親近的兩個人，例如夫妻、情人之間，都那麼難以互相溝通，難以互相理解，更何況其他人。

把握了高行健的文化觀念和人性觀念之後，我們再注意一下高行健創作的總特點，就能進入他的文學世界了。這個特點就是無論他的小說或者戲劇，都能將自己的靈魂打開，把內在世界打開，真實真誠地打開，打開的程度又是很徹底的。高行健說他的寫作不迎合讀者，只是「自言自語」，不理會別人怎樣評說，他說他要充分尊重他的讀者，而能給予讀者最高的尊重就是真實與真誠。高行健在諾貝爾頒獎典禮上也說到真實和真誠是文學顛撲不破的最高品格，真實和真誠在文學裏，不僅是審美問題，而且本身就是文學的倫理，這就是說，只有真誠才有作家的道德。高行健撕破一切假面具和偽裝，把自己的靈魂展現給讀者看。幾個月前我到新加坡，有記者問我和高行健有甚麼不同？我說我會寫評論，寫散文，高行健也會寫；但高行健會的我都不會，他會寫小說，會寫戲，會畫畫，會導演，我都不會。還有一點不同，就是我有心理障礙，不可能像他那樣展示全部的生命真實，例如性愛的真實，所以我寫不了小說。高行健寫性愛，沒有任何心理障礙。在諾貝爾頒獎典禮上，高行健說他很喜歡中國幾部小說，我很高興他沒有提到《三國演義》，因為我特別討厭這部小說。他提到《金瓶梅》是一部了不起的小說，能把當時的人的生命狀態、人性的真實狀態展示出來。在當時宋明理學陰影的籠罩下，能寫出這類小說確實很不簡單。而且《金瓶梅》的作者笑笑生沒有對性愛作出倫理判斷，只是客觀地描寫，特別是其後半部寫得非常冷靜，很不簡單。高行健坦率地讚賞《金瓶梅》，也是把靈魂打開給讀者看，一點也不摻假。

二、閱讀《靈山》

《靈山》除了佈滿「文化氣息」這一特徵之外，還有一點則是對「內心真實」的描述。甚麼是內心真實？高行健一再說明，他的寫作寫的不是現實，而是「現實背後人的內心感受」，也就是內在真實。抓住這一點去讀《靈山》，就會讀出「其中味」。人的內在真實世界，是一個神秘的難以捉摸的生命宇宙；它無限廣闊，又非常神秘。高行健說他的好奇心就是追究這種真實。他說：

> 追究真實，這種好奇心，出於想認識生活。只要還活着，便總有這種追究真實的好奇心，創造性也就來自於此。哲學家通過思維達到真理，我們則企圖盡量貼近去感受這總也無法解釋的神秘的真實。[1]

高行健甚至認為寫作的成敗，關鍵就在這裏。也就是說，關鍵是你能否進入哲學家、科學家、讀者、歷史學家通常不可能進入的地方，捕住他們難以捕捉的情緒和感覺。社會學家們可能捕捉現實，但無法捕住內在真實。這真實無法定義，但高行健還是竭力加以說明：

1　高行健：《沒有主義》第八三頁，台北聯經出版公司，二零零一年。

如果要寫的是令你動心，卻尚說不清道不明的，你竭力要去捕捉的，那就是真實。這真實那麼不可以名狀，而又確實存在，只要你充分鬆弛，精神飛揚時，才有可能體現在你筆下。這是無法定義的。真實並不等同於我們日常生活中業已經歷過的事實。不如說，它是主觀與客觀的相交，它又不具有實體的性質，說它是純然精神的，卻又實實在在。寫作中捕捉的，就是這不可捉摸的，不可能定義的卻可以感受到的，我們稱之為真實。[1]

文學創作的能力，最為重要的就是捕捉和表現內心真實的能力。所謂文學天才就是把這種能力推向極致並充分表達出來（轉換為形式）的才華。無論是《靈山》還是《一個人的聖經》，都相當傳神地描寫了人尤其是女子的內心真實。《靈山》寫了許多女子的小故事，每個小故事都是個體生命的命運掙扎。這些女子有的是主人公的旅伴和談話對手，有的只是萍水相逢的路人，有的是想像中的情侶。在相逢中，男女之間經歷了愛慾的衝突，其內心的情感，惟妙惟肖，可以說整部《靈山》就是一群女子內心聲音的變奏。《靈山》第十九節中，男女主人公第一次做愛時有一段詩情的描述：

這寒冷的深秋的夜晚，深厚濃重的黑暗包圍着一片原始的混沌，分不清天和地、樹和岩石，更看不清道路，你只能在原地，挪不開腳步，身子前傾，伸出雙臂，摸索着，摸索這個稠密的暗夜，你聽見它流動，流動的不是風，是這種黑暗，不分上下左右遠近和層次，你就整個兒融

1 高行健：《沒有主義》第八四頁，台北聯經出版公司，二零零一年。

化在這混沌之中，你只意識到你有過一個身體的輪廓，而這輪廓在你意念中也消融，有一股光亮從你體內升起，幽冥冥像昏暗中舉起的一支燭火，只有光亮沒有温暖的火燄，一種冰冷的光，充盈你的身體，超越你身體的輪廓，你意念中身體的輪廓，你需要這種感覺，你努力維護，你面前顯示出一個平靜的湖面，湖面對岸叢林一片，落葉了和葉子尚未完全脱落的樹林，掛着一片片黄葉的修長和楊樹和枝條，黑錚錚的棗樹上一兩片淺黄的小葉子在抖動，赤紅的烏桕，有的濃密，有的稀疏，都像一團團煙霧，湖面上沒有波浪，只有倒影，清晰而分明，色彩豐富，從暗紅到赤紅到橙黄到鵝黄到墨綠，到灰褐，到月白，許許多多層次，你仔細琢磨，又頓然失色，變成深淺不一的灰黑色，也還有許多不同的調子，像一張褪色的舊的黑白照片，影像還歷歷在目，你與其說在一片土地上，不如説在另一個空間，屏息注視着自己的心像，那麼安靜，靜得讓你擔心，你覺得是個夢，毋須憂慮，可你又止不住憂慮，就因為太安靜了，靜得出奇。

你問她看見這影像了嗎？

她説看見了。

你問她看見有一隻小船嗎？

她説有了這船湖面上才越發寧靜。

你突然聽見了她的呼吸，伸手摸到了她，在她身上游移，被她一手按住，你握住她手腕，將她拉攏過來，她也就轉身，蜷曲偎依在你胸前，你聞到她頭髮上温暖的氣息，找尋她的嘴唇，她躲閃扭動，她那温暖活潑的軀體呼吸急促，心在你手掌下突突跳着。

説你要這小船沉沒。

她說船身已經浸滿了水。

你分開了她，進入她潤濕的身體。

就知道會這樣，她嘆息，身體即刻鬆軟，失去了骨骼。

你要她說她是一條魚！

不！

你要她說她是自由的！

啊，不。

你要她沉沒，要她忘掉一切。

她說她害怕。

你問她怕甚麼！

她說她不知道，又說她怕黑暗，她害怕沉沒。

然後是滾燙的面額，跳動的火舌，立刻被黑暗吞沒了，軀體扭動，她叫你輕一點，她叫喊疼痛！她掙扎，罵你是野獸！她就被追蹤，被獵獲，被撕裂，被吞食，啊——這濃密的可以觸摸到的黑暗，混沌未開，沒有天，沒有地，沒有空間，沒有時間，沒有有，沒有沒有，沒有有和沒有，有沒有有沒有有，沒有沒有有沒有沒有，灼熱的炭火，濕潤的眼睛，張開了洞穴，煙霧升騰，焦灼的嘴唇，喉嚨裏吼叫，人與獸，呼喚原始的黑暗，森林裏猛虎苦惱，好貪婪，火燄升了起來，她尖聲哭叫，野獸咬，呼嘯着，着了魔，直跳，圍着火堆，越來越明亮變幻不定的火燄，沒有形狀，煙霧繚繞的洞穴裏兇猛格鬥，撲倒在地，尖叫又跳又吼叫，扼殺和吞食……

竊火者跑了，遠去的火把，深入到黑暗中，越來越小，火苗如豆，陰風中飄搖，終於熄滅了。
我恐懼，她說。
你恐懼甚麼？你問。
我不恐懼甚麼可我要說我恐懼。
傻孩子，
彼岸，
你說甚麼？
你不懂，
你愛我嗎？
不知道，
你恨我嗎？
不知道，
你從來沒有過？
我只知道早晚有這一天，
你高興嗎？
我是你的了，同你說些温柔的話，跟我說黑暗，
盤古掄起開天斧，
不要說盤古，

說甚麼？
說那條船，
一條要沉沒的小船，
想沉沒而沉沒不了，
終於還是沉沒了？
不知道。
你真是個孩子。
給我說個故事。
洪水大氾濫之後，天地之間只剩下一條小船，船裏有一對兄妹，忍受不了寂寞，就緊緊抱在一起，只有對方的肉體才實實在在，才能證實自己的存在。
你愛我，
女娃兒受了蛇的誘惑，
蛇就是我哥。

上邊這些文字描寫的正是男女主人公之間第一次做愛時的內心真實。寫兩個現實生活中的亞當與夏娃，在一個寒冷的深秋的暗夜裏，在深厚濃重的黑暗包圍着的一片原始混沌中，從愛戀到做愛到做愛後的複雜心理過程。其中的每一句和每一個細節都是雙關的，遠古意象和當下意象詩意地交會，內心的表露非常準確，準確到你無法增減任何一個字。這個女子多情，但又羞澀。她有性的慾望，但沒有功利的動機。她的生命如同夏娃那樣自然，但又因為早已吃了智慧果，還需要夜幕來作她的心理屏障。她和亞當在愛慾中沉沒，忘了天地的存在，感到恐懼，又感到快樂。她罵亞當是野獸，是誘惑她的蛇，但又和蛇緊緊地纏在一起，說「蛇就是我哥」。這一節共一千五百四十個字，是獨立的、精粹的、完美的短篇。我們從這一節中可以看出高行健文字的風格：準確、洗練、富有內在的情韻。這個女子，也許現實中並不存在，只是主人公幻想中的審美理想。我們如果把這一節作為一篇獨立的散文來欣賞，也會覺得很美，很有情趣，有一種天人合一的感覺。《靈山》全書四十多萬字，八十一節，每節都是一篇很優美的散文。有些研究中國現當代文學的評論者，沒有耐心欣賞這種真正的文學語言與情思，就妄加否定這部小說，這只能說明他們心緒浮躁，閱讀時粗枝大葉，品不出味來。

我們還可以再閱讀一節給邊陲地區的少女看手相的文字，這是第五十六節：

她要你給她看手相。她有一雙柔軟的小手，一雙小巧的非常女性的手。你把她手掌張開，把玩在你手上，你說她性格隨和，是一個非常温順的姑娘。她點頭認可。

你說這是隻多情善感的手，她笑得挺甜蜜。

表面上這麼温柔，可內心火熱，有一種焦慮，你說。她蹙着眉頭。她焦慮在於她渴望愛情，可又很難找到一個身心可以寄託的人。她太精細了，很難得到滿足，你說的是這手，她撇了一下嘴，做了個怪相。

她不止一次戀愛——

多少次？她讓你猜。

你說她從小就開始。

從幾歲起？她問。

你說她是一個情種，從小，就憧憬戀情，她便笑了。

你警告她生活中不會有白馬王子，她將一次又一次失望。

她避開你的眼睛。

你說她一次又一次被欺騙，也一次又一次欺騙別人——她叫你再說下去。

你說她手上的紋路非常紊亂，總同時牽扯着好幾個人。

啊不，她說了聲。

你打斷她的抗議，說她戀着一個又想另一個，和前者關係未斷絕，又有新的情人。

你誇大了，她說。

你說她有時是自覺的，有時又不自覺，你並未說這就不好，只說的是她手上的紋路。難道有甚麼不可以說的嗎？你望着她的眼睛。

她遲疑了一下，用肯定的語氣，當然甚麼都可以說。

你說她在愛情上注定是不專注的。你捏住她的手骨，還看骨相。說只要捏住這細軟的小手，任何男人都能把她牽走。

你牽牽看！她抽回手去，你當然捏住不放。

她注定是痛苦的，你說的是，這手。

為甚麼？她問。

這就要問她自己。
她說她就想專心愛一個人。
你承認她想，問題是她做不到。
為甚麼？
你說她得問她自己的手，手屬於她，你不能替她回答。
你真狡猾，她說。
你說狡猾的並不是你，是，她這小手太纖細太柔軟，太叫人捉摸不定。
她嘆了口氣，叫你再說下去。
你說再說下去她就會不高興。
沒甚麼不高興的。
你說她已經生氣了。
她硬說她沒有。
你便說她甚至不知道愛甚麼？
不明白，她說她不明白你說的甚麼。
你讓她想一想再說。
她說她想了，也還不明白。
那就是說她自己也不知道她愛的是甚麼。
愛一個人，一個特別出色的！

怎麼叫特別出色？

能叫她一見傾心，她就可以把心都掏給他，跟他隨便去哪裏，哪怕是天涯海角。

你說這是一時浪漫的激情——

要的就是激情！

冷靜下來就做不到了。

她說她就做了。

但還是冷靜下來，就又有了別的考慮。

她說她只要愛上了就不會冷靜。

那就是說還沒愛上。你盯住她的眼睛，她躲避開，說她不知道。

不知道她究竟是愛還是不愛，因為她太愛她自己。

不要這樣壞，她警告你。

你說這都是因為她長得太美，便總注意她給別人的印象。你再說下去！

她有點惱怒了，你說她不知道這其實也是一種天性。

你這甚麼意思？她皺起眉頭。

你說的意思是只不過這種天性在她身上特別明顯，只因為她太迷人，那麼多人愛她，才正是她的災難。

她搔搔頭，說拿你真沒辦法。

你說她要看手相的，又還要人講真話。

可你說的有點過份，她低聲抗議。

真話就不能那麼順心，那麼好聽，多少就有點嚴峻，要不，又怎麼正視自己的命運？你問她還看不看下去？

你快說完吧。

你說她得把手指分開，你撥弄她的手指，說得看是她掌握她自己的命運還是命運掌握她。

那你說究竟誰掌握誰呢？

你叫她把手再捏緊，你緊緊握住，將她的手舉了起來，叫大家都看！

眾人全笑了起來，她硬把手抽走。

你說真不幸，說的是你而不是她。她也噗嗤一笑。

這一節表面上是看手相，實際上是在描述心相，勾畫處於愛戀中的少女那種微妙的內心圖景。這就是高行健說的要捕捉難以捕捉的心靈狀態。仔細體味一下，我們就會發覺，作者道破的少女內心秘密，是那麼準確，那麼有趣，又是那麼有分寸。這不是傳奇，也不是語言把戲，而是對生命真實很貼切的感知。這正是電影和其他視覺藝術所難以企及的。

如果我們抓住《靈山》描寫「內心真實」這一特點，然後再進行閱讀，一定會很有興趣；如能沉浸下去，又一定會發現這部小說每個女子的心理與命運都有自己的特色，儘管很不相同，但她們展示的內心圖景卻構成一座非常豐富的人性大觀園。

三、閱讀《一個人的聖經》

現在我們再談談《一個人的聖經》。《靈山》與《一個人的聖經》雖然都出自高行健的手筆，但風格、寫法卻很不相同。最大的區別在《靈山》將互相殘殺的社會現實隱去，將小說聚焦於主流社會之外的邊緣文化與原始文化，而《一個人的聖經》卻直面慘苦的人生，抓住現實生活中最震撼人心的創痛和記憶，亦即人與人之間的相戕互鬥，描寫了現實社會中一場極為瘋狂而荒謬的文化大革命。《靈山》側重於寫內心世界。它只是在形式上有點像《老殘遊記》，實際上不同於那種社會表層的遊走，而是作者靈魂的旅行，以靈山為圖騰的尋找精神皈依的旅行。所以，我們可稱《靈山》為「內心的《西遊記》」。明代小說家吳承恩的《西遊記》寫孫悟空的西行，旅程中主要的障礙是妖魔。而《靈山》八十一回，也暗示着八十一難，但那不是妖魔製造的災難，而是靈魂在慾望生命渡口中的八十一次掙扎、感悟與解脫。《一個人的聖經》則把現實推上地表，這不是日常的現實，而是非正常的現實，是把億萬中國人捲入大災大難的政治浩劫。但小說的重心不是對這場浩劫的現象描寫，而是抒寫現實的生存困境及其困境下無助的生命。這部小說的恐懼感覺寫得特別好，應特別加以注意。尤其可貴的是，雖然整個小說的中心情節是寫文化大革命，但小說的開頭部份和結局部份，又加入主人公和兩個外國女子的性愛關係，從而使生存困境普遍化，也使小說具有更深厚的普世價值。

為了敍述與論證的方便，我們先從主人公與這兩個外國女子的情愛說起。《一個人的聖經》描寫了主人公與八個女子的關係，其中六個是中國女子（女護士、林、倩、蕭蕭、毛妹、孫惠蓉），兩個是外國女子。這兩個外國女子，正好代表兩極不同的價值取向。開始出現的女子馬格麗特，是個德國籍的猶太女子，她有猶太民族的集體苦難記憶，有歷史的精神重擔，父輩的心靈創傷在她身上延續。除了集體苦難記憶之外，她個人還有一段難以磨滅的心靈創傷。她年僅十八歲時，在威尼斯做模特兒，結果就在面對教堂的樓閣畫室裏，她遭到畫家的強姦。在一個西方著名的文明城市，在日常的平靜的生活中，一個少女的童貞就這樣被剝奪，但又無處可以申訴，無處可以抹去傷痕。正是這個馬格麗特在香港與男主人公的性愛，推動了主人公講出東方另一個集體苦難的故事。在此，性的行為與其說是基於人的自然本性，不如說是為了激發男女主人公對苦難的回憶。因此，可以說，性在揭示自然本性的同時，又扮演了一個文學第一動力的角色。這種隱秘而個人化的對集體苦難的記憶方式和講說方式，使得《一個人的聖經》完全有別於西方《聖經》的經典敘事方式，也有別於中國文學中傳統的「聖人言」敘事方式和訓誡方式，而呈現出一種「不得不言」的最平常、最自然的敘述方式。這種方式和《紅樓夢》的「假語村言」差不多，是很低調的文學方式。

另一個外國女子是茜爾薇。她完全是另一種人生取向。《一個人的聖經》如此描述說：

> 同茜爾薇談起這些往事，她不像馬格麗特，全然不一樣，沒耐心聽你講述，也沒興趣追究你的以往。她關心的是自己的事，她的愛情，她的情緒，每時每刻也變化不停。你要同她說三句以上的政治，她便打斷你。她沒有種族血統的困擾，她的情人大半是外國人，北非的阿拉伯人，愛爾蘭人，有四分之一猶太血統的匈牙利人，最近一個倘若也算情人的話，便是你。但她說更願意同你成為朋友而非性夥伴。她當然也有過法國同胞男友或性夥伴，可她就想離開法國，去某個遙遠的地方。

她和馬格麗特完全不一樣，她充分自由，充分開放，從性格到身體都個性獨具。她沒有馬格麗特那樣的歷史包袱，沒有苦難的記憶，但她陷入的卻是另一種生存困境。她喜歡曬太陽，去明晃晃的海濱，力圖尋找一種新鮮的生活，卻又總是捲進老套了裏去。她沉湎於生活的享受，可是又走不出享受太陽——海灘——性那樣的老套子，因為生活畢竟還有更深廣的領域。由於她局限於那樣的生活模式，所以一再陷入困境。和男人做愛，就難免懷孕，但她已經第三次打胎、第四次懷孕了。這第四次懷孕要不要有孩子，也使她進退維谷。她本想要個孩子，做女人總得生一回孩子，可是那男人總不給她一句明確的話，所以她一氣之下打掉了。事後，這男子才說打不掉就生下來，他要的，可是得讓她來養，這使她非常氣惱。她不是不要孩子，但得先有個穩定的家庭，可這樣的男人她還沒找到，所以苦惱，她的苦惱是深刻的。人都有一種最根本的苦惱，即自由與限定的矛盾。茜爾薇是最自由的女性，沒有人能管得住她，照說，她是最快樂的人，但是，她不僅有苦惱，還有憂傷，而且是深刻的憂傷，永遠無法排除的憂傷。她也想認認真真做件有意義的事，想藝術創作，而這也像生孩子，有個值得她全身心投入的孩子。然而，甚麼才值得她全身心投入呢？如果說是愛情，可是經歷了多次愛情之後，她發現愛情也很難，因為這不取決於她一個人，還要取決於另一個人，這就是限定。所有的夢、所有的自由，都無法超越限定。你即使全身心投入，也是如此。茜爾薇正是感悟到她的愛永遠是一種烏托邦，所以憂傷。她的憂傷是情感的憂傷，也是哲學的憂傷。高行健最近完成的第十八部劇作《叩問死亡》，我尚未讀到。但他對死亡早已發表了看法，這就是，死亡是一種巨大的不可知，卻又是不可抗拒的限定。人類發明再好的藥品，生活具有再好的條件，原先的體魄如何健壯，都無法突破這個限定。從這點上説，人爭取不朽的努力，一切延伸生命的努力，到頭來都無意義，都一樣要走到同一個終點（墳墓）。生命注定是悲劇，能夠感悟到這一點，便是深刻的憂傷。

馬格麗特有歷史的包袱，有集體的記憶，她成了歷史的人質，沒有自由。而茜爾薇放下了歷史與群體包袱，卻仍然是各種關係與限定的人質，也沒有自由。可見，人類的生存困境是無處不在的。

《一個人的聖經》的主體部份，寫了主人公在文化大革命中的經歷，包括與六個女子的情愛經歷。在此，小說所展現的生存困境是一種充滿恐怖的無處安生的困境。主人公本是一個非常脆弱的人，革命一開始，他的內心充滿恐懼，卻選擇了造反。所在的機關大院發生了武鬥之後，他溜到西郊幾所大學去轉了一圈。他在北京大學擠滿了人的校園裏，從滿牆的大字報中看到了毛澤東的那張《炮打司令部》之後，回到機關的辦公室裏激動得不行。當天夜裏，在夜深人靜時分，他也寫了大字報。他原想等到大家上班時再徵集簽名，但又怕早晨清醒過來會喪失勇氣，便趁着夜半尚存的狂熱，把這張大字報貼了出來。於是，他就成了造反的英雄。所謂造反，就是投入角鬥場，為生存一搏。內心其實怯懦到極點，卻硬要裝扮為英雄，這種反差使他像是一隻披着狼皮的羊。在書寫這段故事的時候，主人公陷入的困境是全面的困境：一是生存困境。不造反，無論是成為保皇派或是逍遙派，都可能被打入「反動路線」的營壘。造了反、充當了幾天英雄之後，人家又在背後揭發他的父親曾私藏槍枝。其二是愛情困境。情人「林」在他造反後聽到人家揭發他父親藏有槍枝而和他疏遠，從此在愛情上再也沒有一個女人可以全身心投入。其三是精神困境。大革命粉碎了他的理想，他再也沒有精神寄託，年輕充沛的精力無處發洩，如果不到濁世中去折騰一番，又該到哪裏？在這種困境下，他無法真實地做人，也無法以真實的個體生命去面對世界，而只能戴上面具做自己不願做的事情，扮演自己不願扮演的角色。造反之後，他作了這樣的自白：

這個注定敗落的家族的不肖子弟，不算赤貧也並非富有，介於無產者與資產者之間，生在舊社會與長在新社會，對革命因為還有點迷信，從半信半疑到造反。而造反之無出路又令他厭倦，發現不過是炒作的玩物，不肯再當走卒或祭品。可又逃脫不了，只好戴上個面具，混同其中，苟且偷生。

他在回憶這段歷史時還作了心理闡釋：

> 你努力搜索記憶，他當時所以發瘋，恐怕也是寄託的幻想既已破滅，書本中的那想像的世界都成了禁忌，又還年輕精力無法發洩，也找不到一個可以身心投入的女人，性慾也不得滿足，便索性在泥坑裏攪水。

《一個人的聖經》寫的就是人的全面困境。這是一部生命、情愛、精神全面陷入悲愴的交響樂章，主人公與幾個中國女子全在困境中變形變態。人為的大政治風暴毀滅了一切，不僅毀滅了情愛的物理空間（連床第空間也不得安寧）和心理空間，也毀滅了本能的潛意識空間。從以上分析中，我們可以看到，《一個人的聖經》寫的是文化大革命，但展示的並非是革命本身，而是革命對人的命運、心理、人性的打擊和扭曲。作為描寫革命題材的作品，它抓住了要點，抓住了文學的本性。高行健沒有把自己的才能浪費在對革命本身即革命現實的描寫上，而是把才華投入到以革命為背景的人性探索中。在這點上，《一個人的聖經》所捕捉的關鍵點與巴斯特納克的《齊瓦哥醫生》相似，同樣都走進了人性的深處。

《齊瓦哥醫生》描寫十月革命和革命帶給俄羅斯的巨變，但它不是側重於描寫革命圖景，而是描寫革命對人的命運、人的心理以及人的日常生活的衝擊。主人公齊瓦哥醫生一家在革命中被毀滅，顛沛流離，而女主人公娜莉莎也是這樣。這對革命的棄兒，在四處逃亡中重逢於遠離莫斯科的荒涼小鎮，他們抱頭痛哭地愛作一團。為甚麼革命會把他們逼到這個地步？為甚麼命運會把他們拋在這個陌生的地方？齊瓦哥感到迷惘。面對苦痛的靈魂，娜莉莎對他說了耐人尋味的一番話，這番話堪稱經典：

我這樣一個孤陋寡聞的女子，如何向你這麼一個聰明的人解釋：現在一般人的生活和俄羅斯人的生活發生了哪些變化？很多家庭，包括你我的家庭，為甚麼支離破碎？唉，看上去好像是因人們性格相不相投，彼此相不相愛造成的，其實並非如此。所有的生活習俗，人們的家庭，與秩序有關的一切，都因整個社會的變動和改組而化為灰燼。整個生活被打亂，遭到破壞，剩下的只是無用的，被剝得一絲不掛的靈魂。對於赤裸裸的靈魂來說，甚麼都沒有變化，因為它不論在甚麼時代都冷得打顫，只想找一個離它最近跟它一樣赤裸裸，一樣孤單的靈魂。我和你就像世界上最初的兩個人：亞當和夏娃。那時他們沒有可以遮身蔽體的東西，現在我們好比在世界末日，也一絲不掛，無家可歸。現在我和你是這幾千年來，世界上所創造的無數偉大事務中最後的兩個靈魂，正是為了紀念這些已經消失的奇蹟，我們才呼吸，相愛，哭泣，互相攙扶，互相依戀。

娜莉莎的這段話，把革命這一被偉人稱為「偉大事務」的行為所造成的人的命運之謎給道破了。革命確實改變一切，確實砸爛了舊世界，然而，被改變的、被砸爛的是甚麼呢？原來是人的日常生活，是每個人每天需要從中取暖的家庭生活，是天然沒有罪責的愛戀與愛慾的權利。這一切都被粉碎了，最後只剩下偶爾相逢的兩顆赤裸裸的靈魂。而《一個人的聖經》也是這樣。一場砸爛舊世界的文化大革命，掃蕩了一切，改變了一切。無論是主人公的靈魂，還是與主人公相逢過的靈魂，個個都恐懼得發抖、寒冷得打顫。最後的結局是，主人公連一個可以互相擁抱着哭泣、傾訴的女子都沒有，一個可以互相依戀、取暖、攙扶的娜莉莎都沒有。所以，他只能在極端孤獨中幻想有一個女子：

> 一個和你同樣透徹的女人，一個把這世界上的一切羈絆都解脱的女人，一個不受家庭之累不生孩子的女人，一個不追求虛榮與時髦的女人，一個自然而然充分淫蕩的女人，一個並不想從你身上攫取甚麼的女人，只同你此時此刻行魚水之歡的女人，但你哪裏去找到這樣一個女人？

相比於《齊瓦哥醫生》，《一個人的聖經》展示了另外一種絕望。不是彼此擁抱作最後一次相互取暖努力的末日感，而是面對末日時發現自己一無所有，連一個滿足基本慾望的機會都不存在的空空蕩蕩。比起那對俄羅斯情侶，高行健筆下的主人公更加孤苦無告。也正是這樣的孤苦無告，高行健把他的這部小說命名為《一個人的聖經》。是的，只有一個人，一個找不到夏娃的亞當；或者說，當亞當回到伊甸園時，發現夏娃不在了。那轟轟烈烈的世界，剩下的只是白茫茫一片真乾淨。我想，這也許是《一個人的聖經》最為耐人尋味的地方吧。

二零零二年七月六日於香港城市大學校園

高行健小說新文體的創造

作為一個文學研究者，我曾陷入苦惱與困惑：傳統的現實主義方式已經難以再表現出活力，而前衛藝術方式又在玩得走火入魔之後而山窮水盡了，這該怎麼辦？在困惑之中，我讀到了《一個人的聖經》的打印稿，並立即確信，高行健突破了這種困境，他找到了一種既不同於舊現實主義的反映、批判、譴責方式，又不同於前衛藝術的「玩語言」、「玩技巧」的方式。

《一個人的聖經》讓我感到的曙光意義，首先是這部小說表現現實的空前力度。許多作家都描寫過文化大革命時代的生活，但沒有一部作品像《一個人的聖經》這樣不留情面地撕下一切面具，包括已經和身體的皮肉黏貼在一起的自我面具。也沒有見過其他作家像高行健這樣挺進到人性的深處，把自己內心最隱秘的恐懼、脆弱、羞恥、屈辱、卑微如此淋漓盡致地呈現出來。小說中的政治風暴，毀滅了一切。它毀滅了人們看得見的文化上層建築，也毀滅了人們看不見的人性深層建築，甚至把數千年歷史積澱下來的區別於野獸的人類本能和人性底層最基本的原素也毀滅了。那種生存困境，不是一般的困境，而是無處可以逃遁的讓人絕望到底的困境。在困境中，小說主人翁和其他一切人，從意識層面到潛意識層面，從行為、語言、心理、身體到性本能，全都發生變形變態。然而，我們從小說的文本中不僅看到對那個時代最有力的質疑，而且聽到作者的最真摯的人性呼喚，一個脆弱的人向歷史所作的最有力的呼喚。以往讀過許多描寫歷史傷痕的小說，我也感動，而此次閱讀則是身心的震動。這無疑是《一個人的聖經》

的力度造成的閱讀效果。

《一個人的聖經》給我的另一種文學曙光之感，是高行健創造小說新文體的寫作藝術。

小說這一文學門類，在中國文學傳統的觀念中，始終不能進入和詩歌、散文並列的「正宗」地位，只和戲劇一起處於「邪宗」範圍。中國人總是把小說視為茶餘飯後說故事的「閒書」，而未能把小說視為「藝術」。梁啟超大力提倡新小說，把小說推入中國文學的正宗地位，這一點功勞很大，然而他卻過份誇大小說的社會作用，把「新小說」視為創造新國家、新社會、新國民的救世工具。梁啟超對二十世紀中國的小說觀念影響極大，以至影響到作家只知小說是「歷史的槓桿」，而忘記小說首先是一門藝術，一門訴諸人的全生命、全人格的語言藝術。當代許多中青年作家，才氣橫溢，下筆萬言，書寫過於熟練，以為一有素材和故事，表達出來便是小說，也忘記小說是門藝術。既然是藝術，就要求有藝術的法度、藝術的技巧、藝術的形式。因此，尋找適當的表述方式以表達自己的感受，便成了創作的第一難題。高行健認為「小說的形式原本十分自由，通常所謂情節和人物，無非是一種約定俗成的觀念。藝術不超越觀念，難得有甚麼生氣。這也就是小說家們大都不願意解釋自己的作品的緣故。我不是理論家，只關心怎麼寫小說，找尋適當的技巧和形式，小說家談自己手藝和作品創作過程，對我往往還有所啟發。我談及自己的小說也僅限於此。」小說家具有「小說觀念」（即只知道小說是情節與人物所構成的文類）並不等於具有「小說藝術意識」。而只有具備小說藝術意識，才能努力去找尋適合的技巧和形式，把小說寫作過程視為不斷克服困難的過程，也才能用藝術的法度求諸自己，對情感的宣洩有所節制。

二十世紀中國現代文學史，從晚清到今天，其中出現過譴責文學、革命文學、謳歌文學和傷痕文學，這幾種文學現象共同的缺點是「溢惡」與「溢美」，也就是缺乏節制、缺乏分寸感，而產生這種弱點的原因，又是忘記或根本不理睬文學是門「藝術」。高行健的特別之處是小說藝術意識極強。他宣稱只對自己的語言負責。這個「只對」，正是文學創作最根本的責任感。這種責任感與人們常說的社會責任感不同，它是作家特殊的天職。高行健對漢語的語法、語氣、語調、語音、時序不斷探索，棄絕歐化語言和意識形態語言，努力發揮漢語的魅力，就是他的充分的小說「藝術意識」的表現。

高行健充分的藝術意識，除了表現在語言上，還表現在結構上與表述方式上，後者更為突出。高行健創造了一種冷文學和一種以人稱代替人物的小說新文體。

「冷文學」包含雙重意義：其外在意義是指拒絕時髦、拒絕迎合、拒絕集體意志、拒絕消費社會價值觀而回歸個人冷靜精神創造狀態；其內在意義則是指文本敘述中自我節制與自我觀照的冷靜筆觸。這不是拜倫、盧梭、海明威、沙特的筆觸與狀態，而是卡夫卡、卡繆、喬伊斯和曹雪芹的筆觸與狀態。高行健的冷文學，是把人性底層的激流壓縮在冷靜的外殼（藝術外殼）之中的文學，有如蘊藏着熔岩的積雪的火山。俞平伯先生說《紅樓夢》「怨而不怒」。這與《水滸傳》相比，是說得不錯的。《水滸傳》有憤怒，而《紅樓夢》沒有憤怒；然而，說《紅樓夢》有「怨」也只能說它有傷感，而不能說它有怨恨，如果是指怨恨，又不準確了。李後主的詞有哀傷，但沒有怨恨。宋太宗誤讀了他的詞，以為他還有怨恨，便把他毒死了。高行健的冷靜是既沒有怒氣，也沒有怨氣，只有冷靜的觀照與敘述。即使在描寫文化大革命中的種種瘋狂，也是冷眼靜觀與冷靜敘述。高行健的小說新文體正是在這種冷靜態度下產生的，《靈山》首先作了這種寫作嘗試。這部小說的人稱結構我已談過多次，這裏需要強調的是作者為了避免陷入自戀，已開始設置了審視作家本人和審視書中人物的眼睛，這實際是作家的第三種眼睛。這雙放在「他」身上的眼睛，不帶情緒、不帶偏見，與自我的眼睛拉開距離，因此是中性的眼睛。這樣，審美距離在沒有交給讀者之前，作家就已率先作了具有審美距離的觀照了。由於具有這種審美距離，即使描寫的是腐朽的、骯髒的、無恥的現實，也會在引起憎惡的同時喚起讀者的悲憫，這就能在揭示人性毀滅的血腥時代之中也呼喚人性的尊嚴。《一個人的聖經》的悲劇性詩意，就在這種拉開距離的冷靜觀照中。

《一個人的聖經》與《靈山》相比，帶有更濃的自傳色彩（但不是自傳）。它書寫的是自己親身經歷過的中國當代最混亂、最悲慘的歲月。在這個苦難至深的時代，作者本身也飽受苦難，「在劫難逃」。描述這個時代，不可能像《靈山》那樣空靈、逍遙，佈滿禪味。然而，令人感到意外的，是作者仍然像《靈山》那樣冷靜，甚至比《靈山》更為冷靜。如何以冷靜的筆法去抒寫最不冷靜的劫難時代，這才是難題。高行健在《一個人的聖經》中敘述的是他自己人生中一段最重要的受盡苦難的經歷。在這種自我之旅中，「自我」該如何表現呢？

高行健的選擇是出人意料之外的，他表現自我的辦法是「無我」——把第一人稱完全排除文本之外。《靈山》中的人稱是「我」、「你」、「他」，而《一個人的聖經》卻剔除了「我」，三重人稱結構變成二重人稱結構。這不是一字之差，而是寫法上、結構上的重大變化。變化中，包含着高行健多年來的美學思考，特別是對尼采式的「自我的上帝」所作的最徹底的反省。在《一個人的聖經》的《跋》中，我說這個自我早已「被嚴酷的現實扼殺了」，這並沒有錯，在文化大革命中那個「狂妄之徒」的確已經死了。然而，今天應當補充說明的是，小說第一人稱之「我」的消失，主要並不是現實原因，而是作家的美學原因，即高行健拒絕讓一個可能帶來浪漫主義情緒的「自我」在文本中出現。他顯然敏感到：這部長篇的藝術節制，最重要的是對這個「自我」的限制。這個苦難的「我」一旦膨脹就會消解《一個人的聖經》的藝術。高行健顯然在肯定人的尊嚴與人的價值，但他又知道，不能以哲學的虛妄和美學的虛妄來加以肯定。總之，剔除「我」，使小說敘述的冷靜獲得了第一個保證。

剔除「我」之後，小說文本中只剩下此時此刻的「你」和彼時彼地的「他」，三種結構變成二重對應結構（現實與記憶，生存與歷史，意識與書寫）之後能否保證文本敘述的冷靜呢？也未必。

這裏又有新的難題，而且是多重的困難。首先是此時此刻敘述者的「你」的角色和語調，其次是處於歷史進程中的「他」的角色和狀態。

為了使「你」和「他」保持距離，作者首先把「你」從歷史運動中抽離出來，變成一個冷靜的敘述者、觀察者，而且是一個與保留着集體記憶的猶太女子進行對話的敘述者。與猶太女子的邂逅、性愛，並非可有可無。作者多年所致力的是從過去的政治噩夢中逃亡，現在又要進入噩夢的記憶。這是為甚麼？猶太女子給他理由：「她需要搜尋歷史的記憶，你需要遺忘」；「她需要把猶太人的苦難和日耳曼民族的恥辱都揹到自己身上，你需要在她身上去感覺你在此時此刻還活着。」從表面上看，是作者通過與猶太女子的邂逅，贏得敘述歷史的「性動力」；實際上是通過這麼一種結構，使敘述者與歷史拉開距離，從而做一個放下情緒的歷史觀察者與自我觀察者。高行健反對刻意賣弄技巧，但不是沒有技巧，他的大技巧就融化在這種自我觀察之中。這裏沒有尼采式的自我擴張與「救世」、「濟世」妄想，只有正視歷史悲劇與「人的脆弱」的哲學態度。現實瘋狂，尼采跟着瘋狂，但高行健拒絕跟着瘋狂；歷史荒誕，尼采跟着荒誕，但高行健拒絕荒誕。他絕不與荒謬現實同歸於盡，他選擇了一個平靜的觀察點，一個最好的觀察伴侶，然後才開始他的訴說與書寫。

關於這種創作方式，他多次進行自白，其中談得最為透徹的，就隱藏在《一個人的聖經》中的第二十二節。在這一節中，他說：

你得找尋一種冷靜的語調，濾除鬱積在心底的憤懣，從容道來。好把這些雜亂的印象，紛至沓來的記憶，理不清的思緒，平平靜靜訴說出來，發現竟如此困難。

你尋求一種單純的敘述，企圖用盡可能樸素的語言把由政治污染得一塌糊塗的生活原本的面貌陳述出來，是如此困難。你要唾棄的可又無孔不入的政治竟同日常生活緊密黏在一起，從語言到行為都難分難解，那時候沒有人能夠逃脫。而你要敘述的又是被政治污染的個人，並非那骯髒的政治，還得回到他當時的心態，要陳述得準確就更難。層層疊疊交錯在記憶裏的許多事件，很容易弄成聳人聽聞。你避免渲染，無意去寫些苦難的故事，只追述當時的印象和心境，還得仔細剔除你此時此刻的感受，把現今的思考擱置一邊。

……

他的經歷沉積在你記憶的摺縫裏，如何一層層剝開，分開層次加以掃描，以一雙冷眼關注他經歷的那些事件，你是你，他是他。你也很難回到他當時的心境中去，他已變得如此陌生，別將你現今的自滿與得意來塗改他。你得保持距離，沉下心來，加以觀審。別把你的激奮和他的虛妄、他的愚蠢混淆在一起，也別掩蓋他的恐懼與怯懦，這如此艱難，令你憋悶得不能所以。也別浸淫在他的自戀和自虐裏，你僅僅是觀察和諦聽，而不是去體味他的感受。

高行健這段自白訴說了他創作的艱辛和極為嚴肅的態度，也說明「小說」要成其為「小說藝術」，必須克服困難。也就是說，創作不能只是宣洩的痛快，它還有克服困難的痛苦。深刻的「痛快」並非宣洩的痛快，而是在克服困難並創造出真正的藝術品之後的痛快。高行健在這段自白中說他克服了三重困難：

第一，描述政治化生活本相的困難。《一個人的聖經》所描寫的現實是髒兮兮的現實，而且是充滿語言暴力的現實。那時代的語言把「引車賣漿者流」語言粗俗的一面發揮到極致，完全失去語言的誠實與質樸。而作者在描寫這種現實時卻必須使用乾淨、質樸的語言，這裏存在着兩種語言的巨大落差，敘述時必須化解這種落差。

第二，在充斥群體方式的「我們」覆蓋一切的時代，「我」根本沒有存身之所。（這也是《一個人的聖經》無「我」的原因之一。）那個處於歷史運動中的「他」，雖然是「個人」，但又是沒有「我」的個人，即沒有本真本然的「他」。一個沒有「我」的他，偏又是個活人，一個有血有肉的人，一個真實的存在，只是這個人與那個無恥的時代淆混在一起。儘管被淆混、被污染，但他還是他，還是活生生的個人，因此，敘述時又必須回到這個人當時的具體的心態中，不能以籠統的「一代人」的心態取代這「一個人」的心態，質言之，必須把文化大革命時的政治心態、集體心態和第三人稱「他」的特殊心態區別開來。

第三，進入處於歷史運動中的「他」的心態，不能不牽動此時此刻的敘述者的情思，這樣，就很容易以作者當下的心態（「你」的心態）去取代「他」的心態，從而又消解「你」和「他」的距離，因此，必須剔除作者此時此刻的感受，懸擱現今的思考，堅持第三隻眼睛的中性立場。如果不是這樣，就可能發生兩個問題，一是可能「你」會掩蓋「他」的恐懼；二是他可能沉淪於自戀與自虐。

除了克服這三重困難之外，還得克服最後一重困難，這就是在對過去的自己進行審視的時候，又必須對「他」進行藝術再創造（虛構），即對往昔的自身重新發現。只有穿越這一重困難，寫作的技巧才展開出來。關於這一點，「他」又作下列的自白：

> 你觀察傾聽他的時候，自然又有種惆悵不可抑止，也別聽任這情緒迷漫流於感傷。在揭開那面具下的他加以觀審的時候，你又得把他再變成虛構，一個同你不相關的人物，有待發現，這講述才能給你帶來寫作的趣味，好奇與探究才油然而生。

我們之所以不能把第三人稱的「他」視為就是作者本人，《一個人的聖經》之所以具有自傳色彩但又不能視為高行健的自傳，原因就在於文本裏有虛構，有作家對個人經歷的審美再創造。

高行健是小說新文體的發明家，他的《靈山》與《一個人的聖經》都是以人稱代替人物的新小說文體，但後者更為成熟，結構更為嚴密，你我他的距離拉開得更遠。對於這種新文體的形成、結構、特點，以及它會給今後的小說創作帶來怎樣的影響，將是二十一世紀文學理論上的一個重要課題。

寫於二零零零年十一月一日城市大學

高行健與作家的禪性[1]

當有些人肆意攻擊高行健、揚言要把諾貝爾文學獎「埋葬一萬次」的時候，中文大學校董會以全票通過授予高行健榮譽文學博士學位，並將於十一月二十九日舉行頒發儀式。中文大學以此鄭重的行為語言向世界宣告：香港的文化良心沒有死亡。石在，火種是不會滅的（魯迅語）。有文化良心即文化魂魄在，香港就會繼續以自由的姿態站立於東方。最近，兩項華文文學的評獎工作正在進行，一是馬來西亞《星洲日報》主辦的「花蹤」文學獎，一是《明報月刊》與香港作家聯會等主辦的「世界華文報告文學徵文獎」。兩個獎項的主持人都希望我談論一下華文文學的前景，可是，預測一種大語言體系的文學未來幾乎是不可能的事。文學是充分個人化的事業，一切都取決於個人。雖不好展望，但可期待。我只期待漢語寫作領域在新世紀上半葉，能出現幾個高行健似的大作家。

無論是文學的魅力還是整個文化的魅力，歸根結柢在於生命的魅力。也就是說，文學、文化是通過人（作家）才表現出它的魅力的，文化形態的核心是它的生命形態。換句話說，文化的精彩，首先表現為它的生命形態，然後才表現為它的文化形式。美國著名的散文家愛默生說，真正的詩是詩人本身。我們可以引申說，真正的詩，是詩人本身的靈魂狀態與全部生命形態。莎士比亞是上一個千年最偉大的

1　此文係香港「世界華文報告文學徵文獎」頒獎會上的講話。

作家，他寫了三十幾個劇本，創造了哈姆雷特、奧賽羅、茱麗葉與羅密歐、馬克白等藝術形象，但莎氏全部戲劇的真正主角是莎士比亞本人。如果沒有莎士比亞這個文學總和，如果沒有莎士比亞這一天才形態，如果莎士比亞的三十幾個戲劇分散至三十幾個一般戲劇家身上，那麼，英國文學便黯然失色。

英國人所以那麼珍惜莎士比亞（寧可失去印度，也不能失去莎士比亞），就因為他們明白，這一誕生於英國的精彩生命，是他們靈魂的天空，是英國文化魅力的源泉和第一象徵。在俄國，則是托爾斯泰與杜思妥也夫斯基構成俄國文學真正的磁場。俄羅斯文學的吸引力，首先存在於這兩個大作家的生命形態中。我很喜歡魯迅說的一句話：「從竹管裏倒出來的都是水，從脈管裏倒出的都是血。」不同的生命，倒出來的東西不一樣。文學的成敗，取決於把文學倒出來並把文學的精彩凝聚於筆下的生命，取決於作家本身的生命形態。高行健獲得諾貝爾獎後我所以用「文學狀態」四個字來闡釋高行健，就是想說：要改變中國文學，首先要改變作家的生命形態。生命形態一改變，一切都會跟着改變，語言、結構、情感、文體、想像力全都會改變。高行健幾次逃亡（包括國內尋找「靈山」之旅的逃亡），就是為了改變自己的生命形態：把被政治權力與集體意志揉捏的生命形態變為獨立不移的大自由形態。他完成這個轉變，所以他獲得了成功。

為了說明生命形態的極端重要，我甚至刻意用反語法的方式表述，說高行健的特點是「最最文學狀態」，從寫作到生活到精神，都「很文學」，「非常文學」。這並不容易。我就看到許多作家處在作家協會或處在文學場所，也有一點文學名聲，但其狀態卻「很不文學」，倒是很功利、很世故、很善於玩些人生策略與權謀之術。他們在文學學院或文學機構裏討論文學，實際上是謀劃文學、利用文學、算計如何以文學為「敲門磚」去敲開名利、權力、權威之門，離文學本真本然很遠。高行健獲獎後，香港一家學術刊物發表了一位華裔學人的文章，大罵瑞典學院和嘲弄高行健，說得天花亂墜，好像很有理論，但他最後不得不聲言，尚沒有閱讀高行健的作品。這種文學研究者哪裏是在探討文學，完全是在謀劃文學，吃文學。這些人當然不會為文學的勝利高興，不會為漢語寫作的成功祝福，他們日思夜想的只有自己的「學術地位」和「文學史地位」，這種狀態怎能搞好文學與文學批評呢？從事文學寫作卻沒有文學狀態，這是一個很諷刺的現象。也許意識到文學狀態很容易變成非文學狀態，所以高行健說要「自救」。先不忙於拯救別人，要緊的是拯救自己。

高行健的劇本《八月雪》寫的正是禪宗大師六祖慧能的故事。這個劇本除了藝術上的完美之外，就是慧能的生命狀態太使我震撼了。慧能不是一個文學家，但是，他的生命形態卻「很文學」、「非常文學」，他真正把功名利祿、峨冠博帶一直到樹碑立傳等一套非文學之物看透了，透徹得讓人感到有點冷。

禪宗對人的救援，不是替代，即不是救世主似的救援。它只告訴你，菩薩在你心中，天堂地獄在你心中，一切都取決於你自己，包括最豐富的資源和最強大的力量都在你內心之中。這一點，對於作家的終極啟發是：文學的魅力，最後是作家生命中內在的魅力，魅力在內不在外。作者靠身體（性）、靠口腔（要貧嘴）、靠關係、靠集團等外在手段獲得名聲都是暫時的，而所謂大眾反應、社會效應等也往往只是假相。

禪宗不僅給作家許多精神啟迪，又給作家提供一種進入文學狀態的精神中介，我們不妨把這一中介稱為「禪性」。宋代的文論家嚴羽把禪學思想引入文論，寫了著名的《滄浪詩話》，把禪學概念「頓悟」、「妙悟」化為文學思想，給了作家很大的幫助。我曾寫過一篇短文，叫做《散文與悟道》，認為每篇散文都應有所悟才好，有所悟就有文眼，就有思想，就有靈魂。但是悟性不等於禪性，禪性的概念內涵大於悟性，它包含悟性這種哲學智慧，但主要指一種審美狀態。具體點說，禪性就是用審美方式面對世界、面對人生、面對寫作。作家如果有禪性，就會把生命、生活審美化。禪宗進入中國之前，莊子致力於把生命生活審美化，其實，這就是禪性。所以，莊禪是相通的。同樣，陶淵明也是出現在禪宗進入中國之前，但他也具有天生的禪性。他最了不起的就是把日常生活審美化，而這又是他把自己的生命審美化的結果。他覺得自己在官場上混日子是一種「迷途」，因為在官場中，生命完全功利化了。幸而迷途未遠，可以回到詩化的生活中。禪性把陶淵明的境界提升，幫助他和世俗的功名、功利拉開距離。所以宋代的詩評家葛立方在其詩話《韻語陽秋》中稱陶淵明為「第一達磨」。[1]

過去我在探討文學主體性時，曾說文學主體性實際上是文學超越性，即作家要超越現實主體身份而化為審美主體，可是，如何實現這種超越呢？我想了很久，最終我認識到，必須要有一種禪性，一種面對社會人生的審美態度。西方美學中所說的「日神精神」，正是這種態度。也就是說，中國的禪性與希臘的阿波羅精神相通。當世界的精神發生沉淪現象，當人們都被慾望所牽制以至慾望壓倒文學初衷的時候，作家保持一點禪性，把心靈繼續指向美，是非常要緊的。我覺得，未來能體現華文文學的光輝的，一定是一些有禪性的作家，而不是慾望燃燒、甚麼都要、甚麼都放不下的作家。

作家藝術家既不能為功名利祿活着，也不能為某種概念、某種主義活着，拒絕這兩種活法便有禪

1 葛立方《韻語陽秋》卷十一中寫道：
「不立文字，見性成佛之宗，達磨西來方有之，陶淵明時未有也。觀其《自祭文》，則曰：『陶子將辭逆旅之館，永歸於本宅。』其《擬輓詞》則曰：『有生必有死，早終非命促。』其作《飲酒詩》則曰：『採菊東籬下，悠然見南山……此中有真意，欲辨已忘言。』其《形影神》三篇，皆寓意高遠，蓋第一達磨也。而老杜乃謂：『淵明避俗翁，未必能達道。』何邪？東坡誌陶子《自祭文》云：『出妙語於纊息之餘，豈涉生死之流哉？』蓋深知淵明者。」

性。無論是黑格爾的「絕對精神」，還是伊斯蘭原教旨主義，還是中國過去所倡導的所謂「雷鋒精神」、「螺絲釘精神」等等，都有一個共同的特點，就是無視人的生命存在，更無視人的審美要求。高行健力倡「沒有主義」，正是他清楚地看到，如果作家活在「概念」、「主義」之中，或活在某種政策理念中，事實上就蔑視、糟蹋自己的生命，甚至喪失審美的可能與文學的可能，被概念佔據的生命一定是蒼白的。作家在創造作品時，也追求精神內涵，沒有精神維度的作品是膚淺的。但是，文學作品中的精神，不是抽象的說教，而是與生命細節聯繫在一起的精神細節。杜思妥也夫斯基的偉大，就是他寫出許多動人的精神細節。喬伊斯筆下的心理細節，許多是精神細節。精神細節是和抽象概念連在一起，還是和真實生命連在一起，這是文學與非文學的重大區別。許多高喊「主義」、玩弄大概念的文學工作者，他們追求的並非文學，而是慾望。禪的一個特點是對語言的警惕，高行健聲言他「只對語言負責」，就是對語言囚牢與語言變質的警惕。儘管禪宗走向逑而不作的極端，但是他們對概念所採取的警惕態度，卻可以給作家以啟迪。活潑、精彩的活靈魂，不可被功利功名所糾纏，也不可被概念所牽制。具有禪性的作家，一定是低調的。他們有生命的激情，但這種激情是內在的、冷靜的，而不是高調的、囂張的，禪性是種扼制囂張與瘋狂的力量。高行健所創造的「冷文學」以及他的節制情感氾濫的小說藝術意識，顯然都得益於禪宗。

高行健向來只管耕耘，不管收穫，超然於各種誘惑之上，卻赢得最高的文學榮譽。獲得諾貝爾文學獎後，他譽滿全球，卻心歸平淡，一直保持着平常之心，不斷地尋找新的起點。禪性幫助他走到今天這個很真很美的精神地帶，還將幫他愈走愈遠。

原載《明報月刊》二零零一年十二月號

高行健與靈魂的自救[1]

一

在本文中，我們選擇談論高行健與中國文化的「自救」意識。

高行健的戲劇與小說，既不以情節人物取勝，也不以文本的怪誕離奇取勝，卻取得巨大成功。這是為甚麼？這裏的關鍵是他把自己的靈魂和人的靈魂打開了——真誠地打開給讀者看。《靈山》裏的女尼、《生死界》中的女尼，都把自己的內臟一寸一寸地掏出來給讀者看。這一象徵性的精神細節和行為語言，正是高行健的創作精神。他成功的秘密就在這裏：我向讀者真誠地展示內心真實，但又異常冷靜。《生死界》中的女尼，「她只一味解剖她自己」，她「捧腹，托出臟腑置於盤上」，她「揀起柔腸，纖纖素手，寸寸梳理」。故事的敘述者（兼主要角色）問：「這又何苦：偏偏受這番痛苦？」女尼繼續低頭揉搓，提問者聽到「她說她得洗理五臟六腑，這一腔血污」，還聽到「她說洗得淨也得洗，洗不淨也得洗。」人必須不斷刷洗自己，清理自己，不管自己是否願意。這個女尼，正是高行健自己。文學靠甚麼感染人，打動人？高行健最明白，靠它的真誠與真實。他在題為《文學的理由》的獲獎演說中，講了一個最

1　此文係《罪與文學》（與林崗合著，牛津大學出版社出版）的一節。

重要的思想：真實與真誠，是文學顛撲不破的永恆品格。文學倫理不是世俗善惡道德判斷的移用，而是對讀者最高度的尊重，即一點也不欺騙和隱瞞讀者，這也正是作家的良心所在。高行健正是以對文學的高度真誠，正視了自身的弱點與人的弱點，眼睛盯住自我的地獄，並在中國禪宗的啟發下，創造出以自救為精神核心的文學。也因此，成為「懺悔視角」無法避開的現象。

二

馬悅然在高行健獲得諾貝爾文學獎後，說《一個人的聖經》是高行健的懺悔錄：

高行健自己認為《靈山》跟《一個人的聖經》是姊妹篇，這個我雖尊重作者的意思勉強同意，但這兩部作品是完全不同的，有人問我對於《一個人的聖經》有何看法，我就說了一句高行健本人或許不愛聽的話，我說依我看，《一個人的聖經》是一種懺悔錄，因為他寫的兩個主人翁「你」和「他」，「你」就是離開中國流亡的作者，「他」就是文革中的作者，「你」非常不願意面對「他」，但是那本書，據我看是高行健非寫不可的，有「人」逼他寫，說「你」非寫不可，所以高行健就聽話地寫了。文革的「他」是「你」所最不想見、最不想認識的人，「他」在文革中扮演着三種不同的角色，一是造反派，一是被迫害者，第三個則是沉默的旁觀者。[1]

1 《中國時報》，二零零二年二月十一日。

馬悅然是瑞典學院院士、高行健作品的主要譯者和研究者，他判斷《一個人的聖經》是懺悔錄，可說是極有見地。但還是聲明了一下，說高行健可能不會同意。其實，高行健本人承認與否，並不要緊。關鍵是他寫出的作品，一經問世，就成為客觀文本即客觀存在，就屬於社會，人們就可以對這一存在進行闡釋。

我們在《罪與文學》（筆者與林崗合著）中說明，懺悔意識有狹義與廣義之分。狹義懺悔是帶有宗教色彩的對於罪責的承擔；廣義懺悔則是靈魂的自我拷問與審視。兩者的共同之處都是對個體良知責任的體認，高行健屬於後者。他雖然沒有「懺悔」的承諾，卻是一個在廣泛意義上確認自身弱點、自我地獄並對這一地獄進行審視的思想者。在二十世紀傑出作家的精神類型中，高行健不屬於沙特、索忍尼辛這種法官型的作家行列，即主要不是把自己的才華與文字投向對社會的譴責與批判；而是屬於卡夫卡這種承擔人類的恥辱與荒誕的作家，將自己的才華與文字投向個體內心、投向靈魂深處的作家。他坦率地批評過索忍尼辛：

> 我認為他仍然是個政治人物，除了他早期的《伊萬·傑尼索維奇的一天》，那是本文學作品。他大部份的書主要是政治抗議，到晚年又重新投入政治。他關心的是政治，超越他作為作家的身份……他犧牲了作家的生涯，花了那麼多年的時間去寫揭露蘇聯極權的長篇，可是政權一垮，檔案都可以公佈，這作品也就沒多大意思。他浪費了他作為一個作家的生命。[1]

1 高行健：《沒有主義》第五七頁，台北聯經出版公司，二零零一年。

像索忍尼辛這種政治抗議型的作家，自然也有其正義感和他們選擇的理由，但是，他們的目光投向社會黑暗面的時候，卻未能轉過身來審視自己的黑暗面，或者說，在忙於拷問社會的時候，無暇進行靈魂的自我拷問。

高行健還對身兼「思想領袖」與「社會良心」的沙特式作家提出質疑，他說：

我以為一個作家最好是處在社會的邊緣，這樣可保持清醒，觀察這個社會，不至於捲入身不由己的潮流和這社會的機制之中。上世紀末一直到本世紀七十年代，西方的許多作家曾自認為是人民的代言人，把自由表述的權利同大眾的利益視為一致，紛紛參與形形色色的社會主義、共產主義、無政府主義的政治運動，種種的文學藝術運動和集團也都有鮮明的政治傾向……如今，一個作家如果不同政治黨派聯繫在一起，社會便不可能再聽到他的聲音。那時代的作家，有兩重身份，一方面是個人身份的作家，又可以成為思想領袖，有如沙特。如今卻沒有能兼任雙重身份這樣的作家了。輿論如此昂貴，不是政黨或財團，個人無法運作。再說，一個作家不從政的話，也無須投入到這個機器裏去……於是作家應退回到他自己的角色中。我不反對要從政的作家，從政就是了，這也是他自己的事。我只是有我自己的政治見解，有記者來採訪，我不諱言，如此而已，也只是我個人的聲音，不充當人民的代言人，或所謂社會的良心。再說，這抽象的人民又在何處？而社會有良心嗎？[1]

1 高行健：《沒有主義》第七五頁，台北聯經出版公司，二零零一年。

走出索忍尼辛、沙特式的精神方式，而以靈魂的探究為創作的主要題旨，這是高行健的根本徹悟。這一徹悟導致他產生「自我乃是自我的地獄」這一命題，也導致他在戲劇史上創造了一種全新的主題關係，這就是「自我和自我」的關係。

高行健雖然也書寫過人與自然關係的劇作如《野人》，但他擅長的是描寫「自我與自我」的關係。這無疑豐富了世界戲劇寶庫，也是沙特「他人是自我的地獄」的反命題，標誌這一精神指向完全成熟的是他的劇本《逃亡》。戲中的「中年人」在政治風浪中，儘管身不由己地捲入簽名抗議運動，但之後卻保持一種最高的清醒，他在逃亡的路上表明，他既逃離政治極權，也逃離反政治極權的反對派，因為反對派也是一種集體意志。他必須回到自我本身，而這個自我早已分裂為真我與假我。他熱烈地追求內心的真實，可是，這個「真我」又被「假我」所包圍。「假我」是被社會異化的我，這個我成了真我的圍牆與牢房。真我要獲得自由與自在，必須打破「假我」。所以他說：「我只是躲開……我自己。」我要逃開我，這是甚麼意思？這就是真我要躲開假我，本真我要從異化我的牢籠中逃亡。禪宗的所謂打破「我執」，正是要打破假我之執，排除假我對真我的障礙。高行健一再表達的正是「我從我中逃亡」的思想。他說：

> 當我們已經擺脫了神權、政權或族權等等，再不存在確立「自我」的障礙時，我們又突然發現「自我」是個牢籠。我們被它囚禁，我們想擺脫，逃出。[1]

1 高行健：《沒有主義》第一四零頁，台北聯經出版公司，二零零一年。

逃亡，對一個作家，一個精神價值的創造者來說，它的意義不在於反抗政治極權，而在於自我救贖。高行健後來又進一步把逃亡的意義伸延到文學的意義，認為文學的意義並不在於拯救社會，而在於自救。關於這點，他說得極為明確：

古之隱士或佯狂賣傻均屬逃亡，也是求得生存的方式，皆不得已而為之。現代社會也未必文明多少，照樣殺人，且花樣更多。所謂檢討便是一種。倘不肯檢討，又不肯隨俗，只有沉默。而沉默也是自殺，一種精神上的自殺。不肯被殺與自殺者，還是只有逃亡。逃亡實在是古今自救的唯一方法。[1]

他還說：

「救國救民如果不先救人，最終不淪為謊言，至少也是空話。要緊的還是救人自己。一個偌大的民族與國家，人尚不能自救，又如何救得了民族與國家？所以，更為切實的不如自救。」「文學便是人精神上自救的一種方式。不僅對強權政治，也是對現存生活模式的一種超越。」「創作自由不過是個美麗的字眼，或者說是一個誘人的口號。這種自由從來也不來自他人，既無人賞賜，也爭取不到，只來自作家自己。你只有先拯救自己，才贏得精神的自由。」[2]

1 「巴黎隨筆」，見《沒有主義》，第一九一—二零頁。
2 同上，第二零一—二一頁。

在中外當代作家中，幾乎找不到第二個人，對「自救」具有如此高度的自覺。高行健正是在「自救」這一基點上與西方的「救世」思想系統區別開來，並以此確立他的創作的靈魂支撐點。也可以說，把握「自救」，便把握了高行健創作的精神內核。也正是在這一基點上，高行健提供了「懺悔意識」的另一形態，把上帝、法官、犯人乃至整個精神法庭都移入人的身內的形態，即無宗教、無外在理念參照、無中介的自審形態。這種高度的「自救」意識，使他既懷疑「救世」的外在權威，又拒絕別人對他的拯救。他聲明說他不需要這些救主：

> 人都好當我的師長，我的領導，我的法官，我的良醫，我的諍友，我的裁判，我的長老，我的神父，我的批評家，我的指導，我的領袖，全不管我有沒有這種需要，人照樣要當我的救主，我的打手，說的是打我的手，我的再生父母，既然我親生父母已經死了，再不就儼然代表我的祖國，我也不知道究竟何謂祖國以及我有沒有祖國，人總歸都是代表。而我的朋友，我的辯護士，說的是肯為我辯護的，又都落得我一樣的境地，這便是我的命運。[1]

所謂靈山，其實正是他的「道」，他的精神圖騰，他的立世方式與精神方式。從《靈山》到《一個人的聖經》，他一直在尋找。那麼，他最後找到靈山了嗎？在現實的地表上，他好像沒有找到，但在精神深處，他是找到了。他找到的靈山，就是自救之路。《靈山》第七十六節中，主人公的旅行已快結束，

1 高行健：《靈山》第六十五節。

但還是不知靈山在哪裏。

他孑然一身，遊蕩了許久，終於迎面遇到一位拄着拐杖穿長袍的長者，於是上前請教：

「老人家，請問靈山在哪裏？」

「你從哪裏來？」老者反問。

他說他從烏伊鎮來。

「烏伊鎮？」老者琢磨了一會，「河那邊。」

他說他正是從河那邊來的，是不是走錯了路？老者聳眉道：「路並不錯，錯的是行路的人。」

「老人家，您說的千真萬確。」可他要問的是這靈山是不是在河這邊？

「說了在河那邊就在河那邊。」老者不勝厭煩。

他說可他已經從河那邊到河這邊來了。

「越走越遠了。」老者口氣堅定。

「那麼，還得再回去？」他問，不免又自言自語，「真不明白。」

「說得已經很明白了。」老者語氣冰冷。

「您老人家不錯，說得是很明白……」問題是他不明白。

「還有甚麼好不明白的？」老者從眉毛下審視他。

他說他還是不明白這靈山究竟怎麼去法？

長者暗示他，不是沒有靈山，而是你看不見靈山，也毋須問靈山在哪裏？在河這邊還是河那邊，其實，靈山就在你自己身上。世上沒有靈山，但又處處是靈山。正如世上本沒有烏伊鎮（烏有鎮），作者自稱從「無」中來，長者也告訴他到「無」中去。信「有」信「無」，全取決於你自己。於是，作者在《靈山》的最後一節，終於宣佈自己在小青蛙的眼睛中看到了上帝。「很小很小的青蛙，眨巴一隻眼睛，另一隻眼圓睜睜，一動不動，直視着我。」「一張一合」的那一隻眼在講人類無法懂得的語言，我應該明白，至於我是否明白，這並不是上帝的事情，而是自己的責任。在《靈山》的小說裏沒有找到「靈山」，那麼，在《一個人的聖經》裏是否找到靈山呢？他當然也沒有找到神跡似的靈山，但他對靈山的精神內涵卻更清楚了。這個靈山，就是個體生命從統一的思想符碼體系中擺脱出來、解放出來的瞬間精神狀態，也就是從多種外在束縛下解脱出來而對自由的大徹大悟。換句話說，靈山不是紅太陽，靈山不是上帝，靈山不是佛，靈山不是知識，靈山只是對自身存在的覺醒，說到底，就是對「自救」之道的大徹大悟。《一個人的聖經》所揭示的救贖方式是個體生命自我救贖的方式。再看小說結尾最重要的一段話：

> 人生來注定受苦，或世界就是一片荒漠，都過於誇張了，而災難也並不都落在你身上，感謝生活，這種感嘆如同感謝我主，問題是你主是誰？命運，偶然性？你恐怕應該感謝的是對這自我的這種意識，對於自身存在的這種醒悟，才能從困境和苦惱中自拔。

這段話再明確不過地暗示：與其感謝主，不如感謝自身的醒悟，與其尋找與主相連的靈山，不如在自身中發現靈山。於是，接着，他又寫了這麼一段話：

> 棕櫚和梧桐的大葉子微微顫動。一個人不可以打垮，要是他自己不肯垮掉的話。一個人可以壓迫他，凌辱他，只要還沒有窒息，就沒準還有機會抬起頭來，問題是要守住這口呼吸，屏住這口氣，別悶死在糞堆裏。可以強姦一個人，女人或是男人，肉體上或是政治的暴力，但是不可能完全佔有一個人，精神得屬於你，守住在心裏。說的是施尼特克的音樂，他猶豫，在暗中摸索，找尋出路如同找尋對光亮的感覺，就憑着心中的那一點幽光，這感覺就不會熄滅。他合掌守住心中的那一點幽光，緩緩移步，在稠密的黑暗裏，在泥沼中，不知出路何處，小心維護那飄忽的一點幽光。說他頑強，不如說他耐心，那種柔韌捲曲，織一個繭像蛹一般裝死，閉上眼睛去承受那沉寂的壓力，而細柔的鈴聲，那一點生存的意識，那點生命之美，那幽柔的光，那點動心處便散漫開來……

這段話又進而暗示，靈山原來就是心中的那點幽光。靈山大得如同宇宙，也小得如同心中的一點幽光，人的一切都是被這點不熄的幽光所決定的。人生最難的不是別人的，恰恰是在無數艱難困苦的打擊中仍然守住這點幽光，這點不被世俗功利所玷污的良知的光明和生命的意識。有了這點幽光，就有了靈山，高行健作品中的靈魂維度產生於靈山。他認定人是脆弱的，但是脆弱的人有他的尊嚴。他和自己的弱點搏鬥，不斷地進行自責、自嘲與自審，不斷叩問自身存在的意義，不是自虐、自餒，更不是自己打垮自己，而是為了守住身心中的那一點幽光，即一點永遠的良善和美。他深知世界的荒誕、革命的虛假、人際的骯髒，還知道各種形式的時代潮流難以抗拒，但他還是要守住最後一點人的驕傲，保持一點貴族氣。正如唐吉訶德一樣，明知世界如大風車一樣荒誕，卻還是要往前征戰，而且要保持一點騎士姿態。

三

確定「自救」先於救世，並確認自救最重要的是從自我的牢籠中與自我的地獄中「逃亡」出來，又確認這種救贖方式是作家贏得精神自由的最切實的途徑，這是高行健最基本的世界觀與人生觀，也是他的創作觀。中國的禪宗精神，尤其是禪宗六祖慧能的精神和方法確實給了高行健以決定性的影響。關於禪，高行健作過多次的表述。他說，禪「體現了中國文化最純粹的精神」[1]。禪，表面上看是宗教，實際上不是宗教。它是一種感知方式，一種精神狀態，一種審美態度，一種對大自由的內心體驗與領悟，一種對自我的透徹的了解。總之，一種自救自我解脫的精神體系。他說：

> 禪宗不像一般的宗教，我以為禪宗的本質是非宗教，並不走向迷信，沒有任何偶像，連佛都打了，而佛不過是對自我的某種透徹的了解。[2]

又說：

> 西方對於痛苦是從外面加以分析，東方則是內省，走向靜觀。禪宗的高度理想不是崇拜偶像，皈依甚麼，而是「佛就是我」、「明心見性」。[3]

1 高行健：《靈山》第一九六頁。
2 同上，第二一九頁。
3 《世界日報》，二零零一年一月十七日。

真正的禪，總是徹底地打破加於「自我」身上的各種「執」，包括「我執」。世俗世界上執着追求的各種世相：名號、金錢、權力、地位，都是禪宗棒喝打擊的對象，到了慧能，連「接班」用的「衣缽」也打破。「真正的大禪師，恐怕連衣缽傳給誰，也看得很透。」[1] 禪宗還有一點了不得的，就是高度自覺地打破語言之執，即發現語言概念仍是人的一種終極地獄。如果說，《金剛經》發現了「身體」這一終極地獄，那麼，《六祖壇經》發現的是「語言」這一終極地獄。正是這一發現，使禪宗對語言充滿警惕。高行健最終提出「沒有主義」的論說，正是對「主義」這種大概念的質疑與放逐。正當人們企圖使用「主義」去救世的時候，他卻發現「主義」不僅救不了世，反而給人自身造成巨大的牢房，因此，重要的不是去標榜主義，而是放下主義，正視人自身的弱點進行自救。禪不僅在精神指向上給高行健以影響，而且直接進入他的戲劇文本、小說文本與水墨畫本中。筆者在這裏想要強調的是，禪給高行健的啟發，主要不是帶給他的作品某些禪意，而是給予高行健對人生的感悟，即從根本上悟到人在短暫的生涯中如何得大自由，如何得大自在。

> 寫作的自由既不是恩賜的，也買不來，而首先來自你內心的需要……說佛在你心中，不如說自由在心中，就看你用不用。[2]

也就是說，作家一生唯一應當做的，就是打開心靈的大門，把「佛」請出來，把自由請出來。這就

1 高行健：《沒有主義》第二一九頁，台北聯經出版公司。

2 同上，第三五一頁。

是說，禪給高行健最根本的啟迪是：你必須自救！你不要仰仗外部力量，包括不仰仗上帝的權威與佛陀的權威，而要相信自己的肩膀和自己的內心力量。高行健全部作品的思想，就立足在這一首先由禪宗點破的「自救」精神上。

最能體現高行健通過「自救」而得大自在精神的劇作是《八月雪》，這部以慧能為主角的戲，表面上看，寫的是宗教題材，實際上寫的是慧能在各種現實關係中如何得大自在的生活奇觀。慧能是個宗教領袖，但他不崇拜宗教偶像，不膜拜任何神的權威，所以也不落入教條的牢籠之中，當然，也無所謂以神為中介的懺悔。慧能弘揚禪宗思想而名播天下之後，又不被名號所拘，也不為權力地位所誘惑，連欽定的「大師」桂冠也不要。皇帝派了特使、帶着聖旨來傳他進京，說：「大師德音遠揚，天人敬仰……則天太后、中宗皇帝陛下，九重延想，萬里馳騁，特命微臣，徵召大師進宮，內設道場供養。請能大師略作安排，則由微臣護衛，火速進京。」可是，慧能一點也不動心，一再拒絕。使者見誘惑不靈，便威脅說：「這敕書可是御筆親書，老和尚不要不識抬舉。」並按劍逼迫，慧能此時更是坦然：

慧能：（躬身）

要麼？

薛簡：甚麼？

慧能：（伸頭）

拿去好了。

薛簡：拿甚麼去？

慧能：老僧這腦殼。

薛簡：這甚麼意思？

慧能：聖上要的不是老僧嗎？取去便是。

寧可掉了腦袋，也不就範宮廷的指令，也不要外在的名號桂冠。這些全是無。北宗神秀早已應召入京，當了兩京法主、聖上門師，但慧能不走神秀的路。使者告訴慧能，當今「皇恩浩蕩，廣修廟宇，佈施供養僧侶，功德天下」，而慧能傳使者轉告皇帝：「功德不在此處」，「造寺、佈施、供養只是修福。功德在法身，非在福田。見性是功，平直是德，內見佛性，外行恭敬，念念平等直心，德即不輕」，又說：「自性迷，菩薩即是眾生；自性悟，眾生即是菩薩，慈悲即是觀音，平直即是彌勒。」慧能把神的「救護」歸結為「自性悟」，自性一旦大徹大悟，便生大慈悲，大正直，便是大菩薩、大觀音。他透徹了解，到宮廷裏去當法主大師，不過是當皇帝的點綴品，哪裏是甚麼菩薩彌勒。而所謂廣修廟宇，還不如對百姓多一點仁愛之心。慧能不僅看透世俗最高的榮華顯貴，而且也看透本教中祖傳的袈裟衣缽，臨終前弟子提出最後一個問題：「大師過去，後人又如何見佛？」他回答說：「後人自是後人的事，看好你們自己當下吧……你們好生聽着：自不求真外覓佛，去尋總是大癡人。」禪宗作為一種宗教，就是這種「自我求真」、「自我求善」的宗教。一切取決於「自性」，一切取決於自身的心靈狀態。如果把慧能的名字換成基督，那麼，這個東方基督與西方基督相比，其相同處，是都具有大慈悲的宗教情懷，其不同處是西方的基督告訴眾生必須仰仗上帝的肩膀，走出苦難，而東方的基督則告訴眾生：你必須仰仗自身內心的力量走出苦難。當你心內的力量足以抵禦外部世界的壓力與誘惑，放下各種地獄與牢房，你便獲得救贖。

但是，讀《靈山》者會發現：主人公「我」沒有找到最後的目標，按照禪宗的看法，人生最後的結果是走入「空」門，一個形而上的「無」。因此，他們只樂於過程，樂於在尋找過程中的內心體驗，而不在乎外界的神的標誌。這一點實際上與基督教相通，基督教並不承認人可達到神。人無論怎樣努力，只可接近神，無法達到神，再偉大的人物，只能殉道，不可能成道。與禪宗不同，中國的儒家卻着重思考外部秩序，也特別關心最後能否達到「內聖外王」的結果。不能成好王，就說明「內聖」有問題，「外王」與「內聖」總是互動與互相定義，因此，儒家便通過一套修養方式去追求完美的道德境界，總之，它執着於外部的社會秩序與道德權威，甚至刪除內心體驗與內心感覺。而禪宗剛好相反，它把內心體驗與內心感覺看成是最重要的東西，它的全部思考目的就在謀求內心的大解脫，以至認為上帝在內不在外，天堂地獄也在內不在外。人類得大自由，也不是依靠外在的神明，而是靠內在的精神。因此，如果說，儒學是思考外部人際秩序的思想，那麼可以說，禪宗是思考內在人類生命的思想。高行健的《八月雪》把禪宗的思想推向精彩的極致，主人翁慧能把外部的秩序、制度、榮耀、權力統統看穿。

高行健作為一個當代的思想先鋒，他不僅像慧能一樣看穿外部的權力、榮耀等身外之物，而且叩問由「救世」思想所派生的「社會良心」是否可能，或者說，是否可靠。與「自救」的思想相銜接，高行健只確認「個體良心」的實在性，不確認「社會良心」的實在性。他發現人類歷史上的各種苦難、災難，都是良心無法療治的：

回顧一下人類的歷史，人生存處境的一些基本問題，至今也未有多少改變。人能做的只是些細小的事，製造些新的藥，弄出些新的產品、時裝、氫彈或毒氣，人生之痛卻無法解脱……諸如戰爭，種族仇恨，人對人的壓迫，而人的劣根性，良知並不能醫治，經驗也是無法傳授的，每人都得自己去經歷一遍。人之生存就無法解釋。人如此複雜，如此任性。現今宗教又回潮。我不信仰任何教，但有種宗教情緒，我們得承認等待我們的是如此不可知，個人的意志無法控制，我們首先得承認個人之無能為力，也許倒更為平靜。[1]

上帝早已存在，所謂「社會良知」也早已存在，但是，戰爭依然不斷發生，人對人的壓迫有增無減，人的劣根性沒有改變。歷史攜帶着苦難，不斷在地球上重複。面對歷史，高行健對「社會良心」提出懷疑。作家是否可能成為「社會良心」？他的良心資源與尺度來自何方？一旦代表「社會良心」，這種良心會不會標準化、權威化而演變成一種權力？一種道德專制？在高行健看來，所謂良知責任，乃是個體對道德責任的體驗和體認，而不是拿着道德權威的名義和其他外部權威的名義去號令他人。所以他決斷地説：

作家不是社會的良心，恰如文學並非社會的鏡子。他只是逃亡於社會的邊沿，一個局外人，一個觀察家，用一雙冷眼加以觀照。作家不必成為社會的良心，因為社會的良心早已過剩。他只是用自己的良知，寫自己的作品。他只對他自己負責，或者也並不擔多少責任，他冷眼觀察，用一雙超越自我的眼睛，或者從自我中派生來的意識，將其觀照，藉語言表述一番而已。[2]

1 高行健：《沒有主義》第六一—六二頁，台北聯經出版公司。
2 同上，第二二頁。

中國近、現代作家與信奉弗洛伊德學說的一些西方作家不同，他們的寫作動力不是「性壓抑」，而是「良知壓抑」。在潛意識的層面上，他們的寫作不是出自感官本能，而是出自精神本能。因此，中國作家對於良心責任的問題特別敏感。但是，現代中國一個奇怪的現象是人人都想充當社會良心的角色，而整個創作卻缺少應有的良知水平。根深柢固的奴性，無休止地媚上與媚俗，既迎合政治極權又迎合市場極權，該說的話說不出來，不情願說的話又不停地說。個個高喊解放全人類，到了必須具體地援救一個人，為一個人申冤時（如文化大革命中為一個劉少奇或為一個鄧拓、吳晗說話時），卻個個沉默。經歷了良知系統崩潰和混亂的時代之後，高行健不顧被譴責為「喪失社會良知」的危險與罪名，提出上述觀念，無疑具有特別的意義。

首先，高行健打破了「社會良知」的神話，揭示「社會良知」的幻相。從客觀上說，到底「社會良知」存在不存在的問題，與救世主存在不存在的問題是一樣的。社會良知的角色就是變相的救世主的角色。高行健認為，這種救世主的角色過剩了，太多了。救世主本來只有基督一個，現在則有無數基督。然而，這些代表「社會良知」的小基督與真基督完全不同。真的基督至少有兩個方面是當今「社會良心」角色所沒有的：（1）基督從來都不聲稱自己代表社會良心與人類良心。認定基督代表社會良心與人類良心，這是他的信徒和他的闡釋者闡釋出來的。（2）即使基督扮演的是社會良心的角色，他也是用生命和鮮血去扮演，即生命被釘上十字架時才充分放射良知的光輝，而不是空喊「解放全人類」，更不是打着救世的名義巧取豪奪，爭名奪利。

第二，社會良知是否真實？它到底是哪裏來的？如果沒有個人實實在在的良知，能有「社會良知」嗎？如果沒有個人的責任承擔，如果未能首先正視自身的弱點進行自我審視，他有可能去救治社會嗎？

一個沒有任何謙卑的瘋子，有資格去審判時代嗎？在高行健看來，「社會良心角色」即使發展為上帝，這個上帝也不在外邊（社會）而在裏邊（個人身內）。良知關懷所以可能，就因為上帝在每個生命個體的心靈之中，然後通過這個心靈去影響另一個心靈。這就是說，任何可能影響社會的良知意識，都是個人的良知，只有個人的良知才是良知的實在。

第三，離開個人的責任承擔，所謂社會良知，便會變得空洞化與抽象化。此時，社會良知就可能變成一種招牌，一種廣告，一種面具。「解放全人類」等口號，最後被歷史拋棄，就是它已不具真實的個人責任內涵，只是一種宣傳。

第四，個人良知是個人體驗到人與人的相關性及人在社會中不可推卸的責任，所謂「義不容辭」，便是自然地響應良知的召喚。個人良心乃是一種平常心，而社會良心角色則把自己的良心視為代表性良心、權威性良心、標準性良心。可是，良心一旦權威化、標準化與制度化，就會轉化為一種可以號令他人良心和侵犯他人良心的專制形式。希特勒就標榜他代表日耳曼民族的良心，他的良心變成權威之後便號令一切個人良知服從他這個至高無上的權威，所有的德國人都必須以他的社會良心內涵為標準來改造自己。文化大革命中，江青曾發表《為人民立新功》的文章，她當時扮演的是代表人民的社會良心。許多野心家都借用「人民權力意志代言人」與「社會良心」的名義擺佈社會與民眾，這種歷史現象可稱之為良心的無限膨脹，它往往膨脹到可以踐踏人類的公理與基本法則。

第五，高行健的逃亡只是為了自救，為了個人獲得更高的自由。逃亡的反叛意義也只是個人自由的實現。但「社會良心角色」的逃亡，往往不是為了個人自由，而是為了把社會良心的角色扮演得更加完美，以獲得更大的話語權力。

第六，「社會良心角色」在沒有掌握政權的時候，它還可能只是一種精神權力，其呼風喚雨也有一定的局限。而一旦獲得政權，即聖與王結盟，精神權力與政治權力結盟，就會變成強制改造他人良知系統的外在力量，甚至會強制他人交出良心、修改良心，此時，社會良心角色就變成一種精神侵略者。它霸佔一切良心領域，要求一切人都以他們的良心為標準，悔過自新。「社會良心」角色的這種極致，造成的危害就是要求每一個人都與他的標準劃等號，毛澤東也是如此。因此，高行健在《一個人的聖經》中對毛澤東發出叩問。他說，你可以隨意扼殺人，但「不可以要一個人非說您的話不可」。

四

中國的所謂「聖人」，便是「社會良心」的代表。然而，人一旦充當聖人的角色，便發生一個大問題，即忘記自身也是一個與普通老百姓一樣具有人性弱點與缺陷的人，一個在內心中同樣潛藏着黑暗地獄的人。

在高行健看來，二十世紀的一些怪誕現象與瘋狂現象，包括文學藝術上打倒前人的不斷革命、不斷顛覆的瘋狂現象，全來源於自我地獄，或者說，全來源於對自我的錯誤認識。這一錯誤認識，有萎縮性的自我貶抑，但主要卻是誇張性的自我擴張與自我膨脹，而其代表便是宣佈「上帝死了」的尼采。尼采的權力意志與超人學說，企圖製造一個新的「超人」上帝來取代原來的上帝，而結果是自己發瘋還影響他人發瘋。二十世紀許多先鋒派藝術家都宣稱以往的藝術史等於零，一切從他開始。他製作的新藝術便是從零點上發生的「創世紀」藝術，即自身是藝術新上帝。這些發狂的藝術家忘記自己是一個人，是一個有弱點、有局限的人。因此，對於這些瘋狂者，倘若要停止瘋狂，其自救的方法就是回歸到「脆弱的人」，回歸到對自身的清醒認識，包括回歸到對自身的黑暗面的確認。而這一點，又恰恰與懺悔意識相通，其實，也與原罪感相通。高行健在《另一種美學》中，審視二十世紀現代藝術，對其不斷顛覆的時代病症提出十分中肯的批評，而他開給「革命狂」藝術家的藥方，就是「回到脆弱的個人」，他說：

回到繪畫，是回到人，回到脆弱的個人，英雄都已經發瘋了。回到這物化的時代還努力想保存自己的脆弱的藝術家，他的掙扎，他的畏懼和絕望，他的夢想，他只有夢想還屬於他自己，而他的想像卻是無限的。回到他夢想中期待的清白，那一點剩下的美，連同他的憂傷，他的自虐與自殘，他沉溺在痛苦中求歡。回到他的孤獨與妄想，他的罪惡感、慾望與放縱。他當然也還有精神，即是他對自己的一點意識，飄浮在意識之上，對他自己的審視。[1]

這段話寫於一九九九年，是高行健獲得諾貝爾文學獎之前表述的重要觀念：「回到人，回到脆弱的個人。」自從尼采宣佈上帝死了之後，二十世紀的英雄真的都瘋了，他們不承認人是脆弱的個體，以為人真的可以代替上帝，可以成為超人。尼采自己就這樣變成瘋子。受尼采影響，許多政治家、哲學家、藝術家也以為可以成為超人。高行健對尼采式的妄念一再進行批評。在《另一種美學》的「超人藝術家已死」中又說：

1　高行健：《另一種美學》第五六頁，台北聯經出版公司，二零零一年。

尼采宣告的那個超人，給二十世紀的藝術留下了深深的烙印。藝術家一旦自認為超人，便開始發瘋，那無限膨脹的自我變成了盲目失控的暴力，藝術的革命家大抵就這樣來的。然而，藝術家其實同常人一樣脆弱，承擔不了拯救人類的偉大使命，也不可能救世。[1]

高行健抓住尼采不放，可說是抓住了時代症，抓住了二十世紀病症的要害。二十世紀各個領域出了那麼多瘋子，顯然與尼采的超人觀念相關。尼采的超人觀念是對自我的無限自戀和無限膨脹，因此，他宣佈「上帝死了」之後推給歷史舞台的是一個假的上帝，這就是造物主式的個人。這種個人當然不會有任何懺悔意識、自審意識，也不會有任何罪惡感。高行健說：「取代上帝的造物主式的個人，如果不精神分裂，真發瘋的話，便走向杜象的玩世不恭。」[2] 即或變成瘋子，或變成痞子，只有兩條出路。瘋子不可能有罪惡感，痞子當然也不會有罪惡感。瘋子把自我價值誇大到無限大，甚至誇大為上帝；而痞子則把人的價值縮小到等於零及至等於馬戲團裏的猴子。

在人發生無限自戀的歷史語境下，高行健提出「回歸脆弱的個人」的思想，不是人的倒退，而是人的進步。當人確認自身乃是脆弱的個體時，便產生一種拒絕的力量——拒絕戴假面具以掩蓋自己的脆弱，於是獲得真誠與真實。而從這裏開始，人也就獲得自審與自白的前提。拋開尼采的自戀與自我膨脹，高行健選擇了卡夫卡式的自嘲。他說：「尼采式的癡狂在這個充分物化的當代，顯得那麼造作，那

1 高行健：《另一種美學》第十頁，台北聯經出版公司，二零零一年。
2 同上。

麼矯情，也那麼虛假，遠不如卡夫卡的困惑和自嘲來得真實。」[1]

高行健像卡夫卡那樣發現自己的變形和異化，在人世界中變成彈跳不已的一粒豆，一隻「小爬蟲」，一個「跳樑小丑」，毫不掩飾自己的可笑與可悲。在《一個人的聖經》中，那個為了保護自己而造反的「他」，終於被「揭露」出來。此時，他不是為自己辯護，而是確認自身的醜惡。外部有一座審判台，而他的內心也有一座審判台：

「跳樑小丑！」前中校對他喝斥道，這時成了軍管會的紅人，擔任清理階級隊伍小組的副組長，正職當然由現役軍人擔任。

你其實就是個蹦蹦跳跳的小丑，這全面專政無邊的籬籬裏不自主彈跳不已的一粒豆，跳不出這籬籬，又不甘心被碾碎。

你還不能不歡迎軍人管制，恰如你不能不參加歡呼毛的一次又一次最新指示的遊行。這些指示總是由電台在晚間新聞中發表。等寫好標語牌，把人聚集齊，列隊出發上了大街，通常就到半夜了。敲鑼打鼓，高呼口號，一隊隊人馬從長安街西邊過來，一隊隊從東頭過去，互相遊給彼此看，還得振奮精神，不能讓人看出你心神不安。

你無疑就是小丑，否則就成了「不齒於人類的狗屎堆」，這也是毛老人家界定人民與敵人的警句。在狗屎與小丑二者必居其一的選擇下，你選擇小丑。你高唱「三大紀律八項注意」的

1 高行健：《另一種美學》第十頁，台北聯經出版公司，二零零一年。

軍歌，也得像名士兵，在每個辦公室牆上正中掛的最高統帥像前併腿肅立，手持紅塑料皮《語錄》，三呼萬歲，這都是軍隊管制之後每天上、下班時必不可少的儀式，分別稱之為「早請示」和「晚匯報」。

這種時候你可注意啦，不可以笑！否則後果便不堪設想，要不準備當反革命或指望將來成為烈士的話。前中校說的並不錯，他還就是小丑，而且還不敢笑，能笑的只是你，現如今回顧當時，可也還笑不出來。[1]

高行健在描寫過去的自己時，身處異國，擁有自由，他完全可以粉飾自己或掩蓋自己，但他一點也不掩蓋和粉飾。他徹底地撕下假面具，承認自己當時就是一個小丑，一個怕死怕落入狗屎命運而強裝硬扮成戰士的小丑，一個內心極度脆弱極度恐懼卻唱着豪邁軍歌的小丑。對自己的宣判斬釘截鐵，一點也不含糊。他的自我審判如此無情，他的自我拷問如此徹底。經歷過文化大革命的作家很多，但有幾個像他這樣直面恥辱的人生、瘋狂的時代呢？這樣不顧面子地進行自我揭露，反映着一種精神深度。而這種深度正是來自他的自我懷疑與自我拷問的力度。

在《一個人的聖經》中，高行健帶着情感訴說應給脆弱的人以尊嚴的道理：「他最終要說的是，可以扼殺一個人，但一個人哪怕再脆弱，可人的尊嚴不可以扼殺，人所以為人，就有這麼點自尊不可以泯滅。人儘管活得像條蟲，但蟲也有蟲的尊嚴，蟲在踩死、捻死之前裝死、掙扎、逃竄以求自救，而蟲之

1 高行健：《一個人的聖經》第三十五節，第二七八—二七九頁，台北聯經出版公司，一九九九年。

為蟲的尊嚴卻踩不死。殺人如草芥，可曾見過草芥在刀下求饒的？人不如草芥，可他要證明的是人除了性命還有尊嚴。如果無法維護做人的這點尊嚴，要不被殺又不自殺，倘若還不肯死掉，便只有逃亡。尊嚴是對於存在的意識，這便是脆弱的個人力量所在，要存在的意識泯滅了，這存在也形同死亡。」[1]說人是脆弱的，不錯；說人是有力量的，也不錯。人不要誇大自己的力量，但確實有力量。這力量就因為人擁有尊嚴，擁有對自身存在的意識。但這只是第一前提；人的自審還有第二前提，這就是人有尊嚴，有了第二個前提，自審才不會變成自虐與自我踐踏。高行健的自審——正是在這雙重的前提下進行，因此就顯得真誠而有精神力量。

五

高行健不是基督教徒，沒有「上帝」這一參照系。但他比許多有宗教信仰的作家更堅定地把「上帝」視為生命內在的精神，即上帝站立在自我世界之中。他認定，全部生命之謎與謎底都必須到自己生命的深處去尋找，對此，他有一個徹底的表述。他說：

> 生命是個永遠迷惑而解不開的謎，越深究愈不可解，愈豐富，愈任性，愈不可捉摸。上帝在生命之中而不在生命之外，主體不在別處，而在這自我。生命的意義，與其說在這謎底，不

1 高行健：《一個人的聖經》第四零四頁，台北聯經出版公司，一九九九年。

如說在於對這存在的感知。[1]

既然生命的意義在於對自我存在的感知，那就應當努力向這存在的深處走進去，並對這一存在提出懷疑與叩問。懷疑與叩問便是價值。高行健一再肯定「自我懷疑」的價值。他說：「這自我歸根到柢，也大可懷疑。尼采把自我視為真實的存在，可自我不過是一種觀照，一種觀照的意義，向內的審視。」[2]又說：「當你一層層剝去了被別人附加、強加的東西，你才漸漸確立了自己的價值，包括『自我懷疑』的價值。」[3]高行健所以「揪住」尼采不放，就因為尼采只有自戀與自我膨脹，而沒有自責與自我懷疑，他以為只有超人的權力意志是開闢歷史道路的動力，不承認自我懷疑更是一種巨大的動力。懷疑，自我懷疑，是推動人類走向深處的槓桿，它不僅推動着人類的思想不斷前行，並且使人獲得觀照世界的冷靜與深邃，又使人對自身存在有個確切的認知。高行健是一個充分發現「自我懷疑」之價值的思想者，無論是在中國範圍裏還是世界範圍裏，他都是一個對於自我認識最清醒的作家。

無論是《靈山》的三種人稱，還是《一個人的聖經》的兩種人稱（隱去「我」，只剩下「你」和「他」）都有一個人稱負載「中性的眼睛」，這個長着中性眼睛的敘述者，既是「自我」的一部份，又是自我的審視者與批評者，他事實上負責着「自審」、「自省」、「自我懷疑」、「自我提問」的角色使命。這雙中性的眼睛及其負載着它的人稱，乃是高行健發明創造的內心世界的精神法官。「他」是故事的主角，

1 高行健：《一個人的聖經》第八九頁，台北聯經出版公司，一九九九年。
2 同上，第九三頁。
3 同上，第一七二頁。

這是歷史角色。「你」是現實角色，是審視者與批評者。「你」和「他」拉開了數十年的時間距離，「你」對「他」進行叩問與調侃。這裏不僅產生自審，而且產生「自嘲」，但沒有自戀與自辱。歷史場景中的「他」，曾是一個「造反派」，曾戴有革命面具混跡於大風浪之中，「你」對「他」的回顧、審視、評判與調侃，正是「我」對「我」的回顧、審視、評判與調侃，這個過程，是「自審」過程，也是「自救」過程。

中國現代文學受盧梭《懺悔錄》的影響，曾出現一些自我反省的文學，例如郁達夫的《沉淪》和巴金的《真話集》等。這些作品的自我反省，均是作者的自白。無論是盧梭還是郁達夫、巴金，他們的自白都是主體單一的獨白形式。也就是說，在自我內部沒有一個審視者和拷問者，因此也缺乏靈魂的論辯與精神的張力，而高行健走出這種局限。富有深度的自審文學，不應只是自我譴責的文學。自我譴責往往只是內心黑暗面的展示，展示的結果是確立一種倫理原則。例如郁達夫的《沉淪》，他對性慾的暴露，最後確立的是為國爭氣的民族倫理原則，而看不到個體生命的心理深度。高行健的自我審視卻放下倫理判斷，他致力的是把自我存在的矛盾狀態給展示出來。例如在《一個人的聖經》中，他展示的是無處不在恐懼狀態。這種狀態是作家的內心感覺，也是作家的內心真實，這種狀態本是難以捉摸的，但高行健卻準確地捕捉和表現。小說中的主人公，無論是「造反」之前、「造反」之中、「造反」之後，也無論是在戀愛或做愛之中，都被恐懼的感覺所覆蓋。可以說，恐懼佈滿一切地方，從床第到每一根毛孔。認真閱讀高行健這部長篇，會感到這是真正的文學，而其文學才能不是在描寫性愛動作與性愛場面，而是在描寫性愛之時以及性愛前後的心理恐懼，那種可憐又可笑的恐懼，那種文學之外的哲學家、政治家、歷史家無法感覺到的恐懼細節。這種恐懼，正是深層意義上的內心自白，它的精神內涵遠遠超過性愛所造成的道德不安。由此，我們可以說，高行健的自我審視，乃是精神深層的自審，而作品中的內在主體對話，乃是他獨創的自審形式。

高行健曾經通過他的筆下人物聲明他不「懺悔」。他說：「你只是不肯犧牲，不當別人的玩物與祭品，也不求他人憐憫，也不懺悔，也別瘋癡到不知所以要把別人統統踩死，以再平常不過的心態來看這世界，如同看你自己，你也就不恐懼、不奇怪、不失望也不奢望甚麼，也就不憂傷了。」[1] 高行健聲稱「不懺悔」，但又無情地自我拷問，這是不是矛盾呢？不是。高行健所以不懺悔，是他不願意進入任何先驗的思想框架去審判自己，包括拒絕神聖價值框架，當然也包括倫理道德框架。也就是說他的自我拷問、自我審判不是為了去接近神或聖人。他的自審只是為了回歸一個平常的正常人，一個剔除恐懼、憂傷、恥辱、虛假的人。這種自審，完全是人性的自審，自身需要的自審。

這就如同他明知文學難以伸張正義，但還要作努力。

這令人絕望的努力還是不做為好，那麼又為甚麼還去訴說這些苦難？你已煩不勝煩卻欲罷不能，非如此發洩不可，都成了毛病，箇中緣由，恐怕還是你自己有這種需要。[2]

高行健的自我拷問完全是自己有這種需要。自己審問自己，自己需要通過審判和拷問告別過去的自己，告別過去的陰影與噩夢，告別過去的偽裝與假面具，告別過去的荒唐與幻想，告別過去的理念與主

1 高行健：《一個人的聖經》第二十四節，第二零三頁，台北聯經出版公司，一九九九年。

2 同上，第二零一頁。

義，告別過去的自己熱衷的老問題與老框架。由於出自自身的生命需要，他的自審顯得格外真摯，格外徹底，格外有力度。這是和宗教懺悔和歷史懺悔不同的個體詩化生命的懺悔。換句話說，高行健的自我拷問，不是遵循上帝的命令，也不是遵循道德理念的命令，而是遵循內心平常平實之心的絕對命令。盛行在中國六、七十年代的「鬥私批修」，只要放在高行健自審的參照系之下就可以清楚地看到：這種現實的悔過，完全是在就範一種先驗的政治意識形態框架，完全是服從一種外在的政治命令，它只是意識形態統一的需要，而不是個體生命人性昇華的需要。總之，高行健在中國禪宗文化支持下的「自救」意識與「自救」文字，給人類精神文化提供了別一境界，也給靈魂對話創造了一種新的形式。

《文學的理由》（中文版）序

許多讀者知道高行健在戲劇、小說、繪畫上的成就，但未必知道他是一個很有思想的文學藝術理論家。而我卻首先是從他的小說理論《現代小說技巧初探》（一九八一年出版）開始認識他的。這本小冊子在大陸引起了一場現代主義與現實主義的論爭，刺激了八十年代中國的文學思考。論爭的是非究竟且不說，單是高行健的新穎思想與活潑表述就使我欽佩不已，並確實幫助我打開了思路。在當時一片迷霧籠罩理論界的時候，這本書可以說是唯一的亮色。我從這本小冊子開始了解：理論建構也需要有靈魂的活力。這對於我後來提出「人物性格二重組合原理」和「文學主體性」起了很大的影響。

我和高行健是多年老友，二十年中我們一起交談了無數個白天與夜晚，而我總是聽不厭他那些絕對拋開陳腐教條只屬於高行健的文學藝術見解。這些見解由於得到他自身豐富的創作實踐的支持，顯得特別生動，又很實在。這是一種奇特的有生命蒸氣的思想，一種有血液的理論，是從書本裏討生活的學院難以產生的。他的文論講的都是新話，而且一語中的。理論語言非常透明、精粹，沒有任何廢話和偽裝。這不僅把問題想透了，大約還得益於禪宗。他喜歡禪宗，喜歡用最簡約的語言擊中要害。由於激賞行健的文論藝論，一九九五年天地圖書公司委託我主編一套《文學中國》學術叢書時，我特別約請他把自己的文論編成集子出版，他編就的集子命名為《沒有主義》。

《沒有主義》是高行健的談藝錄，也是二十世紀中國最有價值的文藝理論著作之一。同產生於上世紀四十年代的錢鍾書先生的《談藝錄》相比，兩者的理論風格完全不同：錢先生的《談藝錄》旁徵博引，以「六經注我」。而高行健則完全撇開六經，既不是「我注六經」，也不是「六經注我」，他不引證別人的話，表述的完全是他自己的聲音，是充分個人化的藝術感受與藝術見解，但是，這些見解卻提煉了古今中外大量的藝術經驗和高行健自身的創作經驗，從而自成一家，獨樹經典。李澤厚在高行健獲獎前就多次對我說，他對《沒有主義》評價很高，書中的許多見解，非常深刻。他特別欣賞《沒有主義》對尼采「自我上帝」的質疑和對現代漢語日益歐化的批評。高行健的確對漢語歐化現象早已警惕，這與他作為一個嚴肅的作家具有充分的小說藝術意識與戲劇藝術意識有關。文學是語言藝術，應當對語言絕對負責。他努力擴大漢語的表現力，努力尋找符合漢語的現代表述。他的努力，突出兩個方向：一是尋找語言的活性，注意吸收方言與口語中活生生的語彙，書寫充分個人化的感受（不是描繪客觀對象），刪去影響語言活性的形容詞與定語，警惕西方語言的詞法、句法進入漢語書寫；二是尋找語言的音樂性，重視語調與樂感，強調重新發現漢字，特別是去品味單音節的動詞，把內在清韻與外在流暢結合起來，使作品不僅具有意美，而且還有音美。不僅可讀可誦，還抵制西方的分析性語言對現代漢語的改造，從而保住漢語的魅力。這部集子所選入的《現代漢語與文學寫作》一文，與《沒有主義》中的若干研究現代漢語的論文思想相通，不過，表達得更為完整。

如果說，《沒有主義》還缺少章節程序的話，那麼，《另一種美學》則是高行健系統的理論表述，這裏濃縮着高行健關於文學與藝術的精闢見解，是一部理論奇書。他從法國南方的地中海邊的拿普樂城堡打電話給我，說他逃避了喧囂，躲在海邊寫一部藝術論。聽了這消息，我立即想到：又有好的理論書可讀了。出國之後，我不再迷信體系，更厭惡用時髦的概念術語掩蓋思想蒼白的所謂學術文章，每次在科羅拉多大學圖書館翻翻文學理論刊物，總是讀不下去，覺得這些「理論」完全被語言所遮蔽，概念覆蓋層太厚，看不到真問題與真見解。我把這種現象稱作「語障」。在語障的困境中，真希望行健的書會幫助我重新獲得理論的興趣。果然，他把打印好了的書稿寄到美國，作為第一個讀者，我一口氣讀完。這太精彩了，是一部反潮流的歷史性論著，一部屬於全人類的書。在過去的一百年間，中國學者苦思冥想，思考的都是中國問題。學習西方的自然科學與人文科學，也是為了解決中國問題。而行健的這部著作，標誌着中國思想家完全進入人類共同問題的形而上思考，而且思考的是西方學者尚未充分意識到的世紀性文化弊病。高行健在此書中對畢卡索之後的前衛藝術革命進行了一次全面的質疑與批評，而這種質疑與前衛藝術家的造反方式完全不同，它既是反省性的，又是充分建設性的。

最近幾年，我對文學革命與藝術革命也不斷提出叩問，但還未能確立一種高視野來把這個問題說清，而行健卻完成了這一工作。他這部美學論著宣告了藝術革命的終結，批評了二十世紀觀念替代審美、思辨替代藝術的病態格局，擊中了當代世界藝術根本性的弊端，呼籲藝術回到經驗、回到起點、回到傳統繪畫的二度平面、回到審美趣味上來，在藝術的極限內和設定的界線中去發掘新的可能。

行健在法國海濱寫作這部書時，有時也禁不住內心的興奮。他在電話中說，前衛藝術到了盡頭，再也玩不下去了。藝術家不是從零開始的創世主，不能再把尼采當作精神偶像，藝術家得還原為脆弱的個人，而藝術家一旦從造物主的幻覺回到個人，才更真實，更像人，也活得更充分，更為實在。藝術家只有在他內心的世界裏才是自由的，在現實中往往是脆弱的。梵谷在現實中也拯救不了自己，才被現實弄得發瘋。

《另一種美學》尚未問世，高行健已獲得諾貝爾文學獎。按照諾貝爾獎的規則，他發表了獲獎演説辭

《文學的理由》。儘管寫作時已被巨大的榮譽所籠罩，而且是站在歷史的崇高講壇上，但此文的表述仍然是冷靜的。有人說，演說太政治化了，這完全是一種誤讀，高行健所選擇的立場恰恰是徹底的文學立場。他所闡釋的文學的理由，是古往今來文學存在的理由，即人何以需要文學的理由，也是在當今世界向物質利慾傾斜時保持文學尊嚴的理由。二十世紀，文學一直面臨政治與市場的雙重壓迫，這種壓迫導致世界性的精神萎縮與人文頹敗，在此歷史情境中，作家要獲得主體自由是否可能？文學能否保持自身的尊嚴？高行健對此作出了積極的回答，認定這是可能的。因為自由不是向政治權力祈求恩賜，也不是買來的，它完全取決於自身：「說佛在你心中，不如說自由在你心中。」儘管商業的潮流難以抗拒，但個人可以在「此時此刻」爭得自由的瞬間充分表述，而人的驕傲就在這種自由表述中。高行健的這種哲學態度，不盲目樂觀製造幻想，也不悲觀絕望，更不頹廢，他悟到的作家的自由之路，是多種困境的一條最有效、最積極的道路。

二零零一年三月十一日

第四輯　散篇

（寫於二零零零——二零零三年）

新世紀瑞典文學院的第一篇傑作

高行健的作品是傑作。瑞典文學院作出抉擇，把諾貝爾文學獎授予高行健，這一行為本身，也是一大傑作，而且是新世紀新千禧年的第一篇傑作。這是因為，瑞典文學院在今天利慾橫行的世界裏，它通過自己的選擇，旗幟鮮明地支持自由寫作、自由表達的權利，表彰了最具文學立場、最具文學信念的作家，有力地肯定了人性的尊嚴與文學的尊嚴。

我對高行健一直評價很高，認為他是一個全方位取得卓越成就的作家與藝術家。他對文學的酷愛，他對藝術的敏鋭感覺，他對自由的執着追求，他為了贏得自由寫作的權利而不斷地從「主義」和「集團」中逃亡，他數十年在文學藝術中的沉浸狀態與孤島狀態，都是異常動人的。以往我與朋友談起高行健時，總愛説一句話：這是一個「最最文學狀態」的人。他寫作只為了自救，決不迎合時勢，也決不迎合讀者，他和我説得最多的一句話是：「退出市場。」他説到做到，身體力行。在《靈山》每年只賣出幾十本的情況下，仍然堅持自己的文學信念，不怕孤獨與寂寞，寫出了《一個人的聖經》。這部新長篇的寫法與《靈山》完全不同，但仍然極為冷靜，接觸到的雖然是現實的根本，但沒有任何煽情與矯情。他所寫的是刻骨銘心的苦難，但它沒有譴責與控訴，只有平靜的觀照與詩意的表達。

二十世紀與二十一世紀之交，人間世界的經濟與科學技術高度發展，人慾橫流，物質主義氾濫，無論是官方還是民間，都被急切的功利所驅使，許多作家也被捲入市場的潮流之中，遺忘了一個作家和詩人原初的、寶貴的寫作目的與寫作狀態。在這種歷史潮流下，高行健執着的個人化的寫作立場與精神，就顯得特別寶貴；而瑞典文學院能發現這種精神及其相應的文學成就，真是獨具慧眼。可以說，瑞典文學院這一選擇，包含着二十一世紀的未來信息，即優秀人類對新世紀的美好憧憬與期待。

這裏我要特別表示對瑞典卓越漢學家馬悦然教授的敬意，他正是一個無條件地維護作家尊嚴與作家自由寫作權利的學者與衛士。自一九八七年相逢至今，他給我最深刻的印象是他對中國文學具有宗教般的虔誠與摯愛，這種宗教情懷燃燒了整整半個世紀。他從青年時代到中國考察方言開始，數十年如一日地沉浸於中國語言學與中國文學的研究、翻譯之中，他不僅翻譯了從魯迅、沈從文、艾青到李鋭、北島等一千多種現代和當代詩歌、小說，而且翻譯《水滸傳》與《西遊記》這兩部中國古典文學鉅著，可謂嘔心瀝血。一九九二年至九三年，我在瑞典斯德哥爾摩大學擔任客座教授時，他正全神貫注於《西遊記》的翻譯之中。每譯完一章，他都會高興得像小孩一樣地告訴我：又譯完了一章了。他每次相告時，總是對我提起在那一章有些甚麼古怪的詞彙或名稱折磨過他，但說到孫悟空在空中撒一把尿化作一場大雨時則哈哈大笑起來。他是中國人的「女婿」，但他不僅把愛獻給中國女子陳寧祖大姐，而且把愛把生命獻給了中國的詩歌、小說與戲劇。他不像一些文學史作者，只會對人所共知的明星作家進行「英雄排座次」，而是進行辛勤的閱讀，以自己的眼光去發掘真正有文學質量的作家，高行健就完全是他在閱讀中發現的。從戲劇進入小說，他翻譯了高行健十八部劇作中的十四部，還翻譯了長篇小說《靈山》與《一個人的聖經》及許多短篇。他作為中國文學的摯友與知音，通過夜以繼日的工作，通過對高行健作品的翻譯，表達了他對漢語的深厚之情與對中國文學的無限傾心。高行健雖然懂得法文，但寫作全用漢語（只有幾部劇作用法文寫成），如果不是馬悦然和其他法文、英文譯者的勞動，他的作品就無法被瑞典文學院充分認識。

瑞典文學院經歷了一百年的世界性文學評獎活動，這是非常艱鉅的工作。在一百年的評選中，每年都有遺珠之憾，一個世紀中的卓越作家，絕對不只是他們評選出來的一百個。除了一般的「遺珠」，瑞典文學院還發生過遺漏托爾斯泰、卡夫卡、喬伊斯的失誤。然而，應當公正地說，瑞典文學院在評選中未曾出現過荒唐的事。那位被人們常作為例子來說明的瑞典文學院「錯誤」的賽珍珠，也許弱些，但畢竟也是傑出的作家。她的八十多部作品及其代表作《大地》等，其價值都是難以抹煞的。一百年來，獲獎的作家在政治傾向上有些屬於左翼，有的屬於右翼，但不管是流亡者索忍尼辛還是蘇共中央委員蕭洛霍夫，都是真正的文學家。文學水平、文學質量，始終是瑞典文學院的絕對原則，至於作家在現實層面選擇何種政治立場，那是作家的自由權利，他們絕不干預。

一九九八年瑞典文學院把獎項授予葡萄牙的左翼作家、持不同政見的薩拉馬戈，但葡萄牙政府得知獲獎消息後立即宣佈放下分歧，表示熱烈祝賀，並同自己的人民一起歡呼、歡慶「葡萄牙語的勝利」。他們知道，這個經受近百年考驗的、在全世界人民心目中擁有崇高威信的瑞典文學院，把文學獎授予葡萄牙的一個偉大兒子，這是葡萄牙文化的光榮。這種民族的自尊心，幾乎是一種本能，至少是原始情感。

高行健是個視野與情懷非常廣闊的作家。他的體驗在中國，寫的是中國，但他又不局限於中國。在中國題材之中蘊藏着對人類生存困境、人性困境的普遍關懷和對人的存在意義的大叩問，既激動中國人的心，也激動西方人的心。然而，他畢竟是一個用漢語寫作，即用我們的母親語言寫作的作家，他的作品浸滿中國的禪味和母語的韻味。因此，他的成功，是我們母親語言的一次勝利。一切具有中華民族情感的人，都會由衷地感到高興，並感謝瑞典文學院超越語言障礙的踏實工作。

瑞典文學院的諾貝爾文學獎與物理獎、化學獎、醫學獎、經濟獎、和平獎等，已和奧林匹克運動會一樣，成為人類共有文明的一部份。它在二十一世紀的第一年也是千禧年的頭一年，所寫的關於高行健這精彩的一筆，不僅令中國人感到由衷喜悅，而且也為人類的共有文明增添了光彩。在今後一百年人類社會即將展示的精神大網絡裏，這一筆將會愈來愈顯示出它的巨大的人性意義與人文意義。

原載於《明報月刊》二零零零年十一月號

獨立不移的文學中人

——在香港城市大學歡迎高行健演講會上的致辭

城市大學和《明報月刊》兩家主辦機構都要我介紹一下高行健。但是，要在十分鐘之內介紹清楚是很難的，這不僅因為高行健已名滿天下，而且還因為他的作品相當深奧，尤其是他的《生死界》、《對話與反詰》、《夜遊神》、《八月雪》等後期戲劇作品。美國的戲劇大師奧尼爾把現代戲劇傳統歸結為人與上帝、人與自然、人與社會以及人與他人等四種主題關係，而高行健卻創造了「人與自我」的第五種關係，並在戲劇與小說中精闢地表達了與沙特「他人即地獄」相對應的另一哲學命題：自我即地獄（參見高行健的《沒有主義》和萬之《〈高行健劇作選〉序》）。他是一個對尼采「自我上帝」和二十世紀藝術革命（以思辨代替審美）進行全面質疑，並全方位創造出人性圖像的國際級大作家。

高行健獲得諾貝爾文學獎之後不久，法國總統希拉克發表公告，宣佈親自提名授予高行健「國家榮譽騎士勳章」，並親筆寫信給高行健，説明這項決定是為了「感謝您這偉大的作家」，「感謝您一生追求自由不息，您傑出的成就與天才讓我們的國家感到光榮」。與此同時，愛格塔市、愛克斯市、聖愛爾布蘭市、阿維農市等四個城市宣佈授予高行健「榮譽市民」稱號和城徽，而戲劇家、藝術家工會則集會向高行健致敬。法國是個文化榮譽感極強的國家，他們的「先賢祠」、雪茲神父墓地、蒙特滿翠墓地，都以最高的敬意銘刻着法國偉大思想家與文學藝術家的名字。記得先賢祠上還寫着「祖國感謝你們」，法國的確對那些為法國和為人類創造過精神業績的天才充滿感激，他們知道，正是這些天才代表着法蘭西的驕傲和鑄造了法蘭西不朽的靈魂的天空。現在，正當整個世界向着物質傾斜的時候，法國更是充分發現高行健的意義；因此，它又以謙卑的態度，感激高行健以中國文學豐富了法國文學。今天，我們在這裏歡迎高行健，也反映了我們的祖國的感激之情。我相信，我們的文化意義上與情感意義上的祖國，我們的方塊字意義與黃土地意義的祖國，永遠會感激高行健這個出生於江西贛州的赤子，感謝他為祖國結結實實地創造了一座文學藝術豐碑，並且為祖國贏得一個時間、空間和任何力量都抹殺不了的巨大榮譽。二零零零年諾貝爾文學獎雖然發給高行健，但首先是發給方塊字與漢語的。高行健用自己的天才證明：我們的象形文字並未衰竭，我們的母親語言雖然古老但充滿年輕的活力，它可以寫出這個星球上最漂亮的小說、戲劇和理論文章，可以打破滄海之隔與國界之隔而走進世界上不同民族、不同生命個體的情感深處。

二十年前，我就認識高行健。認識之後，就一直欽佩。他給我留下三個特別的印象：第一，很有思想，而且思想非常透徹。他藉助「禪」直指人心，直指人性，直指「自我」，從小說、戲劇、藝術理論各個角度對自我進行質疑和冷觀，以及確認人的弱點的合理性和確認「此時此刻」的有效性等思想，都給我很大的啟發；第二，他的學問很廣博，胸中有一個精神十字架，縱向的兩極是中國的「古」與「今」，橫向的是世界的「東」和「西」，而且東西南北的文化氣脈完全被他打通，他深刻的懷疑主義，他的兩部長篇和《八月雪》等戲劇，顯然給西方文學藝術界注入一股清風；第三，他總是處在一種典型的文學狀態之中。最近我在明報出版社出版的《論高行健狀態》一書，論證的就是文學狀態。甚麼是文學狀態，有些作家並不明確，但高行健很明確，這就是獨往獨來、獨思獨想的狀態，就是非功利、非功名、非世故的狀態，就是逃離政治糾葛、逃離市場擺佈，面壁十年、數十年的個體精神沉浸狀態。二十世紀的卡夫卡、喬伊斯、卡繆、福克納、普魯斯特等就屬於這種狀態。處於這種狀態的高行健，對貧窮沒有感覺，對花花世界沒有感覺，對權勢地位沒有感覺，但對大自然、對音樂、對語言、對人間苦難的感覺卻極為敏銳，折磨他的只有文學藝術問題而沒有其他世俗問題。

這種狀態使他到了海外之後精神家園不斷擴大，也使他不斷地向內心深處挺進。他的代表作《靈山》正是一部內心的《西遊記》，表面上寫的是江湖上的身遊，實際上是尋找精神彼岸的神遊。他的另一部代表作《一個人的聖經》，觸及的是現實的根本，是文化大革命這場最殘酷的政治鬥爭，但他卻沒有控訴、譴責與痛心疾首的亢奮。冷靜表述的，是東方人與西方人的生存焦慮，是內心最隱秘的屈辱、羞恥、驚慌、迷惘與絕望，是物理空間、心理空間、潛意識空間的全面變形變態，從而使小說在表現現實的力度與揭示人性的深度上都達到世界文學的巔峰水平。而他的戲劇的內在圖像與形而上氣息（禪意），則是世界戲劇史上罕見的。即使是他的繪畫，也是他的心像。他用心睹物，並非用眼觀物。除了可視，我們還可以聽到畫中心脈的顫動。

我以研究中國文學為職業，努力跟蹤當代文學的足跡，但很少見到別的作家像他具有這樣強的小說藝術意識和戲劇藝術意識。一百年前梁啟超提倡新小說的時候，把新小說提升到造成新國民、新社會、新國家的救世工具和歷史槓桿的地位，卻只有小說觀念而沒有小說藝術意識。當代中國小說家太浮躁，也少有充分的藝術意識。高行健真正把小說和戲劇視為兩門藝術，因此他下功夫探索漢語的表述魅力，不遷就任何習慣性的寫法和閱讀心理，創造出以「人稱替代人物」的新小說文體和「演員——中間狀態——角色」的戲劇文體及「表演三重性」和「中性演員」的戲劇表演體系。他把自己的創作命名為「冷文學」，無論在小說中還是在戲劇中都有一雙中性的抑制自我迷戀或自我膨脹的眼睛。冷靜，的確是高行健創作的總特色。然而，冷靜，並不是冷漠，也不僅是一種寧靜的、自甘寂寞的態度，而且是一種大觀照的審美方式，一種把酒神精神壓縮在心底而讓日神精神凝聚於筆端的自我滿足的境界。冷靜所表明的是一種不受時代潮流所左右的人性尊嚴與文學尊嚴，是懸擱浪漫情緒、浮躁情緒、控訴情緒和抒情筆調的藝術大自在風度。這是雪的火炬與夜宇宙的光明，這種熱而不熱、愛而不愛、怒而不怒，把人間的大關懷化入藝術的冷文學，是高行健對整個人類文學藝術的卓越貢獻。

高行健今年六十歲，他的人生歷史是由一個一個的方塊字和某些法蘭西文字構成的，而不是行為構成的。他是一個文學中人，而不是文壇中人。換句話說，他是一個心性極端瀟灑自由卻幾乎沒有行動能力的人。他的人生行為只有兩項，一是捲入文化大革命，二是逃亡。前一個行為是一次大磨難，這次磨難使他經歷了一次但丁式的地獄之行，也使他如在太上老君的煉丹爐中磨煉了整整十年；後一個行為則使他從煉丹爐中跳出來。磨難使他獲得深度與刻骨銘心的洞察力，從大熱爐中走出來之後，又使他獲得大冷靜與思想的韌性。不管是磨難還是成就，都不會改變他的淳樸的平常之心，也不會改變他的以寫作為主題的生存方式。總之，高行健的歷史不是行為的歷史，而是文字創造的歷史。因此，要了解高行健，只能去讀他那些精彩的文字，這些文字正在新世紀中並在世界的範圍裏創造着他的千百萬讀者，讓我們也成為他的一個好讀者。

原載於《明報月刊》二零零一年三月號

最具活力的靈魂

——《靈山》（香港版）序

一

高行健獲得諾貝爾文學獎，這是漢語寫作的勝利，是中國現代文學的破天荒的大事件。所有真誠熱愛中國文學的人都會感到高興。作為高行健的摯友，我當然更是特別高興。

高行健的得獎，我並不感到意外，而且也知道，他所以得獎，絕非政治原因。了解行健的人，都知道這個慢吞吞、捲着煙絲過日子的人，內心豐富得讓人難以置信。二十年來，每次與他促膝談心，聽他説話，都如聞「天樂」，都使我感到面前坐着的是最有活力的靈魂。他的文學著作與戲劇論，從《現代小説技巧初探》（一九八一）、《對一種現代戲劇的追求》（一九八八）到《沒有主義》（一九九五），講的全是新話。而他的創作，從長篇小説《靈山》、《一個人的聖經》到《絕對信號》、《車站》、《冥城》、《山海經傳》、《八月雪》等十八部劇作，每一部都充滿新意。如果認真地讀完他的全部作品，就會感到這些作品的作者，是一個真正自由的人，一個渾身燃燒着熱血但筆端卻極為冷靜的人，一個高舉個性旗幟卻拒絕尼采式的個人主義的人，一個勇於質疑社會卻更勇於質疑自我的人，一個不斷創新卻又最守漢語法度的人。我早就發覺，在他身上，有一種區別其他作家的東西，有着一種最積極、最正直的心靈狀態——以審美的心靈覆蓋一切的狀態。

他選擇逃亡之路，也並不是政治原因，而是美學原因。在中國當代作家中，他的「退回個人化立場」的意識覺醒得最早也最強烈。他認為，作家必須「退回到他自己的角色」中，而要完成這種退回，就必須逃亡，從「主義」中逃亡，從「市場」中逃亡，從「集團」中逃亡，從政治陰影中逃亡，從他人的窒息中逃亡。逃亡到社會的邊緣，當「一個局外人，一個觀察家，用一雙冷眼加以觀照」。「不順應潮流，不追求時髦。只自成主張，自有形式，自以為是，逕自找尋一種人類感知的表述方式」。這種充分個人化的立場，使高行健拒絕另外兩種角色：「人民的代言人」與「社會的良心」。

拒絕成為社會的良心，不是沒有良心，而是強調個人的良心，強調中性的眼睛注視自我和用作家自己的良知寫自己的作品。因為拒絕上述兩種角色，所以他發出的聲音，更是充分個人化的聲音。馬悅然說高行健的創作每一部都是好作品，最重要的秘訣就在於他站在充分個人化的立場上發出真正屬於自己的聲音，包括那些對自己的人民熱切關懷的聲音。

二

充分的個人化立場使高行健的創作超越種種蒼白的概念、觀念與模式，而讓自己的寫作充滿實驗性與原創性。他是中國當代實驗戲劇的首創者。有些評論者以為，他模仿西方現代戲劇，其實不然。他的試驗戲劇恰恰發端於中國傳統戲曲和更為原始的民間戲劇。他將唱念做打和民間說唱的敍述手段引入話劇之中，又吸收了西方當代戲劇的一些觀念與方法，創造出一種現代的東方戲劇。他的戲劇時間與空間的處理極為自由，常常將回憶、想像、意念同人物在現實生活中的活動都變成鮮明的舞台形象，並且力圖把語言變成舞台上的直觀，使之具有一種強烈的劇場性。國內外的一些評論稱他為「荒誕派」並不貼切，他其實是對戲劇源起的回歸，並非是反戲劇，這些試驗戲劇走的是一條與西方戲劇完全不同的新路。

這裏的關鍵，是寫作時要找到一種可以蘊含着巨大歷史內涵的現代詩意形式。高行健的辦法是進入現實又從現實走出來，然後對現實進行冷眼靜觀，靜觀時不是用現實人的眼光，而是用具有現代意識與哲學態度的現代人的眼光。有了這種眼光，就可引出一番對世界的新鮮感受和對普遍人性的深切認識。所以，我在去年給《一個人的聖經》所做的「跋」中，說這部小說洋溢着一個大時代的悲劇性詩意，並說高行健有種「化腐朽（齷齪現實）為神奇（詩意）」的本領，這種本領使他在上世紀最後一個年頭完成了一部里程碑式的鉅著。

高行健雖有天才的活力，但他所仰仗的還是堅韌的毅力。他從八歲開始，就每天寫一則日記，從外部日記寫到內心日記，一直寫到文化大革命時為止。文革開始後，為了避免危險，他燒掉幾十公斤的手稿，除了劇本、小說、論文、長詩的手稿外也燒掉日記的手稿。還有一些手稿則藏在他自己挖掘的地洞裏，上邊蓋上泥土，放上水缸。去年他寫作過於勞累，病危以至送入醫院搶救，但一出院便又進入寫作。《靈山》中有幾段散文詩式的表述，他寫了數十遍。他的成功，完全是五十年來一直沉浸於審美狀態與寫作狀態的結果，這種長期的沉浸，使他確立了一種高品質與高視野，這是任何庸俗評論者用政治語言解釋不了的品質與視野。

原載《明報》世紀副刊，二零零零年十月十六日

法蘭西的啟迪

高行健獲得諾貝爾文學獎之後，法國從上到下的熱烈反應很讓我感動。幾個月裏，他的長篇小說《靈山》和《一個人的聖經》每星期的銷售量高達一萬五千冊，政府各級首腦給他的信誠摯而富有詩意。總統希拉克親自提名授予他國家榮譽騎士勳章，並在通知的函件中表達了這樣的感情：「感謝您這偉大的作家，感謝您一生對自由追求不息，您傑出的成就與天才令我國感到榮耀。」與此同時，許多城市與大學紛紛授予他榮譽稱號，尤其難得的是法國第二大城市馬賽市也授予他榮譽市民的稱號。兼任參議院副議長的馬賽市市長多丹，在授勳儀式上熱情地對高行健說：「從此之後，馬賽就是你的城市。」

比馬賽市更早授予高行健城徽的阿維農市，花費一百萬法郎（折合約十三萬美元）為高行健舉辦大型繪畫回顧展，並提供該市最著名的展覽館——主教宮作為展出地點，而時間又選擇在國際戲劇節期間。阿維農市以每年夏天舉辦國際戲劇節而聞名全球，今年的戲劇節從七月上旬開始，參演與觀賞的人數預計六十萬。這次戲劇節除了上演《生死界》和《對話與反詰》兩部戲，還有高行健作品的一系列朗誦會，包括配樂朗讀，演出他接受諾貝爾文學獎的演說辭《文學的理由》。

法國最高級的劇院——法國喜劇院也決定二零零三年演出《週末四重奏》。這個劇院只演經典劇目，不演尚在人世的劇作家的戲，貝克特與惹奈的劇作也是在他們去世後才演出的。

在阿維農市主教宮的回顧大展中，高的新作《另一種美學》與畫作一起合璧出版（有三種文字的版本，已出意、法兩種）。這部新著對二十世紀以理念代替審美的藝術革命進行全面質疑，可說是對西方當代藝術主潮的一次真正挑戰，直接針對也在法國流行的時代病症。我曾猜想，高行健的東方境界水墨畫和他的挑戰性理論同時發出，一定會引起法國當代主流藝術評論的反感。可是，沒想到，法國《世界報》的首席藝術評論家菲利浦·達蘭（Philippe Dagen）寫出長篇評論，認為高行健的繪畫確實獨特，其藝術構思與藝術精神確實完整。菲利浦·達蘭是法國當代藝術的權威批評家，《世界報》又是法國最大的報紙，他們對高行健的藝術觀念與藝術實踐如此理解與支持，這固然是高行健的成功，但也說明，法國藝術評論的水準的確很高。

我在這裏陳述數字與事實，不是為高行健，也不是為法國，而是為我的祖國。我坦率地希望我的祖國能從法蘭西那裏得到啟迪：一個偉大的國家應當有高度的文化榮譽感，應當敬重每個生命個體精神價值創造的成就。文化是超越於政治的一種獨立存在，尊重這種存在一直是法國的偉大傳統。大啟蒙家伏爾泰曾為他的祖國擁有這種傳統而無比自豪。他在《論應該尊重文人》（《哲學通訊》第二十三封信）中說，英國有一優良傳統，「便是這個民族對所有天才的尊敬」，人們走到威斯敏斯特墓地，瞻仰的不是國王墓，而是這個民族為牛頓等偉人豎起的紀念碑，「以感謝他們對民族榮譽做出的貢獻」。但他又驕傲地說：「無論在英國，還是在世上任何其他國家，人們都找不到像在我們法國那樣重視藝術的機構。」高行健就生活在高度重視藝術的大傳統陽光下，因此，儘管他用漢語寫作，但法國覺得這位居住在他們土地上的文學巨子用中國文學豐富了法國文學，他們應為此而驕傲，他們衷心地珍惜這份光榮。

法國文化榮譽感所派生出來的另一種高貴的文化品質，給我更大的啟迪，這種品質就是對同行傑出者的衷心欽佩。用北京老百姓的語言來表述，就是：「你行，我就服了。」該服氣就服氣，服了就沒有嫉妒，沒有仇恨，沒有機心，沒有吹毛求疵，沒有玉中求瑕。政治傾向不同，成就估量不同，但沒有誹謗中傷，沒有卑劣的動機，沒有骯髒下流的語言，沒有企圖把諾貝爾文學獎「埋葬一萬次」的野心，沒有藉打擊卓越者以抬高自己的花招與謀略，所有評論文字都是乾淨的，所有評論者的人格都是光明的。

新文化運動的先鋒雜誌《新青年》一九一五年九月在上海創刊時的開卷文章是《近世文明與法蘭西民主》，嚮往的是遙遠的法蘭西文化。八十年後，高行健為中國新文化也為法國文化爭得巨大榮譽，他沒有辜負母親的語言，也沒有辜負法蘭西精神。

發表於《亞洲週刊》，二零零一年八月六日至八月十二日

面向歷史的訴說

十二月七日，高行健在瑞典皇家科學院發表題為《文學的理由》的獲獎演說。這篇漢語演說在發佈之前已譯成世界上各種主要文字，講話時又同步翻譯。因此，可以說，除了離文學與自由太遠的耳朵，全世界都在傾聽。

儘管我熟知高行健的文學思想與文學立場，但傾聽之後還是難以平靜。一個兄弟般的朋友，一個曾像小偷把稿子裝在罐中埋入地下的朋友，卻贏得一個最莊嚴的歷史瞬間，在一個舉世敬仰的講壇上向人類訴說心聲，這一故事本身，就蘊含着說不盡的意義。

雖然高行健完全知道，獲得最高的文學桂冠並不等於進入最高的文學境界，至高的境界永遠深藏於文學作品之中。但高行健知道，這是一個歷史性講壇，中國作家在一百年的漫長歲月中只得到一次在此說話的權利，必須鄭重地說。因此他的講話不選擇幽默的基調，而選擇論述的方式。雖是論述，卻處處跳動着他個人生命體驗與藝術體驗的內在脈搏，從而表現為「個人面向歷史訴說」的散文特點。所謂「文學的理由」，最根本的理由在於，「當歷史那巨大的規律不由分說施加於人之時，人也得留下自己的聲音」，「人類的歷史如果只由那不可知的規律左右，盲目的潮流來來去去，而聽不到個人的聲音，不免令人悲哀」。人類之所以還需要文學，正是在歷史潮流的撞擊中「可以保留一點人的驕傲」。經受不幸與屈辱所打擊的民族與個人，尤其能了解這點驕傲的價值。

高行健通篇講話討論的正是在當今歷史場合下，實現人的尊嚴與文學的尊嚴是否可能，即保持一點人的驕傲是否可能。從二十世紀的歷史中，可以非常明白地看出，文學承受着雙重的壓迫：政治的壓迫與市場的壓迫。在雙重壓迫下的作家要獲得主體自由是否可能呢？高行健的回答是可能的。他告訴我們：能否取得自由，完全取決於自身。自由不是向政治權力祈求恩賜，也不是買來的，它取決於作家的生命狀態與心靈狀態。「說佛在你心中，不如說自由在你心中。」高行健的作品也正是這樣暗示：任何專制權力都是建立在人性的弱點之上，人心的黑暗導致政治的黑暗，政治的黑暗又製造人心的黑暗，兩者互為因果。文學藝術與專制權力相反，它恰恰以人性的光明燭照人心的黑暗，從而使人的尊嚴和自身的尊嚴成為可能。

有些朋友曾說，還是要下海賺錢才可能安心寫作，但是高行健不這麼想。正如他正是在文學做不得的專制年代才充分認識到文學的必要一樣，也正是在流亡海外、過着貧窮生活的時候才充分地守住文學的尊嚴。即使在「囊無一錢守」的日子，他也決不去迎合市場與讀者。「文學並非暢銷書與排行榜」，他從不生活在暢銷與明星效應的幻相之中，人的驕傲與寫作的驕傲正是在文學與市場拉開距離之後。

實現文學的尊嚴，除了作家自身的心靈狀態之外，還有一條同樣重要的東西，這就是寫作的真實、真誠原則。高行健在講演中說：「真實是文學顛撲不破的最基本的品質。」又說：「對作家來說，真實與否，不僅是個創作方法的問題，同寫作態度也密切相關。筆下是否真實同時也意味着是否真誠，在這裏，真實不僅僅是文學判斷，也同時具有倫理的涵義。作家並不承擔道德教化的使命，所以他們將大千世界各色人等悉盡展示，同時也將自我袒露無餘，連人的內心的隱秘也如此呈現，對於作家來說，幾乎等同於倫理，而且是文學至高無上的倫理。」這是高行健在諾貝爾崇高論壇上揭示的文學真理，也是人的尊嚴、人的驕傲成為可能最為關鍵的所在。在謊言佈滿地球的今天，這一表述顯得特別精彩。而從文學理論上說，高行健在這裏把一個人們思考得很久但沒有想清的問題，即真與善的關係問題說得格外透徹。點破了這一真理，我們才可能理解喬伊斯、勞倫斯、納博科夫的文學價值，也才可能理解《紅樓夢》、《金瓶梅》的文學價值。

高行健的演講發表後，香港一些報道未能把握演說的整體風貌與視野，只是按照新聞效應的需要作片面的政治閱讀，從而把演講內容狹隘化了。實際上，高行健關於文學理由的表述，完全是面向歷史說話，也完全是面向整個人類社會在二十世紀的精神教訓說話，它不僅對東方訴說，也對西方訴說，它批評的是整個專制，而不是某個黨派。儘管高行健再三強調文學只是個人的聲音，但在此次講話中，他卻履行了知識分子的歷史責任。他的講話增加了我的信心：實現人的尊嚴與文學的尊嚴是可能的，文學的理由正是人的驕傲不會在利慾氾濫中沉淪的理由。文學只會以人性的光明燭照黑暗，而不會被黑暗所吞沒。

寫於二零零零年十二月十二日，發表於《亞洲週刊》

高行健的第二次逃亡

一個純樸的、與世無爭的筆墨赤子，卻必須帶着最沉重的桂冠周遊世界，這是異常辛苦的。難怪他一再説：這不是我的正常狀態。高行健即將來香港接受中文大學授予的「榮譽博士」稱號，這可能是他的「光榮旅程」的句號。至於十二月份他到瑞典參加慶祝諾貝爾獎設立一百週年紀念活動並將發表長篇演説，那是新的崇高的工作。他感到獲獎的意義就在於能在一個億萬人願意傾聽的歷史講壇上，發出自由而真實的聲音，純屬個人的又可與人類心靈交匯的聲音。

儘管他到處奔走，但我們總是能在電話裏好好説一些話，最讓我感到奇怪的是，繁忙並沒有使他的思想疲憊。「要走出老問題」，「要尋找新的地點」，他總是這樣激勵自己，其實也是激勵我。每次談完話，我就覺得，這世界已沒有甚麼力量可以阻擋他了，包括巨大的榮譽。至於那些刻意的貶抑、攻擊和中傷，更不能進入他的聽覺與視覺。他知道不遭嫉妒是不可能的，而且也確實沒有時間理睬那些無價值的喧嘩。我更知道，諾貝爾文學獎倘若授予一個外星人，人們不會有意見，而授予高行健，則會沖淡他們的「光輝」。瑞典文學院去年在地球北角發出的那一道光，照亮了高行健的名字，也照出了許多陰暗的世相與心思。

無論是讀行健的作品，還是和行健聊天，我都感受到一股語言的清風。我不是一個赤手空拳的人，著作的數量比行健還多，但我覺得自己不如行健。今年二月到新加坡時，有記者問：「你和高行健有甚麼不同？」我說：「我會寫論文、散文，這些高行健都會，可是高行健會創作出那麼精彩的小說、戲劇、繪畫，還會導演，我卻不會。」這是真的。但我們有一個共同點，就是喜歡作靈魂的旅行。我們都把靈魂的大門打開了，打開給讀者看。我們不去迎合讀者，但給予讀者最高的尊重，這就是獻給讀者以真誠和真實，絕不欺騙讀者。不錯，至善至美就在至真之中。和行健談話，總覺得他在遙遠的塞納河畔和地中海邊的靈魂是敞開着的，既不媚俗，也不媚雅，既不媚東方，也不媚西方，全是魂魄的真實。讀他的《靈山》，可以聽到他的靈魂之旅的足音，所以我說它是「內心《西遊記》」；讀他的《一個人的聖經》，則可聽到他的靈魂斷裂的呻吟與叩問，所以我說它是「時代《黑暗傳》」。高行健比許多文采斐然的作家還強出一點的，正是在他的文采背後，還有一個靈魂的維度，一個經得起分析和闡釋的精神單位。

一個充滿靈魂活力的人，是不能生活在世俗世界的榮耀之中的。所以九月下旬他到台灣舉辦畫展前夕，特別告訴我，他將作第二次逃亡，此次逃亡是從公眾形象的光環中逃亡，從鮮花、獎品與桂冠的覆蓋中逃亡。這是我意料之中的，高行健的本性、根性是不會改的，沒有甚麼力量可以改變它。只有在文學藝術中，他才感到自己是真實的存在，才得「大自在」。他深知作家的失敗，就在於內心力量不足以抵禦外部力量的壓迫和誘惑。正像第一次逃亡一樣，逃亡不是革命，而是自救，不是退卻，而是守衛與前進。他在第二次逃亡中將守住生命中的那點幽光，那點使他的天才源源不絕地轉化為小說、戲劇和繪畫的幽光，那點幫助他感受外部世界和推動他向內心世界不斷挺進的幽光，那點支持他面對荒誕世界仍像唐吉訶德頑強進取的幽光。這點幽光，是他上下求索之後而找到的「靈山」，他必須守護它，並讓它在巔峰上放出更奪目的山光與山色。

原載《明報月刊》二零零一年十一月號

經典的命運[1]

下筆寫作「後記」的時候，浮上腦際的名字首先不是高行健，而是卡夫卡、喬伊斯、巴斯特納克。卡夫卡死於一九二四年，他臨終前委託朋友燒掉他的稿子，但這位朋友背叛他的囑託，因此我們才能讀到卡夫卡的經典作品。他生前只是一個小職員，沒有人認識他的天才，默默寫，也準備默默死，伴隨他的，只有被稱為「寂寞」的無形怪物。喬伊斯比卡夫卡命運好一些，但也幾度潦倒得幾乎寫不下去。一九二二年《尤里西斯》首度在巴黎莎士比亞書屋出版後就遭麻煩，兩度進過法庭。美國郵政當局曾查禁刊有該書片斷的雜誌，英國則查扣、焚燬了倫敦出版印行的《尤里西斯》。直到一九三三年，美國地方法院法官約翰．吳爾塞才判定此書的發行符合美國法律。三年後，英國才首次公開出版。至於巴斯特納克，他的經典作品《齊瓦哥醫生》，在故國根本無法出版。一九五七年首度以意大利文問世，一九五八年才有英文譯本。一九五九年獲得諾貝爾文學獎後，為了能在故土存活下去，宣佈放棄獎金，次年則憂鬱而死。

比起上述經典作家和他們的經典作品，高行健的命運好得多，但是，他的代表作《靈山》與《一個人的聖經》，也只有台灣的聯經出版公司能夠容納，而《靈山》出版後每年只能賣出幾十本。他的全

1　此文係二零零零年香港明報出版社出版的《論高行健狀態》一書的「後記」。

部著作，十幾年來一直被故國禁止出版，獲得諾貝爾文學獎後仍然禁止出版。更使我驚訝的是，《香港文學》雜誌曾約我寫一篇關於高行健的文章，我應約寫就後，責任編輯通知我，說有關的頭頭「不敢表態」，無法刊登。處於「一國兩制」時期的香港刊物，竟然和大陸的權勢者一起拒絕高行健，害怕這個異端會給自己招惹麻煩，這是怎麼回事?!一個文學刊物的刊格可以這樣卑微嗎？香港一個世紀言論自由的權利可以這樣輕易地扔掉嗎？這件事情使我對香港有了新的認識：那些出賣自由權利、把「兩制」變成「一制」的並不一定是來自政治強權，而首先是來自香港那一些見利忘義的「文藝工作者」和膽小的文藝商人。

幸而香港還有道義在，還有自由在，還有明白的頭腦與文學良心在。高行健獲獎消息公佈後，全香港的媒體幾乎一致歡呼，就是明證。本書《論高行健狀態》能在香港及時出版，全仰仗於明報出版社的潘耀明先生、林曼叔先生和彭潔明小姐。他們真的熱愛文學，真的為漢語寫作的勝利高興，在母親語言藝術贏得歷史性榮譽時，他們天然地高興，絕不會想到出版評論高行健的書會遭到「上頭」的譴責。香港還不至於這麼黑暗，大陸那些不明白的腦袋終究也會明白，而最重要的，是此時此刻應當為中國文學灑一滴汗水，在一個美好的歷史瞬間留一點光明的痕跡。

高行健此次獲獎，意義非常。往日無處可說時我就憋不住，老想說，現在許多報刊學校讓我說，自然就要痛快地說一回。一九八三年，我和妻子帶着五歲的小女兒去看《車站》，行健和林兆華等在門口。看完戲後，我對妻子說那個「沉默的人」就是高行健，他已離開那個總是等待着的集體意志，走自己的路了。「沉默的人」最後在戲場裏從低處走向高處，一直走出場外，這也預示着行健後來的命運。一九八九年我出國後，第一星期就在巴黎和行健見面，他告訴我，此後最要緊的是抹掉心靈的陰影，走出噩夢。十一年來，我一直記住這句話。一九九七年他到紐約辦畫展，特地到科羅拉多看我。三天三夜，他一步也沒有踏出房門，只是推心置腹地談個沒完。每次和他交談，我的視野就進一步打開，陰影就愈少。朋友之交，靈魂互相撞擊，彼此都好，但我總覺得他給予我的，比我給予他的更多。我的一些評論推介文字不過是吶喊助陣，真正走在歷史前沿的，還是他的才華與文字。不過，他知道我看了《車站》、讀了《冥城》、《山海經傳》後是怎樣高興，也知道我讀了《一個人的聖經》的清樣後在電話裏興奮得如何叫嚷。作家本該亢奮，但他偏偏格外冷靜；思想者本應冷靜，但我偏偏老是抑制不住內心的翻騰。這一個多月來，我大約不會比他平靜。

出了這本書，算是了卻一樁心願，以後高行健的研究者將會很多，也一定比我閱讀、探討得細緻，此書只能算是引玉之磚。

二零零零年十一月十一日於香港城市大學校園

第五輯　相關文章、資料（寫於一九九八——二零零四年）

為方塊字鞠躬盡瘁的文學大師[1]

——在香港城市大學歡迎馬悅然教授演講會上的致辭

現在坐在我們面前的尊貴客人馬悦然教授，是大家所熟悉的，用不着多介紹。大家都知道，他是譽滿全球的瑞典學院院士，諾貝爾文學獎的資深評審委員，從東方到西方的學界公認的成就卓著的漢學家。二零零零年中國破天荒獲得諾貝爾文學獎，其得主高行健的百分之九十五著作，其中包括代表作長篇小說《靈山》、《一個人的聖經》、全部短篇小說和十八部戲劇中的十四部，都是由他翻譯成瑞典文的。從去年十月到現在，全世界的華人經歷了一次文學節日的巨大喜悦。在喜悦中，我們都以崇高的敬意注視着馬悦然的名字，哪怕是誣衊性的攻擊文字，也無法遮住我們的衷心尊敬的目光。

一九九二年，我被邀請到瑞典斯德哥爾摩大學東亞系擔任教職，在歡迎會上，斯大校長英格．永森教授（Inge Jonsson）宣佈設立「馬悦然中國文學研究客座教授」的學術稱號，表彰馬悦然對中國文學研究的特殊貢獻，並宣佈我是第一位擔任「馬悦然中國文學研究客座教授」的學者。我為自己的名字能與馬悦然的名字連在一起而感到光榮，但這不是因為馬悦然是個泰斗式的漢學家，更不是因為他擁有國際性文學評審的權力，而是因為他是一個很淳樸的人，是中國人民的最真摯朋友，是從古到今的中國文學

1 本文是作者在馬悦然教授的專題講座「諾貝爾獎與中文文學」上的歡迎辭。

最熱情、最積極、最無私的知音與傳播者，是一個從青年時代開始就把青春、汗水、心血、才華以至全部生命和情意貢獻給方塊字的詩人與學者，是一個用宗教般的情懷對待漢語與漢語語言藝術的文學批評家。從遠古神話中的倉頡創造方塊字以來，我們看到過一些漢學研究的傑出學者，但還沒有看到一個像馬悅然教授這樣的從中國古代文學到中國當代文學都懷有如此深情並出版了五十多部翻譯書籍的外國漢學家。他所體現出來的對於中國語言的深情，在我心目中，一直是一種文化奇蹟。

一九四六年，正當他二十二歲的時候，為了聽取高本漢先生的「中國先秦典籍」的講座，從烏普薩拉大學轉到斯德哥爾摩大學讀書，但是當時的斯德哥爾摩大學雖有高本漢卻沒有漢學系，因此，馬悅然在校園內一時找不到棲身之所。可是，為了走進中國語言文學，他不怕餐風宿露，兩個月裏就睡在市內的公園和公共汽車的長椅上，從這裏開始他獻身方塊字的艱難事業。兩年後，他又帶着「漢語音韻學」的課題，到我國四川省北部整整兩年，廣泛地搜集了重慶、成都、峨嵋山、樂山等地的方言資料，並完成了漢語研究的學位論文。就在四川，他與後來成為他妻子的陳寧祖女士相逢，此後，他對妻子的愛與對中國文學的愛一直燃燒了整整五十年。一九九六年陳寧祖去世之後，他每天都到妻子墓地上去緬懷沉思。馬悅然教授對中國文學的酷愛，也正是這樣一種沒有古今界線、沒有生死界線、沒有國家界線、佔據整個心靈的永恆情感。在五十多年中，他研究了從《穀梁傳》、《公羊傳》到《左傳》，從莊子、陶淵明、辛棄疾到聞一多、艾青等的中國文學，發表了二百多種關於中國文學的研究論著和文章。還翻譯了從荀子民歌到郭沫若、毛澤東、卞之琳、李銳、北島、楊煉、洛夫、瘂弦、商禽等的大量詩歌小說戲劇著作，譯作達七百種之多。其中包括《水滸傳》和《西遊記》這樣的巨大翻譯工程，也包括沈從文、高行健等現代作家代表作的翻譯工程和四卷本的《中國文學手冊》的翻譯和組織工程。為了譯好《西遊記》，他對這部長篇鉅著進行了多年研究，發表了論文《〈西遊記〉中疑問句結構的責任界線》。僅《西遊記》的頭二十五章，他就發現一共有一千零一十六個疑問句，十一個反疑問句。此外，這部小說中的詩詞就有七百五十首，把詩詞中特殊句式和千萬個陌生的、古怪的名詞概念準確而不失文采地翻譯出來，其高難度是《水滸傳》和其他現當代作品所沒有的。從一九九二年到一九九三年，我有幸目睹馬悅然教授一章一章地翻譯《西遊記》，多次親眼看到他為解決一個難點和完成一個章節而高興得像個天真的小孩。近兩年，他在翻譯《一個人的聖經》、《萬里無雲》（李銳）、《台灣詩選》（與奚密、向陽合編譯）的同時，又指導自己的學生翻譯我國最偉大的作品《紅樓夢》。

馬悅然教授就是這樣一個為方塊字而鞠躬盡瘁的文學大師，一個為方塊字的興旺而樂、為方塊字的困境而憂、把最深的情意獻給漢語即獻給我們的母親語言的偉大朋友。他和他的老師高本漢教授，是出現在斯堪地拉維亞半島的兩代漢學研究的豐碑。這一雙在北歐出現的春蠶，共同為東方黃土地上的方塊字吐了整整一個世紀的蠶絲，再現了讓世界的眼睛仰慕的中國語言文學織錦，為中國古典文學與當代文學在地球上的傳播作了不可磨滅的貢獻。我相信，良知尚在的中國人民與中國文化史冊，一定會銘記馬悅然教授和他的老師高本漢先生的名字和功勳。讓我們以最熱烈的掌聲，對馬悅然教授表示崇高的敬意。

百年諾貝爾文學獎和中國作家的缺席

一

《聯合文學》編輯部從台北打長途電話約請我談論諾貝爾文學獎的時候，我猶豫了一下，並要求讓我考慮兩天再作決定。兩天之後，電話鈴準時響起，我答應了。

我所以猶豫，是因為自己正處於非常寧靜和孤獨的讀書和寫作中。孤獨可以傾聽過去悠遠的聲音和今天深邃的聲音，在此心靈狀態中，我真不願意談論一個熱門題目，另一原因是我深知這一題目中有許多陷阱。記得法朗士說過，文學評論乃是靈魂的冒險，瑞典文學院從事的是國際性的、大規模的文學評議事業，自然是冒險。而我要對此論評進行評論，就更難避免風險。邱吉爾在一九五三年獲得諾貝爾獎後對瑞典文學院說：「我引以為榮，同時也承認有點懼怕。但願你們沒有出差錯，我感到你們和我雙方都冒着一定的風險。」（邱吉爾的獲獎演說，由邱吉爾夫人宣讀）果然，對於邱吉爾的獲獎，抨擊不斷，常有嘲諷之聲。中國作家葉靈鳳先生於一九六零年就在一篇文章中說：「一九五三年的文學獎金竟授給英國的邱吉爾，卻令人有點啼笑皆非了。」[1] 我並不同意葉靈鳳先生的意見，但如果此時我說瑞典文學院

1 《關於諾貝爾獎金》，見《讀書隨筆》二集，北京三聯書店。

選擇邱吉爾不僅沒有錯，而且表明評選的文學見解別開生面，一定會遭到一些同行的非議。談論這個題目更為尷尬的地方是，連已獲獎的作家本身，也有兩位拒絕領獎。一位是英國大劇作家蕭伯納，一位是法國存在主義哲學與文學的開山大師沙特。一九二五年蕭伯納在得知自己獲獎之後，寫了一張明信片給評選委員會，說他還不至於窮得等候這筆錢用，請他們改發給其他等着用的作家罷。但是，蕭伯納的發獎儀式照常舉行，只是他沒有出席。而一九六四年沙特的情況更糟，只好由瑞典院常任秘書安德森·奧斯特林發表公告宣佈「本屆頒獎儀式無法舉行」。沙特本人在這一年十月二十四日通過《世界報》發表聲明，說明他拒絕的最重要的原因是「不能接受無論是東方還是西方的高級文化機構授予的文化榮譽」。一旦接受就會被「機構化」，即被機構的性質所同化。更有意思是他不完全認同瑞典文學院的獲獎評語，這一評語說：「由於他那具有豐富的思想、自由的氣息以及對真理充滿探索精神的著作，已對我們的時代產生了深遠的影響。」這段評語寫得很不錯，但沙特卻在聲明中說：「瑞典文學院在給我授獎的理由中提到了自由，這是一個引起眾多解釋的詞語。在西方，人們理解的僅僅是一般的自由。而我所理解的卻是一種更為具體的自由，它在於有權力擁有不止一雙鞋，有權力吃飽飯。在我看來，接受該獎，這比謝絕它更危險。」[1]

冒險還來自另一方面，即一提起諾貝爾文學獎，就不能不涉及到對中國文學的評價。差兩年便是整整一百年的這一世界文學大獎，中國作家詩人為甚麼完全缺席？這不是一個容易說清的問題。一九六七年，瓜地馬拉的作家阿斯圖里亞斯在獲獎演說中稱讚瑞典文學院選擇的獲獎作家已組成一個影響人類精

1 「聲明」後收入沙特自傳性著作《詞語》，參見《詞語》中譯本第三一六—三一八頁，北京三聯書店。

神的家族，「這個家族就是高擎着光明火炬的諾貝爾家族」，「隨着時間年輪在一圈圈擴大，諾貝爾家族也將一代一代繁衍，最終把整個世界變成一個大家族。」這是一個準確的、美好的比喻。可是，站立在擁有數千年文化歷史土地上的中國作家，背後又是站立着十二億同胞兄弟的中國作家，卻沒有一個進入這個火炬大家庭。諾貝爾文學獎自從一九零一年設立以來，直至一九九八年，在九十八年中，共頒發九十一次，成為這一家族成員的共九十五名（一九一四、一九一八、一九三五、一九四零、一九四三年因兩次世界大戰無法評獎；一九零四、一九零七、一九六六、一九七四年同時頒獎給兩位作家）。這一火炬家族的作品本身就構成二十世紀世界文學史的一種框架或者說一大線索，可是，中國作家卻徘徊在大家庭的門外和這一文學史的框架之外，未能參與世紀性的火炬遊行與文學狂歡節，這是為甚麼？這是瑞典文學院的問題還是二十世紀中國文學自身的問題？或者是語言翻譯問題？還是批評尺度問題？這一切都涉及到對二十世紀中國文學的評價以及對許多著名作家詩人評價，這些問題都不是簡單回答得了的，試圖回答便要自尋煩惱，可是如果刻意迴避又不符合自己的本性，這種矛盾不能不使自己躊躇起來。

二

躊躇之後還決定寫，完全是因為我個人和瑞典的緣份與情誼，並由此也對瑞典文學院和「火炬家族」有所了解。這些了解是美好的，透明的，它有益於中國文學的自我認識。不把自己所了解和理解的說出來，似乎又顯得懶惰和缺少責任感，甚至可能有點矯情。寫吧，寫了又可以了結一筆債，讓此後的人生更加輕鬆。

我在一九九二年夏天，接受斯德哥爾摩大學東亞系主任羅多弼教授和他的老師馬悅然教授的邀請，前去擔任客席教授一年。此次邀請認真而充滿盛情，一到瑞典不久，東亞系就舉行歡迎Party，馬悅然夫婦和斯德哥爾摩大學校長英格．永森教授（Inge Jonsson）以及許多漢學家都前來參加。在會上，校長宣佈給我一個意想不到的職銜，叫做「馬悅然中國文學研究客座教授」。我知道，這是比一般客席教授更高的職稱，也是對馬悅然教授研究中國文學的崇高評價。這一職稱，使我的名字和馬悅然的名字連在一起，也加深了我們對中國當代文學的共同關懷。我在斯德哥爾摩大學東亞系每星期作一次文學講座，馬悅然和他的夫人陳寧祖非常謙虛，每個星期都來聽講。有他們兩位「菩薩」在場，我可不敢偷懶，於是，每個星期都認真備課，這倒逼我寫下不少文字。後來出版的論文集《放逐諸神》中的幾篇都是這一年的講稿改成的。陳寧祖大姐是系裏的中文講師，當時已得了癌症，開過幾次刀，但精神很好，還在系裏專門開設一門課程，講解我的散文《漂流手記》，並向香港天地圖書公司訂購了二十多本作為教材。她多次把學生的作業給我看，唸着作文裏天真的句子，然後朗朗大笑，笑聲真是感染人。

我和馬悅然夫婦第一次見面是在一九八七年，北京。中國作家協會設宴歡迎他們，我算是一半主人一半客人。我們一見如故，顧不得寒暄就談論中國文學。我暗暗吃驚的是馬悅然對中國文學竟熟悉得如數家珍，從古到今都熟悉。更使我驚訝的是，他對我提出的那些枯燥的文學理論也那麼熟悉。認真讀過我的書的人，很容易讓我感到親近。

這次見面後的第二年，即一九八八年秋天，我接到馬悅然教授和瑞典文學院的正式邀請函，邀請我參加十二月十日舉行的五項諾貝爾獎的頒獎儀式。馬悅然告訴我，這是瑞典文學院邀請的第一位中國作家，最好是穿中國服裝，不要穿西裝。我聽了很高興，因為我缺少的正是西裝，古古板板的漢裝則有好幾套。此次我所以沒有謙讓，是因為我覺得自己並非作家，而瑞典文學院請我也一定是把我當作一個中國文學的評論者和研究者，一個有資格參加推薦的學人。邀請其他作家容易有過敏的反應，而邀請我反而自然一些。不過，當時我曾想過，中國這麼一個大國家，倘若有人獲獎，還算光榮，而去看人家領獎，這有甚麼好玩的？不過，這個念頭，很快就消失，因為我愛瑞典這個國家，想到瑞典，就想起湯馬斯·曼的話：「南歐氣息意味着豐富的感官、積極進取的思想以及奔放的藝術熱情；而北歐則代表敏感的心靈、根深柢固的資產階級感情和親切溫馨的人性。」我應當去感受一下北歐的心靈與人性，而且也好奇：一個偏安地球北角的人口只有八百萬的國家，怎麼能夠如此洞察世界文化風雲，怎麼能如此緊密地跟蹤人類精英天才創造的步伐？怎麼能年年都作出那種令人驚嘆又令人爭論不休的判斷。應當去看看，去開開眼界。好奇心總是我的行為的驅動力。

諾貝爾（一八三三—一八九六）在逝世的前一年，即一八九五年十一月二十七日立下了遺囑，將他的全部財產，即當時的三千一百萬克朗（相等於現在的兩億三千萬美元）設立基金，用每年的利息授予一年來在物理、化學、醫學、文學、和平等五個方面對人類社會作出卓越貢獻的人。根據他的遺囑，瑞典政府立即建立諾貝爾基金會，並決定在每年十二月十日諾貝爾逝世紀念的這一天舉行頒獎儀式。被邀請的客人一般都提前幾天到達，我也提前了一個星期。在這幾天中，我參觀了斯德哥爾摩城，還特別踏雪去拜謁了諾貝爾墓地。幾位瑞典朋友都說，諾貝爾的墓地不好找，他的墓碑和普通人的墓碑一樣。幸而《人民日報》記者顧耀銘先生記得墓地所在，就帶我去尋找。諾貝爾雖然名播四海，墓地卻很小。他終生未婚，只和他的另外四位家人合葬在一片普通的公墓裏，墓碑上沒有一個字記載他的功勳。站在雪地裏，面對簡單得讓人難以置信的碑石，我心中升起了敬意。這位被稱為炸藥大王（發明八十五種火藥）

的科學家不簡單，他生前做着和平夢，死後還繼續着和平夢。他不僅具有科學天才，而且喜歡文學，常常誦讀着雪萊的詩，特別讚賞「人類皆兄弟」的句子。他大約不知道我國古聖人孔夫子也有「四海之內皆兄弟」的名言，也有兼容天下的大情懷與大境界，可見，全世界的人性是相通的，諾貝爾設立國際獎金，並非烏托邦。

發獎前還有一件最重要的事，是聽取獲獎者的演説。到了斯德哥爾摩，才知道諾貝爾物理獎與化學獎由皇家科學院評定，醫學和生物學獎由瑞典皇家卡洛琳學院評定。負責評定文學獎的瑞典文學院並沒有「皇家」二字掛在名稱上，但和王宮一起坐落在斯德哥爾摩的老城島上。文學院成立於一七八六年，是當時崇尚法國文化的國王古斯塔夫三世摹仿法蘭西學院的模式建立的。只設十八名終身制的院士，在院內的會議廳內，每個院士都有一把固定的交椅。一八九六年，文學院接受了評選諾貝爾文學獎的任務。三家研究院分別舉行獲獎演説，我自然是去聽取埃及獲獎作家馬哈福茲的演講，可惜這位「阿拉伯當代小説的旗手」因年邁未能親自到會，講稿由他人代讀，而幾天後的領獎則由他的兩個女兒代表。

十二月十日下午，斯德哥爾摩音樂廳裏在莊嚴肅穆的氛圍中奏起莫札特的《D大調進行曲》，頒獎儀式隆重開幕。主人客人全部穿上禮服，台下的前幾排是內閣首相和全部大臣及獲獎者的親屬，而台上的格局則特別有意思。主席台的中間是三個學院的全部評選委員，他們前面的左側是獲獎者，右側是國王、王后和王室主要成員。看到台上的結構，我就感覺到結構的象徵意蘊：在精神價值創造的領域裏，國王並不把自己放在中心地位上，被放在文化金字塔塔尖位置上的是評選委員們所代表的知識分子。國王的風度很好，臉上總是帶着微笑，他把獎品（一份寫着獲獎評語的證書，一枚帶有諾貝爾頭像和銘文的金質獎章和獎金）——授予獲獎者。馬哈福茲的兩個女兒領獎時激動而謙卑地站着，國王把獎品提到她們面前時誰都不敢先伸出手，姐妹倆大約事前沒有商量好，讓國王捧着獎品左右擺動了好幾回。頒獎完畢之後，便是國王的盛大宴會和會後的狂歡節。在賓客開始歡舞時，我走到大廳的陽台上，看到斯德哥爾摩滿城燈火輝煌，如同白晝，我意識到：一年一度的國際文化節就在這片人間的淨土上進行，人類精英的天才創造在這裏贏得了天地間最高的敬意。有這份隆重的敬意在，真的，善的，美的，應當不會沉淪。

參加了這次頒獎儀式之後，一種使命感開始在我心中覺醒：我應當履行一個中國文學研究者的責任，好好推薦祖國的幾位詩人與作家。不管是誰，不管他們是身處大陸還是身處台灣或香港，只要他們確實高擎着人類光明的火炬，而且具有不同凡響的創造業績，我都應當做他們的馬前卒，為他們搖旗吶喊。可是，沒有想到，從瑞典回國僅僅半年，天安門悲劇發生，我不得不漂流海外，也沒想到，漂流之後，我又再度來到瑞典，而且是整整一年。

在這一年裏，我除了把主要時間用在備課與研究上，還參加籌備「國家、社會、個人」國際學術討論會，並提交了《文學對國家的放逐》的論文。因為時間從容，我參觀了幾次瑞典文學院，觀賞了室內的大書庫。書籍層層疊疊，共有二十多萬種。我特別留心翻譯成英文或瑞典文的中國文學作品，但是找來找去，只有寥寥幾本。院樓內靜得出奇，每次到那裏只見到兩個人，一個是評選機構的秘書，一個是圖書管理員（據説還有一個只上半天班的工作人員）。經秘書的熱情介紹，我對瑞典文學院的結構和評選規則、程序有了個準確的了解。文學院共十八名院士，從院士中又選出五名組成諾貝爾文學獎委員會，審議世界各處提出的候選人的名單。這些名單是世界各地具有推薦資格的推薦人提出的，有的則是上一屆留下來的名字。按照諾貝爾文學獎章程的規定，下列四種人具有推薦資格：（1）歷屆諾貝爾文學獲獎者；（2）各國科學院院士或相當於院士資格的人；（3）各國高等學府中的語言和文學的正教授；（4）各國作家協會的主席和副主席（不包括理事、會員）；推薦必須提交正式推薦書並附推薦者的原著或譯本，由個人簽署，不接受團體的推薦，推薦書必須在每年的二月一日午夜前送達瑞典文學院，逾時則算作下一年度的推薦。（我是社會科學院研究員、文學所所長，也具有推薦資格，一九八六年我收到瑞典文學院六位院士共同簽署的邀請我推薦的函件。）候選人名單每年少則幾十名，多則兩百多名。委員會先對名單進行篩選，縮減到十五名，然後再繼續討論繼續篩選，到了五月底，便減縮到只剩下五名。從六月開始，院士們便進入暑期閱讀，審看最後五名候選人的作品，到了九月，假期結束，院士們便以書面形式報告自己選擇的人選及其理由。這之後，每星期四晚上進行討論、辯論、投票，直到人選中有一名候選人獲得九票以上。如果一直無人達到九票以上，可考慮頒給兩人或延期至下一年。我在斯德哥爾摩的時候，星期四晚上馬悅然的夫人陳寧祖大姐最有閒空，她總是邀我的妻子陳菲亞去逛商場，因為這個時候，馬悅然和他的同事們正在辯論得熱火朝天。

到了十月初，院士們進行無記名投票，最後執行主席揮動木槌在會議桌上重重地敲了一下，即決定誰是該年的獲獎者，一年一輪的工作才告結束，院士們也才鬆了一口氣。整個過程嚴格保密，不僅誰得諾貝爾獎不知道，即使進入前五名的名單和其他提名名單也保密得嚴嚴實實的。我在瑞典的這一年，後來贏得諾貝爾獎的日本作家大江健三郎，也到斯德哥爾摩大學東亞學院訪問講演，而馬悅然夫婦卻從未洩漏過他可能獲獎的任何信息。嘴嚴，這是瑞典評審院士們的共同特點。儘管新聞媒介千方百計想套出消息，但總是難以攻破。一九七六年之前負責評審的研究院與瑞典報刊有個默契，評審結果可在公佈前四十八小時通知他們，以讓他們作準備，但不得洩漏。但是，一九七六年卻有一家電台透露了文學獎得主乃是索爾．貝婁的消息，瑞典各家報刊自然像着了魔似地加以傳播。此事激怒了文學院，現在新聞界再也別想得到四十八小時的優先權了。不過新聞記者的本領往往是人們難以預料的。例如，有的記者竟然從瑞典文學院的書架上發現哪位作家的書籍全被借空而猜出獲獎對象，但也只是猜測而已。瑞典文學院和皇家科學院保密的嚴肅性，畢竟經受了整整一個世紀的考驗。

因為瑞典文學院的十八名院士擔負如此重要的工作，而且作業時又極為保密，我便產生一種好奇心，想看看他們。恰好我第二次到達瑞典的一九九二年，文學院吸收了女詩人卡特琳娜．弗羅斯特森（Katarina Frostersson）為院士。此時卡特琳娜年僅四十二歲，屬於「新鮮血液」。瑞典的朋友告訴我，她是個現代派詩人。接納這麼年輕的女性作家為院士，這在瑞典是件大事。因此，文學院公開舉行投票選舉儀式，並邀請國王、王后光臨。此外，他們還邀請大約兩百名的各界人士列席觀賞。我很榮幸，也被邀請出席參加儀式。會議廳燈火通明，廳堂正中間擺着長方形的古雅的會議桌，桌子兩旁擺着椅子，座位空着。國王、王后和客人們分別坐在桌子的兩側，中間空着一條小道，等着院士們從另一間房子走過來就座。時間到了，我發現正好輪到擔任執行主席的馬悅然走在前邊，接着就是卡特琳娜，後面是每一年都在決定誰是諾貝爾獎的院士們，一個跟着一個地從我們眼前走過，然後進入會議桌。按照規定的議程，主席馬悅然宣佈會議開始並宣讀了自己的學術論文（題目大概是《中國當代文學評述》的意思），然後是院士候選人卡特琳娜宣讀自己的論文。因為我聽不懂瑞典語，便趁着她宣讀論文的「大好時光」，仔細地、一個一個地看了看院士們。可以看出來，多數是些老年人，如果不算這位女新秀，平均年齡恐怕在七十歲左右。有兩三位特別老的，但沒有一個顯得疲憊。坐在我身邊的羅多弼教授小聲告訴我，這些院士有一半是教授學者，一半是作家詩人，但都懂得三、四個國家的文字。因為會場格外寧靜肅穆，我不敢出聲，否則，我要告訴羅教授：今晚我終於從從容容地欣賞了這些世界上最勤勞的文學鑒賞家，也從從容容地讀了這些讀書家的眼睛與臉額，毫無疑問，他們是無私而可信任的。道義傾向可能有，然而，即使有，也是向善的。例如授予俄國作家的五名有布寧（一九三三）、巴斯特納克（一九五八）、蕭洛霍夫（一九六五）、索忍尼辛（一九七零）、布羅斯基（一九八七），不必多加分析，就可明瞭，這五人雖有一個被蘇聯政府所認可的蕭洛霍夫，但其他四個人都是蘇聯政府的「異端」，三位流亡海外，一位拒絕流亡但也自我放逐於革命王國之外。瑞典文學院的院士們這種傾向後來被歷史證明，他們的選擇沒有錯。同樣，這些作家的卓越心靈所對立的革命大帝國確實有問題，它最終無法在人類社會光榮立足而瓦解了。在斯大林的黑暗極權之下，有的謳歌這一極權，有的批評這一極權，有的逃避這一極權，而瑞典的院士們既選擇了批評者索忍尼辛等，又選擇了確有成就的蕭洛霍夫，這種同情極權之異端的道義傾向似乎無隙可擊，不管怎麼說，文學批評家，尤其是像瑞典文學院這一大文學批評群體，其心靈之中蘊含起碼的人類良知是完全必要的。

院士們如何把握這種道義傾向，並非易事。我到瑞典時，才知道院士們為如何把握這一傾向的分寸而發生爭論以至三名院士辭職。辭職的原因是一九八九年印裔英國作家薩爾曼·魯西迪的《魔鬼詩篇》激怒了伊朗的宗教領袖柯梅尼。柯梅尼以魯西迪褻瀆《可蘭經》之罪對他下了追殺令，從而震動了全世界。為此，一向維護作家尊嚴與創作自由的瑞典作家紛紛表示抗議，有些人還建議瑞典文學院也發表抗議聲明。可以肯定，瑞典文學院的道義傾向是和魯西迪站在一邊的，但是，這種傾向要不要表現為直接對抗即以文學院的名義發表抗議聲明卻值得考慮，這就是個分寸問題。應當說，掌握這一分寸是頗費苦心的。為了這個問題，文學院內進行辯論，我們當然不知道討論辯論情況，但最後的結局是文學院以不干預政治為理由而拒絕發表抗議聲明，而另一個結局是三名院士在此時宣佈退出文學院。這三名院士是坐第十二把交椅的維爾納·阿斯彭斯特羅姆（Werner Aspenström）、坐第十四把交椅的拉什·干倫斯騰（Lars Gyllensten）和坐第十五把交椅的謝斯汀·艾克曼（Kerstin Ekman）。這三位院士雖然已經退出，但按終身制的規定只能等到他們去世之後才能補上新人，因此，一九八九年之後，文學院便空下三個席位。從這件事情中，我們可以看到，一個舉世矚目的文學評獎機構，它的工作是何等複雜艱難。文學畢竟不是存在於象牙塔之中，它處在複雜的社會政治環境中，當世界發生了影響人類命運的大事件時，要求瑞典文學院的院士們應當「心如古井」，只埋頭閱讀小說詩歌本文，似乎不大可能。因此，當瑞典文學院的評獎結果表現出某種正直的、必要的道義傾向時，便籠統地把它說成是「政治用意」，這顯然是不公平的。而像原蘇聯政府和蘇聯作家協會那樣，在巴斯特納克得獎後，群起而攻之，說瑞典文學院是帝國主義的政治工具，更是無稽之談。

三

在欣賞院士們的瞬間，我還想到，這些院士們畢竟是人，並沒有三頭六臂。他們真的能洞察時代風雲，跟蹤世界文學步伐，掌握着人類社會文學創作最新最美的脈搏嗎？諾貝爾文學獎是按照諾貝爾的遺願設立的，其發獎宗旨也是充分尊重諾貝爾的遺願的。按照諾貝爾的遺願，文學獎應贈給「文學家，他曾在文學園地裏，產生富有理想主義的最傑出的作品。」在遺囑的末尾，諾貝爾還表示：「我確切地希望，在決定各獎的得獎人時，不顧及得獎人的國籍；只有貢獻最大的人可獲得獎金，無論他（或她）是不是出生在斯堪地那維亞的國家裏。」

諾貝爾的遺願是非常美好的，然而，如何掌握理想主義則不容易。何謂理想主義？理想主義即理想原則的內涵中包含着多少道德原則，多少美學藝術原則？在掌握理想原則時是強調它的古典的、永恆性內容，還是強調它的現代性內容？這不是像學生在考卷上作出幾句理論答案就可以解決的，它需要文學院在評選中確定一些與人類理想、人類總體期待、總體希望相合拍的基本視角和標準。然而，即使選擇了最符合理想主義的批評視角，也難以避免批評的主觀性。視角、標準、審美判斷畢竟是人創造出來的，文學作品極為豐富複雜，人的視野、眼光、能力極為有限，並非三頭六臂的瑞典文學院院士們儘管辛苦勞作，功勞很大，但也不能不表現出很大的局限。趁此談論機會，我們不妨共同作次世紀性的文學之旅，然後看看諾貝爾文學獎的得失。

先看看諾貝爾文學獎獲得者的名單：

一九零一年　萊涅·蘇利—普魯東（法國）
一九零二年　狄奥多·蒙森（德國）
一九零三年　比昂斯騰·比昂松（挪威）
一九零四年　弗萊德里克·米斯特拉爾（法國）
　　　　　　何塞·德·埃切加萊·伊·埃伊薩吉雷（西班牙）
一九零五年　亨利克·顯克維支（波蘭）
一九零六年　吉奧修·卡爾杜齊（意大利）
一九零七年　約瑟夫·魯德亞德·吉卜林（英國）

一九零八年　魯道夫·克利斯托夫·奧肯（德國）
一九零九年　塞爾瑪·拉格洛芙（瑞典）
一九一零年　保爾·海才（德國）
一九一一年　莫里斯·梅特林克（比利時）
一九一二年　戈哈特·霍普特曼（德國）
一九一三年　拉賓德拉納斯·泰戈爾（印度）
一九一四年　（未頒獎）
一九一五年　羅曼·羅蘭（法國）
一九一六年　卡爾·古斯塔夫·魏爾納·馮·韓德斯坦（瑞典）
一九一七年　卡爾·阿道爾夫·吉勒魯普（丹麥）
　　　　　　亨瑞克·彭托皮丹（丹麥）
一九一八年　（未頒獎）
一九一九年　卡爾·斯比特勒（瑞士）
一九二零年　克努特·哈姆生（挪威）
一九二一年　阿那托爾·法朗士（法國）
一九二二年　哈辛托·貝納文特·伊（西班牙）
一九二三年　威廉·勃特勒·葉慈（愛爾蘭）
一九二四年　烏拉迪斯拉瓦·斯坦尼斯拉斯·萊蒙特（波蘭）
一九二五年　喬治·蕭伯納（英國）
一九二六年　格拉齊婭·黛麗達（意大利）
一九二七年　亨利·柏格森（法國）

一九二八年　西格里德・溫賽特（挪威）
一九二九年　湯瑪斯・曼（德國）
一九三零年　亨利・辛克萊・路易士（美國）
一九三一年　埃里克・阿克賽爾・卡爾費爾特（瑞典）
一九三二年　約翰・高爾斯華綏（英國）
一九三三年　伊凡・阿列克謝耶維奇・布寧（俄國）
一九三四年　路易吉・皮蘭德婁（意大利）
一九三五年　（未頒獎）
一九三六年　尤金・奧尼爾（美國）
一九三七年　羅傑・馬丁・杜・嘎爾（法國）
一九三八年　賽珍珠（美國）
一九三九年　弗蘭斯・埃米爾・西蘭巴（芬蘭）
一九四零年—四三年（未頒獎）
一九四四年　約翰尼斯・維爾內姆・顏森（丹麥）
一九四五年　加波列拉・米斯特拉爾（智利）
一九四六年　赫曼・赫塞（瑞士）
一九四七年　安德烈・紀德（法國）
一九四八年　托馬斯・史蒂恩斯・艾略特（英國）
一九四九年　威廉・福克納（美國）
一九五零年　伯特蘭・亞瑟・威廉・羅素（英國）
一九五一年　帕爾・法比安・拉格爾克維斯特（瑞典）

一九五二年　弗朗索瓦・莫里亞克（法國）
一九五三年　溫斯頓・羅納德・史本斯・邱吉爾（英國）
一九五四年　海明威（美國）
一九五五年　哈爾多爾・拉克斯內斯（冰島）
一九五六年　胡安・拉蒙・希梅內斯（西班牙）
一九五七年　阿爾伯特・卡繆（法國）
一九五八年　鮑里斯・列昂尼德維奇・巴斯特納克（蘇聯）
一九五九年　薩爾瓦多・卡薩姆多（意大利）
一九六零年　聖-瓊・佩斯（法國）
一九六一年　伊弗・安德里奇（南斯拉夫）
一九六二年　約翰・史坦貝克（美國）
一九六三年　喬治・塞費里斯（希臘）
一九六四年　讓・保羅・沙特（法國）
一九六五年　米哈依爾・亞歷山德洛維奇・蕭洛霍夫（蘇聯）
一九六六年　撒繆爾・約瑟夫・阿格農（以色列）
　　　　　　奈麗・萊歐涅・薩克斯（瑞典）
一九六七年　米格爾・安格爾・阿斯圖里亞斯（瓜地馬拉）
一九六八年　川端康成（日本）
一九六九年　薩繆爾・貝克特（愛爾蘭）
一九七零年　亞歷山大・伊薩耶維奇・索忍尼辛（蘇聯）
一九七一年　巴勃羅・聶魯達（智利）

一九七二年　海因利希·鮑爾（德國）
一九七三年　帕特里克·維克多·馬丁達爾·懷特（澳大利亞）
一九七四年　伊凡·奧洛夫·渥諾·強生（瑞典）
　　　　　　哈瑞·埃德蒙·馬丁松（瑞典）
一九七五年　尤金尼奧·蒙塔萊（意大利）
一九七六年　索爾·貝婁（美國）
一九七七年　維森特·阿萊克桑德雷·梅格（西班牙）
一九七八年　以撒·辛格（美國）
一九七九年　奧迪塞烏斯·埃利蒂斯（希臘）
一九八零年　切斯拉夫·米沃什（波蘭）
一九八一年　埃利亞斯·卡內提（英國）
一九八二年　加布里埃爾·加西亞·馬奎斯（哥倫比亞）
一九八三年　格拉爾德·威廉·高登（英國）
一九八四年　雅羅斯拉夫·塞費爾特（捷克斯洛伐克）
一九八五年　克勞德·西蒙（法國）
一九八六年　沃爾·索因卡（尼日利亞）
一九八七年　約瑟夫·亞歷山德洛維奇·布羅斯基（俄國—美國）
一九八八年　納吉布·馬富茲（埃及）
一九八九年　卡米洛·何塞·塞拉（西班牙）
一九九零年　奧克塔維奧·帕斯（墨西哥）
一九九一年　納丁·歌蒂瑪（南非）

一九九二年　德列克・瓦爾科特（特里尼達）
一九九三年　佟妮・莫里森（美國）
一九九四年　大江健三郎（日本）
一九九五年　席默斯・希尼（愛爾蘭）
一九九六年　維斯拉瓦・辛波絲卡（波蘭）
一九九七年　達利歐・弗（意大利）
一九九八年　霍塞・薩拉馬戈（葡萄牙）

按照這份名單，我們看看各國得獎狀況：

國籍	**人數**
法國	十二人
英國	八人
瑞典	七人
西班牙	五人
丹麥	三人
波蘭	三人
瑞士	二人
希臘	二人
澳大利亞	一人

國籍	**人數**
美國	九人（不包括擁有美國國籍的布羅斯基）
德國	七人
意大利	六人
俄國	五人（包括布羅斯基）
挪威	三人
愛爾蘭	三人
智利	二人
日本	二人
比利時	一人

印度	一人
芬蘭	一人
冰島	一人
南斯拉夫	一人
尼日利亞	一人
墨西哥	一人
特里尼達	一人
哥倫比亞	一人
瓜地馬拉	一人
以色列	一人
捷克	一人
埃及	一人
南非	一人
葡萄牙	一人

從以上數字我們可以知道，直至一九九八年為止，共有九十五人得過諾貝爾文學獎，而法國、美國、英國、德國、瑞典、意大利、西班牙、俄國等八個國家有五十九人，如果再加上丹麥、挪威、波蘭、愛爾蘭，則有七十一人。很明顯，諾貝爾文學家族重心在歐洲和美國，傾斜是明顯的。不過，我們也不能不承認，諾貝爾文學獎確實具有國際性，它的眼光在努力跨洋過海，伸向世界各地，甚至伸向尼日利亞、特里尼達等小國家。尤其是一九八二年授予馬奎斯和一九八六年授予W．索因卡（尼日利亞）之後，二十年來，諾貝爾文學家族增添了哥倫比亞、捷克、尼日利亞、埃及、墨西哥、南非、特里尼達、葡萄牙等八國國籍，這又表明，瑞典文學院正在朝着更加國際化的路向走，努力減少傾斜度。一九九二年我在瑞典時，得獎者是特里尼達的德列克．瓦爾科特，這是一大冷門。得知消息後我找了一下地圖，找了好久才找到加勒比海的聖露西亞島。那幾天，瑞典報紙告知人們，這位詩人兼劇作家在消息公佈時，正在美國波士頓，他已經起床，準備吃了早飯後坐飛機到佛吉尼亞去給佛大戲劇系的學生講課。他一人獨處，妻子在西印度群島老家，身邊清冷，當電話鈴響，瑞典文學院秘書通知的時候，他大吃一

驚，和許多人一樣感到意外。我被瑞典文學院邀請去聽他的獲獎演說，一進門，就拿到一份英文講稿，題目是：《安德列斯．關於史詩記憶的碎說》，講稿表明了這樣一種美學觀念：一隻完整無缺的花瓶縱使再美，也缺乏足夠的魅力，但如果將若干從歷史掩埋中挖掘的花瓶碎片加以細心併合，則那彌合的花瓶便具有欣賞不盡的藝術魅力。一尊精心雕製的塑像固然美，但清晨凝聚於那雕像上的清醇的露珠，當更具有搖人心旋的瑰彩。瓦爾科特的演講既有論文的思想魅力，又有散文的內在情韻與風采，確實很有才華。他的審美理想，也反映了瑞典文學院的部份審美趣味與審美標準：不求完整無缺，但求能匯集人類歷史的各種文化精華，凝合出一種清新而富有活力的個性。瓦爾科特這一講演的主旨和他的與此主旨相一致的作品內涵，正好和瑞典文學院八十年代之後尋找的方向十分合拍，完全符合他們的文化理想。所以他們在頒獎辭中這樣說明授獎與瓦爾科特的理由：「他的詩作具有巨大的光能和歷史的視野，這種歷史視野來自他對多種文化的介入。」末尾這句話：對多種文化的介入，正是瑞典文學院世紀末最後二十年的努力。所謂「國際化」，也就是各種文化的介入與融合。瓦爾科特得獎後，我的朋友陳邁平在一篇評論中對瑞典文學院這一路向說得十分中肯。他說：「近年來，瑞典文學院對所謂第三世界國家文學或者所謂邊緣文學的注重是有目共睹的，歐美作家已經愈來愈難問津諾貝爾文學獎了。文學院自然也非常關注『文化認同』問題，而且作品本身代表一種有效地解決問題的方法，那就是各種文化的介入與融合。一般瑞典人的性格都是寬容謙和的，他們不主張鬥爭的哲學，而是喜歡和平中立和互相忍讓。院士們也都如此，他們不想站在西方文化中心主義的立場來評價其他文化的作品，也並不主張各種文化之間互相對立、排斥和較量，而是主張互相聯繫、融合甚至介入。給瓦爾科特頒獎又一次證明，瑞典文學院是順應當今世界這一種『國際化』潮流的。因此，文學院一方面靠攏邊緣文學，另一方面也要求這些第三世界或邊緣文學不局限於民族的藩籬，要被翻譯成西方語言，以此形成不同文化之間的互通。」1

從近百年來的這份諾貝爾文學「火炬家族」的名單來看，我還覺得，二戰之後的評選比二戰之前評得更好。所以好，是他們確實選擇了一些世界公認的傑出作家，而這些作家作品的大思路，確實體現了人類之愛這一基本理想。一九四九年，福克納在獲獎的演說中說，一個作家，「充塞他的創作室空間的，應當僅只是人類心靈深處從遠古以來就存有的真實情感，這古老而至今遍在的心靈的真理就是：愛、榮譽、同情、尊嚴、憐憫之心和犧牲精神。如若沒有了這些永恆的真實與真理，任何故事都將無非朝露，瞬息即逝。」他還說：「人是不朽的，這並不是說在生物界惟有他才能留下不絕如縷的聲音，而是因為人有靈魂——那使人類能夠憐憫、能夠犧牲、能夠耐勞的靈魂。詩人和作家的責任就在於寫出這些，這些人類獨有的真理性、真感情、真精神。詩人和作家所能恩賜於人類的，就是藉着提升人的心靈來鼓舞和提醒人們記住勇氣、榮譽、希望、尊嚴、同情、憐憫之心和犧牲精神，這些人類昔日曾經擁有的榮耀，以幫助人類永垂不朽。」瑞典文學院選擇了福克納，而福克納的這席話又充分地體現瑞典文學院所把握的諾貝爾的「理想主義」和評價準則。近百年來，諾貝爾文學火炬家族確實共同展示了一種「心靈的真理」、宇宙的理性，這就是愛、榮譽、同情、尊嚴、憐憫之心和犧牲精神。反此真理的另一極，即仇恨、暴力、墮落、冷漠、自私等等，瑞典文學院則給予斷然拒絕，不管他們擁有多大的才能，正因為這樣，瑞典文學院和他們所選擇的火炬家族，的確是高擎着光明的心靈，他們的工作給二十世紀人類的影響的確是積極的，而且是巨大的。至於獎金所帶來的爭端，那只是副產品，它可能會對某些心靈產生

1 陳邁平：《為甚麼是德列克・瓦爾科特》，見《明報月刊》一九九二年十一月號。

毒害，但這應當由那些沒有「真理性、真感情、真精神」的神經脆弱的作家自己負責。

近百年來，諾貝爾文學獎所授予的每一個作家，幾乎都有爭議。很難找到全世界輿論一致認同的作家，甚至很難找到瑞典輿論一致認同的作家。據說，在頭二十五年裏，只有一九二五年的獲獎者蕭伯納被瑞典的輿論共同接受。蕭伯納之外，即使瑞典本國的作家，也不可能被瑞典完全認同，例如一九七四年，兩名瑞典作家伊凡·奧洛夫·渥諾·強生和哈瑞·埃德蒙·馬丁松共同得獎，就遭到瑞典輿論的攻擊，認定他們沒有資格獲獎。馬丁松是瑞典的文學大師，他獲獎後卻遭到自己的同胞如此苛求，心情非常不好，得獎四年後便去世了。在我所知的範圍內，常被非議的是邱吉爾和賽珍珠。有人說，邱吉爾的得獎是政治需要，但是，就在邱吉爾得獎三十年後的一九八三年，另一位英國的獲獎作家威廉·高登（其代表作《蒼蠅王》是英美大中學校文學課程的必讀書目）卻在獲獎演說中特別鄭重地禮讚邱吉爾。他說：「……我們不能忘了邱吉爾，儘管評論家們百般挑剔，他還是獲得了諾貝爾獎；他的獲獎不是由於詩歌和散文，而是一部質樸簡潔的敍事作品，它是真正表達人類戰勝和藐視一切困難的充滿真情的言論。那些經歷過戰爭的人們都知道，是邱吉爾詩一樣的行動，改變了一個時期的歷史。」他最後甚至這樣衷心感嘆：「我覺得我該走下這個講壇了。邱吉爾、朱麗安娜，更不用說本·瓊森和莎士比亞了，這是一群多麼傑出的人物啊！」我不隱諱自己對高登的禮讚產生共鳴，這不僅在於我曾被邱吉爾的二戰演講錄所蘊含的深廣詩意所打動，而且覺得人類創造的文學，不應當屈從於科教書上的狹窄定義，像邱吉爾這樣富有大詩意的言論，代表人類一代戰士征服魔鬼的精彩言論，絕對是美麗的散文，而且是閃耀着理想主義光燄的散文。我對賽珍珠也有好感，她的本名是珀爾·賽登斯特里克·布克（一八九二——一九七三），賽珍珠是她起的中文名字。她從小就跟隨父母來到中國，直到三十五歲時才離開中國（十七歲時曾回美國讀心理學，畢業後又回中國），她不僅從小就讀過中國經書，而且很愛中國並努力了解中國，因此，在她的心靈中，一直把中國當作她的第二祖國。一九三八年她在獲獎演說中說：「儘管我是以完全非官方的身份，我也要為中國人在這裏說話，因為不這樣我就不忠實於自己，因為這麼多年來，中國人的生活也就是我的生活，而且是我生活的一部份。在心靈上，我自己的祖國和我的第二祖國——中國，有許多相似之處，其中最重要的，是我們都有一份對自由的熱愛。」賽珍珠獲獎時僅四十六歲，屬於最年輕的獲獎作家（後來獲獎的布羅斯基常被認為是最年輕的作家，其實獲獎時已四十七歲）。賽珍珠寫作非常勤奮，一生共著八十五部作品，主要是小說，還有傳記、散文、政論、兒童文學等。瑞典文學院在給予她的「獲獎辭」中特別指出她的作品恰恰符合諾貝爾的理想原則。祝辭這樣寫道：「賽珍珠傑出的作品使人類的同情心跨越了種族的鴻溝，並在藝術上表現出人類偉大而高尚的理想，因此，瑞典文學院把今年的諾貝爾獎頒給她，並認為這是符合阿爾弗雷德·諾貝爾對未來的期望的。」

我雖未閱讀賽珍珠的全部作品，但僅僅從她的代表作《大地》（一九三二）和《母親》，就不能不被她所展示的中國人民的痛苦命運所感染，尤其是中國婦女的命運，其雙重奴隸的悲劇可說是被寫得令人驚心動魄。在她筆下中國婦女生活在雙重黑暗的夾縫中：一種是過去的黑暗——過去那種不把婦女當作人的傳統觀念多麼黑暗；一種是未來的黑暗，等在婦女面前的年老色衰，被丈夫所厭棄。在二十世紀的中國文學中，除了魯迅之外，其他作家對中國婦女慘苦命運的描寫，似乎沒有超過賽珍珠的。因此，以賽珍珠為例來非議諾貝爾文學獎也未必妥當。當然賽珍珠是很難與福克納、海明威等真正一流的作家媲美的。

四

到此為止，我講的都是好話，然而，我也看到諾貝爾文學獎的局限，這些局限也常常使我惋惜。現在，我想從「不該缺席」的角度，談談瑞典文學院的缺陷，即他們遺漏了一些最重要的偉大作家，把這些作家排除在諾貝爾火炬家族之外，實在令人困惑。這些作家的名字可以列出幾十個，但就我個人的感受，僅舉幾個例子：

1、遺漏了托爾斯泰：托爾斯泰於一九一一年十一月九日逝世，有十一次被評選的機會。托爾斯泰是跨越兩個世紀的舉世公認的最偉大的作家，他的名字與成就作為人類文學的最高峰，不僅屹立於世紀之交而且將永遠屹立於人類精神價值創造的史冊。他的輝煌和無以倫比的成就是無可爭議的。托爾斯泰不僅是個天才，而且他的整個人格和整個作品所體現（也是他公開主張的）的人類之愛——完全拒絕暴力的無條件的人類之愛，正是諾貝爾遺囑中所期待的「理想」。很難再找到一個作家能像托爾斯泰如此充分地體現人類關於愛、關於和平、關於同情心、關於大悲憫、關於非暴力的人類最高理性原則的嚮往與憧憬。嚴格地說，不是托爾斯泰需要諾貝爾獎，而是諾貝爾獎需要托爾斯泰，需要托爾斯泰這種偉大的心靈旗手，需要托爾斯泰大愛的光明加入自己的火炬，但是，瑞典文學院竟把他遺漏了。諾貝爾故國瑞典的作家從設立文學獎一開始就已感到這是一個巨大的缺陷。當一九零一年首次文學獎授予法國作家萊涅·蘇利—普魯東之後，瑞典的四十二名作家曾聯名寫了公開信，向他們認為理所當然應該得獎的托爾斯泰道歉。但托爾斯泰回信說，他幸而未得獎金，不然金錢「只會帶來邪惡」。托爾斯泰這句話是一種境界，而瑞典文學院卻為此生氣，在托爾斯泰去世前的十一年裏一直拒絕接受瑞典作家的呼籲，並屢次為自己的錯誤辯護，而辯護的理由又相當可笑。

2、遺漏了易卜生與史特林堡：易卜生於一九零六年去世，史特林堡於一九一二年五月十四日去世。除了生於十九世紀也死於十九世紀的安徒生之外，易卜生和史特林堡便是北歐文學史上最偉大的作家了。易卜生是挪威最偉大的戲劇家，他一生創作了二十六部劇本，其作品不僅影響西方，而且影響了中國整整一代知識分子和一代人。易卜生的名字成為中國五四運動婦女解放與人的解放的旗幟，他的缺席不能不使我感到困惑。史特林堡則是瑞典文學史上最偉大的戲劇家與作家，他的作品包括戲劇、小說、詩歌、散文與政論，僅劇本就有五、六十種。前些年瑞典出版的《史特林堡全集》達五十五卷之多。大陸翻譯過他的長篇小說《紅房子》、自傳體小說《女僕的兒子》和《史特林堡戲劇選》等。早在一九二一年四月，雁冰（茅盾）就在《小說月刊》第四期上發表了他翻譯的史特林堡的小說《人間世歷史之一片》（根據英國 vs. Howard 英譯本而重譯）。兩年之後，茅盾又進一步介紹史特林堡並給予很多的評價，他說：「史特林堡不但在瑞典是唯一的文豪，即以全世界而言，在或一觀察點——在他的病態心理的描寫——看來，也是唯一的大文豪，近代文豪對於病態心理的描寫能深入而淺出者，唯俄國的杜思妥也夫斯基（Dostoevsky）差堪與史特林堡並肩。現代著名的心理分析家弗洛伊德（Freud）很讚美史特林堡對於變態心理之分析的研究，竟自謂他的心理分析學的理論從史特林堡的著作裏得了不少的幫助，可見史特林堡的真格了。」後來李長之先生所作的《北歐文學》，也認為史特林堡是瑞典最偉大的作家，「他的地位並非限於瑞典，也並非於斯堪地納維亞，卻是全世界的。」這句話是完全正確的。易卜生尊重婦女，為婦女的解放吶喊，而史特林堡則敵視婦女，認定婦女永遠在對男子施以欺騙、撒謊和劫奪，非把女子緊緊拴在地上不可。這兩位北歐大作家觀念不同，相互敵對，但都創造了屬於全世界的一代文學豐碑。我在瑞典時不僅就近觀賞了史特林堡的生平展覽館，還與妻子、女兒到挪威去參觀易卜生的故居。我始終不明白他們的名字為甚麼也被排斥在諾貝爾文學火炬家族之外。近一百年來，北歐作家獲獎者共十四人，（瑞典作家七人、挪威作家三人、丹麥作家二人、冰島作家一人、芬蘭作家一人）獲獎作家中的比昂松（瑞典）、拉格洛芙（瑞典）、哈姆生（挪威）、海登斯塔姆自然都是傑出者，但畢竟不如易卜生、史特林堡偉大。遺漏這兩位文學巨人，而且是瑞典文學院身邊的巨人，不能不讓人感到遺憾。

3、遺漏了喬伊斯：這又是一個巨大的遺漏。關於喬伊斯和他的代表作《尤里西斯》的評介文章已是汗牛充棟，我只想引用英國《泰晤士報文學副刊》編輯，劍橋大學皇家學院評議會會員約翰．格羅斯在他所著的《喬伊斯》一書中對喬伊斯的一段評價：「喬伊斯在以世界歷史循環往復的觀點開始撰寫《芬尼根們守靈》的時候，他可能已經感覺到運用諸如『現代』或『傳統』的範疇來研究他的作品不再有甚麼意義了，但是，在他的早期敬慕者的眼裏，他首先是一位現代主義者，而且是那樣令人陶醉的一位現代主義者。J．S．艾略特一九二二年談到他時，稱他是一位宣告了十九世紀末日的作家。對艾德蒙德．威爾遜來說，在其所著的《阿克瑟爾的城堡》（一九三一）裏，喬伊斯則是『標誌着人類意識新階段的偉大詩人』。不管近期的評論家們就文學現代主義發展的準確道路可能在進行着多麼激烈的爭論，《尤里西斯》的出版仍然是所有的人都能夠同意的有數幾個里程碑當中的一個。」[1] 我所以要引這一段話，是因為它包含喬伊斯三個最重要的價值：（1）喬伊斯是世界文學上里程碑式的人物；（2）他宣告十九世紀文學傳統的終結和二十世紀具有現代意識的史詩般作品的誕生與成熟；（3）標誌着人類意

1《喬伊斯》中譯本，袁鶴年譯，第一一一頁，北京三聯，一九八六年。

識進入新的階段。《尤里西斯》確實難讀，然而，一旦讀過去，則會發現一個無比精彩的世界。福克納曾說：「我那個時代有兩位大作家，就是湯馬斯．曼和喬伊斯。看喬伊斯的《尤里西斯》應當像識字不多的浸信會傳教士看《舊約》一樣：要心懷一片至誠。」[1]

這裏，我特別要提醒關心文學的朋友們注意一下今年七月二十日的《紐約時報》所公佈的本世紀最好的一百部英語小說。也就是說，如果諾貝爾臨終時把小說獎委託給《紐約時報》，他們對英語小說部份將作如此選擇。當然他們挑選只是作品，而且只限於小說，不是選擇作家，但從他們選擇的作品我們也可知道在他們眼裏，誰是二十世紀最傑出的小說家。在這一百部小說中，名列第一的是喬伊斯。把這一百種篇目引入本文會使文章過於冗長，但我們可看看前二十五名：

（1）《尤里西斯》，喬伊斯
（2）《偉大的蓋茨比》（另譯《大亨小傳》），費茲傑羅
（3）《青年藝術家的肖像》，喬伊斯
（4）《洛麗塔》，納博科夫
（5）《美麗新世界》，赫胥黎
（6）《喧囂與騷動》，福克納
（7）《二十二條軍規》，海勒爾
（8）《午間的黑暗》，科艾斯特勒
（9）《兒子與情人》，勞倫斯

1　《諾貝爾文學獎獲獎作家談創作》第一八三頁，北京大學出版社，一九八七年。

⑽《憤怒的葡萄》，史坦貝克
⑾《火山下》，勞瑞
⑿《眾生之路》，布勒特
⒀《一九八四》，歐威爾
⒁《我，克拉第爾斯》，格瑞弗斯
⒂《燈塔行》，伍爾夫
⒃《美國悲劇》，德萊賽
⒄《心如孤獨的獵人》，麥克科爾
⒅《第五號屠宰場》，馮耐格特
⒆《隱形人》，艾利森
⒇《土著兒子》，日瑞特
(21)《雨王漢德爾遜》，貝婁
(22)《在莎瑪拉的約會》，歐哈拉
(23)《美國》（三部曲），帕里斯
(24)《俄亥俄，魏恩斯堡》，安德遜
(25)《印度之旅》，福斯特

在這一百部黃金書單中，喬伊斯不僅名列榜首，而且三部代表作全被列入（第一名的《尤里西斯》，第三名的《青年藝術家的肖像》，第七十七名的《芬尼根們的守靈》）。我們不一定要完全接受《紐約時報》這種評價，即把喬伊斯視為本世紀小說的冠軍，但是，應當承認，瑞典文學院忽視了喬伊斯是個很大的缺陷。

在《紐約時報》的金牌書單中，被選上三部和三部以上的有四位作家。除了喬伊斯之外，還有康拉德、福克納、勞倫斯。康拉德是數量之冠，選了四部。入選篇目如下：

康拉德：《特務》、《諾斯特羅莫》、《黑暗之心》、《吉姆爺》。

福克納：《喧囂與騷動》、《我彌留之際》、《八月之光》。

勞倫斯：《兒子與情人》、《虹》、《熱戀中的女人》。

選上兩部的作家則有納博科夫、海明威、赫胥黎、奧斯爾、亨利．詹姆斯、費茲傑羅、福斯特、貝婁、奈博爾等。

可以想像，在《紐約時報》的文學批評眼裏，二十世紀最卓越的用英語寫作的小説家，除了瑞典文學院看中的福克納、海明威、貝婁等之外，還有喬伊斯、康拉德、勞倫斯、納博科夫、赫胥黎、奥斯爾、奈博爾、費茲傑羅、福斯特等。在他們眼裏，這些名字可能比獲得諾貝爾獎的賽珍珠還重要。

《紐約時報》的書單，僅僅是一種參照系統。拿它作參照系並非説它的名單比諾貝爾家族的名單更重要更精彩。我不這麼看。其實，如果瑞典文學院一百年選擇的是這份名單，恐怕仍然會有許多爭議與批評。但是，這一參照系的確有參考價值，它使我們看到瑞典文學院忽視了一些不該忽視的作家作品。這種忽視，顯然是一種缺陷。

比較這兩份名單，我們會感到文學批評帶有很大的主觀性，其所掌握的批評原則、審美尺度有很大的差別。瑞典文學院把握的是諾貝爾所期待的理想原則，這自然是人類精神的美學理想與藝術創造的美學理想。而《紐約時報》掌握的則是藝術開創性原則，它所選擇的以喬伊斯為首位的作家，固然有一小部份和瑞典文學院的選擇重疊，如路易士、海明威、福克納、貝婁、史坦貝克等，但大部份是諾貝爾家族的缺席者，而大部份作家又是帶有先鋒色彩，他們在文學創作上都突破了傳統的寫法，開了一代的風氣，其創作個性特別鮮明，其文本策略均是把自己的觀念與寫法推向極致。他們特別看重喬伊斯，特別看重勞倫斯與康拉德，特別看重歐威爾甚至看重約瑟夫．海勒、馮內果（Kontt Vomnegne），都與他們把握的開創性原則有關。像勞倫斯的幾部作品，就把性心理描寫推向極致，性被視為生命的救星，被視為社會擺脫頹敗的出路，被視為人類重新燃燒起熱情的火燄，性就是美，性就是美的極致。這種先鋒觀念要讓當時的瑞典文學院的院士們視為理想主義的表現，確實困難，所以我們也很難把遺漏勞倫斯視為諾貝爾文學獎評審的缺點。喬伊斯的《尤里西斯》，其中對毛萊的肉慾主義作了非常細緻的描繪，這些描繪在當時也引起抗議。但是，喬伊斯的極致卻是藝術形式實驗的極致。他的《青年藝術家的肖像》開創了「意識流」的寫法，他的《尤里西斯》則進一步採用內心獨白、倒敍、時空混淆的手法來強化意識流，而在獨創的、全新的形式之下又包含着最深邃的現代意識，如果瑞典文學院的眼光更開放一些，也許是可以接受的。

在議論諾貝爾文學獎的長短時，前頭的文字曾讚賞瑞典文學院近二十年來更注意邊緣地區的文學，把眼光更多地放到歐美之外的作家作品，但是，在這一長處中我也感到諾貝爾文學獎出了太多的「冷門」。能有「冷門」，説明瑞典文學院院士們的眼光不拘一格，不為批評潮流所左右，這是不錯的；但是，如果「冷門」意識太強，就會忽視一些屬於熱門的但確有重大成就的作家。我常感到疑惑不解的是捷克的流亡作家米蘭．昆德拉為甚麼至今還站立在諾貝爾文學家族的門外？迄今為止，我還找不到一個當代作家，包括中國當代作家，能像昆德拉如此深邃又如此幽默地表現社會主義國家制度下人們的生存困境和「媚俗」等文化心理。他的《生命中不能承受之輕》、《笑忘書》、《生活在他鄉》，無一不是傑作。他的作品在中國大陸產生巨大的影響，中國作家和中國知識分子喜歡這一「熱門」，是比較高的文學趣味，而他在西方的廣泛影響，也同樣是很高的趣味，説句實話，最近十年瑞典文學院所評出的好幾個「冷門」，都不如米蘭·昆德拉。我希望瑞典文學院的院士們能更注意掌握一下「熱」與「冷」的分寸，別漏掉對人類精神產生巨大影響的主流作家。

五

除了為米蘭·昆德拉未能獲獎進行呼籲之外，我所談論的諾貝爾文學獎評選工作的局限，只是事後諸葛亮的意見。實際上，目前正在執行評審工作的諾貝爾文學院也已正視自己的局限。最近，我讀了瑞典文學院院士、諾貝爾文學獎評獎委員會主席（他又是斯德哥爾摩大學文學教授、著名詩人）謝爾·埃斯普馬克為慶祝文學院建院兩百週年而寫的《諾貝爾文學獎內幕》一書的中譯本（譯者李之義），才知道瑞典文學院對自己局限的認識十分清醒。這本書把近百年的評獎活動看作是一個互為關聯的整體，又指出二戰之後及近些年的評價原則與最初十年乃至三十年代有着巨大差別。這本書並非簡單的內幕展示，它的境界是很高的。正如作者在開篇時就説明的：「我這本書的目的不是為了介紹諾貝爾基金會成立以來不同的創作生涯及其命運，更不是關於各種不同的獎金的『醜聞編年史』。我把探討諾貝爾文學獎背後的評價原則看成更重要的任務。」文學獎背後的評價原則，確實是個關鍵。儘管諾貝爾的遺囑已提出理想原則，但是，如何把理想原則化為審美評價，這就是一大困難，即使確定了評價原則，在掌握與實現這一原則又是一大困難甚至是更大的困難。一位瑞典作家説過，這種評獎工作幾乎是不可能的。而瑞典文學院在一八九六年十二月接到負責評選諾貝爾文學獎的通知時，有兩位院士就發表聲明，堅決反對接受諾貝爾的捐贈，其中一位擔心此項任務可能沖淡人們對其本身職能的興趣，把文學院變成「一種具有世界政治色彩的文學法庭」。另外一位除了懷有同樣的擔心以外，還補充說，國際輿論「對文學院神經施加的壓力將會完全不同於對其在瑞典作家中分配六千克郎的批評」。兩位懷疑者言下之意也是認為「不可能」。而瑞典文學院最終還是接受評獎的使命，也就是硬把不可能的事轉變成可能。這種轉變不能不遇到種種困難，尤其是確定和掌握評價原則的困難。謝爾．埃斯普馬克說：「諾貝爾文學獎提供了一個文學感受的罕見例子，在八十五年中，人們在深入而不間斷地介紹和討論根本的評價和遴選標準的情況下進行評選工作。過去沒有任何研究課題面臨這樣多的材料，一群博覽群書、經常是最富有文采和情感的人物，不斷地討論當代文學中的大多數作品，以便在使自身的感受及這種感受的局限性與捐贈者的意志（但這種意志非常模糊），全世界的建議、期望協調一致的情況下，指出最傑出的作品，並給它們的作者金錢與榮譽……這種獎金之所以特殊，不僅因為院士們自己對評價的基礎有着意見分歧，還因為阿爾弗雷特．諾貝爾的遺囑要求獎勵那些『富於理想傾向』的作品這一硬性規定，實際上，文學獎的歷史有很大部份是在煞費苦心地解釋那個含混不清的遺囑。由於評價原則的偏差和掌握評價原則的困難，使諾貝爾文學獎產生了一些明顯的缺陷。」令人感動的是，作為諾貝爾評獎委員會主席，謝爾．埃斯普馬克完全沒有掩蓋這些缺陷，他在坦率承認這些缺陷中表現出文學的良心。

謝爾．埃斯普馬克在談論缺陷時，分為前、後兩個時期很具體地敘述。早期——最初的十年，可稱為維爾森時代（維爾森身居瑞典文學院常務秘書達三十年之久）。這個時代的主角維爾森，把理想解釋為「高尚與純潔」的道德理想，奉行保守主義。埃斯普馬克指出：「在其任職期間，他是瑞典和北歐文學中新潮流的頑固反對者——先是反對現代文學開拓性作家——G．勃蘭克斯、H．易卜生、A．史特林堡等——繼而反對以浪漫主義為先導的九十年代文學，賽爾瑪·拉格洛夫和V·海頓斯塔姆為其偉大的先行者。他以少見的方式，同時反對互相打內戰的八十年代和九十年代的兩派作家。」維爾森的保守理想主義進而又從瑞典和北歐的舞台推向國際，從而否定了托爾斯泰、哈代等一代文豪。一九零一年發生四十二位知名作家、藝術家和言論家聯合簽名讚揚托爾斯泰之後，一九零二年托爾斯泰再次成為三十四名候選人之一，問題又尖銳地擺在瑞典文學院面前，但是，評獎委員會還是給予否決。委員會在報告中說，托爾斯泰在世界文學中佔有很高的地位，這位《戰爭與和平》的作者是散文創作的藝術大師。儘管他表現了「宿命論的特徵」、「誇大機遇而貶低個人主動精神的意義」。《安娜·卡列尼娜》被描繪成有「更高的藝術價值」，是一部充滿「深刻倫理觀」的作品。由於「這些不朽的創作」，人們本來相對比較容易授予這位偉大的俄國作家文學比賽的桂冠。帶有「道德憤慨」的《復活》也屬於這些傑作之列，然而有着「可怕的自然主義」描寫的《黑暗的勢力》和有着「消極禁慾主義」的《克萊采奏鳴曲》使他一落千丈。但主要是因為他的「文化的敵人和偏見」以及他本人所作的「與高雅文化生活無關的放浪本能生活」的辯解，給他臉上抹了黑，特別是對國家與聖經的批評……他不承認國家有懲罰權力，甚至不承認國家本身，宣揚一種理論無政府主義；他以一種半理性主義、半神秘的精神肆無忌憚地竄改《新約》，儘管他對《聖經》極為無知；他還認真地宣揚不論是個人還是國家都沒有自衛和防護的權力。一九零五年，托爾斯泰再次被提名，而評獎委員會的報告又再次聲明：「即使對托爾斯泰很多作品很崇拜的人，也可能會提出這樣的問題，在這樣的一位作家身上怎麼能體現出純潔的理想：他在從其他方面看是一部偉大作品的《戰爭與和平》中，認為盲目的機遇在重大歷史事件中起決定性作用；在《克萊采奏鳴曲》中，他反對真正夫婦的性關係；他在不少作品中不僅否定宗教，而且否定所有權，而他自己卻一貫享有這種權利，以及反對人民和個人有權自衛和防衛。」從諾貝爾評獎委員會對托爾斯泰的評論中，我們可以看到，維爾森時代的瑞典文學院所掌握的評價原則是多麼幼稚與武斷，他們的「高尚和純潔」的道德理想會導致怎樣的失誤。後來托馬斯·哈代被排斥，也是這種重大失誤的繼續。對於這十年的評獎，埃斯普馬克如此總結說：「維爾森從保守的唯心主義出發，對遺囑人願望的解釋阻礙了第一個十年中最明顯的獎金頒發——應該授予托爾斯泰。當時的尺度，由於結構本身的原因，有利於比昂松而犧牲了易卜生。褻瀆神明者和自由主義者史特林堡——權勢和文學院不可調和的敵人——絕對沒有獲獎的可能。斯賓基、左拉和哈代也因種種原因沒有達到『富有理想』的傾向而失敗，亨利·詹姆斯因為沒有達到歌德要求的非完美性而名落孫山。維爾森的有色眼鏡唯一看準了一位至今仍保持着（確切地說是後來得到的）國際榮譽地位的偉人是吉卜林，人們還稱讚了他的實際存在以外的長處。後世得出的牽強附會的評價也許有一定道理，然而最刻薄的批評來自有着相同的歷史視野的人們，他們表達了史特林堡和列維爾亭的批評，即文學院缺乏對這項任務的敏感性。」[1]

埃斯普馬克還檢討了兩次大戰期間的評選工作。他說：「嚴重的問題是，相當多中等水平的獲獎者掩蓋了同樣多的疏漏者。安東尼奧·馬查多或烏納穆諾比貝納文特更有資格獲獎；弗吉尼亞·伍爾夫比賽珍珠更有資格獲獎等等。總之，針對這點的批評大體上是合理的；如我們看到的那樣，兩次世界大戰中間時期的文學院，完全沒有指導自己行動和評價西方世界文學中，最富有生命之時期所需要的正確尺度……一大批偉大的作家，在兩次世界大戰的中間時期從諾貝爾獎金評選人的眼皮底下漏過，人們沒

1 《諾貝爾文學獎內幕》第二五一——二五二頁，灕江出版社。

有認識到他們的能力——或者至少可以說他們的優秀品德大大超過由既定的原則的衡量所造成的不足之處：哈代、瓦萊里、克洛岱爾、聖·喬治、馮·霍夫曼斯塔爾、赫塞（過了一個時期以後才獲獎）、烏納穆諾、高爾基和弗洛伊德（在授獎理由中排除了他對《魔山》之影響）。」

埃斯普馬克在歷史回顧中特別提到喬伊斯：「就喬伊斯而言——最嚴重而又經常被指出的被疏漏的人物之一——我們看到，由於不斷年輕化而在文學院內部發生了觀察問題角度的變化。他也從未被提名；至少他的偉大從來沒有引起英語地區有資格提出建議的人的注意。在歌頌高爾斯華綏和賽珍珠的一九三零年代的文學院裏，喬伊斯獲獎是不可想像的。反之，他很有可能在厄斯特林時代獲得諾貝爾獎，如果他能活到那個時候的話。一九四八年厄斯特林在對艾略特致頌詞時說：與《荒原》同年出現的另一部在現代文學中能引起更大轟動的開創性作品，就是愛爾蘭人喬伊斯有口皆碑的《尤里西斯》。」

喬伊斯之外，人們常感到遺憾的另一些卓越的名字，埃斯普馬克也注意到，他認為，遺漏了普魯斯特、卡夫卡、里爾克、穆西爾、卡瓦菲斯、D·H·勞倫斯、曼德施塔姆、加西亞·洛爾卡和佩索阿等，無疑也有損文學院的榮譽。但是，這些名單的遺漏，其中多半是「客觀」原因，即作品的出版與作家的逝世只隔很短的時間或者代表作是在逝世後才出版（如卡夫卡），有的實力主要體現在未出版的詩文中。儘管有遺憾之處，但二戰之後的評獎工作的確不錯，對於這點，埃斯普馬克也如實地說明瑞典文學院的功勳。戰後的獲獎者，包括紀德、艾略特、福克納、莫里亞克、海明威、卡繆、巴斯特納克和沙特等，他們所構成的在世的最優秀作家的比率，高過任何時期。

從埃斯普馬克對瑞典文學院的歷史回顧與誠懇的自我評價中，我們可以看到，瑞典文學院對自己的功過相當清楚。將近一百年的評獎過程，充滿着爭論、交鋒、批評，在這一過程中，他們的工作有時間心無愧，有時感到遺憾，但他們畢竟為全人類的文學事業而耗費了心血與才華，並使諾貝爾文學獎成為舉世矚目的擁有最高聲望的文學評論事業。有它的存在，人類精神世界顯得更加豐富與活潑。不管有多少局限，但它一百年的工作，應當說是成功的。

六

如果明年中國作家未能獲獎，那麼，諾貝爾獎的第一個世紀，中國作家便完全缺席。亞洲國家獲獎者雖然少，但印度畢竟有一席位（泰戈爾）；日本畢竟有兩個席位（川端康成、大江健三郎），而中國卻一席也沒有。近百年來，特別是五四運動以來，中國的新文學運動一浪接一浪，文學改良，文學革命，文學走向世界，熱情很高，到了世紀末，回顧過去，卻覺得自己被某些眼光所冷淡，包括被諾貝爾文學獎所冷淡，於是，心理難免不平衡。

偉大的作家自然不在乎身外之物，不在乎他人的肯定和評語，包括諾貝爾文學獎的肯定與評語，但是，作為一種現象，即中國的作家作品為甚麼不能在更廣闊的國際文學批評範疇內得到肯定，卻是文學研究者應當想想的，自然也是關心中國文學的人不免要問問為甚麼的。

中國人向來自我感覺很好，作家自以為是的也居多。具有自大心理的人甚至製造謠言，說瑞典文學院就問過魯迅願意不願意接受諾貝爾獎而魯迅不願意接受（參見一九九一年十一月號《明報月刊》馬悅然的談話）。事實上，作為中國現代文學最卓越的偉大作家魯迅，儘管他有足夠的文學成就與許多諾貝爾文學獎獲得者媲美，但他自己卻認為「不配」，對本世紀中國現代文學的最初二、三十年，他有一個非常清醒的認識。這一認識在他給臺靜農先生的一封信中表現得格外清楚。一九二七年，瑞典考古探險家到中國考察研究時，曾與劉半農商量，擬提名魯迅為諾貝爾獎候選人，由劉半農託臺靜農寫信探詢魯迅意見。這年九月二十五日，魯迅便鄭重地給臺靜農回了一封信。這封信涉及到諾貝爾文學獎的文字如下：

靜農兄：

九月十七日來信收到了。請你轉致半農先生，我感謝他的好意，為我，為中國。但我很抱歉，我不願意如此。

諾貝爾賞金，梁啟超自然不配，我也不配，要拿這錢，還欠努力。世界上比我好的作家何限，他們得不到。你看我譯的那本《小約翰》，我那裏做得出來，然而這作者就沒有得到。

或者我所便宜的，是我是中國人，靠着這「中國」兩個字罷，那麼，與陳煥章在美國做《孔門理財學》而得博士無異了，自己也覺得好笑。

我覺得中國實在還沒有可得諾貝爾獎賞金的人，瑞典最好是不要理我們，誰也不給。倘因為黃色臉皮人，格外優待從寬，反足以長中國人的虛榮心，以為真可與別國大作家比肩了，結果將很壞。

我眼前所見的依然黑暗，有些疲倦，有些頹唐，此後能否創作，尚在不可知之數。倘這事成功而從此不再動筆，對不起人；倘再寫，也許變了翰林文學，一無可觀了。還是照舊的沒有名譽而窮之為好罷。[1]

1 《魯迅全集》第十一卷，第五八零頁，人民文學出版社，一九八一年。

魯迅這封信，寫得極好。他是中國作家對待諾貝爾獎的一種最理性、最正確的態度。他既沒有着意輕蔑諾貝爾獎的矯情，也沒有刻意抬高諾貝爾獎的心思。當時他已完成了里程碑式的《吶喊》、《徬徨》、《野草》等作品，但他卻清醒地覺得自己還「不配」、「還欠努力」。此信寫於五四運動後十年，中國文壇上已出現了郭沫若、郁達夫、周作人、葉聖陶、冰心、茅盾等，但他覺得一個也不配，希望瑞典最好是不理我們。這封信之後的二十年，又出現了三、四十年代的一群作家：巴金、老舍、曹禺、沈從文、李劼人、張恨水、丁玲、張愛玲、路翎等，這群作家寫作相當努力，正是繼魯迅之後而代表中國新文學的希望，但是，其中一部份作家受時代政治風氣的影響太深，使自己的作品過於意識形態化從而削弱了文學價值，如茅盾，他當然無法進入諾貝爾文學獎的視野。而巴金、老舍、曹禺等，則在創作生命最成熟的年月，進入了本世紀的下半葉，結果他們整整三十年把才華浪費在無價值的寫作上，有的甚至用階級鬥爭的簡陋觀念修改和踐踏自己的作品（例如曹禺），令人驚心動魄。待到八十年代，巴金二度進入真正的寫作狀態，已是八十高齡了，儘管《隨想錄》樸實動人，讓人感到寶刀不老，但在日新月異的國際文壇上，畢竟難以使域外批評家們讀後衷心激賞了。

三、四十年代有三位十分努力而且政治色彩較淡的作家——李劼人、沈從文、張愛玲，本來應是進入諾貝爾文學家族最合適的人選，可惜因為陰錯陽差，也未能順應人願。

在中國現代小說史上，如果說《阿Q正傳》、《邊城》、《金鎖記》、《生死場》是最精彩的中篇的話，那麼，李劼人的《死水微瀾》應當是最精緻、最完美的長篇了。也許以後的時間會證明，《死水微瀾》的文學總價值完全超過《子夜》、《駱駝祥子》、《家》等。這部小說的女主人公鄧幺姑就是中國的包法利夫人，她的性格蘊含着中國新舊時代變遷過程中的全部生動內涵。其語言的精緻、成熟和非歐化傾向也是個奇觀。一九八八年，在大陸「重寫文學史」的議論中，我曾說過，倘若讓我設計中國現代小說史的框架，那麼，我將把李劼人的《死水微瀾》和《大波》作為最重要的一章。很奇怪，李劼人的成就一直未能得到充分的評價，大陸的小說史教科書，相互因襲，複製性很強，思維重點老停留在「魯郭茅、巴老曹」的名字之上，而對李劼人則輕描淡寫，完全沒有充分認識到他的價值。而更不幸的是李劼人在一九四九年之後也老是按照新的尺度來修改自己的作品以迎合「時代的需要」，因此，更沒有人認真地推薦李劼人了。

沈從文是一個特例。他的特別有兩個方面：一是在三、四十年代作家們都熱心於政治並使自己作品的意識形態色彩愈來愈濃的時候，他卻逃避政治，逃避政權的干預，仰仗自然神靈的力量，專注於人性的研究與描寫，正如朱光潛先生所說的，沈從文的文學廟堂裏供奉的僅僅是人性，這種選擇使他的作品顯得冷靜並具有永恆的價值，他的創作路向類似日本的川端康成；第二是一九四九年之後，當其他作家緊跟政治而創作謳歌文學時，他卻嚴格地選擇了「沉默」，而且一直沉默到死。也就是說，一九四九年之前他獻給世界的是文學的人性美，之後他獻予的則是作家的沉默美。沉默，使他從未糟蹋過自己的良心和作品。直到八十年代，這位把自己深深埋在「中國古代服裝史」故壘之中的作家，才重新被人們發現，而有心的馬悅然教授也及時把他的小說集翻譯成瑞典文。瑞典文學院的院士們也很快地把他放在自己的第一視野之內。到了一九八八年，他的條件已完全成熟，據說，瑞典文學院已初步決定把該年的文學獎授予他了。可惜，他卻在這一年的五月十日去世。按照文學獎章程的規定，死者是不可以作為獲獎者的。就這樣，中國失去了一個機會。聽到沈從文去世的消息後，馬悅然很着急，立即打電話去問中國駐瑞典的使館，詢問死訊是否真確，但使館回答說：我們不認識沈從文這個人。對於使館的這一回答，馬悅然一直困惑不解，耿耿於懷，對我說了好幾回。

本世紀上半葉一群優秀作家，在下半葉未能發展反而倒退，使他們的成就與世界上第一流作家相比，都顯得不夠博大，這是令人十分遺憾的。

下半葉大陸產生一群新的作家，但由於文學生態環境不好，作家被組織化與制度化，創作陷入「敵與我」、「好與壞」、「社會主義道路與資本主義道路」、「革命與反革命」、「先進與落後」等兩極對立的統一模式中，因此在頭三十年，雖然出現一些努力寫作的作家，但其努力均成效不大。這群作家自然無法進入世界性的文學批評視野。直到八十年代，大陸文學才出現新的生機，一群新起的作家，特別是中、青年作家，創作力非常旺盛，很快就顯示出創作實績，也很快地被國際文學批評的眼睛所注視，然而，他們創作的時間畢竟不長，成就畢竟有限。諾貝爾文學獎不管授予哪一個人，都有些勉強，都會使人想到是否「因為黃色臉皮，格外優待從寬」的問題。但是，我又覺得，這群作家的傑出者在十幾年的奮發努力中，已走向世界文學的行列，他們很有前途，二十一世紀是屬於他們的。

七

儘管中國現代文學發展艱難，但是它在瑞典和西方還是找到不少知音。這些知音們的熱情是很讓人感動的。一九八八年我作為中國作家代表團的一員第一次到巴黎，一九八九年和這之後我又到巴黎五次。在與漢學家們的接觸中，我知道他們不少人喜歡巴金，而且竭力推薦巴金，這固然與巴金曾到法國留學過有關，但更重要的是巴金確有成就，在倖存的產生於上半葉的一代作家中，巴金是一個當之無愧的代表。如果諾貝爾文學獎授予他，倒是較為自然，至少中國作家群會比較服氣。儘管他在下半葉的頭三十年，因人文環境的惡劣未能創作出較有價值的作品，但在七十年代末和八十年代中，也是他進入八十高齡之時，還寫下了散文巨著《隨想錄》，這部大書負載的是中國老一代知識分子的覺醒之語，這裏有幻滅，有眼淚，有懺悔，有對假與惡的告別，有對摧殘知識分子的心靈專政和牛棚時代的譴責。只要熟悉中國國情和中國文壇，就會知道，能像巴金這樣做的人很少。在中國，多的是聰明人，是明哲保身的人，是把作家頭銜和學者頭銜看得高於一切的人。許多至今還在大陸被崇奉的作家學者，只要我們留心一下，就會知道，他們固然有成就，但他們又是一些對黑暗不置一詞的人。他們除了構築讓人膜拜的文化冷塔之外，絕沒有巴金似的羞澀之心和大同情心。這些冷面學人作家是大陸的書商和報人捧出來的既安全又體面的偶像。與這些偶像和文壇上的其他聰明人相比，巴金的確是可愛的。當然，我也不想為巴金的弱點辯護。在海外，我多次聽到這樣的責問：巴金提倡講真話，為甚麼在一九八九年天安門流血事件之後，他不能像楊憲益那樣講幾句真話？我無言以對。不錯，巴金要是在這有危險的瞬間講幾句真話，他晚年的生命將更加大放光彩，歷史的記憶肯定要留下他的從良心深處迸射出來的語言，我為此惋惜，但我也能理解，他年紀畢竟太大了，他周圍不會有人幫助他這樣做。我們不應該苛求巴金，現在香港和海外有些人化名攻擊巴金為「貳臣」，這些不敢拿出自己名字的黑暗生物是沒有人格的。歌德說過，不懂得尊重卓越的人物，乃是人格的渺小，以攻擊名家為人生策略的卑鄙小人到處都有。

與巴金同一時代的作家沈從文，倒是在瑞典找到知音，而第一個知音就是馬悅然。馬悅然告訴我，早在他的青年時代就喜歡沈從文，但不敢譯，美麗的文字是不能輕易譯的。直到一九八五年，他被選為瑞典文學院院士之後才着手翻譯沈從文的作品。一九八七年，他所譯的《邊城》瑞典文版正式出版，緊接着，沈從文作品集又出版，沈從文代表作的翻譯和出版，成了瑞典文學界的盛事，沈從文也被提名為諾貝爾文學獎的候選人並進入最前列。

據懂得瑞典文的朋友告訴我，馬悅然翻譯的沈從文作品漂亮極了。從一九四八年翻譯陶淵明的《桃花源記》開始，到了一九八七年，馬悅然已經歷了四十年的中國文學翻譯生涯。四十年間，他翻譯了老舍、聞一多、艾青等許多中國作家詩人的數百種作品，並翻譯了《水滸傳》（《西遊記》是九十年代才完成的另一工程）和四卷本的二十世紀中國詩歌與散文選集，到了翻譯沈從文的作品時，譯筆已完全成熟，因此，瑞典文本的沈從文作品集一旦問世，馬上贏得瑞典人的審美之心。

馬悅然是瑞典文學院中唯一懂得漢語的院士，因此，他在擔任院士後便更加努力翻譯中國現代、當代的作品，更加關注中國當代文學。沈從文去世之後，他又選擇了北島、高行健、李銳作為他的主要譯介對象。他和北島認識得比較早，並翻譯了北島的全部詩作。這也許是緣份，馬悅然真是非常喜歡北島、顧城、楊煉的詩。我在瑞典的時候，常常聽到馬悅然談起他們的名字。那時顧城在德國，馬悅然多次和我說，真想請顧城再到瑞典，就是一下子找不到錢。他稱顧城是會走路的詩，衷心愛他，可是顧城後來卻發生那樣的悲劇與慘劇，辜負了馬悅然一片情意。他認為北島創造了一種全新的語言，是前人沒有的，而楊煉則是尋找的詩人，可以回到先秦的時代。馬悅然覺得他們都年輕而富有活力，也許可以展示中國新詩的未來。也因此，馬悅然非常關注他們前行的足音，把他們當作朋友。一九九二年深秋的一天，馬悅然夫婦聽說我和妻子採蘑菇採得入迷了，非常着急，就警告我說：以後不許你再去採了，中毒了怎麼辦？他還告訴我，楊煉來瑞典時也採得入迷，為了安全，不得不把他的住房搬遷到一個沒有蘑菇的地方。

高行健是他喜愛的另一位作家與戲劇家，他首先看中高行健的戲劇。一九八八年十二月我初次到瑞典時，他就對我說，高行健的每一部劇作都是好作品。當時他很高興地捧起一大疊手稿，告訴我說，這是高行健剛剛完成的長達四十萬字的長篇小說，可是都是手寫的，他讀得很費力，不知道怎麼辦？我因為也喜歡高行健的劇作和他的其他文字，所以就說，讓我把稿子揹回中國，打印好了再寄還給你。於是，我把《靈山》初稿帶回了北京，打印校對好了之後，我請瑞典駐華使館的文化參贊交給馬悦然。馬悦然接到打印稿後非常高興，並立即譯成瑞典文。一九九二年我到瑞典時，見到厚厚的《靈山》瑞典文本，不能不敬佩馬悦然。這部小說，上溯中國文化的起源，從對遠古神話傳說的詮釋，考察到漢、苗、彝、羌等少數民族現今民間的文化遺存，乃至當今中國的現實社會，通過一個在困境中的作家沿長江流域進行奧德賽式的流浪和神遊，把現時代人的處境同人類普遍的生存狀態聯繫在一起，加以觀察。因為我是文學專業者，愛讀散文，又喜歡小說中所包含的豐富文化意蘊，所以閱讀《靈山》時便津津有味。而對許多讀者來說，《靈山》可不是那麼好進入，閱讀起來非常費勁。而馬悦然，一個非中國人，卻能如此欣賞《靈山》，不僅讀進去，而且譯出來，而且譯得非常漂亮，想到這裏，我便相信，翻譯者如果沒有一種感情，一種精神，是難以完成如此艱鉅的工程的。《靈山》的法譯本在一九九六年於巴黎出版，出版時法國各報均給予很高的評價。高行健還有其他許多作品也已譯成多國語言出版，他的劇作在瑞典、德國、法國、奧地利、英國、美國、南斯拉夫、台灣和香港等地頻頻上演，西方報刊對他的報道與評論近二百篇，歐洲許多大學中文系也在講授他的作品，他在當代海內外的中國作家中可說成就十分突出。

除了北島與高行健之外，馬悦然還努力譯介、推崇立足於太行山下的小說家李鋭。

李銳的短篇小說集《厚土》，馬悅然在十年前就注意到，並很快就翻譯出版。近幾年，他又翻譯了李銳的長篇小說《舊址》，大約不久後也可以問世。李銳的兩部最新長篇——《無風之樹》與《萬里無雲》馬悅然也很喜歡，他告訴我，這兩部小說就像詩一樣。在和我的幾次通訊中，他都對《舊址》稱讚不已。馬悅然本人具有很濃的詩人氣質，一旦遇到自己心愛的作品，則表露無餘。

從前年開始，他就一直念着，希望今年秋天能到太行山下去看看李銳，只是因為太忙，至今還未能成行。馬悅然是有藝術眼光的，李銳的《厚土》、《舊址》確實是不同凡響的傑作。我在今年年初所寫的一篇短文中這麼說：「我真的非常喜歡李銳的小說。他的《厚土》早就讓我沉醉。呂梁山下那些貧窮的莊稼漢，那些純樸的狡黠，善良中的愚昧，那些讓人發笑又讓人心酸的性糾葛的故事，每一篇都那麼精粹又那麼深厚地展示一個真實的中國。李銳的短篇是真正的短篇，短而厚實，精粹而精彩。而《舊址》則是真正的長篇，這麼『長』不是篇幅的冗長（僅三百頁），而是它容下了從二十年代到八十年代整整一個革命歷史時代，並氣魄宏大地書寫了跨越三代人的中國革命大悲劇。」（參見香港《明報》一九九八年一月三日）。我的這篇短文，是讀了我的朋友葛浩文（Howard Goldblatt）教授的《舊址》英譯本之後寫的。葛浩文是李銳的另一知音，他把《舊址》譯為 Silver City（銀城）。出版不久，美國最權威的書評雜誌 *Publishers Weekly* 就加以推薦。美國作家 Lisa See 評論說：「這是我讀到的有關中國的書籍中最令人驚嘆的一本，它是中國的《齊瓦哥醫生》。」近日葛浩文告訴我，《銀城》的銷路不太好，這雖然遺憾，但也不奇怪。

如果說馬悅然是把中國文學作品翻譯成瑞典文的最積極、最有成就的翻譯家，那麼，葛浩文可以說是把中國現、當代文學作品翻譯成英文最積極、最有成就的翻譯家了。夏志清教授去年在《大時代——

端木蕻良四十年代作品選》（夏志清與孔海立主編，台北立緒文化事業有限公司出版）的序言中，說葛浩文是「公認的中國現代、當代文學之首席翻譯家」，這一評價是公正的。葛浩文的英文、中文都出類拔萃，偏又異常勤奮，因此翻譯成績便十分驚人。迄今為止，被他譯為英文出版的中國小說和其他文學作品有蕭紅的《呼蘭河傳》、《商市街》、《蕭紅小說選》；陳若曦的《尹縣長》；黃春明的《溺死一隻老貓》；楊絳的《幹校六記》；李昂的《殺夫》；端木蕻良的《紅夜》；張潔的《沉重的翅膀》；白先勇的《孽子》；艾蓓的《綠度母》；賈平凹的《浮躁》；劉恆的《黑的雪》；老鬼的《血色黃昏》；蘇童的《米》；古華的《貞女》；王朔的《玩的就是心跳》；李銳的《舊址》；虹影的《飢餓的女兒》；王禎和的《玫瑰玫瑰我愛你》；朱天文的《荒人手記》（尚未出版）以及中國當代短篇小說選（書名為《毛主席看了會不高興》）等。此外，也是葛浩文特別推薦的莫言，他的代表作，幾乎每部都譯，已出版和譯畢的有《紅高粱家族》、《天堂蒜苔之歌》、《酒國》，正在譯的有《豐乳肥臀》。我到科羅拉多大學「客座」多年，感到老葛口裏最積極的詞彙便是「莫言」二字，其對莫言的愛超過了蕭紅。幸而我也喜歡莫言，所以有許多共同語言。去年我有一篇短文，題目叫做《莫言：中國大地上的野性呼喚》。文中有一段這麼說：

> 莫言沒有匠氣，甚至沒有文人氣（更沒有學者氣）。他是生命，他是搏動在中國大地上赤裸裸的生命，他的作品全是生命的血氣與蒸氣。八十年代中期，莫言和他的《紅高粱》的出現，乃是一次生命的爆炸。本世紀下半葉的中國作家，沒有一個像莫言這樣強烈地意識到：中國，這人類的一「種」，種性退化了，生命萎頓了，血液凝滯了。這一古老的種族被層層疊疊、積

重難返的教條所窒息，正在喪失最後的勇敢與生機，因此，只有性的覺醒，只有生命原始慾望的爆炸，只有充滿自然力的東方酒神精神的重新燃燒，中國才能從垂死中恢復它的生命。十年前莫言的透明的紅蘿蔔和赤熱的紅高粱，十年後的豐乳肥臀，都是生命的圖騰和野性的呼喚。十多年來，莫言的作品，一部接一部，在敘述方式上並不重複自己，在中國八、九十年代的文學中，他始終是一個最有原創力的生命的旗手，他高擎着生命自由的旗幟和火炬，震撼了中國的千百萬讀者。

在北美，除了葛浩文之外，還可以看到其他大陸文學的知音和積極傳播者，如王德威、詹森（Ronald R. Janssen）、杜邁可、戴靜等。王德威主編的《狂奔．中國新銳作家》，收入莫言、余華等作家的小說（也有香港作家），已於一九九四年在哥倫比亞大學出版社出版。杜邁可編的《現代中國小說世界》和戴靜編的《春筍》（均是小說選集）也已分別在Shape和Random House出版社出版。尤其引人注目的是詹森翻譯的殘雪的兩本小說集《天堂裏的對話》（收入短篇小說十幾篇）和《蒼老的浮雲》（收入中篇小說兩篇）。詹森與大陸學者張健合作，使翻譯更為成功。《紐約時報書評》通過譯本發現中國也有類似卡夫卡的描寫頹敗的傑出女作家。這位女性作家筆下的「諷刺性寓言」和絕望感，讓書評家感到驚訝。殘雪的確是個具有獨特思路、獨特視覺、獨特文體的作家，我在自己的文字與講演中，多次推崇她，不知道她近幾年有沒有新的作品問世。在殘雪之前，王安憶的《小鮑莊》的英譯本已由Viking公司出版。王安憶近年突飛猛進，她與殘雪應是大陸當代兩位最有才華的女作家，我衷心祝福她們前程無量。

由於葛浩文教授如此努力譯介、推薦，莫言應當會逐步進入瑞典文學院的視野。除了文學研究教授有推薦權之外，諾貝爾文學獎獲獎者也有推薦權。而日本的大江健三郎在獲獎不久就發表了一個講話，表明他欣賞中國當代的兩位小說家，一位是莫言，一位是鄭義。這自然使莫言更引人注目。但莫言的小說至今沒有瑞典文譯本，他要在瑞典贏得知音還需要時間，而鄭義的小說則連英譯本也沒有。鄭義的兩部中篇——《老井》與《遠村》的確是難得的精彩之作，《老井》比較著名，而我則特別喜歡《遠村》。這兩部中篇出現之後，鄭義到廣西對吃人現象做了實地調查，寫了長篇報告，但這部作品恐怕是社會學價值超過文學價值。我剛到瑞典時，羅多弼教授和陳邁平先生就告訴我，因為他們把鄭義長篇中的一章譯成瑞典文在報上發表，立即引起強烈爭議。幾位社會學者譴責報紙不該發表這種文章。文明發展到今天，怎麼可能發生吃人現象。瑞典報紙說中國吃人，這是不是種族偏見？問題提得很尖銳。羅多弼教授希望我寫一篇文章談談自己的看法。我就寫了一篇《也談中國的吃人現象》，由羅教授譯成瑞典文發表在斯德哥爾摩的報紙上。我在文中說明：廣西的吃人現象發生在文化大革命的特定時間，那時社會處於無序狀態。而中國自古以來確有吃人現象，「五四」時期魯迅在《狂人日記》中以「吃人」二字批判中國的虛偽文化後，吳虞便寫了《吃人與禮教》一文，列舉了史書上所記載的確鑿無疑的吃人事實。魯迅和吳虞自然不是不愛國，也不是種族自虐。我在替鄭義辯護的時候，一面敬佩他的社會使命感，一面也擔心這種使命感燃燒到非常強烈之後是否還能保持作家冷靜的觀察與思考。在本世紀日本文學中，川端康成與大江健三郎分別屬於相對的兩極，前者是唯美主義者，遠離社會風煙；後者則熱烈擁抱社會，批評社會。瑞典文學院能以寬闊的文化情懷兼容兩者，是值得稱讚的，只是這兩者之外更大的作家三島由紀夫卻未能進入諾貝爾文學家族，卻是可惜。作為一個熱烈擁抱社會而取得成功的大江健三郎，他喜歡莫言與鄭義是可理解的。

放下法國、德國、英國、意大利和其他國家的漢學界不說，僅談馬悅然、葛浩文和北美譯界，僅談大江，就可知道，大陸文學在世界上並不缺少知音。

八

與大陸的作家相比，台灣作家應當會感到寂寞一些。其實，台灣文學是很有成就的。台灣作家在本世紀下半葉所處的文化生態環境好一些。儘管在五、六十年代台灣的政權也專制，也迫害、關押作家（如關押陳映真、柏楊等），但沒有像大陸作家那樣遭受政治運動的掃蕩性打擊和「群眾專政」這種無所不在的羅網，意識形態的強制也不像大陸那樣無孔不入，因此，相對而言，台灣的作家詩人比起大陸的作家詩人，創作之自由度顯然高一些，因此，在下半葉前三十年，台灣的文學創作，尤其是詩歌創作，一直處於相當興盛的狀況。上半葉中國的新詩運動在台灣得到繼續，其形式、語言、技巧日益成熟，以至出現了一個包括瘂弦、余光中、洛夫、鄭愁予、楊牧、周夢蝶、羅門、商禽等在內的傑出的詩群。我曾表明過，從整體上說（不是指單個作家），本世紀下半葉中國文學最突出的兩大成就，一是五、六十年代（延伸到七、八十年代）的台灣詩歌；一是八十年代（延伸到九十年代）的大陸小說。台灣的小說，就個體而言，白先勇的《台北人》、王禎和的《玫瑰玫瑰我愛你》、陳映真的《將軍族》、李昂的《殺夫》、張大春的《四喜憂國》等都是傑作，但就整體來說，大陸小說家因為經歷了時代的大動盪、大折騰，展示的大愛大恨也更動人心魄，所以引起更大反響和更多關注也是不奇怪的。而台灣詩歌總的來說卻更有光彩，也就是比起大陸詩群來說更有成就，這是因為他們具有兩個明顯的長處：一是詩中文化底蘊比大陸強；二是漢語表達能力尤其是古漢語的修養與表現能力比大陸強。這是我讀兩岸詩歌的總感覺，倘若要論證，則需要作學術論文。

我到瑞典的那一年，曾留心過台灣文學在瑞典的評介狀況。一留心，便發現幾乎是空白。除了有一小本商禽的詩集《冰凍的火炬》之外，看不到別的詩集與小說集。很明顯，台灣文學是被瑞典漢學界和瑞典文學院忽略了。

但是，作為瑞典漢學界的泰斗式人物馬悅然，他對台灣並沒有偏見，頂多只能說顧此失彼，即顧了大陸這一頭，台灣的另一頭就忙不過來了。值得高興的是，我到瑞典時情況已在變化，馬悅然和他的學生們已開始在閱讀台灣的詩歌。我和馬悅然交談了好幾次，興致很濃，談得很熱烈。我從馬悅然的書架上借閱了余光中、瘂弦、洛夫等詩人的詩集與詩論集，《瘂弦自選集》、《瘂弦詩集》以及瘂弦的詩歌研究集《中國新詩研究》，我都是從馬悅然那裏借閱的，余光中、洛夫的詩也是因為借閱的方便，才第一次認真讀。「寫得真好！」讀後我向馬悅然衷心感嘆，馬悅然回答說：「他們都是非常傑出的詩人。」「你為甚麼不翻譯？」「以後會譯一些，不過有的詩很難譯，比如余光中先生的詩，就很難譯。像你的散文一樣，真難譯。」我告訴馬悅然，我和余光中先生其實是同鄉，他的老家永春縣和我的老家南安縣只隔幾十里路。馬悅然也覺得，台灣詩人的古典文學素養比大陸的詩人高。大陸的一些年輕詩人，古詩詞讀得不勤，甚至連三十年代李金髮、徐志摩、聞一多的新詩也讀得很少，創作全靠靈氣與才氣。我回美國後，特別是近兩三年，馬悅然對台灣詩歌更為關注，幾次在電話上讚不絕口。他還告訴我，他已和奚密、向陽組成一個編譯小組，開始翻譯台灣詩選。並會分別用中文、英文、瑞典文在大陸、美國、瑞典出版，這真是令人高興的好消息。

香港文學同樣也被忽略，在瑞典一年，我從未見到任何一部香港詩歌或小說的瑞典文譯本。像金庸這樣的小說大家，他的《雪山飛狐》和《鹿鼎記》英譯本，也是近一兩年我才看到的。今年我參加召集的《金庸小說與二十世紀中國文學》國際學術討論會，與會者（都是中國現、當代文學史的學者教授）多數都認為，金庸的貢獻恰恰是把本屬通俗文學範圍的武俠小說提高到傑出嚴肅文學的水平。在會上，我提出一個論點，即本世紀的中國文學在世紀的前二十年發生分裂，之後便形成兩大流向（兩大實在），一是在「五四」命名並佔文學舞台中心位置的「新文學」流向，這一流向的代表是魯迅、周作人、胡適、郭沫若、聞一多等；二是處於文壇邊緣地位的「本土文學傳統」流向，這一流向的代表是李伯元、鴛鴦蝴蝶派諸君、張恨水、張愛玲、金庸等。

金庸是本土文學傳統的集大成者，他真正繼承並光大了文學劇變時代的本土文學傳統；在一個僵硬的意識形態教條無孔不入的時代，保持了文學的自由精神；在民族語文被歐化傾向嚴重侵蝕的情形下創造了不失時代韻味又深具中國風格和氣派的白話文；從而把源遠流長的武俠小說系統帶進了一個全新的境界。金庸小說本不容易被學院派文學教授所接受，但它卻以自己不平凡的藝術魅力受到最廣大讀者的支持，迫使教授們不能不注意和研究，但因為它太暢銷，讀者覆蓋面太大，而瑞典文學院向來不喜歡暢銷書，所以反而不容易進入他們的視野。香港文學的另一極的代表，恐怕要算是西西了，在異常熱鬧的大繁華世界裏，她卻異常冷峻地觀看世態人生，實屬難得。不過，我也沒有見過她的作品的瑞典文譯本和英譯本。

九

討論起中國作家為甚麼在諾貝爾文學家族中缺席的問題，總是爭論不休。我曾聽到幾位朋友說，主要是語言障礙問題，也就是沒有做好翻譯的問題。

我並不認為這是最主要問題，但也確實是重要問題之一。瑞典文學院的十八名院士只有馬悅然教授一個人可以直接閱讀中國文學作品，其他人都要借助翻譯，這自然有個和言語轉換中的障礙、誤差甚至變質的問題。張承志有篇文章說：美文不可譯。這在某種範圍內是個真理，但不是絕對真理。我們讀朱生豪、傅雷的中譯本，仍然會覺得莎士比亞、羅曼·羅蘭的作品美不勝收。可惜，不管是大陸還是台灣、香港，把外國小說、詩歌、散文、戲劇譯成中文而且譯得相當漂亮的很多，而把漢語寫作的本國文學作品譯成外國文字的則很少，這一逆差非常明顯。在我國的翻譯史上，出現過英譯中的諸如朱生豪、傅雷等傑出的翻譯大家，但缺少把中文翻譯成英文的傑出人才。現在能把當代中文作品譯成外國文字並保持原著文學水準的幾乎都是外籍翻譯家（如馬悅然、葛浩文等），大陸辦的外文出版社，翻譯、出版了一些中國小說，但在海外幾乎沒有影響。

有的學者把語言障礙問題看得特別重要，因此建議瑞典文學院改革評選辦法。這個辦法的要點就是，每經一段時間後，瑞典文學院把當年的諾貝爾文學獎金，預定贈給一位用某一種「不通常」文字（即非英語及非西方主要國家語言文字）寫作的作家。文學院一旦決定後，即可徵求使用這種文字的國家的文學專家的意見和全世界專家的意見，以尋找出適當人選，然後譯成「通常」文字，最後由十八名院士投票決定。

一九八四年，黃祖瑜先生（歐洲華人學會會員）正式致公開信向瑞典文學院提出這一建議（黃先生的公開信發表在《歐華學報》第二期），意見書在瑞典報上刊登後引起了熱烈的反響，而且得到瑞典文學院常務秘書宇泠斯藤認真的回信。這一覆函寫得很誠懇、很有意思。它坦白地訴說了瑞典文學院的困難、苦衷和他們堅定的工作態度，它甚至這樣誠懇地承認諾貝爾獎天然的局限：

> 諾貝爾獎金，每年每項只有一個；在某種項目，最多只有三位，共分獎金，可是世界上的文學作家和科學家——所有科學範圍，包括物理、化學、醫學、經濟學以及促進和平——為數很多，絕不只這幾位諾貝爾獎金得獎人，其中有些可能有同等資格，得到獎金，甚至於有些人的資格，比獎金得獎人的資格還要高。諾貝爾獎金，無論是文學獎金或其他項目的獎金，並不贈發給世界上那種項目裏最優秀的作家或學者，因為所謂「最優秀的」，根本就不存在。在極複雜的科目像文學、醫學或物理或獎金的其他科目，其中除原有材料外，有新創造的材料，我們如何能以客觀態度，來比較同一項目中的作家或學者？

而對於黃祖瑜先生的建議，宇泠斯藤教授也作誠懇的回答，這一回答主要是兩點意見：

1、承認黃祖瑜提出的問題（偏祖使用「通常」文字的作家作品，忽略使用「非通常」文字寫作的作家作品）的存在。他說：「瑞典國家文學研究院深深地感覺到這些問題的存在；這種感覺，非自今天開始，從贈發獎金開始時，即已有了。諾貝爾氏本人，對這些問題，也已顧慮到，因為在他的遺囑中，明明地寫着：『我確切地希望，在決定各獎的得獎人時，不顧及得獎人的國籍；只有貢獻最大的人，可獲得獎金，無論他（或她）是不是出生在斯堪地那維亞的國家裏。』諾貝爾獎金的國際性，已在這裏預先肯定。遺囑的最後一短語，特別有用意，因為由此可見諾貝爾氏本人，也自然地感覺到斯堪地那維亞三國的作家和科學家，在開始時，因為語言文字關係，就已佔優勢；若與歐洲以外的作家和科學家相較，當更佔優勢了。以後果不出諾貝爾氏所料，這種趨勢的確存在，尤其在贈發諾貝爾獎金（各種獎金）的初期。

到了後來，尤其是在二次世界大戰以後，大家積極地感覺到我們住的世界，並不只包括歐洲和西方的國家。在我們的世界中，國際間的聯繫，無論是在文化或政治方面，愈加活躍；過去西方國家的文化帝國主義和文化元老派唯我獨尊的觀念，不能繼續存在了。這種思想，當然影響到諾貝爾獎金的贈發，特別是文學獎金。大家熱烈地要求，在物色文學獎金的可能得獎人時，也應注意到大量西方文字以外的語言文字和文化領域。我們常常得到各地的來信，提醒我們注意到這件事；這些批評，不僅來自中國，還有來自印度（其中的語言文字以百計）、非洲以及大洋洲內國家，一齊抗議瑞典國家文學研究院把他們國家的文學忽略了。不唯這些歐洲以外的文字區域認為不公平，就在歐洲之內，還有很多義憤的作家和科學家，為他們（或她們）本國抱不平。」因為正視這一問題，所以他說：「有目的地注意那些所謂『不通常』文字的文學作品」，正是「研究院工作的路向」。

2、認為解決問題要翻譯家，要靠研究院本身的努力，要靠院士、譯者、文學研究者的「密切合作」，而不能單靠「文學專家」。他說：

> 瑞典國家文學研究院，不能把贈發諾貝爾文學獎金的工作，交託給文學專家們辦；最終決定人選，還是要研究院的人自己負責，所以我們要依賴翻譯家。要讀歐洲以外文字著作的翻

譯——其實歐洲以內少數人用的文字，也有些須要翻譯——我們也和一般書友和讀者一樣，高度地聽任偶然賜給我們的產品，這裏所謂「偶然性」，大多是愈來愈商業化的文學出版事業。所出版的翻譯，不一定都是自己不受約束和最優秀文藝家的作品。國際出版事業是一個超級市場，為一種專利貨品所操縱；這類貨品，隨着當日的文藝風尚產出，或由高度成功的文學市場推銷員所經營，有很多這類的出品，來自美國。這個市場裏的作家，不一定都是壞的，可是常常有這種現象發生，就是不在這個市場裏的作家，反而比較在這個市場裏的作家，更惹人注意。市場裏真正優良的作家，所出版的常常是他（或她）的作品中小量且無系統的選集，讀者不能由此可窺文學家作品的全貌。

瑞典國家文學研究院，有時自己找人翻譯某種文學作品，但自然不能大量地這樣辦。說也奇怪，翻譯詩歌反而比翻譯散文簡單，因為詩人的作品，可由其小量的作品代表，而散文家的作品，必須讀了他（或她）大量的作品，才可加以評判。為促進文學的傳佈，並且打開文字和文化的障礙——這些障礙把西方國家和中國及亞洲分開，也把西方國家和非洲、大洋洲等國家分開，同時把「不通常」文字區域的文藝，封閉在他們語言文字的壁壘內——最好的辦法是發揚翻譯的技術，把認為優秀的文學，譯成所謂「通常」文字，出版問世。

瑞典國家文學研究院當然不能只坐在那裏，瞪着眼，等候優美和豐富的翻譯作品，源源而來。我們必須在當時情況之下，盡力工作。有些方法，我已在上面提到了。困難之處，並不完全在作品的文字方面，而在乎如何滲透入作家本國的傳統思想，設身處地地懂得作家在寫作時所處的文學及文化背景；我們必須要這樣做，才能使翻譯的作品，不完全失掉原文的風格和意義。這樣我們就必須先讀很多其他有關的材料，才能稍稍地了解一位住在另一文化世界作家的思想和寫作。在這一切工作中，一位局外的文學專家，自然應和最後決定得獎人的文學研究院院士們，密切合作，作出對這位作家的最後評價。

瑞典文學院這一態度是可以理解的，他們不願意把大權交給「局外的文學專家」們，他們不能在文學專家們選擇之後最後起一個「橡皮圖章」的作用。這除了他們本是一群把獨立自主性原則視為生命之外，還因為他們對文學專家們的主觀偏激態度懷有戒心。宇泠斯藤坦率地說：

最後一件事，是如何鑒定文學專家，他們能選擇適當的文學作家，對作家評價時，能夠保持可靠和公正無私等等的態度，這件事並不是那麼容易。很多的專家，愛國的熱忱太大；也有很多專家，自己的愛憎太強，不能以客觀態度，評判作家；也有些專家，在評判其國內作家時，特別注意作家的年齡，使年紀長的有優先權；還有些專家，遮蔽地或明顯地特別注意到作家的政治立場；還有其他等等。在這一方面，也常常遇到文化上的差異，例如特別注重作家的年齡或其在外交上的地位，在日本或中國或其他國家，比較在西方國家內，重要得多。

宇泠斯藤先生對文學研究者、推薦者的這些批評，值得中國的文學教授們借鑒。他的這封回函的主要意思很清楚，語言障礙、文字障礙的困難不能交給非西語國家和非北歐國家的文學專家們去解決，還是要由他們自己通過翻譯文字進行鑒別與選擇。瑞典文學院的院士們選擇了五位俄國作家獲獎，這並非他們懂得俄文、沒有語言障礙，而是他們在譯文中仍然感受到這五位作家詩人的天才。

翻譯的確重要，如果不是《邊城》、《從文自傳》、《沈從文作品集》及時譯成瑞典文，沈從文就不可能站到諾貝爾文學家族的門口，但是，這畢竟是沈從文自身的卓越，是他一生的創作成就和傑出的作品所決定的。其實，在沈從文之前，已有不少中國當代的小說、詩歌已譯成瑞典文和英文，但是，他們都未能像沈從文那樣：作品的瑞典文本一旦問世，便立即在地球的北角大放光芒，讓文學院的院士們個個瞇着眼睛讀得連連點頭。

何況，現在分佈在世界各國的翻譯家們都在追蹤中國當代作家的創作步伐，一旦有優秀作品出現，他們就抓住不放，瑞典的文學院士們必定很快就可以看到葛浩文所翻譯的李鋭、莫言的作品，這之後，就看李鋭、莫言們是江郎才盡還是馬力無窮了。關鍵還是自身的精彩與強大，但願他們個個都能面壁十年，面壁一生，寫出不僅讓當代評論家欣賞而且讓今後千百代知音感動的作品。

十

中國文學的百年缺席，似乎是令人不快的事，但也可以藉此反省一下自身。我們不怪別人，卻必須求諸自己。這個「自己」，一是本世紀中國文學的大思路；二是本世紀中國文學的生態大環境。應當坦率地說，兩者都有大問題。前者產生於「主義」的影響與干擾；後者產生於「集團」的壓迫與牽制。中國現代文學在二十年代才剛剛從傳統的觀念中解脱出來，在三十年代卻又走入政治意識形態的牢籠；文學變成意識形態的轉達形式，階級鬥爭的觀念變成文學的靈魂，「主義」對世界的解釋變成作家的創作前提和創作框架，這樣，從三十年代一直到七十年代，文學寫作便形成一種與大愛、大悲憫、同情心相反的「一方吃掉一方」的兩極對立的大思路。這種大思路是一種黑洞，它幾乎吸盡文學的本性和吸盡作家的靈性。「五四」之後出現的一些很有希望的作家，如郭沫若、丁玲、茅盾和大群的左翼作家，以及下半葉的大陸作家，都先後陷入黑洞之中，從而耗盡了自己的才華。這種大思路的出現，又與文學的生態大環境有關，我在這裏不能不說這個世紀中國文學的生態大環境很不好。這個世紀產生一種以往歷史所沒有的現象，就是政黨現象。政黨是大政治集團，這種大集團為了自己的目標，就要求文學為自己的目標服務，甚至要求文學成為自己的工具，這樣，他們就把作家組織化、制度化，把作家變成手操另一種武器的軍隊，這種軍隊自然沒有寫作個性的存身之所。而在大政治集團之下，許多作家又組織各種政治性的文藝團體，為不同的主義而打派仗，爭陣地，搶旗幟，以喧囂代替創作，也就是所謂「功夫在詩外」。文學本來是孤獨的事業，是充分個性化的事業，它面對的不應當是黨派的現實目標，而是人類永恆的困境和未來無數年代的知音，但是，孤獨的詩人無地徬徨，逃避集團、逃避政治的作家無藏身之所。身在集團中的人，借集團的名義說話，沒有自己的聲音；身在集團外的人，一旦發出自己的聲音便被圍攻與撲滅，這怎麼會有輝煌的精神創造？現在看得很清楚，無論是「主義」還是「集團」，對於文學來說，都是一種災難，一種魔圈，一種招牌，一種廣告，一種黑洞，誰鑽進魔圈，誰就會把自己的才華葬送。此時，我想起海明威在獲得諾貝爾文學獎時的話：「寫作，在其處於巔峰狀態時，是一種孤獨的生涯。各種各樣的作家組織固然可以減輕作家的孤獨，但我懷疑它們未必促進作家的創作。一個在眾人簇擁之中成長起來的作家，固然可以擺脱他的孤獨之感，但他的作品往往就會流於平庸。而一個在孤寂中獨立工作的作家，假如他確實超群出眾，就必須天天面對永恆，或面對缺少永恆的狀況。」海明威的演講詞不到一千字，他把自己一生寫作的最重要的體會作了如此表述，可見，作家的孤獨狀態，即不受「主義」、「集團」以及市場等外在干擾而獨立不依的寫作狀態是多麼重要，這是作家成功最重要、最基本的前提。在二十一世紀到來的前夕，中國作家如果不是陶醉於「成就」，而是面對「代價」，從痛苦的代價中學到一點東西，那麼，明天一定是屬於中國作家的，可以肯定，擁有表達自由的作家不僅會跨進諾貝爾文學家族的大門，而且會跨入更偉大的精神價值創造之門。

十一

在批評中國作家的大思路和批評中國社會的大環境時，我想還應該批評一下我和我的同行從事的工作——文學批評與文學史寫作。

本世紀下半葉中國大陸的文學批評和文學史寫作一直是非常糟的。其原因是這種批評與寫作已完全變質，即文學批評及文學史寫作完全變成按照黨派意志而設置的政治法庭，文學史變成左翼政治史的文學版。這種版本的文學史公然把現代文學史最優秀的作家如沈從文、張愛玲等開除出歷史之外，實在是荒謬到極點。八、九十年代所作的文學史，包括中國現代小說史、中國現代詩歌史等，比起前三十年固然好一些，但也有兩個致命的弱點：一是複製性太強；二是以謳歌代替審美判斷。大陸出版的現代文學史與當代文學史（包括通史與分類史）教科書恐怕不下兩百種，但都是大同小異，現代文學史（包括小說史、詩歌史）基本上是王瑤先生的《中國新文學史稿》的翻版、延伸、擴充和分類寫作，框架沒有大的變化。儘管小說史愈寫愈厚，但內行的人一看就知道這是「紙老虎」，因為它的建構、它的框架、它的線索，它的評價都和以往已出現的文學史差不多，也就是骨架是複製的，只是皮肉有點增減，文字有點差異而已。更糟的是在漂亮的敍述文字掩蓋下，文學史作者把所有的出版物，不管它的優劣，幾乎都放在自己的框架內；然後按照習慣性的看法和評價標準重新做個「英雄排座次」。坐在「章」的位置上自然是「魯、郭、茅、巴、老、曹」，坐在「節」的位置上則是沈從文、李劼人、張愛玲、張恨水等，坐在「段」的位置上則是新感覺派、現代派作家。這種文學史的缺點是讓人讀後如入迷宮，宮中的六大菩薩、十八羅漢、三十六小鬼雖被濃裝豔抹但卻模糊不清。六大菩薩到底哪些作品是精華，哪些是糟粕，哪些是成功之作，哪些是失敗之作，放在人類文學創造的背景下，他們在貢獻之中有甚麼根本局限？時代造成他們何種局限？個人應負何種責任等等問題，我讀後常常一片朦朧，掩卷之後只記得一片頌揚之聲。這類文學史教科書對於正在進入文學之門的大學本科生可能有些幫助，但不可能提供真切的審美判斷，一些關注中國文學的海外的文學評論家、翻譯家很難從中得到啟發，只能覺得這種被筆墨打扮的中國作家個個可愛但個個不可信。

八十年代大陸出現的非學院派的文學批評情況要好得多。這些新出現的批評家，不像文學史作者靠「複製」過日子，而是靠自己敏銳的藝術鑒賞力，因此他們發現一些初露鋒芒的作家並為他們的生長吶喊。可是這些中、青年批評家多數並非文學教授，並無向瑞典文學院推薦的資格；而具有推薦資格的文學史教授，則缺乏藝術鑒賞力，對當代文學發展的脈搏懵懵懂懂，結果能向世界推薦的批評家變得非常稀少。中國沒有諾貝爾獎的獲得者，無法有力地推薦本國的作家，在近一百年的歷史上，只有異國的賽珍珠推薦過林語堂和大江健三郎推薦過莫言、鄭義（後者是口頭上說）兩例。中國作家協會只有一個（台灣有沒有我不清楚），又沒有甚麼威信。埃斯普馬克先生《諾貝爾文學獎內幕》一書談到亞洲國家的推薦情況，他說：二十世紀上半葉只有一九四零年賽珍珠推薦過林語堂，「不過完全無法使人相信」。他們只能從探險家斯文．赫定那裏得到某些幫助，還有就是從高本漢那裏得到一些情況，在六十年代前期，賽珍珠還推薦過日本的谷崎潤一郎，日本文學院推薦過西脇順三郎，日本筆會推薦川端康成，美國方面則推薦過三島由紀夫。一九八五年五月三日《亞洲週刊》曾發表文章批評瑞典文學院對亞洲的忽視，文中提到幾個作家的名字：日本的井上靖，中國的巴金，印尼的P．A．多埃，印度的長篇小說藝術代表人物R．K．納拉揚。瑞典文學院的常務秘書在回答記者時說：亞洲作家的提名仍然不是很多，特別困難的是，即使在文學專家中也缺乏統一意見。還有一個問題是，對於有着非常不同的文化背景和完全不同的文學目的的作家缺乏統一評價標準，而且在西方對上述的提名者也缺少譯本。在記者的窮追不捨之下，這位常務秘書還透露，亞洲不少國家有權提出建議的機構放過了提出候選人的機會。中國筆會主席巴金就說，他得到過提候選人的邀請，但是沒有回答。在其他國家，筆會也白白放過機會，比如瑞典文學院與泰國筆會每年都有聯繫，但是對此沒有反應。泰國筆會主席尼拉萬．炳通就不是很確切地知道，他的國家是否有作家被推薦為候選人，而且說：「在泰國，就翻譯文學作品而言，我們沒有做多少事情。我們可以從我們自己的語言對他們作出判斷，事實是我們還沒有看到某一部作品真有資格，因此我們沒有認真對待這件事。」埃斯普馬克批評：「這段話清楚地表現了多次阻礙有意義的候選人被提名的失敗主義。」我不知道台灣、香港有沒有這種「失敗主義」，而大陸，我敢說是沒有的，有的只是缺少推薦的熱情和雖有熱情而不知從何入手。推薦是需要認真態度、需要時間和需要情懷的，茫茫的中國大江南北，有幾位認真、酷愛中國文學、毫無私心和妒嫉心的推薦者呢？龐大的中國作家協會機構又真的嚴肅地下過功夫推薦過自己的作家嗎？我懷疑。

不過，也不必悲觀，只要作品傑出，即使國內缺少知音，國外也會有知音。而且瑞典文學院特別找了一位中國文學知音作為自己的院士。埃斯普馬克說：「當一九八五年漢學教授和翻譯家G．馬爾姆奎斯特（即馬悅然）被選入文學院的時候，人們確信，他是一位西方世界了解中國現代文學的傑出專家，同時他個人與其他東方文學的專家保持着密切關係。」馬悅然確實正如埃斯普馬克所評價的那樣，他是傑出的，而且是積極的，他的眼睛時時在尋找中國文學的星光。一九九三年我「客座」斯德哥爾摩大學時，曾與羅多弼教授及陳邁平先生組織「國家、社會、個人」國際學術討論會，邀請了五十多位世界各地的漢學家。會議期間，馬悅然特別邀請了余英時、李歐梵、劉紹銘、李澤厚、王元化到瑞典文學院院士們經常聚會的小樓上座談，他誠懇地徵詢大家對中國文學現狀的意見，在那個夜晚明亮的燈光下和溫馨的氛圍中，我感到：諾貝爾文學家族是個有趣的存在。中國作家缺席只屬於二十世紀，絕不屬於二十一世紀。「代價」是「成就」的母親，二十世紀的中國作家已付出巨大的代價，包括心靈飽受折磨的代價。他們已把一部份代價化作成就，還將孕育更大的成就，可以肯定，二十一世紀的諾貝爾文學火炬家族將會迎接不只一個的中國天才。

寫於一九九八年十二月美國科羅拉多

發表於台北《聯合文學》一九九九年第一期

答《文學世紀》編輯顏純鈎、舒非問

（發問：顏純鈎、舒非；回答：劉再復）

問：劉先生，高行健得獎以後，海外華人普遍都反應熱烈，但中國政府看法卻完全相反，究竟高行健拿這個獎是不是實至名歸？

答：我認為這是名實相符的。當然諾貝爾文學獎評委有他們的價值標準，但高行健也的確是最優秀的中國作家之一，他是個「最具文學狀態、最具文學立場」的人，而且是在小說、戲劇、理論、繪畫等全方位取得傑出成就的作家。另外一個前提是：高行健的大部份作品都有瑞典文和英文、法文的譯本。這與本屆諾貝爾文學獎的評委會執行主席馬悦然的努力關係很大。他譯了高行健的長篇小說《靈山》和《一個人的聖經》，選譯了高行健十八部劇本中的十四部。

問：聽說馬悦然曾經申請到大陸見李鋭，但政府不批准他入境。假如他當時獲准入境的話，結果會不會不同？

答：即使他到大陸見了李鋭，這個獎還是會給高行健的。

問：為甚麼？

答：高行健的條件更成熟。李鋭也非常傑出，但他的作品還沒有譯完，對他們來說，最重要的是有瑞典文譯文，然後才是英文。有人說王蒙有機會，我認為到目前為止沒有可能，他的作品也沒有瑞典文譯本。該怎麼辦呢？評選並不神秘，那十幾個可敬的老先生，大部份都是禿頂的，說不上是誰操縱的，他們看不懂中文，沒辦法。

問：這是純技術方面的。

答：從作品來說，高行健也是最好的中國作家之一，我認為還有好幾位中國作家也有機會得這個獎。去年曾慧燕訪問我時，我就提到一個高行健，一個北島，一個李銳。她叫我估計一下二十年內中國作家有沒有機會，我就說那是肯定的。八十年代之前，我們有兩個問題，一個是文學的生態環境很壞，第二是大思路有問題。我們的當代文學重新被外界認識，只有從八十年代到九十年代的二十年。

問：你剛才提到推薦高行健、北島、李銳，你是以私人身份向馬悅然推薦，還是你參加了一個甚麼推薦委員會？

答：諾貝爾文學獎規定四種人可以推薦。一種是曾經得過諾貝爾獎的，好像大江健三郎，他現在就可以推薦，他很喜歡莫言、鄭義。第二種是文學教授，不分國界的，副教授還不行。第三是國家級作家協會主席，另外就是相當於全國作家協會的那種大型文學團體的主席，比如筆會。當時我當文學研究所所長，也是研究員，相當於教授，所以他們曾經有六個評選委員寫信給我，讓我推薦，我只表達個人的意見。

問：當時就推薦高行健？

答：不是。一開始我推薦巴金，出國後才推薦高行健。

問：有人以巴金應該得獎為理由，覺得不應該是高行健。但有一位香港作家劉志俠，寫一篇文章，說巴老兩次到巴黎，都是高行健當法文翻譯，巴老也多次在大小場合讚賞高行健的作品，說他是我們「優秀的年輕作家」，所以他認為高行健得獎巴老一定很高興。

答：對對。前幾年如果他們能先頒獎給巴金，現在再給高行健就更好了。高行健多次對我說，給巴金，大家都比較能接受，他對巴老很有感情。巴金也非常欣賞高行健，一九七八年到巴黎時，他就向法國朋友介紹說，我的這位翻釋是「真正的作家」。

問：為甚麼他們不頒給巴金呢？

答：最重要的是巴老解放後將近三十年基本上沒有作品。最後的《隨想錄》對我們來說是很重要的，很不容易寫出來的，但瑞典文學院處在另一種環境下，就不容易認識，所以我也認為這是評選委員會的一個缺點。巴老的這部巨著代表着中國當代文學的最高道義水平。

問：高行健最打動他們的又是甚麼呢？

答：我一九八八年到瑞典去的時候，馬悅然就跟我說一句話：「我是很偶然發現高行健的。」他在飛機上讀了高行健一篇文章，覺得很好，然後就找他，然後就與他聯絡，把他的作品找來，他說：高行健的每一部作品都是好作品。馬悅然的文學鑒賞力非常強，一下子就辨別出來，後來就把他的戲劇翻譯了幾部。當時他正發愁，因為高行健寄了一部長篇《靈山》給他，對他來說，筆跡很潦草，讀起來太費力。我說那沒關係，我就揹回北京去，請人打字，作校對，再通過瑞典駐中國大使館轉交給他。

問：我們現在說他「別有用心」。

答：那實在太冤枉他了。他對文學非常熱愛，所有的焦慮、不滿都是為中國文學，他對我國駐瑞典領事館不滿意也是因為這點。一九八八年諾貝爾評選委員會選擇了沈從文，馬悅然聽說沈從文去世了，就去問使館的人，使館的工作人員回答他：我們不知道沈從文這個人。所以他對使館那些人很反感，他老是嘮叨這件事。

問：我們回到剛才的問題，高行健打動他們的是甚麼？

答：他用非常冷靜的筆法，寫出非常豐富的精神內涵和非常深刻的人性困境。去年我在《聯合文學》一月號所發表的《百年諾貝爾文學獎和中國作家的缺席》裏就說：高行健的《靈山》「把現代人的處境同人類普遍的生存狀態聯繫在一起」；高行健的體驗在中國，但揭示的則是人類的生存困境。他的戲劇有幽默感、哲理感，有實驗性，還有對人的存在意義的大叩問。這都會打動西方人。高行健具有最有活力的靈魂，他的思考、寫作，表現出不尋常的活力，拒絕任何教條，任何迎合，寫出完全是屬於自己的東西。

問：他是主張排除一切干擾，教條、理念都排除掉。

答：他說的「逃亡」也是這樣。他是充分個人化的作家，是我們中國作家中真正退回「個人化立場」的一個。個人角色就不是「人民的代言人」的角色，他超越了這些，所以說「逃亡」。自救唯一的辦法就是「逃亡」，這個逃亡不是政治意義上的逃亡，而是美學意義的逃亡：從各種的概念中逃亡，從市場中逃亡，從政治陰影中逃亡，從過去舊的寫作模式中逃亡，也從自我的地獄中逃亡。他的劇本《逃亡》告訴人們，最難逃避的是自我的地獄，這一點很深刻。

問：他和你有不少相近的地方，比如人道精神、寬容，還有精神自救、叩問靈魂等等，但他又和你有不同，你對祖國和鄉土的感情比他要濃厚。

答：他的逃亡包括從主義中逃亡，從集團中逃亡，這一點我們倒是有共同認識。我們都認為中國現代文學最大的危害便是主義的危害。我的鄉土情懷的確比他濃厚，但我後來也笑他，說你的中國情懷也沒有放下。《一個人的聖經》明明是中國情懷，不過他還是更早就有一種要打破國界的普世意識，早就對民族主義提出質疑，他這方面的意識比我強烈，但我後來慢慢也和他接近，我寫「思想者種族」，便沒有甚麼偏見，也沒有甚麼國界，用王國維的概念來表達，我最後也打破了這個「隔」。他一直揭示存在的荒謬，在他的戲劇中表現得很前衛。《靈山》的寫作手法也很前衛，他的藝術意識也比我強。

問：他的話劇《彼岸》就看得懂。表面看起來好像批判文革，但其實已經超越對文革的批判，表現人的生存困境。

答：《彼岸》是高行健超越「中國問題」進入人類普遍問題的開始。我曾在中文大學講過文學的四種維度，說中國現代文學只有「國家．社會．歷史」的維度，變成單維文學，從審美內涵講只有這種維度，但缺少另外三種維度，一個是叩問存在意義的維度，這個維度與西方文學相比顯得很弱，卡夫卡、沙特、卡繆、貝克特，都屬這一維度，我們只有魯迅的《野草》，另外張愛玲的《傾城之戀》有一點。第二個就是缺乏超驗的維度，就是和神對話的維度，和「無限」對話的維度，我的意思並不是要寫神鬼，而是說要有神秘感和死亡體驗，底下一定要有一種東西，就是「從哪裏來到哪裏去」。本雅明評歌德的小說，說表面上寫家庭和婚姻，其實是寫深藏於命運之中的那種神秘感和死亡象徵，所以要有一種超驗的維度。第三個是自然維度，一種是外向自然，也就是大自然；一種是內向自然，就是生命自然。像《老人與海》，像傑克．倫敦的《野性的呼喚》，像更早一點梅爾維爾的《白鯨》，還有福克納的《熊》，都有大自然維度。內向自然是人性，我們也還寫得不夠，高行健幾項都挺厲害的，《彼岸》開始超越「國家．社會．歷史」的單維局限。《冥城》則有超驗的維度，《靈山》有自然的維度，而他的戲劇又有強烈的叩問存在意義的維度。

問：像張愛玲、白先勇這兩位，也都是很有才華的作家，但張愛玲出國後也基本沒有重要作品。

答：白先勇很有才華，可惜瑞典注視得不夠。張愛玲無疑是天才，但她的一生也是天才的悲劇。她跟丁玲兩個都是悲劇，她們是當時很有才華的兩個女作家，但後來都跌進了政治的陷阱，只是從不同的方向而已。張愛玲的悲劇比丁玲更深刻，張愛玲在《金鎖記》、《傾城之戀》最初展示出來的天才特點，是把時代潮流、把歷史從自己的生命中拋出去，而丁玲卻一直是跟着潮流走的。張愛玲後來寫《赤地之戀》，她自己又跌進了另一個政治潮流，她後來完全迷失了。中期寫《小艾》，前半部寫得非常好，後半部（還有《十八春》的後半部）就徬徨了，不知道怎麼辦好了。她太自戀了，太冷了；高行健也冷，不過他內裏是熱的，不是對社會冷漠，而是形式上的冷觀。高行健恰恰把政治潮流統統從生命中拋出去，他是自我放逐，不是被歷史放逐，是把歷史從生命中扔出去，這是很不一樣的。

問：《一個人的聖經》中，到了最後，就像巴哈那種非常的平和、安詳，一個人經過大災難，到了另一種境界。他沒有一般的人那種苦澀、悲痛，好像昇華了。

答：他兩部長篇都是這樣，他寫第一部長篇《靈山》時，因為被誤診患上癌症，以為會死，所以他就去做最後一次旅行，沒有想到經過長途跋涉，慢慢就昇華了，穿越了死亡就昇華了。海德歌爾就認為，人一切都是假的，只有一樣是真的，就是死亡。人在死亡面前會感到一種恐懼，這時候存在的意義就充分展開。其實，人在愛的面前，存在的意義也會充分展開。高行健第二部長篇也是這樣，也是穿越了死亡。《一個人的聖經》接觸到的根本，不僅是接觸現實，而且是接觸到根本。《一個人的聖經》是一個人的心靈苦難史，一個知識分子的苦難史，但是他又不能陷進去，而是走出來對自己進行觀照。我說他是一種「逼真的現實主義」，寫得非常逼真，但他又不是自然主義，他揭示人性的屈辱與悲慘，但又昇華為對人性尊嚴的呼喚。他有自己的觀照，意境和詩意就在觀照中出來了。

問：高行健的中文也很漂亮，你也說他是詩人！

答：他寫過長詩，文革時燒掉了。他對語言很講究，也寫過很多論證語言的文章，他對語言一點都不讓步，他決心要把漢語的魅力充分發揮出來，這一點和汪曾祺一樣，就是要堅決去掉歐化的影響。《靈山》、《一個人的聖經》中有許多漂亮的散文詩，但主要是有內在神韻。

問：他主張吸收民間的世俗的語言，也不喜歡用成語，這樣可以避免「文藝腔調」。

答：對，不喜歡用成語，不喜歡對仗，也不喜歡抒情。

問：阿城當年的「三王」，也用很漂亮的道地中文。

答：是啊！阿城也致力於保持漢語的魅力，語言意識很強，可惜「三王」之後幾乎沒有下文。為甚麼說高行健是有活力的靈魂，他是不斷往前走，不懈努力，不斷超越自己，穿越自己，愈走愈遠，思維非常超前，甚至可說是處於時代的巔峰思維狀態。北島在詩歌方面後來也沒走多遠；李銳有《無風之樹》、《萬里無雲》兩部，都寫得很好。莫言也寫得好，創作力旺盛，但莫言正好跟高行健相反，他是熱的文學，高、莫是兩極。兩極也沒關係，文學就是多元的。日本也有兩極，一個川端康成，一個大江健三郎，川端唯美，大江則激烈批評社會，天皇給他獎他不要。

問：這一次我們政府的態度也很奇怪。諾貝爾獎不評給中國人，就說人家歧視；現在評給中國人了，又說人家「別有用心」。那你叫人家怎麼辦？

答：他們太不了解評審的機制，馬悅然一個人只有一票啊！一定要有半數以上的票數才能當選，十八個人要有九票以上，不是他一個人就能決定，很難的。每個評委都非常獨立，很有個性。諾貝爾文學獎和科學獎的評審，已經成為我們整個人類共有文明的一部份，好像奧林匹克運動會一樣。經過了一百年的歷史考驗，大家都覺得他們的評審非常公正。當然，我們可以說價值觀念不同，或者哪一年哪一個作家弱一點，但總的來說，沒有評出荒唐的東西出來。他們這次選擇了高行健，非常對。這一選擇本身，也是一篇傑作，是瑞典文學院二十一世紀的第一篇傑作。因為他們選擇的是一個最有文學狀態、最具有文學信念的真誠的作家，是對作家自由表達權利的最強有力的支持，是對精神追求與人類良心的肯定。高行健得獎後，我所以高興，不是為自己，而是覺得好像有一道曙光，穿透了黑暗，這道光，會照亮二十一世紀的文學道路，也會照出當代一些不太漂亮的心胸。瑞典文學院的決定，包含着很多美好的信息，它在整個世界發生精神沉淪的時代中，維護了一種精神價值水準。如果用冷戰時代的眼睛，就看不出這種意義。

問：高行健並沒有參加任何政治組織，他在國內受的批判現在看來也不算甚麼，但為甚麼我們政府還用這種態度來對待他呢？更包容一點，對政府應該沒甚麼壞處吧？

答：所以馬悦然説他們愚蠢。其實不僅是愚蠢，而且是愚昧、愚頑。高行健其實離政治很遠，並且一再聲明絕不坐上任何集團的戰車。一九八九年他表了個態，也不應抓住不放。一九九八年葡萄牙作家薩拉馬戈得獎，他是左派，是共產主義者，對政府來説是異端，老是批評政府。但他一得獎，政府馬上宣佈，高興得不得了，祝賀他，而且説我們過去對你有過失，然後一起來慶祝葡萄牙語的勝利。葡萄牙語在西歐是小語言，能夠得到世界性的承認，很高興啊！認為是葡萄牙語共同的勝利。所以高行健得獎，首先應該看到，他是我們母親語言的勝利，應該撇開政治層面，以中國文化的感情來看待這件事。

美國總統傑佛遜說過一句話：「我從來不會因為政治上、宗教上、文化上、哲學上的分歧，拋棄任何一位朋友。」不能太小氣，最多只是一九八九年高行健在政治上有分歧，做一個作家可能會講一些比較激烈的話，但他在文化上的創造，是高於政治層面的東西。他是用我們的母語來寫作的，應該看作是我們漢語寫作的勝利，看成母親語言的勝利，應該為他感到驕傲，這一勝利將提高中國在國際上的文化地位。

問：諾貝爾文學獎會不會有一種傳統，就是它比較肯定建制外的作家？好像前蘇聯的索忍尼辛、捷克的哈維爾、日本的大江健三郎。

答：其實他們是超拔的，它主要是看作品水平，它有一種標準，看文學上的質量，他們關注的是高質量，不是左翼、右翼，不是建制內建制外。按照諾貝爾的遺囑，還要體現人類的理想，譬如說他一定是和平非暴力的，一定是對人類社會有建設性的創造。這是價值取向，不是政治傾向，這兩個重要概念應當區分清楚。價值取向是歷史積澱的結果，是維繫人類社會健康發展所必需的基本元素，不可不講。

問：高行健的作品在得獎前都不好賣，當然得獎後就不同了。但有多少人可以得諾貝爾文學獎！一個作家的作品，和市場脫了節，面對這樣的困境有甚麼出路呢？

答：文學與市場脫節是正常的。一個作家的創作本來就是個人的，用高行健的話說，作家「只自成主張，自有形式，自以為是，逕自尋找一種人類感知表述方式。」這種方式往往非常超前，他的思想和創作方法都超前，所以不能被人家理解，不能被市場接受，這種現象是經常發生的。就像喬伊斯的《尤里西斯》，現在被評為二十世紀最好的英文小說，但開始也是不能被多數人接受，讀者非常少，時間推移以後，人們就認識到它的確是非常好的經典。高行健也比較超前，所以不太能被人接受。讀者很少，沒有市場，這是很多經典著作的共同命運。優秀的作家就要接受這種命運，經得起寂寞，沒有別的辦法，甚麼都要就成不了好作家。迎合市場，絕對成不了好作家。另一方面，我們對讀者的接受心理也要反省，為甚麼法文版一出來，人家反應那麼好，那麼強烈！法國是個精神水準很高的國家，比美國高。美國總的來說還是商業化太重，人文氣氛不夠，高行健選擇法國定居是對的。這裏也對文學批評、文學評論和文學史研究提出問題。文學批評要在廣泛閱讀的基礎上，去發現真正有價值的東西，能發現才是真功夫，馬悅然就是這樣，不是人云亦云，不是「英雄排座次」。瑞典文學院的眼睛，整月整年都在尋找真正有文學質量的作品，相當有眼光。

問：其實現在中國人中的富豪那麼多，完全有能力集合一筆錢出來做類似的評獎，但是沒有人肯這麼做。

答：就算拿了錢出來，還要看看怎麼做，關鍵是要有一批有鑒賞力、公信力的批評家。你看瑞典文學院這十八位評審，都是著名的詩人、作家，要花大量時間讀別人的作品，要有獻身文學的精神。馬悅然有次帶我去見一位評審，是個老詩人，顫巍巍的，還給我敬了一個禮。就這樣的老人，整天忙着看各國作家的作品，你說他有甚麼政治目的？會有甚麼「用心」！評獎的關鍵正是要有一批這樣全生命投入的沒有私心的專業學者和評論家。

問：他們有自己的價值觀念，這是沒辦法的事。

答：不但是有自己的價值觀念與文學信念，而且都非常執着。所謂執着，就是不屈服於任何外在的壓力。

問：最近還有很多人說中國人都不知道高行健這個人，其實很多老作家對他的成就早就有預言了。

答：國內已十幾年不出版他的著作，老是批評他、封禁他，我們的同胞怎能知道他、了解他。要對高行健得獎的事發表意見，至少要看他的作品，首先必須這樣，不然就沒有發言權。像高行健的《靈山》、《一個人的聖經》這樣的文學大書，用我們的母親語言寫作成功的鉅著，被瑞典文學院肯定為最高水準、最高品質的鉅著，卻被阻擋在國門之外，這是中國人的悲哀。我認為，這是阻擋不住的，也確信：禁止高行健的作品進入故國，是犯罪行為，是歷史性的錯誤。

問：照目前這個情形，高行健的作品在大陸恐怕還出不來。

答：目前是出不來，大陸一直神經脆弱。即使政權鞏固得像鐵桶，也很脆弱。但我相信我們的祖國慢慢會明白，會有進步。國家的領導者應看看高行健的書才說話。行健的世界是很美的世界，一旦進入，就甚麼都明白了。諾貝爾評委都是很懂行健的，他們說高行健有「刻骨銘心的洞察力」，他確實不僅是對強權政治的一種超越，而且也是對現存生活模式的一種超越。他為自己確立一種高品質、高視野，這方面一確立就不一樣，但也更難被接受。

問：要是政府更包容一些，高姿態歡迎高行健，那對推動中國文學、對改革開放有更大的好處。

答：這是一定的。政府完全可以在高行健獲獎這件事上和知識分子、作家找到共同的情感，這是一種最原始的民族情感。不應當在概念的包圍中迷失，不應當在暫時的政治意識形態的計較中迷失。我們子孫後代還要為此事而自豪，正如現在的美國人總是為福克納自豪、印度人為泰戈爾自豪。高行健的精神境界早已越過中國，他的戲劇早就在叩問人存在的意義。他所寫的中國人的生存困境也是人類普遍的生存困境，所以他能打動西方讀者的心。他的世界意識、宇宙意識比我覺醒得早。但他的生命體驗主要還是在中國，血脈裏還是流淌着中國的血。他不僅竭盡心力地研究如何保持漢語的魅力，而且喜歡禪宗，在作品中注滿了禪味。他的世界觀受禪的影響極深，在整個世界陷入物質主義、金錢崇拜的情況下，《靈山》給人一種特別新鮮的感覺。西方的邏輯文化與程序文化通過電腦已發展到極致，生活在程序文化的人總有一天會明白到像《靈山》這樣的感悟文化，是絕對不可缺少的。

問：在思想層面來講，他得到諾貝爾文學獎評委的推許，主要是哪些方面？

答：高行健最核心的思想呼喚，是對人性尊嚴與文學尊嚴的呼喚，尤其是呼喚個體生命尊嚴與個體精神價值創造的尊嚴。他主張作家一定要退回到完全個人化的立場，退回自己的角色，他的責任意識也充分個人化。解放全人類容易，解放一個人卻很難。解放全人類等概念太抽象，最難的還是個人責任。高行健強調的是一種個人內在的責任感。

問：雖然是完全個人的，但他比任何一種主義更有普遍性。

答：不論從甚麼樣的意識形態出發去創作文學作品，最後得到的都是概念性的東西，基本上都不能成功。作家不能沒有良心，但良心只能是個人對責任的體認。好像林黛玉她發生那麼大的悲劇，賈寶玉也要體認自己也有一份罪過，所以王國維認為《紅樓夢》的悲劇不只是幾個人、幾個蛇蠍之人造成的，而是一種共同犯罪的結果，每個人都有一份責任，包括那個最愛林黛玉的賈寶玉。王國維的「共同犯罪」的意思是：我們在無意中、在潛意識當中，進入了一個共犯結構，我們實際上犯了一種無罪之罪，成了摧殘生命的共謀，這樣體認是個人的，卻更有普遍意義。

問：高行健對《紅樓夢》、《金瓶梅》也都很推崇，他認為《金瓶梅》是一部偉大的小說。

答：我們兩個人都很喜歡《紅樓夢》，很多共同的看法。我們都認為《紅樓夢》「無是無非、無真無假、無善無惡、無因無果」，所以它就得了「大自在」。高行健的確喜歡《金瓶梅》，這部小說毫不掩飾地揭示人性深層的東西，認定「生活無罪」，最後的部份又寫得很冷靜，沒有道德判斷，這可能對行健有啟發。他的作品對性的描寫很大膽，也很冷靜，可能受《金瓶梅》的影響。高行健寫甚麼都沒有心理之隔，性描寫沒有「隔」，沒有障礙。能突破性描寫的障礙，那就一切都突破了，也就有更大的自由。這一點我永遠看不破，所以我不能寫好小說。

王國維說，主觀之詩人閱世愈淺愈好，客觀之詩人閱世愈深愈好。小說家是客觀之詩人，閱世深一些好。行健屬於客觀之詩人，我屬於主觀之詩人。這裏的「詩人」是廣義的，是指作家。

問：他的《一個人的聖經》裏面，寫性寫得也很無顧忌，把政治和性相對起來寫，這邊有壓抑，那邊就有宣洩。

答：他寫性不迴避細節，生命衝動是一種客觀存在，他寫得很真實，相當準確，把一種瞬間感覺寫得很精彩。人的一生是由無數瞬間組成，每一個瞬間都是不可重複的，過去了就沒有了。高行健聰明得很，抓住獨特的瞬間，淋漓盡致地表現出來。這個瞬間帶有那個時代的全部信息，人性被毀滅的信息，生命被壓抑、被歪曲、被撕裂的信息，非常深刻。

原載香港《文學世紀》第八期二零零零年十一月，
此次收入本書，作者略作補充。

後記

雖然已經出版過多部文論著作，但從未像寫作《高行健論》如此愉快，這大約與書籍的形成過程有關。以往的論著似乎都是工業似的鍛造，而這部論著則是農業似的自然生成。常說「做學問」，這回則覺得學問固然有做出來的，如刻意去構築框架、體系，就是「做」；可是另一種學問則是流出來的，是用生命閱讀、體悟的結果。我的這本書屬於後者，這部集子中所有的文章，都是作為高行健的朋友，在愉快的交往、閱讀、思考中形成的，並非着意去研究與求證，只謀求說到點子上。我和行健兄都極喜歡禪宗，受其影響，也喜歡謀求明心見性、擊中要害。因此，書中的文字不是「做」的功夫，而是讀和想的凝結。

評述高行健雖是愉快，但也有難點，這除了他的作品（尤其是後期的戲劇作品）相當深奧之外，還因為他本身是個思想家，對自己的創作已有透徹的論述，要在他的話語之外說出新話不太容易。集子中的一些關鍵性概念，如「高行健文學狀態」、「內在主體際性」、「普世性寫作」、「黑色鬧劇」、「內心煉獄」等，也經歷過「苦思冥想」的時刻。

行健兄獲獎後，有人說這是瑞典學院給他「雪中送炭」，我則覺得是「錦上添花」。與行健多年交往，早已知道他是我們這一代人的「特例」，思想與風骨兼備，寫的是世上少有的錦繡文章。諾貝爾獎只是給他增色，真價值卻是方塊字與法蘭西文字織成的「錦繡」本身。可惜故國的權勢者卻是一群「錦繡盲」，他們只知權柄與烏紗帽的價值，不知高行健的精神價值，至今還嚴禁他的書籍，到處堵塞他的影響，真是荒唐愚蠢之極。受其「牽連」，我的評論高行健的學術文章和任何有關文字，也不能在大陸發表，這種荒唐事在當今文明的世界上恐怕找不到第二處，可謂「只此一家，別無分店」。而在文藝界學術界，一些名流學人，又因為高行健的名字沖淡其「話語英雄」的光彩而很不高興，低調的高行健竟然也威脅了他們的話語霸權，於是，也在明處暗處加以排斥。幸而還有香港、台灣的天真正直的朋友在，他們本能地為方塊字的勝利而喜悦並真誠地支持高行健充分表述，今天又支持我的表述。這種支持，具有無量的意義。為此，我要衷心感謝林載爵先生和聯經出版公司的其他負責人，感謝他們對於漢語文學的一片真感情。還要衷心感謝顏艾琳小姐，她作為本書的責任編輯，真是認真，一篇一篇仔細閱讀，凡重複之處都被她「抓住」，經過此番編校的洗禮，這部集子面世時更使我自己放心了。

本書特請馬悦然教授作序。今年十月底，顏艾琳小姐把清樣寄到瑞典，悦然教授收到後立即寫下第一稿，兩天後又完成了修訂稿，全文每一句話都很真摯，很謙卑。其實，他才是進入行健文學與中國文學深處的卓越先行者。對於他的勉勵，我只能心存敬意與謝意了。

我還要説明的是，為了保持評論線索和歷史的本來面貌，我對集子中寫於高行健獲獎之前的「舊作」（第二輯）及寫於一九九八年底的《百年諾貝爾文學獎和中國作家的缺席》一文，均保持原樣，不作改動。只是修正了錯字和刪掉一句記憶上有誤的話（在《缺席》一文中説《靈山》的中文本尚未出版，瑞典文的《靈山》已出版，其實應説，瑞典文本的《靈山》已譯畢了。）。高行健獲獎後，我因開會、演講、接受採訪的需要，寫了不少文字，集中的《高行健和他的精神之路》、《〈八月雪〉：高行健的人格碑石》、《論高行健的文化意義》、《內心煉獄的舞台呈現》等，均從未發表過。對於發表過的文章和談話，我只是對《答〈文學世紀〉編輯顏純鈎、舒非問》一文作了點刪改。

本書還收了《高行健創作年表》。我在一九九四年為香港天地圖書版的《山海經傳》作序時，同時也作了一個簡要創作年表。從那時候開始，我開始積累，每年都作一次整理，而整理後都寄給行健兄過目、校閱、補充，這樣就形成了比較完整的年表，可給日後的高行健研究提供一些方便。

寫於二零零四年十一月五日，美國

《再論高行健》

《再論高行健》目錄

自序——高行健，當代世界文藝復興的堅實例證……295

第一輯

高氏思想綱要——高行健給人類世界提供了甚麼新思想……306

高行健的自由原理——在德國愛爾蘭根大學國際人文中心高行健學術研討會上的發言……315

高行健對戲劇的開創性貢獻——在韓國漢陽大學高行健戲劇節上的講話……321

當代世界精神價值創造中的天才異象……324

從卡夫卡到高行健——高行健醒觀美學論述提綱……333

中國現代文學中的兩大精神類型——魯迅與高行健……339

從中國土地出發的普世性大鵬
——在法國普羅旺斯大學高行健國際討論會上的發言 346
高行健的又一番人生旅程 354

第二輯

走出二十世紀——高行健《論創作》（明報出版社）序 362
詩意的透徹——高行健詩集《遊神與玄思》（聯經出版公司）序 372
世界困局與文學出路的清醒認知
——高行健《自由與文學》（聯經出版公司）序 378
人類文學的凱旋曲——萬之《凱旋曲》（香港牛津大學出版社）跋 384
《高行健研究叢書》（香港大山出版社）總序 劉再復、潘耀明 389

第三輯

要甚麼樣的文學
——二零一四年十月十八日在香港科技大學與高行健的對話 392
打開高行健世界的兩把鑰匙
——二零一四年十月二十四日在香港科技大學
「高行健作品國際研討會」上的發言 397

美的頹敗與文藝的復興——二零一四年十月二十八日在香港大學與高行健的對話……402
走向當代世界繪畫的高峰——面對比利時隆重的「高行健繪畫雙展」……407

第四輯

放下政治話語——與高行健的巴黎十日談……420

第五輯

高行健創作年表（截止於二零一六年十月）　劉再復整理……446

附錄

余英時談高行健與劉再復——《思想者十八題》序文摘錄　余英時……484
現代莊子的凱旋——論高行健的大逍遙精神　劉劍梅……486
滿腔熱血酬知己　潘耀明……505
自立於紅學之林——《紅樓夢悟》英文版的序　高行健……507

自序

——高行健，當代世界文藝復興的堅實例證

二十多年前，我就說，行健不僅是個作家，而且是個大作家。那時就有人表示懷疑；之後，我又說，行健不僅是個文學家，而且是個思想家，此時也有人懷疑。但我卻愈來愈堅定自己對高行健的認識。去年，在香港科技大學歡迎高行健的對話會上（他和我對話），我再次鄭重地說：我欽佩高行健並非他獲得諾貝爾文學獎和其他數不清的榮譽和獎項，而是因為他很有思想。他的作品不僅使我感動、震動，而且從根本上啟迪了我。我結識過許多作家，他們的作品也曾打動我，但沒有一個像高行健如此給我啟迪。這啟迪，甚至改變了我的某些文學理念和思維形式。

因為受到啟迪，所以就不斷寫些講述高行健的文章。到了二零零四年竟收集成一部長達三百六十多頁的《高行健論》，由台灣聯經出版公司出版（責任編輯顏艾琳）。此書的出版，我以為是對高行健認識的一個小結。沒想到，出書之後，一面是高行健繼續前行，並在理論、繪畫、電影、詩歌諸領域不斷創造，成果纍纍；一面則是我對他的認識也隨之加深，在跟蹤閱讀與思索時，繼續受到他的啟迪，而且比以往的啟迪更深邃、更深切。於是，我又繼續書寫高行健，從二零零四年至今的十二年中，我竟然又在法、德、韓諸國以及台灣、香港作了七、八次演講，寫了二十多篇文章，所以今天才能編匯成另一部集子，也很自然地命名為《再論高行健》。我所以抑制不住說話和作文，又是因為高行健啟發我、激發

我，使我不得不寫，不能不說。而且每次都覺得有些「新話」要講，就以此次我編好《再論》之後而言，就很自然地想說說我編輯的理由和我為甚麼總是敬佩高行健的理由。也許以往寫過的數十萬字的文章已說明了許多理由，但今天我又想對讀者說：高行健有許多獨特的人文發現，也可以說是思想發現，這些發現，是此時讓我心靈燃燒的直接原因。

五月間，我讀了法國哲學家讓－皮埃爾．札哈戴撰寫的《高行健與哲學》一文（中譯載於二零一五年五月號《明報月刊》附冊《明月》上，譯者蘇珊）。札哈戴先生寫過五卷本的《世界哲學史》，是法國著名的哲學史家兼藝術史家。我讀了他這篇論文，由於深深共鳴而激動得徹夜難眠。第二天早晨，我給正在科技大學人文學部攻讀博士學位的學生潘淑陽寫了「微信」，說我昨天晚上失眠了，因為一位法國哲學家把我對高行健的一個重要認識，道破了。他說：高行健不自認哲學家，也不願意當哲學家，卻不斷作哲學思考，他的作品具有不可排除的哲學層次。對高而言，不管是作為小說家或電影藝術家（且不說畫家），高都表明：哲學就在他的作品中，難分難解，有時甚至難以覺察，但總也在場。札哈戴說得真好，他作為哲學家，感到高行健的作品蘊含着哲學（哲學在場），但又不是哲學。也就是說，高行健的作品是真正的文學品、藝術品，它充分審美，充分藝術，但明明又有哲學在場，也就是除了「充分審美」之外，又「充分哲學」。這些話我早就想講，結果還是被札哈戴率先道破了。不過，還是可以作點補充。我要說明：高行健這種非哲學又很哲學的創作現象，就因為作品中浸透着「思想」，甚至是「大思想」。這些思想是他對世界、社會、人生、審美、藝術獨到的認知。這些認知飽含着哲學意蘊，卻不是哲學形態。我還要進一步說，高行健的一切富有哲學意蘊的思想，乃是文學家藝術家的思想形式——化入文學藝術中的思想（不是哲學家的思想形式）。這在世界文學藝術史上已有許多偉大的先例，例如荷馬，例如但丁，例如莎士比亞，例如托爾斯泰與杜思妥也夫斯基。他們都沒有柏拉圖與康德那種訴諸邏輯的哲學，但它是另一種有血有肉、有人的蒸氣的哲學。高行健文學藝術作品中的哲學，我寧可稱它為思想，就像但丁、莎士比亞、托爾斯泰作品中的思想。同樣都在思索人的存在，但柏拉圖與康德等哲學家們面對的存在是人的抽象存在，而但丁、莎士比亞們面對的則是人的具體存在。

我特別喜愛高行健，除了他擁有訴諸於具體人的思想之外，還有一種他人未必感受得到的「大思想」，這就是他的人文發現。在我的「高行健閱讀」史上，至少他有四次「人文發現」深深地啟迪了我。

第一，發現中國作家的「現代蒙昧」，即被「主義」（政治意識形態）所綁架、所主宰的蒙昧。二十世紀的政治意識形態覆蓋一切，也覆蓋文學藝術。高行健發現這種意識來自三個方向：來自左方的「泛馬克思主義」與來自右方的「極端自由主義」，還有來自遠方（古典）的「老人道主義」。高行健的《沒有主義》一書，可以說是他告別二十世紀主流意識形態的一個宣言。這部著作，放在我主編的《文學中國》叢書中。推出之前，我因為職責關係首先作了閱讀。那個時刻，我感到異常興奮：終於有一個人從根本上對包圍着文學的魔咒發出一聲「不」了！這是天下第一聲。當時我就覺得，這是當代文學「解放」的開始。高行健在告別一個各種主義氾濫的時代。「沒有主義」不僅是空谷足音，而且令人振聾發聵。也是在這個時候，我更覺得高行健不僅是一個文學家藝術家，而且是個思想家，至少可以說，他已達到一個思想家的高度與深度。《沒有主義》這部理論文集，產生於九十年代初期，在他的長篇小說《靈山》剛完成之後。很明顯，「沒有主義」正是他的思想和創作的出發點。

至今，我還記得自己在閱讀《沒有主義》之後，給出版這套叢書的香港天地圖書公司的負責人劉文良先生寫了一封信，說「此書非同一般。它不一定很有銷路，但它的思路是劃時代的，以往我們的作家詩人總是要建立一種體系或一種框架，把文學納入其中。此書卻一反常規，不要這些體系與框架，不要這些『主義』，另闢一條非常明晰的大思路。」我還鄭重地跟劉文良說，此書「沒有主義」，但不是沒有思想。相反，這本書提出許多新思路、新思想，說出許多新話。這些新話，又不是空話。它的歷史針對性極強。針對的是二十世紀意識形態的謎團，質疑的是「改造世界」、「重建社會」、「重塑人性」的烏托邦，它的態度異常鮮明，它的思想非常徹底。劉文良聽我評介後就說「那就發稿吧，我們可以說它是一家之言。」我立即糾正說，「雖是一家之言，但它肯定是百家未言，千家首言」。

高行健的「沒有主義」，是他到海外後的第一人文發現，也是給我的第一個思想啟迪。而他的第二個「人文發現」則是發現「自我的地獄乃是最難衝破的地獄」。他出國不久，創作了《逃亡》這一劇本，呈現的正是這一主題。發表後，左方說他是「反政府」，右方說他是「抹黑民運」，雙方把它視為政治戲。其實，這是一部哲學戲，戲中的思想非常突出。他把沙特的「他人是地獄」翻轉為自我又何嘗不是地獄。筆下之意是：倘若人在關注這大千世界時，不能也關注身在其中的那混沌的自我。這也正是現時代人的病痛。他這種內心的觀審可說是慧能的「去我執」的延續，這種冷觀在他的劇作《生死界》和《夜遊神》中都得到淋漓盡致的現代表述。

高行健為甚麼總是抓住尼采不放，屢次批判尼采？因為尼采哲學，不僅不能提醒人們去警惕「自我地獄」，而且造成二十世紀無數浪漫的自我與膨脹的自我。這些小尼采不僅自己陷入「超人」的地獄，也把許多人引向妄言妄行的地獄。從戲劇史的意義上說，高行健在奧尼爾的「人與上帝」、「人與自然」、「人與社會」、「人與他者」之後又開闢了「人與自我」的第五維度；但從思想的意義上說，高行健在沙特的「他人是自我的地獄」之後發現了一個更為深刻的命題：自我乃是自我的地獄。這是一個敦促人類所有個體進行自我反省的卓越人文命題。高行健在《靈山》中設置「我、你、他」內在主體三坐標，那個他，是第三隻眼睛，用以關照、審視「你」和「我」，這是寫作「冷文學」的一種藝術發明。他常說，有這隻眼睛進行自我審視，才有冷靜。他的所有作品，都用這一所謂的第三隻眼睛，即冷靜而清明的慧眼，關注人世的眾生相，同時又觀審混沌的自我，從而放下以文學救世的說教，也嘲弄尼采的超人和救世主這樣的現代神話。意識與覺悟正是來自這種觀審，這也正是高行健認識論的前提。

在告別主義、告別浪漫自我之後，高行健完成了第三個人文發現。這就是「脆弱人」的發現。高行健在獲得諾貝爾文學獎之前，曾榮獲法國的騎士勳章和「文藝復興」勳章。我也一直把自己的這位摯友視為「文藝復興」式的人物，即多才多藝、人性全面發展的奇蹟般的人物。但高行健自己卻明確地說，我雖然向「文藝復興」的精神靠近，但與文藝復興時代那種老人道主義與老人文理念完全不同。文藝復興運動的先驅者們，其「人」的理念是大寫的人，卓越的人，「天地之精華、萬物之靈長」的人；而高行健的「人」，則是小寫的人，脆弱的人，具有種種人性弱點的人，也可以說是平常人，普通人，既禁不起貧窮也禁不起富貴，既禁不起打擊也禁不起誘惑的人。這就是高行健的新人文觀。世上的每一種大文化都有自己的人文觀，高行健也一再呈現和表明自己的人文觀。而他的人文觀之核心就是真實的人的存在。真實的人是脆弱的，這是他的大判斷。去年秋天，他在和我的對話中，多次如此表述：我們不能止步於老人道主義的體魄健全身心完美理想中的人。我們寧可從關於人的理念走向具體的個人，即有種種弱點真實的人。高行健的作品和論述呈現的正是這脆弱的人。他從人道和人權空洞的政治話語中走出來，用純然個人的聲音說話，落實到在現實社會種種制約下的個人。像《一個人的聖經》裏那個主人公，在「革命風暴」降臨時立即變形，書生變成了「跳樑小丑」，一次又一次的革命史、戀愛史，其實完全是失敗史，在恐懼中失敗，在脆弱中逃跑。面對「脆弱人」的存在，便是面對生命自然，面對真實的人的本性，因此，高行健的作品，無論是小說、戲劇，還是繪畫，他都面對「人」這種異常豐富、複雜的存在，絕對不作簡單化的政治判斷與道德判斷。他完全回到人性、回到人的情感，只對這種人性與情感做出提升而進行審美判斷。高行健比現代的任何一個中國作家都更早地覺悟到，他不負擔「改造世界」與「改造人性」的使命，只是呈現與表述，即只給讀者提供他對世界與人性的認知，無法給讀者指出「出路」。他懷疑而不悲觀，徬徨而不厭世，清醒而不消極。人性，人的存在，人的生存條件，歷來如此，其悲劇，其喜劇，其鬧劇，從來就是這樣。不必大驚小怪。從兩千五百年前的古希臘開始，世界和人類本就缺少理性，《伊利亞特》中的特洛依戰爭，只為一個美人而殺得血流成河，根本談不上正義與非正義。戰爭中雙方的英雄，其實都很脆弱。高行健的新人文精神，乃是一種新人文發現，他以自己的創作說明，「人」絕非神仙，也非善主。世界本就荒誕，人類自古以來就貪婪，就缺少理性，就脆弱。但文學可以去認識「人」的真實，可以導致哲學新的認知。高行健對「脆弱人」的反覆闡釋與呈現，其實正是對「文藝復興」傳統的深化，把「人」往人性深層的方向上去深化。

最後，高行健還有第四個重大「人文發現」，這就是發現對立兩極之間有一個廣闊的第三空間，也可稱作「第三地帶」。高行健的繪畫，在此發現中找到一個前人未曾涉足的寬廣領域。這就是在抽象與具象之間找到一個從事創造的巨大可能。高行健全方位的文學藝術創作涉及小說、戲劇，也包括歌劇和舞劇，詩歌、繪畫與電影，而且都有相關的美學論述。他一再更新文學藝術的表述形式，都與「第三地帶」的發現有關。諸如：

小說以人稱代替人物，以思緒的語言流替代情節；在對話者兩極之間有一個第三主體。戲劇從多聲部到多人稱的劇作法，從同一人物的自我假對話到中性演員的表演乃至於全能，這個「中性演員」就產生於演員與角色之間。他的繪畫在具象與抽象之間，訴諸提示與暗示，提供了一派難以捉摸的內心影像；他的電影詩則把戲劇、舞蹈、音樂、詩歌和繪畫融於一爐，樣樣自第三地帶中推出，並構成一種完全的藝術。

高行健「第三地帶」的發現，帶給他的創作以無邊無際的空間。我相信，他自己應當為此而感到無窮盡的喜悅，但他的發現卻不是偶然的發現，而是他從上世紀八十年代開始，就對我們這一代人普遍接受的「一分為二」的哲學進行叩問與質疑。他以懷疑作為認知的出發點，排除先驗的絕對精神和終極的本體預設及各種框定的價值觀（可又不導致虛無主義）。用認識論取代本體論，再三強調認識再認識，從而告別了二十世紀盛行的黑格爾的辯證法和對傳統的否定與顛覆。（然而，他並不割斷文化傳統，反而是在前人已到達的認識的基礎上，以前人為參照，去深化和開拓新的認知。）他撇開現時代普遍流行的二元對立、非此即彼，乃至於二律背反模式，從老子的「一生二、二生三、三生萬物」和慧能的「不二法門」得到啟迪，在兩端之間開拓出認知的廣闊天地和表述的種種可能，並訴諸文學藝術創作。法國哲學家札哈戴說得好：高行健超越二律背反，用更為精確的方式去思考「兩者之間」。在他的作品中不斷越界，具體而切實，超越一切對立和規範。

札哈戴熟知歐洲哲學，他當然深知高行健通過作品呈現的哲學不同於他所熟悉的那些哲學理念，所以才抑制不住內心的喜悅而著寫《高行健與哲學》這種令人意想不到的好文章。

我還想說，高行健還有第五、第六種人文發現。例如他發現西方藝術思潮中的時代症，即以理念代替審美，以說教代替藝術的後現代主義時代症，並與之劃清界線，從而擯棄「現代性」等新教條。關於這一點，他可謂先知先覺。上世紀末他寫的《另一種美學》和他的劇作《叩問死亡》，開宗明義，就針對現今的時代病，在這些論述與劇作中不只是對當代藝術和後現代主義言說的尖銳批評，而且挖掘其意識形態的根由（主義氾濫的惡果）。全球化從西方到了東方，這時代病已蔓延全球，以致葬送「美」和「藝術」。他去年完成（自編自導）電影《美的葬禮》，就是對歐洲美的凋零的輓歌。在哀悼美的喪失的同時，呼喚再一輪文藝復興。更有意味的是，他回歸審美的背後更為深刻的思考：是回到人，回到人性的豐富與幽深，回到認知，喚醒覺悟，重新追求精神的層次而訴諸創造。

去年我在課堂裏放映了台灣國家劇院演出的《山海經傳》（台灣國立台灣師範大學製作），不由得想起，高行健從古籍《山海經》中的古神話遺存中找尋早已散失的神話體系，重新立傳，寫出了這麼一部遠古華夏的史詩劇，而他的長篇小說則把現時文化大革命史無前例的這場浩劫寫成了《一個人的聖經》。他的電影史詩《美的葬禮》為美在當今世界喪失而哀悼，同時又發出再一輪文藝復興的呼喚。行文至此，回顧高行健的人文發現和全方位的文學藝術創作，突然想到，這可不就是一個當代世界性文藝復興的堅實例證嗎？「夢裏尋他千百度，驀然回首，那人卻在燈火闌珊處」，原來我的朋友，那位曾經在北京、巴黎促膝談心的朋友，那位個子不高總是抽着捲菸的朋友，那位把我的小女兒抱着走進北京人民藝術劇院去觀賞他的《車站》的朋友，正是一位文藝復興式奇蹟般的人物。二零一二年，我在韓國漢陽大學講演時就說，在我心目中至少有四個高行健：小說家高行健、戲劇家高行健、理論家高行健、畫家高行健。這之後我又觀賞他的電影和為他的詩集作序，這一切面對的正是一個活生生的、全方位的、名副其實的文藝復興式的人物。當年我稱高行健是個大作家、思想家時，有人質疑。今天我說高行健是個世上稀有的文藝復興式人物，是不是還會有人質疑呢？當然，高行健全方位的成就，只是他一個人的文藝復興，並不是一個時代的文藝復興。然而，這多少也說明，美雖在頹敗，但只要作家藝術家擁有清醒的意識，充分自覺，認識到文藝有復興的可能與必要，那還是可以有所作為的。大千世界儘管混亂，人慾儘管還在橫流，一個脆弱的個體生命固然有限，但還是可以為後世後人留下一份精神價值創造的堅實見證。

二零一五年七月二十六日
美國科羅拉多

第一輯

高氏思想綱要

——高行健給人類世界提供了甚麼新思想[1]

二零零四年年底，我在台北聯經出版公司出版了《高行健論》，這之後又寫了《從卡夫卡到高行健》等多篇文章。去年高行健七十壽辰的時候，我又寫了《當代精神價值創造中的天才異象》，儘管說了不少話，但總覺得還有一項最重要的方面未充分表述，這就是他的具有巨大深度的思想，也可以說，他提供給人類世界的一些新的、獨特的認知。我以往對高行健的評論，總的來說，還是側重於「形式」，即他的藝術創造意識，並不是他的思想系統。今天，我想借韓國提供的會議平台，概說一下高行健的思想要點。

二零零一年初，我在香港城市大學歡迎高行健演講會上致辭，就說過我對高行健衷心欽佩，首先是他非常透徹、非常清醒的思想。上世紀八十年代初，我和北京的幾位著名的作家朋友（如劉心武等），就發現高行健在我們的同一代人中思想特異，新鮮而有深度。我個人則認定，他將不僅是一個非常優秀的戲劇家、小說家，而且會是一個非常傑出的思想家。後來果真如此。我自己從事文學，但又是一個超

1　本文係在韓國首爾「高行健國際學術討論會」上所作的演講。

越文學的崇尚真理的思想者，因此，三十年來，我一直留心他的思想，跟蹤他的思維步伐，常常為他提出的一些獨到的見解而激動不已。今天，我還強烈地感到，我的祖國未能了解他的思想非常可惜，尤其是我國的當代文藝界，至今未能與高行健的思想相逢，更是可惜。我國在上世紀下半葉的頭三十年，文學成了政治的註釋，政治話語取代了文學話語，文學的自性幾乎沉淪與毀滅，而高行健的思索首先從這種不幸的語境中產生。我個人為了使我國的文學理論擺脱從蘇聯那裏照搬過來的「反映論」（即社會主義現實主義）框架，作了努力，但我帶有先天的缺陷（缺少創作實踐）。而高行健不同，他身兼小說家、戲劇家、畫家和導演，擁有豐富的創作經驗。這些經驗使他的思想充滿血肉，充滿活力。也使他的思想表述不徒有論述，還體現並貫穿在他的作品中。他的思想同他本人的文學藝術創作密切相關，還涉及諸多美學問題和人文科學問題，並且針對歷來的傳統美學提出另一番思路，創造出一套他自己命名的所謂「藝術家的創作美學」，關於這一方面，高行健本人在他的論著《沒有主義》、《另一種美學》、《論創作》等書中已經充分闡述過了，在此不再重複。

我今天要強調説明的是，高行健對於當今時代人的生存條件、人性狀態、社會與政治、個人與群體、自我與他者、存在與虛無等方面的深刻認知，同時也涉及他對文學藝術與當代社會、意識形態與倫理及宗教、文化與歷史、心理與語言以及作家的位置等問題。凡此種種，都有他的見解與論述表述，本人在此試圖提出綱要性的綜述，或者説，是提供一份高行健創作的思想綱要。只是提綱，只是要點，詳細論證留待以後。我特別希望，這份綱要，能成為一種「方便之門」，有益於年輕的學子進入高行健思想寶庫。我自己認為每一個思想要點，都可以開掘進去，深挖下去。下邊是我歸納的十個要點：

一

高行健不僅是當代一位大作家和藝術家，也是一位思想家。但他並不企圖建構世界觀，或建立某種哲學體系。相反，他拒絕體系的建構。雖然他的思想縝密，並把思想體現在他的作品中。他有自己的獨到思想，卻不詮釋哲學，也不作哲學思辨。他作為文學藝術中的思想家就這樣與通常的哲學家區分開來。因此，他作品中的思想表述，即使是整章節的，也總是感性的，同人物的處境密切聯繫在一起，而非純哲學的議論。他把思想家分為兩種，一種是訴諸邏輯、訴諸思辨的哲學型的思想家；一種是訴諸形象、訴諸境遇、訴諸情感的藝術型思想家，他屬於後一種思想家。人類文學史上早已出現過藝術型的思想家，如但丁、莎士比亞、歌德、托爾斯泰、卡夫卡等，他們既是文學家，又是思想家。

二

以《沒有主義》一書為標誌（一九九四年出版於香港），高行健在上世紀九十年代，就公然宣告「沒有主義」，毅然決然走出二十世紀的陰影，擺脱了二十世紀的兩大主流思潮，即馬克思主義思潮與自由主義思潮。他拒絕做「潮流中人」，完全超越所謂「持不同政見」這種政治與意識形態的狹隘視野，擯棄一切意識形態。這一點，高行健一直走在時代最前列，態度不僅最鮮明，而且最為徹底。他的《逃亡》與《一個人的聖經》，徹底告別了共產主義革命，破除影響了一個世紀的幾代左派知識分子的革命神話

（對革命的盲目崇拜），同時也超越了二次世界大戰後的二極對峙的冷戰意識形態，充分展示了現時代東方和西方人類普遍的生存困境。《一個人的聖經》展示東方全面專政下個人的生存困境與心靈困境，也展示西方在淺薄的自由名義下不知限定個人與他者權利界限的困局。《逃亡》則指出，最難逃躲的地獄是自我的地獄，個人在逃避成為他者奴隸的時候，很可能成為自我慾望的奴隸。

三

高行健在九十年代初就提出「冷文學」的重大概念。這一概念具有巨大的歷史針對性，即針對政治，又針對市場。他發現文學正在被覆蓋一切的俗氣潮流所吞沒，文學正在變質，變成政治的附庸和廣告的奴隸。在無孔不入的政治潮流和商業潮流中文學的力量就在於它自身獨立不移的品格。於是，高行健把文學的非功利性作了徹底的表述。他強調，文學既不屈從政治和所謂政治介入，也不干預政治甚至也不贊成「文學干預生活」的口號，嚴格分清政治話語與文學話語的界限。政治話語尋求「認同」，文學話語則尋求「特異」，文學絕不可以把政治「多數」和「平均數」來取代文學的「單數」和「異數」。他還強調，文學的非功利，除了必須超越政治之外，還應超越市場與時尚。面對全球文學藝術日益商品化，他如此獨立不移而貫穿始終，從文學的自主到全然非商業的電影製作，也即他獨特的電影詩，在現今的時代這種堅持十分罕見，極為可貴。

四

有人問高行健提出「沒有主義」是放下一切時行的政治意識形態，那麼，高行健的思想深處是不是也有某種主義，這個問題高行健本人不可能回答，但我願意如此說，縱觀高行健的全部作品，其中倒是有一種一以貫之的「懷疑主義」。也許高行健不同意加上「主義」二字，但恐怕難以否定明顯的懷疑精神。高行健以懷疑精神作為他的認知的起點，不斷叩問，他的巨作《靈山》更是顯示不斷質疑的、深邃的精神之旅。從個人生存的意義到社會的眾生相與人類的歷史，乃至文學與語言，無不重新檢視。他的不斷叩問與質疑，不走向虛無和頹廢，卻導致深刻的認知。（他以認識再認識取代哲學本體論的思辨）不認為人能改造世界，同樣也無法改造他人和人性，從而摒棄烏托邦神話。他不以社會批判為出發點，只強調不斷的認知，觀察人生的眾生相，探究人性的幽微。他的全部作品都是人的生存條件和人性的見證，不作是非善惡的判斷，從而超越道德裁判和政治正確與否。

五

高行健不以一種意識形態來對抗另一種意識形態，因此，正義、真理、道義以及人權人道的空話一概排除，只面對人真實的處境，往往呈現為困境，真實才是他唯一的價值判斷。

真實不是思辨，不在乎誰的真實更真實，純然出於個人，是作家自立的，一種必要的清醒和自覺。真誠則是作家的倫理，真誠是達到真實的必要條件，也超越世俗是非標準和善惡的道德規範。真誠是做人和創作的基本出發點，基本態度，而非道德的準則，以此才可能面對真實。他在接受諾貝爾文學獎時所發表的演講中說，對於作家而言，真便是善，此外並無其他善的規範。對讀者真誠，不欺騙讀者，正是作家的基本倫理。

六

如何抵達人性真實，高行健強調回到脆弱的有種種弱點的真實的個人，以替代老人道主義先驗的、完美的、體魄健全的，或抽象的大寫的人的觀念。他以個人的精神獨立來替換自由、人道與人權的空話。他的《一個人的聖經》、《週末四重奏》和《叩問死亡》把現時代東西方人普遍的生存困境表現得如此真切。作品體現出這樣的思想：自由從來不是恩賜的，只來自個人即來自個人的覺醒。高行健的思想建立在個人的感知的基礎上，發出的是個人的聲音。他把人道主義的價值觀落實到現實的土壤，落實到個體生命。認為人道主義如果未能落實到個人，那就不過是一句空話。脆弱的個人面對生存的困境，有限的生命面對無限的不可知，有所能而有所不能，因而是積極的，並非注定歸於虛無。

七

高行健的許多作品，諸如《彼岸》、《靈山》、《八月雪》、《山海經傳》乃至影片《側影或影子》和《洪荒之後》都抵達很高遠的精神維度，這在二十世紀是罕見的。而他不同於以往的經典作家又在於他並不走向宗教。不像杜思妥也夫斯基的懺悔和托爾斯泰的救贖，他雖然訴諸宗教情懷，卻走向審美，走向詩意的昇華。高行健推崇禪宗，但如果把他的思想大至都納入禪宗則過於簡單，他喜歡莊禪，但也並非出世。

他不以無神論來否定宗教，可也不走向信仰。他肯定宗教情懷，一個脆弱的個人面對茫茫世界、命運與死亡，有限的生命與永恆，這不可知喚起的謙卑、敬畏與悲憫乃是宗教產生的根源。這種宗教情懷在他的筆下走向審美和情感的昇華，對不可知的不斷叩問導致的認知是積極的，也有別於西方現代文學中有過的並且現今還在重複的吐棄一切的頹廢（諸如謝林）。

八

高行健勇於創造，卻不否定思想遺產，他對一切標榜「從零開始」、把自己誇大為「創世紀」的膨脹自我的「小尼采」一再進行批判。他與浪漫的自我相反，總在充分肯定先人的基礎上，做出自己的判斷建立坐標開掘新的創造可能性，進而走出他的新路。例如，他不反對現實主義，也不標榜現代主義，但他既不重複現實主義的方法，也不把現代性作為時代的標籤和教條。《靈山》和《一個人的聖經》就是這樣獨特的作品，難以納入哪一種主義和哪一文學潮流中去，只能說是高行健的作品，而一個作家如果能達到這一步，便超越了它的時代。

九

高行健對中國文學和中國文化做出三大特殊的具體的貢獻：《靈山》展示了中華文化鮮為人知的另一面，長江流域的非儒家正統的民間、民俗、鬼神、道、佛、巫和羌、苗、彝等少數民族的文化遺存。《山海經傳》則把早已流失了的華夏遠古神話體系首次得以較為完整的呈現，功莫大焉。《八月雪》則首次在戲劇上宣示了佛教禪宗六祖慧能的生平與思想，不只把慧能作為宗教革新家，也把他思想家的地位充分加以確認。

他對中國文化深入研究與開掘並加以提升，但又不是狹隘的民族主義者。他尊重西方啟蒙運動以來的以啟蒙理性為中心內容的普世價值，並在創作中為跨文化的普世性寫作提供了一個成功的例證。他自認世界公民，針對民族國家的文化認同這種政治話語，他強調現當代文化之超越國界而普世相通。他跨語種、跨文化、全方位的文學藝術創作，如此豐富，充分發揚了西方文藝復興和啟蒙時代的人文主義精神，同時也表明東西方文化對話交融並得以更新是完全可能的，這也是他給當代文學藝術創作的啟示。

十

高行健作品的原創性很強，因為他特別善於創造新形式。而新形式的創造，又來自他的突破性思想和全新的視角。例如：

1、「荒誕」的創新：歐美的「荒誕」作品多屬思辨藝術，高行健則把荒誕作為現實的屬性，這正是他區別於貝克特和尤奈斯庫之處，他們筆下的荒誕更多出於形而上的思辨，而高行健卻把現實的荒誕屬性如是呈現。《車站》與《野人》，包括短篇《朋友》、《二十五年後》，到《靈山》和《一個人的聖經》，荒誕的場景比比皆是，例如寺廟的焚燒、活人釘入棺木、為主義而戰、文革中武鬥、假槍斃、唱好日子歌、捉野人等等。

2、語言的創新：西方文學創造了意識流，高行健卻創造了語言流。此外主語多人稱則是他對戲作法的革新，也導致了他的中性演員和表演的三重性理論和表演方法；繪畫上他也找尋新方向，在具象與抽象之間去捕捉內心的視象；以及畫面、聲音和語言三元對位，以擺脫電影通常的敍事結構。這都是他對文學藝術的創作方法上的貢獻。

3、新文體的創造：高行健抽身靜觀和對自我的觀審，不只是一種美學觀，也是對意識的觀照和提升，這也是他給當代文學帶來一大貢獻。人的生存困境加上自我一片混沌，也構成內心的煉獄，這特別體現在他對人稱主語我、你、他一分為三的把握，借助語言意識形成的這種支點，使他創造出以人稱代替人物、以心理節奏代替故事情節的小說新文體（《靈山》）。還以此為支點，從不同角度認知，使混沌的自我得以清晰的表述。見《生死界》和《夜間行歌》中一個女人的內審，孤寂和失常。見《夜遊神》和《叩問死亡》中當代人自我膨脹導致人的絕境和藝術的頹敗和消亡。

二零一一年二月二十二日於美國 Boulder

《一個人的聖經》中這一席表述，非常感性，但理性又沉積其中。十多年來，我一直思索着這段話，並把它看作是高行健自由原理的一次概說，蘊含在這一概說中有下列幾個要點：

1、自由不在身外，而在身內，就像禪宗所說的，佛在自己心中，不在山林寺廟裏。自由是同個體生命聯繫在一起，並非抽象的觀念和思辨。

2、自由既然在內不在外，那麼，自由是否可能，就完全取決於自己。也就是說，自由是自給的，不是他給的，也不是天賜的，自由取決於個人，而非取決於社會群體。

3、自由既然是由自己所決定，那麼，其關鍵就在於你自己能否意識到，能意識到自由為何物才有自由，不能意識到自由為何物便沒有自由。也就是說，自由是個體生命的一種覺悟。覺悟到自由才有自由，不知不覺便永遠沒有自由。如果把自由視為一種精神存在，那麼，可以說，覺悟先於存在。不覺悟，存在等於不存在。不覺悟，存在也無意義。

4、高行健之所以把自由比喻成「一個眼神，一種語調」，就因為眼神和語調只存在於瞬間之中，全部問題就在此時此刻能否感悟到，能否把握到。從這個意義上說，自由只是在個體生命能夠掌握的瞬間裏才存在。自由並不是「永恆」的。離開你覺悟到的瞬間，離開你個人能力所能掌握的範圍，自由不過是空話。

5、那麼，這個自由的瞬間在哪裏？高行健回答說，自由就在你聽、你寫、你讀，即「自由的表述和表述的自由」中，也就是說，自由只存在於個人的純精神活動領域之中，非常奢侈，在此領域之外並沒有真的自由。在此範圍之外的政治領域、倫理領域、新聞媒體領域、公共交往領域乃至宗教領域，都沒有自由。以最後這一領域而言，上帝只給我們愛，但未給我們自由。所以，把思想自由和表述自由視為最高價值的高行健，雖然尊重宗教，但不走向宗教，只走向審美。惟有審美領域，才是最自由的領域。

6、政治領域沒有自由是顯而易見的，任何政治，包括民主政治，都改變不了政治乃是「權力角逐」與「利益平衡」這一基本性質。現代政治更是黨派政治與選票政治，它注定要受制於黨派利益與多數選民的利益。新聞媒體總是標榜自由，但是現代媒體均「一僕二主」，既受制於政治，又受制於市場，本身就是政治宣傳與商業廣告的奴隸，何來自由？個體在公共交往領域中，更是受制於「共同關係」網絡，此時的人，自由意志往往被消解於關係壓力中，也談不上自由。

7、高行健之所以一再自戒和警告作家及知識分子：個人無法「改造世界」，這不過是一種被政治話語同化了的妄念，個人也不可以充當「救世主」、「社會良心」、「大眾代言人」等虛妄角色；就因為他充分意識到，在政治與公眾領域裏，個人沒有真正的自由，頂多順乎潮流、走出浮沉；脆弱的個人在各種條件制約下稍有閃失，便成祭品。惟有拒絕充當這種種虛妄的角色，拒絕充當預言家、先知、救世主、代言人的角色，才能贏得自由，才能發出獨立不移的真正屬個人的聲音，這是高行健一再強調的自由原理。

高行健的「自由原理」不僅在小說、戲劇的創作中，通過人物、人稱表述，而且還在《沒有主義》、《另一種美學》、《論創作》、《論戲劇》中用理論的語言表述。綜合高行健的感性表述和理論，我們可以看到，高行健的關於自由的思想，除了上述幾條原理之外，還有下列特別值得注意的思考和實現自由的大思路。

其一，高行健的自由原理不是純哲學思辨，而是從人類的生存條件出發，把自由作為「超越生存困境的可能性」進行探討。因此，高行健既不同於哈耶克的真、假自由及以賽亞·柏林消極自由、積極自由的思辨，也不同於「不自由，毋寧死」的政治烈士情結，而是在現實生存處境中尋找活生生的個人如何贏得思想自由的可能。

其二，高行健認定，自由首先是一種覺悟，也就是首先必須認識到。但他又一再說明，認識無止境，對自由的認識也沒有止境。換句話說，從認識論的意義上說，自由是無限的。高行健確認了這一點之後，他的自由原理便從「覺悟」走進「方法」，更具體地說，便是對於自由，除了必須「覺悟」到（意識到、認識到）之外，還需要找到進一步加以實現的方法，這就是發現與創造。在高行健的自由原理中，自由是與發現、與創造連結在一起的。也就是說，精神價值活動領域中的自由，意味着精神主體不再陷入他人設定的已有的思維框架中。自由意味着創造，它不是「許可不許可」的問題，而是能否突破的問題，所謂創造，便是在已知的最高的精神水平中發現新的突破的可能性。

其三，高行健精神創造的特點，不是顛覆傳統與前人的成就，而是在傳統與前人已有的水平上發現潛在的新的可能性，然後做出新的表述和新的呈現。在長篇小說創作中他發明了以人稱取代人物、以心理節奏取代故事情節的新文體；在戲劇中，他把看不見的心靈狀態轉變成看得見的舞台形象，發明了「內心狀態戲」；在繪畫中，他在抽象與具象之間找到第三種可能性，發明了用黑白兩色呈現內心感受和視像的新水墨畫。凡此種種，都是高行健尋求思想自由而又創造新方法達到的結果。

這裏我要特別強調的是，高行健所以能獲得方法上即藝術表現上的自由，其哲學原因在於他自覺地走出當今世界既定的流行的二元對立乃至二律背反的哲學模式，從「二」走向「三」，從「三」走向無窮無盡。他從中國的偉大哲學家老子那裏和天才的禪宗思想家慧能那裏得到啟迪，發現他們的思維早已揚棄了二元對立，即早已從「二」走入「不二」的「三生萬物」與萬相。由此，高行健便以高度自由的心態，質疑「非此即彼」和「亦此亦彼」的哲學路線，結果在非具象也非抽象的第三種可能中創造出新的圖像；在非斯坦尼斯拉夫斯基也非布萊希特的戲劇觀之外發現了第三種可能，提出了表演三重性和中性演員的理論，創造出新戲劇；在非人物非情節即以人稱取代人物、以心理節奏取代情節的敘述中創造出新的小說。高行健無論在哪個領域，總有新語言、新畫面、新創造，這種現象，我們今天用他的自由原理來闡釋，也許可以切中他的精神價值創造中的部份要點。

二零一一年七月十七日

高行健對戲劇的開創性貢獻

——在韓國漢陽大學高行健戲劇節上的講話

本月二十八日，我在高行健學術討論會上說，在我心目中有四個到六個高行健，四個高行健包括小說家高行健、戲劇家高行健、畫家高行健和思想家（理論家）高行健。四個之外還有戲劇導演高行健和電影詩作者高行健。今天我要聲明，我比較熟悉的是思想家高行健和文學家高行健，而對於畫家和戲劇家的高行健，我只是個讀者與觀賞者，缺乏深入研究。因此，今天我的講話只能算門外談戲，在各位戲劇家面前，我只是一個小學生，借此機會向各位請教而已。

在我以往論述高行健的文章中，一再強調，無論小說創作、理論表述還是戲劇、繪畫創作，高行健都有一種高度原創性、開創性特點。中國現代偉大作家魯迅說過一句話：第一個吃螃蟹的人是值得尊敬的，一定有人第一個吃蜘蛛，不過不好吃。高行健是一個在多重領域裏第一個吃螃蟹的人，即第一個提出新思想，第一個實驗新文體、新形式的人。在長篇小說創作中，《靈山》創造了一種用人稱代替人物，用心理節奏代替故事情節的小說新文體；在理論上，他提出「沒有主義」、「冷文學」、「回歸脆弱人」、「真實即文學最後判斷」等新命題；在水墨畫中，他在抽象與具象之間找到第三種繪畫的可能性，第一次在水墨畫中充分展示人的內心，並以內心的光源取代外部的自然光源，從而與印象派的光源區別開來。在戲劇上，他更是第一個吃螃蟹的人。從希臘悲劇到現代的奧尼爾，兩千年來的戲劇，就其精神內涵而言，只展示人與命運、人與自然、人與上帝、人與社會、人與他者的關係。高行健則第一次開闢了人與自我的關係。除了這一種創造之外，他在中國戲劇史上與西方戲劇史上還做出下列幾個開創性貢獻。

1、高行健在中國創造了第一個荒誕劇《車站》。二十世紀西方的荒誕戲劇，特別是貝克特的《等待果陀》，其荒誕性主要表現在「理性與反理性」的思辨，而高行健則把荒誕的重心放在展示現實的荒誕屬性。高行健這一劇作，為中國當代文學開闢了新的脈絡。原先中國當代小說只有現實主義寫作之脈，《車站》之後，便出現了荒誕寫作的第二脈。屬此脈的還有殘雪、莫言、閻連科等優秀作家。

2、高行健在人類戲劇史上第一個創造出「內心狀態戲」。我在二零零五年所寫的《從卡夫卡到高行健》一文中曾經指出，不懂得卡夫卡就不懂得高行健。卡夫卡的《變形記》、《審判》、《城堡》寫透了人類的生存困境，高行健也寫透了同樣的生存困境。但是卡夫卡的重心是揭示外部困境即生存的困境；而高行健則從外轉向內，側重於「觀自在」，即側重於揭示人性困境與心靈困境。他的狀態戲，便是把心靈狀態呈現於舞台的心靈戲，可稱為內心狀態戲。「內心狀態戲」是我概括的戲劇概念。這種首創性戲劇，可用高行健的名字命題，不妨稱之為「高氏內心狀態戲」。這種戲的難點在於必須把看不見的人性狀態、心理狀態變成看得見的戲劇形象。即把心理感覺訴諸視覺。《生死界》就是第一個把不可視的內心煉獄（即內心矛盾、衝突）展示為可視的狀態戲。這個戲是高行健本人戲劇創造的里程碑，它標誌着高行健的戲從中國走向普世，從外走向內。《週末四重奏》則把人內心的憂傷、焦慮、嫉妒、青春夢、女人夢統統呈現於舞台。個人在經歷人生蒼白的瞬間時，可能會出現怎樣的內心狀態，《週末四重奏》展示得淋漓盡致，《週末四重奏》帶有很大的文學性。《夜遊神》中的自我只是在開場時出現，這個「我」進入夢境之後，即進入內心的潛意識深層之後，出現了第二人稱的「你」，作為自我投射的「你」，一個個形象——「那主」，流氓、妓女等形象全都是主人公的內心圖景。這是一個把看不見的內心夢境、潛意識呈現為可視意象的十分完美的內心狀態戲。李歐梵先生說，高行健戲劇反映了歐洲高級知識分子的審美趣味。這種趣味正是觀賞人類豐富複雜內心世界變幻無窮的趣味。

3、高行健在展示人的內心世界時，通過「人稱轉換」這一寫作技巧即審美形式把人物的內心圖景展示得極為豐富複雜。這裏我要再次強調：人稱轉換是高行健的重大藝術發明。在小說《靈山》中，他就通過「你、我、他」等主體坐標的相互轉換，從而構成極為複雜的主體內部的語際關係（我稱之為內部主體間性）；而在戲劇中，高行健又通過人稱轉換，使人物的內心圖景得到充分表現。例如《週末四重奏》的四個角色A、B、C、D，每個角色都有內主體「你、我、他三坐標」，這樣就形成對話的廣闊空間和無限可能。因此，這部戲不僅把每個人物內心的各種情感「獨白」出來，而且形成四個角色你我他的互動，變成「複調與多重變奏」。此劇被法蘭西國家戲院破例上演（該劇院這之前未曾上演活着的劇作家的戲）。這部劇本讓人閱讀起來就像閱讀小說文本。

4、高行健的戲劇還創造了有別於斯坦尼斯拉夫斯基和布萊希特的「中性演員」即演員表演的三重性。關於這一點，高行健自己已經講得很清楚，不必我再贅述。

總之，高行健的戲劇為世界現代戲劇史增添了精彩的、獨一無二的一頁。我相信，今天我們在這裏共同探討這一頁，有很重要的意義。

當代世界精神價值創造中的天才異象

二零一零年一月四日，是高行健七十壽辰。我在遙遠的東方向他表示熱烈的祝賀，但不是用空話祝賀，而是用簡潔的語言概說他的成就與貢獻。作為和他一樣在長江黃河土地上生長起來的同齡人（我僅比他小一歲），我一直為他而驕傲，衷心敬佩他。從一九八三年觀賞他的戲劇《車站》開始，近三十年來，我多次因閱讀他的作品而徹夜不眠。他的作品是那麼冷靜，他對世界是那樣冷觀，可是，我閱讀後則常常激動不已，而且多次受到震撼。為甚麼會產生這種閱讀效果？我至今還沒有完全想明白。但有一點我已想明白了，高行健是在我的同一代人中出現的一個天才，一種精神價值創造的「異象」，一種超越時代的「個案」。以往常聽說，作品與人才是時代的產物，我不完全同意這種論點。我認為，天才完全是個案，例如曹雪芹，他所處的時代正是黑暗的滿清雍正、乾隆文字獄最猖獗的時代，然而，恰恰是這個時候誕生了中國最偉大的文學作品《紅樓夢》。高行健也是一個在本沒有路可走而走出廣闊的創造之路的天才異象，而且可以說，他是一個被瑞典學院首先發現但還沒有被他的祖國與人類世界充分發現和認識的天才異象。下邊，我想對這一判斷作些概括性的說明，即概說高行健所完成的幾項業績。

第一、扎根中國文化，對中國文化作出卓越貢獻；又超中國文化，創造具有普世價值的人類文化新花果。

高行健首先是一位用漢語寫作的中國作家。他的血緣是中國的，最初的文化積累也來自中國。從我認識他的第一天，即八零年初的一天，就聽到他講《山海經》和莊禪文化，就為他的如此豐富的中國文化底蘊而驚訝。三十年後，我回顧他的創造歷程，便清楚地看到他對中國文化的三大貢獻：

1、通過《靈山》，展示了中國非正統、非官方的、鮮為人知的另一脈文化，這是中原儒家文化之外的，常被忽略的隱逸文化、民間文化、道家自然文化與禪宗感悟文化。以往中國學者雖然對此脈文化有所研究，但沒有一個人能像高行健這樣，通過活牛生的意象呈現出此脈文化的豐實血肉、生動氣息和不朽的活力。

2、通過《山海經傳》，重新展示中國遠古神話傳統的精彩風貌，復活了幾乎被遺忘的中國原始文化體系。以往也有學者對《山海經》進行學術性尤其是考證性研究，但沒有人像高行健如此用完整的戲劇形式（近七十個神話形象）呈現中國這最本真本然的文化。《山海經傳》是高行健對中國文化基因作了一次充滿詩意的覽閱與評價，它提供了中國原始原型文化的一個形象版本。

3、通過《八月雪》把中國禪宗文化精神內核推向人類精神的制高點，讓禪的精神光輝在當代世界中再次大放光彩。在《八月雪》中高行健破天荒地把慧能作為思想家加以呈現。這位偉大的思想家披着宗教的外衣，卻完全打破偶像崇拜，以覺代替神，創造了相對於基督救世體系的另一種自救真理。不僅如此，慧能還在思想史上創造了無須邏輯的思想可能和無須他者幫助而贏得自由（得大自在）的可能，從而把禪文化展示為一種世所沒有的獨特思想文化創造，使一千年前產生的中國禪完成了一次現代的轉化。加上此劇使用京劇傳統演員，在形式上吸收西方歌劇的合唱與交響樂又不失中國的文化氣脈，從而具有現代感又不失中國的文化氣脈。

高行健這三個貢獻，是高行健為中國文化在世界贏得崇高地位而立下的不朽功勳。古希臘的「俄底浦斯王」因為不認識自己的母親最後自戕眼睛，現在中國發生的是母親不認識兒子的另一種悲劇，但我相信，中國偉大的文化最終會認識自己的天才兒子。

此時，我要說明的是，高行健雖然扎根於中國文化，取材與創新中國文化，但他並不強調中國性，更不強調民族主義，相反，他扎根中國文化又超越中國文化，追尋的是人類普世價值。他在《靈山》、《山海經傳》、《八月雪》中探討的是人類如何在自己的心靈中找到太陽、找到靈山、找到光明之源的共同問題，在《一個人的聖經》中呈現的則是東西兩方都遇到的生存困境、人性困境。最近，我讀了陳邁平兄寫的精彩著作《凱旋曲》（香港牛津大學出版社），才知道瑞典學院諾貝爾文學獎評審委員恩格道爾特別讚賞《靈山》，認為這是世界文學中一部不可多得的「具有普遍價值」的好作品，是可以和喬伊斯的《尤利西斯》或者湯瑪斯．曼的作品媲美的，所以能超越國家和民族的界限。[1]喬伊斯的《尤利西斯》扎根於愛爾蘭文化，寫的是都柏林人的文化心理和人性困境，但它又呈現全人類共同的人性衝突和生存難題，而高行健書寫的是中國文化，觸及的卻是人類社會的種種根本問題，並且觸及得非常深刻。因此，《靈山》不僅是中國文學文化經典，而且是世界文學當之無愧的經典。

第二、立足文學創作，創造出長篇小說的獨一無二的新文體；又超越文學創作，贏得戲劇試驗、繪畫試驗、電影試驗、藝術理論探索等全方位的成功，從而為當代人類智慧活力作了有力的證明。

1　陳邁平：《凱旋曲——諾貝爾文學獎傳奇》第九四頁，香港牛津大學出版社，二零零九年。

高行健從小說創作起步，一九七八年他作為中國作家代表團的翻譯訪問法國時，把他的一些小說稿子交給團長巴金閱讀，巴老讀完就對法國朋友說：這是一位真正的作家。從那時候起，他就開始進行小說創作。到了八十年代末，他完成了長篇巨作《靈山》。這部長篇首先得到馬悅然教授的激賞，並翻譯為瑞典文，這部巨著創造了以人稱代替人物、以心理節奏代替故事情節的小說新文體。中國自從百年前梁啟超提倡新小說以來，作家們雖然具有小說觀念，但缺少小說藝術形式的創造意識，因此小說文體一直是「人物、故事、敍述」三者結合的模式。高行健打破這種模式，而以「人稱、心理、對話」三者結合的方式，創造了另類小說。「你、我、他」三個內在主體坐標，可以展示如此豐富複雜的語際關係，可以觸及如此深刻的文化內涵和人性內涵，這是前無古人、後啟來者的大創造。馬悅然說它是「二十世紀最偉大的小說之一」，絕非虛言。

高行健立足文學，又超越文學。他的戲劇創作幾乎和文學創作同時開始又同步進行。他的戲劇創作也可以稱為戲劇實驗。十八個劇本，每一個都不同，都不重複自己。在世界戲劇史上，就精神內涵而言，他在前人（從古希臘悲劇到現代奧尼爾的戲劇）展示「人與自然」、「人與上帝」、「人與社會」的關係內容之外開闢了「人與自我」的另一重大關係，從而把人的內心狀態呈現於舞台。這種把不可視的心相化作可視的舞台形象，在戲劇史上是一種巨大的突破。而在戲劇審美形式上，他又把戲劇的表演性發揮到極致，讓演員兼任「角色」與「扮演者」雙重身份，演出時不是模擬現實，而是戲弄人生。通過突破戲劇規範的試驗，高行健竟然可以在觀眾面前對角色進行心理剖析，竟然可以把人的夢幻、人的沉思、人的感受、人的心理衝突統統搬上舞台，這不能不讓人驚嘆。難怪法國女作家兼導演安古拉·威爾德諾（Angela Vedejo）要說：「高行健的戲作特別值得當作一個謎來解說……高行健為戲劇打開了一扇全新的門：以演員為中心，以傳統為根基，從當今世界的現實出發，為當代戲劇找到一個新天地。」（引自Angela為西班牙El Cobre出版社出版的《高行健的戲劇與思想》一書的序言，中文版參見《明報月刊》二零零九年七月號）安古拉．威爾德諾本身是西方的戲劇導演，說的全是內行話，她的文章中指出高行健建立的表演理論是戲劇主張的一大特點，指出揭示人內心世界的多重性和三人稱的運用是高行健戲劇作品的特點，指出劇場性和表演三重性是高行健開掘戲劇潛能的關鍵處，等等，對我啟發極大，使我明白，高行健不僅是中國戲劇的改革家，而且在西方當代戲劇平台上，他也是一個先鋒之先鋒，前衛之前衛。如果要了解西方戲劇，僅知道貝克特與熱奈是不夠的，還必須面對遙遙領先的高行健。

二十年前，我對高行健的小說與戲劇就充滿信心，也對此寫過評述文字，但沒想到，他還在繪畫上獲得舉世矚目的成就。至今，他已在歐洲、美洲、亞洲舉行過六十次以上的個人畫品展覽。在拙著《高行健論》中我已說過，行健的水墨畫，畫的不是物相，而是心相；或者說，畫的不是色，而是空。他的畫不是現實的摹寫，而是心境的投射。他的畫，不僅有繪畫性，而且有文學性。所謂文學性，指的是內心的深度。要在只有黑白兩色的變幻中展示內心的深度是很難的。高行健突破這一難點的關鍵是在畫中引入中國水墨畫忽略的一種繪畫語言，即光線（中國傳統水墨畫來自書法，只有水墨佈局結構觀念，沒有光線概念）。而行健畫的光源與西方畫來自「物」不同，它來自「心」，是心相之光，不是物理之光。因此，其光是飄動不定的。行健這種「明」（光）在心裏、亮在紙上的畫法絕對是前人所無。西方的印象派繪畫雖注意「光」，但其光源來自外（物）不是來自內（心）。印象派讓繪畫回到二度空間，消滅了深度（文藝復興後的繪畫受科學技術的影響，創造了焦點因而也創造了深度），行健吸收了此派「光」的藝術又自創另一種深度，這不能不說是一種奇觀。

近幾年，高行健一面投入繪畫創新，一面又進行藝術電影創作，導演製作了《側影或影子》，進行了一次「電影詩」的試驗。有意思的是，這一試驗得到富有盛譽的意大利米蘭藝術節的熱烈肯定。去年七月，他應邀作為嘉賓參加了盛大的米蘭藝術節，該藝術節每年一度，從六月底到七月中旬，是一個文學音樂電影綜合性的國際藝術節，有上百位各國著名的作家、詩人、音樂家和電影導演應邀參加盛會。今年應邀的諾貝爾獎文學獎得主還有尼日利亞作家索因卡（Wole Soyinka）和聖露西亞詩人沃爾科特（Derek Walcott），以及諾貝爾和平獎得主美國作家維塞爾（Elie Wiesel）。高行健二零零一年剛獲得諾貝爾獎文學獎就已經應邀出席過，這次再度邀請，由高行健本人朗誦了他的法文詩《逍遙如鳥》並專場放映了他的影片《側影或影子》，觀眾反應十分熱烈，該藝術節為表彰他全方位的藝術成就，向他致敬，特別頒發給他獎狀。米蘭藝術節給高行健頒獎的頌詞如下：「對於二零零零年諾貝爾文學獎得主，《靈山》、《一個人的聖經》和《給我老爺買魚竿》這些真正傑作的作者高行健來說，全能的藝術家才是唯一確切的稱謂，他既在自我內心的深處探幽，又在他的故鄉曠漠無垠的自然中跋涉，他豐富多重的想像，跨越東、西方文化，成了我們這『後革命』時代現實的標誌。他不僅是一位作家，也是詩人、文學批評家、劇作家、畫家和導演，正是米蘭藝術節理想的嘉賓。他作品豐富細緻的表現力和語言的感染力，以及他的學識，恰恰是我們藝術節一直熱切追求和堅持的主要目標。高行健最近還投入電影創作，在他精彩的影片《側影與影子》中，透過一個個如夢的畫面，可以看到他創作的漫長旅程。米蘭藝術節今天要向這位真正純粹的思想探索的先行者致敬，並期望他對藝術創作的執着和創造力持續不斷讓全世界的自由精神為之感動。這也是一個大寫的無限的藝術之理想。」這一頌詞點破了高行健不僅是一位作家，而且也是詩人、文學批評家、劇作家、畫家和導演，這種「全能藝術家」即全方位的精神存在，正是米蘭藝術節追求的一種人文理想，也是高行健天才異象的重大標誌。

第三、全方位藝術試驗背後的哲學思考與思想成就：既有現代感，又衝破「現代性」教條。通過文學藝術語言表達，實現了對三大時髦思潮的超越，成為另類思想家的先鋒。

二零零一年我在香港城市大學歡迎高行健的演講會上就說過，我對高行健的敬佩是從「他很有思想」開始的，他的思想既在《現代小說技巧初探》、《沒有主義》、《論創作》等理論形態的文章中體現出來，又在作品中表現出來。他的每一部作品，哪怕是一部小戲，都蘊含着豐富的思想。世上有兩種思想家，一種是訴諸哲學概念與哲學框架的思想家，這是從柏拉圖到康德的一類哲學家；另一類則是在文學作品中蘊含着巨大思想深度的思想家，但丁、莎士比亞、歌德、托爾斯泰等，便是這類思想家。高行健屬於後者，他的思想蘊含於意象、形象和語際關係中，其形態不是抽象的思辨，而是在創作美學導引下的具象的表述。可以說，高行健已為中國文學和世界文學提供了一個精彩的創作美學系統，這一系統包括文學觀、戲劇觀、繪畫觀、電影觀，也包括他自身豐富的創作經驗，那麼可以提問：高行健創作美學背後有沒有世界觀？我想代之回答說：沒有。高行健的創作美學，其特點恰恰是「沒有主義」，沒有意識形態，沒有哲學框架。他的美學是不依附任何哲學框架的獨立存在，因此，他不預計絕對真理和先驗世界觀。他只求認識世界（主要是指認識人的生存環境與人性）並不解說世界，更不叩問世界本體和終極究竟，這一意思倘若用習慣性的哲學語言表述，便是認識論大於本體論。在高行健的美學系統中，主客體常常融合為一，其認識手段與方式也完全不同於通常的哲學家，即不通過邏輯和思辨去認識世界，而是通過直覺、直觀與感受去靠近和把握活生生的世界尤其是活生生的人的存在。所以不能說這是世界觀和意識形態。如果有人硬要問高行健在沒有主義中是否也有某種主義（二零零五年法國普羅旺斯大學的高行健學術討論會上曾有這樣的提問），那麼，我們也不得不回答，這種所謂「主義」只是懷疑。高行健常把懷疑作為創作動力。他懷疑老套老格式，懷疑老問題老理念，甚至懷疑人性是否可以改造及世界是否可以改造，人類社會的未來是否可知，其發展規律是否可以把握。我把這種懷疑視為懷疑精神但不稱作懷疑主義，因為這不是一種固定的意識形態原則。

高行健認識世界的獨特方式和獨特態度，使他超越了歷史學，超越了政治家預言，也超越了道德判斷；因此，他的思想便超越了當今世界還在流行的三種大思潮：

1、超越了二十世紀業已成為主流意識形態的泛馬克思主義思潮。這一思潮以「批判資本主義」、「社會進步」、「烏托邦理想」為核心內容。高行健跳出這一思潮，所以強調文學藝術不應以批判社會和改變歷史為出發點，僅以見證人性（包括見證人的生存環境）和見證歷史為使命。

2、超越了西方老人文主義、人道主義關於人的認識，揚棄文藝復興以來那種把人理想化、浪漫化的思潮，不再把人視為大寫的人，而是視為脆弱的個人。他一再說明，如果不落實到「個人」，所謂人道主義和人文理想就會變成一句空話，這種思想體現在文學藝術上，便是不滿足於老人道主義關於人的解說，從而深入到人自我內心的陰暗面，在「觀世界」時也注意「觀自我」，特別正視人內心那個最難衝破的自我的地獄。話劇《逃亡》和《生死界》、《週末四重奏》等一系列戲劇，充分顯示，高行健早已遠離老人道主義空泛的理念。

3、超越了當代時髦的「現代性」和「後現代主義」思潮。高行健的作品具有現代感與先鋒性，但他從不把「現代性」作為一種價值觀與教條。他在《沒有主義》一書中指出，作為價值尺度的「現代性」實際上是一種新意識形態，其核心內容是「顛覆」二字，即顛覆傳統與顛覆前人藝術成就。「後現代主義」則把「現代性」極端化，用「造反」代替建設，用解構代替建構，用觀念代替審美，用批判代替藝術。高行健指出這是一種發端於尼采的時代症，他的《另一種美學》對此作出了極為深刻的批判。正是對後現代主義思潮具有清醒的認識，因此，高行健在不斷試驗、不斷創新的時候，對於過去的文化藝術傳統，從未簡單否定，更不當造反派。他只是用另一種眼光審視傳統，理解前人抵達的制高點，然後尋找潛藏的機制和再創造的可能性。即不是從外部去顛覆去另起爐灶去給藝術重新命名，而是從內部開掘新的生長點與發展點。高行健創作美學中所表明的這些思想極為深刻和寶貴，他倒是真正提供了一種文學藝術創造的「新方向」。

高行健今年七十歲，實際創造的時間只有三十年，但在三十中，他卻做了這麼多充滿靈魂活力的大事。人的一生很短，能完成其中一件事就不簡單，能在戲劇上創造出幾個戲或在繪畫上有些革新就不簡單，但高行健卻在如此諸多領域中同時做了這麼多大事，而且完成得如此輝煌，這不能不說是了不起，不能不說這是一種天才異象。今天，我們能面對這種異象、討論這種異象，說明我們還沒有遠離真，遠離美，說明還有真愛文學藝術的心靈在。我以上的概說，作為心靈的禮物，贈給行健兄，也獻給參加慶祝會的朋友們。

二零零九年十二月三十一日
於美國科羅拉多

從卡夫卡到高行健

——高行健醒觀美學論述提綱[1]

一九九九年，高行健的長篇小說《一個人的聖經》即將由台灣聯經出版公司出版的時候，我作了一篇「跋」。通讀全書清樣後發現這部小說很有詩意。很奇怪，這部長篇小說與《靈山》那種精神上的逍遙不同，觸及的是文化大革命時代的現實的根本，那種現實是魔鬼般的狂亂與黑暗，怎麼能寫得這樣美？另一點讓我感到意外的是，和以往描寫文化大革命的所謂「傷痕文學」完全不同，它沒有譴責，沒有控訴，沒有憤怒，沒有持不同政見的情結，卻極其深刻地呈現出那個時代的現實與人的困境。我還發現，高行健這部長篇小說，其詩意既不是出於義憤，也不是來自對現實的悲情，而是來自作者冷靜的觀省，這是一種罕見的態度。作者毫不迴避現實，卻又從現實抽離出來，然後高高地對現實冷眼觀照。從那時候起，我獲得這樣的一種認識：高行健作品中的詩意不同於莎士比亞（人文激情），也遠離歌德（浪漫激情），而是出於卡夫卡的荒誕意識。惟有卡夫卡，才是高行健的出發點。

卡夫卡是個扭轉文學乾坤的巨人。他的創作，告別了以抒情、浪漫、寫實的文學時代，開創了以荒誕為基調的文學時代。他筆下的人，不是悲劇的主角，而是荒誕的存在。用悲劇論無法解釋《變形記》、

1 本文係在中國中山大學中文系和在日本佛教大學所作的演講。

《審判》、《城堡》中的主人公，只有用存在論才能闡釋這些存在主體。卡夫卡開拓的荒誕意識，發現人在現代社會中被消滅，發現人變成非人、變成「甲蟲」，發現人創造了剝奪自身、奴役自身的概念、主義、工具、牢房，還發現人莫名其妙到處受審判、受追蹤。一個生命個體好好的，甚麼壞事也沒有做，卻無端地到處被拷問，為天地人所不容。而現實世界又恰如那個若有若無的城堡，說有，卻進不去出不來；說沒有，它又時時刻刻糾纏着你。卡夫卡用冷眼觀察他的主人公，在社會上、家庭中都沒有出路的生命體。他很了不起，在納粹及其製造的奧斯威辛集中營出現之前就意識到現代人的這種困境。卡夫卡冷靜地觀看世界，他意識到這個世界的本質是「無」：無價值，無意義，無處安生，無處安神，無處可以安放自己的身體與心靈。

高行健從《車站》、《彼岸》開始，就寫這個世界的荒誕。車站早就取消了，可是乘客們還在車站焦急地等待車子的到來，還在為車子的正點、晚點而爭吵，全然活在幻覺中。這不是「有」的毀滅（悲劇），而是「無」——甚麼也沒有的荒謬。那個可望而不可即的「彼岸」，也如卡夫卡的「城堡」，只是一種幻象，它讓所有的人都殫思竭慮地去追逐，又讓所有的人癱倒在「失語」的此岸。高行健的《一個人的聖經》不同於蕭洛霍夫（Mikhail Sholokhov）的《一個人的遭遇》，也不同於巴斯特納克（Boris Pasternak）的《齊瓦哥醫生》，其不同的關鍵是它沒有這兩者的悲情，它從悲劇的情懷中抽身，用冷眼觀看現實世界。

高行健從卡夫卡的現代意識出發，又不重複卡夫卡，他繼續往前走。而最根本的突破，便是從「外」走向「內」，即從外部世界走進內部自我世界。高行健與卡夫卡一樣，均有一雙冷觀的眼睛，但高行健不僅用這雙眼睛「觀世界」，而且用這雙眼睛「觀自在」（即觀自我），既看到世界的荒誕，又看到自我的混沌。換句話說，是既把荒誕看作現實的屬性，也視為主體的屬性。《一個人的聖經》中的主人公就是一個荒誕而混沌的生命。他在大革命浪潮打擊下喪魂失魄，充滿恐懼，其人性脆弱到極點，卻又要戴上革命面具扮演造反英雄，甚至還要率領另一群人去充當「弄潮兒」。結果變成一隻「披着狼皮的羊」，一個形神分裂的「跳樑小丑」。他本來是一個與革命毫不相干的「局外人」，偏偏扮演一個投身革命的「局內人」，結果除了一片混沌、分裂、破碎、荒唐之外，甚麼也不是。在《一個人的聖經》中，沒有泛泛的激情，卻有作家當下的準確的感受。高行健後期的戲劇作品，如《生死界》、《對話與反詰》、《夜遊神》、《週末四重奏》、《叩問死亡》，都是「觀自在」的精美作品。一個人的內心狀態，尤其是一個人的混沌內心狀態，是肉眼看不見的，也是最難以捕捉的，但高行健卻把這種不可視的東西變為可視的東西，把看不見的內心狀態呈現於舞台，創造了世界戲劇史上未曾有過的狀態戲。這正是他「觀自在」的一種結果，一種了不起的成就。

高行健的「觀自在」，得益於禪的啟迪。禪宗的「明心見性」，其要點是開掘「自性」（《六祖壇經》：「萬法從自性生。」）。高行健在禪的啟發下觀省生命本身。這種觀省不是思辨，不是分析，不是訴諸邏輯，而是通過對生命個體脆弱性的揭示來肯定個體生命的價值，也就是說，他是通過對個體生命之脆弱與混沌的清醒意識來肯定個體生命的價值，肯定人性弱點的合理性，從而給予生命最大的寬容。二十世紀瀰漫救世主情懷，百年中的一代代救世主、審判者、正義的化身、人民的代言人，他們聲言要救治世界，卻從不正視自身的弱點，也從不反省那個無限膨脹的自我。高行健一再批評尼采，正是批評自我的膨脹。尼采一面宣佈上帝的終結，一面則在實際上宣佈自我的創世紀，把自我膨脹為重建世界的超人。十九世紀下半葉和二十世紀初，在德語寫作群裏出現兩個精神奇才：一個是尼采，一個是卡夫卡，這就形成了對人的認識的兩極，一種把人誇大為新的上帝，一種則發現人的極端脆弱。高行健與卡夫卡相通，他確認人性的脆弱。他筆下的人，既禁不起壓力，也禁不起誘惑；既禁不起潮流與風氣的挾持，也禁不起孤獨的空寂。呈現這種脆弱，便抓住了人性的真實。高行健的醒觀美學，正是對這種真實十分貼切的把握，因此，醒觀美學不同於思辨哲學，而是現代生命哲學。

高行健從現實中抽離出來進行觀省的態度，也得益於禪宗。擺脫宗教形態的禪，為把握當下的生命本真提供了可能，高行健緊緊抓住這種可能。在他眼中，禪不僅是一種立身行為的態度，更是一種審美。禪只觀察，不作判斷，特別是不作政治是非與道德善惡判斷。表現在作品中，便是只作描述，只作呈現，不作價值結論。作家僅僅是見證者、觀察者，不充當審判官、裁判者的角色。禪宗的「不二法門」（《六祖壇經》：「善惡雖殊，本性無二。」），對於高行健來說，就是不作是非、善惡、真假、高低、內外等世俗判斷和理性判斷，只作美醜判斷。我曾說，沒有禪宗，就沒有《紅樓夢》，而《紅樓夢》正是一個無是無非、無善無惡、無真無假、無因無果的藝術大自在。現在我還可以說，沒有禪宗，就沒有高行健，他也是一個沒有敵我分別、善惡分別、內外分別的藝術大自在。高行健寫了一本書名叫《另一種美學》，所謂另一種美學，就是對人生、對藝術採取一種觀省態度。這是高行健首創的獨特的審美經驗和獨特美學。

所謂「無善無惡」，不是說沒有惡，而是說作家對惡有一種超越、一種清明的意識。在高行健的作品中，他充分看到、估計到人性惡，知道這惡便是地獄，又知道無法改變人性惡。人與人之間的差別只是對惡覺悟與否、超越與否。所謂超越，便是意識到人性之惡無所不在，人自身具有惡的無限可能性，並且總是處於雙重的荒誕之中（現實社會的荒誕與作為主體的人的荒誕）。有了這意識，就有了對自身的把握，也就是「覺悟」。「無善無惡」，乃跳出善惡的判斷而以此意識進行自我觀照。高行健的寫作，便呼喚這種意識。說他人是地獄，這種意識是本能的，無須太多呼喚；說自我也是地獄，說地獄就在身內則不容易正視，這意識必須去喚起。高行健的「逃亡」，不僅是從外部的惡中逃亡，也強調從內部的惡中逃亡。他的劇作《逃亡》告訴人們一個哲學道理，人最難逃脫的是自我的地獄。但有了這種意識和醒觀眼睛，人或許可以避免葬身於自我地獄的黑暗中而獲得「自救」。高行健的悲天憫人，突出地表現為對人的內荒誕的悲憫與提醒。

「觀自在」是對內在生命的把握。而這種把握的關鍵就在於從主體內部抽出一隻中性的反觀自身的眼睛。關於這一點，我曾在以前的文章中提過，必須特別注意高行健發現的主體三重性。高行健發現全世界的語言都是「你」、「我」、「他」三個人稱，於是，他確認主體擁有三個坐標，而不是通常認為的二重性兩個坐標。佛洛伊德也曾把主體分解為本我、自我、超我，也是三坐標，但這是靜態的精神分析，難以把握。而高行健認為語言的三個人稱「你」、「我」、「他」卻是人的意識的起點，有了這三個坐標，意識才得以實現。這是一個重要的發現。這三個坐標進而確認了主體的三重性以及主體內在的互動，也即人稱轉移，這種主體間性（或稱為主體際性），即主體內部的三坐標可以進行對話。而這種對話其實是「假對話」，也就是說，是主體在自我內部世界中變換位置的獨白。高行健又從三重內在主體中抽出一個「他」，這個「他」，是從「他」的角度再觀省，對「你」、「我」再進行審視，從而以一雙冷眼作審美判斷者，不只是觀看外部世界，也觀看內部世界。

以往的主體性理論，雖也注意到主體間性，但一般只注意到外部主體間性（外部主體關係），包括哈貝瑪斯（Jürgen Habermas）的交往理論，也是外部主體間性理論。而高行健卻把主體間性投向生命內部，在靈魂、情感處展示一種極為複雜的主體關係構架和極為複雜的語言構架，創造出小說與戲劇的新文體。《靈山》便是內部主體間性的最集中的藝術呈現。這種以人稱代替人物之格局，從理論上表述，便是以內部主體間性代替外部主體間性。

以上所說的只是高行健審美經驗的一小部份。嚴格地說，東方文學界對高行健的研究還沒有開始，我所寫的有關高行健的文章，也只是閱讀心得。我相信，再過一段時間，一定會有許多中國與其他國家的讀者和學者進入高行健的「靈山」，並會發現那是一片非常精彩、值得不斷開掘的世界。

原載《明報月刊》二零零五年九月號

中國現代文學中的兩大精神類型

——魯迅與高行健[1]

一

韓國的「中國現代文學研究會」理事長朴宰雨先生在兩三年前曾設想舉辦一個「從魯迅到高行健」的討論會，並發函與我聯繫，但因高行健身體不好，沒有辦成。他看到高行健與魯迅是很不同的作家，可以作比較論說，這是很有見地的。事實上，這兩位作家是二十世紀中國現代文學中很有代表性的兩種精神類型。

只要留心一下，就會發現，世界各國的作家，儘管各有各的個性，但仍然可以看到完全不同的精神類型，例如日本的兩位諾貝爾文學獎獲得者川端康成和大江健三郎，就很不相同。川端遠離政治，拒絕干預社會，屬於唯美的一極；大江則關注政治，擁抱社會，屬於國際知識分子左翼，完全站在川端的彼岸。這兩種極端的精神類型，在法國則是左拉與普魯斯特的巨大差異；在德國則是歌德與荷爾德林的巨大差異；而在英國與愛爾蘭，則是拜倫與喬伊斯的差異；在葡萄牙，則是薩拉馬戈和比索瓦的差異；兩者都是精彩的存在。

1 在台灣清華大學台灣文學研究所和菲律賓亞洲華人作家協會上的演講稿。

今天我所講的魯迅與高行健，也是精彩的存在。但是，對於中國人來說，對魯迅已非常熟悉，認識也很充分，而對於高行健，雖然也知其名，但仍然很不了解。對於高行健，我們最好先認知，然後再作價值判斷與感情判斷。高行健是一個非常特別的中國作家，正如我的朋友李歐梵教授所說，高行健的審美趣味是歐洲高級知識分子的審美趣味，精神內涵比較深邃，藝術形式也比較不同一般，因此，要進入他的世界，相對就比較難。

二

這兩位作家，我都非常喜愛。魯迅不僅是我文學研究的出發點，而且是我崇尚的對象。魯迅這一名字，早已成為我的血肉，我的靈魂的一角；而高行健是我的摯友，二十多年前，就和妻子抱着小女兒去觀賞他的《車站》。在北京，我和劉心武、劉湛秋，常與他聊天。那時就覺得他比我們「先鋒」，聽他講話，真是「如聞天樂」。

魯迅逝世於一九三六年，高行健則誕生於一九四零年。魯迅逝世後五十年，高行健才作為獨立不移的思想者與作家站立起來。

他們兩位有兩個共同點：第一，他們都是原創性極強的文學天才。五四新文學運動，是用一種新的語言方式進行寫作實驗的運動。那時開風氣之先的前驅者有陳獨秀、胡適、周作人等。胡適開了新詩的風氣，寫了《嘗試集》，雖有首創之功，但寫出來的詩卻很幼稚。而魯迅則出手不凡，一寫起新小說，就寫得那麼成熟，自成一種文體，其《狂人日記》，今天讀起來，還讓我們覺得文氣那麼充沛，文字那麼漂亮。魯迅的《孔乙己》、《故鄉》、《祝福》等等，伴我精神生活幾十年，至今一想起，還會在內心震盪。魯迅小說的藝術效果不是讓人感動，而是讓人震動，它總是搖撼着你的靈魂。《故鄉》裏的閏土那一聲「老爺」，不僅震撼魯迅，也震撼我們。一聲「老爺」，把童年時代兩位天真的朋友，一下子拉開十萬八千里。舊制度，舊文化，不僅吞沒了閏土的青春、健壯，把他的臉變成樹皮式的臉，而且吞沒了他內心的那一點人的驕傲與人的尊嚴，把他的靈魂變成麻木的靈魂，即「死魂靈」。一讀《故鄉》，我就產生一種非常特別的、他人也許想不到的鄉愁，這種鄉愁不是對於故鄉的浪漫情懷，而是童年時代和窮苦兄弟一起抓麻雀，一起在圓月下看守瓜田的本真狀態。我的憂傷常常是一種喪失本真自我的憂傷。

高行健也很特別。八十年代他的作品還沒有正式問世，僅僅寫了幾篇小說給巴金看（高行健是以巴金為團長的訪法作家代表團的翻譯），就得到巴金的激賞。巴老對着法國朋友說，高行健是個真正的作家。他寫出《現代小說技巧初探》，一下子就引發一場全國性討論，而他的長篇小說一旦寫成，就完全改變了小說的觀念與小說的文體。《靈山》以人稱代替人物，以心理節奏代替故事情節，以內心多重語言關係代替外部的主體關係，這是中外小說史上所沒有的，但它獲得成功。而他的十八個戲劇，每個都不重複自己。他的戲劇所以會在西方打開一條新的道路，除了他把中國的「禪」帶入戲劇，從而送入一股精神新風之外，還在於他完成了三項突破：一，在戲劇內涵上，突破了奧尼爾的四重關係（人與上帝，人與自然，人與社會，人與他者），創造了人與自我第五種關係；二，在戲劇藝術上，他創造了戲劇史上未曾有過的內心狀態戲。內心狀態本來就看不見，難以捉摸，他卻把不可視的狀態呈現於視覺性特別強的戲劇舞台；三，創造了演員、角色、觀眾的戲劇表演三重性。這一切，如果沒有特別的才能就難以做到。

魯迅和高行健還有另一個共同點：他們不僅是作家，而是深刻的思想者，作品中都有一般作家難以企及的思想深度。對於同一個問題，魯迅比同時代的作家、思想家總是看得深一層。「五四」的新文化先驅者，都看到禮教「吃人」，魯迅也看到了，但他多看到了兩個層面，一是「我亦吃人」，二是「自食」，自己吃自己。《狂人日記》中的主角就說「我也吃妹妹的肉」，在無意中進入了吃人的「共犯結構」。自食，則是自我撲滅。阿Q就是自我撲滅，自我扼殺的典型。當時的思想者，如李大釗等，只看到中國的制度問題，以為制度一旦得到「根本解決」，其他的都會迎刃而解；而魯迅還看到「文化」問題，特別是深層文化問題，即國民性問題。他看到國民性不改變，甚麼好制度進來都會變形變質。事實證明魯迅的見解是對的。

高行健也是如此。「六四」的學生逃亡者和一些知識分子都認為，只要能從政治陰影中逃亡，便萬事大吉。高行健則想到，人最難的是從「自我的地獄」中逃亡。人最難衝破的是自我的地獄，無論走到哪一個天涯海角，自我的地獄都會跟隨着你。高行健劇本《逃亡》，表述的正是這一哲學主題，但被誤認為是「政治戲」，其實，這是很深刻的哲學戲。

三

魯迅和高行健是兩種完全不同的精神類型。簡要地說，魯迅是入世的，救世的，戰鬥的，熱烈擁抱社會與熱烈擁抱是非的；而高行健則是避世的，自救的，逃亡的，抽離社會與冷觀社會的。

魯迅在他發表的第一篇白話小說《狂人日記》的結尾，就發出「救救孩子」的吶喊，之後，他又宣告要為青年肩住「黑暗的閘門」。魯迅的人生邏輯，用他自己的語言表述是「能殺才能生」的邏輯。所以他反對籠統地說「文人相輕」，認定文人之間的爭論不是「相輕」，其中有大是大非。而且認為知識分子應當熱烈擁抱是非，他甚至主張要「黨同伐異」，要「以牙還牙」，要報復，一個也不能寬恕。不管是二十年代中期說「費厄潑賴應當緩行」，「痛打落水狗」，還是三十年代中期臨終之前說「損着別人的牙眼，卻反對報復，主張寬容的人，萬勿和他接近」，其邏輯是一貫的。魯迅是近代中華民族苦悶的總象徵，他最愛中國人，又最恨中國人，總是哀其不幸，怒其不爭，其深邃的「愛」不得不通過「恨」的形式來表達，只好「橫眉冷對千夫指」了。

與魯迅的「橫眉冷對」不同，高行健的特點卻是「低眉冷觀」。他高舉「逃亡」的旗幟，拒絕政治投入。他從政治中逃亡，從集團的戰車中逃亡，從「主義」中逃亡，最後又從市場中逃亡。他的逃亡，不是政治反叛，而是自救，也可以說，逃亡不是一種政治行為，而是一種美學行為，一種人生態度，一種從現實政治關係和其他各種利益關係的網絡中抽離出來的生命大書寫，簡單地說，是一種冷觀現實的超然態度。所以他不是魯迅式的熱烈擁抱是非，而是以中性的眼光冷觀是非。從《車站》開始，他就逃亡，劇中主角「沉默的人」就是第一個逃出是非糾纏的人，以後，《彼岸》的主人翁拒絕充當領袖，走出公眾意志，也是逃亡。甚至可以說，《靈山》就是一部逃亡書，一部精神越獄書。

魯迅與高行健不同的精神取向，可以從他們崇尚的人物和筆下人物看得十分清楚。魯迅不喜歡莊子，他的《起死》（《故事新編》）嘲弄了莊子的無是非觀，而高行健則喜歡莊子的自然文化。魯迅批判「隱士」，高行健則尊崇隱逸文化。魯迅以《鑄劍》裏的宴之敖（黑衣人）表達了他的人格精神，特別是復仇精神，這是一種無情斷殺最後同歸於盡的猛士鬥士精神。而高行健則以他的戲劇《八月雪》，宣導禪宗六祖慧能的精神與人格。慧能與基督不同，他不是救世，而是自救。他對政治權力，對社會人生看得那麼透。作為宗教領袖，他拒絕偶像崇拜。當他名滿天下之後，唐中宗和武則天要請他進京當太師，而且派了將軍薛簡來逼迫，但他軟硬不吃，完全不在乎甚麼皇恩浩蕩，完全看透權力把戲，知道一旦進入宮廷便要付出獨立思考的代價，所以就拒絕進入權力框架。最後，他把禪宗傳宗接代的衣鉢也打碎廢棄，不要這種教門的權力象徵，以免以後為正宗、邪宗而爭鬥。慧能的精神在《八月雪》中表現出力透金剛的力度。如果說，《鑄劍》中的黑衣人表現出來的是「斷殺」、戰鬥的力度，那麼，《八月雪》中的慧能，表現出來的則是拒絕的力度，看破的力度，放下的力度，守持自由的堅定不移的力度。中國佛教史上，多少寺廟都因為皇帝的賜字賜號而歡呼，惟有慧能看得那麼透，這不能不說是一種精神奇觀。如果說，黑衣人宴之敖是魯迅的人格化身，那麼，慧能則是高行健的人格化身。這兩個化身形象，映射出兩種非常不同的精神類型。

這裏應當指出的是，人們往往誤以為，魯迅有社會關懷，而高行健則沒有。這是極大的誤解。其實他們都有關懷，只是從不同層面去關懷而已。高行健不像魯迅那樣，直接投身社會鬥爭，從政治或半政治層次上切入現實關係，而是在從政治中抽身之後，從更高的精神層面去關懷人類的生存困境和自身的人性困境與心靈困境。

四

與上述兩種不同精神類型相對應，魯迅和高行健又形成兩種不同的文學形態：熱文學與冷文學。

魯迅是一種典型的熱文學。《吶喊》、《熱風》、《鑄劍》，連名稱都是熾熱的，魯迅把自己的雜文稱作「匕首與投槍」，稱作「感應的神經」、「攻守的手足」，當然是熱的。即使是前期的小說，其基調也是批判的，抗爭的，感憤的。

高行健則拒絕作魯迅式的批判者、反叛者、裁決者。作為一個作家，他給自己的定位是觀察者、審美者、呈現者。他的所謂「冷」，不是冷漠，而是冷觀。他的作品的詩意不是來自莎士比亞、歌德式的激情，而是來自卡夫卡式的冷觀。卡夫卡才是高行健的出發點。不了解卡夫卡，就沒有辦法了解高行健的《夜遊神》、《叩問死亡》等荒誕戲劇，就不可能進入高行健的深層世界。他的《一個人的聖經》寫的文化大革命，是黑暗的年代，是混亂的現實，但寫得很有詩意，其關鍵就在於它不是訴諸譴責控訴，也不是訴諸悲情，而是冷靜地呈現。詩意來自低眉冷觀。這與魯迅的詩意源泉——戰鬥激情，差別很大。在說明高行健文學的詩意源泉時，特別應當強調的是高行健發現了內部主體三重性，即人的內心中你、我、他三坐標，尤其是他，這是一雙具有觀察自我的中性眼睛。有了這雙審視自我、評述自我的眼睛，便有冷靜。可以說，到了高行健，中國現代文學的政治浪漫和文學浪漫才有了一個句號，一個終點。

每一個傑出作家都是一種很奇特的「異象」，並非甚麼「歷史必然」，中國現代文學出現一個「熱烈擁抱是非」的作家之後，又出一個拒絕擁抱是非但也非常傑出的作家，這完全是歷史的偶然。高行健選擇一種和魯迅完全不同存在方式和寫作方式，卻在不同程度上反映中國現代知識分子和現代作家巨大的精神變遷。研究這種變遷，將是一個很有趣的課題。

發表於香港《文學評論》二零零五年創刊號

從中國土地出發的普世性大鵬

——在法國普羅旺斯大學高行健國際討論會上的發言

《明報月刊》編者按：今年一月二十八日至三十日，法國普羅旺斯大學舉行高行健國際學術研討會，來自世界各地的三十多位學者、作家和翻譯家討論了高行健的普世性寫作方式和嶄新的審美經驗。本刊率先發表劉再復於此次研討會的發言，他在發言中說：「高行健在文學、戲劇史上是一個高舉逃亡和自救旗幟、拒絕政治投入而獲得巨大成功的作家，他創造了既冷觀世界又冷觀自身的醒觀美學，其創作出發點不是莎士比亞的人文激情和歌德的浪漫激情，而是卡夫卡的現代意識。」

此次我到法國參加普羅旺斯大學主辦的高行健國際學術研討會，給會議帶來一份禮物，就是台灣聯經出版公司剛出版的《高行健論》。我非常敬重的馬悅然教授特為這本書作了序言。關於高行健的許多評價，我在這部著作裏都說了。今天我不想用書中現成的文章發言，只想用中國文化中一個著名意象來探討高行健的精神之路。

如同大鵬一樣的精神生命

這個意象就是莊子《逍遙遊》中的大鵬。莊子描述說：「鵬之徙於南冥也，水擊三千里，摶扶搖而上者九萬里」，是一種自由自在雲遊於天地之間的奇鷹。高行健在馬賽市的畫展中，創作兩幅長達六十米的水墨大畫，命名為《逍遙鳥》，表現的也正是這種大意象。所謂逍遙，就是得大自在。這不是居高臨下的傲慢，而是一種超越世俗限定的無限精神自由。莊子在《逍遙遊》中說，對於這種大鵬，地上無數的鳴蟬（莊子稱之為「（蜩）」）和斑鳩（莊子稱之為「學鳩」）等處於「小知」境地的生命很難理解牠。高行健就是這樣一隻大鵬。這是從中國文化的母體中誕生、但又超越母體的普世性大鵬。高行健獲得諾貝爾文學獎後，中國的權勢者和文化界的上上下下（包括海外某些中國的論者）無法面對他和他的作品、思想，無法面對一種衝破一切羅網的自由精神存在，甚至連高行健的中國血緣和文化血脈也無法面對而乾脆否認他是中國人。因為一旦面對這種精神存在，一切鳴蟬、斑鳩式的蒼白、淺薄、平庸、浮躁、勢利等就會暴露無遺，一切鎖鏈、羅網、招牌、主義、專制也就會被拋得更遠。總之，高行健的書至今還被中國大陸嚴格查禁，他的故國與同行還不敢面對他。「為甚麼不敢面對高行健」是一個值得研究的當代精神現象。

大鵬的精神特點是以贏得身心大解放為最高目的而不斷突圍、飛升、向宇宙境界貼近。高行健正是這樣一種精神生命，他的人生與創作特點就是不斷地走出、逃出、飛出各種意義上的精神牢獄，即人為設置的各種限定。他的小說代表作《靈山》，可以說是尋找靈山的過程，也可以說是一個精神囚徒進行精神越獄的過程。這是一部精神逃亡書、精神逍遙書、精神飛升書。二十多年來他都在尋找靈山，那麼，找到了靈山沒有？他的作品沒有直接回答，但我們通讀他的作品後，可說他沒有找到，也可說找到了。靈山不在身外而在身內；靈山不在縹緲雲水處，而在人的靈魂核心處；靈山是靜觀世界和自身的那一雙清醒的眼睛，又是《一個人的聖經》最後一節中所說的生命深處的那一脈長久不滅的幽光。而精神的越獄，則是一重又一重，最後也最難超越的是自我的地獄。高行健創造的獨一無二的個體「聖經」，宣佈的真理是人的最真實、最有效的拯救方式，乃「自救」的方式，這是區別於基督教「救世」體系的方式，也正是禪宗式的仰仗自身內在力量去爭得自由、爭得當下充分生活、充分表述的方式。

高行健的精神歷程與方式，倘若用學術的語言來描述，則可以說，在二十世紀的八、九十年代整整二十年裏，高行健開始如被囚禁的大鵬，之後便一再從牢籠中「逃亡」，在當代的中國作家、世界作家中，他是一個高舉逃亡和自救旗幟、拒絕政治投入而獲得巨大成功的特異作家。不僅逃出政治陰影，而且逃出影響創作大自由的各種思想框架與精神理念。我在《高行健論》裏具體地說明了他走出中國當代作家很難走出的三種框架：第一，「持不同政見」的理念框架；第二，「中國背景與中國情結」的問題與心理框架；第三，以漢語為寫作主要工具，又超越「漢文字單語寫作」的文字語言框架。走出這三個框架，面對所有人的問題（不僅是中國問題）寫作，這就是普世性寫作。在這種寫作方式的實踐中，他又飛越出幾個難以飛出的精神障礙，可稱為深層的精神越獄。

超越精神障礙的個體醒觀美學

第一層是對籠罩一切政治意識形態的超越。一九九六年，我為香港天地圖書公司主編「文學中國」

叢書，高行健交給我的集子，命名為《沒有主義》。這一書名的四個字，是他的核心思想命題，也是他告別意識形態的宣言。集子的根本思想是：審美大於意識形態。而對意識形態的告別即意味着對審美和活人狀態的回歸。《逃亡》（一九九零）劇本的「中年人」說：「我甚麼主義也不是……我只是一個活人。」所謂活人，關鍵是活的靈魂。高行健的內功，是一種靈魂的內功。有人奇怪他的水墨畫只有黑白兩色，怎麼也贏得那麼高的成就，這裏的秘密正是靈魂內功的審美提升。他不是用被政治意識形態所浸染的肉眼、俗眼看世界萬物，而是用赤子靈魂的天眼、道眼去直觀見性，也就是用禪的眼睛去觀看一切，既冷觀世界也冷觀自身。因此，他的畫，不是色，而是空；不是物相，而是心相。他的文學作品即使是觸及醜惡現實的作品（如《一個人的聖經》），也充滿詩意，就是因為他不是去表現不同政見或去控訴現實，而是站在現實的上空靜觀這種現實，呈現的是現實中最真實的生命景觀。

第二層是對「人權」與「人民大眾」這類空話的超越。「人權」、「大眾」，這當然是美好的概念，但是當今西方政治機構和媒體雖然打着人權的旗幟，卻把一切都納入市場。全球經濟一體化鋪天蓋地的潮流，連民族性都加以消解，何況個性？不能充分確認個體生命價值，肉身與靈魂都成了交易品和拍賣品，那還有甚麼人權可言？高行健堅定地走出市場，從不做市場的俘虜，捍衛的正是自身的人權，即靈魂主權。與此相關，他也不做大眾的俘虜，他意識到這個時代不是作家的時代，而是大眾的時代，大量作家的所謂作品，其實是大眾的消費品。高行健拒絕為社會消費需要而寫作，也拒絕充當中國作家喜歡扮演的「人民大眾代言人」的角色，不做大眾意志的代表者。他在十九年前創作的戲劇《彼岸》，就宣佈他既不做芸芸眾生的對立面，也不做芸芸眾生的同盟者，更不去充當大眾的領袖。政治要求平均數（選票就是一個平均數），大眾也要求平均數，領袖只能服從平均數。而文學藝術最怕的恰恰是這種導致平庸的平均數。思想者與寫作者一旦降低到平均數的水準，就只能變成一個煽動家而喪失個性。作家具有的情懷，不是對大眾口味的迎合，也不是居高臨下的同情，而是個人對自身和世界的清醒意識。這種意識既是審美，又是人對生命主權的最高認識。活着的意義正從這裏派生。

第三層是對尼采超人理念和相關的救世神話的超越。高行健不迎合大眾，這點與尼采相通，但他的不迎合是大鵬似的天馬行空，而不是自我膨脹與誇大，因此他又超越尼采。關於這點，高行健從各種角度一再表述。尼采宣佈「上帝已死」，給藝術家帶來一個可怕的後果：人失去了謙卑而無限制地自我誇張，以至把人誇大為神。從政治到藝術，二十世紀都在不斷革命、造神、製造虛假的救世神話和烏托邦幻相。然而，所有的革命者一旦建立政權，都變成了暴君。這種時代潮流造成人的狂妄症，使無數的作家、藝術家、教授都生活在幻覺之中，從而丟掉對人性的清醒認識，直接影響了文學藝術。高行健稱自己的文學是冷文學。這種「冷」，就是拒絕尼采式的浪漫，而用卡夫卡式的冷眼靜觀人和審視人，這便是高行健的超越視角。

創造當代的「脆弱人」形象

如果說，上述第一二層超越是回到活人和回到充分把握個體的生命價值的話，那麼第三層超越則是回到「脆弱的人」內心的真實。高行健的《生死界》、《對話與反詰》、《夜遊神》、《週末四重奏》劇作中的人都是脆弱者，都免除不了空虛、孤獨、寂寞和恐懼。《一個人的聖經》裏的恐懼感寫得特別好，主人公的脆弱又寫得格外真實。文學史上，有許多精彩的「英雄」形象，也有不少「多餘人」形象，而高行健卻創造出當代的「脆弱人」形象，這是一種在時代大潮流中無力、無助，無以立足、無處藏身的脆弱人，然而卻是最真實的人。在文學史上，二十世紀初的卡夫卡帶給文學基調一個巨大的轉折——從抒情、浪漫基調走向荒誕的基調，從而開闢了人類文學的新時代。高行健的創作，不是從歌德、雨果的浪漫激情出發，也不是從莎士比亞的人文激情出發，而是從卡夫卡的現代意識出發。因此，他完全告別了大寫的人、英雄式的人，而還以現代人的脆弱、混沌並寫出其悲劇性、荒誕性的人生。他不僅像卡夫卡那樣冷靜地直觀世界，而且超越卡夫卡而進入形象內部，冷靜地「觀自在」，從而創造出一種新型的醒觀美學。

高行健精神上的獨特，使他在審美形式上突破許多既定的寫作模式與成規。最明顯的也是大家所熟知的，是他的《靈山》以人稱代替人物，以心理節奏代替人物性格的新文體。今天我要特別說明，高行健在戲劇上創造了一種難度極大的心靈狀態戲。心靈狀態不僅難以捕捉，而且是看不見。把這種不可視的生命景觀呈現於舞台難度極大，但高行健突破這種難點，把不可視變為可視、可動作、可呈現的舞台意象，這不能不說是人類戲劇史上的一種巨大的首創。關於這點，我在《高行健論》中已有表述，此處特別要說明的是，他的文學藝術創造與他對人本身有一個獨特的發現和把握有關。

超越二元，發現主體的三重性

上世紀八十年代我發表了《論人物性格二重組合原理》，講的是「二」，即二元對立與二元互動；後來又發表《論文學主體性》，也還是主客的二元對立與互動。高行健則發現「三」，發現主體三重性，即人具有三個坐標而不是兩個坐標，主體內部具有三重關係而不是兩重關係，從二維擴大到三維。他發現世界上的一切語言都是「你」、「我」、「他」三個人稱，主體都具三重性。老子說：「一生二，二生三，三生萬物」，這個「三」便派生出萬物萬相。老子雖也談「三」，但這是純粹形而上的「三」，並非主體生命內部的三個坐標。佛洛依德也發現「三」，自我被分解為本我、自我、超我，但是，佛洛依德的「三」只是靜態分析（頭腦對心理的分析），這種分析如何通過審美形式進行文學與藝術的表達是一件極難的事。高行健的天才，便是把以往哲學家頭腦中的「三」，變成生命的「三」和藝術的「三」，而闖出一套新文體。這裏的關鍵是高行健在發現主體的三個坐標之後，又抓住「人生」這個仲介，把抽象之我變成血肉之我，把邏輯分析中的主體變成活生生的歌哭言笑的主體。一旦抓住「人生」，就找到本我、自我、超我的人性落腳點，就找到展示生命狀態的另一片廣闊天地。也就是說，哲學思辨與頭腦分析就變成生命實在的感受和文學的感性對象了。對主體（人）的認識，其前提是「一分為二」還是「一分為三」，很不一樣。以「三」為起點，對人進行三維呈現，這不是玩玩人稱的寫作手法問題，而是包含着對人的一種根本的認識。這種認識運用於小說，產生了《靈山》，使《靈山》成為呈現三維生命內宇宙的傑作；運用於戲劇，則從戲劇內部建立新的角色形象和三重性戲劇關係。如果說斯坦尼斯拉夫斯基（Konstantin Stanislavski）的戲劇是演員與角色等同的「合二為一」，如果說布萊希特（Bertolt Brecht）是演員與角色不相等的「一分為二」，那麼，高行健的戲劇則是「一分為三」和「合三為一」。所謂「演員」在觀眾面前呈現「角色」，表演者首先經過淨化自我，進入到中性演員的狀態，然後再扮演或呈現角色。演員不代表也不體驗角色，只是在觀眾面前敍述、呈現角色。高行健通過這種方式，既從戲劇內部尋找新的可能性，也從戲劇內部建立新的角色形象。總之，高行健已為人類文學與戲劇提供了嶄新的、豐富的審美經驗，不僅創造出新的文體，而且創造出新的美學。嚴格地說，對高行健的研究才剛開始。

高行健從中國土地出發，已經飛向很高很遠的萬里天空，但他已不孤獨，今天我們正在面對着他，世界也在面對着他，我相信他的故國總有一天也會熱烈地面對着他。

二零零五年一月十日於美國科羅拉多大學

高行健的又一番人生旅程

高行健於二零零零年獲諾貝爾文學獎。儘管抹黑攻擊者有之，但無法否認，這是突破，是首創，是里程碑。所以余英時先生引用蘇東坡的詩句並改動了三個字祝賀他：「滄海何曾斷地脈，白袍今已破天荒！」貼切極了。高行健真的是破了天荒，為漢語寫作爭得巨大的光榮。聽說，諾貝爾獎是休止符，獲獎後再也難以前行。可是，高行健又破了這個符咒，他以令人難以置信的精神，繼續全方位展開他的試驗性創造。十四年來，他戰勝了疾病（兩次緊急住院，兩次大手術），竟然又作出一番驚人的成就。我佩服獲獎前的高行健，更佩服獲獎後的高行健。我慶幸自己三十年前就跟蹤他的足跡，並從中獲得啟迪與力量。每次與東方友人講起高行健的故事，我總愛說，他竟像莫里哀也暈倒在舞台，寫劇本還要自當導演，太累了。這回他再次東臨香港，我便想藉此機會介紹一下他獲獎後的又一番人生旅程。

自編自導創作不輟

二零零一至零三年法國馬賽市舉辦了「高行健年」。他自編自導的大型歌劇《八月雪》，請旅法華人音樂家許舒亞作曲，由台灣國家戲劇院和馬賽歌劇院聯合製作，在台北和馬賽公演。二零零五年我有幸在馬賽觀賞演出，親眼看到法國觀眾一次次起立歡呼鼓掌，並知道場外一票難求，等着下一場演出。

他用法語寫的劇作《叩問死亡》，由自己導演在馬賽體育館劇場公演，同樣場場爆滿。他的畫展《逍遙如鳥》在馬賽老修道院博物館展出，黑白兩個大廳，十七幅在畫布上的巨大水墨新作，兩米半高，總長度達六十米，其壯觀令人興嘆。此外，他還自編自導自演拍攝了自己的第一部電影《側影或影子》。同時期，普羅旺斯大學舉辦了他的國際研討會，由杜特萊教授編成文集出版。該校圖書館還建立了「高行健資料與研究中心」。此次研討會，我也參加了，並結識了杜特萊教授夫婦。

這年他剛六十歲出頭，仍然是個「拚命三郎」。我們每次通電話，我都要警告他別太玩命，但他還是依然故我。第二年（二零零四）他終於病倒了，做了兩次大手術。二零零五年我到巴黎看他。除了特製的白米飯和蔬菜，他甚麼也不能吃。返美後我告訴李澤厚，澤厚兄說：「我要是甚麼都不能吃，就自殺。」但是，高行健吃着最簡單的食品，卻照樣情思奔湧，照樣創造奇觀。二零零六年我到台灣（中央大學與東海大學）時就聽說，台大學生正在電視屏幕前傾聽高行健的「文學四講」：《作家的位置》、《小說的藝術》、《戲劇的潛能》、《藝術家美學》。每講都很長、很精彩。

過了一年多，我和他又在香港相逢。那是二零零八年法國駐香港澳門總領事館和香港中文大學聯合主辦的「高行健藝術節」，還舉行關於他的國際研討會，放映他的歌劇和電影，上演他的《山海經傳》（蔡錫昌導演）。香港藝倡畫廊則舉辦他的畫展，中文大學圖書館同時舉辦《高行健：文學與藝術》特藏展。中文大學和《明報月刊》還分別舉行兩場講座：一場是他獨自講述有限與無限，創作美學；一場是他和我的對話《走出二十世紀》。對談中我再次感受他的思想愈來愈活潑，活潑到讓我暗暗震驚。

二零一零年初，高行健七十歲誕辰時，英國倫敦大學亞非學院舉辦「高行健的創作思想研討會」（有關論文已由詩人楊煉編輯成《逍遙如鳥》在台北聯經出版），我也禁不住內心的翻騰，寫了《當代世界文學中天才異象》（即本書第三二四頁《當代世界精神價值創造中的天才異象》），概說高行健的卓越成就。

全方位藝術家當今罕有

第二年，我又參加了兩次高行健國際研討會。一次在韓國，一次在德國。在韓國國際論壇上，高行健發表了《意識形態與文學》專題演講。在高麗大學舉辦的「高行健：韓國與海外視角的交叉與溝通」國際學術研討會上，他倒沒說話，而我發表了《高行健給世界提供了甚麼新思想》的論說綱要。講他面對的是真實的世界和真實的人性，提供的是最新鮮的思想。之後我們還一起到檀國大學演講。那幾天韓國國立劇場舉辦「高行健戲劇節」，上演了他的劇作《冥城》和《生死界》，還召開他的戲劇研討會。在此會上，我說在我心目中至少有四個高行健：小說家高行健、戲劇家高行健、畫家高行健和理論家高行健。同年，德國紐倫堡愛爾蘭根大學國際人文研究中心舉辦「高行健：自由、命運與文學」大型國際研討會，各國學者宣讀了二十七篇論文，還放映他的電影，舉辦他的畫展，之後又出版了研討會的論文集。我給研討會與論文集提供的綱要性論文題為《高行健的自由原理》。近日，此文被收入英文論文集中。在嚴肅的國際研討會場合，我說自己心目中有多個高行健，絕非妄言。應該說，當今世界很難見到像這樣全方位的作家藝術家，不僅身兼小說家、劇作家，還當詩人、電影導演和畫家，不只創作，還有思想理論著述。

十四年來，他新的法文劇作《叩問死亡》和法文詩劇《夜間行歌》以及法文詩畫集《逍遙如鳥》相繼出版了，這些作品他也都重新寫成中文本在台灣出版。二零一一年台灣聯經出版公司出版了他的第一部詩集《遊神與玄思》，其中大部份是近年的新作，我為這部詩集作序，不僅先睹為快，而且感受到行健詩「響應時代困局」、「回應真實世界」的特色。既非無病呻吟，也非無端吶喊，更非玩語言，玩技巧。而他的四部思想新論著：《另一種美學》、《論創作》、《論戲劇》（與方梓勳合著）和《自由與文學》，則提供當下世界最清醒的美學觀和文學藝術觀。我很高興能為其中的兩書作序。寫序文時，我才真切地感到，這四本新的思想理論著述延續了九十年代初他那本《沒有主義》的思路，也即超越政治功利和意識形態的框架，進而又闡述了現時代人的生存條件與困境，對作家藝術家在現實社會中的位置，也提供了清醒的判斷，從而告別二十世紀的那些主流思潮，也不理會市場的炒作與所謂時尚，提出了許多發人深省的思考。迄今為止，全世界出版的高著各種語言譯本和對他的研究專著已多達三百二十多種。

高行健的劇作不僅演遍歐洲各國，亞洲的日本、台灣、香港、新加坡和澳大利亞，不斷上演，從北美的加拿大到南美的墨西哥和玻利維亞與秘魯，乃至非洲的多哥都演過他的戲，且不說高行健不僅導演了大型歌劇《八月雪》和五部劇作《彼岸》、《對話與反詰》、《生死界》、《叩問死亡》和《週末四重奏》，且不說美國不少大學的戲劇系與法國的一些戲劇學校把他的戲納入教學劇目。據不完全的記載，至今已有上百部戲劇製作（演出的場次則無法統計），當今世界還健在的劇作家之中恐怕難得有這番幸運。

畫作八方放彩

他的畫展至今已舉辦超過九十次，其中八十次是個人展，從歐洲展到亞洲，乃至於美國，出版了三十四本畫冊。然而，在中國卻只有一次非正式的展出，這還是上世紀八十年代中期，北京人民藝術劇院上演《野人》之際，他同從貴州請來做民俗面具的草根藝術家尹光中合作，做了一次純然民間的雙人繪畫與砂陶面具展。而在海外，他的畫作則八方放彩。第一次大型個人回顧展，在法國戲劇節的勝地亞維農這著名的中世紀的大主教宮，由該市的市政府主辦（同時，亞維農戲劇節還演出了他的《生死界》、《對話與反詰》以及由他的諾獎演說辭《文學的理由》改編的朗誦性劇本）。法國的弗拉馬利永出版社則同時出版了他的藝術論著與畫冊《另一種美學》，這本畫冊很快由美國最大的哈普克林出版社和意大利最大的黑佐利出版社出版了該書的英文和意大利文譯本。從此他的畫作在歐洲、亞洲和美國許多美術館頻頻展出。書寫至此，我真想再翻閱一遍身邊的那一疊高氏畫冊。

我還想告訴讀者朋友，這十來年，他還編導了鮮為大眾所知的三部詩性電影，《側影或影子》、《洪荒之後》和新近的《美的葬禮》，充分實現了他年輕時代所做的「電影詩」之夢。這些影片擺脫了電影通常的敍述模式，無故事情節可言，鏡頭的運用如同詩句一樣自由，給觀眾留下想像的餘地，很能激發人思考。這些影片當然不可能進入商業發行，然而就電影藝術而言，它卻提供了一種新的樣式和有意味的前景。

高行健的文學作品現今已有四十種語言的譯本，僅阿拉伯語就有三種不同的譯本，葡萄牙語有兩種而波斯文也有兩種。還有些鮮為人知的語種，如西班牙的卡達蘭文，法國的布列塔尼文和科西嘉文，都有他的譯本。他的長篇小說《靈山》已成為世界文學的現代經典。不僅美國的 Easton Press 出版了該書的羊皮燙金珍藏本，而且在法國的全民閱讀週裏，愛克斯市從圖書館到各大書店乃至街頭，一個星期內《靈山》的朗誦會不斷。前年，法國文化電台晚間八時半新聞節目後最好的時段，播放該書分章節的配音朗誦，一誦就是十五天。而香港電台的《有聲好書》節目、從今年十月起將連續廣播全書，共八十一章。二零零五年，我在巴黎高行健家中兩個星期，他寓所旁有間小房，專門收藏各種譯本，我進門便如見至寶，一本一本抽出來玩賞並問行健，小筆記本也作了紀錄。

高行健的三生

高行健不止一次說過，他「三生有幸」。第一生，從一九四零年出生於抗日戰爭時期，隨父母逃難。日後長大成人，父母雙亡，又不斷逃離寫作招致的政治壓迫，而終於作為政治難民在巴黎定居，以《逃亡》一劇結束了第一生。第二生，作為法國公民，同時用中文和法文雙語自由寫作，寫了五個法文劇本，並身兼法國作家和漢語寫作作家赴瑞典斯德哥爾摩接受諾貝爾文學獎，法國文化部長也專程出席瑞典國王的授獎儀式，法國大使為此舉辦了配上樂隊的盛大晚宴。之後，法國希拉克總統又在總統府舉辦榮譽軍團授獎儀式，第二次授予高行健騎士勳章。中國大陸拋棄他，法國則熱烈擁抱他。此外，他還相繼獲得意大利費羅尼亞文學獎、意大利米蘭藝術節特別致敬獎、美國終身成就學院金盤獎、美國紐約公共圖書館雄獅獎、盧森堡歐洲貢獻金獎和法國文藝復興金質獎章。他的第三生，從此自認世界公民，而且打破作家藝術家的職業藩籬，從事跨領域的文學藝術創作。他諸多的創作與思想，已經大大超越所謂中國情緒和中國語境。他本人也不理會所謂「認同」，不管是地域國家認同還是民族文化認同。他強調的恰恰相反，是作家藝術家個人在全球化的現時代獨特的認知和表述。但他同時又反對割斷傳統，不管是東方還是西方的傳統，他都一概視為人類的精神財富。他還不斷嘲弄尼采的「超人」和膨脹的「自我」，不認為個人能夠擔當改造世界的「救世主」，但又並非虛無主義，相反，他相信人可以認知世界。他的創作思想已經引起東西方學者的注意，但是，應該說，對他的研究才剛剛開始。關於這一判斷，我和潘耀明兄共同主編的「高行健研究叢書」序言，已經說過。

明年二月在布魯塞爾的比利時皇家美術館和伊克塞美術館將舉辦他迄今為止最大規模的個人畫展。皇家美術館將展出以「潛意識」為主題的巨型系列新作，另一家美術館將同時舉行他的大型回顧展。高行健可以說是一個工作狂，定居巴黎二十七年，還沒有過過暑假，甚至也不過週末，只要沒有來訪和出訪，總在工作。用他的話說，他總算把在中國浪費掉的大半生，找回來補回來了，沒有遺憾了。他在電話中這樣告訴我，今年夏天如果完成比利時系列，也算是給畫家的生涯劃個句號，明年就不再接受新的計劃，可以休息養老了。此次，我到科技大學，他也應科大人文學部之邀前來訪問。在此次相逢中，我將對他說：佛教觀止兩大法門，你的「觀」門已經圓滿，恐怕要進入「止」的法門了。

第二輯

走出二十世紀

——高行健《論創作》（明報出版社）序

一

二零零二年六月八日，高行健參加在愛爾蘭都柏林舉行的，由美國國際終身成就學院主辦的「世界高峰會議」，並接受由學院頒發的金盤獎。與高行健同時獲獎的有美國的前總統柯林頓、前國務卿季辛吉、愛爾蘭總理艾恆、阿富汗臨時總統卡薩、巴基斯坦前總理碧娜芝·布托，以及二零零零年諾貝爾物理獎得主克洛瑪，和平獎得主、南韓總統金大中等。在頒獎儀式上處於人類社會尖峰的高行健，面對鮮花簇錦與媒體的鏡頭，他發表了題為《必要的孤獨》的演説。在最熱鬧的場合，他卻暢言孤獨，應該説與高峰會的基調很不和諧。然而，正是這篇演説，道破了他的「靈山」的真諦，這就是甘於孤獨；獨自站立於大地之上，面對宇宙人生，獨立不移發出個人的聲音。他告訴這些領袖和來自世界各國的青年菁英：孤獨使他獲得距離冷靜觀照世界，也審視自身；孤獨還使他獲得動力去征服困難和開拓事業——「孩子在獨處的時候才開始成人，一個人在獨處的時候才得以成年」（演講辭）。他説「成人」、「成年」，未説「成功」，而我要補充説：高行健的成功，是拒絕做潮流中人、風氣中人、市場中人，個人獨立不移的成功。高行健的人生和寫作狀態，以孤島般的獨處從個人出發，不僅沒有主義，而且沒有世俗的社會「歸屬」：無黨無派，沒有團體，沒有山頭，甚至沒有祖國，只有幾個天涯海角遙遙相望的朋友。在這些獲獎者之中，恐怕也只有他最明白，人一旦落入集體的歸屬，個人的自由便喪失了。而我覺得特別有意思的是，在獲得終身成就「金盤獎」的這些領袖們之中的高行健，恰恰拒絕充當領袖。這人早在二十多年前，就通過他的劇作《彼岸》表明了態度，孤獨的主人公「那人」既拒絕充當群眾的尾巴，也拒絕充當大眾的領袖。領袖人物，尤其是政治領袖總要去爭取多數，贏得大眾，而思想者卻注定只能是少數、異數，甚至時常是單數。高行健的那部《一個人的聖經》發出的正是這樣的聲音。他的這本新書《論創作》同樣如此，這部論著中收集的文章、演講和對談，都出自他獨特的聲音，發前人之未發，令人深省。

孤獨，從當下的個人出發，這是高行健的立身態度和寫作態度。與老人道主義者不同，他從不泛泛談論人道、人權和自由。他認為，這些漂亮的言詞如果不落實到個人，只不過是一番空話。人道的許諾說來容易，要真正贏得個人的自由卻極為艱難。個人的獨立自主，不能等待社會的賜予，只能自己去爭取，前提是個人不可被社會的功名貨利所誘惑。選擇功利，還是選擇自由，全取決於自己。個人有力量決定自己的命運，但人畢竟不是超人，因此作家又得放下種種妄念，對自身有清醒的意識。閱讀高行健的論著，首先得了解他立身處世的態度。

二

二零零一年高行健獲得諾貝爾文學獎後首次訪問香港，在城市大學的歡迎演講會上，張信剛校長讓我對行健作一評介。在評介中我特別指出一點，即人們只知道他是文學家，不知道他也是一個思想家。

我從上世紀八零年初一直被他所吸引，就因為他很有思想。台灣大學的胡耀恆教授說：高行健的戲劇是哲學家的戲劇。而我則一直認定高行健的戲劇是思想家的戲劇。《車站》中從等待的人群中走出來的那個「沉默的人」，不聲不響，逕自走了；而總也在等待，恰恰是人性致命的弱點；《彼岸》中拒絕眾人追隨的「那人」，不當帶頭羊，這在「發動群眾」、「依靠群眾」的語境中，可是空谷足音；在《逃亡》中的那個「中年人」不僅逃離政治迫害，也要逃出內心的煉獄，卻發現逃出心獄要比逃出牢獄更難；還有《山海經傳》中那個為拯救天下大眾而射日的羿，觸怒了天帝，貶到人間，之後反而被大眾亂棍打死；還有拒絕太后和皇帝詔令，不肯進入權力框架充當王者師去點綴宮廷的六祖慧能；高行健筆下的這些主人公全是作者人格的投影，他們都維護思想自由而獨立不移，他們都有一雙清明的眼睛和一種清醒的意識，又都是常人，卻在眾人的認同之外，甘當「檻外人」、「局外人」或「異鄉人」。高行健的美學思想和文學藝術理論，和他的戲劇主人公們具有同樣的品格：總站立在風氣、俗氣、潮流的彼岸。

獲獎之前，高行健的論著彙編於《沒有主義》書中（首版由香港天地圖書公司出版）。獲獎之後，他的身體雖然一度經歷危機，但思想仍然非常活潑，其美學思索也不斷深化。諾貝爾文學獎的巨大榮譽讓他忙乎了一陣之後，並沒有改變他的文學狀態。他依然故我，繼續遠離大眾，遠離政治，遠離媒體，遠離市場。他不僅遠離中國，甚至也疏遠巴黎的社交與時尚，只一味營造自己的精神世界。在世俗社會裏，他是一個超越國界的普世公民；在精神世界裏，他則沉浸在文學藝術的創作之中。《論創作》集子中的文章與談話，尤其是他在台灣大學的四次錄影講座，其獨到的思想，真讓我驚嘆不已。高行健在巴黎做這些錄影講座時，我正好在台中東海大學擔任講座教授，並作了一次全校性的《高行健概論》的演講。在研究生的課堂裏，我放映了高行健寄來的演講錄影，老師和同學們均非常欽佩。他們看到一種沒有教條味、沒有學者相，沒有理論腔，卻有的是真知灼見的思想。我雖然在二十年前就閱讀他的《小說創作技巧》之後又不斷讀到他的作品和論說，但是，聽了他的台大美學四講，還是心情難以平靜，讓我再次感到思想的力量美。除此之外，我還想到應當分清兩種不同的思想家，即哲學式的思想家與文學式的思想家。不只是柏拉圖、黑格爾、康德、海德格那種體系式的思想家。在人類文學史上，我相信，但丁、莎士比亞、歌德、杜思妥也夫斯基，他們也是思想家，近現代的易卜生、卡夫卡、貝克特同樣是思想家，中國的曹雪芹當然也是當之無愧的思想家。這些作家有思想，而且有哲學思想，但建立哲學家的體系不是用概念、邏輯、分析、論證思辨的方式，而是通過文學的見證與呈現，來表達對宇宙、世界、社會和人生的認知，將思想潛藏於作品中，由作品中的人物的言行而得以透露，因而也需要後人加以開掘與闡釋。高行健正是卡夫卡、貝克特式的思想家。而他的文論同思想與文學藝術相兼相融，有他獨特的開掘與闡釋。

三

高行健的文學與美學思想在二零零零年獲得諾貝爾文學獎之前的表述，主要收集在《沒有主義》一書中。獲獎後又立即出版了《文學的理由》，進一步立論，更為扎實。現今這本《論創作》，思想和論述又進了一步，讓我再一次感到「新鮮」。尤其是他提出作家不以「社會批判」作為創作的前提，可以說是直指現當代文學的主流，這得有很大的理論勇氣。近一百多年來，一個先驗設置的烏托邦成了裁決是非和社會正義的標準，把文學也弄成了改造社會的工具。高行健卻毫不含糊丢開這個前提，拒絕充當人民和社會正義的代言人，也拒絕充當政治的鬥士和烈士，而只是作為社會的觀察家、歷史的見證人和人性的呈現者，對現時代的作家而言，這不能不說是立身處世和寫作態度的一個根本的轉變。

高行健揚棄了一個世紀以來中國知識界普遍接受的這種世界觀，是否就提出了一種新的世界觀？我不敢貿然斷論，但有一點卻是可以確定的，那就是他拒絕用先驗的理論框架來解釋或營造世界。他有一種深刻的懷疑，不相信這世界是可以改造的，也不相信人性可以改造，這種懷疑精神貫穿他的全部作品，從《靈山》到《叩問死亡》。他這本論文集則做出了充分的闡述。

四

《論創作》一書，內容廣泛而豐富，而全書的基調就是「走出二十世紀」。一九九六年李澤厚和我發表《告別革命》之後不久，高行健寫作《另一種美學》，也提出「告別藝術革命」的理念。上世紀九十年代，他不斷和我說的是「走出政治陰影」、「走出噩夢」、「高舉逃亡的旗幟、拒絕政治投入」。二零零五年我和他多次重新觀覽羅浮宮。之後，我又到佛羅倫斯、威尼斯、梵蒂岡等處閱覽古典大藝術。回到巴黎，我們談論起歐洲藝術，他總是說：比起文藝復興和十八、十九世紀的啟蒙思想及人文主義，二十世紀是藝術大倒退。從尼采到泛馬克思主義思潮，到後現代主義，其基本點是社會批判。顛覆前人則是這些思潮的基本策略。高行健對這些思潮，對以「現代性」為旗幟的二十世紀藝術思潮提出大懷疑。……現代性正是這樣的一個似乎不可違背的標準，否則就判定落伍或過時，否定的否定，從上一個世紀初的社會批判到六、七十年代對藝術自身的顛覆，進而為顛覆而顛覆，唯新是好，到了上一個世紀末，藝術消亡，變成作秀，變成傢具設計和時裝廣告；對藝術觀念的不斷定義則變成言說，甚至弄成商品的陳列，正是這種歷史主義寫下的當代的藝術編年史。

從告別二十世紀的藝術革命開始，近十年來高行健形成了「走出二十世紀」的大思路，他面對的不僅是藝術，而且是被東西方知識分子普遍認同，形成「共識」和「通識」的一些主流思潮，至今還在東、西方課堂上與社會上廣泛流傳，諸如「革命是歷史的火車頭」，「徹底粉碎舊世界」，「作家是人民的喉舌，時代的鏡子」，「造就新人新世界」，「資本主義必然滅亡，社會主義必將在全世界贏得勝利」，「顛覆傳統」，「不斷革命」，「作者已死，『藝術的終結』」，「解構意義」，「零藝術」，如此等等，這些理念和思路，在高行健看來不是現代烏托邦的妄言，就是自我無限膨脹的臆語。而他講的清明意識，則是指作家得回到脆弱的個人，以一雙冷靜的目光既關注人世，又內審自我，從二十世紀的意識形態的迷霧中走出來，發出個人真實的聲音，從而留下人類生存困境和人性的見證。

《論創作》的主要論題，都與「走出二十世紀」的大思路相關。他的台大講座的第一講《作家的位置》，講的便是作家應當告別老角色，不可再用政治正確和身份認同來作為自己的通行證，不必再用政治話語取代文學話語，也不要用意識形態裁決取代審美判斷。二十世紀，作家的政治介入和文學的政治傾向，被視為理所當然，結果是把文學綁上政治戰車。而任何政治，也包括民主政治，都無法改變政治乃是權力運作和利益平衡這一基本性質。所謂持不同政見，也是一種意識形態，也無法擺脫現實的政治利害。文學只有超越一切政治，擺脫現實利益的牽制，摘除身上的各種政治標籤，發出人的真實的聲音，才能贏得自由。二十世紀無孔不入的政治製造了許多災難，也帶給作家一些幻象，許多作家自以為可以充當「先知」、「社會良心」、「人民代言人」，甚至以救世主自居。這種大角色在左翼作家和左翼知識分子中一度成為通識和文學公理。高行健卻拒絕充當這些大角色，堅持文學是個人的創造，認定文學活動是充分個人化的活動，守持個人的自由思想和獨立不移的文學立場，發出個人真實的聲音。而人類文學史上的一些偉大作家，恰恰不以此種大角色自居。他們的文學使命在於發出人的真實聲音，而非政治吶喊。高行健寫道：

> 甚麼地方才能找到這真實的人的聲音？文學，只有文學才能說出政治不能說的或說不出的人生存的真相。十九世紀的現實主義作家巴爾札克和杜思妥也夫斯基，他們不充當救世主，不自認為人民的代言人，也不作為正義的化身，而正義何在？他們只陳述現實，沒有預設的意識形態去批判和裁決社會，或虛構一番理想的社會藍圖，恰恰是這樣超越政治超越意識形態的作品，提供了對人和社會的真實寫照，把人的生存困境和人性的複雜展示無遺，無論從認知還是審美的角度來看，都禁得起時間長久的考驗。

高行健的「走出二十世紀」，並不是甚麼高調，更不企圖製造新的烏托邦和新的幻象，只不過返回巴爾札克和杜思妥也夫斯基，返回荷馬、但丁與莎士比亞，也即返回作家本來的角色和文學的本性。走筆至此，我想說，在我見到讀到的當代作家中，沒有一個像高行健對二十世紀文學藝術的這種時代病如此敏感，又如此尖銳地指出這病痛之所在。

五

在論說《紅樓夢》時，我曾說，凡是經典的文學作品，均是宏觀方向與微觀方向的雙重成功。既有史詩性的宏觀結構，又有細部的詩意描寫。高行健的代表作《靈山》及另一長篇《一個人的聖經》皆具這種特點。而他的文學美學論著，也有這種宏、微兼備的優點。「走出二十世紀」，這是他的宏觀思路，而在這一大思路之下，則是他獨特的、具體的審美經驗和從這些經驗提升出來的創作美學、醒觀美學，也就是他自己所說的美的催生學，小說、戲劇和藝術的創作美學。我缺少創作實踐，所以特別羨慕他的藝術發現和藝術經驗，以及與所謂體系性理論大不相同的美學。我難以抵達的不是他已認識到的大思路，而是這些微觀美學的原創。

我的《放逐諸神》、《告別革命》與他的《沒有主義》相通，這是我能企及的，而他的「語言流」代替意識流的寫作實踐與繪畫創作達到的審美經驗，則不是我能表述的。就像《靈山》所涵蓋的禪宗文化、道家文化、民間文化、隱逸文化，我能把握，而以人稱代替人物並展示豐富的內心圖景和複雜的語際關係，是我望塵莫及的。至於他的劇作法和導演藝術以及關於表演的三重性及中性演員的表演方法，我更是止於理解。本書中《小說的藝術》、《戲劇的潛能》和《藝術家的美學》，沒有任何引經據典，不借用其他美學家的論點論據，完全是他自己審美經驗的概括與昇華，這真正是為美學長河引入新的水源。高行健在《藝術家的美學》中說：

> 這種美學區別於哲學家的美學，就在於直接推動藝術創作，是美的催生學。而哲學家的美

學則是對已經完成的藝術作品進行詮釋，面對的是已經實現了的美，再加以解說。哲學家不研究美是怎樣產生的，他們只是給美下定義，或者說，找出審美的標準，確立種種價值標準。而藝術家的美學倒過來，走一個完全不同的方向，研究的是美怎麼發生，發生的條件，又怎麼捕捉美並把它實現在藝術作品中。這就是藝術家的創作美學與哲學家的詮釋美學的重大區別。

六

用宏觀與微觀來加以分說，是我的評論語言，而對高行健而言，則是一種完整的、難以分殊的方法論。這種方法論既派生出反潮流的大思路，也幫助他創造出新的藝術形式。

上個世紀八十年代，他的《現代小說技巧初探》，引發了一場全國性的小說美學論爭，其思路就不同尋常。作為思想與心靈完全相通的朋友，我們相互勉勵的首先是要變更思維方式，這也導致我後來宣導了文學研究方法論的改革和文學主體論的提出。無論在中國還是在西方，我都一再地聽到他對黑格爾的「辯論法」的尖銳的批評，對其「絕對精神」則絕然擯棄。他常說，所謂絕對理念不過是思想的終結，沒有人能擁有絕對真理，人類對世界與人自身的認知永遠也不可能窮盡。黑格爾的否定之否定，高行健認為這並非是自然的法則，辯證法也不過是一個簡單的模式，否定並不一定導致創造，而否定的否定並不一定走向更高的層次。認識本無一定的規律可循，只能認識，再認識；每一次新的認識都是去重新發現新的可能和機制。認識與再認識才是高行健的方法論，無論是對待大文化傳統，還是對小說、戲劇、繪畫的藝術形式的探索，他總是在已知的基礎上去找尋新的認識，從中發掘出新的契機與可能，找到新的技巧與表現。

他在台大作的《小說的藝術》與《戲劇的潛能》兩個講座，如果從方法論的角度去研讀，更會感受到他的這種開放性思維。高行健不承認「文學已死」、「繪畫已死」這種命題，相反在確認文學、戲劇、繪畫各種藝術形式的限定下去找尋再創造的可能，而不去「反小說」、「反戲劇」、「反繪畫」。對於二十世紀的藝術革命和顛覆傳統這一主流思潮，他恰恰反其道而行之。他牢牢把握各種藝術樣式最基本的限定，在有限的前提下去追求無限。他在小說和戲劇創作中以人稱代替人物；以語言流取代意識流；把人稱的轉化引入劇作法，提出確立中性演員身份的表演方法；以及在具象與抽象之間去發掘造型的新的方向和藝術表現；這些創作的實績都為他的創作美學奠定了基礎，進而推動他本人的創作，也肯定會啟發許多作家和藝術家。高行健的創作美學已經超越了二十世紀主流的意識形態，提示了一個十分有趣的新方向。

二零零八年二月於美國科羅拉多

詩意的透徹

——高行健詩集《遊神與玄思》（聯經出版公司）序[1]

十三年前，我讀了《一個人的聖經》打印稿時受到震撼，立即寫了一篇《中國文學曙光何處？》，發表於香港《南華早報》，今天讀行健的詩集，尤其是讀了《美的葬禮》和《遊神與玄思》二首，又一次受到震撼。

行健的詩寫得不多。我出國後才讀到幾篇，每篇都有新鮮感。二十年前，讀了《我說刺蝟》現代歌謠之後，曾對行健說：「你應多寫一點詩，甚至可以寫一部長詩。」因為我覺得他已經創造了新詩的一種新文體，語言精闢，極為凝練，詩中蘊含獨到的思想，輕輕鬆鬆戲笑之間，顯露出對世界和人性深刻的認知，但又毫不費解，非常清晰，一讀就懂。

等待了二十年，這才在讀到他去年的《遊神與玄思》和今年的新作《美的葬禮》。這一次我所以再度受到震撼，是因為面對危機重重找不到出路的現今這時代，我霎時心明眼亮，得到一種啟迪，一番徹悟。興奮之餘，我對行健說：「你的詩，有一種詩意的透徹。」

所謂透徹，乃是對世界和對人類生存環境認知的透徹。「透徹」與「朦朧」正相反，毫無遮蔽，

1 高行健詩集《遊神與玄思》於二零一二年五月由台灣聯經出版公司出版。

暢快直言真切的感受。在當下一片渾濁的生存困境下，一個詩人或思想者究竟能做甚麼？人倘若摒棄種種妄念的屏障而活在真實之中，又是否可能？讀了行健的詩集，我竟像讀到一部擁有真知灼見的思想論著，從困頓中翻然覺悟：

生命之於你
重又變得這般新鮮
還在這人世
縱情盡興
再一番馳騁
莫大的幸運！

確實如此，這正是《遊神與玄思》的開篇，全詩二十三節，詩人直抒胸臆，十分清醒，又多麼自在。人終有一死，剩下的時間不多，這有限的生命該怎樣活？怎樣面對這「紛紛擾擾」的世界？怎麼擺脱「隱形大手」「暗中撥弄」，從而贏得詩意的棲居？世界如此混沌，詩意棲居又是否可能？眾生如此紛擾，到處是陷阱，自由何在？詩人透徹了解當今的現實，並不絕望，就抓住上帝「放他一馬」的機會，在人世中縱情盡興，馳騁一番。行健在獲得諾貝爾文學獎之後，盛名之下承受各方的壓力，勞累不堪，大病之後居然康復。如今又是作畫，又是拍電影，又是寫詩，還又建構另一種美學，不拘一格試驗，尋找各種藝術形式再創造的可能，也包括新詩體的創造。這一切都是他透徹領悟世界之後的新成就。他的詩得大自由，正是這番馳騁極為有力的見證。

說起詩，應當承認一個基本事實：現代詩的讀者越來越少，影響越來越微弱。箇中原因很多，也許是這世界已被俗氣的潮流所覆蓋，缺少詩意；也許是因為金錢和市場霸佔了全球，而政治的喧鬧又無孔不入，沒有詩的位置了；也許因為小說的文體更加貼近生活，更能滿足讀者日常的需求而擠壓了詩歌。但是從詩本身而言，有一原因恐怕是當代詩歌的一種致命傷，這就是沒有思想。換句話說，是詩人沒有足夠的智慧和思想回應當下人類生存的真實困境。我們眼前的世界現狀是：整個地球向物質傾斜，工具理性粉碎了傳統的價值觀，人正在蛻變成金錢動物。面對令人不知所措的現今世界，恰恰需要哲學的回應，也需要詩的回應。

二十世紀之中，艾略特的詩所以能獨樹一幟，乃是因為他及時地回應了人類的難堪處境，正如卡夫卡捕捉到世界的「荒誕」一樣，艾略特捕捉到了世界的「頹敗」。他發現繁華掩蓋下的「荒原」，給人間敲響了詩的警鐘。艾略特的發現，不在於語言的技巧和詩的朦朧，而在於他的思想的透徹。他沒有落入詞句的遊戲，而是緊緊抓住時代的病症，並對世界敲響了警鐘。然而，這近幾十年來的當代詩，不幸喪失了艾略特的真諦，落入了玩語言、玩技巧、玩辭章造句的迷魂陣之中，沒有思想，沒有感受，沒有切膚之痛，更沒有深刻的認知。語言技巧的遊戲無法掩蓋思想的蒼白。我們看到的一些中國詩人，也陷入這種詞句的遊戲，甚至言不知其所以，讓人不知道他們是否真有話要說，還是詞不達意，還是就沒有感受（也沒有涵義）。只見他們生吞活剝效仿翻譯的西方現代詩，自己的詩也近乎歐化的翻譯體，而最要命的是缺少對世界清醒的認識，自然也看不到他們對現時代人類生存困境必要的回應。

行健的詩和中國時行的詩歌基調毫不沾邊，與當今流行的詩歌範式也全然不同。我所以喜歡讀行健的詩而且受其震撼，就因為他的詩確實有思想，又有真切的感受。可以說，他的每一行詩，都在回應這時代的困局。他詩中說得很清楚：

啊，詩
並非語言的遊戲
思想
才是語言的要義

正因為他的詩回應了東西方人類普遍的生存困境，而且沒有一句空喊，沒有一句矯情，毫無矯揉造作，句句出於真情實感，所以令人止不住產生共鳴。如果說，艾略特捕捉到的是人類世界的「頹敗」，那麼，高行健捕捉到的則是人類現時代價值淪喪的「虛空」。這可是前所未有的大空虛，「一派虛無乃事物本相，只能拾點生活的碎片」（《佳句偶得》第二十四節）。人的精神被錢與權所替代，而人性變得日益貪婪，政治無窮盡的喧鬧，而市場無孔不入，連文化也變成謀利的工具。這一切乃是「真、善、美」價值大廈的倒塌。正是在這如此虛空的語境下，高行健推出《美的葬禮》。這首長詩開篇便叩問：

你是否知道美已經消逝？
你是否知道美已經死亡？
你是否知道美已經葬送掉？

跟隨這發人深省的叩問，「現如今滿世界／目光所及鋪天蓋地／處處是廣告／恰如病毒無孔不入／每一分每一秒／只要一打開電腦／堵都堵不住！／再不就是政治的喧鬧／黨爭和選票／而八卦氾濫／媚俗加無聊／唯獨美卻成了禁忌／無聲無息／了無蹤跡／你還無法知道誰幹的勾當／光天化日之下好生猖狂／美就這樣扼殺了／湮滅了了結了／真令人憂傷！」

可以說，句句切中這時代的病痛。

精神的貧困滿世界瀰漫
這人世越來越嘈雜
人心卻一片荒涼

當今世界缺少詩意，而高行健的詩卻佈滿詩意。這種詩意既來自他對世界的清明意識，也來自他對這世界日趨虛空深深的憂傷。認知是深刻的，憂傷也是深刻的。現今的政治都變成追逐權力的遊戲，「正義」成了應時的空話，一切都被納入市場，人性的貪婪變得如此猖狂，人間愈來愈像個大賭場——戰爭時期是屠場，和平時代是賭場。可是誰也救不了世界，文明的歐洲連「救市」都救不了，還有甚麼能耐「救世」？世界難以拯救，人性難以改造。對於這人世的虛空，高行健看得極為清楚，因此也深深悲傷。這憂傷，便是關懷。有人說，高行健的「冷文學」缺少社會關懷，殊不知這憂傷悲天憫人，正是大關懷，這是禪宗慧能式的關懷。行健不唱救世的高調，卻也從不避世，他冷靜審視世界，又用文學見證這個世界，在冷觀中呼喚良知，在見證中寄託希望，其詩意就在冷觀與見證之中。

高行健因為法文好，很早就是介紹西方文化的先鋒，這是人們知道的；但少有人知道，行健的中國文化底蘊也非常深厚，不僅對儒、道、禪都有自己的一套見解，而且對中國古詩詞很有研究。他寫的詩並不仿效西方的現代詩，而是繼承中國古詩詞的明晰和可吟可誦的樂感。樂是一切文學的發端，更是中國文學的發端。中國的「詞」本就是可配樂的詩，漢語的四聲語調與節奏，天生具有音樂感。行健的詩一方面富有思想，一方面又富有內在情韻和外在音韻，朗誦起來琅琅上口。他不把功夫用在辭彩的炫耀上，不故弄玄虛，而是言內心的真實之言，可以吟唱。讀了他的《靈山》，覺得他是精神流浪漢，讀他的詩集，則覺得他是個行吟的思想家。詩中有思想，思想中有詩。正如王維：「詩中有畫，畫中有詩。」

在政治和市場的雙重壓力下，當今有的詩人，卻功夫做在詩外，一味追逐權力與功名。「詩人都說詩歌好，惟有功名忘不了」，曹雪芹的《好了歌》，可改兩個字贈予這樣的詩人。而高行健雖寫詩不多，卻是真詩人。他的人生狀態、寫作狀態是詩的狀態，即超功利、超妄念、超越一切外部的「功夫」。十年前，我用「文學狀態」四字形容他，今天則要用「詩狀態」三字來形容他。有詩人主體的詩狀態，才有詩文體的詩意。詩的思想，詩的真情實感，詩的自然詠嘆，均與詩人的狀態相關。「詩狀態」，是高行健對現實世界的挑戰。我相信，高行健的詩，將與他的小說、他的戲劇、他的繪畫一樣，一定會走進人的心靈，引發長久的共鳴。

二零一一年十二月十三日
於美國科羅拉多

世界困局與文學出路的清醒認知

——高行健《自由與文學》（聯經出版公司）序[1]

高行健這部新書的主要部份是他的演講。我直接傾聽過他在法國普羅旺斯大學、德國愛爾蘭根大學、韓國漢陽大學、香港中文大學、台灣華文盛會（新地雜誌主辦）等處的演講，還和他在香港共同進行過一場題為《走出二十世紀》的對話。八十年代在中國大陸時，我喜歡聽他說話，那時，我和劉心武可能是他的最好聽者。心武說，聽行健說話，如聞天樂。我也有此感覺。出國後，山高水遠，各居一方，還是喜歡聽到他的聲音，除了在電話中交談之外，我還特別留心他的演講，並蒐集和閱讀他的每一篇演講稿。我喜歡聽他說話、演講，原因極為簡單，因為他的談論很有思想，而且思想又是那麼新鮮，那麼獨到。在當下缺少思想的世界裏，他的每次演講，都如空谷足音，給了我振聾發聵的啟迪。他醉心於文學，認定文學才是自由的天地，一再勸告作家不要從政，不要誤入政治歧途，但他自己作為一個具有普世關懷的作家，卻從不避世，而且總是直面人間的困境發表意見。而這些意見既「充分文學」又不僅僅是文學，他觸及到的是時代的根本弊病，是世界面臨的巨大問題，是人類生存的種種困局。我曾說，有膽有識，二者兼備方能構成境界。而高行健正是這種兼備者。他身處海外，早已走出精神囚牢，得大自

1《自由與文學》於二零一四年三月由台灣聯經出版公司出版。

在，也早已無所畏懼，絕不俯就任何政治集團和利益集團。既不迎合泛馬克思主義意識形態的胃口，也不迎合自由主義意識形態的胃口（包括不迎合所謂「持不同政見者」的胃口），只發出個人真實而自由的聲音。其言論的膽魄眾所周知。「膽」之外是不同凡響的「識」。我把「識」分為五個層面，即常識、知識、見識、睿識、天識。他的演講不僅處處有「見識」，而且蘊含着許多睿識與天識。我本身是個寫作者又是個思想者，對「思想」和對「語言」都有感覺，二三十年來，我被高行健所打動的正是他的思想與他的語言。但能進入我心靈深處的，還是他那些抵達當下世界精神制高點的新鮮思想。

如果說「冷觀」是高行健的文學特點（這一特點使他創造了「冷文學」），那麼，可以說，「清醒」則是高行健的思想特點。我本想用「深刻」二字來形容他的思想，最後卻選擇「清醒」這一關鍵字，是覺得無論是他的「冷觀」，他的寫作，還是他的演說，都有對世界、對人性、對文學的極為清醒、極為透徹的認知。這種認知，就像犀利的寶劍，一下子穿透事理的核心，事物的本質。我常為之而震撼。記得剛出國時，我還在為遠離故國而徬徨的時候，他就斬釘截鐵告訴我：「逃亡正是自由的前提。」由此，我才產生「美學逃亡」而非「政治逃亡」的思想，更是贏得告別政治牢籠的大快樂。這之後，他又寫出劇本《逃亡》，劇中的哲學主題是：人可以從專制的陰影中逃亡，但最困難的是如何從「自我地獄」中逃亡。這種地獄，無時不在，無處不在，即使你走到天涯海角，它都緊跟着你。這是何等清醒的思想？人貴自知之明，但自知之明絕非易事。如果不是讀柏拉圖，那我就會身處「洞穴」之中而不自知；如果不是讀魯迅，那我就會身處「鐵屋」之中而不自知；如果不是讀高行健，那就會身在「自我地獄」之中而不自知。現在有些所謂「公共知識分子」，其問題恰恰是缺少「自我地獄」的清醒意識。不知自身燃燒人性的慾望，內心一片渾濁，卻要充當「救世主」並把自己打扮成「社會正義」的化身。高行健的清醒，則是訴諸個人的良知，正視自身「惡」的無限可能，不以標準化權威化的「社會良心」自居。他一再批評尼采，拒絕「超人」和「權力意志」等理念，認定這是歐洲十九世紀最後的浪漫。他拒絕尼采而推崇卡夫卡與慧能，其背後乃是他對「人」與「人性」的清醒把握，他認定，「超人」、「大寫的人」並不真實；倒是回歸「脆弱人」、「平常人」，正視人性的脆弱、荒誕、黑暗，才是人類「自救」的起點。

高行健不僅對「人性」具有清醒的認識，而且對世界、對人類生存環境、對文化走向等，也有極為清醒的認識。只要讀一讀本書中這些演講以及相關的談話與文章，我們就會明白，他給當今世界提供了一些全新的睿識。這些睿識，可概括為下述三個基本點。

第一，「世界難以改造」（但可以理解）。高行健提出「世界難以改造」的觀點，挑戰的是十九世紀中葉以來世界範圍內的烏托邦思潮與革命思潮，而首先打破的是中國大陸流行的習慣思維和一貫性思維。高行健和我這一代大陸知識人，從小就接受「改造世界」的宏大理念，也可以說是「抱負」與「使命」。這一理念付諸實踐，產生的是烏托邦狂熱與暴力革命崇拜，以為革命可以改變一切，甚至以為文學藝術也應該革命，而革命文藝也可以改造世界。與此相應，便在各領域中「推翻舊世界」，將前人一概打倒，將文化遺產統統掃蕩。高行健是我認識的同一代人中，第一個清醒地放下「改造世界」的重負，從而也放下文學可以成為改造世界之奢望的思想家。高行健一再強調，文學只能見證歷史，見證人性，見證人類生存條件，而不能改造世界，改變歷史，所以文學不應當以「社會批判」為創作的出發點。倘若以此為出發點，只會使文學降低為譴責文學、黑幕文學、黨派文學、傾向性文學，變成政治意識形態的形象註腳或形象轉述。正是因為放下「改造世界」的妄念，所以高行健既反對政治干預文學，也反對文學干預政治。總之，認定放下「改造世界」的理念重負，才有自由。

第二，「時代可以超越」。認識到世界難以改造的高行健並不避世，也不悲觀。他明確表示，文學應當關注社會，乃至關注種種社會問題。儘管我們無法從根本上改變時代的條件與社會環境，但可以喚醒人的覺悟，可以超越時代的制約，也即時代所形成的政治條件與經濟條件的制約。政治當然免不了權力的角逐，經濟當然逃不脱利潤的法則，人類社會離不開這些功利的活動，但文學卻可以超越這些功利，而且可以置身於功利活動的局外，退入邊緣而成為潮流外人。這就是作家詩人能做出的選擇，在時代潮流中獨立不移，自鳴天籟。既不從政，也不進入市場；既不接受任何主義，也不製造新的主義與新的幻相。文學可以為時代所不容，但它恰恰可以超越時代去贏得後世的無數知音，這便是文學的價值所在。

功利可以懸擱，時代可以超越，那麼，超越之後作家要到哪裏去？高行健又清醒告訴我們：文學應回到它的初衷，它的「原本」。文學的初衷是甚麼？文學的初衷是文學產生於人類內心的需要，有感而發，不得不發。文學初衷本無功利，即無政治、經濟、功名之求。文學本來就不是政治學、經濟學、市場學、新聞學，因此返回文學初衷才是文學的出路。他說得好：

> 文學不預設前提，既不企圖建構烏托邦，也不以社會批判為使命。文學當然關注社會，乃至種種社會問題，然而，文學並非社會學，關注的是社會中的人，回到人性，回到人性的複雜，回到人的真實處境，才是文學的宗旨。（在國際筆會東京文學論壇開幕式上的演講）

第三，「文藝可以復興」。儘管世界充滿困境，市場無孔不入，與時髦到處蔓延，但高行健確信，文學藝術仍然可以有所創造，有所復興，大有作為。因為文學藝術本來就是充分個人化的活動，一切取決於個人的心靈狀態。天才都是個案，並非時代的產物。文學藝術都是由個人去創造的，所謂「復興」，也應由個人去實現去完成。儘管世界亂糟糟，但有心人還是可以找到有意義的事情默默去做。米開蘭基羅、達文西等文藝復興的巨人們，他們正是在宗教的大黑暗中，借着上帝的外殼而注入人性的內涵。也正是在雍正、乾隆文字獄最猖獗的清王朝，曹雪芹卻創造出中國文學的經典《紅樓夢》。高行健一再說明，文學是自由的領域，但這自由不是上帝的賜予，不是他人的賜予，而是自己的「覺悟」。惟有自身意識到自由，才有自由。從這個意義上說，作家詩人在惡劣的環境中也還可以贏得內心的自由，寫自己要寫的作品，只要能耐得住寂寞。

高行健的這些演講和論述，如果一篇一篇認真讀下來，就會明白，他關注的是文學與文化的根本，是世界大局與未來。我出國後二十多年，一直留心西方學界與思想界，覺得西方學人確實提供了許多專業的新知識與新見解，也常對某個歷史事件和某段歷史行程做出了理性而精彩的評說，但少有對當下世界困局與人類前景的清醒認知與宏觀把握，也就是說，還很難見到類似高行健這樣清醒、透徹的思想者。我讀高行健常為自己的同胞兄弟而自豪，因為他讓我看到，終於有一個華人作家藝術家，走上歷史舞台，超越「中國視野」，真正用全球的眼光與普世的情懷觀察與討論當今世界的困局，而且在那麼多的領域中提出那麼多新鮮的思想。高行健耗費了前半生，經歷了多次逃亡，一再被批判、圍剿、查禁，卻仍然擁有強大的靈魂活力，又如此獨立不移。二零零五年，我到巴黎訪問他時，見到他寓所中滿牆的水墨畫（已在十幾個國家舉辦過七十多場畫展）和書架上幾百本各種文字的高行健作品集與畫集，真是感慨不已。一個質樸低調、一起從東方黃土地走出來的同齡朋友，就這樣走向世界精神價值創造的高峰，提供了如此豐富的思考與作品。

高行健是一個作家、藝術家全才，他的一生，孜孜不倦在小説、戲劇、繪畫乃至電影等文學藝術領域不斷創新，而且不屈不撓地追尋文學的真理。他最後找到的文學真理就是真實、真誠、獨立不移和對於「自由」的覺悟。難怪此書要以「自由與文學」為題，既是總題又是主題。

二零一三年八月二日
美國科羅拉多

人類文學的凱旋曲

——萬之《凱旋曲》（香港牛津大學出版社）跋[1]

五月中旬，萬之（陳邁平）把他的新作《一以貫之的文學之道——介紹二零零零年諾貝爾文學獎獲獎作家、法籍華裔戲劇家小說家高行健》寄給我。他知道我寫過《高行健論》，對此文會有興趣。果然，我讀後真是驚喜不已。這篇大約一萬字的文章，不僅把高行健為甚麼獲得諾貝爾文學獎說得一清二楚，而且把高行健這個「形象」活生生地清晰地勾畫出來了。這可不是空頭文章，而是一篇嚴謹、豐富、生動、扎實的歷史見證。我知道，此文只有萬之能寫出來，他擁有「地利」，身處瑞典；又有「人和」，認識瑞典學院的數位院士；更重要的是他自身的條件，有思想、有才華，真懂文學，真愛文學。我雖然熟讀高行健的作品，也了解他的一些成功的原因，但讀了萬之的文章，卻深感自己未能抵達的精神高地仍然很多，對高行健的認識也沒有他那麼透徹。例如文中說到，瑞典藝術家布．拉森製作的授予高行健的獎牌（獎金、獎狀和獎章之外專門為每年的獲獎作家特製的獎品）作了這樣的特別設計：一塊軍服綠的銅質底板上有成行成列的紅色星星，而中間鏤空，是中國傳統楷書「一」字形狀。對此，有兩則評論讓我震撼。一則是瑞典學院常務秘書、諾貝爾文學獎評審骨幹恩格道爾的解釋，他說這個設計「象徵一

1 《凱旋曲》，萬之著，香港牛津大學出版社，二零零九年出版。

個人通過文字從權力中走了出來，而且在權力中找到了一個洞，一個屬於個人的空間。」說得多好啊！高行健和其他的天才作家們，不都是從權力的牢籠中逃亡出來，而找到一個自己的洞穴，一個個人空間的獨特生命嗎？

除了恩格道爾的評論，還有一則就是作者萬之本人的評論，他說：

我也很欣賞這塊諾貝爾獎牌的設計，確實形象概括了瑞典學院對於高行健的理解與稱讚。獎牌上的這個「一」，就是「獨一無二」之「一」，它代表的其實不僅是一個優秀作家的條件，也是表示一個獨立獨特的個人，是這個星球上每個個體生命的價值所在，這也正是「普遍價值」的應有之義。《靈山》也好，《一個人的聖經》也好，還有高行健的眾多劇本也好，這個「一」貫穿了他的全部創作，個人獨立性和自我生命價值一直是在他的求索思考之中。

「一」就是「獨一無二」，在這個星球上創造沒有先例、沒有第二例、他人不可替代的精神價值作品，這就是高行健獲獎的全部秘訣。萬之這「一」筆，明心見性，擊中要害了。這「一」筆，豈止是對高行健創作的透徹說明，也是對於所有獲得諾貝爾文學獎的天才作家的透徹說明。

讀了這篇文章之後，我請萬之把他所寫的描畫諾貝爾文學獎獲獎作家的其他文章都「傳」過來讓我看看。於是，從布羅斯基、格拉斯、帕慕克、帕斯到奈保爾、庫切、品特等等，一篇篇讀下來。閱讀中我多次想停下來做筆記，其中精彩的引語和評語實在很多，但又停不下來，整個目光和靈魂全部被這些人類的鍾靈毓秀所抓住，只能跟着走到底。

這些作家，這些萬之筆下的菁英形象，一個一個都不一樣，但都那麼有意思，那麼有頭腦，那麼有思想。他們一個個對世界、對人生、對文學都真有看法，真有見地。不管你同意不同意，但你不能不承認，這是地球上獨一無二的個人的聲音，這是真實的、絕不欺騙讀者的、充滿智慧的聲音。甚麼是個性？這一個一個的個案，一個一個全然不同的形象，都在回答你。我佩服萬之，他描寫的不是「一個」奇人，而是分佈在地球各個角落揮灑不同文字文體的「一群」奇人，而每個人的特別處都勾勒得如此明晰，真下功夫了。閱讀功夫，研究功夫，比較功夫，思索功夫，寫作功夫，全都投下了。

通讀了全部書稿後，我自然地萌生出一個概念：凱旋曲。所有諾貝爾文學獎的獲獎作家能夠贏得這份世所公認的光榮，都是精神價值創造征途上的凱旋。凱旋不是終結，而是邁向更高層面的起點。而萬之的文章，每篇都是為成功者唱出的凱旋曲。最為寶貴的是，這些凱旋曲，不僅是真誠的禮讚，而且是人類文學天才創作經驗和世界思索的薈集、匯聚和提煉。其中有對詩意人生的熱情的謳歌，更有對精神創造經驗理性的思索和認真的研究。每一曲都是嘹亮的、雄健的，但又都是冷靜的、深邃的。作為一個終身的文學研究者，我聽了這些充滿思想的凱旋曲，整個心靈境界獲得了提升，許多困擾的問題得到了回答。

獲得提升，是每個詩人、作家都告訴我，詩人就應當像詩人，作家就應當像作家。獨立不移，獨行其道，獨創格局，遠離權力、功名、功利、集團、市場，這才是詩人本色。詩人到地球上來一回，要的只是詩，不是詩外之物。萬之在展現布羅斯基形象時（《四海為家四海無家》），給這位從前蘇聯流亡到美國的俄羅斯詩人三個定語——三個小標題：（1）不為國王起立的詩人；（2）四海無家、四海為家的詩人；（3）純粹的個人主義的詩人。當慶祝諾貝爾獎頒獎九十週年的音樂響起的時候，國王王后公主王子出現、賓客們全都站立起來的時候，惟有布羅斯基夫婦兩人沒有站起來。這不是矯情，而是布羅斯基一以貫之的驕傲，特別是面對權貴的時候，更是如此驕傲。他寧肯讓人說「不禮貌」，也不能改變這種驕傲。詩，天然地與帝國對立；詩人，天然地擁有超越世俗的高貴。正是這種高貴與驕傲的守持，使得他四海無家也四海為家，使他在強權的壓迫下高高地昂起頭顱，使他寧肯充當「國民公敵」也要把照明黑暗的一點內心的亮光放射出來。萬之說：「人生是應該有精神導師，即使快要走向墳墓，最後的黑暗路程也需要這樣的精神照明。」他與布羅斯基一樣，是個「普通的流浪漢」，但他從布羅斯基身上找到了精神導師。這一詩意導引當然不應被萬之所「壟斷」，作為讀者，我當然也要分享一滴光明。

獲得回答，是每個詩人、作家都從不同的角度告訴我文學是甚麼，理想是甚麼，智慧是甚麼。沒有一個人作出獨斷的解答，但是，從不同的聲音中我也明白了他們的共同的追求。諾貝爾臨終的遺囑提到把文學獎授予體現人類理想的作家，這個「理想」到底是甚麼理想？瑞典學院所遵循的「理想」到底是何種精神指向？原來，這個理想，並非政治理想，也非社會理想，更非任何幻象和烏托邦，而是文學本身的理想——文學本身的偉大憧憬與人類心靈的偉大憧憬相疊合的理想。這種理想是內在的，充分個人化的，充分文學化的，充分「人文」化的。不管是詩人、作家曾經扮演怎樣的世俗角色，是左派角色還是右派角色，但是他們進入文學時都揚棄世俗角色而沉浸在精神的深淵與審美的自由大天地之中。萬之筆下的這些天才作家，來自不同國度，來自不同的政治立場，但是他們卻在一個點上相逢，這就是在見證歷史、見證人類不死的良知這個點上相逢，都在人類的精神價值創造的最高水準線上相逢，都在共同的擁有永恆光明的火炬家園中相逢。

對於萬之的才華，我在十六年前就有所感覺。一九九二年秋季，我應羅多弼教授的邀請，到斯德哥爾摩大學東亞系擔任「馬悅然中國現代文學研究客座教授」。一九九三年五月，系裏召開規模甚大的題為《國家、社會、個人》的國際學術研討會，數十位著名學者作家出席了會議，而這個會議從頭到尾，主要擔任組織工作的是萬之，其組織才能讓我佩服，更沒想到他提交的題為《整體陰影下的個人》的論文，寫得非常深邃、精彩。李澤厚當時讀了參與會議者的全部論文之後告訴我，他很欣賞萬之的那篇文章。會議之前，李澤厚從未見過萬之，其評價只是對於文章水準的客觀判斷。十六年過去了，這次讀他的《凱旋曲》，更覺得他又有了新的飛躍，比十六年前更深邃，更有思想了。毫無疑問，他無愧為東西方文化共同培育的學者，已經堅實地站在了世界文學評論的舞台上了。

此刻我在格外寧靜的北美洛磯山下讀書、寫作，過着兼得大自在與小自在的生活，千慮已過，萬念歸淡，惟有好作品好思想能讓我興奮，感謝萬之寫了這麼好的文章，帶給我這麼多閱讀的快樂。

二零零九年六月六日寫於美國科羅拉多

《高行健研究叢書》（香港大山出版社）總序[1]

劉再復、潘耀明

我們決定組織和編輯《高行健研究叢書》，基於以下三點基本認識：

一、高行健是中國文學第一個獲得諾貝爾文學獎的作家，但重要的並不在於這頂桂冠，而在於高行健確實是一個罕見的在小説、戲劇、美學、繪畫、思想理論等多方面獲得卓越成就的全能精神價值創造者，其才華輻射諸多領域，並且都被世界所確認。高行健的名字與作品，今天跨越空間（已翻譯成三十七種文字），明天又將跨越時間（將流傳到久遠）。總之是一個不能不面對的重大文學藝術存在。

二、高行健作品不僅精神內涵擁有很高的密度，而且藝術形式變化多端。他是一個很善於創造新文體、新形式的作家藝術家。小説「藝術意識」、戲劇「藝術意識」、繪畫「藝術意識」極強。其諸藝術意識中又以語言意識為最。許多作家作品可以一目了然，無須多加考問，高行健不屬於這類作家。進入高行健世界不是一件輕而易舉的事，也就是説，對於高行健，更需要闡釋，很值得研究。

三、對於高行健，雖然已有不少評論，但從嚴格的意義上説，對高行健的學術研究還沒有開始。高

1 《高行健研究叢書》由香港大山出版社出版，主編劉再復、潘耀明。

行健創造了小說新文體，開闢了戲劇的新維度，發明了繪畫的內光源，試驗了電影的詩體片，建構了「藝術家美學」的元系統。所有這些富有原創性的探索，如何可能？如何實現？它在中國文學藝術史和西方文學藝術史上承繼了甚麼？揚棄了甚麼？提供了甚麼？等等許多問題，都不是一般評論所能解決的，都需要進入有深度的研究。

高行健作為一種獨立的重要存在，他已不需要謳歌，也不害怕貶抑，謳歌無補，攻擊更是無效。重要的是進入對他的研究，面對他提供的文本和經驗進行學理性思索。

我們的叢書將不求數量的優勢而求品質的優越。我們只有長遠的期待而無淺近的利益。我們將下功夫組織翻譯一些國際上的研究成果也盡可能吸收國內外的研究成果。我們希望通過這套叢書能給中國文學提供某種新的視野，也給人類文學藝術提供某些新的語言和眼光。我們相信我們的建設性工作具有意義而且意義十分深遠。

第三輯

要甚麼樣的文學

——二零一四年十月十八日在香港科技大學與高行健的對話

今天我很高興，能夠和不遠萬里而來的摯友，也是我一直非常欽佩的摯友高行健進行對話，交談《要甚麼樣的文學》這個題目。

八年前，我們曾作過一次共同的演講，那次講的題目是《走出二十世紀》。當時我們就表明，我們要告別二十世紀，要告別二十世紀的大思路，不管是在社會層面還是在文學層面，都要作一次大告別。我們要走出二十世紀流行的「公理」和時髦的「主義」，要走出東西方主宰一切的政治意識形態。今天，我們還要繼續在告別二十世紀那些流行的大思路，但又要進一步討論，我們「要甚麼樣的文學」。

關於要怎樣的文學，高行健在獲得諾貝爾文學獎之前，就撰文表明過。獲獎之後，又多次呼喚過。我在他的論說中受過深深的啟迪，並且認定，他的這些文學論述不管對於中國文學的未來還是對於世界文學的未來，均意義重大。今天，我要借助科技大學人文學部的莊嚴講台，鄭重地說：高行健已創造出當代世界最清醒的文學觀，也是擁有最大自由度的文學觀，值得我們認真思索、認真研究的文學觀。

一九九零年，也是在獲獎的前十年，他就寫過一篇《我主張一種冷文學》，他在這篇文章中表明，他所要的這種冷文學和以往流行的文學都不同，他說：

> 這種恢復了本性的文學不妨可以稱之為冷文學，以區別於那種文以載道，抨擊時政，干預社會乃至於抒懷言志的文學。這種冷的文學自然不會有甚麼新聞價值，引不起公眾的注意。它所以存在僅僅是人類在追求物慾滿足之外的一種純粹的精神活動。[1]

這段話表明，高行健所要的文學，完全超越教科書所描述的基本文學類型，既不是載道的文學，也不是言志的文學，既不是抒情的文學，也不是譴責的文學。高行健特別指出，他所要的文學也不是「抨擊時政，干預社會」的文學，這就是說，這種文學不介入政治，甚至不介入社會，它拒絕文學成為政治的號筒與政治的註腳，但也拒絕把文學變成改造世界與改造社會的戰車與工具。把文學變成政治機器的齒輪與螺絲釘，或變成某種政治意識形態的轉達形式是文學的陷阱，而把文學變成干預生活、干預政治、干預社會的手段，同樣是文學的陷阱。所以，高行健一直反對把「社會批判」當成文學創作的出發點。正因為這樣，所以他不把文學當作匕首、投槍（魯迅語）；不把詩歌當作「時代的鼓手」（聞一多語）；更不把文學當作不穿軍裝的另一種軍隊（毛澤東語）。總之，高行健的文學理念是區別於古代「文以載道」和「言志抒情」的理念，又區別於現當代思想者包括魯迅、聞一多、毛澤東、劉賓雁等人提出的文學理念。高行健對西方馬克思主義如法蘭克福學派的文學理念也不附會，例如阿多諾認為，文學乃是對生活的批評。而高行健則認為，文學如果以批評生活、批判社會為出發點，勢必會使文學停留在社會的表層上滑動，從而遠離文學的本性，即離開文學對於人性的開掘，以致喪失文學的人性深度與人性

1 《沒有主義》，香港天地圖書公司。

真實，說得更明白一些，就是可能使文學落入晚清譴責小說（如《官場現形記》、《二十年目睹之怪現狀》）的水準，而遠離《紅樓夢》的水準。

文學要走出二十世紀流行的大思路是否可能？我和高行健都認定，這是可能的。因為文學乃是充分個人化的事業，一切取決於個人；不取決於國家，不取決團體和機構，也不取決於時代環境，而是取決於作家自己「獨立不移」的品格。高行健每一篇文論，都是文學的「獨立宣言」。「獨立不移」，意味着確認文學乃是擁有自性、擁有主體性的精神存在；也意味着文學應當超越政治、超越集團、超越市場、超越各種主義，不僅要超越「泛馬克思主義」，而且要超越「自由主義」，甚至要超越自文藝復興以來流行的老「人道主義」，如果人道主義未能落實到個人身上，這種主義，就會變成一句空話。惟有丟開各種主義的負累，作家的智慧才能得到解脱，精神才能得到大自由，作家才能成為精神大自在。所謂大自在，便是既不媚左也不媚右；既不媚俗也不媚雅；既不媚上也不媚下；既不媚東也不媚西；既不媚古也不媚今。只知文學的尊嚴高於一切。高行健所要的文學，甚至可以用「獨立不移，自立不同」八個字來表述。如果說「獨立不移」四個字是作家的立身態度，那麼「自立不同」四個字則是高行健的創作理念。他認為，文學的可貴在於「不同」，而不是「認同」。不同就是原創，就是別開生面，就是發前人所未發。高行健是一位進行全方位文學藝術創造的思想者，又是一位進行普世性寫作的作家。二零一零年他在台灣大學發表過《認同，文學的病痛》的演說，表明他不僅不認同上述二十世紀流行的文學藝術大思路，也不認同民族主義理念。也就是說，他不僅要超越政治、市場，而且要超越國界，超越民族文化背景，而面對共同的人性與全人類共同的焦慮。他的「不同」除了警惕「認同」之外，還包括警惕「雷同」，所以他的作品絕不雷同前人與他人，也不雷同自己，即不重複自己。他的十八部劇本，每一部都帶有高度的實驗性與嘗試性。他的「不雷同」距離，不是小距離，而是大距離。所以才產生了以人稱替代人物的小說新文體；才產生把不可視的內心展示為可視舞台形象的心靈狀態戲；也才產生在抽象與具象之間的提示件水墨畫。而他的一切創新又源於他對流行哲學觀的拒絕。他拒絕對立統一的「二元哲學」而開闢三元哲學與多元哲學，他不認同辯證法，不認同「否定之否定」。他和錢鍾書先生在《管錐編》裏批評黑格爾的二元辯證哲學一樣，也批評黑格爾與尼采的哲學。這裏我特別要指出的是高行健對尼采的批判。高行健清醒地看到，尼采的「權力意志」哲學與「超人」哲學乃是歐洲最後的浪漫。尼采哲學在二十世紀，被廣泛地演繹成浪漫的自我與膨脹的自我。儘管在充滿激情的五四新文化語境中，尼采哲學有益於文化改革者對中國奴性的批判，但是，對尼采缺少全面清醒的認識，尤其是對「浪漫自我」缺少警惕，卻會造成「情緒有餘，而理性不足」的時代病。高行健認為，五四新文學運動還有一個大缺憾是，只把視野投向尼采，而未能投向卡夫卡。這兩位德語作家的精神路向天差地別，尼采哲學導引作家走向膨脹和瘋狂，使作家筆下的人成了幻想中的人，而不是實實在在的人，即不是真實的人、脆弱的人、複雜的人、有人性弱點的人；而卡夫卡則用另一種眼睛和哲學告訴作家，文學應當面對真實的人、真實的人性和人類在社會中的真實處境。尼采使人盲目與產生妄念，卡夫卡則使人清醒和冷觀世界。高行健以卡夫卡為楷模，他所主張的冷文學也正是卡夫卡式的正視真實人性與真實人類處境的文學。這種文學不是冷漠，而是冷觀，不是意志的飛揚，而是認知的深刻。卡夫卡並非貴族，也非資產階級，而是一個公務員，但他擁有一雙他人難以企及的眼睛和一身特別敏銳的感覺。他意識到在工業化的社會條件下，人並非「超人」，而只是一條可憐的小蟲（《變形記》）、一個囚徒（《審判》）、一個迷失者（《城堡》）。甲蟲、罪犯、迷路者、脆弱人，這才是真實的人的現狀。卡夫卡對世界進行冷靜觀察後，創造出和以往的浪漫主義、寫實主義、載道主義、抒情主義完全不同的另一種文學，這種文學無所謂政治正確，也無所謂道德善惡，也沒有抨擊時政與干預社會，它只是冷靜地見證與呈現。然而，它卻擁有全世界的讀者與最長久的藝術生命，以至讓我們感到，時至今日，卡夫卡的時代沒有過去。卡夫卡所揭示的人，才是最真實的人；卡夫卡所揭示的人類生存處境，才是最真實的處境。我覺得，高行健要的正是卡夫卡式的文學，我閱讀後的這一心得與判斷，是否準確，還要請高行健作一回應。

二零一四年十月十八日
香港清水灣

打開高行健世界的兩把鑰匙

——二零一四年十月二十四日在香港科技大學「高行健作品國際研討會」上的發言

高行健涉及小說、戲劇、繪畫、理論、電影、詩文等多種領域，他的世界十分豐富博大甚至相當複雜深奧。要真正進入他的世界並非易事。但我認為，有兩把鑰匙可以開啟高行健的世界大門，或者說，掌握這兩把鑰匙，乃是進入高行健世界的方便之門。

這兩把鑰匙，用哲學的語言表述，乃是兩項對舉。「對舉」一詞是錢鍾書先生在《管錐編》裏使用的概念。它相當於對立項，但比對立項更寬廣，用起來更確切。例如我們要講兩個相互對應的人物，就不好用「對立項」，但可以用「對舉」。

我這裏所說的兩項對舉，第一個是指尼采與慧能的對舉；第二是指尼采與卡夫卡的對舉。抓住這兩項對舉，就可抓住高行健的思想主脈。當下世界，很講究關鍵字，我說的這對舉，既是關鍵字，又是關鍵名。尼采、慧能、卡夫卡，還有沙特、馬克思，都是高行健思想世界裏的關鍵名。

對於尼采、沙特、馬克思，高行健的基本點是批評的、批判的、反思的；對於慧能和卡夫卡，其基本點則是肯定的、讚揚的。

一

現在先講述第一項對舉。高行健認為，尼采在現實生活中本就是一個病人，一個瘋子，而其思想也帶瘋癲病。這種病症由他自己先發作，然後傳染給德國給全世界，變成二十世紀的時代症。這種病症可以叫做膨脹病、浪漫病。高行健認為，尼采是歐洲最後的浪漫，他宣佈「上帝死了」，而以「超人」的自我取代上帝，鼓吹的實際上是自我上帝。二十世紀受其思想影響，出現了許多小尼采，他們狂妄地宣佈過去等於零，而自己乃是「創世紀」的新主宰。這些小尼采便是浪漫的自我與膨脹的自我。因此，尼采實際上是給世界創造了一種「自我的地獄」。這一「地獄」，既投向社會，也投向文學藝術。高行健批判說：「尼采宣告的那個超人，給二十世紀的藝術留下了深深的烙印。藝術家一旦自認為是超人，便開始發瘋，那無限膨脹的自我變成盲目失控的暴力，藝術的革命家大抵就這樣來的。然而，藝術家其實同常人一樣脆弱，承擔不起救人類的偉大使命，也不可能救世。」高行健不僅在理論上批判尼采，而且創作了《逃亡》一劇。這是一部哲學戲。它的最深層語言是呼喚年輕朋友走出尼采，走出自我的地獄。他在劇中表明：逃離政治陰影是比較容易的，但要逃離自我的地獄卻很難。這種地獄緊緊跟隨着你，和你一起走到天涯海角。

尼采的「膨脹自我」，導致各個領域產生大瘋子、大狂人，在二十世紀，就產生了希特勒、斯大林、毛澤東、波爾布特這類獨裁者。在藝術界，則產生許多以「藝術革命」取代「藝術創造」的自認為是「超人」的瘋子。他們自以為是救世主，實際上卻是一個個失控的充滿領袖慾望的自我。

這些「革命藝術家」，以觀念代替審美，以廣告代替藝術，以顛覆代替創造。空空蕩蕩，甚麼也不是，甚麼也沒有。在人文領域，則產生許多標榜自己是「正義化身」、「社會良心」、「人民代言人」甚至是社會救星的所謂「革命家」，其實，他們都是小尼采、中尼采和大尼采。他們的內裏也充滿人性的慾望、領袖的慾望。

面對尼采這一現象，高行健從中國文化中找到一個與之對舉的偉大人物。這就是禪宗六祖慧能。高行健不是把慧能視為宗教家，而是把慧能看作一個人，一個很有智慧而又實實在在的人。高行健還獨樹一幟，把慧能看作是一個思想家，一個無須邏輯無須分析過程和思辨過程也能思想的偉大思想家。他的寶貴，不在於提供「修行方式」，而是提供獨特的「思維方式」。他的思想特點是放下概念（不立文字），而以擊中要害（「明心見性」）取勝。慧能與尼采那種「膨脹自我」的大思路正相反，他高舉「破我執」的旗幟。不僅破法執，而且破我執。所謂破我執，就是掃除個人的種種妄念、妄見、妄想，從而冷觀自我，反思自我，扼制自我的誇大與誇張。這是對舉的第一項內容。而第二項內容則是尼采鼓吹「超人」哲學，而慧能則相反，他宣揚的是「平常」哲學，即得道之後仍然懷着一顆平常心，做一個平常人。一個人成功之後，或者說「得道」之後是當「超人」還是當「平常人」，這便形成一種對舉。人們可以在「超人」與「平常人」之間做出選擇。孰高孰低，雖然可以仁者見仁智者見智，但我相信，人生的真理恐怕還是「平常人」哲學。

這裏我還想補充說明的是，平常人哲學移用到文學中來的時候，便有一個對平常人的理解問題。高行健認為，文學應當面對平常人的存在，因為平常人才是真實的人，才是實實在在的人，才是豐富複雜的人，才是有血有肉的人。而所謂的「超人」，那不過是幻想中的人，妄念中的人，並不存在即並不真實的人。「超人」、「至人」、「大寫的人」、「高大全的人」，都是人的假命題，假概念，文學應當告別人的種種假命題，而歸於「脆弱人」，面對真實的人性和他們的真實處境。

二

第二項對舉是尼采與卡夫卡。

高行健對中國的五四新文學運動有一個特殊角度的反省。他認為，面對這兩個德語作家，五四以來的文化改革先行者有一個很大的缺陷。這就是只把視野投向尼采，而未能投向卡夫卡。投向尼采，借用尼采哲學反對中國的奴性，這有它的積極意義。尼采反對奴隸道德，反對弱者道德，他的這些思想對於喚起中國人的尊嚴，確實起了啟蒙作用。然而，因為文化改革者們對尼采只是崇奉而未加批判，所以五四所張揚的自我，便走向浪漫的自我與膨脹的自我。從個體而言，這種自我總是情緒有餘而理性不足；從群體而言，那個群體的大我，也格外膨脹與浪漫，結果便形成魯迅所說的總是在革命→革革命→革革革命中進行大循環，以為革命真能改變一切改造一切。

與尼采相反，卡夫卡完全告別浪漫，也不沿襲抒情、言志、載道、寫實這一套古老範疇，他只是冷觀。卡夫卡既不是貴族，也不是資產階級，只是一個小職員，但他卻有一種敏銳的感覺。他冷靜地觀察社會，冷靜地認知社會，用自己的作品呈現社會的真實與人性的真實，創造出「荒誕」這一無比深刻的文學新範疇。他的代表作《變形記》、《審判》、《城堡》所表現出來的世界認知和對於人的存在的深刻認知，至今都沒有過時。人在工業化（現代化）的條件下，並不是愈來愈優越，而是變成一隻可憐的小蟲。人本來甚麼問題也沒有，卻變成到處受審判的囚徒；人製造了龐大的現代化機器和現代化設施，卻被這些機器與設施所異化。所謂異化，便是人被自己所製造的東西所主宰所統治。卡夫卡的作品不僅抵達了文學的制高點，也抵達了哲學的制高點。

可以說，不了解卡夫卡，就不能了解高行健。高行健主張的「冷文學」，其實就是卡夫卡式的文學，就是面對人性的真實，面對人類生存困境的文學。卡夫卡作品中沒有政治法庭也沒有道德法庭。他寫資本主義社會，但不是對資本主義的批判。他甚麼主義也沒有，甚麼情緒也沒有，只是面對資本主義社會條件的人的存在，做了最深刻的認知與呈現。高行健也是如此，他像卡夫卡一樣，冷靜觀察世界與人，清醒地認識豐富複雜的人與世界，認定作家沒有必要把自己的創作納入意識形態的框架與倫理道德框架。他深知，一旦納入這種框架，視野就會變得狹窄，文學就會失去他的廣闊天地與人性深度。

美的頹敗與文藝的復興

——二零一四年十月二十八日在香港大學與高行健的對話

十年前，我與高行健在香港作了第一次對話，題目是：《走出二十世紀》。我們共同認為，儘管二十世紀科學技術大發展，殖民主義體系崩潰，但這個世界仍然可以說是一個瘋狂的世紀。具體說，二十世紀經歷了三種根本性的頹敗。第一是理性的頹敗。從十八世紀西方啟蒙運動所創造的啟蒙理性體系，被二十世紀的兩次世界大戰和奧斯維辛集中營、古拉格群島、南京萬人坑、文化大革命「牛棚」等象徵性的罪惡圖騰摧毀了。這些大圖騰，每一個都是人類的大恥辱，每一個都是大屠宰場、大瘋人院。二十世紀走上反理性，人類經歷了兩次世界大戰。這是兩次全球性的集體死亡體驗，也可以說是兩次集體的走火入魔，兩次集體的血肉橫飛。二十世紀的瘋狂，狂到真的是理性掃地、良心掃地、文明掃地。如果我們還不能從集體的瘋狂與死亡體驗中吸取教訓，那就真是萬劫不復了。在理性頹敗的同時，是人性的頹敗，關於這一頹敗，德國思想家斯賓格勒早在一個世紀前就提出警告。他在其代表作《西方的沒落》裏發出「警世通言」，說西方世界的人性將被「毒品」、「暴力」和「性」等三樣東西所侵蝕，從而發生歷史性的頹敗。事實證明，他的預言非常正確，可惜西方世界不重視甚至不理會他的嚴重警告，繼續讓這三毒橫行於世。今年美國的兩個州，包括我居住的科羅拉多州，已宣佈「大麻」合法化。從上一世紀至今，人類世界在「全球化」的口號下更是發生集體變質，被金錢抓住，人正在變成「金錢動物」。法國偉大作家巴爾札克早就預言，世界將變成一部金錢開動的機器。他不幸言中。當下的世界，席捲一切的是慾望的瘋狂，覆蓋一切的是俗氣的潮流。除了理性與人性的頹敗之外，還有一種巨大的頹敗，就是美的頹敗。高行健上個世紀末就發現，並不斷敲下警鐘。高行健在上世紀九十年代出版的《沒有主義》和《另一種美學》裏，就揭示世界的藝術正在經歷一場大倒退，米開蘭基羅、達文西、拉斐爾創造的古典美被大肆嘲弄；在所謂「現代性」的新教條下，在政治與市場的雙重擠壓下，歐洲經歷了一場荒唐的「藝術革命」，以觀念代替審美，以廣告代替藝術，以顛覆代替創造。這種所謂「革命」，導致藝術的消亡。就在二零零零年，高行健發表了法文版《叩問死亡》的劇本，揭露西方的所謂當代藝術已把藝術推向絕路。《叩問死亡》的主角進入當代藝術館，之後發現自己被鎖在館裏無法出來，館裏盡是尿盆、馬桶、菸頭和各種垃圾等展品，展品邊上還有學者們的推介資料，於是，聰明的主角便想到一個奇招，即把自己吊死在館裏，讓自己也成為一件表現死亡理念的展品，相信此舉也將贏得藝術研究者們的讚頌。二零零零年高行健獲得諾貝爾文學獎之後，繼續關注藝術頹敗，並寫出《美的葬禮》這首長詩。詩中說道：

現如今滿世界
目光所及鋪天蓋地
處處是廣告
恰如病毒無孔不入
每一分每一秒
只要一打開電腦

堵都堵不住！
再不就是政治的喧鬧
黨爭和選票
而八卦氾濫
媚俗加無聊
唯獨美卻成了禁忌
無聲無息
了無蹤跡

這首八百行的長詩，寫的是美的輓歌。從十四、十五世紀文藝復興運動至二十世紀，地球上許多輝煌的思想、哲學、文學、音樂、繪畫、雕塑、建築等等都是歐洲提供的。可是到了二十世紀，這一切全結束了。卻一切都被另一種景象所替代：「滿街燈火通明／車水馬龍川流不息／卻沒有一丁點人氣／鋼筋水泥的叢林／無數玻璃的鏡面／空晃晃而無人影／金融疊起的都市／在深淵中聳立。」時尚、廣告、八卦橫行於世，俗氣覆蓋一切。

高行健雖然看到美的頹敗，但是他從未失去對於美的信念。而且認為，即使當下俗氣的潮流無孔不入的時代，文學藝術照樣可以復興，即照樣可以有所作為，有新的大創造。也就是說，文學可以超越時代而獨立贏得自己的位置。高行健在論證文藝復興的可能性時，提出了一條無可駁倒的理由，這就是文學藝術乃是充分個人化的事業，一切取決於個人。包括文學藝術復興，也取決於個人。今年出版的《自由與文學》（台北聯經）一書中收入他在新加坡作家節上的演講，講題就叫做：《呼喚文藝復興》。他說，即使是身處中世紀黑暗裏的但丁和文字獄最猖獗的滿清帝國時代的曹雪芹，他們也都寫出不朽的經典，也就是說，天才都是個案，偉大作品並不取決於時代環境，而是取決於個人的天才與勤奮。偉大的作家不順從歷史時代的宿命，照樣超越時代。但丁在流亡路中寫出了《神曲》，戰勝不幸的成功；而曹雪芹不朽的《紅樓夢》，是在他埋名隱姓清貧與寂寞中完成的。

我還要補充一個重要例證。是我親自目睹的，就發生在我身邊。上個世紀的一九七二年，當時我寄寓的中國社會科學院有一個曬黑了皮膚的學人，結束河南五七幹校的生活返回北京時，悄悄地開始了一項歷史性的巨大文化工程，這個人叫做錢鍾書，他的工程便是《管錐編》。從一九七三到一九七五年，整整三年，窗外依然是文化大革命的喧囂，但他坐下來偷偷寫作《管錐編》。這是自孔孟時代以來中國最偉大的文化建樹。如果以三百年為界，這是《紅樓夢》以後最偉大的人文著作；如果以六百年為界，它是王陽明《傳習錄》之後最偉大的人文里程碑。一九六六到一九七六年中國文化遭到大摧殘、大破壞，那麼《管錐編》的寫作與問世，倒是中國文化的復興與再生。我敢説，《管錐編》一部書的重量大大超過一個研究院的重量。而這一大復興，是一個人創造的，借用高行健的話説，《管錐編》乃是「一個人的聖經」、「一個人的文藝復興」。我的授課老師、錢先生的摯友（他首先開創錢鍾書研究，帶出四個錢鍾書的碩士生）鄭朝宗老師告訴我：這《管錐編》，你一定要天天讀，月月讀，年年讀。而且告訴我，一定要抓住身邊這個巨人，時時向他靠近。正因為我聽從鄭老師的教導，所以我三十年如一日，閱讀《管錐編》，領悟《管錐編》，受益無窮。今天特以錢鍾書先生為典範，支持高行健的理念，説明文化復興的使命乃是由一個人一個人去完成；這也說明，即使是在最黑暗的文化專制下，照樣可以做出大學問，照樣可以創造出「前無古人，後無來者」的傑作。

而高行健本人又是一個典型例子。他是僅比我大一歲的同代人。我們這一代人是迷失的一代人，也是受盡苦難的一代人，而高行健則被點名批判，從北京逃亡到熊貓出入的邊陲地帶，開始進入《靈山》的構思與寫作。他和但丁一樣，在不斷逃亡的生存逆境中完成了《靈山》、《一個人的聖經》和十八個劇本。高行健的例子說明，苦難的命運阻撓不了卓越者的精神創造。高行健獲得諾貝爾獎之後，又進行了另一番全方位的努力。在巨大榮譽的重負下，高行健仍然孜孜不倦，創造出罕見的紀錄：十四年來他出版了三本新的理論著作，還出版了詩集《遊神與玄思》，拍攝了三部「電影詩」（《側影與影子》、《洪荒之後》、《美的葬禮》），並舉辦了他的水墨畫數十次個展。

從古代的但丁、曹雪芹，到當代的錢鍾書、高行健，都說明：文學的興衰完全取決於詩人作家個人的創造力，也即他們非凡的膽識與筆力。好作家任何時候都可以天馬行空。

高行健還特別說明，文藝復興除了取決於個人的膽識與才華，還取決於作家個人對「自由」的覺悟，將自由掌握在自己手裏。只有作家自己意識到（覺悟到）自由才有自由。作家不能等待上帝的恩賜，也不能等待政府的照顧。作家一旦覺悟到一切取決於自己，就可能在任何時空中進行大創造。即使在最黑暗的年月，也可以出傑作，無論是誰，都可以通過「藏書」、「焚書」（李卓吾）的方式，贏得創作的自由。

走向當代世界繪畫的高峰

——面對比利時隆重的「高行健繪畫雙展」

三十多年來，我一直跟蹤好友高行健的文學腳步，包括跟蹤他的小說、戲劇、文學理論以及詩歌等，對於他的繪畫藝術，則只是懷着一顆好奇心不斷地去觀察它、欣賞它、理解它，但總是有偏見，以為這不過是他人生創造中的「邊角料」，並未把它列入高行健精神價值創造體系的主流。可是，最近十五年，他獲得諾貝爾文學獎之後的十五年，我卻不斷被他的繪畫成就所驚動，不得不對他的繪畫「刮目相看」，並認真地對它重新評估。尤其去年秋天他到香港科技大學和我作了幾天交談之後，才知道，二零一五年比利時將以巨大規格舉辦他的繪畫雙展：一是在首都布魯塞爾的伊賽爾美術館舉辦「高行健回顧展」，以展示高行健的繪畫歷史及成就；二是在比利時皇家美術館舉辦「高行健——意識的覺醒」專題展。題目是《意識的覺醒》，畫的是人的「潛意識」。剛聽到這一消息，我更是好奇：潛意識也可以成為繪畫題材嗎？高行健是怎樣呈現人的這一片潛在的混沌的世界？因為好奇心太強烈，所以我不得不要求隨同來港的高行健夫人西零幫助，希望她能把展出的資訊告訴我，這些資訊包括圖片和評論。

今年一月返回美國後，儘管我因旅途勞累懸擱了許多工作，但還是張着眼睛注視二月底開始的比利時的高行健繪畫雙展。雙展果然如期隆重地在布魯塞爾兩個藝術館裏同時舉辦（兩個開幕式僅錯開一天，分兩日舉行），一個藝術奇觀在歐洲一個文明國家的首都就這樣出現了。《潛意識》、《幻象》、《衝動》、

《內視》、《他處》、《困惑》等本不可捉摸的心象，真的呈現在觀眾面前。展出十天之後，高行健打電話告訴我，這是他規模最大的繪畫展，連他自己也沒想到，比利時會如此重視他的畫，動用這麼巨大的資源來展示他的藝術。我明白他說的話。高行健於上個世紀八十年代末來到巴黎，那時正是西方當代藝術最熱鬧的年代。我因為作為中國作家代表團的成員訪法，到巴黎時在他家住了兩天，傾聽他關於西方當代藝術的有趣評論。當時我就知道，他全然不為時髦所動，正準備在文學和藝術上逕自走出一條自己的路。但我只相信他的小說、戲劇可以獨闢蹊徑，完全沒想到繪畫。可是，從八八年至今近三十年，歐洲、亞洲和美國的數十個重要美術館和許多重要的國際藝術博覽會卻頻頻展出他的畫作，舉辦了大約八十次他的個展。而我自己也頻頻收到他的畫冊，至今已有三十多本，每一本都沉甸甸。每次翻閱他的畫冊，都有一種驚奇感。用手指輕輕撫摸畫面時，竟懷疑自己在做夢。這是我從八十年代初就常常促膝談心的那個高行健所作的畫嗎？那個質樸可親總是在書寫小說戲劇的老朋友也能用水墨畫征服世界、讓西方出版社一本本地為他出版這麼豪華的畫冊嗎？然而，鐵鑄的事實就在眼前。今年二月布魯塞爾這次雙展，比利時皇家藝術館這樣的藝術殿堂，更是慧眼獨到，氣魄雄偉，為他專闢一個展廳，長久展出，永久收藏。這對西方當今的畫家來說也屬罕見。據內行的朋友告訴我，能享受「長久展出、永久收藏」的超級「待遇」的，只能是林布蘭、魯斯本這樣的舉世公認的經典畫家（高行健專題展廳的樓上一層，正是林布蘭、魯斯本這些西方繪畫大師的展廳）。我多次到巴黎，知道華裔畫家趙無極先生的繪畫曾進入巴黎龐畢度文化中心的展廳，繼趙之後，就是高行健走到這個堂皇的藝術尖頂了。這一事實，讓我興奮不已，也讓我再次不敢相信這是真的。總之高行健的繪畫成就，真的超過我這麼一個摯友對他的認知與期待，儘管我比別的朋友更早更深地認識到他的不同凡響的天才，但還是沒有想到，他的繪畫成就能達到與二十世紀現代繪畫大師夏卡爾並肩的程度，高的專題展廳和夏卡爾的回顧展在皇家美術館一起舉辦開幕式和記者的新聞發佈會。

也是因為好奇心的驅動，所以我又進而想知道，西方藝術評論家與鑒賞家為甚麼會如此「看中」高行健？或者說，他們「偏愛」高行健的藝術理由是甚麼？我在二零零七年因為找到了一個「回答」而高興很久。這一年德國路德維克博物館舉辦了題為《世界末日》的高行健回顧展，該博物館的館長貝亞特·賴芬帥德（Beate Reifenscheid）在畫冊的序言中寫道：

> 高行健選擇了一種幾乎傾向於不定型的形式，探究視覺上抽象的可能，不使其成為真正的具象，也不意圖去標示甚麼，取而代之的是，他運用感召的潛能，召喚出靈魂中潛意識裏的圖像，那也是在我們人人內心中尋覓和發現得到的景象。高行健運用黑、白、灰各種細微變化的色調，對畫面和色彩而言，也發現了一個全新而豐富的寶庫。（德國，科比爾出版社）

這位館長啟發了我，原來高行健是在抽象與具象之間找到一個廣闊的第三空間地帶。這個地帶是一個全新而豐富的寶庫。這裏不再是看得見的人與風景，而是看不見而且瞬息萬變的「一閃念」。高行健發現了這個地帶，而且「運用感召的潛能，召喚出靈魂中潛意識裏的圖像」。不錯，是潛意識裏的本來無法看見的圖像。如同戲劇把不可視的心象呈現於舞台（筆者曾發表專論），高行健又把不可視的潛意識呈現於畫面。這是人類繪畫史上沒有人做過的事。太妙了！後來，我才注意到，原來高行健早已「夫子自道」，說明他正是在抽象與具象之間找到一種具有原創可能性的第三空間，一種可以展示「內心視像」的美術方式。他說：

在具象與抽象之間，其實有一片廣闊的天地，有待開拓和發現。具象發端於對現實的摹寫，以再現作為繪畫的起點，抽象則出於觀念或情緒的表現。再現與表現是繪畫的兩種主要手段。我的畫則企圖找尋另一個方向，去喚起聯想，既非描摹外界的景象，也不借繪畫手段宣洩情感，而是呈現一種內心的視像。這種內心的視像並不脫離形象，而又不去確定細節，給想像留下餘地，令觀眾也產生冥想。意境大於形象，讓畫面變得深遠，喚起的這種心理的空間，使繪畫超越了二度平面，這又不同於傳統繪畫中的透視。（美國聖母大學斯尼特美術館出版的畫冊《在具象與抽象之間》序言）

除了德國路德維克博物館館長提示我去注意抽象與具象之間外，還有另一位館長的話，也讓我產生深深的共鳴，這是葡萄牙烏爾茨博物館在二零零九年舉辦高行健繪畫回顧展時，其館長路諾·第牙斯（Nuno Dias）說的：

如果幾個世紀之前，高行健無疑會是個文藝復興的藝術家，他繪畫，拍電影，而且寫各種樣式的作品，從小說、詩歌、文論、戲劇乃至歌劇。他的繪畫和文學作品毫無教條，誠如他在他著名的著作中自己定位，獨自一人，這人不從屬於任何政黨、任何主義、任何潮流，遠離政治、社會生活和群體的思潮，在藝術中則充分展示他獨立不移的自由思想。（畫冊《洪荒之後》，這位葡萄牙藝術評論家真不簡單。他說高行健「毫無教條」、「獨立不移」，字字都說到點子上。高行健從藝術策略上說，他找到具象與抽象之間的可原創地帶；從他的精神密碼而言，則完全得益自身那種獨自一人、不依附任何外部力量的品格。高行健確實以「獨立不移」為自己的精神宗旨，以「獨立不移」為自救之路。他不依附任何政黨、任何主義、任何潮流，也不重複任何已有的哲學和已有的藝術方式。他從八十年代我初識他開始，就一直懷疑二元論，質疑兩極對立，質疑「否定之否定」等時行辯證法。他一再說，我相信禪宗的「不二法門」，相信老子的「三生萬物」。他確信「三」比「二」重要。惟有「三」的哲學，才能打破固化的「二」的兩端（即死於「二」的兩端）。「三」包括兩極又不落入兩極，這才是康莊大道。他的繪畫，就行走在這個康莊大道上。前人沒有走過，他偏要走；前人未敢行，他偏大步行。前人視為異道而迴避，他偏視為常道而大膽探索。高行健的自由哲學與自由思想幫助高行健走出自己的路，無論是小說、戲劇、繪畫，他都走出一條前人未曾走過的路。

在「好奇」地尋找西方藝術評論家的審視眼睛時，我意外發現有一個「關鍵字」與我久蓄於心中的思路相逢，讓我高興得幾乎要叫喊出來。法國文學與藝術史家兼畫家達尼爾．貝熱斯（Daniel Bergez）在二零一三年巴黎索伊出版社的論著，竟以《高行健，靈魂的畫家》為題目。是的，高行健是靈魂畫家，他畫物，但不是「物的畫家」；他畫人，但不是「人的畫家」。高行健筆下的人，不是人的肖像，而是人的靈魂。所以我說高行健畫的不是「色」，而是「空」；不是「身」，而是「心」。靈魂包括意識與潛意識。靈魂似真似幻難以歸類。靈魂在抽象與具象之間。靈魂實在又神秘，難以捉摸，難以言說。法國這位多才多藝的畫家與評論家，還在專著的序言中如此說：

高行健無法歸類極為獨特的創作，延續而又顛覆了它得以滋養的兩個源泉。他把同書法聯繫在一起的中國文人畫的傳統加以轉向，又引入抽象；超越文學之源，同時又把所謂「現代」藝術的粗製濫造和老套子廢除掉。他的畫作令人觀審，不如說訴諸觀者的內心世界。誠如所有偉大的創作，他的畫自有訣竅和奧秘，而且坦陳毫不掩飾其奧秘，也因為這作品的存在就構成了謎。本書不過是對看畫作些引導，以便進入這無限幽深而豐富的畫作。（該書獲二零一四年法國藝術科學院獎。）

達尼爾·貝熱斯講得多麼好呵，高行健延續又顛覆了它得到滋養的兩個源泉，即中國文人畫傳統與西方的現代藝術傳統。高行健努力吸收傳統的資源，但又揚棄傳統寫夢的象徵手法，直接訴諸潛意識。讀了貝熱斯之後，又意外地發現另一則精彩的評述。法國藝術評論家弗朗索瓦·夏邦（François Chapon）對高行健的畫讚揚道：

你的繪畫如此自由揮灑，獨具一格，與任何流派，任何既有的技法迥然不同，這偉大的藝術突破了空間的規則，也不囿於時間的限制，在人類意識中尚未形成的影子裏發現了調節宇宙運動及其反映的和諧。我欽佩你不墨守各種信條、定義、教義以及秘訣等陳規，從既得的知識沼澤中躍出，朝原始本質的淨區攀登。（巴黎，克羅德·貝爾納畫廊「高行健新作展」畫冊序言）

「從既得的知識沼澤中躍出，朝原始本質的淨區攀登。」這話講得何等好，何等有見解又何等有文采！我正是從這裏出發，去了解高行健返回文學初衷與藝術初衷的思路。無論是德國、葡萄牙評論家，還是法國評論家，都不約而同地說出高行健繪畫最根本的成功秘訣，這就是自由揮灑，獨創一格，獨樹一幟，獨造一局。高行健無論走到哪裏，原創性就跟到那裏。

近十幾年對高行健繪畫的「好奇」、「注視」，使得我逐步向高行健的水墨畫世界靠近。因此，此次他的比利時繪畫雙展格外引起我的興趣。從二月開始，我就遠遠望着西歐，遠遠望着比利時皇家美術館和它的展品及評論。

西零沒有忘記我的委託，她把譯好的許多有趣的評論發來給我，讓我真是大開眼界，並深深佩服比利時那些不為時髦所動、卻為真正的新鮮藝術吶喊開道的美學家。評述太多，我選幾則給朋友們也看看。

比利時皇家美術館網站自然當仁不讓，它率先介紹高行健和它的展廳：

藝術家以其意識的覺醒，邀請觀者悠游於水墨之上，畫面之間，去感受生存赤裸的狀態。博物館從而變成了凝神沉思之地。高行健是東西方世界的一位擺渡者，以東方作為基石，叩問西方的現代性觀念。他的作品同時也溝通繪畫與文字書寫。藝術家的哲學令這場所超越展廳，比利時皇家美術館把這個大廳變成一個真正的精神醒覺。（比利時皇家美術館網站）

我們再看看報刊的評論。比利時《晚報》評論道：

這位諾貝爾文學獎得主排除語言，只有寂靜和光線。他的作品無論在紙上還是在畫布上，一概用的是中國墨，極為獨特。一提到中國墨，人便立刻想到書法，而他奇妙的用墨卻是另一番天地。既無字，也無書寫。高總在挑戰，總在尋求。

《比利時自由週刊》評論道：

高行健不管是他寫的書、拍的電影、寫的劇本或是他的畫，都把我們帶入現實的思想達不到的另一個世界……。多虧皇家美術館館長米謝爾．達蓋，我們才看到高的這些新作。……這些作品雖然都有標題，卻超越言說。高的畫無法解說，得通過看來縮短他同我們的距離，一次幸會，一個可以分享的天地。高把他新近畫的紀念碑式的這六幅巨大的畫捐贈給皇家美術館，由此開闢了一個命名為《高行健——意識的覺醒》的展廳，一個令人沉思的空間，六幅不同的畫乃是六次邀請，令人着實入畫，觀眾自會從中見到自己的真理，也可能是迷幻，卻有時又是現實。

此次高行健雙展策劃人、比利時皇家美術館館長米謝爾．達蓋（Michel Draguet）也是比利時布魯塞爾自由大學的教授，他在《精神自由學報》上撰文寫道：

高行健的繪畫有其中國文化的淵源，同時又覺悟到得擺脱西方當代藝術的時髦和教條。對他來説，當代藝術在西方已經成為思想的桎梏，觀念藝術、社會學藝術，凡此種種，現今已成了膚淺而乾澀的智力的教條主義。

又説：

> 然而他深深植根東方的這些畫，卻不對西方關門，不僅吸收西方藝術而且優遊其間。高的圖像有雙重含意：既組合構成一定的形象，又隨着視線的游移而分解，無限展開。高行健説，繪畫便是化解言説。繪畫對高來説，便是置身於忘言。他投身於音樂喚起的忘我的境界。旅程由此開始，每一張畫呈現靈山的一幅景象，而這靈山總遙遙在望。既非他者，又排除集體，一意融合在自然之中。這種主旨的移位從墨海到雪意，通過污泥的吞蝕，又被太陽消融，畫家由此找尋其生存的依據。這裏尋求的並非是系統的實證，卻出之於顯然易見。魔法只來自視像，這展覽希冀的正是這視像帶來的片刻的充盈與寧靜。

米謝爾·達蓋為此次雙展還寫了一部洋洋大觀的專著，這本由巴黎的哈贊出版社出版的畫冊《高行健——墨趣》序言中特別寫道：

> 他維護傳統卻毫不保守，並非要死守中國的傳統繪畫。相反，他從古老的宣紙和水墨中，

找到了強有力的表現手段，來表達我們現時代人複雜的情感和感受。他的探索全然是當代的：一方面，他把人的生存條件和身份作為中心課題；另一方面，他把小說、戲劇、音樂、詩與歌劇所有的表現手段都動用起來，用來回答這些課題，而這解答既是獨特的，又是統一的。

書寫與繪畫中，他特別看重這種把感受和哲思聯繫在一起的流動的思想。二零零零年，高行健獲得諾貝爾文學獎之後，他揮灑得更為自由，而且從未放棄圖像，這些光與影的顯示，不僅體現在新的領域如歌劇之中，也是他的戲劇思想的延伸和總結，還同樣在電影中，對圖像的運用達到了極致。

比利時皇家美術館貝漢廳陳列的高行健專門為此創作的紀念碑式的這個系列，展示了一派精神的空間。言詞的音樂和音響的言說彼此呼應，繪畫因而變成了他思考的結晶，戲劇、歌劇與電影可說盡在其中。這種延伸使得他的繪畫構成一番精神層面。圖像在他這裏既變成依據於感覺的一種思想，又是一個銀屏，超越其表象，令人深思的赤裸的存在。

值得注意的是，這些歐洲的藝評家和學者都從歐洲繪畫史的視角來評述高行健。他們不僅對高行健的繪畫高度評價，還注意到他在藝術史上獨到的美術見解。他確實超越二十世紀流行的美學框架和藝術史觀，確實反對藝術家從政，確實不以社會判斷、政治判斷或倫理判斷來代替審美判斷，而且還提供了繪畫的新方向。

最後，我們不妨用高行健自己早在一九九九年的《另一種美學》中就概說過的話，來思索他為甚麼在繪畫上也能走向高峰。

回到繪畫，在不可畫之處作畫，在畫完了的地方重新開始畫；……回到繪畫，在藝術的內部去找尋藝術表現新的可能，在藝術的極限處去找尋無限。……回到繪畫，從空洞的言說中解脱出來，把觀念還給語言，從不可言說處作畫，從說完了的地方開始畫。

在十五、六年前高行健就已形成的繪畫觀，即「回到繪畫」的繪畫觀，就已在西方宣示，而且得到西方藝術思想家的共鳴和不斷引證，而我卻有所忽略。高行健曾告訴我：小時候他夢想過拍電影，但從未夢想過繪畫。他覺得西方的油畫成就太高，不可超越。後來他能找到另一條路，連自己都沒有想到，真是太幸運了。今年上半年，我在關注高行健的繪畫雙展之後，重新閱讀他的原先的畫論、美學論，真是感慨萬千，我作為高行健的一個三十年朋友，知道他的繪畫給世界提供了前人所無的心象、幻象和靈魂意象，也給所有精神價值創造者提示：只要有心有智慧，創造奇觀的可能是永遠存在的。

二零一五年五月十一日
美國科羅拉多

第四輯

放下政治話語

——與高行健的巴黎十日談

一、慧能的力度（二零零五年二月，巴黎行健寓所）

劉再復：（以下簡稱「劉」）這次到普羅旺斯大學參加你的國際學術討論會，開幕式前夜在馬賽歌劇院看到你導演的《八月雪》，真是高興。演出非常成功，看到法國觀眾一次一次起立為慧能歡呼鼓掌，更是高興。

高行健：（以下簡稱「高」）這次主演的是台灣國立戲曲專科學校。加上馬賽歌劇院的樂團與合唱團，台上就有一百二十人，顯得很壯觀。而且從音樂到演出都不同於西方歌劇。

劉：我在此次會上聽說，杜特萊（Noël Dutrait）教授親自一次又一次地給合唱團演員糾正口音，非常認真。這是中西文化切實的合作與融合，不是政治宣傳。我還注意到了，這完全是一個新型的現代歌劇，既不同於京劇，又不同於西方的現代歌劇，但兼有兩者的長處。你導演這個戲時太投入了，差些要了你的命。

高：在台北排練《八月雪》已經住了一次醫院，之後，又在法蘭西喜劇院導演《週末四重奏》，終於撐不住了，最後血壓高到二百多，急診住院。兩次開刀才搶救過來，死神可說與我擦肩而過。

劉：莫里哀就是在戲台上倒下。現在你這套房子離莫里哀喜劇院只有百米之遙，離莫里哀的住所也只有一個胡同之隔，你可別像莫里哀那樣一倒下就起不來。我一直説，文學藝術固然美妙，但也很殘酷，它會把人的生命吸乾。看你這副皮包骨的樣子，就像快要被吸乾了。

高：去年情況真的不好，但經過治療休息，現在還不錯，血壓正常了，精神也恢復了，每天都在讀書作畫，只是寫作得暫時停下來。

劉：吃飯睡覺都好嗎？

高：倒是能吃能睡。原來醫生規定每個星期只許吃幾片牛肉，我連幾片肉也不吃，已經習慣吃素菜淡飯，身體明顯好轉了。我現在倒是擔心你。我在電話裏和你説過多次，今天趁你在這裏，再鄭重告訴你，你一定要注意飲食，不要再吃肥肉和動物內臟了，這些都是壞東西。我過去就喜歡吃這些，要吸取教訓，一定要控制血壓，改變飲食習慣，多吃水果和蔬菜。

劉：去年你兩次開刀，真把我嚇死了。以後我會強化一點健康意識，你放心。

高：出國後你寫了那麼多書，太拚命了。僅《漂流手記》就寫了九部，這是中國流亡文學的實績，還寫了那麼多學術著作。前幾年我就説，流亡海外的人那麼多，成果最豐碩的是你。你的散文集，我每部都讀，不僅有文采，有學識，而且有思想，有境界，我相信，就思想的力度和文章的格調説，當代中國散文家，無人可以和你相比。這都得益於我們有表述的自由。更關鍵的是你自己內心強大的力量，在流亡的逆境中，毫不怨天尤人，不屈不撓，也不自戀，而且不斷反思，認識不斷深化，這種自信和力量，真是異乎尋常。你的這些珍貴的文集呈現了一種獨立不移的精神，寧可孤獨，寧可寂寞，寧可丟失一切外在的榮耀，也要守持做人的尊嚴，守持生命本真，守持真人品、真性情。僅此一點，你這「逃亡」就可說是此生「不虛此行」，給中國現代文學增添了一份沒有過的光彩，而且給中國現代思想史留下了一筆不可磨滅的精神財富。

劉：你總是鼓勵我，十六年前剛出國，你在巴黎給我說的話，現在還記得。你說，我們現在最重要的事是趕快抹掉政治陰影，立即投入精神創造。現在終於得到了自由表述的可能。對中國知識分子而言，沒有甚麼比這更寶貴的了。從巴黎回到美國芝加哥大學，我收到你的信，你又說不要去理會那些政治和人事糾紛，趕緊投入寫作。你的這些清醒的意識影響了我，得謝謝你。

高：不走出中國的那些陰影與噩夢，就無法完成《靈山》、《一個人的聖經》和我的那些劇本。你也寫不了這麼多卷的《漂流手記》，還有你的《告別革命》、《罪與文學》這些重要的思想學術論著。前不久我還特別告訴聯經出版公司，希望他們能出《罪與文學》的台灣版。我說，這是現今最好的一部中國現當代文學史，史論結合，又是一部帶有歷史意義的宏觀文學論。海內外至今不曾見到一部這樣有見地有思想深度的關於中國文學的巨著。對了，我還應當特別感謝你下這麼多功夫寫了《高行健論》，儘管我們是莫逆之交，我還是要感謝你，這樣支持我理解我。十五年前，我就說當時你在中國文學界，對中國當代文學就已經作了充分的理論表述，十五年後的今天，你的表述更加深入，更加精彩。

劉：和你相比，我還是望塵莫及。不過有一點是值得我們慶幸的。我們終於走出來了，靈魂站立起來了。我們的逃亡不是政治反叛，而是精神自救，有了逃亡，我們才能源源不絕地讓思想湧流出來。

高：我們所以流亡，為的是贏得精神創造的自由，避免被政治扼殺。一百年來，由於種種政治、社會、歷史的困境，中國知識分子很難獨立自主從事精神創造。今天我們有這樣的機會，無衣食的憂慮，能排除外界的干擾，能自由寫作，太難得了，應該珍惜這種機會，也許我們還可以工作一、二十年吧。

劉：讓我們都保重。你現在要多休息，還是不要急於寫作，能讀點書作點畫就很好。你的畫能打進藝術之都巴黎和西方藝術世界，也是奇蹟。

高：現在我畫得很投入。去年在法國國際當代博覽會展出的二十五幅畫，全被各國收藏家買走了，以後我得多留下一些不賣的作品。出國後，我在歐美和亞洲的個展參展已在五十次以上。

劉：你的水墨畫，我愈看愈有味道。你畫的不是物相，而是心相，或者說，畫的不是色，而是空，是空靈與空寂。我在你的畫裏發現文學，發現內心。這大約也得益於禪。

高：禪，其實，與其說是宗教，不如說它是一種立身的態度，一種審美。

劉：我在前三年的一篇談論你的文章中就說，禪實際上是審美，懸擱概念、懸擱現實功利的審美。有些詩人，例如陶淵明，他生在達摩進入中國之前，與禪宗沒有關係，但他的詩卻有很高的禪意。「結廬在人境，……心遠地自偏」，「此中有真意，欲辯已忘言」，「縱浪大化中，不喜也不懼」。他講的全是心性本體，是心靈狀態，與禪完全相通。宋代我們福建有一位詩評家，叫做葛立方，他著了一部名為《韻語陽秋》的詩話，就發現陶淵明很有禪性，因此稱陶淵明為「第一達磨」，這真是一語中的高明的見解。這次你通過《八月雪》把慧能形象首先推向西方主流舞台，可能也會推動西方對禪的研究。

高：自從鈴木大拙在美國哥倫比亞大學和美英各大學講禪後，西方已有不少研究禪宗的著作。但都偏重於學問。而禪本身恰恰不是學問。西方的學者、作家儘管對禪有興趣，但很可能一輩子都掌握不了禪的精髓。禪把哲學變成一種生命體驗，一種審美方式，這一點很了不起。

劉：哲學本是「頭腦」的，思辨的，邏輯的，實證的，但禪卻把它變成生命的，感悟的，直觀的。它創造了另一種哲學方式。馮友蘭先生的哲學研究，正是把邏輯的方式與感悟的方式結合起來，他稱前者為正方法，後者為負方法。

高：過去，中國思想界只把慧能當作一位宗教的革新家，殊不知他正是一位思想家，甚至可以說是一位大思想家，一位不立文字、不使用概念的大思想家，大哲人。我們應當從「思想家」這個層面去理解慧能。只有這樣，我們才能看清他在人類思想史上獨特的地位和意義。

劉：你說的這一點非常重要。慧能不識字，可是他的思想卻深刻得無與倫比。他的不立文字、明心見性，排除一切僵化概念、範疇的遮蔽，擊中要害，直抵生命的本真。《六祖壇經》有一個重要發現：發現語言是人的一個終極地獄，也可以說，概念是人的終極地獄。慧能的思想是超越概念、穿透概念的思想。沒有概念、範疇也可以思想，這在西方是不可思議的，但在慧能那裏卻得到精彩的實現。這確實提供了一種不同於西方哲學的思維方式，也可以說，提供了一種新的思想資源。理性作為工具，是有用的，但它並非萬能。慧能不是通過理性，而是通過悟性抵達不可說之處，抵達事物的本體，抵達理性難以抵達的心靈深處。

高：慧能提示了一種生存的方式，他從表述到行為都在啟示如何解放身心得大自在。他是東方的基督，但他與聖經中的基督不同，他不宣告救世，不承擔救世主的角色，而是啟發人自救。

劉：慧能把禪徹底內心化了。他的自救原理非常徹底，他不去外部世界尋求救主，尋求力量，而是在自己的身心中喚醒覺悟。佛不在山林寺廟裏，而在自己的心性中。每個人都可能成佛，全看自己能否達到這種境界，明白這一點確實能激發我們的生命力量。

高：很有效。就像我們兩個人，個人都如此獨立不移，不依靠集團，不結幫派，沒有主義，但我們的精神很健康，就靠這種內在的力量。我在《聯合報》上讀了你闡釋《八月雪》的文章，寫得真好。慧能就是那樣一個獨立不移的人，他追求的是得大自在。他作為宗教領袖，卻拒絕偶像崇拜，也不鼓吹信仰，排除一切迷信，如此透徹。他聲名赫赫，但拒絕進入宮廷當甚麼王者師，寧可掉頭也不去，他知道一去就只能成為權力的點綴，當皇帝的玩偶，失去自由。他很了不起。慧能哪來這麼大的力量？全來自他的大徹大悟。

劉：慧能知道，一旦進入宮廷，他就要被皇帝「供奉」起來，雖得到膜拜，但失去自由。慧能是一個思想者拒絕為權力服務的典範。他生活在唐中宗、武則天的時代，還屬盛唐時代，是很繁榮、很開放的時代，連皇帝都信佛，都接受外來的佛教文化，也只有這種社會條件才能容納慧能，容納各種宗教流派，然而，即使是在盛世，他也不為榮光耀眼的權力服務，只獨立思想。慧能如此拒絕進入權力框架，事實上開創了一種風氣，不做皇帝附庸與權力工具而獨立自在的風氣，實在了不起。

高：慧能確實開了新風氣，回到人的本真，率性而活，充分肯定個人的尊嚴。這種生活方式對權力當然是巨大的挑戰，也是對社會習俗和倫理的挑戰，但挑戰不是造反，也不搞革命，不破壞，也不故作挑釁的姿態，而以自己的思想與行為切切實實確認生命的價值和做人的尊嚴。

劉：人的脆弱常常表現在很容易被權力、財富、功名所誘惑，也很容易被自己的偶像、名號、桂冠、衣缽所消滅。人的本真存在每時每刻都在受到威脅，慧能的意義正是他提供了生命本真的當下存在受到威脅時如何抗拒這種威脅，如何守住人的真價值。

高：當今社會，人也日益商品化、政治化，個人變得越來越脆弱。慧能的思想和他的一生提示我們還有另一種生存的可能，另一種生活態度。

劉：慧能的思想有時呈現在他的講道釋經中，但更重要的是呈現在他的行為語言中。他拒絕偶像崇拜，拒絕皇帝的詔令進入政治權力框架，特別是最後打破教門權力的象徵——衣鉢，這些行為意義重大。《八月雪》把打破衣鉢這一情節表現得非常動人。慧能這一行為包含着他對教門傳宗接代方式的懷疑，只要看看當今宗教的派別之爭，就可明白慧能的思想是何等深邃。

高：佛教講慈悲，還為傳宗衣鉢而追殺慧能，佛門中尚且如此，更何況佛門之外的政治領域和其他領域。衣鉢是權力的象徵，哪裏有權力，哪裏就有權力之爭，這是一條定律。慧能的大智慧就是看透了這一點，所以他不接受權力，更不進入權力框架。

劉：真是這樣，最講和平的佛教尚且如此爭鬥，更勿論其他了。小權力讓人產生小慾望，大權力讓人產生大慾望。我曾感慨，也已寫成文字，說宮廷之中因為有大權力，所以連被閹了的太監也充滿慾望，肉體上去勢，心思裏卻去不了權勢慾。可見人性惡是多麼根深柢固。

高：禪宗衣鉢到了慧能便不再傳，這是歷史事實。慧能敢於打碎衣鉢，在宗教史上也是個創舉。

劉：慧能沒有任何妄念，他甚麼都放得下。唐中宗、武則天兩次徵召，他都抗拒，這需要多大的勇氣！歷代多少寺院，只要皇帝一賜匾額，一徵召入宮當「大師」，都感激不盡，連稱「皇恩浩蕩」，惟有慧能全不在乎，全都放下。他「止」於空門，絕不「止」於宮廷之門，這是對功名心的真正否定，何等的力量。

高：禪講平常心，但平常心並不容易。面對巨大的權力的壓力、財富的誘惑，還是以平常之心做該做的事，不生任何妄念。以平常之心處置非常的壓力與誘惑也是慧能的重要思想。而他之後的打殺菩薩，咒罵佛祖，則是故作姿態，而故作姿態，也是妄念作怪。

劉：《八月雪》最後一幕所表現的妄禪、狂禪，止是對這種妄念的批判。慧能致力於縮小人性與佛性的距離，把清淨自性視為佛性，把平常自然之心視為菩薩之心，把出世的宗教改革成人文宗教，本是創舉。可是到了馬祖的弟子之輩，便把禪戲鬧化，走向佛的反面，公開宣稱「佛之一字，我不喜聞」，以至呵罵達摩是「老臊胡」，釋迦是「乾屎橛」，完全走火入魔了。《八月雪》最後一幕表現大鬧參堂最後參堂起火，一切都歸於灰燼，這不僅是禪的悲劇，也是世界人生的悲劇。慧能似乎早已洞見這一切，世事浮沉，人事變遷，周而復始，本想尋求大平靜，但終於擋不住嘈雜與喧鬧，這是世界的常態，今朝明朝都一樣，所以也不必過於煩惱，重要的是在當下充分思想，充分生活。慧能以他的驚世絕俗的行為告訴我們，存在的意義只有一條，那就是存在本身，那就是存在本身的尊嚴、自由與它對世界的意識。

高：一千年前的慧能，告訴我們如何把握生命，如何存在於當下，存在於此時此刻。這此刻當下，是個體的當下，活生生的當下，也是永恆的。永恆就寄寓在無窮的當下的瞬間中。對當下清醒的意識，對活生生的生命的感悟，便進入禪。所謂明心見性，也就是對此刻當下清醒的意識，對生命瞬間的直接把握。

劉：這就是說，存在的意義是對生命本身清醒的意識。更為簡單的表述，便是意義即意識。你在戲劇作品中一再表明這種思想，說世界難以改造，而人內心往往一片混沌，活在妄念之中而不自知。澤厚兄最近出版的《歷史本體論》，引證你在《夜遊神》中的一段話，他說他發現你的作品有那麼多的性愛描寫，真正突出的就是人活着的無目的性：人生無目的，世界無意義。你是不是同意他的這種解釋？

高：你在給《叩問死亡》所寫的跋中，引用劇中人的那句話：「世界本無知，而這傢伙卻充分自覺」，並作了很正確的闡釋。澤厚兄的《歷史本體論》我讀過了，他的提問很有深度。要知道世界本是無知的，意義何在？二十世紀那麼多改造世界的預言與烏托邦，都變成了一片謊言。從科技層面上說，世界確實進步了。但在人性層面上，人類卻不見有多大的長進。人類發明了那麼多的醫藥，但人性的弱點無藥可治。今天的人甚至比過去更脆弱。我不相信改造世界的神話，也不製造烏托邦。所謂有無意義，只在於是否自覺。我說「自覺」，就是用清明的眼睛清醒地認識自身與周圍的世界。

劉：清明的眼睛，清醒的意識，再加上充分的表述，確實是很大的幸福與意義。慧能的思想正是強調「自覺」。他的一個思想貢獻，是把佛學的外三寶——佛、法、僧，變為內三寶：覺、正、淨。這是一個關鍵。把外在的求佛、求法、求救，變成內在的自覺，變成清醒的意識。意義要從這種轉變中去開掘，去發現。少說一點改造世界的大話，多做一些改造自身的修煉，可能更好些。你如此強調當下，我的認識沒有你的徹底，我還是覺得人生必須有些未來之光，明天之光，也就是理想之光。我也不再相信有甚麼烏托邦式的理想社會，但還是覺得需要有社會理想與個人理想。人總得有點夢，明知夢不真實，還是要做夢。

高：從事創作，無論是文學寫作還是作畫，創作的此時此刻已得趣其中，自由書寫和盡性書寫的本身，就得到極大的滿足，無須指望明天有人認可才得到滿足。如果說作品明天得到他人的認可與欣賞，那也是此時作品創造的價值。如果作者把他的審美感受轉移到非作品中去了，作品反而成了身外之物。而作者和作品的關係則又當別論。

劉：你身體仍然很弱，我們今天先講到這裏。

二、「認同」的陷阱（二零零五年二月，巴黎行健寓所）

劉：昨天我們討論了慧能的思想方式與生命方式，這樣，我們就有了一個精神坐標和人格坐標。慧能的精神最核心的一點是獨立不移。換句話説，慧能這一存在，是獨立不移的思想存在。

高：慧能是一千多年前的人了，可是，中國近代卻喪失了這種精神。個人的尊嚴，個人的自由表述，發出的個人獨立不移的聲音，這該是思想者的最高的價值，如今在政治與市場的雙重壓力下，一個作家都很難發出這樣的聲音。

劉：你昨天講得很好，作為一個作家，既然是一個獨立不移的個體存在，那就不能為他人的認可而寫作，當然也不能為大眾的認可、市場的認可、權力的認可而寫作。外在的評語，包括評論家的評語、大眾的評語、權勢者的評語，都不是重要的。重要的是自身內在真實而自由的聲音，是獨立而有價值的思想。作家當然也不能被「看不懂」的幼稚評論所影響。從蘇格拉底、柏拉圖到康德，真讀得懂的只是少數，多數人是讀不懂的。至今能走入卡夫卡、喬伊斯、福克納的文學世界的，也不是多數。有些人一輩子也進入不了卡夫卡、喬伊斯的世界。

高：寫作不求外部力量的認可，這才有自由。另一方面，我們個人也不去認同外部力量。我覺得作家和思想者的基本品格不是「認同」，而是常常不認同。我一直把「認同」二字視為政治話語的範疇。我們作為思想者和作家，講的寫的是文學話語、思想話語，而不是政治話語。

劉：把政治話語和文學話語區別開來，非常重要。政治總是要求認同，也需要他人去認同。你必須認同我，否則就消滅你，這是強權的專制原則，與自由原則正好相反。這種「認同」的背後自然是政治利益，毫無真文學與真思想可言。

高：政治要求「認同」，如果無人跟隨便玩不轉。要求認同一種主義，一種時尚，一種話語，背後是權力和利益的操作。可憐的是不僅權勢要求「認同」，而大眾也要求作家去認同他們的趣味。弱者無力抗拒，只能跟隨潮流。群眾就這樣跟隨偶像，而成為盲流。如果作家也隨大流，也一味去認同，也就無思想、無文學可言。

劉：你的《彼岸》告訴讀者觀眾，既不能當大眾的尾巴，也不能當大眾的領袖。尾巴必須遷就、迎合，必須認同大眾的意見，而領袖也必須遷就迎合。大眾總是追求平均而達到多數。而思想者卻注定是少數，是異數，是單數，一旦成為領袖，就沒有突破平均數的自由，也就沒有獨立思想的可能。

高：拒絕當領袖，這一點特別要緊。《彼岸》的主人公這人就拒絕當領袖。大眾找領袖，要找個帶頭羊。這人拒絕當這樣的領袖。當領袖，就得進入權力之爭，那無窮無盡、無休無止的權力之爭和利益的平衡，會弄得人身心憔悴。政治權力運作機制注定要消滅異己，容不得獨立思考。我們交往二十多年，我早就發現你也是一個拒絕充當領袖的人，二十年前就被推選出來當文學研究所所長，而你從來沒有領袖心態，寨主心態，一上任就高舉學術自由的旗幟，一旦舉不了就毅然退出，選擇逃亡。

劉：要獨立思想，確實需要遠離權力中心，甘居邊緣地位。又想當領袖，又想當獨立思想者，企圖兼得魚與熊掌，這絕對是妄念。思想的自由，表述的自由，是最高的價值。它在一切價值之上，這對我們來說，是須臾不可忘卻的。有了這一基石，任何其他的東西，包括領袖的桂冠都可以放下。

高：一個人只要內心獨立不移，浪跡天涯，何處不可為生？何處不能寫作？說自己要說的話就是了，還認同甚麼？迎合甚麼？企求甚麼？

劉：當然，不迎合，不認同，就會陷入孤獨。出國這十幾年，我對孤獨算是有了刻骨銘心的體驗。從害怕孤獨到享受孤獨，這個過程讓我明白，孤獨正是自由的必要條件，孤獨中與自己對話，與上帝對話，與偉大的靈魂對話，何必他人的認可，何必去認同那變來變去的時尚和潮流？

高：這孤獨是命定的，也是人的常態，不是壞事。甚至應當說，孤獨是自由思想必要的前提。把孤獨視為常態，視為自由的必要條件，這正是個人意識的覺醒。

劉：你剛才說，老講「認同」實際上是政治話語而非文學話語。文學創作首先要走出平庸，追求原創，言前人所未言，當然不能老講「認同」。但是，一個作家認同自己的民族語言、民族宗教、民族文化，是不是也無可非議？

高：本來是無可非議的，法國人說法語，中國人說漢語，都有深厚的文化傳統，這是很自然的。但是，如果把這種認同，變成一種文化政策，變成意識形態，成為一種政治取向，就得警惕了。事實上，今天任何一個受過高等教育的人，所接受的文化，都不僅是一個民族的文化。當今文化和資訊的交流如此方便，地球相對變得很小，可以說，已經沒有一個東方作家不受西方文化的影響，也找不到一個西方作家對東方文化一無所知。無論你出身哪個國家哪個民族，只要你受過高等教育，你就不可能是一個純粹民族文化的載體，只是承認不承認而已。在這種歷史條件下，強調民族文化的認同對文學創作有甚麼意義？恐怕只有政治意義。所以我說強調認同民族文化，只能導致政治上的民族主義。

劉：關於民族主義，幾年前我和李澤厚先生有個對談，我們也是持批評態度的。你剛才說現今的知識分子已不是純粹民族文化的載體，這是一個事實。所以我們在講文化傳統的時候，一方面當然要尊重創造這種文化傳統的民族主體，但是，另一方面，則應當承認，優秀文化一旦創造出來又成了全人類的共同精神財富，具有普世價值。二十世紀科學技術的突飛猛進，文化傳播手段的迅速發展，使不同民族創造出來的文化文學成果的交流更加容易，國界對文學而言也愈來愈失去意義。有位朋友說「美文不可譯」，但我始終認為文學具有可譯性。心靈也可溝通。人類的心靈歸根結柢是可以相通的。記得你在談普世性寫作時說，必須確立一個前提，就是人類具有共同的深層文化意識。所謂普世性寫作，就是承認在地球上居住的所有的人，其人性底層都是相通的。文學如果老講民族認同，不能關注人類普遍困境，結果會越來越偏執，越來越貧乏。這裏還涉及到一個個體精神價值創造的自由問題。

高：不錯，個體在現實關係中實際上是不自由的，但在精神領域卻有絕對自由，或者說，精神領域中的自由是無限的，就看你怎樣發展。在文學創作中，作家盡可以超越社會、政治的限制，也超越現實的時空。這種精神自由，並不是任意自我宣洩，自我膨脹，相反是從現實的困境和人自身的困惑中解脫出來。

劉：這樣，才不會去他人設計的棋局中當一枚棋子，也才不會在他人設計的機器中當一顆螺絲釘。強調個體的獨立價值，並不等於誇大個人的力量，你一再說，任何個體都是脆弱的個體，並非尼采所說的「超人」。在現實關係中個體的行為受到社會制約，並非無所不能。自以為可以代替上帝，只能像尼采一樣弄得發瘋。不可以把個人視為他人的救主而凌駕於他人之上，也不能因為自己的自由而損害他人的自由。尼采的「超人」在現實生活中最後不是成為暴君，就是成為瘋子。

高：我們在批評「認同」這種媚俗的原則與政治話語的時候，發出的是個人的聲音，並非超人的聲音，也不是持不同政見者的聲音。

劉：關於這點，我在《高行健論》中特別作了說明，說明你擺脫了三個框架：一是國家框架與民族框架；二是持不同政見的政治框架；三是本族語言框架。持不同政見，是在政治層面上不認同權力中心，但它又要求他人認同它的政見，上它的政治戰車，追隨它的另一套政治話語。

高：一個作家當然有自己的政治見解，在現實政治中，贊成甚麼反對甚麼乃至於公開發表政見，批評當權者或者集權政治。我就一再表明我的政治態度，而且從不妥協去順應潮流或謀取利益。但是，我的文學創作必須遠遠超越現實政治，不作政見的傳聲筒。把文學變成政治控訴或吶喊，只能降低了文學的品格。文學不屈從任何功利，也包括政治功利。

劉：《逃亡》和《一個人的聖經》的成功，正是擺脫了「持不同政見」的框架。把逃亡提升到哲學的高度，呈現人類生存的普遍的困境，而且觸及人性很深，完全可以當作一部希臘悲劇來讀，難怪這部戲從歐洲演到美洲乃至非洲。

高：《一個人的聖經》也不只是譴責、控訴文化大革命，這本書建構在東西方更為寬闊的背景上，面對二十世紀中國的文革和德國法西斯造成的人類的巨大的災難，個人的艱難處境和脆弱的內心的種種困境令人深思。每一個民族，在古代差不多都有一部聖經，現今的個人，恐怕也得有本這樣的書。而我從遠古神話《山海經》寫到慧能和他的《壇經》，到《野人》中民族史詩《黑暗傳》的消亡，再到《夜遊神》超人式的現代基督之不可能，以及《叩問死亡》對當代西方社會的尖銳批評，都是所謂「持不同政見」那種狹窄的眼光無法容納的。

劉：還有一點是我想討論的。你批評民族文化認同可能會變成政治話語，那麼，現在全球化的潮流鋪天蓋地，認同這一潮流，是不是也有問題？

高：「全球化」是無法抗拒的，這是現時代普遍的經濟規律，而且不可逆轉，只能不斷協商和調節，面對這全球化的市場經濟，別說個人無能為力，就連政府也無法用行政手段或立法來加以阻擋。這無邊無際的怪物就這樣出現了。可以超越是非判斷，但無法預言這將導致怎樣的後果。

劉：在社會生活方面，我對全球化潮流不持反對態度。因為上世紀末以來的全球化潮流是技術所推動的，是人類社會發展的自然結果。這與從十六世紀至十九世紀的用槍炮所推動的殖民化性質不同。槍炮所推動的是侵略性的殖民主義化，而技術推動的全球化是經濟一體化。儘管在社會生活層面上，我能理解全球化，但在文化層面上，尤其是文學藝術層面，卻對此一大潮流充分警惕。一體化潮流，也可視為一律化潮流。文學藝術最怕的就是一律化，最怕的就是個性的消滅。全球化大潮流席捲下，民族性都沒有了，更何況個性。我們警惕各種「認同」的陷阱，歸根結柢，是警惕落入「一律化」、「一統化」、「一般化」的陷阱。

高：文學不是商品，不能同化為商品。這是我們能說的。但是，全球化的潮流正在改變文學的性質，把文學也變成一種大眾文化消費品。作家如果不屈從這種潮流，不追蹤時尚的口味，製作各種各樣的暢銷書，就只有自甘寂寞。因此，問題轉而就變成了作家自己是否耐得住寂寞。可用句老話：「自古聖賢皆寂寞。」所以，退一步來說，從來如此，而文學並沒有死亡。

三、走出老題目、老角色（二零零五年二月，巴黎行健寓所）

劉：我們正處於新世紀之初，我最想和你談論一些新世紀的新題目，也就是說，應當告別二十世紀的一些老題目。你的「沒有主義」，我和澤厚兄的「告別革命」，都是在告別老題目。從事文學創作和人文科學，既要講真話，又要講新話。講新話不是刻意標新立異，宣告以前的理念都過時了，而是要面對現實，說出真實的聲音，說出新見解。

高：走出老題目，也不必充當老角色。作家也需要調整自己的位置，例如，「戰士」、「鬥士」、「烈士」、「英雄」乃至「受難者」這一類的角色，我以為也得告別。

劉：我是一個多元論者，作家要扮演何種角色，有自己選擇的自由，有的作家就選擇擁抱社會，充當社會改革志士、鬥士、戰士的角色，例如魯迅。有的則遠離這種角色，當隱士、逸士、高士，築起籬笆和圍牆，在自己的園地裏談龍說虎飲茶讀書，這也沒有甚麼不可以。問題是在我們經歷的年代裏，作家的角色被規定死了，只能充當戰士型的革命作家的角色，這就失去自由。

高：魯迅就不允許別人當隱士，還批判傳統的隱逸文化。

劉：你的《靈山》就是隱逸文化、自然文化、禪宗文化、民間文化的匯流，小說中的角色是純粹的精神角色，即身遊者與神遊者的角色，而不是世俗的角色，我一直懷疑，作家是否一定要在世俗社會中充當一個世俗的角色。但是有些作家沒有找到世俗的角色就不自在，這大約是因為角色可以帶來許多世俗的利益。

高：二十世紀有一種時髦，就是作家都得扮演頂天立地的大角色，不是社會良心，就是正義化身。我對這種角色一直持懷疑的態度。一些作家，滿身救世情結，批判社會，甚至鼓吹暴力。舊世界是否一定要砸碎？新世界是否一定就好？他人都成了地獄，唯我獨尊，可不就成了上帝。自我膨脹到這個地步，也會成為地獄。

劉：連沙特也扮演這種大角色。認為他人是自我的地獄，一定會形成一種反社會的人格。一九六八年法國左翼知識分子那麼熱心支持中國的紅衛兵運動都是救世情結。二十年前，我也曾熱中於充當正義的化身，社會良心，後來才明白這是一種幻想。幻想在嚴酷的現實的地上撞碎，才清醒過來，才覺得最為迫切的還是正視自身的脆弱、困境和黑暗面，首先自救。不自救，哪來的清醒。

高：早期共產黨人鼓吹烏托邦，現在看來，是一種幻影、幻想，一種救世的虛妄。中國知識分子，一百多年呼喚的理想社會，甚麼時候實現過？不必再重彈老調，再製造救世的幻想，這種空洞的高調該結束了。

劉：不過，有一個問題，我常常在想，作家因為有審美理想，因此總是對社會不滿意，事實上也不能離開社會，如果不充當社會批判者，不以批判社會為前提，那麼，作家與社會又是怎樣一種關係呢？

高：作家只是一個見證人，見證社會，見證歷史，也見證人性。盡可能真實地呈現這大千世界和人類的生存困境及人自身的種種困惑，既超越政治的局限，也超越是非倫理的判斷，我以為這才是作家要做的事。作家要把他見證到的東西加以呈現，因此，他又是呈現者。我覺得這才是作家的位置與角色。

劉：不做革命者、顛覆者、烏托邦鼓吹者，也不做社會審判者、批判者，而做見證人和呈現者，你正是選擇了這樣的位置和角色，所以你贏得了創作的冷靜，創造了「冷文學」。你在二零零零年獲獎的演說中充分闡釋了這種立場。你以前在和我交談中甚至肯定《金瓶梅》，恐怕也是從見證社會與呈現人性出發，這部小說不作道德價值判斷。

高：不錯。《金瓶梅》這部小說除了性行為過份渲染之外，其他部份寫得相當冷靜。它把家庭社會人際關係的殘酷呈現得那麼充分，對人性的惡一點也不迴避，對作家所處的時代提供了一幅幅非常真實的眾生相，可說是一部現實主義的傑作，並且比西方現實主義文學早了一百多年。

劉：《紅樓夢》更是如此，它見證社會，見證歷史，是任何社會學家、歷史學家所不可比擬的。因為有《紅樓夢》，我們對清代的社會歷史，才有了真切的認識。而《紅樓夢》除了寫出人情詩意的一面，也寫出人際關係殘酷的一面，像王熙鳳的鐵血手段就很殘酷，但曹雪芹並不作道德審判，也不作歷史審判，說它「反封建」，是後人在評論中強加給小說的理念。

高：曹雪芹也只是見證歷史、見證人性，並不是以社會批判為創作前提，上世紀許多研究《紅樓夢》的文章，把《紅樓夢》說成是一部批判書，批判封建主義，把它意識形態化了，不僅不了解《紅樓夢》的藝術價值，也遠遠沒有讀懂這部恢弘博大的書。

劉：不以「社會批判」為創作前提，這顯然有利於作家進入人性的深度。作家如果僅僅思考社會的合理性問題，以改造社會為使命，自然就會削弱對人性的探究。從這個意義上，我很理解你的見解。但是，一個作家往往同時又是一個知識分子。作為知識分子，他從寫作狀態中游離出來關懷社會，就不能不如薩依德所說的，要「對權勢者說真話」，要對社會進行批判。我想，你指的是作家的專業角色。

高：我所講的當然是作家的身份和位置，知識分子的角色問題應另當別論。不過，作為知識分子，也未必能擔負「正義化身」、「社會良心」、「救世主」的角色。作家從社會關係中抽離出來，自居於邊緣，並不是不關心社會。這種獨立不移，拒絕作為政治附庸，往往正是對權力和習俗的挑戰，但是，並非一味譴責、控訴社會，而是通過作品喚起一種更清醒的認識。

劉：作家對社會的關懷確實可以有多種層面，以為直接干預社會才是關懷，便把關懷狹窄化了。喚起清醒意識，當然也是關懷，我在多次關於你的演講中，也提到你的「冷觀」。我說從卡夫卡到高行健，都是冷觀者，不是審判者。無論是卡夫卡還是你，其創作的詩意的源泉，就在於冷觀。詩意不是來自社會批判的激情，而是來自省觀社會省觀人性的態度，這一點，恐怕正是理解你的作品的關鍵。

高：不能把卡夫卡僅僅理解成資本主義社會的批判者。卡夫卡首先揭示了現代社會人的真實處境，個人在現實社會關係中像蟲子一樣可憐，隨時受到莫名其妙的審判，而種種社會烏托邦不過是可望而不可即的城堡，卡夫卡是二十世紀現代文學真正的先驅。他結束了浪漫主義文學時代，卡夫卡出現之後，作家如果還只有浪漫激情，就顯得浮淺。

劉：卡夫卡確實是個扭轉文學乾坤的巨人，以他為樞紐，西方文學從以抒情、浪漫為基調轉向以荒誕為基調，他結束了歌德、拜倫的浪漫激情，開闢了現代文學的全新道路，有了他，才有之後的貝克特、卡繆、尤奈斯庫等，也才有你和品特。

高：卡夫卡沒有過時，卡夫卡筆下的時代並沒有結束。現時代人的困境愈來愈荒誕。人在強大的商品化潮流面前，顯得更加脆弱。十九世紀末出了兩位德語作家，一位尼采，一位卡夫卡。尼采的浪漫激情製造「超人」神話，後來的所謂「正義化身」、「社會良心」、「救世主」等，都是「超人」的變種。可卡夫卡遠離這種超人神話，他筆下的人，不僅不是超人，也不是大寫的人，而是非人的甲蟲，被社會異化。

劉：關於卡夫卡與尼采，明天再談談。現在我還要繼續和你探討作家角色與知識分子角色的衝突問題。也就是充當知識分子角色，會不會影響作家的創作。在我看來，這兩種角色有矛盾，但也相通，正如你剛才所說，作家也需要有社會關懷。無論是知識分子還是作家，都應當有大同情心，大慈悲心。像托爾斯泰，他就既是很好的作家，又是很好的知識分子，他的真摯的社會關懷、人間關懷，不僅沒有影響他的文學寫作，而且使他的文學寫作具有更深廣的精神內涵。但是，這兩種角色確實也會產生衝突。

以魯迅來說吧，他一直兼有這兩種角色，而且兩者都很重。知識分子的角色使他當啟蒙者，使他特別關懷社會底層，也使他的作品具有更重的悲劇感，更有震撼人心的力量。但是，他的後期，知識分子的角色太重了，重到壓倒作家的角色。他主張作家要熱烈擁抱是非，自己也熱烈投入是非，所以只能不斷地寫雜文，不斷地進行社會批判。他的雜文，其社會批判的力度無人可比，也創造了許多社會相的類型形象，但是，從整體上說，他的文學創作成就還不如五四的《吶喊》、《徬徨》時期和五四後的《野草》時期。

高：後期的魯迅，作為知識分子，毫無疑問，當然很傑出，思想犀利，敢於說真話，中國知識界裏無人能比。但在文學創作上，後期的魯迅就不如前期，非常可惜，戰士的角色壓倒了文學家魯迅的角色。這樣，他後期作品的文學價值就不如前期。

劉：魯迅和你是中國二十世紀文學中兩種完全不同的精神類型和創作類型，一是熱文學，一是冷文學；一是熱烈擁抱社會擁抱是非，一是抽離社會冷觀是非。兩者都有理由。我一直說我是多元論者，不願意對兩種不同類型作價值判斷，褒此抑彼。今天，只是在探討，作家在扮演知識分子角色時，是否應當掌握一定的度數，一旦進入太深太強烈，會給文學帶來甚麼問題。

高：我認為，作家最好別去充當諸如媒體主持人那類所謂「公共知識分子」，一旦充當這種角色，又要扮演「正義化身」、「社會良心」，往往不得不製造一種假象，當今世界，無論是東方還是西方，媒體主持人這類「公共知識分子」，事實上都具有強烈的政治傾向，早已喪失了客觀立場。作家如果也扮演這種角色，就不能冷靜地見證歷史，評價現實，也難以面對事實，搞不好就成了作秀。這種知識分子的角色顯然與作家的身份有矛盾。

劉：這一點我非常贊成。媒體知識分子只有公共性，沒有個性。而作家之所以是作家，恰恰是他的個性。

四、現代基督的困境（二零零五年二月，巴黎行健寓所）

劉：這幾天和你交談，我更能理解你的《夜遊神》了。前三年，劉心武曾告訴我，行健的《夜遊神》非常完美，你要特別留心一下。那時我已讀過多遍，每次閱讀都如同進入噩夢，竟然沒有注意到藝術。心武提醒後我又讀了，這才覺得可把《夜遊神》視為《八月雪》的姊妹篇，其思想藝術份量也不相上下。《八月雪》講的是拒絕進入權力結構的自救的故事，《夜遊神》講的則是一旦進入權力關係則如進入絞肉機，無以自拔。這個權力關係還不是上層的政治權力結構，只是社會底層的無所不在的權力關係。要讀懂《夜遊神》，首先需要掌握一把鑰匙，這就是卡夫卡。不知卡夫卡，就講不清《夜遊神》所呈現的現代人的荒誕處境。

高：卡夫卡沒有過時。今天人類的生存困境比卡夫卡在世時還要深。卡夫卡是現代意識的真正開端。一百年前，他的眼睛就那麼清明，就那麼清醒，真了不起。

劉：尼采生活在十九世紀下半葉，一九零零年去世；卡夫卡則跨入二十世紀。這兩位德語思想者都是天才，恰好呈現思想的兩極，一個那麼熱，一個那麼冷。你一再批評尼采而推崇卡夫卡。用德語作家的兩個坐標來閱讀你的全部作品，便可通暢無阻了。

高：中國現代文學受尼采影響很深。五四新文學運動，尼采和易卜生的名字都是旗幟。但很奇怪，卡夫卡一直不在中國現代作家的視野之內。

劉：的確如此。即使是魯迅、張愛玲、施蟄存這些有現代意識的作家，也只知佛洛依德，不知卡夫卡。

高：卡夫卡對現代人類生存困境認識的深度無人可比，那麼清醒的作家在他同時代還找不到第二個人。把尼采作為現代文學的啟蒙是一個誤解，他其實是十九世紀浪漫主義文學的終結。現代文學其實發端於卡夫卡，他之後才有貝克特和卡繆。

劉：大約因為卡夫卡不在中國現代作家的視野之內，所以中國現代文學的現代意識並不強，像魯迅的《野草》，這種超越啟蒙而叩問存在意義的作品極少。被稱為現代感覺派的施蟄存、劉吶鷗等，實際上是佛洛依德「潛意識」的形象轉達，正如左翼作家的許多作品是馬克思主義意識形態的形象轉達。左翼作家揭露的是社會問題，並不觸及人性的深層困境。卡夫卡進入你的視野，大約和貝克特進入的時間差不多。《車站》上演後人們批評你太近似貝克特，但沒人想到你已進入卡夫卡。

高：這種批評也是一種遁詞，既要同官方保持一致，又別太明顯成為黨的喉舌。《車站》是一齣生活喜劇，離貝克特甚遠。貝克特同卡夫卡倒是一脈相承，而貝克特有種深厚的悲觀主義，卡夫卡卻訴諸黑色幽默，這方面他也是先驅，他不悲憤、不控訴，以黑的玩笑來回應人的荒誕處境，這便是他的深刻之處。

劉：我覺得《夜遊神》很像《審判》，甚至可以說是《審判》的當代版。經歷了文化大革命，才比較容易理解《審判》。主人公K，好端端的一個人，甚麼問題也沒有，可是突然被控告有罪，必須每個星期回去接受審判，於是，所有的人，包括他的父親、同學都覺得他有罪，都迴避他，用另一種眼睛看他，而最痛苦的是他壓根兒不知道自己犯了甚麼罪。一個好端端的人，甚麼壞事也沒做過，就這樣為天、地、人所不容，何等荒謬。而《夜遊神》的主角，也是一個好端端的人，一個甚麼問題也沒有的人，而且是個善心人，只是在夜間到街上走走，但是，這一走，這一進入街頭的人際關係，便無法擺脱，落入「那主」、流氓、妓女的關係網絡之中。這個主角可看作是普通的現代人，也可以視為現代知識人，甚至現代基督，他滿懷好心，卻落到自我毀滅的地步。

高：把主人公當作現代基督未嘗不可。哪怕是基督一旦進入現實世界，這現實的人際關係和權力結構就把他毀了。當救世主是否可能？他要去化解惡，卻不可避免陷入惡的關係網絡之中，這就是現時代基督的命運。

劉：主人公本來是想反抗惡的，結果是連他自己也訴諸於惡。本想反抗暴力，最後自己也訴諸暴力。所有關係中的其他角色，都義正辭嚴地要把他拖入權力角逐場，拖入絞肉機，你不想捲入也得捲入。就像一顆珠子落入大轉盤之中，只能跟着轉到底，想要跳出轉盤，毫無辦法，這大約正是現代人的困境。沒有選擇的自由，不能把握自己的命運，個個成了利益關係的人質，權力結構的奴隸。

高：《夜遊神》是一個現代寓言，一個黑色的幽默。

劉：《夜遊神》好像是末日的預告。彷彿這個世界已無可救藥，連基督也無能為力，你是不是太悲觀了？

高：對世界的這種認識，其實，既不悲觀，當然也不樂觀，只面對真實的世界，做一個觀察者，一個見證人，不企圖改造這個世界，也改造不了。世界如此這般，爭鬥不息，基督才被送上了十字架。只是復活後的基督，面對的是人類更深的困境。現時代的救世主不可能有更好的命運。

劉：不用說救世，只是想獨立、想與權力關係拉開距離就很難，這才是現代人的真處境。《夜遊神》呈現的這種處境，其實很真實：人無法乾乾淨淨活着，一旦沾上泥坑，便越滾越髒。如果你不能抽身逃亡，就只能在污泥中窒息。現代基督面臨的問題不只是疾病、饑荒、戰爭和自然災害，而是人性深層難以改變的自私和貪婪，是各種妄念構成的惡，是權力與利益互相交織而化解不開的生存場。還有無休止的自我膨脹，弄不好也變成了地獄。現代基督如同《夜遊神》的主角，一進入現實權力與利益交織的關係網絡，就如同掉進了泥坑，甚至如同掉進了鬥獸場。

高：基督受難是因為信仰，而現代基督受難卻往往莫名其妙。

劉：所謂莫名其妙，是莫名其妙地被捲入噩夢般的紛爭，然後莫名其妙地受罪，然後又背上各種莫名其妙的罪名，全與信仰無關。所以我說《夜遊神》是《審判》的當代版。只是《審判》中的那個K，到了你的筆下，內心也變得一片混沌，最後不是被他人所打殺，而是自我了結。你這部戲，找到一個意象，把自我關係投射到他人關係之中，把那麼多人變成自我的投射與外化，這個K的內心也充滿慾念妄念。你給K呈現了一幅內心景象，一幅現代人內心幽暗的景觀，我想稱之為內荒誕。你從卡夫卡出發，但沒有停留在卡夫卡那裏，你從外到內，從外荒誕走到內荒誕，表現的是人與世界的雙重荒誕。

高：說世界是一片混沌，但人自己的內心又何嘗不也是一片混沌。卡夫卡寫人與外部世界的疏離，陌生化，而現時代人自我膨脹，內心分裂。外部世界不可理喻，內心也沒有着落。外在的處境如泥坑，內心的世界如深淵，裏外都荒誕，較之卡夫卡的時代，人的這種危機更令人困惑。

劉：你和卡夫卡都有一雙冷觀的眼睛，一副傾聽的耳朵，作為創作主體，都自我淨化，自己與自己拉開距離，這是至關重要的。只有這樣，觀察客體時才沒有情緒，呈現時才不會狂熱。而這雙眼睛不僅冷觀世界，而且冷觀自我，換句話說，不僅觀外在世界，而且觀自在。所以呈現於作品中，卡夫卡是K（主人公）與W（World 世界）的陌生化，而你則是在K與W的疏離之外加上K與K的疏離。《夜遊神》的主角最後自我無法解脫，決定不再思想，自己砸碎自己的腦袋。說到這裏，我想問你，你是不是太殘酷了，你讓現代基督沒有救贖的可能，難道也沒有自救的可能？

高：自救的可能永遠存在。作為智者，自救的辦法就是逃亡，從中心逃到邊緣，從政治與市場中退出，從各種權力關係中退出。所以，十六年前，我就開玩笑對你說：我們的任務就是逃亡，自己救自己。其實，也只能自己救自己。

劉：二十世紀是一個抹煞人的時代，通過機器、通過戰爭、通過革命暴力、通過政治運動、通過市場操作一再抹煞人，抹煞人的尊嚴，掏空人的價值，倖存的人活得非常累，非常假，非常荒誕。我們在交談中和在寫作中，都充分意識到這種世紀性的抹煞，所以要反抹煞。而反抹煞，不是造反，不是顛覆，不是革命，不是以牙還牙，不是打倒、消滅、橫掃、大批判，這類方式一概不取，而是自救，抽離，冷觀，訴諸清醒的意識，去贏得自由而真實的呈現與表述。你的作品告訴讀者的，也正是這些思想，領悟了這些，才不至於被抹煞，才能留下最重要的那點東西，這就是人的尊嚴。

第五輯

高行健創作年表（截止於二零一六年十月）

劉再復整理

一九四零年

- 生於江西贛州，祖籍江蘇泰州。

一九五七年

- 畢業於南京市第十中學（前金陵大學附中）。

一九六二年

- 畢業於北京外國語學院法語系。從事翻譯。

一九七零年

- 下放農村勞動。

一九七五年

- 回到北京，重操舊業。

一九七九年

- 作為中國作家代表團的翻譯，陪同巴金出訪法國。

一九八零年

- 《寒夜的星辰》（中篇小説），廣州《花城》一九八零年第二期刊載。
- 《現代小説技巧初探》（隨筆），廣州《隨筆》月刊一九八零年初開始連載。
- 《法蘭西現代文學的痛苦》（論文），武漢《外國文學研究》一九八零年第一期刊載。
- 《法國現代派人民詩人普列維爾和他的〈歌詞集〉》（評論），廣州《花城》一九八零年第五期刊載。
- 《巴金在巴黎》（散文），北京《當代》一九八零年創刊號刊載。

一九八一年

- 《有隻鴿子叫紅唇兒》（中篇小説），上海《收穫》一九八一年第三期刊載。
- 《朋友》（短篇小説），河南《莽原》一九八一年第二期刊載。
- 《雨雪及其他》（短篇小説），北京《醜小鴨》一九八一年第七期刊載。
- 《現代小説技巧初探》（論著），廣州花城出版社出版。
- 《意大利隨想曲》（散文），廣州《花城》一九八一年第三期。

一九八二年

- 《現代小説技巧初探》（再版）引起中國文學界關於現代主義與現實主義的爭論。
- 《絕對信號》（劇作），北京《十月》一九八二年第五期刊載。北京人民藝術劇院首演，導演林兆華，演出逾百場，引起爭論，全國上十個劇團紛紛上演。
- 《路上》（短篇小説），北京《人民文學》一九八二年第九期刊載。
- 《海上》（短篇小説），北京《醜小鴨》一九八二年第九期刊載。
- 《二十五年後》（短篇小説），上海《文匯月刊》一九八二年第十一期刊載。

- 《談小說觀與小說技巧》（論文），南京《鍾山》一九八二年第六期刊載。

一九八三年

- 《談現代小說與讀者的關係》（隨筆），成都《青年作家》一九八三年第三期刊載。
- 《談冷抒情與反抒情》（隨筆），河南《文學知識》一九八三年第三期刊載。
- 《質樸與純淨》（隨筆），上海《文學報》一九八三年五月十九日刊載。
- 《花環》（短篇小說），上海《文匯月刊》一九八三年第五期刊載。
- 《圓恩寺》（短篇小說），大連《海燕》一九八三年第八期刊載。
- 《母親》（短篇小說），北京《十月》一九八三年第四期刊載。
- 《河那邊》（短篇小說），南京《鍾山》一九八三年第六期刊載。
- 《鞋匠和他的女兒》（短篇小說），成都《青年作家》一九八三年第三期刊載。
- 《論戲劇觀》（論文），上海《戲劇界》一九八三年第一期刊載。
- 《談多聲部戲劇實驗》（創作談），北京《戲劇電影報》一九八三年第二十五期刊載。
- 《談現代戲劇手段》、《談劇場性》、《談戲劇性》、《動作與過程》、《時間與空間》、《談假定性》一系列關於戲劇理論的文章，在廣州《隨筆》上從一九八三年第一期連到第六期，之後中斷。
- 《車站》（劇作），北京《十月》一九八三年第三期刊載，北京人民藝術劇院首演，導演林兆華，隨即被禁演。作者在「清除精神污染」運動中受到批判，不得發表作品近一年之久。其間，作者離開北京，漫遊長江流域，行程八個省，長達一萬五千公里。

一九八四年

- 《花豆》（短篇小說），北京《人民文學》一九八四年第九期刊載，作者重新得以發表作品。
- 《現代折子戲》（《模仿者》、《躲雨》、《行路難》、《喀巴拉山口》四折），南京《鍾山》一九八四年第四期刊載。

- 南斯拉夫上演《車站》。
- 匈牙利電台廣播《車站》。
- 《有隻鴿子叫紅唇兒》（中篇小說集），北京十月文藝出版社出版。
- 《我的戲劇觀》（創作談），北京《戲劇論叢》一九八四年第四期刊載。

一九八五年

- 《獨白》（劇作），北京《新劇本》第一期刊載。
- 《野人》（劇作），北京《十月》一九八五年第二期刊載，北京人民藝術劇院首演，導演林兆華，再度引起爭論。
- 《花豆》（電影劇本），北京《醜小鴨》一九八五年底一、二期連載。
- 《侮辱》（短篇小說），成都《青年作家》一九八五年第七期刊載。
- 《公園裏》（短篇小說），《南方文學》一九八五年第四期刊載。
- 《車禍》（短篇小說），《福建文學》一九八五年第五期刊載。
- 《無題》（短篇小說），《小說週報》一九八五年第一期刊載。
- 「尹光中、高行健繪畫陶塑展」，北京人民藝術劇院展出。
- 《〈野人〉和我》（創作談），北京《戲劇電影報》一九八五年第十九期刊載。
- 《我與布萊希特》（隨筆），北京《青藝》一九八五年增刊刊載。
- 《高行健戲劇集》，北京群眾出版社出版。
- 《〈絕對信號〉的藝術探索》，《絕對信號》劇組編輯，中國戲劇出版社出版。
- 應聯邦德國文藝學會柏林藝術計劃（DAAD）邀請赴德，在柏林市貝塔寧藝術之家（Berliner Künstlerhaus Bethanien）舉行《獨白》劇作朗誦會和他的水墨畫展。
- 法國外交部及文化部邀請，巴黎沙約國家劇院（Théâtre National de Chaillot）舉行他的戲劇創作討論會，他作了題為《要甚麼樣的戲劇》的報告。

- 英國，愛丁堡國際戲劇節邀請他赴英。
- 維也納，史密德文化中心（Aite Schmidt）舉行他的小說朗誦會和個人畫展。
- 丹麥，阿胡斯大學、德國波洪大學、波恩大學、柏林自由大學、烏茨堡大學、海德堡大學邀請，分別舉行他的創作報告會。

一九八六年

- 《彼岸》（劇作），北京《十月》一九八六年第五期刊載。
- 《要甚麼樣的戲劇》（論文），北京《文藝研究》一九八六年第四期刊載。該文法文譯文發表在巴黎出版的《想像》雜誌（*L'Imaginaire*）同年第一期。
- 《評格羅多夫斯基的〈邁向質樸的戲劇〉》（評論），《戲劇報》一九八六年第七期刊載。
- 《談戲劇不要改革與要改革》（隨筆），北京《戲曲研究》一九八六年第二十一期刊載。
- 《給我老爺買魚竿》（短篇小說），北京《人民文學》一九八六年第九期刊載。
- 法國，《世界報》（*Le Monde*）一九八六年五月十九日刊載《公園裏》法文譯文，譯者 Paul Poncet。
- 匈牙利，《外國文學》刊載《車站》匈牙利文譯文，譯者 Polonyi Petér。
- 法國，里爾（Lille），北方省文化局舉辦他的個人畫展。

一九八七年

- 《京華夜談》（戲劇創作談），南京《鍾山》刊載。
- 瑞典，皇家劇院（Kungliga Dramatiska Teatern）首演《現代折子戲》中的《躲雨》，導演 Peter Wahlqvist，譯者馬悅然院士（Prof. Göran Malmqvist）。
- 英國，利茨（Litz）戲劇工作室演出《車站》。

- 德國，《今日戲劇》一九八七年第二期刊載《車站》節選。
- 香港，話劇研討會，香港話劇團舉行《彼岸》排演朗誦會。
- 法國，《短篇小說》（*Brèves*）第二十三期刊載《母親》法文譯文，譯者 Paul Poncet。
- 德國，莫哈特藝術研究所（Morat-Institut für Kunst und Kunstwissenschaft）邀請他赴德藝術創作。應法國文化部邀請，轉而居留巴黎。

一九八八年

- 《對一種現代戲劇的追求》（論文集），北京戲劇出版社出版。
- 《遲到了的現代主義與當今中國文學》（論文），北京《文學評論》一九八八年第三期刊載。
- 新加坡，「戲劇營」舉行講座，談他的實驗戲劇。
- 台灣，《聯合文學》一九八八年總第四十一期轉載《彼岸》和《要甚麼樣的戲劇》。
- 香港，舞蹈團首演《冥城》，導演與編舞江青。
- 德國，漢堡，塔里亞劇院（Thalia Theater, Hamburg）演出《野人》，導演林兆華，譯者 Renate Crywa 和李健明。
- 英國，愛丁堡皇家劇院（Royal Lyceum Theatre, Edinburgh）舉行《野人》排演朗誦會。
- 法國，馬賽國家劇院（Théâtre National de Marseille）舉行《野人》排演朗誦會。
- 德國，Brockmeyer 出版社出版《車站》德文譯本，譯者顧彬教授（Prof. Wolfgang Kubin）。
- 德國，Brockmeyer 出版社出版《野人》德譯本，譯者 Minica Basting。
- 瑞典，Forum 出版社出版他的戲劇和短篇小說集《給我老爺買魚竿》瑞典文譯本，譯者馬悅然院士（Prof. N. G. D. Malmqvist）。
- 意大利，《語言叢刊》（*In Forma Di Parole*）刊載《車站》意大利文譯文，譯者 Danièle Crisa。
- 瑞典，東方博物館（Östasiatiska Museet）舉辦他的個人畫展。

- 法國，瓦特盧市文化中心（L'Office Municipal des Beaux-Arts et de la Culture, Wattrelos）舉辦他的個人畫展。

一九八九年

- 應美國亞洲文化基金會邀請赴紐約。
- 《聲聲慢變奏》（舞蹈詩劇），舞蹈家江青在紐約古根漢美術館（Guggenheim Museum, New York）演出。
- 天安門事件之後，接受意大利 *La Stampa* 日報、法國電視五台和法國《南方》雜誌採訪，抗議中共當局鎮壓，退出中共。
- 瑞典，克拉普斯畫廊（Krapperups Konsthall）舉行「高行健、王春麗聯展」。
- 法國，巴黎，大皇宮美術館（Grand Palais）舉辦的「具象批評派沙龍」（Figuration Critique），他的畫作參加一九八九年秋季展。
- 《冥城》（劇作），台北《女性人》一九八九年創刊號刊載。
- 《高行健戲劇研究》（文論集）許國榮編輯，北京，中國戲劇出版社出版。
- 德國 *Die Hotena* 雜誌刊載《車禍》，譯者 Almut Richter。

一九九零年

- 《聲聲慢變奏》（舞蹈詩劇），台北《女性人》一九九零年第九期刊載。
- 《逃亡》（劇作），瑞典斯德哥爾摩，《今天》一九九零年第一期刊載。
- 《要甚麼樣的戲劇》（論文），美國《廣場》一九九零年第二期刊載。該文英譯文收在瑞典同年出版的諾貝爾學術論叢（*Nobel Symposium*）第二十七期《斯特林堡、奧尼爾與現代戲劇》論文集中。
- 《靈山》（長篇小說節選），台灣《聯合報》聯合副刊一月二十三日、二十四日連載。
- 《我主張一種冷的文學》（論文），台灣《中時晚報》副刊「時代文學」八月十二日刊載。
- 《逃亡與文學》（隨筆），台灣《中時晚報》副刊「時代文學」十月二十一日刊載。

- 台灣，國立藝術學院在台北首演《彼岸》，導演陳玲玲。
- 奧地利，Wiener Unterhaltungs Theater 在維也納上演《車站》，導演 Anselm Lipgens，譯者顧彬教授（Prof. Wolfgang Kubin）。
- 香港，海豹劇團上演《野人》，導演羅卡。
- 巴黎，大皇宮美術館（Grand Palais），參加「具象批評派沙龍」（Figuration Critique）一九九零年秋季展。
- 「具象批評派沙龍」一九九零年莫斯科、聖彼德堡巡迴展，他的畫參展。
- 法國，馬賽，中國之光協會（La Lumière de Chine, Marseille）舉辦他的個人畫展。
- 美國，《亞洲戲劇》（*Asian Theatre Journal*）一九九零年第二期刊載《野人》英譯文，譯者 Bruno Roubicec。
- 《靈山》（長篇小説），台灣聯經出版公司出版。

一九九一年

- 《瞬間》（短篇小説），台灣《中時晚報》副刊「時代文學」九月一日刊載。
- 《巴黎隨筆》（隨筆），美國《廣場》第四期刊載。
- 《生死界》（劇作），法國文化部定購劇碼，瑞典斯德哥爾摩，《今天》一九九一年第一期刊載。
- 北京，中國青年出版社出版《逃亡「精英」反動言論集》，把《逃亡》定為反動作品，收入該書，作為批判材料。
- 瑞典，斯德哥爾摩大學舉辦《靈山》的討論會，作者作了題為《文學與玄學》的報告。
- 瑞典，皇家劇院舉辦他的劇作《逃亡》與《獨白》朗誦會和報告會。他發表題為《關於〈逃亡〉》的講話，台灣《聯合報》副刊一九九一年六月十七日刊載了該文。
- 日本 JICC 出版社出版短篇小説集《紙上的四月》，刊載《瞬間》，日文譯者宮尾正樹。
- 巴黎，大皇宮美術館（Grand Palais），參加「具象批評派沙龍」（Figuration Critique）一九九一年秋季展。
- 法國，Rambouillet，Espace d'Art Contemporain Confluence 畫廊舉辦他的個人畫展。
- 法國，巴黎第七大學舉辦亞洲當代文學戲劇討論會，他作了報告，題為《我的戲劇，我的鑰匙》。

- 德國，文藝學會柏林藝術計劃（DAAD）主辦中德作家藝術家「光流」交流活動，舉辦《生死界》的朗誦會。

一九九二年

- 《隔日黃花》（隨筆），美國《民主中國》一九九二年總第八期刊載。
- 法國，馬賽，亞洲中心（Centre d'Asie, Marseille）舉辦他的個人畫展。
- 法國，聖愛爾布蘭市外國劇作家之家（Maison des Auteurs de Théâtre Etrangers. Saint-Herblain）邀請，寫作劇本《對話與反詰》。
- 瑞典，斯德哥爾摩，皇家劇院（Kungliga Dramatiska Teatern）首演《逃亡》。導演 Björn Granath，譯者馬悅然院士（Prof. Göran Malmqvist）。
- 瑞典，倫德大學邀請，他作了報告，題為《海外中國文學面臨的困境》。
- 英國，倫敦當代藝術中心（Institute of Contemporary Arts, London）舉辦《逃亡》朗誦會。他在倫敦大學和利茨大學分別舉行題為《中國流亡文學的困境》和《我的戲劇》報告會。
- 英國，BBC 電台廣播《逃亡》。
- 法國，麥茨，藍圈當代藝術畫廊（Le Cercle Bleu, Espace d'Art Contemporain, Metz）舉辦他的個人畫展。
- 法國政府授予他藝術與文學騎士勳章（Chevalier de l'Ordre des Arts et des Lettres）。
- 奧地利，維也納，Theater des Augenblicks 首演《對話與反詰》，他本人執導，譯者 Alexandra Hartmann。
- 德國，紐倫堡，城市劇院（Nürnberg Theater）上演《逃亡》，導演 Johannes Klett，譯者 Helmut Foster-Latsch 和 Marie-Louise Latsch。
- 瑞典，斯德哥爾摩，論壇出版社（Forum）出版《靈山》瑞典文譯本，譯者馬悅然院士（Prof. N. G. D. Malmqvist）。
- 比利時，Éditions Lansman 出版《逃亡》法譯本，譯者 Michèle Guyot 和 Émile Lansman。
- 法國，利茂日，國際法語藝術節（Festival International des Francophonies, Limoges）舉辦《逃亡》朗誦會。
- 台灣，果陀劇場上演《絕對信號》，導演梁志明，他首次應邀訪台。

- 台灣，文化生活新知出版社出版《潮來的時候》，編者馬森、趙毅恆，收入他的短篇小說《瞬間》。
- 香港，《明報月刊》一九九二年十月號刊載《中國流亡文學的困境》。
- 瑞典，斯德哥爾摩，《今天》一九九二年第三期刊載《文學與玄學，關於〈靈山〉》。
- 德國，Brockmeyer 出版社出版《逃亡》德文譯本，譯者 Helmut Foster-Latsch 和 Marie-Louise Latsch。
- 德國，《遠東文學》雜誌（*Hefte für Ostasiatische Literatur*），總期次第十二期刊載《生死界》德文譯文，譯者 Mark Renne。

一九九三年

- 法國，巴黎，雷諾—巴羅特圓環劇院（Renaud-Barrault Théâtre du Rond-Point）首演《生死界》，導演 Alain Timár。該劇院和法國實驗戲劇研究院（Académie Expérimentale des Théâtres）舉行他的戲劇討論會。
- 法國，布日，文化之家（Maison de la Culture de Bourges）舉辦他的個人畫展。
- 比利時，Lansman 出版社出版《生死界》法文版。宮邸劇場舉行《逃亡》排演朗誦會。布魯塞爾大學舉行他的戲劇創作報告會。
- 法國，Philippe Picquier 出版社出版《二十世紀遠東文學》文集（*Littératures d'Extrême-Orient au XXe Siècle*），收入《我的戲劇，我的鑰匙》，譯者 Annie Curien。
- 法國，亞維儂戲劇節（Festival de Théâtre d' Avignon）上演《生死界》，導演 Alain Timár。
- 法國，博馬舍基金會（Beaumarchais）訂購他的新劇作《夜遊神》。
- 德國，Aacher, Galerie Hexagone 畫廊舉辦他的個人畫展。
- 法國，L'Isle-sur-la-Sorgue, La Tour des Cardinaux 畫廊舉辦他的個人畫展。
- 德國，Henschel Theater 出版社出版《中國當代戲劇選》，收入《車站》另一德譯本，譯者 Anja Gleboff。
- 瑞典，斯德哥爾摩大學舉辦「國家、社會、個人」學術討論會，他發表論文《個人的聲音》。香港《明報月刊》一九九三年八月號刊載該文，題目改為《國家迷信與個人癲狂》。

- 瑞典，斯德哥爾摩，《對話與反詰》（劇作），《今天》一九九三年第二期刊載。
- 澳大利亞，雪梨大學演出中心演出《生死界》，他本人執導，英譯者 Jo Riley。
- 雪梨大學舉行他的戲劇創作報告會。
- 香港中文大學，中國文學研究所舉辦他的講座「中國當代戲劇在西方，理論與實踐」。
- 《色彩的交響——評趙無極的畫》一文香港《二十一世紀》一九九三年第十期刊載。
- 比利時，*Krieatief* 文學季刊一九九三年 Nos 三、四合刊刊載《海上》、《給我老爺買魚竿》、《二十五年後》弗拉芒文譯文，譯者 Mieke Bougers。
- 《談我的畫》一文香港《明報月刊》一九九三年十月號刊載。
- 法國，*Sapriphage* 文學期刊一九九三年七月號刊載《靈山》節選，譯者 Noël Dutrait。
- 法國，文化電台（Radio France Culture）一九九三年十一月六日廣播《生死界》演出實況。
- 台灣，《聯合報》文化基金會舉辦的「四十年來的中國文學」學術討論會，他發表論文《沒有主義》。
- 美國，芝加哥大學東亞研究中心出版《中國作家與流亡》（*Chinese Writing and Exile*, Select Papers, Volum No. 7），收入《逃亡》，譯者 Prof. Gregory B. Lee。

一九九四年

- 《中國戲劇在西方，理論與實踐》一文香港《二十世紀》一九九四年一月號刊載。
- 《我說刺蝟》（詩歌），台灣《現代詩》一九九四年春季號刊載。
- 《當代西方藝術往何處去?》（評論），香港《二十一世紀》一九九四年四月號刊載。
- 《山海經傳》（劇作），香港天地圖書出版公司出版。
- 《對話與反詰》（劇作），法國 M. E. E. T 出版社出版中法文對照本，法譯者 Annie Curien。
- 法國，愛克斯—普羅旺斯大學舉行《靈山》朗誦會。
- 法國，聖愛爾布蘭（Saint-Herblain），外國劇作家之家舉行《對話與反詰》朗誦會。

- 法國，麥茨，藍圈當代藝術畫廊舉辦他的個人畫展。
- 意大利，Dionysia 世界當代劇作戲劇節演出《生死界》，他本人執導。
- 德國，法蘭克福，文學之家舉行《靈山》朗誦會。法蘭克福，Mousonturm 藝術之家舉行《生死界》朗誦會。
- 瑞典，皇家劇院出版《高行健戲劇集》，收入他的十個劇本，譯者馬悅然院士。
- 比利時，Lansman 出版社出版《夜遊神》法文本，該劇本獲法語共同體一九九四年圖書獎。
- 法國國家圖書中心（Le Centre national du Livre de la France）預訂他的新劇作《週末四重奏》。
- 波蘭，波茲南國家劇院（Teatr Polski W. Poznan）上演《逃亡》，導演與譯者 Dward Woitaszek。劇院同時舉辦他的個人畫展。
- 法國，RA 劇團（La Compagnie RA）演出《逃亡》，導演 Madelaine Gautiche。
- 日本，晚成書房出版《中國現代戲曲集》第一集，收入《逃亡》，譯者瀨戶宏教授。

一九九五年

- 香港，演藝學院（Academy for Performing Arts）演出《彼岸》，他本人執導。
- 香港，《文藝報》五月創刊號轉載《沒有主義》。
- 香港，《聯合報》五月二十一日發表《〈彼岸〉導演後記》。
- 法國，圖爾市國立戲劇中心（Le Centre dramatique national de Tours）上演《逃亡》。
- 法國，黎明出版社（Editions de l'aube）出版《靈山》法譯本，譯者 Noël Dutrait 和 Liliane Dutrait。法新社（France Information）作為重要新聞廣播了該書出版消息，評為中國當代文學的一部巨作。法國《世界報》（*Le Monde*）、《費加洛報》（*Le Figaro*）、《解放報》（*Libération*）、《快報》（*L'Express*）、《影視新聞週刊》（*Télérama*）等各大報刊均給以該書很高評價。
- 法國，巴黎，秋天藝術節，由詩人之家（Maison de la poésie）舉辦他的詩歌朗誦會。有二百年歷史的莫里哀劇場（Théâtre Molière）修復，巴黎市長剪綵，以他的劇作《對話與反詰》的排演朗誦會作為開幕式，他本人執導，法蘭西劇院著名演員 Michael Lonsdale 主演。

- 台灣，台北市立美術館舉行他的個人畫展，出版畫冊《高行健水墨作品》。
- 台灣，帝教出版社出版《高行健戲劇六種》（第一集《彼岸》、第二集《冥城》、第三集《山海經傳》、第四集《逃亡》、第五集《生死界》、第六集《對話與反詰》），同時出版胡耀恆教授的論著《百年耕耘的豐收》，作為附錄。
- 日本，晚成書房出版《中國現代戲曲集》第二集，收入《車站》，譯者飯塚容教授。

一九九六年

- 法國，Grenoble 市，創作研究文化中心（Centre de Création de Recherche et des Cultures）舉行《週末四重奏》朗誦會。
- 法國，愛克斯—普羅旺斯市圖書館（Cité du Livre, Ville d'Aix-en-Provence）舉行《靈山》朗誦會及討論會。愛克斯—普羅旺斯大學與市立圖書館舉行中國當代文學討論會和《夜遊神》的排演朗誦會。
- 法國音樂電台（Radio France Musique）舉辦「《靈山》與音樂」三個小時的專題節目，朗誦小說的部份章節並舉行與小說寫作有關的音樂會，現場直播。
- 法國，文化電台（Radio France Culture）舉辦一個半小時的作者專訪，並朗誦《靈山》部份章節。
- 盧森堡，正義宮畫廊（Galerie du Palais de la Justice）舉辦他的個人畫展。
- 法國，麥茨市，藍圈當代藝術畫廊（Le Cercle Bleu, Espace d'Art Contemporain, Metz）舉辦他的個人畫展。
- 法國，L'Isle-sur-Sorgue，紅雀塔畫廊舉辦他的個人畫展。
- 香港，藝倡畫廊舉辦他的個人畫展。
- 台灣，《中央日報》舉辦「百年來中國文學學術研討會」，他作了發言，題為《中國現代戲劇的回顧與展望》，《中央日報》副刊一九九六年九月十六、十七、十八日連載。
- 瑞典，烏洛夫帕爾梅國際中心（Olof Palmes Internationella Centrum）與斯德哥爾摩大學舉辦「溝通：面向世界的中國文學」研討會，他作了發言，題為《為甚麼寫作》。

- 香港，社會思想出版社出版了研討會的論文集，收入了該文。
- 香港，天地圖書有限公司出版他的論文集《沒有主義》。
- 香港，新世紀出版社出版《週末四重奏》。
- 法國，《詩刊》（*La Poésie*）一九九六年十月號刊載《我說刺蝟》法文譯文，譯者 Annie Curien。
- 澳大利亞，雪梨科技大學國際研究學院、雪梨大學中文系和法文系為他分別舉辦了《批評的含義》、《談〈靈山〉的寫作》、《我在法國的生活與創作》三場報告會。
- 波蘭，Gdynia，米葉斯基劇院（Teatr Miejski）上演《生死界》，導演與譯者 Edward Wojtaszek。
- 日本，神戶，龍之會劇團演出《逃亡》，譯者瀨戶宏，導演深津篤史。
- 澳大利亞，《東方會刊》（*Journal of the Oriental Society of Australia*）發表《沒有主義》英譯文，譯者 Prof. Mabel Lee。
- 希臘，雅典，Livanis Publishing 出版社出版《靈山》希臘文譯本。

一九九七年

- 美國，紐約，藍鷺劇團（Blue Heron Theatre）與美國長江劇團（Yangtze Repertory Theatre of America）在新城市劇院（Theater for the New City）上演《生死界》，他本人執導，英譯者 Joanne Chen。
- 美國，紐約，佩斯大學（Pace University）施密特藝術中心畫廊（The Gallery Schimmel Center for The Arts）舉辦他的個人畫展。
- 美國，華盛頓，自由亞洲電台（Radio Free Asia）中文廣播《生死界》。
- 法國，巴黎，首屆「中國年獎」授予《靈山》作者。
- 法國，文化電台（Radio France Culture）廣播《逃亡》。
- 法國，黎明出版社（Editions de l'aube）出版短篇小說集《給我老爺買魚竿》，譯者 Prof. Noël Dutrait 和

Liliane Dutrait。

- 法國，電視五台TV五介紹《給我老爺買魚竿》和《靈山》，播放對他的專訪節目。
- 法國，黎明出版社出版他和法國作家 Denis Bourgeois 的對談錄《盡可能貼近真實——論寫作》。

一九九八年

- 香港，科技大學藝術中心和人文學部邀請他舉行講座和座談，藝倡畫廊舉辦他的個人畫展。
- 法國，L'Isle-sur-la-Sorgue，紅雀塔畫廊舉辦他的個人畫展。
- 法國，巴黎，羅浮宮，古董國際雙年展（XIXe Biennale Internationale des Antiquaires）有他的畫參展。
- 英國，倫敦，Michael Goedhuis 畫廊舉辦他和另外兩位畫家的三人聯展。
- 法國，Voix Richard Meier 藝術出版社出版他的繪畫筆記《墨與光》。
- 日本，平凡出版社出版《現代中國短篇集》，藤田省三教授編，收入他的《逃亡》，譯者瀨戶宏教授。
- 日本，晚成書房出版《中國現代戲劇集》第三集，收入《絕對信號》，譯者瀨戶宏教授。
- 日本，東京，俳優座劇團演出《逃亡》，導演高岸未朝。
- 羅馬尼亞，Theatre de Cluj 演出《車站》，導演 Gáboro Tompa。
- 貝寧，L'Atelier Nomade 劇團在貝寧和象牙海岸演出《逃亡》，導演 Alougbine Dine。
- 法國，坎城（Caen），Le Panta Théâtre 劇院舉行《生死界》朗誦會。
- 法國，利茂日，國際法語藝術節（Festival International des Francophonies, Limoges），排演朗誦《夜遊神》，導演 Claude Idée。
- 法國，Compagnie du Palimpseste 劇團把他的《生死界》與杜拉斯和韓克的劇作改編成 *Alice, Les met-meilles* 演出，編導 Stéphane Vérité。
- 法國，文化電台（Radio France Culture）廣播《對話與反詰》，導演 Myron Neerson。
- 法國，巴黎，世界文化學院（Académie mondiale des cultures）舉行「記憶與遺忘」國際學術研討會，他應邀作了以《中國知識分子的流亡》為題的報告。該文（La Mémoire de l'exile）收在 Grasset 出版社出版的 *Pourquoi se souvenir?* 文集中。

- 法國，愛克斯—普羅旺斯大學出版社出版《中國文學導讀》（*Littérature Chinoise, état des Lieux et mode d'emploi*），他的《現代漢語與中國文學》一文收入該書，譯者 Prof: Noël Dutrait。
- 法國，《世界報》請他撰文，他的《自由精神——我的法國》一文（"L'Esprit de Liberté, ma France"）一九九八年八月二十日該報刊載。
- 台灣，聯經出版公司出版《一個人的聖經》。

一九九九年

- 比利時，Lansman 出版社出版《週末四重奏》法文本。
- 德國，Edition cathay band 40 出版社出版《對話與反詰》德譯本，譯者 Sascha Hartmann。
- 《香港戲劇學刊》第一期由香港戲劇工程出版，收入《現代漢語與文學寫作》一文。
- 法國，Cassis，春天書展的開幕式，舉行他的個人畫展。
- 法國，紀念已故的法國詩人 René Char「詩人的足跡」詩歌節，朗誦他的《週末四重奏》。紅雀塔畫廊舉辦他的個人畫展。
- 香港，中文大學出版社出版（The Chinese University of Hong Kong Press）他的英文戲劇集《彼岸》（*The Other Shore*），收入《彼岸》、《生死界》、《對話與反詰》、《夜遊神》、《週末四重奏》五個劇本，譯者方梓勳教授（Prof. Gilbert C. F. Fong）。
- 法國，亞維儂，Théâtre des Halles, Avignon 上演《夜遊神》，導演 Alain Timár。
- 法國，波爾多，莫里哀劇場（Molière Scène d'Aquitaine, Bordeaux）上演《對話與反詰》，他本人執導。
- 日本，橫濱，月光舍劇團上演《車站》。
- 法國文化部南方藝術局和那布樂藝術協會邀請他在地中海濱那布樂城堡（Château de la Napoule）寫作，他的

《另一種美學》脱稿。

二零零零年

- 澳大利亞，哈普科林斯出版社（Harper Collins Publishers）出版《靈山》英譯本，譯者 Prof. Mabel Lee。
- 法國，黎明出版社出版《一個人的聖經》法譯本，譯者 Prof. Noël Dutrait 和 Liliane Dutrait。
- 瑞典，大西洋出版社出版《一個人的聖經》瑞典文譯本，譯者馬悦然院士。
- 法國，文化部訂購劇碼《叩問死亡》脱稿。
- 意大利，羅馬市授予他費羅尼亞文學獎（Premio Letterario Feronia）。
- 瑞典學院授予他諾貝爾文學獎，赴斯德哥爾摩領獎，發表題為《文學的理由》答謝演講。
- 瑞典電台廣播《獨白》。
- 法國文化電台廣播《週末四重奏》。
- 法國，羅浮宮，巴黎藝術大展（Art Paris, Carrousel du Louvre）有他的畫參展。
- 美國，哈普科林斯出版社出版《靈山》英譯本。譯者 Prof. Mabel Lee。
- 法國，黎明出版社出版《文學的理由》，譯者 Noël Dutrait 教授和 Liliane Dutrait。
- 德國，弗萊堡，莫哈特藝術研究所（Morat-Institut für Kunst und Kunstwissenschaft）展出收藏的他的畫作。
- 德國，巴登—巴登，巴熱斯畫廊（Galerie Frank Pagès）舉辦他的個人畫展。
- 法國，希拉克總統親自授予他法國榮譽軍團騎士勳章。

二零零一年

- 台灣，聯經出版公司同時出版《八月雪》、《週末四重奏》、《沒有主義》和藝術畫冊《另一種美學》。
- 香港，天地圖書有限公司出版《靈山》和《一個人的聖經》簡體字版。
- 香港，明報出版社出版《文學的理由》和《高行健戲劇選》。

- 法國，Flammarion 出版社出版《另一種美學》法譯本，譯者 Prof. Noël Dutrait 和 Liliane Dutrait。
- 法國，亞維儂市在大主教宮（Palais des Papes, Avignon）舉辦他的繪畫大型回顧展。
- 亞維儂戲劇節上演《對話與反詰》（他本人執導）和《生死界》（導演 Alain Timár），還舉行《文學的理由》的表演朗誦會。
- 比利時，Lansman 出版社出版《高行健戲劇集之一》的法譯本，收入《逃亡》、《生死界》、《夜遊神》、《週末四重奏》。已絕版的《對話與反詰》也由該出版社重新出版。
- 瑞典，皇家劇院上演《生死界》和江青編導與表演的《聲聲慢變奏》。
- 瑞典，大西洋出版社出版《高行健戲劇集》瑞典文本，收入《生死界》、《對話與反詰》、《夜遊神》、《週末四重奏》，譯者馬悅然院士。
- 台灣，亞洲藝術中心舉辦他的個人畫展。
- 英國，Flamingo 出版社出版《靈山》英譯本，譯者 Prof. Mabel Lee。
- 台灣，《聯合文學》二零零一年二月出版《高行健專號》，轉載《夜遊神》。《聯合報》舉辦該劇的排演朗誦會。
- 台灣，聯合文學出版社選用他短篇小說《母親》，出版兒童讀物，幾米作畫。
- 台灣，國立歷史博物館舉辦「墨與光——高行健近作展」。
- 台灣，中山大學授予他榮譽文學博士學位。
- 香港，藝倡畫廊舉辦他的個人畫展。
- 香港，無人地帶劇團演出《生死界》，導演鄧樹榮。
- 德國，弗萊堡，莫哈特藝術研究所舉辦他的個展並出版畫冊《高行健水墨一九八三——一九九三》（*Gao Xingjian Tuschmalerei 1983-1993*）。
- 德國，柏林藝術計劃（DAAD Berliner Künstlerprogramm）出版他和楊煉的對話《流亡使我們獲得甚麼？》德譯本，譯者 Peter Hoffmann。
- 巴西，Editora Objectiva 出版社出版《靈山》葡萄牙文譯本，譯者 Marcos de Castro。

- 意大利，Rizzoli 出版社出版《文學的理由》意文本，譯者 Maria Cristina Pisciotta。該出版社同時出版《給我老爺買魚竿》意文本，譯者 Alessandra Lavagnino 教授。
- 意大利，Edizioni Medusa 出版社出版他和楊煉的對談《流亡使我們獲得甚麼？》意文本，譯者 Rosita Copioli。
- 西班牙，Ediciones del Bronce 出版社出版《靈山》西文本，譯者 Pau Joan Hernández 和 Liao Yanping。
- 西班牙，Columna 出版社出版《靈山》卡達蘭文本，譯者 Pau Joan Hernández 和 Liao Yanping。
- 墨西哥，Ediciones El Milagro 出版社出版他的戲劇集《逃亡》，同時還收入《生死界》、《夜遊神》、《週末四重奏》，譯者 Gerardo Deniz。
- 意大利，Rizzoli 出版社出版他的畫冊《另一種美學》意文本。
- 葡萄牙，Publicações Dom Quixote 出版社出版《靈山》葡文本，譯者 Carlos Aboim de Brito。
- 日本，集英社出版《一個人的聖經》，譯者飯塚容教授。
- 韓國，Hyundae Munhak Books Publishing 出版社出版《靈山》韓文本。
- 德國，Fischer Taschenbuch Verlag 出版社出版短篇小説集《海上》，譯者 Natascha Vittinghoff。該社同時出版《靈山》德文本，譯者 Helmut Foster-Latsch、Marie-Louise Latsch 和 Gisela Schheckmann。
- 斯洛維尼亞，Didakta 出版社出版《給我老爺買魚竿》斯文本。
- 馬其頓，Publishing House Slove 出版社出版《給我老爺買魚竿》馬文本。
- 美國，賓夕法尼亞州，伊利，Gannom University，Schuster Theater 劇場演出《彼岸》。

二零零二年

- 法國，愛克斯—普羅旺斯大學授予他榮譽文學博士學位。
- 意大利，Rizzoli 出版社出版《靈山》意文本，譯者 Mirella Fratamico。
- 西班牙，Ediciones del Bronce 出版社出版《一個人的聖經》西文本，譯者 Xin Fei 和 José Luis Sánchez。
- 西班牙，Columna 出版社出版《一個人的聖經》卡達蘭文本，譯者 Pau Joan Hernández。

- 挪威，H. Aschehoug Co. 出版社出版《靈山》挪威文本，譯者 Harald Bøckman 和 Baisha Liu。
- 土耳其，DK Doğan Kitap 出版社出版《靈山》土耳其文譯本。
- 塞爾維亞，Stubovi Kulture 出版社出版《靈山》塞爾維亞文譯本。
- 台灣，文化建設委員會邀請他訪台，出版《高行健台灣文化之旅》文集。
- 香港，中文大學授予他榮譽文學博士學位。
- 香港，Radio Television Hong Kong 英語廣播《週末四重奏》，英國 BBC、加拿大 CBC、澳大利亞 ABC、紐西蘭 RNZ、愛爾蘭 RTE 和美國 L. A. Theatre Works 分別轉播。
- 西班牙，馬德里，索菲亞皇后國家美術館（Musec Nacional Centro de Arte Reina Sofia）舉辦他個人畫展，出版畫冊 *Gao Xingjian*。
- 荷蘭，J. M. Meulenhoff 出版社出版《給我老爺買魚竿》荷蘭文本。
- 澳大利亞和美國的 Harper Collins Publishers 出版社，以及英國 Flamingo 出版社分別出版《一個人的聖經》英譯本，譯者 Prof. Mabel Lee。
- 美國，Harper Collins Publishers 出版社出版畫冊《另一種美學》英譯本（*Return to Painting*）。
- 美國終身成就學院（American Academy of Achievement）在愛爾蘭都柏林舉行高峰會議，授予他金盤獎。他以《必要的孤獨》為題作答謝演說。同時獲獎的還有美國前總統柯林頓、諾貝爾物理學獎得主 Zhores I. Alferov 等人。
- 美國，印第安那，Butler 大學戲劇系演出《生死界》。
- 台灣，國家劇院首演大型歌劇《八月雪》，他本人編導，許舒亞作曲，台灣戲曲專科學校承辦演出，文化建設委員會主辦並出版《八月雪》中英文歌劇本及光碟。台灣公共電視台轉播演出並製作《雪是怎樣下的》電視專題節目。
- 台灣，聯經出版公司出版他執導《八月雪》現場筆記《雪地禪思》，作者周惠美。
- 台灣，中央大學授予他文學博士學位。交通大學舉辦他的個展，出版畫冊《高行健》。
- 韓國，Hyundae Munhak Books Publishing 出版社出版《一個人的聖經》韓文版。

- 韓國，Minumsa 出版社出版他的戲劇集韓文本，收入《車站》、《獨白》、《野人》。
- 泰國，南美出版有限公司出版《靈山》泰文本。
- 以色列，Kinneret Publishing House 出版社出版《靈山》意第緒文本。
- 埃及，Dr-Al-Hilal 出版社出版《靈山》阿拉伯文本。
- 加拿大，Vancouver，Western Theatre 劇團演出《逃亡》。

二零零三年

- 日本，晚成書房出版《高行健戲劇集》，收入《野人》、《彼岸》、《週末四重奏》，譯者飯塚容教授和菱沼彬晁。
- 日本，集英社出版《靈山》日文本，譯者飯塚容教授。
- 意大利，Rizzoli 出版社出版《一個人的聖經》，譯者 Alessandra C. Lavagnino 教授。
- 丹麥，Bokförlaget Atlantis 出版社出版《一個人的聖經》丹麥文本，譯者 Anne Wedell-Wedellsborg 教授。
- 芬蘭，Otavan Kirjapaino Oy 出版社出版《靈山》芬蘭文本。
- 葡萄牙，Companhia de teatro de Sintra 劇團上演《逃亡》。
- 西班牙，Ediciones del Bronce 出版社出版《給我老爺買魚竿》西文譯本，譯者 Laureano Ramirez。
- 西班牙，Columna 出版社出版《給我老爺買魚竿》卡達蘭文本，譯者 Pau Joan Hernández。
- 香港，無人地帶劇團上演《生死界》，導演鄧樹榮。
- 香港，中文大學出版社出版《八月雪》英譯本，譯者方梓勳教授（Prof. Gilbert C. F. Fong）。
- 法國，巴黎，法蘭西劇院（Comédie Française）的 Théâtre du Vieux Colombier 劇場上演《週末四重奏》，他本人執導。
- 比利時，蒙斯美術館（Musée des Beaux-Arts, Mons）舉辦他的繪畫大型回顧展。
- 法國，巴黎，Editions Hazan 出版社出版研究他的繪畫的論著畫冊《高行健，水墨情趣》，作者蒙斯美術館畫展策展人 Prof. Michel Draguet 教授。

- 法國，愛克斯—普羅旺斯，壁毯博物館舉辦他的個人畫展，出版畫冊 *Gao Xingjian, ni mots ni signes*。
- 法國，馬賽市舉辦「二零零三高行健年」（L'Année Gao Xingjian, Marseille 2003），大型綜合性藝術計畫，包括他的詩歌、繪畫、戲劇、歌劇、電影創作和學術研討會：馬賽市老慈善院博物館（Musée de la Vieille Charité）舉辦他的《逍遙如鳥》為題的大型畫展。
- 馬賽，體育館劇院（Théâtre du Gymnase）首演《叩問死亡》，他本人和 Romain Bonnin 導演。
- 馬賽現代藝術展覽館舉行「圍繞高行健，當今的倫理與美學」國際研討會。馬賽輪渡出版社出版會議論文集 *Autour de Gao Xingjian, éthique et esthétique pour aujourd'hui*。
- 馬賽，Digital Media Production 製作《馬賽高行健年》紀錄片《城中之鳥》（*Un Oiseau dans la ville*）。
- 法國，Éditions du Seuil 出版社出版畫冊《逍遙如鳥》（*L'Errance de l'oiseau*）。
- 法國，巴黎，國際當代藝術博覽會（Foire Internationale d'Art Contemporain），克羅德貝爾納畫廊（Galerie Claude Bernard）以他的個展參展。
- 法國，世界文化學院（Académie mondiale des cultures）選他為院士。
- 意大利，Trieste, Gallerie Torbandena 畫廊和 Teatro Miela 劇院舉辦他的個人畫展，出版畫冊 *Gao Xingjian 1983-1993*。
- 美國，Milwaukee, Haggerty Museum of Art 美術館舉辦他的個人畫展。
- 美國，《紐約客》文學月刊（*New Yorker*）二月號和六月號分別刊載短篇小說《車禍》和《圓恩寺》，譯者 Prof. Mabel Lee。
- 美國，文藝期刊《大街》（*Grand Street*）第七十二期刊載《給我老爺買魚竿》，譯者 Prof. Mabel Lee。
- 美國，好萊塢，The Sons of Beckett Theatre Company 劇團演出《彼岸》。
- 美國，紐約，The Play Company 劇團演出《週末四重奏》。
- 美國，加州大學，戲劇舞蹈系演出《夜遊神》。
- 美國，Massachusetts，Wheaton College 戲劇系演出《彼岸》。

- 澳大利亞，雪梨大學劇團演出《彼岸》。
- 瑞士，Neuchâtel，Théâtre de Gens 劇院演出《生死界》。
- 匈牙利，布達佩斯，Theatre de Chambre Holdvilag 劇院演出《車站》。
- 土耳其，DK Doğan Kitap 出版社出版《一個人的聖經》土耳其文本。
- 西班牙，巴賽隆納，El Cobre Ediciones 出版《文學的見證》西班牙文譯本。

二零零四年

- 西班牙，El Cobre Ediciones 出版《沒有主義》，譯者 Laureano Ramírez Bellerín。
- 美國和澳大利亞，Harper Collins Publishers 出版社出版《給我老爺買魚竿》英譯本，譯者 Prof. Mabel Lee。
- 英國，Flamingo 出版社出版《給我老爺買魚竿》英譯本，譯者 Mabel Lee 教授。
- 法國，Éditions du Seuil 出版社出版他的戲劇集《叩問死亡》，同時收入《彼岸》和《八月雪》；該出版社還出版他的論文集《文學的見證》，譯者 Noël Dutrait 教授和 Liliane Dutrait。
- 越南，河內，Nhà Xuất Bản Công An Nhân Dân 出版社出版《給我老爺買魚竿》越南文譯本。
- 台灣，聯經出版公司出版《叩問死亡》中文本。
- 台灣，聯經出版社出版劉再復的論著《高行健論》。
- 台灣，台灣大學授予他榮譽博士。
- 加拿大，Alberta 大學戲劇系演出《對話與反詰》。
- 新加坡，The Fun Stage 劇團演出《生死界》。
- 西班牙，巴賽隆納，當代藝術中心（Centre de Cultura Contemporània de Barcelona）的「二零零四年世界文學節」（Programmacio Kosmopolos K04）舉辦他的個展「高行健的世界面面觀」（El Monde Gao-Una visita a l'obra de Gao Xingjian）。
- 西班牙，巴賽隆納，El Cobre 出版社出版他的論著《另一種美學》，譯者 Cristina Carrillo Albornoz de Fisac。

- 香港，中文大學圖書館建立「高行健作品典藏室」。
- 美國，波士頓（Boston），波士頓大學演出《彼岸》。
- 波蘭，波蘭電台廣播《車站》。
- 法國，巴黎，Claude Bernard 畫廊舉辦他的個展，並出版畫冊《高行健水墨》。
- 法國，巴黎當代藝術博覽會（FIAC）Claude Bernard 畫廊以他的個展參展。

二零零五年

- 法國，馬賽歌劇院上演《八月雪》，他本人執導。
- 法國，愛克斯—普羅旺斯大學（Université d'Aix-en-Provence）舉行「高行健作品國際學術研討會」。
- 法國，巴略（Bagneux），雨果劇場上演他的劇作《生死界》。
- 希臘，雅典，東西方文化中心（East West Center）上演《夜遊神》，導演 Anton Juan。
- 德國，巴登—巴登（Baden-Baden），Frank Pagès 畫廊舉辦他的個展，出版畫冊《高行健水墨作品》。
- 意大利，米蘭，RCS Libri S. p. A. 出版社出版《給我老爺買魚竿》意大利文譯本。
- 新加坡，新加坡美術館舉辦高行健繪畫大型回顧展，出版畫冊《無我之境，有我之境》。

二零零六年

- 意大利，威尼斯戲劇雙年展上演《對話與反詰》，導演 Philippe Goudard。
- 意大利，聖米尼亞多（San Miniato），Fondi 劇場上演他的劇作《逃亡》。
- 台灣，應台灣大學台灣文學研究所邀請，作錄影講座四講，分別題為《作家的位置》、《小說的藝術》、《戲劇的潛能》和《藝術家的美學》。
- 法國，Éditions du Seuil 出版社出版論文集《高行健的小說與戲劇創作》，Noël Dutrait 教授主編。
- 法國，巴黎藝術博覽會（Art Paris）他的畫參展。

- 法國，巴黎，Claude Bernard 畫廊舉辦他的個展，出版畫冊《高行健》。
- 德國，柏林，法國學院舉辦他的水墨畫個展。
- 比利時，布魯塞爾當代藝術博覽會（Brussels 24th Contemporary Art Fair），Claude Bernard 畫廊以他的個展參展。
- 瑞士，伯爾尼美術館舉行他的個展。
- 韓國，首爾，Bando 劇場上演他三部劇作《絕對信號》、《車站》和《生死界》。
- 美國，The Easton Press 出版社，《靈山》收入現代經典叢書，出版該書的珍藏本。
- 美國，紐約公共圖書館頒發他雄獅圖書獎。同時獲獎的還有諾貝爾文學獎得主土耳其作家巴穆克和諾貝爾和平獎得主美國作家威塞爾。
- 美國，布來克斯堡（Blacksburg），威爾基尼亞科技學院和州立大學（Virginia Technical Institute and State University）演出《彼岸》。
- 德國，影片《側影或影子》由他本人和 Alain Melka 及 Jean-Louis Darmyn 執導，在柏林國際文學節首演。
- 澳大利亞，Harper Collins Publishers 出版社出版他的《文學的見證》英譯本，譯者 Mabel Lee 教授。

二零零七年

- 意大利，巴勒爾摩（Palermo），Libero 劇場上演《逃亡》。
- 西班牙，巴賽隆納，El Cobre 出版社出版他的《沒有主義》西文譯本，譯者 Sara Rovira-Esteva。
- 德國，科布倫斯（Coblenz），路德維克博物館（Ludwig Museum）舉辦他的大型回顧展，Kerber 出版社出版畫冊《世界末日》。
- 美國，耶魯大學出版社出版《文學的見證》英譯本，譯者 Mabel Lee 教授。
- 美國，印地安那州，聖母大學 Snite 美術館舉辦他的個展，出版畫冊《具象與抽象之間》，該大學同時舉辦他的文學戲劇和電影創作講座，朗誦了他的新劇作《夜間行歌》，演出他的三個劇作《彼岸》、《夜遊神》和《逃亡》的片段，導演 Anton Juan。

- 美國，昆西（Quincy），Eastern Nazarene College 學院演出《彼岸》。
- 美國，克里夫蘭（Cleveland），Cleveland Public Theater 劇場上演他劇作的選段。
- 美國，紐約，人道主義和世界和平促進者親穆儀大師（Sri Chinmoy）授予他「以一體之心昇華世界」獎。
- 瑞士，蘇黎世國際當代藝術博覽會（Kunst 07, Zuric, Suissa）他的畫參展。
- 瑞典，出席瑞典筆會舉辦的「獄中作家日」詩歌朗誦會，朗誦了他的詩《逍遙如鳥》，瑞典文譯者 Madeleine Gustafsson。
- 法國，Contours 出版社出版《側影或影子：高行健的電影藝術》的英文畫冊 *Silhouette/Shadow: The Cinematic Art of Gao Xingjian*。
- 法國，巴黎，Niza 劇團上演《生死界》，導演 Quentin Delorme。
- 香港，中文大學出版社出版他的戲劇集《逃亡》與《叩問死亡》的英文譯本，譯者方梓勳教授（Prof. Gielbert C. F. Fong）。
- 香港，中文大學和法國普羅旺斯大學兩校圖書館簽署合作協議：共同收集高行健的資料，建立網頁、資料和人員交流。
- 新加坡，捐贈新加坡美術館他的巨幅水墨新作《晝夜》，出席該館為他舉行的接收儀式。他的影片《側影或影子》同時在新加坡「創始國際表演節」公演。誰先覺畫廊舉行他的個展，國立大學東亞研究所舉行文學講座。

二零零八年

- 法國，巴黎藝術博覽會（Art Paris）他的畫參展。
- 法國，巴黎 Claude Bernard 畫廊舉辦他的個展。
- 西班牙，馬德里，法國文化中心上演《生死界》，導演 Marcos Malavia。
- 德國，Karlsruhe，ZKM 美術館舉辦《高行健水墨畫展》。

- 玻利維亞和秘魯，國際戲劇節（FITAZ）上演《生死界》，導演 Marcos Malavia。
- 英國，華威大學邀請他作有關文學與戲劇創作的演講。
- 法國，普羅旺斯大學成立高行健資料與研究中心，同時舉行研討會、朗誦會並放映《側影或影子》。
- 法國，亞維儂戲劇節，Dragonflies Raor Theatre 劇團上演他的劇作《彼岸》，導演 Anais Moro。
- 韓國，Homa Sekey Books 出版社出版他的戲劇集《彼岸》，同時收入《冥城》、《生死界》、《八月雪》，譯者吳秀卿教授。
- 俄國，*Daukar* 雜誌（2008 No. 5）刊載《週末四重奏》俄文譯文。
- 台灣，《聯合文學》出版高行健專輯，刊載《關於〈側影或影子〉》一文和《逍遙如鳥》。
- 台灣，聯經出版公司和香港明報月刊出版社同時出版他的論文集《論創作》，新加坡青年書局出版該書中文簡體字版。
- 香港，中文大學出版社出版他的《山海經傳》的英譯本，譯者方梓勳教授（Prof. Gilbert C. F. Fong）。
- 香港，法國駐香港澳門總領事館和香港中文大學聯合主辦「高行健藝術節」（Gao Xingjian Arts Festival）：舉行國際研討會「高行健：中國文化的交叉路」，放映影片《側影或影子》及歌劇《八月雪》，上演《山海經傳》，蔡錫昌導演。藝倡畫廊舉辦畫展，香港中文大學圖書館同時舉辦了特藏展「高行健：文學與藝術」。香港中文大學舉辦他的講座「有限與無限——創作美學」，明報月刊舉辦講座「高行健、劉再復對談：走出二十世紀」。
- 匈牙利，Noran 出版社出版《靈山》匈牙利文譯本，譯者 Kiss Marcell。
- 西班牙，巴賽隆納，El Cobre 出版社出版《高行健的劇作與思想》西班牙文譯本，收入《八月雪》、《夜間行歌》、《叩問死亡》、《生死界》、《彼岸》、《週末四重奏》、《夜遊神》等七個劇作以及論文《戲劇的可能》，Círculo de Lectores 基金會出版該書的精裝本。
- 西班牙，馬德里，Teatro Lagrada 劇團上演《逃亡》，導演 Sanchez Caro。
- 西班牙，巴賽隆納，Círculo de Lectores 基金會與 Sanda 畫廊聯合舉辦他的畫展，該基金會贊助他本人編導的電影《洪荒之後》在畫展開幕式上首演。畫展繼而在 La Rioja 的 Würth 博物館展出，El Cobre 出版社出版畫冊

《洪荒之後》。

- 西班牙，巴賽隆納，Romea Theatre 劇院上演《逃亡》。
- 波蘭，波茨南，Wydawnictwo Naukowe 出版社出版戲劇集《彼岸》，同時收入《生死界》，譯者 Izabella Łabędzka 教授。
- 荷蘭，Leiden，Koninklijke Brill NV 出版社出版 *Gao Xingjian's Idea of Theatre*，作者 Izabella Łabędzka 教授。
- 德國，法蘭克福，S. Fischer 出版社出版短篇小説集《給我老爺買魚竿》，譯者 Natascha Vittinghoff 教授。
- 意大利，Titivillus Edizioni 出版社出版《逃亡》，譯者 Simona Polvani。
- 意大利，巴拉姆（Palmo），Theatro Incontrojione 劇場上演《逃亡》。
- 美國，匹茨堡（Pittsburgh），Carnegie Mellon University 大學演出《彼岸》，導演鄧樹榮。
- 美國，紐約城市大學戲劇系（The City University of New York）演出《彼岸》，導演 Donny Levit。
- 美國，Custavo Theater 劇場演出《彼岸》。
- 美國，芝加哥（Chicago），Halcyon Theatre 劇場演出《彼岸》。
- 美國，斯沃斯莫爾（Swarthmore），斯沃斯莫爾學院（Swarthmore College）演出《彼岸》。
- 美國，Cleveland，OH，Cleveland Public Theatre 演出《彼岸》和《生死界》。

二零零九年

- 敍利亞，Kalima 出版社出版《靈山》阿拉伯文譯本。
- 西班牙，拉利奧拉（La Rioja），Companyia Artistas Y 劇團演出《逃亡》（*Festival Actual de la Rioja*）。
- 意大利，米蘭藝術節（La Milanesiana）上演他的劇作《夜間行歌》，譯者 Simona Polvani，導演 Philippe Goudard。
- 意大利，都林（Torino），Teatro Borgonuovo de Rivoli 劇團演出《車站》。
- 葡萄牙，Würth Portugal 公司和桑特拉現代美術館（Sintra Museu de Arte Moderna）聯合舉辦他的大型畫展。

- 葡萄牙，埃武拉（Évora），La Cie A Bruxa Teatro 劇團上演《生死界》。
- 法國，埃爾斯坦，Musée Würth France Erstein 博物館舉辦他和德國諾貝爾文學獎得主格拉斯的雙人聯展。
- 法國，Bagneux，Compagnie Sourous 劇團上演《夜間行歌》。
- 比利時，布魯塞爾，Bozar Théâtre 劇場演出《生死界》。
- 比利時，布魯塞爾，J. Bastien Art 畫廊舉辦他的個展。
- 比利時，利耶日，現代與當代藝術館（Musée d'Art Moderne et d'Art contemporain de Liège）舉辦他的個展。
- 台灣，台北，書林出版有限公司出版《絕對信號》英譯本，譯者丘子修。

二零一零年

- 英國，倫敦大學亞非學院舉辦「高行健的創作思想研討會」，有關論文由楊煉編輯成書《逍遙如鳥》，台灣聯經出版公司二零一二年出版。
- 法國，巴黎美國大學（The American University of Paris）出版社外國作家文叢（Sylph Editions, The Cahiers Series）出版他的劇作《夜間行歌》的英譯本與法文本，英譯者 Prof. Claire Conceison。
- 法國，巴黎，木劍劇場（Théâtre de l'Épée de Bois, Cartoucherie）上演《夜間行歌》和《生死界》，導演 Marcos Malavia。
- 法國，普羅旺斯（Aix-en-Provence）圖書節舉辦《靈山》閱讀週。
- 台灣，聯經出版公司出版他和方梓勳教授合著的《論戲劇》。此外，在他獲諾貝爾文學獎十週年之際出版《靈山》的紀念版，收入他在中國寫作該書時旅途中拍攝的五十幅照片。
- 台灣，《聯合文學》第三零六期發表《夜間行歌》中文本。
- 台灣，亞洲藝術中心舉辦他的個展。
- 台灣，《新地》雜誌舉辦世界華文作家高峰會議，他作了題為《走出二十世紀的陰影》的演講，該文發表在《新地文學》季刊二零一零年六月第十二期。

- 台灣，元智大學授予他桂冠作家稱號。
- 台灣，國立台灣大學出版中心出版他的四個講座的錄影光碟《文學與美學》。
- 西班牙，巴勒馬（Palma，Mallorca），Casal Solleric 美術館舉辦他的大型回顧展並出版畫冊《世界的終端》。
- 比利時，布魯塞爾自由大學授予他榮譽博士。
- 比利時，布魯塞爾，J. Bastien Art 畫廊舉辦他的個展。
- 捷克，布拉格，Academia 出版社出版《靈山》捷克文譯本，譯者 Denis Molcanov。
- 盧森堡，歐洲貢獻基金會授予他歐洲貢獻金質獎章。
- 日本，東京，國際筆會東京大會的文學論壇開幕式上，他作了演講，題為《環境與文學，我們今天寫甚麼？》。香港《明報月刊》同年十一月號刊載。台灣《當代台灣文學英譯》2010 No. 10 發表了該文的英譯文。
- 塞爾維亞，諾維沙特（Novi Sad），Youth Theatre 劇場上演《逃亡》。
- 立陶宛，立陶宛作家協會出版社（Lithuanian Writers' Union Publishers）出版《靈山》立陶宛文譯本。
- 法國，Éditions Apogée 出版社出版《靈山》布列塔尼（Breton）文譯本，譯者 Yann Varc'h Thorel。
- 美國，A-Squar Theater Companie 演出《逃亡》。
- 美國，Kean University 演出《彼岸》。
- 美國，New Haven, CT, Yale University 演出《彼岸》。
- 美國，Macquarie University 演出《彼岸》。
- 美國，Allentown, PA, Muhlenberg College Theatre & Dance 演出《彼岸》。
- 美國，The Single C Company 演出《彼岸》。

二零一一年

- 法國，巴黎 Claude Bernard 畫廊舉辦他的個展，出版畫冊 *Gao Xingjian 2011*。

- 法國，巴黎，龐畢度文化中心放映《洪荒之後》。
- 西班牙，巴賽隆納，Senda 畫廊舉辦他的個展。
- 比利時，布魯塞爾，J. Bastien Art 畫廊舉辦他的個展，出版畫冊 *Gao Xingjian*。
- 意大利，比薩（Pisa），EDIZIONI ETS 出版社出版他的劇作集意大利文譯本 *Teatro Gao Xingjian*，收入《夜間行歌》、《夜遊神》、《叩問死亡》三個劇本，譯者 Simona Polvani。
- 印度，Padmagandha Prakashan 出版社出版《靈山》Marathi 文譯本。
- 韓國，首爾國際文學論壇，他發表演題為《意識形態與文學》的演講，該文發表在香港《明報月刊》二零一一年第七期。此外高麗大學還舉辦了「高行健：韓國與海外視角的交叉與溝通」國際學術研討會。
- 韓國，首爾，「高行健戲劇藝術節」，國立劇場上演他的劇作《冥城》和《生死界》，舉辦了他的戲劇研討會。
- 瑞典，斯德哥爾摩，瑞典電台 Sveriges Radio 廣播他的劇作《獨白》。
- 丹麥，哥本哈根，丹麥筆會舉辦了他的劇作《夜間行歌》的朗誦會，放映《側影或影子》。
- 德國，紐倫堡—愛爾朗根大學（Universität Erlangen-Nürnberg）國際人文研究中心（Internationales Kolleg für Geisteswissenschaftliche Forschung）舉辦《高行健：自由、命運與預測》大型國際學術研討會，各國學者在會上宣讀了二十七篇論文，他作開幕式發言，題為《自由與文學》，該文發表在香港《明報月刊》二零一二年第二期。
- 香港，大山文化出版社出版由劉再復和潘耀明主編的《高行健研究叢書》，首卷《高行健引論》，劉再復教授著。
- 美國，Boone, NC, Appalachian State University 演出《彼岸》。
- 美國，Harrisonburg, VA, Eastern Mennonite University, Mainstage Theater 演出《車站》。

二零一二年

- 比利時，他的畫作在布魯塞爾博覽會參展。
- 香港藝術節，演藝學院歌劇院上演他的劇作《山海經傳》，北京當代芭蕾舞團和華陰老腔藝術團演出，導演林兆華。香港藝術節和恆生商管學院合辦該劇的研討會。

- 意大利，Edizione Bompiani 出版社出版他與意大利作家 Claudio Magris 兩人的論文集《意識形態與文學》，譯者 Simona Polvani。
- 法國，Bastia，Éolienne 出版社出版他的詩劇《夜間行歌》的法文與科西嘉文版，科西嘉文譯者 Ghiseppu Turchini。
- 法國，尼斯現代與當代藝術博物館，Med'Art 劇團演出他的劇作《叩問死亡》。
- 法國，巴黎藝術博覽會 Art Paris，法國 Claude Bernard 畫廊和比利時 J. Bastien Art 畫廊同時展出他的畫作。
- 法國，巴黎 Guimet 集美博物館放映他的兩部影片《側影或影子》與《洪荒之後》。
- 瑞士，Neuchâtel, Cartoucherie de Vin 劇場上演《生死界》。
- 台灣，聯經出版公司出版他的詩集《遊神與玄思》和他的作品研究論文集《逍遙如鳥》（楊煉編輯）。
- 台灣，國立台灣師範大學表演藝術中心上演他的劇作《夜遊神》，導演梁志民。師範大學的畫廊還舉辦他的攝影展《尋，靈山》和有關他的文學戲劇與繪畫的座談會。
- 盧森堡，Galerie Simoncini 畫廊舉辦他的水墨畫個展，並由 Editions Simoncini 出版他的詩集《美的葬禮》法譯本（*Le Deuil de la beauté*），Prof. Noël Dutrait 譯。
- 盧森堡，詩人之春藝術節舉辦他的詩作朗誦會並放映他的電影《洪荒之後》，同時由法國大使授予他法國文藝復興金質獎章（La Médaille d'or de la Renaissance française）。
- 澳大利亞，The University of New South Wales 上演他的劇作《彼岸》，導演 Kevin Jackson。
- 保加利亞，索非亞，Editions Riva 出版社出版《靈山》保加利亞文譯本。
- 韓國，首爾，Sundol Theater 上演他的劇作《生死界》。
- 捷克，布拉格，法國學院（Institut Français）贊助出版他的戲劇集捷克文譯本，Michaela Pejčochová 出版社出版，收入《獨白》、《彼岸》等七個劇本及戲劇論文，譯者 Denis Molcanov；Academia 出版社同時出版《一個人的聖經》捷克文版（譯者 Denis Molcanov），還出版《靈山》新版，收入他當年在中國拍攝的五十幅照片。

此外，捷克第十六屆 Jihlava 紀錄片國際電影節（Jihlava International Documentary Film Festival）放映他的兩部影片並舉辦他的電影創作講座。

- 法國，巴黎，Éditions du Seuil 出版社出版他的長篇與短篇小說的法譯本全集（譯者 Prof. Noël Dutrait 和 Liliane Dutrait），同時還出版了《山海經傳》的法譯本（譯者 Noël Dutrait 教授和 Philippe Che 教授）。
- 香港，大山文化出版社出版《高行健研究叢書》之二《莊子的現代命運》劉劍梅教授著。

二零一三年

- 美國，波斯頓（Boston），美國現代語言學年會舉行兩場他的專題討論會。
- 美國 Cambria Press 出版社出版他的論文集《美學與創作》英譯本 *Aesthetics and Creation*，譯者 Prof. Mabel Lee。
- 法國，巴黎藝術博覽會 Art Paris，Claude Bernard 畫廊和 J. Bastien Art 畫廊展出他的畫作。
- 法國，文化電台（Radio France Culture）把他的長篇小說《靈山》列入聯播節目配樂朗誦，晚八時半到九點鐘最好的時段，連續十五天。
- 法國，Saint-Herblain 市新建的圖書媒體數據館（Médiathèque Gao Xingjian）以他的名字命名，他出席由市長主持的開幕典禮。
- 法國，巴黎兩岸劇場（Théâtre des Deux Rives）上演《逃亡》，導演 Andréa Brusque，譯者 Julien Gelas。
- 捷克，布拉格，Meet Factory 劇場 Motion Company 劇團上演《彼岸》，導演 Eva Lanči，譯者 Denis Molcanov。
- 捷克，Východočeské Divadlo Pardubice 劇場上演《逃亡》，導演 Adam Rut，譯者 Zuzana Li。
- 意大利，Castella 市藝術節，劇團上演《逃亡》，導演 Claudio Tombini，譯者 Simona Polvani。
- 台灣，國家劇院上演台灣國立台灣師範大學製作的《山海經傳》搖滾音樂劇，導演梁志明，作曲鮑比達，改編作詞陳樂融。台灣《聯合文學》月刊二零一三年第六期出版「高行健訪台專輯」。
- 台灣，亞洲藝術中心舉辦他個人畫展《夢境邊緣》。

- 法國，巴黎，Éditions du Seuil 出版社出版藝術畫冊《高行健，靈魂的畫家》（*Gao Xingjian Peintre de l'âme*），作者 Daniel Bergez 教授。
- 英國，倫敦 Asia Ink 出版社同時出版該書的英譯本（*Gao Xingjian Painter of the Soul*），英譯者 Sherry Buchanan。
- 法國，巴黎，Éditions du Seuil 出版社出版他的論著《論創作》法譯本（*De la Création*），譯者 Noël Dutrait 教授等。
- 法國，巴黎，Bix Films 和 Galactica 影片公司製作紀錄片《孤獨的行者高行健》（*Gao Xingjian Celui qui marche seul*），導演 Leïla Férault-Lévy。
- 韓國，漢城，Dolbegae Publishers 出版社出版他的《論創作》韓文譯本。
- 香港，大山文化出版社出版文論集《讀高行健》，李澤厚教授、林崗教授、羅多弼教授、杜特萊教授等著。
- 新加坡，作家節舉行他的講座題為《呼喚文藝復興》，他的新影片《美的葬禮》在新加坡國家博物館首演。法國文化學會舉辦他的攝影展「靈山行」，並放映電影《側影或影子》及《洪荒之後》。誰先覺畫廊同時舉辦他的繪畫攝影展。Lumenis Theatre Company 演出《夜遊神》。
- 美國，華盛頓，馬里蘭大學 University of Maryland 藝術畫廊（The Art Gallery）舉辦他的繪畫和電影展，該校還舉辦了文學與戲劇和法語寫作三場討論會與戲劇朗誦會。
- 美國，華盛頓，新學術出版社 New Academia Publishing 出版他的畫冊《內心的風景高行健繪畫》（*The Inner Landscape: The Paintings of Gao Xingjian*），作者郭繼生教授 Prof. Jason C. Kuo。
- 法國，Strasbourg，斯特拉斯堡市與斯特拉斯堡人學聯合舉辦《美的葬禮》在法國的首演，並在大學舉行該影片的專題討論會。

二零一四年

- 美國，Kansas, University of Kansas 演出《彼岸》。
- 法國，巴黎，大皇宮，巴黎藝術博覽會（Art Paris），Claude Bernard 畫廊以他的個展參展。

- 法國，巴黎，咖啡舞蹈劇場（Théâtre de Café de la danse）上演舞蹈節目《靈山》，Marjolaine Louveau 編舞。
- 西班牙，Bilbao 市藝術節放映《美的葬禮》。
- 意大利，米蘭藝術節放映《美的葬禮》並舉行他的詩歌朗誦會。
- 台灣，國立台灣師範大學和故宮博物館、台北市立美術館、台中國立美術館聯合舉辦《美的葬禮》在台放映。
- 台灣，聯經出版公司出版他的文集《自由與文學》。
- 捷克，布拉格，Ecole Pražská Konzervatoř de Prague 上演《彼岸》。
- 法國，亞維儂戲劇節，黑橡樹劇場上演《逃亡》。
- 丹麥，哥本哈根，Det Frie Felts Festival 自由原野戲劇節上演《夜間行歌》。
- 德國，DE GRUYTER 出版社出版英文版論文集 *Freedom and Fate in Gao Xingjian's Writings*，編輯 Michael Lackner 教授和 Nikola Chardonnens。
- 香港，大山文化出版社出版《語言不在家——高行健的流亡話語》，沈秀貞著。
- 香港，科技大學人文學部舉辦高行健學術研討會，香港大學舉行他和劉再復的報告會《美的頹敗與文藝復興》。此外在科技大學、中文大學、恒生商學院和香港話劇團的國際戲劇研討會分別作了五場演講，還放映了影片《美的葬禮》。
- 意大利，Cento Amici del Libro 出版《生死界》意文譯本的藝術畫冊（*Sull'orlo della vita*），Simona Polvani 譯。
- 法國，巴黎，修道院劇場（Théâtre des Abbesses）舉行他的戲劇電影討論會和《獨白》的朗誦會。

二零一五年

- 比利時，BRAFA 古董藝術博覽會（Brussels Antiques & Fine Art Fair）展出他的水墨畫。
- 比利時，布魯塞爾，Musée d'Ixelles 美術館舉辦高行健繪畫大型回顧展，比利時皇家美術館（Musées Royaux des Beaux Arts-de Belgique）同時舉辦他的巨幅新作展《高行健——意識的覺醒》，他捐贈給皇家美術館的這六幅巨作專設展廳長年展出。

- 法國，巴黎 Editions Hazan 出版社出版藝術畫冊《高行健，墨趣》新版（*Gao Xingjian, Le Goût de l'encre*），比利時皇家美術館長 Michel Draguet 著。
- 香港，中文大學出版社出版《冥城與夜間行歌》英譯本，方梓勳教授和 Prof. Mabel Lee 譯。
- 比利時，布魯塞爾，J. Bastien Art 畫廊舉辦他的水墨畫個展。
- 台灣，聯經出版公司出版他的攝影和繪畫《洪荒之後》畫冊。
- 美國，University of Illinois 大學上演《彼岸》。
- 英國，愛丁堡戲劇節，Spotlites Theatre 演出台灣國立台灣師範大學藝術史研究所製作的《山海經傳》（*Mountains and Seas*）搖滾音樂劇。
- 韓國，首爾，Theater of Yeomi 演出《車站》。
- 意大利，米蘭，Piccolo Teatro 舉辦《逃亡》排演朗誦會。
- 英國，倫敦，Aktis Gallery 畫廊舉辦他的個展，出版畫冊 *Gao Xingjian, Wandering Mind and Metaphysical Thoughts*。
- 西班牙，聖—巴斯田 Kubo Kutxa Fundazioa 基金會舉辦高行健「呼喚文藝復興」繪畫、攝影與電影展，出版畫冊 *Pizkundero deia Llamada a un Renacimiento*。
- 法國，普羅旺斯大學出版社出版《高行健的舞台與水墨畫：亮相的劇場性》（*Les théâtralités de l'apparition, La scène et les encres de Gao Xingjian*），Yannick Butel 教授著。

二零一六年

- 香港，大山文化出版社高行健研究叢書之五《高行健與跨文化劇場》，柯思仁教授著，譯者陳濤、鄭潔。
- 香港，藝倡畫廊舉辦他的個展，出版畫冊《墨光》。
- 美國，紐約藝術博覽會 Art New York Fair，新加坡 iPreciation 畫廊推出他的個展。
- 台灣，國立台灣師範大學藝術史研究所改編上演《靈山》音樂舞劇，編舞吳義芳。

- 台灣，國立台灣師範大學出版畫冊《美的葬禮》。
- 台灣，亞洲藝術中心舉辦他的個展「呼喚文藝復興」。
- 台灣，聯經出版公司出版散文集《家在巴黎》，西零著。
- 法國，巴黎 Éditions Caractères 出版詩集《遊神與玄思》法譯本，譯者 Noël Dutrait 教授。
- 法國，巴黎詩人之家舉辦他的詩歌朗誦會並放映影片《美的葬禮》。
- 英國，倫敦，Bloomsbury Publishing 出版社出版 Gao Xingjian's Post-Exile Plays (Transnationalism and Postdramatic Theatre)，Mary Mazzilli 著。
- 台灣中央研究院、意大利米蘭藝術節，和英國牛津 Altius 論壇二零一六年會上，他分別做了三次演講：「呼喚文藝復興」。
- 台灣，聯經出版公司出版《再論高行健》，劉再復教授著。
- 盧森堡，Galerie Simoncini 畫廊舉辦他的個展。
- 盧森堡，電影資料館放映《美的葬禮》。
- 意大利，米蘭大學舉辦《交流與境界》國際學術研討會，他做了開幕式演講《越界的創作》（香港《明報月刊》副刊《明月》同年十月號刊載）。
- 意大利，威尼斯大學舉辦他的作品朗誦會並放映影片《美的葬禮》。
- 法國，馬賽國際劇院 La Criée 和 Aix-Marseille 大學舉辦亞洲戲劇研討會，他應邀出席並專場放映歌劇《八月雪》錄影。

附錄

余英時談高行健與劉再復

——《思想者十八題》[1]序文摘錄

余英時[2]

劉再復兄這部《思想者十八題》集結了他十七年「漂流」生活中的採訪錄和對談錄，用他自己的話說，各篇的「共同點是談話而不是文章」。「談話」的長處不僅在於流暢自然，而且能兼收雅俗共賞之效。十八題中的論旨在他的許多專書中差不多都已有更詳細、更嚴密的論證，但在這部談訪錄中則以清新活潑的面貌一一展現了出來。不但如此，談者「直抒胸臆」，讀者也感受到談者的生命躍動在字裏行間。再復一再強調，這十七年來他進入了「第二人生」。這句話的涵義只有通過本書才能獲得最清楚的理解。

在對談錄的部份，我特別要提醒讀者注意他和高行健、李歐梵、李澤厚三位朋友的對話。這是思想境界和價值取向都十分契合的「思想者」之間的精神交流。儘管所談的內容各有不同，但談鋒交觸之際都同樣迸發出思維的火花。在這三組對話中，二零零五年《與高行健的巴黎十日談》使我感受最深。他們不但是「漂流」生活中的「知己」，而且更是文學領域中的「知音」。他們之間互相證悟，互相支持，

1 《思想者十八題》於二零零七年六月由香港明報出版社出版，由余英時題署書名與作序，序文共八千字，題目為《從「必然王國」到「自由王國」》。

2 余英時（一九三零年一月二十二日—二零二一年八月一日），中央研究院院士，二零零六年克魯格獎得主。著作有《論天人之際：中國古代思想起源試探》（台北聯經出版公司，二零一四）、《歷史與思想》（二版）（台北聯經出版公司，二零一四）。

互相理解，也互相欣賞。這樣感人的關係是難得一見的，大可與思想史上的莊周和惠施或文學史上的白居易和元稹，先後輝映。再復十幾年來寫了不少文字討論高行健的文學成就。無論是專書《高行健論》或散篇關於《八月雪》劇本的闡釋，再復都以層層剝蕉的方式直透作者的「文心」，盡了文學批評家的能事。這是中國傳統文藝評論所說的「真賞」，絕非浮言虛譽之比，更沒有一絲一毫「半是交情半是私」（王漁洋句）的嫌疑。在《巴黎十日談》中，高行健先生對再復兄說：

出國後你寫了那麼多書，太拚命了。僅《漂流手記》就寫了九部，這是中國流亡文學的實績，還寫了那麼多學術著作。前幾年我就說，流亡海外的人那麼多，成果最豐碩的是你。你的散文集，我每部都讀，不僅有文采、有學識，而且有思想、有境界，我相信，就思想的力度和文章的格調說，當代中國散文家，無人可以和你相比。這都得益於我們有表述的自由。更關鍵的是你自己內心強大的力量，在流亡的逆境中，毫不怨天尤人，不屈不撓，也不自戀，而且不斷反思，認識不斷深化，這種自信和力量，真是異乎尋常。你的這些珍貴的文集呈現了一種獨立不移的精神，寧可孤獨，寧可寂寞，寧可丟失一切外在的榮耀，也要守持做人的尊嚴，守持生命本真，守持真人品、真性情。僅此一點，你這「逃亡」就可說是此生「不虛此行」，給中國現代文學增添了一份沒有過的光彩，而且給中國現代思想史留下了一筆不可磨滅的精神財富。

在這短短兩三百字中，高行健為再復的「第二人生」勾勒出一幅最傳神的精神繪像，不但畫了龍，而且點了睛。這也是建立在客觀事實之上的「真賞」，絕不容許以「投桃報李」的世俗心理去誤讀誤解。

現代莊子的凱旋

——論高行健的大逍遙精神

劉劍梅[1]

八十年代出現了莊子精神在當代文學創作中的回歸現象，這一回歸最大的結果，就是文學創作中政治意識形態的消滅，文學重新返回對個體生命的關注。也可以說，是從「人的政治化」返回「人的自然化」。汪曾祺小說中所描述的「市井中的莊子」追求的是充滿溫馨的人際自然關係，這種純樸的人際關係不被外界的商業氣息和政治理念所左右，跟莊子所講究的「自然」相通；韓少功早期的作品《爸爸爸》嘲諷的是中國當代政治生活中的病態二極思維，從哲學上說，支持韓少功的是禪的「不二法門」和莊子的齊物論，但他本質上還是延續了魯迅的入世的批判精神，看到更多的是傳統文化中的劣根性，可是到了九十年代後，他就完全回歸到「人與自然」的最原始的和諧關係中；阿城的小說為我們展示了一個個「在政治高壓下的莊子」，這些莊子們本是「自然人」，他們即使生活在極其政治化的社會環境中，也通過保持「人的自然化」而達到自由境界和持守清高的人格。這三位作家的作品都體現了道家「回歸自然」的思路。

然而，汪曾祺、阿城、韓少功這種「回歸自然」的思路仍然是一種「消極自由」，並非「積極自由」，

1 劉劍梅，劉再復之長女，美國哥倫比亞大學東亞系文學博士，曾任馬里蘭大學副教授，現為香港科技大學人文學部教授。本文是她的專著《現代莊子的命運》最後一章。

而他們宣傳的「尋根」也不是一種普世概念。就汪曾祺、阿城而言，他們的尋根，重心在於恢復漢語的語言魅力，也就是掃除歐化痕跡，恢復漢語自然流暢的韻味，這並不是從哲學上探索莊子的本真精神。可以斷言，這幾位優秀作家並未在思想史層面上認識到莊子的偉大真諦，即沒有認識到莊子乃是中國開創逍遙精神即大自由、大自在精神的第一位偉大先鋒，這一點，最後由高行健來完成。所以我要說，高行健的成功，乃是現代莊子的凱旋。

高行健的《靈山》創作於二十世紀八十年代末期。這部小說從創作技巧上說，是以人稱代替人物、以心理節奏代替故事情節的新文體嘗試；而從精神內涵而言，它則是一部大文化小說。這部作品的文化理念非常清楚。它呈現的是中國主流文化（儒家文化）之外的四種文化：士人的隱逸文化；道家的自然文化；禪宗的感悟文化；失傳的民間文化。四種文化血脈相通，通就通在：首先它們都是非官方文化，都拒絕專制，既不接受專制的束縛，更不為專制唱頌歌；其次它們都更重視個體生命，都尋求更廣闊的個人空間。正是因為不被「主流」理念所束縛，所以從根本上說，四種文化的內核，乃是莊子那種張揚個體高飛、個人逍遙的大自由文化。

跟汪曾祺、韓少功、阿城一樣，高行健在《靈山》中也非常關注「自然」，他不僅關注「外自然」，還關注了「內自然」。高行健創作的「自然生態保護」主題早在話劇《野人》（八十年代）中就已充分展現，《靈山》中更有大段的文字書寫原始森林和原始生態。他一再批評現代人對大自然的掠奪，主人公「我」所看到的原始森林都被貪婪的現代人砍伐得所剩無幾。到處賣虎骨酒，其實老虎早被消滅了。主人公「我」對在三峽上興建水庫也表示質疑，認為那會破壞長江流域的整個生態。面對現代人對自然的破壞，「我」感到痛心並感嘆道：「兩千多年前的莊子早就說過，有用之材夭於斧斤，無用之材方為大祥。而今人較古人更為貪婪。赫胥黎的進化論也值得懷疑。」[1] 但是在這種大破壞面前，高行健無能為力，深知自己無法阻止人類的貪婪本性和破壞性的「革命」潮流，無法「救世」，至多只能「自救」。他在《沒有主義》中說：「救國救民如果不先救人，最終不淪為謊言，至少也是空話。要緊的還是救人自己。一個偌大的民族與國家，人尚不能自救，又如何救得了民族與國家？所以，更為切實的不如自救。」[2] 在這種「自救」的清明意識下，高行健不僅展開了「外自然」的旅遊，而且展開了「內自然」的旅遊。《靈山》實際上是一部內心《西遊記》。小說中的我分為「你、我、他」，千變萬化，像自由的孫悟空。高行健尋找靈山的過程，乃是內心解脫的過程，走出精神囚牢的過程，即內心擺脫被外物所役、回歸自由逍遙的過程。他在都市繁華之地，活像精神囚徒。而來到西南的蠻荒之地，或在原始森林中，倒是得了大自在。

《靈山》這部小說共寫了八十一節，暗示歷經八十一波。整個西遊的過程，是內心對話的過程，也是尋找「靈山」的過程。「靈山」的隱喻內涵、象徵意蘊是甚麼？作者最後找到靈山了沒有？通讀《靈山》，感悟《靈山》，我們可以明白：「靈山」在內不在外，靈山所象徵的精神乃是內心大自由的精神。靈山可以闡釋為菩薩山，也可以闡釋為逍遙山、自由山，自在山。靈山的結尾是一隻青蛙一眨一眨的眼睛，作者沒有寫出答案，他讓讀者去體悟。我們能體悟到的是：靈山並非外在的上帝，而是內在的自由心靈。劉再復在《高行健論》中寫道：「靈山原來就是心中的那點幽光。靈山大得如同宇宙，也小得如同心中的一點幽光，人的一切都是被這點不熄的幽光所決定的。人生最難的不是別的，恰恰是在無數艱

1 高行健：《靈山》第三四九頁，香港天地圖書，二零零零年。

2 高行健：《沒有主義》第二零—二一二頁，台北聯經出版公司，二零零一年。

難困苦的打擊中仍然守住這點幽光，這點不被世俗功利所玷污的良知的光明和生命的意識。有了這點幽光，就有了靈山。」[1]同樣，我們也可以這樣理解：靈山便是內心的覺悟。內心覺悟到自由便是找到了靈山，內心不覺悟，便永遠找不到自由，也找不到靈山。自由完全是自給的，不是他人給的，也不是上帝賜予的。換句話說，通往靈山之路即通往自由之路，要靠自己尋找，自己去走出來，而不是靠他人指點「迷津」。第七十六回有一段「他」問一位拄着拐杖穿着長袍的長者：「靈山在哪裏？」

老者閉目凝神。

「您老人家不是說在河那邊？」他不得不再問一遍。「可我已經到了河這邊——」

「那，就在河那邊，」老者不耐煩打斷。

「如果以烏伊鎮定位？」

「那就還在河那邊。」

「可我已經從烏伊鎮過到河這邊來了，您說的河那邊是不是應該算河這邊呢！」

「你是不是要去靈山？」

「正是。」

「那就在河那邊。」

「老人家您不是在講玄學吧？」

1 劉再復：《高行健論》第一七三頁，台北聯經出版公司，二零零四年。

老者一本正經，説：

「你是不是問路？」

他説是的。

「那就已經告訴你了。」[1]

這段情節有點「玄」乎，但不是故弄玄虛，它讓讀者去領悟玄外之音，這就是説，別向他人問路，通往靈山的路就在自己心中，就在自己的「覺悟」裏。「河那邊」是彼岸還是此岸？老者並沒有給予確切的答案，他把答案留給問路者自己。其實，高行健通過老者的禪語告訴我們，靈山並不在此岸彼岸，也無法靠別人指點。靈山就在於內心的徹悟，自由來自於自身的意識。正如佛不是在山林寺廟裏，而在自己的本心中。在第六十四回中，他寫道：「他突然覺得他丟去了一切責任，得到了解脱，他終於自由了，這自由原來竟來自他自己，他可以一切從頭做起，像一個赤條條的嬰兒，掉進澡盆裏，蹬着小腿，率性哭喊，讓這世界聽見他自己的聲音……」[2] 惟有回到本真本然，拋棄外界的一切束縛，才能獲得大自在和大自由，而這一理念也與高行健一貫的文學理念完全相通，就像他所寫的：「寫作的自由既不是恩賜的，也買不來，而首先來自你內心的需要……説佛在你心中，不如説自由在心中，就看你用不用。」[3] 可見，高行健的「靈山」真理乃是「打開心靈的大門，把『佛』請出來，把自由請出來」的真理[4]，這

1 高行健：《靈山》第四五八頁，香港天地圖書，二零零零年。
2 同上，第三九一頁。
3 高行健：《沒有主義》第三五一頁，台北聯經出版公司，二零零一年。
4 劉再復：《高行健論》第一七五頁，台北聯經出版公司，二零零四年。

種大徹大悟衝破一切外界的限制，穿越了世俗價值體系所設置的障礙，最接近莊子大逍遙的精神。

莊子在《逍遙遊》中所體現的精神，乃是個體精神飛揚的精神，即不被現實世界的各種「小知」、各種既定觀念所限定的精神。這種精神滲透到高行健的每部作品，滲透到《靈山》和《一個人的聖經》，滲透到他的所有戲劇作品。為了闡釋的方便，我不想解讀他的長篇小說和戲劇，僅用他的詩為例，加以說明。高行健在二零零九年所寫的詩《逍遙如鳥》，便是一首現代「逍遙遊」，僅此題目，就知道他張揚的乃是如大鵬的逍遙精神，即大自由精神。旅居法國的張寅德教授認為這首詩「不能不說是對莊子的鯤鵬寓言一種直接的借鑒和改寫。高行健用濃縮的現代語言詩化了大鵬振翅扶搖，遨遊千里的意境，同時點出了『遊』這一主題在其作品中的重要地位。」[1]的確，高行健的《逍遙如鳥》，正是表現大逍遙即大自由的莊子精神。他把逃亡和自我邊緣化等看似消極的人生走向，通過大鵬展翅逍遙的意象，化作積極自由的精神張揚出來。

在《逍遙如鳥》的開篇中，他如此寫道：

你若是鳥／僅僅是隻鳥／迎風即起／眼睜睜俯視／暗中混沌的人生／
飛越泥沼，於煩惱之上／聽風展翅／這夜行毫無目的／自在而逍遙／
盤旋環顧／或徑直如梭／都隨心所欲／何必再回去收拾／滿地的瑣碎／

1 張寅德：《高行健之逍遙：〈山海經〉與〈逍遙如鳥〉淺論》，德國愛爾蘭根國際人文中心，高行健學術研討會：“Gao Xingjian: Freedom, Fate, and Prognostication,” October 24-27, 2011, in University of Erlangen.

既無約束／也無顧慮／更無怨恨／往昔的重負／一旦解除／自由便無所不在／
迴旋凌空／猛然俯衝／隨即掠地滑行／都好生盡興／
沉沉大地／竟跟隨你搖曳／時而起伏／時而豎立／那地平線／本遙不可及／頓時消失了／
一個個奇景／全出乎意料／
雲或是霧／一掠而過／微光和晨曦／盡收眼底／
群山移動／一個湖泊在旋轉／猶如思緒／你優遊在／海與曠漠之間／晝與夜交匯處

這隻迎風即起的鳥如同莊子《逍遙遊》中的大鵬：「鵬之徙於南冥也，水擊三千里，摶扶搖而上者九萬里，去以六月息者也。」莊子筆下的大鵬扶搖展翅，如天馬行空，氣勢磅礴，是逍遙精神的象徵；而高行健筆下的大鳥也一樣，實現了莊子「不將不迎」的大自在（「將」是過去，「迎」是未來）。高行健既放下了往昔的重負，又不製造新的幻象，更不就範現實世界中的各種教條牢籠。「何必再回去收拾／滿地的瑣碎／既無約束／也無顧慮／更無怨恨／往昔的重負／一旦解除／自由便無所不在」。高行健說：「現實生活中的個人的自由總也受到生存條件的種種限制，除了政治的壓力、社會的約束，還有各種各樣的經濟的、倫理的制約，乃至於心理的困惑，這困境或多或少，確實人有生以來誰也難以避免的。而自由從來也不是與生俱來的權利，再說誰也賞賜不了。」[1] 這隻大鳥除去了外部強加給個人的種種政治、社會、經濟、倫理、感情的約束，隨心所欲地穿越雲與霧，微光與晨曦，群山與湖泊，海與廣

1 高行健，《自由與文學》，德國愛爾蘭根國際人文中心，高行健學術研討會："Gao Xingjian: Freedom, Fate, and Prognostication," October 24-27, 2011, in University of Erlangen.

漠，日與夜，在天地間任意翱翔，「好生盡興」，把所有大自然的美麗盡收眼底，達到了「外遊」的自由的極致和大逍遙的「至樂」。

在詩中，大鵬的「外遊」很快就轉換成了高行健「內心的逍遙遊」或稱「神遊」，高行健的詩繼續寫道：

> 偌大一隻慧眼／引導你前去／未知之境／
>
> 憑這目光／你便如鳥／從冥想中升騰／消解詞語的困頓／想像都難以抵達／那模糊依稀之處／霎時間在眼前／一一浮現／
>
> 玄思的意境／無遠無近／也沒有止盡／清晰而光明／
>
> 明晃晃一片光亮／空如同滿／令永恆與瞬間交融／時光透明／而若干陰影與裂痕／從中湧現某種遺忘

莊子在《逍遙遊》中，談到神遊，也談到「有待」與「無待」：「夫列子御風而行，泠然善也，旬有五日而後反。彼於致福者，未數數然也。此雖免乎行，猶有所待者也。若夫乘天地之正，而御六氣之辯，以遊無窮者，彼且惡乎待哉！故曰，至人無己，神人無功，聖人無名。」列子還是「有待」的，因為他需要依靠外在的風，依賴外界的力量，還不能自主而達到真正的自由。如果乘着天地發展的正道，而順着六氣的變化，那麼就是順着自然，本於自然，所以就無所待了。至人、神人、聖人都可以做到對外物無所待，不受外物的限制。高行健在《逍遙如鳥》中，也同樣從外遊轉為內遊，並借助禪宗的覺與悟，展開了內心的神遊，如同逍遙「鳥」一樣，「從冥想中升騰」，其感悟和玄思「無遠無近」，「沒有止境」，不受概念的制約，連「想像都難以抵達」。這種靠「覺」的力量在瞬間直上的「無待」境界，不借助任何外力，但境界清晰而高遠，不僅沒有空間的止境，也沒有時間的止境，「令永恆與瞬間交融」，「而若干陰影與裂痕／從中湧現某種遺忘」，這裏所提到的「遺忘」也與莊子所講的「忘卻」有關，這是忘我，或稱「吾喪我」，惟有如此，才能達到與萬物合一的大自由境界。正如錢穆所說的：「喪我即坐忘也。坐忘即喪其心知之謂也。喪其心知，則物我不相為耦，而後乃始得同於大通，而遊乎天地之一氣矣。此則莊子理想人生之最高境界也。」[1] 這裏，高行健通過「坐忘」來尋求內心的「一片光亮」和「透明」。這種澄明境界乃是物我同一、天人合一的至高境界。

高行健把莊子的逍遙精神推向最高境界的同時，卻寫下清醒的詩句：

你重又暗中徘徊
清楚的只是
你畢竟不是鳥
也解不脫
這無所不在

1 錢穆：《莊老通辯》第二八七頁，北京：三聯書店，二零零二年。

總糾纏不息
日常的紛擾

這幾句詩，非常重要。高行健一面高揚莊子精神，一面又與莊子區別開來。最根本的區別是莊子在表現個體自由精神時，並未面對個人的實際生存處境和自我在社會關係網中的種種困境，而高行健則給予正視與面對，因此，他才明白地說，人畢竟不是大鵬，人不得不生活在無所不在的、糾纏不息的日常紛擾中。而在這種無所不在的政治領域和人際關係中，人根本沒有自由。換句話說，在此沉重的現實關係中，大鵬根本沒有展翅高飛、任意逍遙的自由。正因為正視、面對這一處境，高行健強調地說明了兩個要點：

第一，莊子的大逍遙即大自由精神並不存在於現實世界，它只存在於精神價值創造領域中，尤其是文學創造領域中。

第二，即使在精神價值創造中，也必須承認一個前提，即承認人是「脆弱人」，而不是尼采所說的「超人」。只有這樣，文學創作才能寫出真實的人。

從這裏可以看出，高行健在接受莊子的大自由精神時，並不完全接受其「大浪漫」，他在大自由精神裏放了一點「清醒意識」。正是這一點，高行健又與莊子不同。莊子擁有「至人」、「真人」、「神人」、「聖人」等人格理想，而高行健沒有。高行健一再強調的是，作家詩人若要清醒地明瞭自己的角色，那就要放棄充當「世界救主」、「正義化身」、「社會良心」等妄念，也掃除「超人」、「至人」、「神人」、

「聖人」等妄念。在高行健看來，只有放下這種妄念，才有自由。從某種意義上說，高行健比莊子還徹底，他實際上是對莊子說，惟有放下充當「至人」、「神人」、「聖人」這些妄念，才可能如大鵬展翅，如天馬行空，才有大自由與大自在。

把握高行健這兩個前提，我們就會明白高行健為甚麼一面張揚莊子的大鵬精神，一方面又不斷地批判尼采。他對尼采的批判是一貫的，而其批判的思想重心是說：確立自我主體精神並不等於自我膨脹，自我顛狂，把自己視為救世主。他如此批判尼采：

> 尼采宣告的那個超人，給二十世紀的藝術留下了深深的烙印。藝術家一旦自認為超人，便開始發瘋，那無限膨脹的自我變成了盲目失控的暴力，藝術的革命家大抵就這樣來的。然而，藝術家其實跟常人一樣脆弱，承擔不了拯救人類的偉大使命，也不可能救世。[1]

高行健在張揚莊子的大逍遙大自由精神的同時提出「人乃脆弱人」這一重要理念。這是一種巨大的清醒、清明意識。高行健擁有這份意識，所以他才相應地提出「回歸脆弱人」的主張，質疑「大寫人」的習慣性理念。高行健這一思路，又是得益於中國文化中的另一巨大資源——禪宗，尤其是禪宗六祖慧能。高行健創作過《八月雪》這齣著名的戲劇，這部戲的故事是慧能的故事，這部戲的主題乃是擺脫各種權力關係而得大自在，其精神與莊子相通。但是，高行健又把握了禪與莊的根本區別，因此，他在取其相通點（大自由）之後又揚棄莊子的「至人」、「神人」、「聖人」等妄念，而接納慧能「回到平常心」

1　高行健：《另一種美學》第一零頁，台北聯經出版公司，二零零一年。

的偉大思想，所以他才一再強調，作家詩人倘若要獲得大自由，一定要放下充當「救世主」等各種妄念，也要放下「改造世界」的烏托邦幻想。對於作家詩人，重要的不是當導師、當旗幟、當鼓手，而是首先正視自己的人性弱點，正視自我的地獄。相應地，也不要無限膨脹文學的社會功能，以為文學可以改變世界，在他看來，文學只要能見證人性、見證歷史、見證人的生存條件就可以了。

現實世界沒有自由，只有精神創造領域才有自由，所以作家詩人就得自己創造一個心靈可以存放之地，一個如大鵬馳騁天地後可以棲息的地方，張寅德教授指出「這種棲息狀態其實與浪跡天涯與生俱來，相輔相成的。」[1]在《逍遙如鳥》的後半部，高行健自己尋找的棲息之地是一個「避風港」。這個「避風港」，「既非天堂，也非地獄」，而是一個「隱匿之地」，一片「淨土」，一片「聖地」，一個生命的最後歸宿，一個可以逃離世事紛爭而找到心靈平靜的地方。面對生命的衰弱，曾經像大鳥一樣自由翱翔的他擁有的是一個人的自尊：「你可曾見過／一隻老鳥／衰弱不堪／惶恐不安／悽悽慘慘／哀怨／哭泣／乞求／苟延殘喘？」找到一個「避風港」，一個隱匿的去處，他只是想回歸到一個「脆弱的人」，正因為有了這種自審、自明、自度的意識，他面對死亡也是帶着一種從容的平常心：「是鳥都知道／優游了一生／時間來臨／便逕自奉上／作為祭品／是鳥都找好／隱匿之地／垂危之際／靜靜等候／生命消逝／這聖地莫不／也是你的歸宿／又在何處？」這種平常心讓這位如鳥的詩人最終贏得了真正意義上的大自由。這種自由包括生的自由，也包括死的自由。任何外部的力量，包括上帝的巨手都無法撥弄他，

1 張寅德，《高行健之逍遙：〈山海經〉與〈逍遙如鳥〉淺論》，德國愛爾蘭根國際人文中心，高行健學術研討會："Gao Xingjian: Freedom, Fate, and Prognostication," October 24-27, 2011, in University of Erlangen.

左右他。這種自由人能平靜地面對世事滄桑，也能平靜地面對生與死。

在高行健的另一首詩《遊神與玄思》中，他採用「你」和「我」的人稱來表現同一個主人公，而這個主人公在某種程度上跟《靈山》中的由「你」、「我」、「他」來表達的主人公幾乎是同樣的一個人，也可以說，這個人就是高行健自己的多重主體的體現。只不過這一次在《遊神與玄思》中，「你」是故事的主角，而「我」只是對「你」進行叩問和調侃，這個過程跟《靈山》一樣，「是『自審』的過程，也是『自救』的過程，更是自己賜予自己『大自由』的過程。」[1] 在詩歌的開篇中，「你」就像《靈山》中的主人公，本來以為自己已經接近死神了，後來發現上帝又放了他一馬，讓他重新得到自由。這段經歷讓他有了新的看待世界的視角：「離人寰甚遠／方才贏得這份清明／啊，偌大的自在！／你俯視人世／芸芸眾生／紛紛擾擾／一片混沌／竄來竄去／全然不知／那隱形的大手／時不時暗中撥弄。」這一「俯視」的姿態，很像大鳥飛翔在空中，是典型的大鳥的視野——「離人寰甚遠」，跟塵世拉開了一定的距離，並因此而「贏得這份清明」，得到「偌大的自在」，而看着還沒有解脫於世俗束縛的人們還被一隻「隱形的大手」「暗中撥弄」，不得自由。

既然得到了這一大自在，他就絕不再留戀那曾經束縛過他的任何世俗理念，而是選擇自己的路：

要知道
你好不容易從泥沼爬出來

1　劉再復：《高行健論》第一八九頁，台北聯經出版公司，二零零四年。

何必去清理身後那攤污泥
且讓爛泥歸泥沼
身後的呱噪去鼓譟
只要生命未到盡頭
儘管一步一步
走自己的路。

從以上簡要的分析中，我們就可以了解，為甚麼在高行健的思想系統中，「逃亡」這一「範疇」對他如此重要。人不僅生活在社會所形成的各種精神地獄中，也生存在自我的地獄中。從他人構成的地獄中逃亡難，從自我的地獄中逃亡更難。他說過：「個人面對席捲一切的時代狂潮，不管是共產主義的暴力革命或法西斯主義發動的戰爭，唯一的出路恐怕只有逃亡，而且還得在災難到來之前便已清醒認識到。逃亡也即自救，而更難以逃出的又恐怕還是自我內心中的陰影，對自我倘若沒有足夠清醒的認知，沒準就先葬送在自我的地獄中，至死也不見天日。」[1] 高行健實際上把莊子和禪宗宣導的與世俗世界疏離的隱逸方式闡釋成了他自己的逃亡方式。[2] 他說：「古之隱士或佯狂賣傻均屬逃亡，也是求得生存的方式，皆不得已而為之。現代社會也未必文明多少，照樣殺人，且花樣更多。所謂檢討便是一種。倘不

1 高行健，《自由與文學》，德國愛爾蘭根國際人文中心，高行健學術研討會："Gao Xingjian: Freedom, Fate, and Prognostication," October 24-27, 2011, in University of Erlangen.

2 劉再復：《高行健的自由原理》，林崗：《通往自由的美學》，德國愛爾蘭根國際人文中心，高行健學術研討會："Gao Xingjian: Freedom, Fate, and Prognostication," October 24-27, 2011, in University of Erlangen.

肯檢討，又不肯隨俗，只有沉默。而沉默也是自殺，一種精神上的自殺。不肯被殺與自殺者，還是只有逃亡。逃亡實在是古今自救的唯一方式。」[1] 他的戲劇《逃亡》也是他的代表作之一。他所以會高舉「逃亡」的旗幟，就因為追求大自由。如上所說，他比莊子更清醒地面對個人的現實處境，看到政治、經濟（市場）、倫理、人際關係等各種現實領域沒有自由的可能，那麼，他只能從這些領域中「逃亡」，只能逃出這些領域所構築的羅網而尋找一個屬於自己的「象牙塔」，一個可以讓自己充分暢想、冥思的「避風港」，一個可以存放心靈自由的淨土，一個可以盡興與馳騁的「伊甸園」。用精神創造的「伊甸園」取代「他人的地獄」和「自我的地獄」。逃亡之後仍然有心靈存放之所和心靈大放光彩之所，這便是高行健的「自救」。在《遊神與玄思》中，他寫道：

你不妨再造
一個失重的自然
心中的伊甸園
可以任你優遊
由你盡興

再造一個自然，再造一個心中的伊甸園，只能在自身的內宇宙中。再造外自然是妄念，再造內自然則是一種可能。這種再造，不是改造現實世界的那種烏托邦妄念，而是內心自由創造的能動性。文學領

1 高行健：《沒有主義》第一九一二零頁，台北聯經出版公司，二零零一年。

域之所以是最自由的領域，就是它提供了這種創造的形式。作家、詩人去掉外在的各種妄念，拒絕充當「超人」似的瘋子，也拒絕各種烏托邦，卻可以在內心的伊甸園中充分逍遙、充分優遊，充分「再造」。於是，在這個心中的伊甸園，「你」是自在而豐富的，不再懼怕上帝——「上帝成了一隻青蛙／就不那麼兇狠／睜大眼睛不說話／而上帝不開口／也不那麼可怕」，也不再懼怕魔鬼——「魔鬼便坐在你對面／同你討論人性之惡／和人的醜陋」，一切都在自我的掌握之中，上帝和魔鬼都無法控制「你」的神遊與玄思，而這一切神遊最終還是回到了審美精神：「不如回到性靈所在／重建內心的造化／率性畫上個圓圈／再後退一步／將生存轉化為關注／睜開另一隻慧眼／把對象作為審美。」劉再復曾說：「高行健是最具文學狀態的人。」「文學狀態一定是一種非『政治工具』狀態，非『市場商品』狀態，一定是超越各種利害關係的狀態。」[1]只有文學才能賦予作家真正的自由，所以文學一定要擺脫政治功利和市場法則——這恰恰也是莊子逍遙的精神。可以說，高行健所堅持的純粹的文學精神最接近莊子的藝術精神。[2]高行健其實點明了一條當作文學最可行的「逍遙之鳥」的大自由之路。這是一條切實可行的精神之路，也是詩人作家最可引為自豪的路。

高行健在《遊神與玄思》中，把自己定義成一個「遊人、優人、悠人、幽人」，指涉的正是他的「逃亡美學」之路和他的大自由的生命狀態。

---

1 劉再復：《高行健論》第四零頁，台北聯經出版公司，二零零四年。

2 徐復觀說：「而莊子所把握的心，正是藝術精神的主體。莊子本無意於今日之所謂藝術；但順莊子之心所流露而出者，自然是藝術精神，自然成就其藝術的人生，也由此可以成就最高的藝術。」徐復觀：《中國藝術精神》第四二頁，上海：華東師範大學出版社，二零零一年。

「你一個遊人／無牽無掛／沒有家人／沒有故鄉／無所謂祖國／滿世界遊蕩／你沒有家族／
更無門第／也無身份／孑然一身／倒更像人」
「你如風無形／無聲如影／無所不在」
「你／僅僅是一個指稱／一旦提及／霎時面對面／便在鏡子裏邊」
「啊你／一個優人／嘻嘻哈哈／調笑這世界／遊戲人生／全不當真」
「哦，你／一個悠人／悠哉遊哉／無所事事／一無執着／無可無不可」
「嘿，你／好一個幽人／在社會邊緣／人際之間／那種種計較／概不沾邊」

「遊人、優人、悠人、幽人」都圍繞着一個「遊」字——或優遊世界，或遊戲人生，或悠哉遊哉，或遊蕩在社會的邊緣，可以說是現代社會中最能夠呈現莊子的逍遙遊精神的人。徐復觀曾說，「能遊的人，實即藝術精神呈現出來的人，亦即是藝術化了的人。『遊』之一字，貫穿於《莊子》一書之中，正是因為這種原因。」[1] 所以，高行健所認同的「遊人、優人、悠人、幽人」與世俗社會拉開距離，沒有祖國，沒有家園，處於社會的邊緣，無用於社會，不被社會所拘束，遊戲人生，嬉笑世界，優遊自在，全無拘

1 徐復觀曾經引用席勒談遊戲的觀點來論證莊子的「遊」之重要性，他寫道：「達爾文、斯賓塞，是從生物學上提出此一主張，講人與動物的遊戲作同樣的看待。而席勒（J. C. F. Schiller, 1759-1805）則與之相反，認為『只有人在完全的意味上算得是人的時候，才有遊戲；只有在遊戲的時候，才算得是人。』欲將一般的遊戲與藝術精神劃一境界線，恐怕只有在要求表現自由的自覺上，才有高度與深度之不同；但其擺脱實用與求知的束縛以得到自由，因而得到快感時，則二者可説正是發自同一的精神狀態。而席勒的觀點，更與莊子對遊的觀點，非常接近。莊子之所謂至人、真人、神人，可以説都是能遊的人。能遊的人，實即藝術精神呈現出來的人，亦即是藝術化了的人。『遊』之一字，貫穿於《莊子》一書之中，正是因為這種原因。」徐復觀，《中國藝術精神》第三八頁，上海：華東師範大學出版社，二零零一年。

束——正是徐復觀所闡釋的莊子的藝術精神的立場，只有認同這一立場，內在的藝術精神才有可能高高地飛揚。

如果脆弱的我終將離開人世，只是人間的一個「過客」，那麼惟有在文學藝術中自由自在優遊的「你」才有可能獲得「瞬間的永恆」，所以，高行健寫道「你／一團意識／清晰而澄明／而我混沌之際／霎時間／便離我而去」，「你／說來便來／毫不含糊／說去便去／更無猶豫」，「你／說有便有／說無便無／超越生命的短暫」，「你／無生無死／不生不滅」，「你／看不見的光／聽不見的聲音／可近可遠／咫尺到無限」，「你永恆／而我／不過是個過客。」即使「你」已經七十歲了，跟常人一樣抗拒不了死亡，但是「你」所做的無為之遊——這種充滿了「遊」的藝術精神，可以上升為一種永恆的美學態度和一種靈魂之美。就像莊子的鯤鵬寓言一樣，高行健的「優遊」最後也可以作為一個永久的寓言和隱喻保持下來。在《遊神與玄思》的結尾，他又一次強調「遊」的美學：「你抗拒不了死亡／只是同死神一再周旋／以遊戲延緩他的來臨」，「猶如無主的影子／在這世上遊蕩／又像一個隱喻／或一則寓言。」這種不帶任何目的的無為之遊以及充滿藝術精神的游戲姿態可以說是莊子鯤鵬寓言的現代版本。

從「回歸自然」走向「再造自然」，從逃亡到建構，這便是真正的高行健，這便是超越汪曾祺、阿城、韓少功的高行健，也正是超越尼采、超越後現代主義的高行健。他曾說過：

> 生存困境同自由意志的衝突是文學永恆的主題，個人如何超越環境，而非由環境所決定，從古希臘的戲劇到現代小說的先驅卡夫卡，這種抗爭引發的悲劇與喜劇乃至於荒誕，也只能訴

> 諸審美，卻是作家可以做到的。人有所能有所不能，人抗拒不了命運，卻可以把經驗與感受通過審美便成為文學藝術作品，甚至流傳後世，從而既超越現實的困境，又超越時代。因而，只有在純粹精神的領域裏，人才可能擁有充分的自由。文學也只有擺脫現實的功利，才可能贏得文學的獨立自主，從政治功利和市場法則中解脫出來的文學這才回歸文學的初衷。[1]

二零零零年，高行健榮獲諾貝爾文學獎。瑞典皇家學院給予的評語是他為中國小說和中國戲劇開闢了新的道路。高行健的創作的確具有巨大的原創性。而他原創，正是得益於西方作家所沒有的思想資源，這就是莊子、老子、慧能等先輩提供的中國文化資源。在這些資源中，莊子的逍遙精神是個關鍵。所以我說，高行健的成功，乃是莊子的凱旋。二十世紀中，莊子經受了改造，經受了變形，經受了審判，經受了論辯，最後他化為蝴蝶，飛到高行健身上，促成了一個擁有高度精神自由的作家的誕生。應當說，這是中國文學的光榮。而在這種光榮中，莊子也有一份功勳。莊子的現代命運雖然坎坷，但最後的結局是美麗的。

1 高行健：《自由與文學》，德國愛爾蘭根國際人文中心，高行健學術研討會："Gao Xingjian: Freedom, Fate, and Prognostication," October 24-27, 2011, in University of Erlangen.

滿腔熱血酬知己[1]

潘耀明[2]

在高行健獲諾貝爾文學獎後，我曾有機會訪問他。他在訪問中提到需要感謝的一串名單中，特別提到劉再復。他把劉再復稱作「摯友」和「知音」，高行健以此形繪他與劉再復的友情，是很貼切的。

凡是認識劉再復的朋友，都會聽到劉再復對高行健的反覆推崇，當初如此，年年如此。其實，劉再復不僅僅把高行健當作好友，而且對高行健的作品一直給予高度評價。他在多年前便把高行健、王蒙等看作是「從獨白時代向複調時代的過渡」，並認為高行健的十八部劇本，引入了西方的荒誕意識，「又從中國戲曲傳統中找到自己獨特的戲劇觀念與形式，突破了大陸話劇創作數十年一貫的僵化模式」。他在一九九九年一月給《一個人的聖經》所作的《跋》中，更是斬釘截鐵地說：「我完全確信：二十世紀最後一年，中國一部里程碑似的作品誕生了。」以至把高行健視為「中國文學的曙光」（參見一九九九年十一月七日《南華早報》）。

一九八八年劉再復被邀請到瑞典。參加諾貝爾頒獎典禮時就下決心要做一名為中國傑出作家「搖旗吶喊的馬前卒」（參見《百年諾貝爾文學獎與中國作家的缺席》）。他說到做到，作為一位知名學者、評論家和作家，劉再復破除了「文人相輕」的陋習，而以「文人相惜」的情懷，對一些崛起的和有潛質

1 《論高行健狀態》序，香港：明報出版社，二零零零年。

2 潘耀明，香港《明報月刊》總編輯。

的中國作家，滿腔熱情去作搖旗吶喊，真心實意地為他們鳴鑼開道。高行健的長篇小說《靈山》可以在瑞典及時翻譯出版，劉再復夫婦功不可沒。一九八八年，高行健的《靈山》手稿，是劉再復從瑞典揹回北京，又由劉夫人菲亞拿到城裏打字、校對，然後交由瑞典大使館捎回給馬悅然教授翻譯的。

我之認識高行健和高行健得以在香港開畫展，也全是因了劉再復的介紹。劉再復和高行健克盡道義的友情，使我想起袁枚的一句詩：「一雙冷眼看世人，滿腔熱血酬知己。」同時，我還想說的是，在友情的背後是對中國文學至深的摯愛，這種情感與他們的關係一樣美好。

我想，由劉再復這位知己來解讀高行健的作品，可謂不作第二人想。劉再復評析高行健是一個最具文學狀態的作家時，有這樣一段話：

「高行健是個最具文學狀態的人。甚麼是文學狀態，這一點中國作家往往不明確，而在瑞典、法國等具有高度精神水準的國家中，則是非常明確的。在他們看來，文學狀態一定是一種非『政治工具』狀態、非『集團戰車』狀態、非『市場商品』狀態。一定是超越各種利害關係的狀態。文學不可以隸屬黨派，不可以隸屬主義，也不可以隸屬商業機構。它完全是一種個人進入精神深層的創造狀態。這一點高行健極其明確。他的所謂『自救』，就是把自己從各種利害關係的網絡中抽離出來。而所謂逃亡，也正是要逃離變成工具、商品、戰車的命運，使自己處於真正的文學狀態之中。」

這段鞭辟入裏的話，不僅是對高行健而言，對所有的中國作家或從事創作的人都具有深刻的啟發意義。

劉再復要我為他的新書寫序。才識所囿，我只能拉雜說這麼一些話，——即使是這些話也不在狀態之中，讀了這本書，讀者自然會進入劉再復構築的另一番耽美的狀態中。

二零零零年十一月十七日

自立於紅學之林
——《紅樓夢悟》英文版的序

高行健[1]

中國古典文學四大長篇經典小說《紅樓夢》、《西遊記》、《水滸傳》和《金瓶梅》歷來通稱為四大名著，而《紅樓夢》最為深宏博大，無論是研究中國文學還是中國文化都不可不讀。這部成書於十八世紀中葉的巨著在中國文學的地位恰如莎士比亞之於英國文學、但丁之於意大利文學，或塞萬提斯之於西班牙文學，然而，該書作者曹雪芹生前卻不得不隱遁，死後手稿轉抄方得以流傳。直到二十世紀初，對作者的身世和版本的研究日益興盛，形成了一門「紅學」，而且一個多世紀以來經久不衰，進而成了一門顯學，持續至今。

小說在中國封建傳統文化中一直受到排斥，不登大雅之堂。二十世紀初，梁啟超宣導的小說界革命，把小說提升到文學的中心位置，可惜梁啟超看重的只是小說推動社會改革的政治意義，卻忽略了小說對社會和人的生存這更為深刻的認知。文學介入政治，意識形態主導文學，五四啟蒙運動之後，成了中國現代小說的主流思潮。紅學的研究也不例外，以俞平伯為代表的考據和索隱派的研究日後則受到嚴厲的批判，代之以政治和意識形態的解說，《紅樓夢》這部巨著審美和哲學的深刻的內涵同樣被掩蓋了。

1 高行健，二零零零年諾貝爾文學獎得主，著作有《靈山》（台北聯經出版公司，一九九零）、《一個人的聖經》（台北聯經出版公司，一九九九）等。

唯獨王國維的《紅樓夢評論》則可謂世紀一絕，首先揭示了這巨大的悲劇中大於家國、政治和歷史的宇宙境界。而劉再復這部新作《紅樓夢悟》，可以說是王國維之後紅學研究的最出色的成就，充分闡述了這部文學經典在小說文本中涵蓋的哲學意蘊。

劉再復的論述着眼的不是曹雪芹的家世，而是叩問《紅樓夢》深層的精神內涵。他指出：書中的男女主人公在世俗功利之外，而正是這種「局外人」才把握到生命的本真；《紅樓夢》不僅是中國封建社會生活的百科全書，而且是中國人文思想的集大成者，達到了東方哲學的至高境界。從中國的原始神話女媧補天淘汰下的頑石，到幻化入世後徬徨無地並目睹周遭眾生不知歸屬、「反認他鄉是故鄉」的荒誕處境，這一切正是人類生存困境的真實寫照。劉再復從王國維出發，又超越了王國維的悲劇論和倫理學，進而說明《紅樓夢》不僅是一部大悲劇，也是一部荒誕劇，作者對生命意義的大叩問，導致「無立足境，是方乾淨」的大覺大悟，何等透徹。劉再復的這番悟證發人深省，令人信服，這才是曹雪芹的精神所在。

《紅樓夢悟》一書，別開生面，不同於通常的考據和論證的方式，以禪宗的「明心見性」之法，擊點要津，深刻闡釋了曹雪芹的這部生命之書也是異端之書，並敘述藝術掩蓋下的大思想家的真實風貌，從而在紅學叢林中自立一家「檻外人」門戶。故特此介紹給英語讀者，以助進入《紅樓夢》這超越時代也超越國度的精神世界。

二零零七年十一月十一日於巴黎

劉再復著作出版書表（整理：葉鴻基）

序	類別	書名	出版社	出版年份	備註
1	文學理論與批評	《性格組合論》	上海文藝出版社（上海）	一九八六	
2			新地出版社（台灣）	一九八八	
3			安徽文藝出版社（安徽）	一九九九	
4			中國人民大學出版社（北京）	二零零九	
5		《文學的反思》	人民文學出版社（北京）	一九八六	
6			福建教育出版社（福建）	二零一零	
7		《放逐諸神》	天地圖書有限公司（香港）	一九九四	
8			風雲時代出版公司（台灣）	一九九五	
9		《罪與文學》	牛津大學出版社（香港）	二零零二	與林崗合著
10			中信出版社（北京）	二零一一	
11	中國古代文化與古代文學	《傳統與中國人》	三聯書店（北京）	一九八八	與林崗合著
12			三聯書店（香港）	一九八九	
13			人間出版社（台灣）	一九八八	
14			安徽文藝出版社（安徽）	一九九九	
15			牛津大學出版社（香港）	二零零二	
16			中信出版社（北京）	二零一零	
17		《論中國文化對人的設計》	湖南人民出版社（湖南）	一九八八	與林崗合著
18		《雙典批判》	三聯書店（北京）	二零一零	

19	中國古代文化與古代文學	《賈寶玉論》	三聯書店（北京）	二零一四	
20		《〈西遊記〉悟語 300 則》	中國藝文出版社（澳門）	二零一九	
21		《西遊記悟語》	湖南文藝出版社（湖南）	二零二零	
22		《紅樓夢悟讀系列》（六種）	三聯書店（上海）	二零二零	
23		《白先勇、劉再復紅樓夢對話錄》	中華書局（香港）	二零二零	與白先勇合著
24		紅樓四書 《紅樓夢悟》	三聯書店（香港）	二零零六	
25			三聯書店（北京）	二零零六	
26			三聯書店（香港）	二零零八	增訂版
27			三聯書店（北京）	二零零九	
28		《共悟紅樓》	三聯書店（香港）	二零零八	與劉劍梅合著
29			三聯書店（北京）	二零零九	
30		《紅樓人三十種解讀》	三聯書店（北京）	二零零九	
31			三聯書店（香港）	二零零九	
32		《紅樓哲學筆記》	三聯書店（北京）	二零零九	
33			三聯書店（香港）	二零零九	
34	中國現當代文學	《魯迅與自然科學》	科學出版社（北京）	一九七六	與金秋鵬、汪子春合著
35			爾雅出版社（台灣）	一九八零	
36		《魯迅美學思想論稿》	中國社會科學出版社（北京）	一九八一	
37			中國社會科學出版社（北京）	一九八一	
38		《魯迅傳》	人民日報出版社（北京）	二零一零	與林非合著
39			福建教育出版社（福建）	二零一零	

40	中國現當代文學	《論中國文學》	中國作家出版社（北京）	一九九八	
41		《論高行健狀態》	明報出版社（香港）	二零零零	
42		《書園思緒》	天地圖書有限公司（香港）	二零零二	楊春時 編
43		《高行健論》	聯經出版事業公司（台灣）	二零零四	
44		《現代文學諸子論》	牛津大學出版社（香港）	二零零四	
45		《李澤厚美學概論》	三聯書店（北京）	二零零九	
46		《橫眉集》	天津人民出版社（天津）	一九七八	與楊志杰合著
47	思想與思想史	《告別革命》	天地圖書有限公司（香港）（共印八版）	一九九五—二零一五	與李澤厚合著
48			麥田出版社（台灣）	一九九九	
49		《思想者十八題》	明報出版社（香港）	二零零七	劉劍梅 編
50			中信出版社（北京）	二零一零	
51		《共鑒「五四」》	三聯書店（香港）	二零零九	
52			福建教育出版社（福建）	二零一零	
53		《教育論語》	福建教育出版社（福建）	二零一二	
54	散文與散文詩 散文	《人論二十五種》	牛津大學出版社（香港）	一九九二	
55			中信出版社（北京）	二零一零	
56		《漂流手記》	天地圖書有限公司（香港）	一九九三	漂流手記（1）
57			風雲時代出版公司（台灣）	一九九五	
58		《遠遊歲月》	天地圖書有限公司（香港）	一九九四	漂流手記（2）
59		《西尋故鄉》	天地圖書有限公司（香港）	一九九七	漂流手記（3）

散文與散文詩						
60	散文	《獨語天涯》	天地圖書有限公司（香港）	一九九九	漂流手記（4）
61			上海文藝出版社（上海）	二零零一	
62		《漫步高原》	天地圖書有限公司（香港）	二零零零	漂流手記（5）
63		《共悟人間》	天地圖書有限公司（香港）	二零零零	漂流手記（6）與劉劍梅合著
64			上海文藝出版社（上海）	二零零一	
65			九歌出版社（台灣）	二零零四	
66		《閱讀美國》	明報出版社（香港）	二零零二	漂流手記（7）
67			福建教育出版社（福建）	二零零九	
68		《滄桑百感》	天地圖書有限公司（香港）	二零零四	漂流手記（8）
69		《面壁沉思錄》	天地圖書有限公司（香港）	二零零四	漂流手記（9）
70		《大觀心得》	天地圖書有限公司（香港）	二零一零	漂流手記（10）
71		《隨心集》	三聯書店（北京）	二零一二	
72		《我的心靈史》	三聯書店（香港）	二零一九	
73		《我的思想史》	三聯書店（香港）	二零二零	
74		《我的錯誤史》	三聯書店（香港）	二零二零	
75	散文詩	《雨絲集》	上海文藝出版社（上海）	一九七九	
76		《深海的追尋》	湖南人民出版社（湖南）	一九八三	
77			新地出版社（台灣）	一九八八	
78			廣東旅遊出版社（廣東）	二零一三	

79	散文與散文詩	散文詩	《告別》	福建人民出版社（福建）	一九八三
80			《太陽‧土地‧人》	百花文藝出版社（天津）	一九八四
81				新地出版社（台灣）	一九八八
82				廣東旅遊出版社（廣東）	二零一三
83			《潔白的燈心草》	天地圖書有限公司（香港）	一九八五
84			《人間‧慈母‧愛》	人民文學出版社（北京）	一九八八
85				廣東旅遊出版社（廣東）	二零一三
86			《尋找的悲歌》	天地圖書有限公司（香港）	一九八八
87				廣東旅遊出版社（廣東）	二零一三
88			《讀滄海》	安徽文藝出版社（安徽）	一九九九
89				福建教育出版社（福建）	二零零九
90		散文選本	《劉再復散文詩合集》	華夏出版社（北京）	一九八八
91			《生命精神與文學道路》	風雲時代出版公司（台灣）	一九八九	陳曉林 編
92			《尋找與呼喚》	風雲時代出版公司（台灣）	一九八九	陳曉林 編
93			《劉再復精選集》	九歌出版社（台灣）	二零零二
94			《我對命運這樣説》	三聯書店（香港）	二零零三	舒非 編
95			《漂泊傳》（海外散文選）	青年書局（新加坡）、明報月刊出版社（香港）聯合出版	二零零九
96			《遠遊歲月——劉再復海外散文選》	花城出版社（廣東）	二零零九
97			《師友紀事》（散文精編1）	三聯書店（北京）	二零一零	白燁、葉鴻基 編

98	散文選本	《人性諸相》（散文精編2）	三聯書店（北京）	二零一零	白燁、葉鴻基編
99		《讀海文存》	遼寧人民出版社（遼寧）	二零一二	
100		《歲月幾縷絲》	海天出版社（深圳）	二零一二	
101		《世界遊思》（散文精編3）	三聯書店（北京）	二零一二	白燁、葉鴻基編
102		《檻外評說》（散文精編4）	三聯書店（北京）	二零一二	白燁、葉鴻基編
103		《漂泊心緒》（散文精編5）	三聯書店（北京）	二零一二	白燁、葉鴻基編
104		《八方序跋》（散文精編6）	三聯書店（北京）	二零一三	白燁、葉鴻基編
105		《兩地書寫》（散文精編7）	三聯書店（北京）	二零一三	白燁、葉鴻基編
106		《天涯悟語》（散文精編8）	三聯書店（北京）	二零一三	白燁、葉鴻基編
107		《莫言了不起》	中和出版有限公司（香港）	二零一三	
108			東方出版社（北京）	二零一三	
109		《散文詩華》（散文精編9）	三聯書店（北京）	二零一三	白燁、葉鴻基編
110		《審美筆記》（散文精編10）	三聯書店（北京）	二零一三	白燁、葉鴻基編
111		《又讀滄海》	廣東旅遊出版社（廣東）	二零一三	
112		《天岸書寫》	廈門大學出版社（福建）	二零一四	
113		《四海行吟》	中華書局（香港）	二零一四	
114			中國人民大學出版社（北京）	二零一五	
115		《童心百說》	灕江出版社（廣西）	二零一四	
116		《吾師吾友》	三聯書店（香港）	二零一五	

學術選本

117	《劉再復論文集》	天地圖書有限公司（香港）	一九八六	
118	《劉再復集》	黑龍江教育出版社（黑龍江）	一九八八	
119	《劉再復——二〇〇〇年文庫》	明報出版社（香港）	一九九九	
120	《劉再復文論精選》上、下	新地出版社（台灣）	二零一零	
121	《人文十三步》	中信出版社（北京）	二零一零	林崗 編
122	《走向人生深處》	中信出版社（北京）	二零一零	吳小攀 訪談
123	《魯迅論》	中信出版社（北京）	二零一零	劉劍梅 編
124	《文學十八題》	中信出版社（北京）	二零一一	沈志佳 編
125	《感悟中國，感悟我的人間》	人民日報出版社（北京）	二零一一	對話集
126	《回歸古典，回歸我的六經》	人民日報出版社（北京）	二零一一	講演集
127	《高行健引論》	大山文化（香港）	二零一一	
128	《甚麼是文學》	三聯書店（香港）	二零一五	
129	《文學常識二十二講》	東方出版社（北京）	二零一六	
130	《我的寫作史》	三聯書店（香港）	二零一七	
131	《甚麼是人生》	三聯書店（香港）	二零一七	
132	《怎樣讀文學》	三聯書店（香港）	二零一八	
133	《讀書十日談》	商務印書館（北京）	二零一八	
134	《文學慧悟十八點》	商務印書館（北京）	二零一八	
135	《劉再復片段寫作選集》（四種）	香港城市大學出版社（香港）	二零二零	

136	劉再復文集	文學理論部	①《性格組合論》	天地圖書有限公司（香港）	二零二一	
137			②《罪與文學》	天地圖書有限公司（香港）	二零二一	與林崗合著
138			③《文學四十講》	天地圖書有限公司（香港）	二零二一	
139			④《文學主體論》	天地圖書有限公司（香港）	二零二一	
140		人文思想部	⑤《告別革命》	天地圖書有限公司（香港）	二零二一	與李澤厚合著
141			⑥《傳統與中國人》	天地圖書有限公司（香港）	二零二一	與林崗合著
142			⑦《教育論語》	天地圖書有限公司（香港）	二零二一	與劉劍梅合著
143			⑧《思想者十八題》	天地圖書有限公司（香港）	二零二一	
144			⑨《人論二十五種》	天地圖書有限公司（香港）	二零二一	
145		古典文學批評部	⑩《紅樓夢悟》	天地圖書有限公司（香港）	二零二二	與劉劍梅合著
146			⑪《紅樓人三十種解讀》	天地圖書有限公司（香港）	二零二二	
147			⑫《賈寶玉論》	天地圖書有限公司（香港）	二零二二	
148			⑬《雙典批判》	天地圖書有限公司（香港）	二零二二	
149		現當代文學批評部	⑭《高行健論》	天地圖書有限公司（香港）	二零二二	
150			⑮《魯迅論》	天地圖書有限公司（香港）	二零二二	

（不包括外文版）

劉再復簡介

一九四一年農曆九月初七生於福建省南安縣劉林鄉。一九六三年畢業於廈門大學中文系，被分配到中國科學院《新建設》編輯部。一九七八年轉入中國社會科學院文學研究所，先後擔任該所的助理研究員、研究員、所長。一九八九年移居美國，先後在美國芝加哥大學、科羅拉多大學，瑞典斯德哥爾摩大學，加拿大卑詩大學，香港城市大學、科技大學，台灣中央大學、東海大學等高等院校裏擔任客座教授、訪問學者和講座教授。現任香港科技大學人文學部客座教授。著作甚豐，已出版的中文論著和散文集有《讀滄海》、《性格組合論》等六十多部，一百三十多種（包括不同版本）。中文譯為英文出版的有《雙典批判》、《紅樓夢悟》。韓文出版的有《師友紀事》、《人性諸相》、《告別革命》、《傳統與中國人》、《面壁沉思錄》、《雙典批判》等七種。還有許多文章被譯為日、法、德、瑞典、意大利等國文字。由於劉再復的廣泛影響，冰心稱讚他是「我們八閩的一個才子」；錢鍾書稱讚他的文章「有目共賞」；金庸則宣稱與劉「志同道合」。

「劉再復文集」

① 《性格組合論》 劉再復

② 《罪與文學》 劉再復、林　崗

③ 《文學四十講》 劉再復

④ 《文學主體論》 劉再復

⑤ 《告別革命》 李澤厚、劉再復

⑥ 《傳統與中國人》 劉再復、林　崗

⑦ 《教育論語》 劉再復、劉劍梅

⑧ 《思想者十八題》 劉再復

⑨ 《人論二十五種》 劉再復

⑩ 《紅樓夢悟》 劉再復、劉劍梅

⑪ 《紅樓人三十種解讀》 劉再復

⑫ 《賈寶玉論》 劉再復

⑬ 《雙典批判》 劉再復

⑭ 《高行健論》 劉再復

⑮ 《魯迅論》 劉再復

www.cosmosbooks.com.hk

書　　名　高行健論（「劉再復文集」⑭）
作　　者　劉再復
責任編輯　陳幹持
封面題字　屠新時
美術編輯　郭志民
出　　版　天地圖書有限公司
香港黃竹坑道46號
新興工業大廈11樓（總寫字樓）
電話：2528 3671　傳真：2865 2609
香港灣仔莊士敦道30號地庫（門市部）
電話：2865 0708　傳真：2861 1541
印　　刷　亨泰印刷有限公司
柴灣利眾街德景工業大廈10字樓
電話：2896 3687　傳真：2558 1902
發　　行　聯合新零售（香港）有限公司
香港新界荃灣德士古道220-248號荃灣工業中心16樓
電話：2150 2100　傳真：2407 3062
出版日期　2022年12月／初版

ISBN：978-988-8550-20-3

本書中文繁體字版由聯經公司授權出版